Jean-Pierre Castelain

La Pinasse Mauve

Roman

Editions Amalthée

Du même auteur :

Les Fontaines d'Olomouc – Editions France Europe Editions
Le Cavalier Morave – Tome I
Le Journal des Petits Bonheurs – Tome II

Le Manuscrit de Nicétas – Editions Singulières (NPL)
Fulgurances – Editions Amalthée
Caprices de Faucheuse – Editions Amalthée
Le Pavot et l'Orchidée – Editions Amalthée

S'agissant d'un roman, il est bien sûr évident que tous les personnages de cet ouvrage sont le produit intégral de l'imagination de l'auteur.

Couverture : *Aquarelle de Serge Roubichou, artiste-peintre, Biganos, Gironde.*

Pour tout contact :
Editions Amalthée — 2 rue Crucy — 44005 Nantes Cedex 1
www.editions-amalthee.com

Aux familles des pêcheurs et des ostréiculteurs
qui font la vie du Bassin depuis des siècles.

Aurélien

1

Honorin passait le plus clair de ses journées enfermé dans une lingerie sombre, encastrée dans un coin des combles. Un local discret, uniquement accessible par une trappe. Une vie pénible pour un gamin de quinze ans. Son quotidien, pourtant, d'avant et d'après l'école. Au moins progressait-il rapidement aux échecs grâce à Jules, son grand frère, le fugitif des Dardanelles. Deux fois les Boches l'avaient repris, deux fois il s'était évadé ! Au début de l'année 1917, il avait finalement réussi à rejoindre le domicile familial de Lambersart, en pleine zone occupée. Depuis cet évènement, rarissime et béni, Désiré Vercoutre, son père, et surtout Mathilde, sa mère, priaient chaque jour le Seigneur pour que les Boches ne découvrent pas la cachette du sergent Jules. Ils lui envoyaient Honorin deux fois par jour pour lui apporter sa gamelle et surtout pour le distraire. Jouer aux échecs ne nuisait guère au silence, impératif.

Désiré et Mathilde élevaient leurs trois enfants, Jules, Honorin et Léonie avec la rigueur coutumière des gens du nord. Désiré avait un frère cadet, Édouard, plutôt rétif au moule Vercoutre et qui ne montrait aucun intérêt aux affaires, contrairement au père, Léon, le fondateur des Teintureries Vercoutre et Frères, de Tourcoing, et contrairement à Désiré, qui venait de reprendre le flambeau. Édouard, lui, aimait la matière et la nature. Aussi devint-il charpentier, compagnon charpentier, et sacrément fier de l'être. Pourtant la famille – son père Léon, ses oncles Victor et Alphonse, et Louise Van Act, sa mère – eut franchement préféré qu'il devienne le directeur financier de l'entreprise. Il en possédait le talent. Depuis, marginal par choix personnel, il faisait figure de raté de la famille. Un raté qui se fit une joie de réaliser pour son frère deux cannes de très belle facture qui, une fois reliées subtilement entre elles, formaient la perche idéale pour ouvrir la trappe de la cachette ! Perche ô combien salvatrice car les Boches visitaient la maison des Vercoutre au moins deux fois par semaine. Jamais leurs regards ne furent captés par cette trappe camouflée, au plafond de l'arrière-cuisine, jamais la vision des deux jolies cannes ne leur donna l'idée d'une perche utilisée pour ouvrir une trappe. Cela dura près de dix-huit mois. Mathilde sortit minée, traumatisée par ces cinq cents jours d'angoisse. Bien plus que Désiré, qui consacrait sa vie à l'usine qu'il dirigeait d'une main de fer, guerre ou pas ! Chaque jour elle voyait passer les casques à pointe. Presque un jour sur deux elle faisait entrer ces hommes au regard plus dur que l'acier des machines de l'usine. Chaque fois elle tremblait en leur souriant et chaque fois elle les raccompagnait en s'obligeant à ne pas les pousser dehors.

— Et chaque fois je vieillis d'une année, glissait-elle à Désiré, le soir.

Mais Mathilde tenait bon. Elle tenait d'abord pour sauver son fils. Et elle tenait pour maintenir en vie toute la famille. L'occupant ne faisait pas de sentiment, et il n'en aurait point fait, même vis-à-vis de la petite Léonie. Les Boches ignoraient la mansuétude. Mathilde tenait parce que dans ce milieu on ne se plaignait jamais. Sauf des impôts. Alors elle donnait le change, elle savait se montrer forte devant Honorin et Léonie comme devant les femmes de tous les collaborateurs de Désiré. Ce dernier n'aurait pas compris qu'il en fut autrement. Et pardessus tout, il lui fallait paraître solide comme un roc devant sa belle-mère Louise, l'épouse de feu Léon Vercoutre, le patriarche fondateur. Louise, « Bonne-maman » depuis quelques années, se reposait sur l'aplomb de Désiré à la tête de la teinturerie mais logeait chez Édouard depuis le décès de son cher époux. Officiellement, parce que la maison qu'elle partageait avec Léon était trop grande et trop isolée pour une femme seule. Également, pour se rapprocher du centre de Lille. Officieusement, pour surveiller de près ce fils célibataire sorti des rails tracés pour les bonnes familles du nord. Elle partageait son temps entre cette surveillance, aiguë mais bienveillante en définitive, et son courrier pour les beaux-frères Victor et Alphonse. Quelle chance et quelle réussite pour eux deux : partis, sur l'injonction de Léon, à la recherche des meilleures laines à teindre, le cadet Victor paradait depuis 1910 comme Consul de France à Bahia-Blanca en Argentine, et Alphonse, le benjamin, obtenait le poste équivalent à Melbourne l'année suivante ! Bonne-maman aimait lire les courriers des cousins des terres lointaines à ses petits enfants. Une incitation à bien travailler à l'école. Honorin, cantonné la journée à distraire son frère dans la pénombre, adorait ces moments d'évasion. Il en rêvait, et le matin, régulièrement, il réclamait à sa mère de partir retrouver l'oncle Victor ou l'oncle Alphonse au bout du monde. Mathilde lissait ses cheveux châtains, bouclés du front au cou, et souriait :

— Vous attendrez un peu mon enfant. Vous savez bien que le pays est en guerre. Prions et espérons. Montez retrouver Jules, il s'impatiente, je le sens !

* * *

Tous les Vercoutre, Louise van Act et Mathilde Devisse en tête – les pièces rapportées, somme toute – avaient poussé un « ouf » de soulagement lorsqu'Édouard, après mille frasques, s'était établi comme artisan charpentier dans un quartier nord de Lille et avait annoncé, solennellement, renoncer à l'idée même de se marier. Louise et Mathilde redoutaient jusque-là que ce fantoche ne ramène dans le giron familial une petite de rien du tout. Le bougre risquait bien de leur dégoter une belle-fille et une belle-sœur dans les corons ! Une pioche insensée pour un Vercoutre !

La sœur de Léon, Henriette, au contraire de ce gredin d'Édouard, avait réussi le mariage idéal, fierté de la famille, en épousant Auguste Thillet-Bordes, issu d'une grande lignée bordelaise, richissime, mais qui bien évidemment ne l'étalait guère. Quand on dirige une pêcherie florissante aux abords de La Teste et qu'on a pignon sur rue Quai des Chartrons, on jouit discret… Henriette rassemblait tous les suffrages et faisait l'orgueil de tous, de Louise à Léonie ! Honorin ne cessait de rêver de paysages maritimes et d'horizons inaccessibles, lui qui ne connaissait que les terrils comme dunes et la petite lingerie comme cabine de bateau de pêche !

— Mon enfant, répétait Mathilde devant le regard perdu de son fils, lorsque la guerre sera derrière nous et si Dieu nous garde, nous rendrons visite à vos cousins du sud et vous découvrirez la mer, la mer sous le soleil ! Car d'ici là peut-être la verrez-vous, au Cap Gris Nez. En attendant, prenez patience, Honorin. Vous savez comme votre père et moi apprécions votre dévouement envers votre frère aîné.

Honorin baissait les yeux et remontait dans le petit réduit sombre, une gamelle et une bouteille sous le bras. Mathilde frissonnait, comme chaque fois, en tenant l'escabeau de la bibliothèque. À peine le gamin installé, elle courait replacer l'escabeau à sa place. Si les Boches arrivaient à ce moment précis… Ensuite elle séparait les cannes, les replaçait à côté de la porte de service et soufflait un grand coup.

— Honorin mérite une récompense, songeait-elle, une belle récompense qui le marquerait et lui ferait oublier ces moments terribles. Peut-être moins terribles pour lui que pour son père, pour Jules et pour moi, mais des moments qui sabotent sa jeunesse et la raccourcissent. La guerre, à sa façon, gâche la vie de gentils gamins, d'êtres inoffensifs. Mais quand donc finira-t-il ce satané conflit qui fait des milliers de morts dans les tranchées, et engendre ces angoisses et cette petite mort jusque chez nous ?

Et elle retrouvait Marguerite, la bonne, à la cuisine. Toutes deux garderaient un œil en permanence à la fenêtre, guettant l'arrivée impromptue d'une patrouille allemande. Marguerite était une fidèle de la famille Vercoutre et bénéficiait de la pleine confiance de Mathilde. Par contre, sa fille inquiétait cette dernière. Une garce, une allumeuse qui se complaisait à séduire les jeunes officiers allemands. Marguerite jurait qu'elle restait muette et que sa fille Thérèse ne savait absolument rien du retour rocambolesque de Jules. Mais la jeune dévergondée, futée pour ses dix-neuf ans, était bien capable de tirer les vers du nez de sa mère, à son insu. Le père, lui, travaillait dans un atelier de cardage et détestait les Boches. Sa relation avec sa garce de fille tournait au vinaigre depuis qu'il savait qu'elle s'acoquinait sans vergogne avec les occupants. La peur de la délation, malgré tout, détruisait Mathilde aussi sûrement qu'avaler du vitriol ravageait le corps !

Pour preuve, un soir, un détachement allemand surgit dans une maison située à un jet de pierre de celle des Vercoutre. Des cris, des hurlements, des pleurs et, au dehors, un véhicule militaire emmenait de force deux jeunes gens. Le lendemain, en rentrant des courses, Marguerite révéla que deux soldats évadés de Verdun venaient d'être dénoncés par une voisine flamande qui espionnait pour le compte des Boches ! Mathilde n'en dormit pas pendant plusieurs nuits, elle se souvenait avoir échangé quelques civilités avec cette dame d'un air avenant quoique difficile à comprendre. Et ce fut tout, du moins à Lambersart. La guerre s'éternisait, mais l'arrivée des Américains rendait espoir à toute la région. Gare au relâchement, malgré tout, car les Allemands étaient toujours là et se faisaient plus cruels à mesure que la victoire finale changeait de camp.

Pour se donner du courage, Mathilde repensait aux jours heureux d'avant la guerre, aux enfants qui grandissaient ensemble, à trois depuis la naissance de Léonie. À ces fameux étés, dans le jardin, derrière la grande maison de briques. Aux dimanches chez Louise, dans cette immense propriété de Tourcoing, synonymes de repas interminables. La famille s'installait autour d'une table démesurée, peu propice à la convivialité. Cette convivialité qui était un travers des classes populaires, et que s'interdisaient les grandes familles... Louise appuyait enfin sur cette poire ineffable qui pendait sous le lustre en Venise, pour sonner Jeanne. Cette dernière apparaissait, chignon revêche et tablier d'un blanc immaculé, avec un plateau d'argent sur lequel étaient déposées deux épingles à tête en perle. Les épingles de Madame et de Monsieur – Louise et Léon – pour fixer leurs serviettes, sévèrement amidonnées. Le repas pouvait commencer. Jeanne réapparaissait, pour servir l'indétrônable potage aux légumes, diablement fort en cresson, qu'Honorin avalait péniblement en faisant la grimace. Heureusement pour les enfants, ce facétieux d'Édouard savait les distraire entre le deuxième plat de viande et le fromage. Ses longues moustaches grises et frisottantes étaient irrésistibles. Depuis cette époque Honorin adorait son oncle Édouard, même s'il commençait à comprendre qu'il n'était pas l'exemple le plus reluisant aux yeux des parents et des grands-parents. Édouard tutoyait ses neveux et sa nièce… Mathilde revoyait également ces soirées fatigantes mais riches, à recevoir chez elle les grands clients ou les grands fournisseurs de Désiré. Une vie heureuse et confortable qu'elle n'appréciait à sa juste valeur que depuis 1914. La petite Léonie n'avait que dix ans cette année-là. Pauvre enfant ! Mathilde retrouvait aussitôt ses angoisses et replongeait dans son cafard. Elle réagissait, regardait l'heure et filait vers l'arrière-cuisine pour « libérer » Honorin. Prudemment, tenant la gamelle vide et des vêtements sales dans une main, le garçon redescendait, les yeux gênés par la lumière. Jamais il ne se plaignait. Presque sans mot dire il partait dans sa chambre étudier ses leçons avant le dîner et, de temps en temps, il réclamait l'aide de sa mère. Dès que le père arrivait ils passaient à table et Marguerite servait le potage. Un potage insipide, voire mauvais depuis le début de la guerre. Mais devant le père un enfant ne parlait pas à table sauf si on l'en priait. Alors, ouvrir la bouche pour se plaindre… Désiré, lui, revenait sans cesse sur les difficultés de l'usine. Autant en approvisionnement qu'en écoulement des marchandises. Encore heureux que le personnel restait dévoué et peu revendicatif. Chacun comprenait que c'était la guerre et qu'il fallait accepter son sort. Mais Désiré ne cachait point à Mathilde que les salaires devenaient miséreux. Lui-même, en patron honnête et scrupuleux, avait sacrément réduit ses émoluments comme son train de vie. Pour acheter quoi, de toute façon ? Quelques patates et d'horribles rutabagas ? Dieu merci, les Boches n'avaient pas dévalisé sa cave, fameuse, constituée grâce à Henriette. D'ailleurs Mathilde savait depuis des lustres que les clients de son époux se faisaient inviter pour la cave plutôt que pour la cuisine de Marguerite ou la silhouette, toujours attirante à quarante ans, de la maîtresse de maison !

Ainsi passaient les jours d'occupation, avec parfois leurs petites joies et toujours leurs angoisses terrifiantes, chez les Vercoutre comme chez tant d'autres, souvent moins bien lotis.

* * *

Lorsque la guerre fut officiellement terminée, lorsque Clémenceau eut participé au charcutage de l'Europe, le Nord occupé dit adieu aux Allemands sans imaginer une seconde qu'il s'agissait d'un « au revoir ». Et chacun célébra la victoire à sa façon. Dans la liesse chez les plus démunis, avec un soulagement discrètement affiché chez les plus fortunés. Pour Mathilde, cette liberté était synonyme de délivrance. Enfin, elle revivait. Jules réapparut au grand jour et fit exploser son énergie bridée en s'adonnant au sport, tout en terminant ses études d'ingénieur. Il s'inscrivit à l'Olympique Lillois pour jouer au football et dans un club tout nouveau à Lambersart pour pratiquer le tennis et le hockey sur gazon. Son père attendait son futur diplômé pour l'assister dans sa lourde tâche de relance des affaires. Honorin, quant à lui, reprenait une vie scolaire normale, regrettant seulement de ne pas trouver de camarades de classe pour le défier aux échecs.

La veille de Noël 1918, le premier Noël libre depuis celui de 1913, Désiré Vercoutre présida une fête à l'usine. Un gigantesque feu de bois, installé à l'entrée d'un entrepôt, tentait de réchauffer toutes les familles réunies, heureuses d'être encore présentes après cette épouvantable épreuve de quatre ans. Il n'y eut point d'agapes, impossible de faire bombance avec toutes ces restrictions d'après guerre. Simplement, le patron avait fait ses comptes et annonça à tous ses employés qu'il leur offrait deux semaines de salaire supplémentaire. Impossible d'accorder des congés, il y avait tant à faire, tout à reconstruire, et trop d'ouvriers manquaient à l'appel. Désiré considérait qu'il se « saignait à blanc » mais espérait y gagner en reconnaissance et en fidélité. Au grand dam de certains concurrents qui le vomirent pour cette action d'éclat ! Le milieu du patronat des Industries du Nord hurla à la démagogie. Désiré n'en eut cure, il savait ce qu'il faisait. Il remerciait ses employés pour leur fidélité et leur sagesse pendant ces années noires, lançant un signal clair :

— En cette période de relance de l'économie, restez-moi fidèles et ne succombez pas aux sirènes de ceux qui vous promettront monts et merveilles dans un monde tout neuf ! Gardez votre sagesse et nous réussirons ensemble !

Ce soir-là, les employés, les épouses et les enfants aimèrent profondément leur patron et se sentirent membres d'une grande famille.

Le lendemain fut réservé à la vraie famille, la famille Vercoutre. Pour les adultes, les plus beaux cadeaux furent le goût de cette liberté retrouvée et la douce torpeur d'une ville sans bruits de bottes. Mais chacun reçut tout de même son cadeau de Noël. Désiré avait réussi à faire venir des oranges du Maroc, un dessert succulent presque oublié depuis 1913. Qui, chez les Vercoutre en avait encore la saveur dans la bouche ? Louise lisait les lettres des oncles d'Argentine et d'Australie devant la grande cheminée, chez son fils. Lorsqu'elle en eut terminé, Mathilde et Désiré offrirent à Honorin un cadeau particulier et exceptionnel.

— Pour avoir pendant des mois, sans jamais rechigner, accepté d'être enfermé avec votre aîné pour le distraire, vous séjournerez à Bordeaux et à Arcachon une dizaine de jours pour les prochaines Pâques. Je me suis fendu d'une longue lettre au cousin Émile Thillet-Bordes, le fils aîné de tante Henriette.

Entre chefs d'entreprises le courant passait bien et les décisions ne traînaient jamais. Désiré lut la réponse arrivée de Bordeaux, une semaine plus tôt :

« Chère cousine Mathilde et cher cousin Désiré,

« Ma pauvre Augustine, dans ses rares moments de clairvoyance, exprima son grand bonheur de recevoir de vos bonnes nouvelles après ces années odieuses de guerre et d'occupation. Elle comme moi, sommes enchantés de la venue de votre cher Honorin à Bordeaux. À vous lire, les mérites de cet enfant sont considérables et c'est donc avec une joie mêlée de fierté que toute la famille Thillet-Bordes l'accueillera pour Pâques. J'ai tout de suite pensé qu'il lui serait agréable de séjourner principalement à Arcachon, en bonne compagnie, avec des jeunes de son âge. Aussi ai-je immédiatement informé mon frère Albert et son épouse Constance. Constance, en effet, se rend régulièrement dans notre propriété familiale d'Arcachon avec ses deux charmantes filles, Suzanne et Francine. Je me porte garant de leur excellente éducation. Constance, comme Albert, sont à féliciter. Certes, Honorin rencontrera sans aucun doute ma jeune sœur Marie, veuve de son marin pêcheur, Aurélien, et mère de deux gamins passablement délurés, à ce qu'on m'en rapporte. Mais oublions ce point. Cette bonne Constance attendra Honorin en gare Saint-Jean et tous les deux feront le détour par mon bureau de Bordeaux car je tiens à accueillir personnellement cet enfant courageux.

« ...Portez-vous bien, chère Mathilde, et vous également, cher Désiré. Je vous souhaite grand succès avec votre manufacture en cette période de reconstruction. Bien fidèlement vôtre...

« Votre cousin Émile. »

Honorin fixait ses souliers, les joues empourprées. Il bégaya un merci faiblard que ses parents apprécièrent malgré tout car il était accompagné de deux grosses larmes significatives. Léonie demanda, de sa petite voix claire, de faire partie du voyage, mais sans succès.

Pendant tout un trimestre Mathilde s'employa à expliquer à son fils les liens parentaux entre les Vercoutre et les Thillet-Bordes, ce qui ne lui posait aucune difficulté. Elle lui récitait, sans l'ombre d'une hésitation, la liste de tous les enfants et petits-enfants de la grand-tante Henriette. Le plus souvent, Honorin n'écoutait que d'une oreille distraite, retenant seulement ce qu'il voulait bien entendre. Sa mère lui parlait de sa cousine Marie en termes graves. Cette Marie, à en croire ses commentaires, devait correspondre, chez les Thillet-Bordes, à l'oncle Édouard chez les Vercoutre. Des indomptables qui refusaient le moule familial. Contre l'avis de son père Auguste, de sa mère, la grand-tante Henriette, et de ses propres frères Émile et Albert, Marie s'était donnée – les fulgurances de la vie – à un brave pêcheur impécunieux, Aurélien Decosse. Aurélien travaillait comme marin pêcheur à la pêcherie Thillet-Bordes et avait rencontré Marie à l'occasion d'une fête donnée pour ses vingt ans et organisée par Émile Thillet-Bordes pour honorer une promesse. Une promesse qu'il regretta par la suite d'avoir tenue.

— Marie a deux jeunes enfants, continuait Mathilde, Gérard et Claire, qui doivent avoisiner les dix ans mais qui sont orphelins de leur père depuis deux ans. Le bateau de la pêcherie fut coulé par un sous-marin allemand. Tout l'équipage disparut ! Et le plus tragique, Honorin, c'est que le père d'Aurélien, Baptiste Decosse, avait lui aussi disparu en mer ! Marie aurait dû être alertée par ce grand malheur. Alors, aujourd'hui elle élève ses deux enfants dans des conditions précaires. Elle est dans l'obligation de travailler et, pour en ajouter à son infortune, elle joue les mères-poules avec Julien, le cadet d'Aurélien, un homme simplet à ce qu'on en dit.

Lorsque Mathilde en eut terminé, Honorin, l'esprit passablement emmêlé, retint tout de même quelques bribes du discours de sa mère. Deux évènements étaient à mémoriser pour éviter les impairs. Il fallait en premier lieu se souvenir de la mort du fils cadet d'Émile et d'Augustine Thillet-Bordes, Jean, tué au front, ce qui traumatisa la maman au point qu'elle en perdit partiellement la raison.

— Finalement Jules a eu de la chance, médita-t-il.

Ensuite, ne pas oublier la mort tragique d'Aurélien sur ce chalutier de la société, coulé par un sous-marin allemand !

— Pauvre Marie, rien ne lui semble épargné !

Mais surtout il retint qu'il serait accompagné à Arcachon par deux jeunes filles. Cela risquait de lui convenir pour peu que ces demoiselles lui montrent des minois aguichants. Insuffisant, néanmoins, pour lui faire oublier l'absence d'un garçon de son âge pour batifoler en bord de mer et même dans l'eau. Une distraction à proscrire avec des jeunes filles de bonne famille… Et le fils de Marie – s'il le rencontrait – serait hélas un peu gamin, du haut de ses onze ans.

Deux semaines avant la date prévue pour le départ d'Honorin, sa mère Mathilde s'enquit sérieusement des effets pour son séjour lointain :

— Il vous faudra des vêtements légers pour la journée, des tenues plus douillettes pour le soir en prévision du vent marin et, cela va de soi, deux ou trois ensembles de bonne tenue pour vos soirées bordelaises. Et puis nous irons vous choisir une combinaison au cas où le temps clément vous autoriserait à la baignade. Nous trouverons quelque chose de discret, fort commode, mais qui recouvre tout le corps. J'y tiens d'autant plus que vous côtoierez deux jeunes filles pendant votre séjour au bord de la mer.

Deux jeunes filles... Honorin se projetait déjà dans cet univers inconnu, imaginant la mer, une côte, du sable tout du long et des bateaux au loin. Des gros comme des petits, qui se détachaient sur un ciel uniformément bleu, seulement taché d'un soleil, un gros soleil éclatant. Il souriait, assis sur le sable en observant ses doigts de pieds ! Une voix féminine le distrayait, une jolie voix qui laissait présager beauté et fraîcheur. Mais dans ses songes il ne voyait personne, furieux de ne point parvenir à matérialiser Suzanne ou Francine. Pourtant il faisait des efforts, imaginant une poitrine déjà ferme chez Suzanne et de petits seins en formation, un tantinet coquins, chez Francine. Suzanne, sûrement, approchait de sa taille, et le haut de la chevelure soyeuse de Francine atteignait difficilement la base de son nez. Mais l'odeur était subtile. Et leurs yeux? Impossible d'en fixer la couleur.

Chaque jour Honorin se construisait son nouveau monde. Et chaque nuit ses rêves l'entraînaient chez Marie ou l'accrochaient au bras d'une jolie Thillet-Bordes que quelques instants plus tard il poursuivait dans l'eau. Des cris parvenaient délicieusement à ses oreilles. Honorin découvrait les fantasmes. Chaque matin il cochait la veille sur son calendrier, comptant les jours qui le séparaient de son grand voyage. À l'école, ses maîtres se crurent obligés d'alerter madame Vercoutre. Les résultats du fiston se dégradaient à mesure que son attention en classe se relâchait.

Le jeune homme, brillant troisième au premier trimestre, frôlait désormais la deuxième moitié du classement. Mathilde comprit rapidement ce qui perturbait son fils. Elle sermonna Honorin pour le principe et obtint de Désiré qu'il renonce à une sanction. Ce dernier glissa tout de même à son fils :

— Il serait dommage, mon garçon, que vos mauvais résultats m'obligent à engager des maîtres pour vous remettre à niveau, ici à Lambersart, pendant les congés de Pâques. Vous me comprenez, Honorin ? Alors, faites un effort et retrouvez le niveau satisfaisant qui fut le vôtre.

Honorin comprit parfaitement et regagna quelques places, sans briller pour autant. L'appel du large était le plus fort ; un vertige incontrôlable. Comme la période éprouvante de l'occupation lui paraissait lointaine, à des années lumière ! Le jeune homme, adolescent presque mature, ne laissait plus rien paraître de l'enfant turbulent qu'il avait été jusqu'au retour de Jules. Et, depuis cette annonce de voyage au bout de la France, son visage affichait constamment une mélancolie que la famille mit sur le compte de quatre années d'adolescence perdue. Honorin, lui, comptait sur Arcachon et sur la mer pour les retrouver.

2

Honorin arriva en gare de Bordeaux, frustré de n'avoir croisé qu'une seule fois et trop rapidement la Dordogne et jamais la Garonne. Qui allait-il trouver sur le quai ? Pourrait-il demander de l'aide pour tous ses bagages que sa mère lui avait imposés ? Allait-il reconnaître cette cousine Constance, décrite par sa mère, et du même âge qu'elle ? Que de questions au moment de poser le pied sur le sol bordelais ! Son cœur battait à la vitesse des pistons de la locomotive lorsqu'elle fonçait à plein régime entre Angoulême et Bordeaux. Le train maintenant à l'arrêt, Honorin s'apprêtait à rencontrer sa première cousine Thillet-Bordes et bientôt toute la famille, dont Suzanne et Francine. Et dans deux jours, peut-être, il connaîtrait la mer !

Sur le quai, il reconnut Constance grâce aux descriptions précises faites par sa mère. Un porteur l'accompagnait. Soulagé, Honorin n'aurait pas à imposer à sa cousine de porter la moindre valise. Il croisa avec déférence le regard d'une femme mûre qui affichait élégamment son entrée dans la quarantaine épanouie. Une jolie femme, à coup sûr consciente de son charme. Honorin apprécia la chevelure brune relevée en chignon partiellement caché sous un discret chapeau couleur peau de chamois. Un fin manteau assorti, bordé de fourrure marron, affichait toute la classe de la bourgeoise sobre mais opulente.

— Mes respects, Madame, commença Honorin.

Le jeune homme reçut en retour le beau rire de sa cousine, un rire naturel et direct. Constance lui répondit :

— Honorin, soyez le bienvenu à Bordeaux ! Mais par le Ciel, nous sommes cousins, alors épargnez-moi ce « Madame », je vous en conjure ! Je m'appelle Constance, appelez-moi cousine Constance et je vous embrasse comme on embrasse un cousin très cher ! Cousine Mathilde, votre chère mère, vient de m'envoyer une lettre charmante à votre sujet, Honorin. Vous débarquez en Gironde précédé d'une réputation de jeune homme instruit, auréolé d'une sainte patience en faveur de votre frère Jules. Toute la famille, ici, en est informée et nous sommes très heureux de vous accueillir.

Devant la bouche bée d'Honorin, Constance rit encore et le secoua :

— Allez jeune homme, venez ! Quittons cette gare bruyante et enfumée !

Constance le mena jusqu'à une voiture à cheval qu'ils partagèrent tous les deux. Une voiture à cheval déplacée pour lui, le séjour commençait fort ! Constance lui expliqua en chemin les raisons de l'absence de son époux Albert. Ce dernier, depuis la reprise des affaires, était débordé et Honorin risquait de ne le rencontrer qu'épisodiquement. Négociant en vin, installé Quai des Chartrons, il se débattait pour regagner coûte que coûte la clientèle abandonnée pendant la guerre. Quelques Anglais volages, tous les clients belges, les clients du nord et ceux de l'est de la France. Sans oublier, désormais, les Alsaciens et les Lorrains qui venaient enfin de regagner l'hexagone !

— Mon mari utilise de ce moment la voiture automobile pour parcourir la région, visiter les propriétés médocaines et sélectionner les meilleurs vins à mettre en bouteilles.

Honorin écoutait sans vraiment comprendre. Médocain ? Il confondait avec marocain. Mais surtout, il observait. Il observait cette grande ville aérée, les rives de la Gironde ou de la Garonne, il mélangeait les deux, mais plus pour longtemps, les activités portuaires et l'arrivée au Quai des Chartrons.

— Mon cher Honorin, nous nous rendons chez mon beau-frère Émile qui tient absolument à vous accueillir. C'est l'aîné des Thillet-Bordes, vous comprenez, comme votre cher père est l'aîné des Vercoutre. Deux hommes qui se comprennent et qui s'apprécient, vous vous en rendrez compte rapidement.

Honorin fut d'abord décontenancé en arrivant dans un entrepôt triste et sombre, garni d'engins qui lui parurent étranges. Ensuite, ils empruntèrent un escalier étroit et minable pour enfin déboucher dans un vestibule somptueux, carrément plus riche que celui de sa maison de Lambersart qui comptait pourtant parmi les plus remarquables de la région lilloise. La quantité des bronzes l'impressionna. Il constata que depuis son entrée dans cette grande salle l'odeur un peu âcre qui dominait dans l'entrepôt avait complètement disparu. Constance fit signe à un domestique qui frappa à une porte. Celle-ci entrouverte, Honorin aperçut un homme tout au fond de la pièce, qui se rapprochait d'eux :

— Entrez, entrez, dit-il d'une voix grave !

Constance, la première, s'avança vers un homme robuste d'une bonne cinquantaine d'années. De fines lunettes posées sur un nez droit rendaient le visage plutôt doux malgré une coiffure qu'Honorin qualifia pour lui-même de « Boche ». Le menton volontaire et le sourire carnassier témoignaient du caractère en acier trempé du chef de clan. Constance embrassa discrètement le personnage avant de lui dire :

— Émile, je vous présente Honorin Vercoutre, le fils cadet de notre cher cousin Désiré. Honorin, je vous présente Émile Thillet-Bordes, mon cher beau-frère et votre grand cousin.

— Dans mes bras mon garçon, soyez le bienvenu à Bordeaux. Apprenez qu'à vous retrouver chez Constance, Albert et leurs filles, vous serez bien loti et fort gâté !

Après une accolade chaleureuse, Émile poursuivit :

— Avez-vous déjà croisé Suzanne et Francine ?

— Non, non, cher Émile, coupa Constance, nous arrivons comme promis directement de la gare Saint-Jean pour vous saluer.

— À la bonne heure ! Alors attention ! Suzanne et Francine ne resteront pas insensibles devant un beau jeune homme comme celui-là, qu'en pensez-vous Constance ?

— Émile, comme vous y allez cher cousin, ce sont encore des enfants !

— Vous verrez, chère Constance, je vous propose que nous en reparlions dans quinze jours, lorsqu'Honorin aura regagné son Nord natal. Alors, mon enfant, donnez-moi des nouvelles de là-haut, donnez-moi des nouvelles de ce cher Désiré !

Dans ses petits souliers, Honorin ne savait par quoi commencer. Il attendit que la grande pendule du bureau daigne terminer de sonner les sept coups du soir pour balbutier, après un remerciement bien appris :

— Euh, oui, la région est libérée, Monsieur…

— Ah ! Vous plaisantez cousin ! Je suis votre aîné, certes, mais je suis votre cousin Émile, tout de même !

— Euh, cher cousin Émile, nous goûtons la liberté retrouvée, la fin de l'occupation, la vie sans les B… sans les Allemands. Et le travail ne va pas manquer. Mon cher père fait déjà des journées de dix-huit heures.

Après dix minutes à trébucher et à suer, Honorin souffla lorsque le cousin abrégea la conversation :

— C'est très bien mon garçon ! Votre père aura besoin de vous comme de Jules. Vous êtes un bon garçon, je le sais. Visez de brillantes études, pour votre satisfaction, pour votre avenir et pour votre famille !

Soulagé, Honorin quittait le nouveau patriarche Thillet-Bordes, celui qui succédait à Auguste exactement comme Désiré son père avait repris le flambeau Vercoutre au décès du fondateur Léon. Émile l'impressionnait. Cet homme râblé sortait du même moule que son propre père. Les deux affichaient la même prestance et la même aisance, forts de leurs certitudes. Émile Thillet-Bordes paraissait plus marqué physiquement que Désiré Vercoutre malgré un écart d'âge de seulement trois années. Le Bordelais se tenait parfaitement droit mais faisait plus que ses cinquante et un ans.

— C'est vrai, songea Honorin, mère m'a dit qu'il avait perdu son fils Jean à la guerre, il y a trois ans. Heureusement pour le père, André, le fils aîné, le secondait déjà à la pêcherie et s'intéressait à la direction de l'entreprise.

Constance et Honorin longèrent les quais à pied, le temps le permettait. Après s'être fait confirmer qu'ils marchaient bien le long de la Garonne, le jeune homme prit le temps d'admirer les façades du Quai des Chartrons, cossues mais discrètes, à l'instar de celles qui encadraient certaines places de Lille et de Tourcoing. Attiré par l'activité portuaire et la vision des premiers navires marchands qu'on chargeait et qu'on déchargeait, Constance dut le tirer jusqu'à sa demeure, car la nuit tombait. Le grand appartement de Constance et Albert, aménagé lui aussi au-dessus d'un entrepôt rempli de caisses et de quelques tonneaux, les mêmes que ceux aperçus sur les bords des quais, lui parut totalement anarchique et bohème. Quel contraste avec le vestibule et le bureau d'Émile qui affichaient l'ordre et la rigueur :

— Dans mon Nord je n'ai encore rien vu de tel ! Quel bric-à-brac, songea-t-il !

Honorin rencontra Albert, de passage entre deux tournées, un homme qu'il trouva chaleureux, amusant et intarissable. À coup sûr le cousin s'écoutait parler et, visiblement, il faisait partie du type d'homme qui aimait séduire ! En tête à tête comme en société ! D'ailleurs sa mère Mathilde avait précisé à son fils que malgré les vicissitudes de la guerre son affaire continuait à tourner. Certains murmuraient même qu'il ne s'était pas embarrassé et avait livré aux Boches avec complaisance. Et voilà qu'à peine sortis du conflit, les Belges reprenaient leurs commandes !

Constance, chez elle, lui parut encore plus douce qu'à la gare ou chez le cousin Émile. Honorin se prit à aimer cette douceur. Oh, certes, il adorait sa mère mais elle n'extériorisait que rarement cette douceur et cette bonté qui semblaient si naturelles chez la cousine Constance. Cela se lisait sur son visage ; cela se confirmait à l'écoute de son ton et de ses propos. Cette femme avait du caractère, indubitablement, mais elle l'enveloppait dans sa robe de soie et de velours ! En confiance, Honorin demanda :

— Chère cousine Constance, me permettez-vous de vous poser une question ?

— Bien évidemment Honorin, dites-moi !

— Dès mon arrivée à Bordeaux vous m'avez fait l'honneur et le plaisir de rencontrer, euh, ce très cher cousin Émile, mais pas la tante, euh, la cousine Augustine.

Tendre sourire de cette femme décidément bien douce.

— Je comprends, Honorin. N'êtes-vous pas au courant du grand malheur qui a frappé ces malheureux Émile et Augustine en 1916 ?

— Si fait, chère cousine, le décès de leur fils cadet, Jean, au front, n'est-ce pas ? Paix à son âme !

— Vous pouvez imaginer, cher Honorin, que perdre un enfant pour une mère est le plus terrifiant des cauchemars, l'enfer sur terre. N'est-il pas dans l'ordre des choses de partir avant ses enfants ? Vous comprendrez mieux tout cela lorsque vous-même vous serez père de famille, ce que je vous souhaite de tout cœur. Mais vous avez encore bien le temps, vous avez dix-sept ans, n'est-ce pas ?

— En effet, cousine Constance.

— J'en termine avec votre question, tout à fait légitime. Cette pauvre Augustine n'a pas supporté le décès de son cadet. Elle en a perdu une partie de sa raison et se repose dans un hospice à quelques lieues de Bordeaux, depuis l'année dernière. Malgré sa charge de travail, considérable, votre cousin Émile lui rend visite au moins deux fois par semaine. La situation est fort pénible car elle ne le reconnaît pas à chaque fois.

— Oh, mon Dieu ! Excusez-moi, cousine Constance. Pauvre cousine Augustine !

— Est-ce elle ou lui qu'il faut plaindre le plus ? Mais, venez Honorin, revenons à des sujets plus gais. Suivez-moi jusqu'à la bibliothèque, mon petit doigt me dit que les filles vous y attendent et qu'elles meurent de curiosité à l'idée de vous rencontrer ! Avant cela je vous montre votre chambre. Ne traînez pas, vous les rendriez folles !

* * *

Honorin s'installa dans une chambre petite mais confortable qui donnait sur une cour apparemment tranquille. Il apprécia les panneaux de bois laqué qui faisaient office de volets depuis l'intérieur. Deux grosses grappes brunes décoraient ces panneaux lorsqu'ils étaient rabattus, histoire de bien lui mettre dans la tête que le pays de la bière, son pays, était à perpète ! Il testa un lit moelleux bien que trop haut à son goût. Mieux valait ne pas tomber d'autant qu'aucune carpette n'amortirait une chute sur le parquet ciré ! La pièce sentait la cire toute fraîche. Sous le lit il tira deux tiroirs remplis d'oreillers et de couvertures. Pour ranger ses effets il ouvrit une belle armoire en palissandre, assortie à l'armature du lit. Les charnières couinèrent, comme pour se plaindre d'un oubli trop long. Puis il se saisit d'un broc, versa un peu d'eau dans une grande cuvette de faïence posée sur le marbre d'une commode, ravi de pouvoir se rafraîchir. Il se changea et sortit pour se présenter au salon avec quelques minutes d'avance. Constance passait devant sa porte et le guida dans un dédale de couloirs garnis de tableaux de tous les styles, pour aboutir devant une porte sculptée. Un porte comme on en voyait seulement dans les châteaux Renaissance. Constance poussa un gros loquet de bois, précéda Honorin et lui dit :

— Entrez, entrez, Honorin ! Je vous présente Suzanne, notre fille aînée, et voici Francine, sa sœur cadette. Jeunes filles, voici donc Honorin, votre cousin de Lille. Accueillez-le comme un frère, je compte sur vous, cela va sans dire ! Informez-le de la Côte, décrivez-lui les beautés océanes, nous partirons pour Arcachon après-demain avec la berline de votre oncle.

Honorin n'eut pas franchement le temps d'admirer la bibliothèque, pourtant superbe. Son regard fut instantanément happé par le sourire des deux jeunes filles. Il ne distingua pas le décor de merisier, du sol au plafond, ni la quantité des ouvrages disposés sur trois parois et même entre les deux fenêtres du côté de la façade qui donnait sur le quai. Et bien sûr il ignora le joli bureau, installé de trois-quarts vers une fenêtre, en merisier également, pour préserver l'harmonie de la pièce. Un lieu de sérénité. Seul son cerveau lui fit enregistrer que cet endroit, au moins, affichait une véritable unité et paraissait rangé ! Le regard aimanté, il observait Suzanne, dix-sept ans comme lui, un corps élancé mis en valeur par une robe sombre qui accusait la pâleur de son visage. Un beau visage d'où ressortaient deux grands yeux gris-vert, de ceux qui cherchaient à comprendre le monde. La silhouette laissait deviner un corps de sportive, plutôt rare chez une jeune fille. Avait-elle du tempérament ? Il le saurait, quoique la douceur des lignes du nez et du menton le rendait dubitatif à ce propos. Il scruta Francine, quinze ans seulement, mais qui le fascina d'emblée à cause de ce pétillement juvénile dans les yeux, de ce menton subtilement effronté et de cette tendre peau de pêche qu'elle tenait à coup sûr de sa mère, comme la chevelure châtain foncé, ondulée et romantique. Déjà les deux filles partaient en petits rires mutins. Moqueries, effronteries, confidences coquines ou commentaires taquins ? Honorin s'en fichait un peu et sut réagir, à sa propre surprise :

— Mes chères cousines, cela vous amuse à ce point d'accueillir un cousin du nord ? Un animal du froid ? Mais ne dit-on point que le froid conserve ?

Nouveaux rires et petits gloussements.

— Je plaisante, mes cousines ! Du soleil, chez nous, on en a peu, je l'admets ! Ici, avec vous deux, je sais que je vais en avoir plus qu'à mon tour !

— Vous voyez, mes enfants, reprit Constance tout sourire, Honorin a dix-sept ans et déjà il ne manque point de galanterie. Allons, venez tous les trois, c'est l'heure du dîner ! Sachez, cher cousin que nous ne badinons pas avec la ponctualité ! Oh, je vous assomme avec cela alors que je sais qu'il n'y a pas plus ponctuel qu'un homme du nord. Et s'agissant du fils de Désiré Vercoutre, je ne me fais point de souci !

Au souper – qu'ici dans le sud on appelait dîner – les convives écoutaient. Ils écoutaient le chef de famille, exactement comme Mathilde, Jules, Honorin et Léonie écoutaient Désiré Vercoutre. Ce dernier, en homme déterminé et austère, se montrait concis, vif et précis. Il ne répétait jamais deux fois la même chose. Que dire d'Albert Thillet-Bordes, gai, amusant, frivole et, pire, intarissable ? Au bout d'une demi-heure de verbiage saoulant, Honorin choisit de porter son regard en direction des filles. Vers Francine, le plus souvent, émoustillante et qui baissait à peine la tête lorsqu'il la fixait. De temps en temps il ponctuait d'un « oui, cher cousin » ou d'un « pas à ma connaissance, mon cousin » les propos débités au mètre par Albert. Invariablement son regard était capté par celui de Francine. Au dessert, Constance déclara :

— Albert, mon ami, laissez un peu de temps à notre cousin, il saura apprécier notre Gironde par lui-même ! Venez au salon et laissons les jeunes entre eux. Jeunes filles, je vous suggère d'entretenir Honorin sur les beautés de la petite mer de Buch[1]. Rejoignez-nous dans une vingtaine de minutes. Suzanne et Francine vous interpréteront la Marche Turque, au piano, à quatre mains. Étonnant, je vous l'assure ! Et dès demain nous préparerons les bagages. Il faudra vous limiter car à cinq, même dans la berline d'oncle Émile, nous serons à l'étroit !

— Mère, intervint Suzanne, passerons-nous chez Tante Marie ? Le quartier intéressera notre cousin, j'en suis persuadée !

— Certainement, mon enfant, un peu plus tard…

— Et aux pêcheries de l'oncle Émile ?

— Pourquoi pas ? Je ne l'avais pas envisagé. Cela me paraît une excellente idée. Mais attention, Honorin, parfois l'odeur y est fort incommodante ! Autre chose, n'oubliez pas de glisser

1 – Nom ancien du Bassin d'Arcachon.

dans notre malle vos jupes pour le tennis. Avec un peu de chance nous bénéficierons d'après-midi enchanteurs. Honorin, pratiquez-vous le tennis ?

— Pas vraiment, Cousine Constance, même si à Lambersart je possède une raquette. Je m'adonne plutôt au croquet et au hockey sur gazon. Et puis sincèrement, ces derniers temps, avec les Bo… les Allemands partout…

— Mon Dieu, c'est vrai, mon pauvre garçon, où ai-je la tête ? Suzanne se débrouille très bien au tennis, elle se fera une joie de vous initier, n'est-ce pas Suzanne ?

— Avec joie, mère !

Affirmation ponctuée d'un rire en coin à l'adresse de Francine !

— Mère, répliqua cette dernière avec une moue adorable et craquante, moi aussi je me débrouille ! J'ai réussi de belles parties avec ma sœur.

— Bien sûr ma chère enfant, mais pour enseigner des rudiments à votre cousin vous admettrez que Suzanne est la plus capable, aujourd'hui.

Nouvelle moue ravageuse de la cadette.

— Je vous laisse, mes enfants. Rejoignez-nous sans trop tarder pour le petit concert !

Honorin se sentit moins à l'aise avec elles deux qu'en présence des parents. D'emblée Suzanne trancha qu'ils devaient se tutoyer et entreprit de décrire à son cousin la petite mer, depuis le delta de la Leyre – cette rivière qui se déverse dans le Bassin – jusqu'à Arcachon et son front de mer. Honorin écoutait l'aînée mais détaillait Francine des jambes à la chevelure. Jamais encore il n'avait croisé si belle jeune fille, jamais encore il n'avait senti son corps picoter et le brûler. Des brûlures délicieuses. Honorin commençait à s'agacer en constatant que Suzanne devait tenir de son père quant à son débit. Un véritable moulin à paroles, certes adorable, mais saoulant tout de même. Francine, a priori, lui semblait plus réservée, plus farouche, peut-être plus sauvage. Inexpérimenté, Honorin mit cette discrétion sur le compte de la différence d'âge. D'un coup – celui de la pendule empire de la salle à manger – Suzanne cessa ses descriptions et ils rejoignirent le salon. Les deux cousines s'installèrent gracieusement sur la longue banquette du demi-queue et entamèrent leur interprétation. Honorin remarqua qu'aussitôt l'attitude des jeunes filles changea du tout au tout. D'un coup de baguette magique elles se mirent à rire, totalement complices. Il se contenait difficilement pour ne pas rire lui aussi devant les mines hilares des deux cousines lorsqu'elles tombaient pile ensemble au moment de tourner la page du livret musical. Une scène cocasse et inoubliable ! Ce coquin de Mozart, depuis son nuage d'observation, devait bien s'amuser lui aussi ! Lorsque les virtuoses en eurent terminé, le visage de Suzanne rougi par l'effort et la joie, la mine de Francine réjouie par l'exploit, Albert décréta l'extinction des feux et, galamment, toute la maisonnée se souhaita une bonne nuit.

Sous une fine pluie durable, Joseph, le chauffeur de monsieur Émile, sanglait la valise d'Honorin sur la grande malle de Constance et de ses filles. La Panhard-Levassor d'Émile Thillet-Bordes brillait malgré les gouttes et le ciel gris. Honorin contourna le véhicule qui, bichonné depuis des années par Joseph – l'amant déclaré de cette voiture automobile – avait passé la guerre sans encombre. Suzanne, à l'abri avec sa mère et sa sœur, fit signe à Honorin de les rejoindre. Il s'exécuta, partagé entre le désir de s'asseoir devant – en extérieur – au côté de Joseph, et la crainte de prendre la pluie en plein visage pendant au moins deux heures. À peine s'était-il installé à côté de Suzanne que le moteur vrombit et obéit aux manipulations du chauffeur. La Panhard-Levassor glissa noblement le long du quai pour s'approcher du pont sur la Garonne. Malgré le temps exécrable les chauffeurs se saluaient, sans se découvrir. Après un bref échange de politesses, Joseph s'engagea à droite pour tourner le dos au pont. Au sortir de la ville il fit monter le régime, et la pluie se mit à claquer sur les vitres.

— Le pauvre, songea Honorin, à propos de Joseph, ses habits sont déjà à tordre comme une wassingue dans un seau !

À peine avaient-ils pris la direction du sud-ouest que réapparaissait la vigne. Partout, même entre deux pavillons rapprochés, même entre deux rues, régnait la vigne ! Avec ce temps pourri, Honorin trouva la sortie de Bordeaux triste et ennuyeuse. Pourtant, des vergers en fleur commençaient à remplacer les pieds de vigne encore nus. Un nouveau décor, entre Pessac et Cestas, qui aurait mérité un beau soleil. Rapidement les bois de pins remplacèrent vigne et vergers pour imposer une palette de verts qu'Honorin trouva monotone sous la grisaille. Suzanne, elle, prenait son rôle de guide particulier du cousin très au sérieux. Elle commentait tout, depuis la vigne et les petits châteaux, signalant çà et là des fournisseurs de son père, jusqu'aux pins de cette forêt exceptionnelle et grande comme un pays ! Derrière eux, Constance complétait parfois les explications de sa fille. Francine, elle, lui semblait aux abonnés absents et il en vint à se demander si elle était bien présente dans le véhicule.

Le jeune homme s'impatientait : quand apercevrait-il enfin la mer ou au moins cette petite mer tant vantée par Suzanne depuis deux jours ?

3

La pluie les accompagna jusqu'à l'entrée de Mestras. Elle cessa brutalement à la sortie du quartier maritime de Gujan. En quelques instants le vent d'ouest déchira le vilain plafond de nuages gris. Honorin, calé contre la portière du côté de la mer, sentait le corps brûlant de Suzanne contre lui. Francine devait faire la moue derrière, à côté de sa mère. Peu gêné par le sale temps, le jeune homme allait de découverte en découverte. Après les vignobles, à perte de vue dès la sortie de la ville, après les forêts de pins, il rêvait de l'eau ! Pas celle de la Gironde mais la vraie, l'eau salée, l'eau de la petite mer et de l'océan. Il scrutait au plus loin qu'il pouvait et n'apercevait que des marécages et des embarcations couchées dans une boue aux reflets verdâtres. Déçu, il abordait le Bassin à marée basse ! Et soudain, de l'eau dans un chenal, avec trois gros bateaux. Ils longeaient les hangars de l'oncle Émile, et Constance lui montra le nom Thillet-Bordes sur les coques des chalutiers à vapeur, une des gloires de la famille. Suzanne se redressa fièrement sur sa banquette en voyant le nom gravé sur les bateaux. La Panhard-Levassor s'approchait de la petite maison de la tante Marie. Lorsque Constance n'accompagnait pas ses filles elle les confiait à sa belle-sœur. Pour le plaisir des pieds dans l'eau mais plus encore, depuis deux ans, pour distraire la jeune veuve pourtant débordée de travail. Les filles appréciaient. Un confort moindre, certes, mais quelle chaleur ! Francine avait expliqué à son cousin qu'elle préférait les vacances chez sa tante Marie et son oncle Aurélien plutôt que dans la grande villa, très confortable, juchée sur la colline derrière Arcachon, dans la forêt de pins. Cette villa, baroque et mauresque, un mélange de styles surprenant, lui paraissait trop grande et surtout trop loin de la mer. Il fallait monter au deuxième étage et même dans les combles pour en apercevoir les reflets bleus à travers les pins. Chez tante Marie, la petite maison – la cabane comme l'appelait oncle Émile – était quasiment sur l'eau à marée haute. Honorin croyait volontiers sa cousine mais imaginait mal la mer à ce niveau. Il ne voyait que de la vase et quelques mares qui miroitaient au soleil revenu. Le quartier de l'Aiguillon, lui, grouillait de vie. Suzanne se vantait que les marins, les jeunes et les moins jeunes, se retournaient sur elle ! Et puis il y avait Gérard et Claire, deux gamins aussi dégourdis qu'adorables qui emmenaient leurs citadines de cousines dans des coins du Bassin connus d'eux seuls ! À chaque séjour ils leur en faisaient découvrir de nouveaux à la condition expresse de ne jamais rien dévoiler. Depuis la disparition d'Aurélien, l'atmosphère était parfois bien noire à l'Aiguillon, mais Marie savait réagir. Elle recommandait à ses nièces de veiller sur les deux gamins pendant son travail. Des gamins capables des pires extravagances en toute naïveté. Tous les deux avaient hérité du tempérament téméraire de leurs parents : celui du père qui avait affronté l'océan année après année, et celui de la mère qui avait osé affronter la famille pour l'amour et au nom de sa liberté. Francine pointa du doigt la ruelle qui permettait de rejoindre la maison de tante Marie, puis Joseph, à la demande de Constance fit le détour par le bord de mer d'Arcachon. Alors, Honorin la vit, enfin ! Bouche bée il ne savait quoi admirer le plus, la mer, infinie, le ciel, redevenu bleu, totalement bleu, ou cette côte lointaine qu'ils nommaient Cap Ferret. Fier de lui, il s'aperçut qu'il n'avait même pas peur devant cette étendue d'eau en mouvement. Constance proposa de se dégourdir les jambes quelques instants. Joseph en profita pour changer de veste et enfiler des habits secs. Sa moustache frisait dans tous les sens, lui donnant un petit air comique. Le vent frais surprit Honorin qui regardait le sable fondre dans le mouvement de la mer. Drôle d'impression. Oserait-il se tremper dans cette eau turbulente? Le soleil du soir parvenait malgré tout à lui brûler le visage alors que tout son corps frissonnait. Il fallait déjà remonter dans la berline et gagner la villa Thillet-Bordes, à un kilomètre derrière le front de mer. Honorin s'attardait, les yeux rivés sur un bateau qui ressemblait vaguement à une minuscule péniche comme celles qu'il avait déjà observées sur les canaux du Nord.

— C'est une pinasse, lui précisa Suzanne, toujours soucieuse de bien l'informer, une embarcation spécifique à la petite mer. Peut-être aurons-nous l'occasion de monter ensemble sur l'une d'elles, n'est-ce pas, mère?

— Suzanne, ma fille, me taquineriez-vous encore? Vous savez que je déteste vous savoir à bord de cette barque conduite par ce simplet de Julien!

— Julien, chère cousine?

— Oui, Julien, un brave garçon, un peu simple. Le frère de ce pauvre Aurélien qui a reçu de leur père la pinasse de la famille. La célèbre pinasse du père Baptiste. Une pinasse mauve, reconnaissable entre toutes sur la petite mer. Julien adore promener des amis sur sa pinasse, mais la petite mer est dangereuse, parfois terrible, et Julien beaucoup trop insouciant. Venez les enfants, il est grand temps d'arriver à la villa.

Dans une pénombre pourprée qui succédait à un coucher de soleil de feu, typique des façades maritimes, Honorin découvrit un quartier d'une extravagance insensée. Était-il encore en France ? Accostait-il sur la rive d'un autre monde ? Il n'en croyait pas ses yeux ! Accrochées sur une petite montagne, des dizaines de villas rocambolesques rivalisaient d'originalité. Le jeune nordiste se pinçait pour être certain de ne pas rêver ! À croire que tous les Bordelais fortunés, qui cachaient si bien leur opulence le long de la Garonne, se lâchaient, ici, en bordure d'océan ! Des chalets de montagne côtoyaient des constructions baroques, gothiques, classiques et même mauresques. Honorin se demandait de quel style insoupçonnable se parerait la propriété Thillet-Bordes. Ni Suzanne ni Francine ne s'étaient attardées sur leur demeure d'été, préférant visiblement la modeste cabane de Marie. Il décida qu'il irait se promener de jour dans ce quartier de toutes les folies, dans ce quartier où l'outrance semblait faire norme. La petite montagne devait receler mille trésors. Ils passèrent devant un chalet de dentelles, orné de lambrequins et de balcons en bois ajouré devant chaque fenêtre. En jeune homme pratique il plaignait le peintre qui serait chargé de rafraîchir les façades. Un travail de titan !

La Panhard-Levassor peinait dans ce dédale de rues en pentes très raides. Un labyrinthe insensé sur une montagne de verdure tachetée de surprises en pierres. Les hommes, clairement, profitaient des lieux pour jouer avec la nature. Une nature accueillante que le climat, unique, rendait exubérante. Alors les exubérances s'accordaient, vite complices.

La villa Thillet-Bordes, M., n'échappait pas à l'originalité ambiante. Mauresque indubitablement, baroque peut-être, par le mélange des styles. Honorin la trouva chaleureuse, même si, à la nuit tombante il en devinait mal les couleurs. Il aperçut des petites vérandas fermées, apparemment ajoutées pour bénéficier au mieux de l'ensoleillement exceptionnel au plus haut de la petite montagne. Une fois à l'intérieur, il eut l'impression qu'il y avait des pièces partout. Rapidement, Constance donna ses consignes et expliqua à Honorin qu'une partie du bâtiment était réservée à la famille d'Émile et l'autre à celle d'Albert avec des pièces communes, les pièces à vivre. Le jeune homme hérita d'une petite chambre qui donnait sur les pins et sur une autre villa, plus grandiose encore, mi-chalet avec toutes ces fenêtres de bois sculpté et mi-pavillon du Nord avec la brique comme élément de base. L'ensemble lui parut fort élégant. Il ouvrit sa fenêtre et reçut de plein fouet la senteur des pins, puissante le soir après une matinée pluvieuse. Une odeur de paradis sur terre. Il devina des massifs de fleurs, sans doute des azalées, peut-être des camélias ? Il conclut, pour lui-même :

— Lambersart n'est pas la ville des pauvres de la région lilloise, mais que dire de cet endroit qui à lui tout seul ressemble à une colline des miracles ?

Un dîner simple les attendait, préparé par Éliane. Suzanne lui apprit qu'un vieux couple, Maurice et Éliane, entretenait la villa toute l'année et vivait dans un deux pièces aménagé au sous-sol. Maurice, jusqu'à ses soixante ans, avait travaillé à la pêcherie de l'oncle Émile, avant de se reconvertir comme jardinier auprès de sa femme, la cuisinière de la villa depuis des lustres. Maurice apparut pour aider à desservir. Honorin fut sidéré par le beau visage de ce vieil homme, un visage cuit par le soleil et par le vent, qui contrastait avec celui, tout pâle, d'Éliane. Lorsqu'il disparut en cuisine, Constance expliqua à mots couverts que Maurice avait longtemps navigué avec Aurélien et même avec Baptiste, le père de ce dernier. La tragique disparition du chalutier en 1917 par la faute d'un sous-marin allemand, l'avait affecté autant que Marie. Pour Aurélien, mais plus encore parce que son frère cadet faisait lui aussi partie de l'équipage disparu. Maurice en avait perdu l'usage de la parole. L'oncle Émile avait juré à Éliane qu'il le garderait à son service jusqu'à la mort du pauvre homme ou jusqu'à la sienne propre. Depuis, Maurice aidait en cuisine l'hiver, entretenait la villa pour les menus travaux, et jardinait dès le retour des beaux jours.

Le lendemain matin les rayons du soleil traversaient les persiennes. Honorin fit une toilette succincte et descendit à la cuisine en s'efforçant de respecter le silence qui régnait dans la grande villa. Éliane, prête depuis tôt le matin, semblait l'attendre. Elle lui versa un café bien chaud et lui proposa trois pains différents. Honorin préféra son traditionnel pain blanc. Par contre il trouva – exactement comme la veille à Bordeaux – le café bien léger. Le genre de brouet réservé à des malingres, que sa mère n'appréciait guère ! Constance apparut, vêtue d'une robe de chambre à fleurs qui lui tombait jusqu'aux pantoufles, d'un rose pire que celui des fleurs…

— Vous êtes matinal, cher cousin, même en vacances à ce que je vois ! Oh, je vous comprends, la curiosité prend le dessus sur le sommeil ! Les filles dorment encore, elles, et vous imaginez sans peine qu'il leur faudra une bonne demi-heure de salle de bain avant de descendre. Je vous suggère de profiter du temps clément en vous promenant sur la petite montagne pour découvrir l'endroit. Dirigez-vous vers un merveilleux promontoire en sortant d'ici main gauche. Ensuite, toujours en laissant main gauche la somptueuse villa dite d'Alexandre Dumas, vous aboutirez au Casino Mauresque, un trésor d'architecture ! De là vous jouirez de la vue plein-nord avec le Cap face à vous et vous palperez pour la première fois le bourdonnement d'activité dans le Bassin. Allez mon enfant, allez respirer ce bon air balsamique tant recommandé par nos médecins bordelais. On dit qu'il traiterait même la phtisie.

Honorin quitta la villa M., ravi de s'échapper, enfin. La voûte majestueuse des grands pins fut sa première surprise et son premier plaisir. Il devinait le ciel bleu plus qu'il ne le voyait. Au fur et à mesure qu'il s'approchait de ce casino, les délires architecturaux le faisaient sourire. Malgré tous ces vaccins d'originalité, la grande meringue mauresque le stupéfia, sans vraiment le séduire. Gigantesque et originale, assurément, il la trouva incongrue dans cette nature. Encore qu'autour de lui il découvrait une nouvelle nature façonnée par l'homme et qui le sidéra : des orangers, lui qui ne voyait que quelques oranges par an, celles offertes par son père à Noël ; des oliviers, qu'il ne connaissait que par des dessins ; et d'autres espèces, plus exotiques encore. Décidément il découvrait un nouveau monde, il découvrait un décor ! Un décor qu'il appréciait, certes, mais qu'il jugea indubitablement dédié aux familles les plus fortunées de Gironde et du pays. Il tourna son regard vers la mer et sourit à nouveau. Il aperçut des embarcations de pêcheurs et d'autres, celles de ces jeunes récoltants d'huîtres dont Constance lui avait rapidement parlé. Instinctivement, il préféra ce monde-là. Un monde qui devait travailler dur, le monde d'Aurélien, celui de Maurice. Bien sûr il aimait son père et appréciait le train de vie dont il s'était doté grâce à des années de labeur acharné. Bien sûr il appréciait tout cela également chez ce cousin Émile. Et il comprenait que ces capitaines d'industries, ces pilotes des manufactures, devenaient encore plus indispensables en période de reconstruction. Malgré tout, intimement, Honorin se sentait plus proche d'oncle Édouard et déjà de cette Marie et des siens. Il poursuivit sa promenade :

— … dans ce parc des fées. Suzanne et Francine doivent adorer le parc des fées, toutes les jeunes filles adorent les fées !

Mais Honorin avait déjà compris qu'elles s'échappaient du décor sublime à la moindre occasion, pour se réfugier dans celui, modeste, convivial et authentique, de la chaumière de tante Marie.

Honorin rentra au bout d'une heure de découvertes, le nez rempli d'odeurs inconnues. En ce début de printemps, il cuisait sous sa veste et dans ses pantalons de flanelle. Il ne portait point de chapeau et regrettait ce canotier léger qu'il avait remarqué sur la tête des messieurs, croisés dans le parc du casino. Francine l'accueillit, un sourire radieux sur son visage. Honorin aima sa jupe longue et légère et le chemisier en soie grège. Ils entendaient Suzanne faire ses gammes au salon. Chez les Thillet-Bordes on ne badinait pas avec l'éducation des jeunes filles. La famille d'Albert louait chaque année un demi-queue, d'avril à septembre. Grâce à cette location longue durée, renouvelée année après année, la maison Chavan accordait un rabais et ne comptait pas de frais d'installation. Une installation qui relevait de l'exploit, tant les escaliers et les couloirs de la villa M. rivalisaient d'étroitesse malgré ses dimensions. Les employés de la société de location hissaient le piano par une fenêtre ! Mais au bout du compte, les demoiselles Thillet-Bordes pouvaient s'adonner à leurs exercices, telles de jeunes Paderewski en herbe ! Au son des gammes inlassablement répétées par sa sœur, Francine, l'air plus mutin que jamais, profita de leur solitude pour s'approcher d'Honorin, pour l'enlacer et lui accorder un baiser furtif sur les lèvres.

— Bonjour, cousin, clama-t-elle haut et fort, puis à voix basse, je me sens si bien avec toi !

Pétrifié, Honorin ne sut quoi dire, ne sut comment réagir. Il s'entendit répondre :

— Moi aussi, tu sais ! Mais... mais tu as à peine plus de quinze ans !

— Presque seize, murmura-telle en se dressant sur la pointe des pieds et en haussant des épaules alors que sa mère apparaissait.

Constance étalait toute son élégance naturelle. Honorin ne put qu'admirer la ligne harmonieuse de sa longue robe d'un vert doux, doux comme elle, ornée de motifs géométriques pourpres, résolument modernes.

— Honorin, vous voilà de retour. Alors, cette petite montagne ?

— Prodigieux, chère cousine, irréel, presque féerique !

— C'est un peu cela, en effet, c'est ce qu'ont voulu les frères Péreire et je crois qu'ils y sont parvenus. Mes chers enfants, une calèche nous emmène dans le quartier ouest, près d'ici mais en bord de mer. Suzanne en a terminé avec ses exercices au piano et se propose d'initier son cousin au tennis. Le temps s'y prête, n'est-ce pas ? Allez vous changer, habillez-vous léger. Avez-vous un canotier ? Non. Vous prendrez celui de mon époux. Ensuite nous nous arrêterons pour un encas préparé par Éliane, à la buvette du Casino de la Plage. Nous poursuivrons jusqu'au port après le repas, ainsi connaîtrez-vous tout le front de mer, depuis les paysages de dunes jusqu'aux premières pêcheries, en passant par la jetée et les plages de sable. Peut-être serons-nous assez chanceux pour assister à l'arrivée de quelques maquereautiers ou sardiniers. En une journée vous connaîtrez ainsi l'essentiel de cette cité maritime.

— Et aussi, mère, poursuivit Francine, nous irons saluer tante Marie, Gérard et Claire.

— Oui, ma fille, répondit Constance, un peu lasse, j'ai cédé, en définitive, car dès demain nous aurons la visite d'André, le cousin direct. Vous verrez, Honorin, André est un jeune homme très bien, déjà investi par mille tâches à la pêcherie, en second de son père.

Vu la moue désapprobatrice – discrète mais comique – de Francine, Honorin comprit qu'elle ne portait pas son cousin André dans son cœur !

Constance continua :

— André, je me dois de vous le préciser, n'apprécie guère sa tante. Il ne vient à La Teste que pour des raisons professionnelles. Mais parfois, aux beaux jours, il débarque à la villa un samedi ou un dimanche. Il ne nous embarrasse pas vraiment. Il passe le plus clair de son temps à la terrasse du parc du Casino de la Forêt, face à la mer et, je le cite, « analyse la presse » pour glaner des informations sur l'économie des pêcheries, sur l'économie en général et sur la reconstruction. Sincèrement, Honorin, votre cher père devrait l'accueillir à Lambersart et le prendre à son service aux manufactures de teinture, il serait plus heureux qu'ici ! Dépêchons, maintenant, la calèche nous attend déjà !

Honorin dut admettre que Suzanne resplendissait dans sa tenue blanche avec son sac beige d'où dépassaient les manches de trois raquettes. Ostensiblement, elle s'était placée à côté d'Honorin sur la banquette, après l'avoir félicité pour son pantalon de toile, sa chemise sable et le canotier… de son père ! Au moins il ne transpirait plus ! Pour le moment. Francine, face à lui, semblait rêver, loin, très loin d'Arcachon et d'une partie de tennis. Un léger vent marin parvint presque à faire s'envoler le petit chapeau de Constance qui dut le tenir jusqu'à l'arrêt devant les terrains de tennis cloisonnés dans un bois de pins. Une protection utile contre le vent. Deux jeunes hommes se renvoyaient la balle blanche sur l'un des courts. Honorin frémissait déjà. L'un des deux joueurs salua « Mademoiselle Suzanne » et reprit ses échanges. Suzanne se mua en professeur, prenant son rôle très au sérieux. Honorin s'appliquait mais ne parvenait pas à tenir sa raquette correctement. À chaque fois la balle rebondissait très haut, beaucoup trop haut pour qu'il la renvoie. Il s'adapta et réussit enfin à enchaîner un échange. Suzanne, en professeur accompli, s'efforçait de renvoyer la balle sur le côté droit d'Honorin. Le revers, ce serait pour plus tard. Honorin s'enhardissait, mais arrosait… au point qu'une de ses balles percuta Francine à une jambe. Le jeune apprenti fut convaincu qu'elle n'avait pas esquissé le moindre geste pour éviter la balle. Elle cria, sans conviction, et lança :

— Honorin, tu es méchant, tu l'as fait exprès ! Viens me soigner, j'ai fort mal !

— Ne l'écoute pas, reprit Suzanne, continuons, tu es en plein progrès ! Laisse-la gémir, ce n'est qu'une petite fille !

Francine tira la langue à sa sœur et Honorin ne put se retenir de rire. La petite sœur fronça les sourcils et répéta :

— Tu m'as fait très mal !

Constance souriait, amusée par l'air courroucé de ses filles. Elle enchaîna :

— Suzanne, merci pour vos efforts, mais il est temps d'arrêter ! Bravo à tous les deux, au professeur, excellent, comme à l'élève, prometteur. Nous reviendrons, n'est-ce pas Suzanne ?

— Avec joie, mère, mais sans ma peste de sœur !

— Suzanne, allons donc ! Reposez-vous quelques instants et partons pour le Casino de la Plage !

Dans la calèche, Honorin s'assit à côté de Francine et fit le beau, mi-sincère, mi-taquin, pour la consoler. Suzanne levait les yeux au ciel devant ce tableau larmoyant et ridicule. Déjà ils apercevaient la jetée lorsque Suzanne cria :

— Les bateaux, les pinasses des sardiniers, mère, ils sont là !

— Quelle chance mes enfants, nous profiterons du spectacle devant notre table ! Honorin, je suis ravie. M'est avis que vous êtes du genre chanceux ou je me trompe ?

— Je le crois volontiers, cousine Constance !

Et il sourit, à Francine. Ce que Suzanne remarqua et, visiblement, n'apprécia guère. L'attention de l'aînée fut aussitôt distraite par la cloche du tramway des Abatilles. Honorin, lui, ne fixait déjà plus que l'attroupement à proximité des embarcations, de l'autre côté de la grande jetée. Il se tordait le cou pour apercevoir ces fameuses pinasses mais pour cela il fallait dépasser la jetée : trop de badauds et trop de belles élégantes avec leurs ombrelles cachaient le spectacle. Un autre spectacle s'affichait devant Honorin, mais qui ne l'intéressait guère. Les belles dames toilettées l'auraient fait rire si elles ne masquaient pas l'essentiel à ses yeux. Une robe bleu-ciel à pois blancs, le chapeau du même tissu et l'ombrelle d'un bleu plus intense ; une autre robe, céladon, et à côté, un chemisier blanc délicatement décoré de dentelles d'une rare finesse, au dessus d'une rayonnante jupe bouton d'or qui cachait les bottines, avec un chapeau assorti, évidemment ! Limite grognon le temps de dix pas du cheval de leur calèche, Honorin songea :

— De toutes les façons aucune ne rivalisera jamais avec cousine Constance !

Constance qui justement, en prévision de l'arrêt tout proche de la calèche en plein soleil, déployait son ombrelle. L'attelage s'arrêta à la meilleure place pour Honorin qui découvrit sur la plage, passée la première jetée, un capharnaüm stupéfiant ! Près de lui cinq ou six ânes promenaient de belles vacancières sur le sable. Montées en amazone, elles essayaient de parader, prises

pieds, il pénétrait dans un monde nouveau. En cet instant, il n'imaginait pas une seconde combien ce monde-là pouvait être exigeant, terrible, implacable et parfois même ingrat avec les siens. Quelqu'un se chargerait de lui révéler. Bien vite.

Il grignotait machinalement tout en sirotant la limonade commandée par Constance qui, amusée, le laissait dans ses rêves. Il observait, les yeux rivés sur ces pinasses dont la ligne le séduisait déjà. Suzanne passa la main sur son bras. Surpris, il frémit, ce qui la fit rire. Elle lui glissa, à mots couverts :

— Tu verras, cousin, la plus belle pinasse de la petite mer c'est celle de Julien, la pinasse mauve !

Constance leva les yeux au ciel et maugréa pour elle-même :

— Seigneur, qu'il la croise le plus tard possible !

4

La calèche pénétra dans le quartier de l'Aiguillon. Honorin réalisa qu'il changeait de monde, une nouvelle fois. Le soleil était le même que sur la promenade de la plage mais l'élégance n'était plus de mise. Des manufactures, des cabanes et des lotissements entouraient quelques villas confortables qui semblaient égarées. Par endroits, l'odeur du poisson taquinait les narines. Des filets séchaient et Honorin aperçut deux dames assises sur des tabourets enfoncés dans la vase et qui s'affairaient à les réparer. Ils marchèrent cent mètres jusqu'à la maison de Marie. Honorin remarqua que Constance prenait mille précautions pour poser les pieds, cherchant à éviter de maculer ses souliers et sa robe. Elle fronçait les sourcils, ce qui la rendait sévère sous sa chevelure brune qui commençait à fuir le chapeau. Deux gamins les accueillirent, deux beaux enfants, habillés simplement. Ils se mirent à courir vers les arrivants et Constance lança :

— Doucement les petits, doucement !

Gérard, puisqu'il s'agissait de lui, avait de la vase séchée au niveau des genoux et une trace sur une joue. Ses yeux pétillaient sous sa tignasse en pétard, pleine d'épis, et illuminaient un visage rond couvert de « pigasses[4] ». Claire le suivait. Elle portait une petite robe légère qu'on imaginait fort jolie sans ces traces de boue et un vilain accroc. Le piaillement des gamins fit sortir leur mère. Honorin rencontra les yeux de sa cousine Marie, des yeux limpides et crédules qui éclairaient un ovale un peu long. Elle affichait une petite quarantaine, saine, épanouie, même si

4 – Tâches de rousseur en gascon.

quelques sillons révélaient les souffrances de la vie. Constance embrassa sa belle-sœur du coin des lèvres et présenta Honorin. Marie étreignit son cousin du Nord avec plus de chaleur et déclina :

— Marie Decosse, et voici nos petits, Gérard Decosse et Claire Decosse. Entrez, entrez !

Il sembla à Honorin qu'elle insistait sur le nom de famille. Ils se tassèrent sous une véranda toute simple qui servait de salon. Marie proposa du café à Constance et à Honorin, qui acceptèrent tous les deux. Le soleil cuisait déjà la pièce qui devait faire office de four en plein été. Honorin, discret, observait autour de lui. La véranda donnait directement sur l'eau. C'était encore marée haute et il admira les bateaux éparpillés sur un miroir. Une vision carrément plus attrayante qu'en arrivant, la veille, à marée basse. Quelques barques minuscules côtoyaient des pinasses en plus ou moins bon état. Sur un côté il aperçut une montagne de tuiles, toutes blanches et, presque dans l'eau, une autre pile de tuiles passablement esquintées. Il n'osa point questionner. En buvant son café il apercevait la pièce principale, contiguë à la véranda. Une pièce modeste où quelque chose l'impressionna : sur le mur du fond était accrochée une série de fusils de tous âges. Marie suivit le regard du jeune homme, sourit et lui expliqua :

— Impressionnant, n'est-ce pas ? C'était la seule richesse de mon cher Aurélien. Sa collection de fusils. Julien, mon beau-frère, a reçu de son père sa pinasse et Aurélien a hérité de ses fusils. Il était fier de ses fusils, du deuxième en partant du haut, en particulier. Un tromblon, ce fusil court au canon évasé, qui date de la fin du XVIIe siècle. Il y a aussi un mousquet, un fusil à baguette, un fusil de grognard et quelques fusils de chasse, plus récents.

Devant la surprise du garçon, elle continua, une petite larme à l'œil :

Honorin, tu comprendras vite – on peut se tutoyer, ici, cher petit cousin du Nord, si tu es d'accord – oui, tu comprendras que sur le Bassin un homme est autant chasseur que marin. Et je l'avoue, Constance, Suzanne et Francine peuvent en témoigner, je préférais voir mon homme à la chasse plutôt qu'en mer. Mais la mer faisait tellement partie de sa vie. Elle était sa vie…

Honorin opinait, silencieux, les yeux et les oreilles grands ouverts. Il devina qu'en entrant chez Marie les préjugés et les convenances des villes restaient accrochés au vestiaire et, dans son inconscient, l'endroit lui plut. Entre deux gorgées de café, Marie posait son regard sur les petits qui s'ébattaient devant la véranda. Un regard débordant d'amour. Honorin déduisit que Marie voulait les aimer pour deux, maintenant qu'elle était veuve. Pourtant il ne savait pas encore combien elle avait bataillé dur, y compris contre la mort, pour les mettre au monde, ces beaux petits ; qu'elle s'était fait rabrouer et carrément insulter lorsque, malgré un début de tragédie pour la naissance de Gérard, elle avait annoncé à ses frères qu'elle en attendait un deuxième. Marie se montra la plus forte, portée par l'image du bonheur d'Aurélien serrant son fils dans ses bras, pour la première fois, après être passée par mille angoisses.

Constance manifesta un brin d'impatience, pressée de partir alors qu'ils étaient à peine arrivés :

— Ne nous attardons point, mes enfants, il nous faut accueillir André, ce soir !

— Accueillir André, soupira Marie ! Je vous rappelle qu'à la villa, il est chez lui autant que vous ma chère belle-sœur et qu'il ne vous montrera aucune gratitude, que vous l'accueillez ou pas ! Mais faites comme bon vous semble. Julien doit passer en fin d'après-midi et j'aurais souhaité lui présenter Honorin. Mais ce sera pour une autre fois. Dis-moi, mon garçon, je n'ai même pas entendu tes premières impressions sur la petite mer !

Honorin balbutia qu'il se sentait pris dans un tourbillon de nouveautés et que tout allait si vite…

— Écoute, cher cousin, reviens quand tu veux ! Tu es ici chez toi ! Tu vois comment nous vivons, ce n'est certes pas le confort de la villa M. mais tous les trois nous serons heureux de t'accueillir, seul ou avec tes cousines. Ne le répète pas trop fort, cela te jouerait des tours, mais Suzanne et Francine adorent venir ici, se frotter à la nature et profiter de la pinasse de Julien. Alors reviens, et tu me raconteras !

Constance grognait, la mine renfrognée comme Honorin ne l'avait encore pas vue. Il déclara :

— Chaque fois que Cousine Constance m'en donnera l'autorisation je serai heureux de venir chez v… chez toi, cousine Marie. Et avec Suzanne et Francine ce serait encore mieux que tout seul !

En repassant devant la plage, en direction du Grand-Hôtel, ils constatèrent que celle-ci avait reconquis sa tranquillité. Seuls quelques ânes maintenaient un semblant d'animation. Honorin remarqua que la lumière changeait. Au fur et à mesure que l'après-midi avançait, le Bassin, ce grand lac ouvert, devenait un miroir argenté. Le Cap Ferret, si net, si clair et si proche d'eux en matinée, se faisait désormais ombre et silhouette lointaine. La marée descendante participait à cette transformation. Arrivés au tournant du quartier Péreire, le sable mouillé prenait, lui aussi, près de l'eau rasante, des reflets d'argent. Grâce au jusant il distinguait maintenant des centaines de piquets – les pignots – au loin, plus loin qu'au milieu de la petite mer : la délimitation des parcs à huîtres du côté du Cap Ferret. La calèche remonta vaillamment la petite montagne par l'ouest. La façade de la villa M. semblait flamboyer sous le soleil d'un bel après-midi d'avril. Une lumière qui accusait les lignes mauresques de la façade côté balcon et qui jouait avec les vitres des minuscules vérandas.

Éliane annonça à Madame Constance que Monsieur André n'était point arrivé mais qu'elle avait à nouveau vérifié que sa chambre était prête, fin prête. Et pour le dîner, elle avait prévu large : il n'était pas le fils d'Émile Thillet-Bordes pour rien !

André, bras droit de son père Émile depuis le jour de la Victoire, venait de célébrer ses vingt-cinq ans. Dire qu'il prenait son rôle au sérieux tenait de l'euphémisme… le plus outrancier ! Et, comble de la caricature, le jeune homme fréquentait depuis quelques mois, depuis Noël en réalité, une petite Anglaise, Suzy Saint-James, issue d'une famille fortunée de négociants en vins basée dans les quartiers huppés de Londres. Le père de Suzy travaillait depuis des années avec Albert Thillet-Bordes et avait proposé de renouer en affaires en venant passer Noël en famille, à Bordeaux et à Arcachon. La mère de Suzy rêvait, à ce qu'on racontait, de cueillir elle-même des mimosas au Cap Ferret. De ce fait la famille St-James s'était installée au Grand-Hôtel depuis la veille de Noël jusqu'à la troisième semaine de janvier incluse ! Cela donnait une idée de la fortune de ces Britanniques…

André avait rencontré Suzy à la villa M. le surlendemain de Noël. Aussi décidé que son père, il avait séduit la jeune fille en quelques jours et fixé leurs fiançailles au 1er mars. Pour le mariage ils attendraient que les familles se rendent disponibles à nouveau, sans perturber la marche des affaires. Émile Thillet-Bordes penchait pour le samedi précédant le 14 juillet. Les St-James semblaient s'en moquer comme du clan du kilt de leur chauffeur écossais ! Se lier à des Bordelais pour disposer du meilleur « *claret* » aux meilleurs tarifs, suffisait à leur bonheur !

André débarqua à dix-neuf heures précises. L'heure qu'il avait mentionnée dans la brève carte postale envoyée à sa tante depuis Bordeaux. Il déplut immédiatement à Honorin. Le jeune homme, engoncé dans son costume de ville, le salua froidement en lui balançant :

— Bienvenue à la villa, cher cousin !

Sa raie impeccable au milieu du crâne et son regard intrigant suffirent à Honorin pour le cataloguer pédant. André monta dans sa chambre sans autre amabilité. Suzanne et Francine s'empressèrent d'informer Honorin qu'André, imbu de lui-même, n'avait pensé qu'à ses études et que depuis il ne se consacrait qu'aux affaires. Et, tare fatale aux yeux des filles, il n'avait jamais daigné mettre les pieds à l'Aiguillon chez sa tante ! Il se contentait de faire la navette entre Bordeaux et la pêcherie de La Teste, séjournant de temps en temps et brièvement à la villa M. pour se reposer en parcourant des revues d'économie. Suzanne, peu avare de commentaires, le trouvait fort mal à son aise avec les marins comme avec les ouvriers.

— Tous les défauts de mon frère sans ses qualités, résuma Honorin pour lui-même…

L'aîné d'Émile ne réapparut que pour mettre les pieds sous la table et se contenter de quelques questions à l'adresse d'Honorin au sujet de ses études. Dès que ce dernier lui eut répondu qu'il ne savait pas quelle voie choisir, mais certainement pas celle de Jules, ingénieur IDN[5], André se rabattit sur les banalités d'usage auprès de sa tante.

---

5 – Institut Industriel du Nord, devenu École Centrale Lille.

Le lendemain, dimanche, Constance proposa d'assister à la messe en la paroisse Notre-Dame des Passes au Moulleau, ce qui permettrait à Honorin de voir encore un autre quartier et, au loin, la dune principale du littoral. André suivit le mouvement mais les abandonna pour s'adonner à ses lectures professionnelles sur le sable du Moulleau.

— Je prendrai un repas léger, ici, puis rentrerai à pied pour repartir aussitôt à Bordeaux. À bientôt, cousines ; peut-être à bientôt, cousin ; merci tante Constance.

Honorin eut droit, dans l'après-midi, à sa deuxième leçon de tennis. Ils retrouvèrent les mêmes joueurs que la veille. Et le plus galant se fendit à nouveau de son salut à « Mademoiselle Suzanne » en lui proposant cette fois une partie pour un jour prochain. Constance donna son assentiment, pour le lendemain après-midi, si le temps le permettait. Francine se joignit à Honorin face à mademoiselle le professeur ! Ce qui engendra, de la part des deux élèves, quelques télescopages spectaculaires qui entraînèrent l'hilarité générale et, mieux encore, un début de connivence entre Francine et Honorin.

* * *

Honorin obtint d'emmener Francine chez Marie pendant que Constance, qui tenait à surveiller Suzanne, assisterait à cette partie de tennis accordée au jeune homme qui jouait régulièrement à côté d'eux. Un jeune homme de très bonne famille, de Libourne, selon la direction du club de sport auprès de laquelle elle s'était renseignée. Francine, de son côté, avait reçu une mission de la part de sa mère : inviter Marie et ses enfants à un pique-nique au Cap Ferret, le samedi suivant, si sa belle-sœur pouvait se libérer de son travail. Une occasion pour faire connaître l'autre côté du Bassin à Honorin, peu avant son départ. Une tradition qui datait des longues sorties en mer d'Aurélien et que Marie appréciait. Seule Constance œuvrait pour ne pas couper les ponts avec elle. Cette invitation était assortie d'une condition : que l'expédition se fasse par la ligne maritime régulière et pas avec cette maudite pinasse. Constance n'avait point osé ajouter devant sa fille : « la pinasse de ce fêlé de Julien ».

Marie, à cette époque de l'année, réparait des filets chez elle et chaulait des tuiles pour les ostréiculteurs, de plus en plus nombreux à l'intérieur de la petite mer. La pêcherie ne l'employait que de façon saisonnière, au contraire de Julien, manutentionnaire à plein-temps. Francine songea qu'avec de la chance, Julien rentrerait à temps pour leur proposer un tour en pinasse, mais aussitôt elle fit la grimace : Julien récupérait les petits, en étude pendant les vacances, et arriverait trop tard à cause de cette fichue marée ! Dommage, car elle rêvait de se faire déposer avec Honorin à la jetée de la Chapelle, ce qui aurait sidéré sa mère et démontré toute l'utilité de la pinasse mauve !

La calèche les emmena, tous les quatre, jusqu'aux terrains de tennis. Le temps lumineux faisait sortir les belles comme des lucioles devant un phare en pleine nuit. Surprise d'Honorin, pour un lundi. Mais l'élégance n'avait pas de jour à Arcachon, elle s'étalait avec le soleil et donc la parade continuait, comme la veille. Une fois Constance et Suzanne déposées, et dès les premiers tours de roue, Francine prit la main d'Honorin. Il trembla un instant mais s'enhardit pour se coller contre sa cousine et l'enlacer. Continuant à pied, au-delà de la jetée d'Eyrac, ils batifolèrent et s'embrassèrent plusieurs fois. Ils se tenaient toujours la main en arrivant chez Marie qui, fine mouche, remarqua l'attitude peu équivoque des deux adolescents. Heureuse de les revoir si tôt, elle lâcha son ouvrage, le chaulage. Son long tablier beige était maculé de traces blanches et ses mains n'étaient pas présentables. Même sa longue chevelure châtain portait la marque de son travail. Elle s'excusa et prit quelques minutes pour se laver avant de les embrasser comme une mère. Honorin perçut une odeur suave qui, chez cette femme, contrastait avec le dur labeur qu'elle s'imposait. Marie trouva quelques petits gâteaux et proposa une citronnade, tandis qu'Honorin se régalait du spectacle de cette marée descendante, si sage au niveau de l'Aiguillon. Francine demanda si Julien viendrait avec la pinasse mauve, suppliant sa tante de les autoriser à une promenade sur le bassin, pour Honorin.

— Tu le sais bien Francine, Julien arrivera trop tard avec les petits. La pinasse n'est pas ici et même s'il lui était possible de s'amarrer vous ne parviendriez plus à partir ! Dans une heure la mer se sera retirée !

Francine insista sans y croire puis, frustrée, renonça.

Honorin constata combien sa jeune cousine apparaissait plus spontanée ici, chez Marie, que devant sa mère ou à Bordeaux devant son père et sa mère. Il percevait clairement l'effronterie de son regard. Marie les laissa terminer leur boisson puis, calmement mais fermement, elle entreprit de les sermonner gentiment :

— Mes enfants, faites attention ! Je vous ai vus, touchants, arriver la main dans la main. J'ai perçu vos regards, révélateurs. Il y a des signes qui ne trompent pas. Vous avez le béguin l'un pour l'autre. Vous êtes encore bien jeunes, bien trop jeunes. Sachez que je vous comprends mais qu'aujourd'hui, avec vos quinze et dix-sept ans, je ne vous approuve pas ! Vous pouvez compter sur ma discrétion. Et inutile de baisser les yeux, je ne suis pas en train de vous gronder, j'essaie simplement de vous alerter. Je connais ma famille, je devine comment est la tienne, Honorin, et comment elle réagirait. Je vous mets en garde tous les deux, gare à leurs colères ! Je vous en conjure, soyez patients, soyez discrets, ne gâchez pas tout trop vite ! Une amourette, quelle aventure, mais quels dangers ! Je sais de quoi je parle. La combustion spontanée, c'est délicieux tant que cela n'aboutit pas à l'explosion ! Un genre d'explosion qui fait forcément des victimes. Vous me comprenez, n'est-ce pas ? Toi, Francine, tu sais en partie ce qui m'est arrivé, tu le sais ?

— Oui, tante Marie, répondit-elle toute penaude.

— Vous êtes beaux tous les deux, vous faites plaisir à voir, jeunes innocents, mais vous n'avez pas conscience des dangers qui vous guettent. À coup sûr, pour qui porte le nom Thillet-Bordes et fort probablement, pour qui porte le nom Vercoutre, les dangers sont immenses ! Allez, si cela peut calmer vos ardeurs hors de chez moi, redonnez-vous la main ici, seulement ici. Ce sera notre pacte ! Et promettez-moi d'être sages et prudents !

Les deux enfants firent oui de la tête.

— À la bonne heure, conclut Marie !

Honorin, partagé, se sentait misérable, mais se mit à adorer cette Marie au franc-parler et au caractère bien trempé. Il appréciait et aimait Constance pour sa douceur et il s'apprêtait à aimer Marie pour autre chose, indéfinissable. Mais dans sa petite tête trottaient déjà deux mots : courage et loyauté.

Devant eux la mer se retirait de plus en plus vite. Un spectacle qui fascinait Honorin mais qui désolait Francine : il n'y aurait point de retour en pinasse ce soir. Le sable et la vase envahissaient déjà l'anse de l'Aiguillon. En s'approchant de la porte de la véranda Honorin distingua, amusé, des oiseaux qui sautillaient pour trouver leur nourriture. Ils déposaient sur le sable leurs empreintes délicates, telles de minuscules étoiles.

— Honorin, écoute-moi, écoute-moi bien quelques instants, le temps que Julien arrive avec mes gamins. Nous serons interrompus, mais nous trouverons d'autres occasions. Peut-être dès samedi, encore que j'en doute. Sinon, tu reviendras, n'est-ce pas ? Dès cet été, pourquoi pas ? Qui a vu la petite mer, veut toujours la revoir. N'est-ce pas Francine ? Et cela te plairait de revoir ton cousin, je parie ?

Francine haussa les épaules et sourit, reprenant la main d'Honorin, puisqu'ici c'était permis.

— J'ai rencontré Aurélien, un beau jeune homme aux yeux clairs, à la tignasse aussi rebelle que noire et à la peau déjà marquée par le soleil, le vent, le sel et l'effort, lors d'une fête organisée en son honneur par mon frère Émile. Le père d'Aurélien, Baptiste, avait été le meilleur capitaine de la flotte Thillet-Bordes, celle d'avant la vapeur. Baptiste, mon beau-père, que je n'ai pas connu, était, comme beaucoup de natifs de La Teste, un fou de la mer, un passionné de la petite mer de Buch. Mon père, Auguste Thillet-Bordes, le mari de ta grand-tante Henriette, lui avait offert pour sa loyauté et ses services une magnifique pinassotte à voile, à la naissance d'Aurélien. Baptiste avait su, plus d'une fois, sauver chaloupes et équipages dans les passes, par temps mauvais. Plus tard, Émile apprécia Baptiste, malgré leurs dix-huit ans d'écart. Baptiste avait connu Émile en culottes courtes ! Le solide marin savait mieux que personne que la mer pouvait le « reprendre » comme il aimait à le dire et comme Aurélien le dirait à son tour. À la suite d'un nouveau sauvetage, probablement en 1887, mais même Aurélien n'était pas sûr de la date, Baptiste récupéra dans son chalutier à vapeur tout neuf, une dizaine d'hommes en plein naufrage dans leurs petites chaloupes, à l'entrée de la passe sud. Rentré à La Teste, il constata que le vent tempétueux et incessant poussait la marée dans les quartiers des ouvriers. L'affolement régnait à l'est de l'Aiguillon, complètement inondé. La pêcherie voyait disparaître toutes les caisses de poisson dans une eau noire qui refluait du stockage de charbon, avoisinant. Baptiste, exténué par son sauvetage en mer et par le retour musclé du chalutier jusqu'au ponton, passa sa nuit à porter sur son dos des femmes épouvantées pour les ramener au sec ! Mon père et mon frère, venus pour soutenir les familles et tenter de sauver ce qui pouvait l'être dans la pêcherie, louèrent l'ardeur exemplaire de Baptiste. Cette nuit-là, Auguste et Émile accédèrent à sa demande et lui promirent de s'occuper de ses petits s'il venait à disparaître. Mon père et mon frère ajoutèrent qu'ils organiseraient, en son honneur, une fête magnifique pour les vingt ans d'Aurélien, que lui, Baptiste, soit vivant ou disparu ! Instant prémonitoire, Baptiste disparut en 1891[6] dans le naufrage de l'Albatros, coupé en deux dans les passes, lui aussi. Le plus terrible fut que Denise, sa femme, usée par l'exigence de cette vie et par les conditions du siècle dernier, disparut à son tour quatre ans plus tard, laissant deux orphelins, Aurélien dix-huit ans, et Julien, quinze ans. Mon père Auguste, fortement poussé par mon frère Émile, je dois le reconnaître, tint toutes ses promesses. Il donna du travail aux deux fils. Pêcheur pour Aurélien qui, fibre paternelle aidant, avait la pêche dans le sang, et manutentionnaire aux pêcheries pour Julien, brave mais simplet et handicapé physique. Je dois t'avouer, Honorin, qu'à cette époque, petite dernière et seule fille de la famille Thillet-Bordes, je ne côtoyais jamais les pêcheries et ce monde de la pêche. C'était ainsi et je ne pouvais ni le regretter ni m'en féliciter. Mon univers à moi, petite Bordelaise de bonne famille, c'était l'école, le piano et la couture. Du moins jusqu'à ce jour insensé de la fête des vingt ans d'Aurélien, en 1897, l'année

6 – Le 28 décembre 1891

du décès de ta tante Henriette. Pour une fois je fus conviée à cette grande fête, à La Teste, où mon père et mes frères avaient invité tous les marins, tous les ouvriers de la pêcherie et même des employés d'Albert. Bien au-delà de cent personnes, avec les femmes et les enfants. J'y ai vu mon père heureux pour la dernière fois. J'ai senti mon frère se laisser aller pour la première et la dernière fois, trinquant avec tous ses employés, un par un, gai comme un gamin. Mais très vite, je l'avoue, je ne les ai plus vus. J'ai croisé le regard d'Aurélien, assis presqu'en face de moi à la table d'honneur. Oh, une table toute simple ! Deux tréteaux et des planches prises à la criée et un vieux drap apporté par Augustine. En une toute petite seconde j'ai compris. Folle amoureuse, tout a basculé ! De quoi faire regretter à mon père et à mon frère d'avoir tenu leur promesse. Ah, mais qui voilà ? Julien et les enfants !

Honorin remarqua la démarche saccadée et un peu bizarre de Julien, mais très vite son attention fut captée par son sourire. Un sourire radieux, un sourire d'enfant. Exactement celui de son neveu. Marie envoya les gamins se laver les mains et présenta Julien à Honorin. Puis le beau-frère embrassa Francine comme du bon pain et dit :

— Honorin, elle te plaît la petite mer ?

— Je ne la connais que depuis deux jours, mais je suis déjà séduit, en effet, totalement séduit.

Et il sourit, complice, en direction de Francine.

— Eh ben, si tu veux… moi la fais connaître… avec ma pinasse moteur. Ici… seul moyen de vraiment tout connaître, et tu sais, j'en… découvre encore !

Julien cessa de parler aussi brutalement qu'il avait commencé et regarda vers le lointain, déjà ailleurs. Marie sourit à son beau-frère, d'un sourire presque maternel.

— Julien, pour la pinasse on verra plus tard. Samedi nous irons au Cap avec ma belle-sœur, ses filles et Honorin.

— Eh ben, voilà, en pinasse !

— Eh ben non, intervint Francine, avec un ton comique, parodiant celui de Julien, mère nous interdit de pinasse !

— Julien haussa les épaules, tandis que les gamins demandaient :

— Maman, c'est quand qu'on va au Cap ?

— Samedi, mes enfants, si le temps le permet !

— Ouais, cria Gérard ! Et on se baignera au Mimbeau !

— N'y compte pas trop mon garçon, il fait encore bien frais ! Julien, s'il te plaît, tu veux bien accompagner tes cousins, à pied, jusqu'à la sortie de l'Aiguillon. Ils prendront le tramway jusqu'au quartier Péreire. Je ne vous chasse pas, tous les deux, mais je connais ma belle-sœur. Dans une heure elle se fera un sang d'encre si elle ne vous voit point. Et elle maudira Julien et sa pinasse mauve !

5

Honorin progressa au tennis grâce à une Suzanne déchaînée, sacrément fière d'avoir battu Clément, un vrai gentleman. Le soir même Francine ironisa qu'en laissant gagner sa sœur, ce Clément était forcément un gentleman ! Plus tard, dans leur chambre, les petites culottes volèrent très bas…

Les demoiselles Thillet-Bordes entraînèrent Honorin dans les bois de pins, jusqu'au Moulleau, et parfois en ville où les terrasses des cafés se remplissaient dès les premiers rayons de soleil. Messieurs en vestes sombres, pantalons clairs, coiffés de l'indispensable canotier, en compagnie de dames qui rivalisaient d'élégance, chemisiers blancs brodés, jupes aux couleurs vives, chapeaux et ombrelles assortis. Comme la guerre paraissait lointaine ! Les trois jeunes s'offrirent un aller simple en funiculaire pour assister à temps à un concert donné à l'abri du kiosque du Casino de la Forêt. Devant l'orchestre, galamment, Honorin fit passer Suzanne devant lui, pour prendre amoureusement la main de Francine, hors de la vue de la grande sœur. Dans le parc, les familles venaient admirer les plantes rares, exotiques, avant de profiter de la buvette, toujours bondée !

Honorin appréciait ces promenades mais regrettait de ne jamais se retrouver seul avec Francine. Suzanne, systématiquement, et Constance, parfois, se joignaient à eux. Il attendait le samedi avec impatience, priant pour qu'un ciel limpide les accompagne au Cap Ferret. Prendre le bateau, voir de près l'Île aux Oiseaux et cette cabane sur ses échasses, quel programme ! Il songea à ses parents, à Jules et à Léonie. Cette dernière aurait adoré être à ses côtés, à la découverte de tant de nouveautés. Égoïstement, il se dit aussitôt qu'avec sa chipie de sœur il n'aurait jamais glané une seule minute, seul avec Francine. Et puis, ce samedi, il l'attendait également pour revoir Marie.

Constance annonça qu'elle mettait sur pieds, en l'honneur d'Honorin, une soirée « arcachonnaise » dans la villa d'un ami bordelais, située sur le front de mer à un jet de galet de l'estacade de la Chapelle Notre-Dame. Cet ami se vantait de ses relations dans tout le Bassin, depuis les ostréiculteurs jusqu'aux marchands de volaille en passant par les pêcheurs et même des cultivateurs des Landes !

— Cela nous permet d'augurer d'une soirée superbe et peut-être d'un coucher de soleil magique comme il n'en existe que sur la petite mer, conclut Constance, satisfaite !

Poli, Honorin remercia sa cousine pour tant de sollicitude mais, obnubilé par le pique-nique au Cap, n'en retint ni le jour ni le lieu.

Le gros vapeur amarré jetée d'Eyrac époustoufla Honorin. Certes, un ciel divinement bleu rendait tout plus beau, mais le bateau aurait pu tenir du pire rafiot rongé par la rouille qu'Honorin l'aurait vu magnifique ! Comme Constance et comme les filles, Honorin portait une malle de cuir. Des malles qui contenaient « le petit nécessaire pour un pique-nique réussi ». Un « grand » nécessaire, vu le poids ! Mais Constance avait prévu pour Marie, pour Gérard et Claire, et même pour ce bougre de Julien et son appétit d'ogre ! Et comme un fait exprès, la calèche habituelle n'était pas libre ! Il leur fallut descendre à pieds jusqu'à l'arrêt du tramway. À l'évidence le temps radieux attirait les Bordelais et bien d'autres : une queue impressionnante attendait le prochain départ pour le Cap Ferret. Prévoyante, Marie, avec Gérard et Claire, avait pris son tour, ce qui n'empêcha point Constance de s'inquiéter :

— Réussirons-nous à embarquer au prochain départ ?

Marie sourit, serrant ferme les gamins par la main. Dégourdis, il fallait les tenir et ne pas les quitter des yeux !

— Constance, n'ayez crainte, ces vapeurs peuvent embarquer une bonne centaine de passagers !

— Que fait Julien, demanda Constance, comme pour changer de sujet ?

— Il nous rejoindra avec sa pinasse, s'il daigne nous rejoindre… Sincèrement, je ne sais pas ce qu'il veut. Des collègues de la pêcherie veulent le retenir pour discuter de revendications et de manifestations syndicales. Cela m'inquiète. Je lui ai dit de ne pas se mêler de ces histoires. Je garde le terrible souvenir d'octobre 1913[7]. Mais vous le connaissez, impossible de le raisonner.

Constance leva les yeux au ciel.

— Je lui ai quand même rappelé, continua Marie, qu'il bénéficiait de cette place grâce au patron. Il le sait mais il est imprévisible. Pire que Gérard ! Parfois, il me désole. Il n'a pas une once de méchanceté mais il est désarmant.

— Pour une fois, susurra Constance à sa belle-sœur, je l'aurais préféré avec nous !

Un léger vent frais de printemps créait un clapotis sur les eaux du Bassin que ni Francine ni Honorin n'apprécièrent. Si Francine sut tenir jusqu'au débarcadère, de l'autre côté de la petite mer, Honorin eut l'impression de se vider. Par deux

7 – Grève des marins avec blocage du port, conclue par des incidents graves et neuf licenciements.

fois ! Il posa des jambes flageolantes sur la jetée du Cap, satisfait malgré tout de sa première traversée. Avant d'être détraqué, il avait remarqué, à l'est de la jetée d'Eyrac, tous les filets qui séchaient sur l'estran. Marie lui expliqua que, depuis le développement de la zone de villégiatures dans Arcachon, le séchage était interdit à l'ouest de la jetée. Et elle ajouta :

— Quelques-uns de ces filets arriveront chez moi pour réparation. Tiens, regarde devant toi : voilà une pinasse comme celle de Julien.

Honorin s'attarda sur cette embarcation tranquille, seulement chahutée par le sillon du gros vapeur.

Le long de la jetée Bélisaire, étroite, Suzanne regardait Honorin d'un mauvais œil, méfiante et jouant la dégoutée :

— Ne t'approche pas ! Si tu renvoies sur ma robe, je hurle et je te détesterai !

Honorin la gratifia d'un pâle sourire :

— Regarde, je n'ai même pas taché ma saharienne ! Un grand verre d'eau et tout sera oublié !

La petite troupe se dirigea vers la Pointe. Le chemin de côte leur permit de voir, au loin, le Moulleau, la grande dune et l'emprise de la forêt de pins. Heureusement que Constance avait précisé de porter des souliers de marche, le sentier n'était pas toujours praticable. Marie avait « lâché » ses moineaux, nullement dérangés par ce chemin sans empierrement. Constance admonestait ses filles qui pestaient contre le soleil, contre les cailloux et contre le poids des mallettes du pique-nique. Honorin, heureux, marchait à côté de Marie. Heureux de découvrir cet endroit sauvage et pur, si différent de l'autre côté, et attentif aux explications de Marie sur le Bassin et sur le Cap. Il espérait quelques mots sur Aurélien…

Après une bonne demi-heure, pénétrant dans une zone sableuse mais à l'abri du soleil grâce à une barrière de pins, Constance proposa l'arrêt pour l'installation du coin repas. Une jolie langue de sable, pointe au nord, leur proposait un Bassin en miniature dans lequel la température de l'eau pouvait convenir aux enfants. Constance et Marie disposèrent une nappe à l'ombre, encore chiche à cette heure, et déjà Gérard ôtait ses culottes et son chapeau. Marie, vive comme son fils, parvint à le happer d'une main et lui imposer, non sans mal, de conserver son chapeau. Elle lui tendit un filet – trop grand pour lui, ce qui ne sembla guère l'embarrasser – pour pêcher des crabes et des crevettes. Tout sourire, Marie tendit son deuxième filet à Honorin :

— Tu devrais essayer !

La moue dubitative d'Honorin fit bien rire Constance et Marie. Alors il prit sa mallette, en sortit une grande serviette et, discrètement, dans les pins, enfila sa combinaison jaune et bleue et en remonta les jambes au niveau des genoux. Suzanne se fendit d'un :

— Plutôt seyant ! Élégant, le cousin ! Le seras-tu encore en sortant de l'eau et si on te roule sur le sable ?

— Voyons voir ta tenue, chère Suzanne ?

— Moi, je ne mets même pas les pieds dans l'eau ! Surtout à cette saison !

— Et toi Francine ?

Pudiquement, elle se retourna et ôta quelques boutons. Sous sa robe bleu ciel de jeune fille de la ville, Honorin aperçut une tenue qui la couvrait des mollets au cou, rayée bleu et blanc. Elle replaça son chapeau beige orné d'un ruban bleu et, gracile, elle se dirigea vers la mer. À ce moment une dame fit signe à Constance.

— Florence ! Quelle bonne surprise ! Venez Honorin, que je vous présente : Florence de Castang, une très bonne amie et l'épouse de maître de Castang, notaire à Bordeaux, notaire de notre famille et également ami d'enfance d'Émile. Voici Honorin Vercoutre, notre cousin du Nord. Son père est un grand industriel dans les teintures à Tourcoing, c'est bien cela Honorin ?

— Si fait, chère cousine. Mes respects, Madame, veuillez m'excuser de me présenter dans un tel appareil !

— Mais, jeune homme, ici, au Cap, c'est la tenue de rigueur ! Amusez-vous, je bavarde avec mon amie Constance. Ohé Marie, bonne journée !

Soulagé, Honorin rejoignit Francine et Marie. Cette dernière s'en voyait déjà pour surveiller ses diablotins. Il capta le regard de la mère sur ses enfants et devina combien elle aimait ses deux gentils tortionnaires. Par contre il ne pouvait deviner qu'elle avait bien cru ne jamais les mettre au monde. En les voyant batifoler au bord de l'eau, elle repensait inévitablement à ce jour terrible et merveilleux à la fois. Ce jour de toutes les souffrances, des évanouissements successifs, de la peur dans le regard de la sage-femme et, au bout du compte, du bonheur d'Aurélien, serrant précautionneusement son fils dans ses bras. Le bonheur pour tous les deux, le bonheur partagé, enfin, avant de perdre connaissance pour une troisième fois. Honorin, en cet instant, ne palpait que l'amour et la force de cette femme et ne vit point la petite larme qui coulait sur sa joue. Comme Suzanne était restée avec sa mère et cette Florence, Marie proposa de marcher le long de l'eau, vers la Pointe. La tête orientée vers les passes, vers l'océan, vers le lointain, elle marcha un long moment en silence. Les chevilles dans l'eau ils s'approchaient de vieux bateaux amarrés, rafistolés en maisonnettes provisoires pour les ostréiculteurs. Marie lui expliquerait cela plus tard car

Honorin s'en serait voulu de rompre le silence. Il respectait, et Francine avec lui, la mélancolie d'une épouse, la solitude d'une jeune veuve inconsolable. Cheveux au vent malgré un vieux chapeau marron décoloré par le sel, le profil sévère, elle n'était plus là pour personne. Elle partait, loin, très loin. Elle partait, pour le rejoindre. Un silence éternel, tandis que Francine et Honorin s'observaient, discrets, respectueux et complices. Claire et Gérard jouaient dans l'eau. Claire s'évertuait à pousser le filet, trop grand pour elle, vers son frère qui creusait dans le sable sous l'eau, espérant découvrir un crabe. Soudain, il cria et exhiba sa prise qu'il lança sur sa sœur. Elle hurla, lâcha le filet et partit en courant vers sa mère. Gérard déposa le crabe dans le filet. Marie s'en amusa, elle semblait revenir sur terre :

— Aurélien adorait cet endroit, un endroit que je ne peux qu'aimer, aujourd'hui. Déjà, les enfants l'aiment aussi. Tu te souviens, Honorin, cette fête pour ses vingt ans… Quelle soirée ! Attirance magnétique ! Folle intensité ! De ce jour je n'en fis plus qu'à ma tête, malgré la colère, effrayante, de mon père, malgré les colères, froides, de mes frères, et malgré l'opprobre de mes belles-sœurs. Ta mère comprise, Francine, sans doute plus par obligation que par conviction, même si jamais elle ne me révéla quoi que ce soit sur le sujet. Mon père menaça de licencier Aurélien et ce pauvre Julien. J'en étais bouleversée. Il menaça ensuite de me déshériter, et je lui ris au nez ! Je fus assaillie par Augustine, tour à tour mielleuse, maternelle, autoritaire, puis colérique elle aussi, concluant toujours nos entretiens, je devrais dire son monologue, par : « Vous avez le sale caractère de votre père et de votre frère Émile, mon cher époux et, je commence à le croire, pire encore ! Votre caboche n'a d'égale que celles de mon beau-père et de mon mari réunies ! » Mais je tins bon ! Je fus soulagée lorsque, dans le bureau de mon père, en présence de mon frère Émile, j'entendis ce dernier conclure : « une Thillet-Bordes qui s'amourache d'un marin, honnête, encore heureux, fils d'un marin et d'une employée de maison ! Une première, mais également une dernière ! De mon vivant, père, je vous le jure ! » Ainsi nous sommes-nous mariés, dans la plus grande discrétion, à La Teste, en 1899. Il pleuvait des cordes mais nous nous en moquions ! Julien fut le témoin de son frère, par dérogation, à cause de son jeune âge, et mon frère Albert, après avoir obtenu l'accord de son père, accepta d'être le mien. Jamais je n'oublierai la tête d'Émile lorsqu'Aurélien répondit haut et fort « oui » à ma demande devant le curé ! Et je présume qu'il a tourné le dos à l'autel lorsque mon époux m'a passé la bague au doigt ! Nous reçûmes un immense cadeau à la sortie de l'église : une bonne trentaine de marins-pêcheurs, en ciré et en tenue de pêche, formaient une haie d'honneur et nous lancèrent des fleurs, trempées certes, mais chauffées par leurs cœurs ! Nous étions heureux. De ce jour, Honorin, je n'ai plus jamais été reçue à Bordeaux, sauf pour les enterrements.

Elle tourna la tête vers le Bassin. Au même instant Honorin perçut un bruit de moteur et distingua un bateau qui s'approchait.

— C'est Julien, cria Gérard avant sa mère, c'est Julien !

Francine prit discrètement le bras d'Honorin et lui glissa dans l'oreille :

— Une sacrée chance ! Tu vas l'avoir ta balade en pinasse ! Et pas dans n'importe laquelle, dans la pinasse Decosse, dans la pinasse mauve !

Francine jaillit sur sa mère qui écoutait religieusement Florence de Castang :

— Mère, mère, avez-vous vu ? Julien est là ! Ne dites pas non, au moins pour Honorin ! Allons faire une promenade sur le Bassin avec la pinasse de Julien !

— Mes oreilles ne m'ont pas trompée, ma fille, et mes yeux, hélas, distinguent cette vilaine embarcation ! Mais, soit, pour notre cousin Honorin, j'accepte ! À deux conditions : votre tante doit faire partie de l'expédition et vous serez rentrés ici-même dans une heure, exactement. Suzanne, serez-vous de cette balade en mer ?

— Oh, ma mère, comme je regrette ! Je ne suis pas en tenue pour prendre les embruns que ce coquin de Julien ne va pas manquer d'envoyer pour impressionner Honorin ! Et comme je ne suis pas en disposition pour me changer…

— Très bien, je comprends. Vous êtes sage et prudente. Francine, c'est bien enregistré : une heure, pas plus !

— C'est entendu, mère, mais Julien pourrait nous déposer à la jetée de la Chapelle Notre-Dame.

— Hors de question ! Et le pique-nique, vous l'oubliez ? Je veux vous savoir avec moi pour le retour, j'ai la responsabilité pleine et entière d'Honorin, ici, sur le Bassin.

Francine rejoignit le petit groupe qui s'impatientait. Elle cria, à l'adresse de Marie, mais tout autant pour que sa mère puisse entendre :

— Nous avons l'accord de ma chère mère, mais ensemble, avec toi Marie, et pour une heure seulement. Retour ici même, dans une heure !

Julien rigola nerveusement et invita ses passagers à bord. Il aida Marie et Francine qui avaient de l'eau au-dessus des genoux. Honorin faillit glisser au moment d'enjamber le flanc de la pinasse, ce qui fit hurler de rire Gérard et Claire qui s'étaient débrouillés pour monter seuls. Claire était trempée des pieds à la tête ! Marie, prévoyante, l'enveloppa dans une serviette. Julien manœuvra pour se dégager de l'anse et, la pinasse à peine orientée nord-est, il donna plein régime à la grande joie des deux petits. Calés à l'arrière, Marie, Francine et Honorin évitèrent de justesse leur première douche d'eau de mer. La pinasse mauve filait, élégante, droit vers l'Île aux Oiseaux et cette cabane qui surprenait tant Honorin. Un Honorin tout étonné de constater l'attention que mettait Julien dans son pilotage. Marie expliqua que sur la petite mer, un barreur inexpérimenté ne s'en sortait pas indemne, tant les pièges s'accumulaient : les courants, les bancs de sable, les parcs à huîtres à respecter, et le tout variant en fonction des marées ! Elle enchaîna pour mettre en garde les deux tourtereaux pendant que les petits scrutaient l'horizon avec leur oncle :

— Rappelez-vous mes réticences au sujet de votre comportement, leur susurra-t-elle. Je vous préviens d'un autre danger : ne vous faites surprendre ni par Julien ni par les petits. En toute innocence ils vont rapporter vos faits et gestes. Je dis ça pour vous, c'est entendu ?

— Merci cousine, répondit Honorin. J'apprécie et nous en tiendrons compte, n'est-ce pas Francine ?

— Oui Honorin, hélas…

Plus tranquille qu'au départ, la pinasse mauve de Julien Decosse approchait de l'île. De cet endroit magique, la vue sur la petite mer de Buch était insensée. Le Casino de la Forêt ressemblait à une petite maison. La Villa Algérienne, à l'ouest, paraissait plus grande que lui, beaucoup plus grande ! Au nord de la villa ils apercevaient des hommes au travail, de l'eau jusqu'aux reins : des ostréiculteurs. Honorin apprécia ce coin de nature tandis que Julien contournait l'île, laissant main gauche la Pointe aux Chevaux. Il coupa le moteur et la pinasse dériva en silence, comme respectueuse de ce monde qui était le sien. Même Claire et Gérard s'étaient tus. Honorin, au bout d'un long moment de paix, tenta de questionner Julien, qui sourit avant de répondre :

— 1912. Moteur en 1912. Avant, pinassotte à voile en cadeau à papa pour naissance Aurélien. Papa l'a peinte en mauve et pinasse célèbre depuis ! Pontage en bois, lui, 1913. Pinasse à moi depuis ma majorité en 1904. Bonne pour la pêche aux sardines, hein Marie ? Pendant la guerre !

Devant l'air ahuri d'Honorin, Marie précisa :

— La pinasse nous coûte de l'argent. Avec le début de la guerre Aurélien incita Julien à la vendre. Mais ce dernier s'y opposa et moi également. Ce trésor du père, on n'avait pas le droit de s'en séparer ! Du coup la pinasse a participé à des campagnes de pêche, y compris sur l'océan !

Avec un vilain déhanchement – une autre conséquence de sa polio infantile, expliquerait Marie – il les rejoignit et mima la pêche, tout en parlant :

— La pinasse et les doris, pleines de sardines, hein Marie !

Marie hocha la tête, affirmative :

— Julien nous a nourris pendant des mois. Et tu vois, là, dans son fourbi, il y a toujours sa passoire !

— ???

— Sa passoire, pour la soupe de poissons ! Jamais un marin de la petite mer ne se sépare de sa passoire pour la soupe !

Honorin sourit, effaré par ce fourbi sous le pontage, au milieu duquel trônait cette passoire incontournable !

Julien reprit la barre et relança le moteur en direction d'Arès. Marie posa sa main sur le bras d'Honorin :

— Aurélien partait, franchissant ces passes qui sont derrière nous et d'un coup je me trouvais seule, malgré tout le dévouement de Julien. Honorin, comprends-moi, je ne suis pas en train de me plaindre. Aux angoisses de la mer s'ajoutait la difficulté d'avoir un enfant. Je me réfugiais dans les activités de la pêcherie, dans les contacts avec les autres femmes et rêvais des retours d'Aurélien, de ces retrouvailles aussi intenses que folles. De plus en plus intenses à mesure qu'il partait toujours plus loin. En Bretagne, en Espagne et même à l'ouest et au nord de l'Angleterre. Pour une garantie de pêche, j'en conviens, mais pour une garantie d'angoisse, supplémentaire et plus durable, je te le jure ! D'autant qu'aux escales ils découvraient les conflits sociaux et la force des syndicats. Certains des nôtres voulaient créer un syndicat sur le Bassin ! Je tançais Aurélien qui, au début, comprenait ma position et restait en retrait. En 1900 se produisit la première grande grève, à peine plus d'un an après notre mariage. En réalité mon marin était plus préoccupé par mon ventre qui refusait de grossir que par les revendications de ses collègues. Il repartait, déçu de n'avoir point de petit à cajoler, et moi je comptais les jours. Aurélien revenait, ce n'était pas le cas de tous. Je me souviens du naufrage du Héron, au début de 1902, dans lequel se trouvaient deux cousins Decosse. Je découvrais, en ces pénibles circonstances, toute la solidarité dont peut être capable le monde de la pêche. Certains prenaient les petits, d'autres trouvaient du travail pour la veuve, et d'autres encore partageaient un coin de leur maisonnette pour réduire les frais de la famille frappée ! Honorin, combien de fois ai-je assisté à des messes à Notre-Dame des Passes, ou à l'église de l'Aiguillon ou même à La Teste ou à Mestras ! Des cérémonies où l'on ne pouvait même pas se recueillir sur des corps, sur des cercueils ! Il ne nous restait qu'à prier, le plus souvent devant la Croix des Pêcheurs. Aurélien revenait, mais combien de fois ai-je tenté, sous cette croix, de soulager des femmes en pleurs et des petits ébahis, qui ne comprenaient pas pourquoi leurs mères pleuraient ainsi. Je serrais les dents, songeant à mon père et à mon frère dans leurs bureaux et à Aurélien reparti en Irlande ou en train de longer les côtes mauritaniennes. Après le naufrage du Saint-Georges il y eut ceux de la Baleine et du Marsouin. Avec leur lot de cousines à consoler, côté Mazières, cette fois. Ma belle-mère était née Mazières. Et un soir je sus ! Je sus que nous attendions un petit. Aurélien était loin, j'en étais à la fois folle de bonheur et malade pour lui ! Il fallait qu'il sache ! Nous devions partager cet immense bonheur ! L'absence de mon homme me parut plus insupportable que jamais ! Et s'il ne revenait pas ? Si c'était son tour, maintenant ? Allait-il ne point connaître son enfant ? Lui qui rêvait de « conter ses voyages à ses petits au pied de leurs lits ». Il disait toujours cela ! Mes angoisses se transformèrent rapidement en douleurs, au moment où Aurélien revenait, le visage plus buriné que jamais. À peine commençait-il à pleurer de bonheur que nous devions appeler un médecin, tant je souffrais et tant je craignais perdre notre bébé ! Honorin, je m'en suis vu pour mettre ce coquin de Gérard au monde ! Regarde-le, quelle santé, quel beau petit bonhomme ! Il ne se doute pas comme il nous en aura fait voir…

A cet instant Julien amorça un virage serré et la pinasse percuta le sillage d'un gros bateau, sauçant pour le compte les trois passagers de l'arrière, à la grande joie des enfants qui avaient vu le coup venir ! Marie secoua la tête :

— Quel gamin ! Mais un gamin qui possède une horloge dans le ventre. Il pense à rentrer, pour nous et pour Constance. Pour son estomac, sans doute aussi ! Julien respecte les Thillet-Bordes mais ne les aime pas, sauf Constance. Et moi, bien sûr ! À ses yeux je suis une Decosse !

Julien arrima la pinasse avec un bout sur un des pignots plantés sur l'estran. Claire réussit malgré tout à se tremper une fois de plus. Francine et Honorin coururent vers Constance et Suzanne qui avaient préparé le pique-nique. Le jeune cousin, d'ordinaire si réservé, se lança dans une description idyllique du Bassin en ce jour radieux et, en garçon bien élevé, n'oublia pas de remercier ! Constance lut toute la joie du jeune homme et en fut ravie pour lui :

— Vous êtes ici pour profiter de moments comme ceux-là, n'est-ce pas ? Vos parents seront ravis de vous écouter et vous reviendrez, j'en suis sûre !

Honorin cacha mal une grimace : le jour du retour s'approchait et il n'avait aucune envie de quitter le Bassin, encore moins Francine !

La même foule qu'au matin côté Eyrac piétinait le long de l'embarcadère du Cap. Les mêmes personnes, apparemment transformées, échangeaient des propos, souriaient et semblaient heureuses de cette étape épatante de l'autre côté du Bassin ! L'effet Cap, sans conteste, l'effet du coin tranquille sous le soleil. Ces gens venaient-ils jusqu'ici pour oublier leurs soucis ? Honorin songea qu'il suffisait de venir sur le Bassin pour être heureux, que ce soit aux Abatilles, à admirer le Cap depuis une pinède, ou à la Pointe, à scruter Arcachon et la grande dune ! Et du moment que cela se faisait en compagnie de Francine…

Marie et ses gamins avaient pris congé des résidents de la villa M. car Julien avait proposé de les déposer directement avec la pinasse mauve. Un peu envieux, Honorin n'était pas prêt d'oublier la pinasse Decosse ! Un bateau élégant, maniable et confortable malgré tout le fourbi de son propriétaire ! Déjà il rêvait d'en posséder une, exactement identique à la célèbre pinasse mauve. Mais ce n'était pas pour demain. Serait-il capable, un jour, d'en manœuvrer une ? Peut-être qu'en revenant à Arcachon Julien accepterait de lui apprendre ? Et pour sa majorité, s'il travaillait bien… La petite mer qui frisait au vent léger, exactement comme à l'aller, lui brisa ses rêves. Il vomit une partie du pique-nique, regarda Suzanne, horrifiée, et avec un sourire en coin il lui asséna :

— Imagine, si j'avais mangé comme Julien !

La soirée préparée avec soin par Constance se révéla une parfaite réussite pour tous les invités, sauf pour Honorin et Francine. L'orage du midi semblait presque oublié. Il soulignait encore les senteurs du magnifique jardin en terrasses qui descendait depuis la véranda jusqu'au Bassin. Un véritable paradis sur terre ! Les plats, aimablement proposés par deux soubrettes forcément accortes, devaient correspondre au meilleur des assiettes des grands bourgeois bordelais. Les deux jeunes cousins réussirent à s'amuser du cirque de Clément, le joueur de tennis, qui assaillait littéralement Suzanne depuis son arrivée dans la propriété. Ce Clément apparut à Honorin un peu collet-monté, plutôt mondain et, à n'en pas douter, plus proche du style d'André que du sien. Comment comparer cette soirée avec la sortie de l'avant-veille au Cap Ferret, sur la pinasse mauve, en compagnie de Marie et de Francine ?

Honorin se réveilla bougon. Il fallait repartir sur Bordeaux après le déjeuner. Il mit tant d'insistance pour aller saluer une dernière fois Marie, que Constance finit par accepter. Il partit seul, par le tramway, puis courut comme un gosse jusqu'à la maison Decosse. Ouf, Marie était bien là, elle terminait une vaisselle de plusieurs jours tandis que Gérard et Claire dessinaient dans leur coin. Pas de sortie à marée montante, avec tout le trafic vers La Teste et Gujan ! Honorin se proposa pour essuyer. Tout sourire, Marie lui tendit un torchon et replongea les mains dans l'évier. Tout en sortant ses assiettes en faïence ébréchée, elle observait Honorin, décidément touchant et sensible. Un jeune homme plein de fraîcheur, naïvement épris de sa cousine Francine, une enfant ! Enfin, plus tout à fait une enfant…

Un drôle de vacarme les fit se pencher vers la véranda. Honorin aperçut un homme âgé, voûté, vêtu comme un marin :

— Ah, s'esclaffa Marie, bien sûr, un des deux frères Lagrinche ! C'est moi qui les appelle ainsi ! Des vrais râleurs professionnels ces deux-là, qui sortent de temps à autre de leur bauge de l'Aiguillon, à cent mètres d'ici ! Ce ne sont pas de mauvais bougres. Ils boivent bien un peu – il n'y a qu'à voir les cadavres de bouteilles devant chez eux – mais à ce que je sache, ils ne volent pas ! Simplement, ils grognent, il faut qu'ils grognent ! Pourtant ils sont plus riches que moi, enfin, je crois : ils n'ont ni femme ni enfant ! Sans doute qu'en définitive il leur manque précisément quelque chose. Honorin, je suis injuste avec eux. Lorsqu'au cinquième mois de ma grossesse les médecins m'ont conseillé, pour ne pas dire imposé le repos intégral, Julien et les frères Lagrinche me furent d'un immense secours. Aurélien m'avait proposé de rester à mes côtés. Mais comment vivre, comment survivre s'il ne sortait plus en mer alors que moi, j'étais incapable de me traîner jusqu'à la pêcherie ? Et puis la mer c'était sa vie ! Je lui enjoignis de partir. Hélas, en plusieurs occasions, j'ai commencé à perdre du sang. Je me sentais horriblement seule et il me semblait impensable de demander de l'aide à la famille Thillet-Bordes. Tu me croiras si tu veux, en dehors de la solidarité féminine dont je ne voulais point abuser, les seuls à m'aider furent Julien et René et Benoit, les frères Lagrinche ! Oh, ils n'étaient pas toujours bien efficaces. Julien, avec son handicap, en faisait plus que les deux autres réunis, mais leur présence me réconfortait. Eux partis, il me restait la prière, en solitaire avec le Bon Dieu. Je ne pouvais plus aller prier avec les autres femmes devant la Croix des marins. Cela me manquait, même si je savais que les femmes ne m'oubliaient pas dans leurs prières. Comme mon travail à la conserverie me manquait ! Moitié assise, moitié couchée, j'ai commencé à réparer des filets, apportés par Aurélien lorsqu'il ne naviguait pas, le plus souvent par Julien lorsqu'il quittait, le soir, son travail de manutentionnaire. À cette époque il transportait de la glace dans les chalutiers. À chaque départ d'Aurélien je pleurais, je pleurais plus que jamais, tant j'avais peur qu'il ne voit un jour le petit. Toutes les nuits je rêvais le pire, mais je me refusais à garder Aurélien près de moi. Le garder, lui imposer un travail à terre c'était le tuer à petit feu, je le savais ! À cause de mes souffrances je ne pouvais plus l'accompagner jusqu'à son chalutier, comme j'aimais tant le faire avant d'attendre le petit. Ces étreintes avant qu'il ne monte sur le pont et puis ces signes, ces mouvements de bras. Ceux, depuis la terre, des femmes et des enfants et ceux du large, qui s'agitaient bien haut. Toutes les femmes restaient jusqu'au moment où le chalutier qui emmenait nos hommes n'était plus qu'un grain de sable à l'horizon. Ensuite on rentrait, qui à la maison, qui à la pêcherie. Depuis cette terrible grossesse, Honorin, je me suis mise à apprécier, à adorer ces moments de séparation, pourtant redoutés. Ils me devinrent des cadeaux dc la vie ! Aurélien réapparut deux semaines avant la naissance de Gérard. J'étais épuisée, autant que lui, plus peut-être, mais nous étions fous de bonheur. Il était revenu et je portais toujours le bébé ! Fourbu, Aurélien était pourtant le plus attentionné des maris. Toutes les cinq minutes il me répétait qu'il était hors de question de repartir avant la naissance. Chaque soir, à peine la soupe avalée, il tombait sur le lit, assommé de fatigue. Et je souffrais en silence, j'avais trop peur de le réveiller. Il n'était pas rentré d'une semaine que les contractions me prirent, terribles !

Je te dis tout ça, Honorin, pourquoi ? Je n'en sais fichtre rien ! Ce que je sais, par contre, c'est qu'il est grand temps pour toi de rentrer si tu veux arriver à la villa M. pour déjeuner, avant le départ. Porte-toi bien ! Je compte te revoir. Dès cet été, ce serait formidable !

Honorin tremblait. Il embrassa Marie comme une grande sœur, une confidente, une amie, puis il embrassa les gamins. Gérard lui lança :

— Tu reviens bientôt, on t'attend ! Avec Claire on te montrera plein de cachettes dans le Bassin ! Il n'y a que Julien et nous qui les connaissons ! D'accord Honorin ?

— D'accord, bonhomme !

Une fois seul, Honorin fondit en larmes. Il ne devina point que Marie le regardait s'éloigner. Elle fixa sa silhouette jusqu'à ce qu'elle ne fût plus qu'un grain de sable à l'horizon…

6

Honorin dormit fort mal cette nuit-là. L'idée de quitter ce Bassin qui venait à peine de l'adopter lui fendait le cœur. Quitter Marie lui paraissait plus terrible encore et, sans la présence de Francine auprès de lui pour deux jours de plus, il aurait déprimé comme jamais. Le retour dans le Nord s'annonçait franchement morose… Petit clin d'œil de dame la chance, le soleil brillait sur la petite mer dès potron-minet. Alors, plutôt que de se retourner sans cesse dans son lit, Honorin décida d'une dernière promenade en solitaire, avec pour seule compagnie un soleil à peine levé. Éliane insista pour lui faire avaler un bol de café, mais il dédaigna les tartines au miel, pressé d'aller humer cet air particulier, résultat alchimique des embruns et des senteurs des pins de la lande. Il fila plein ouest, sans un regard pour la villa M., à l'ombre à cette heure de la matinée. Sans doute l'admirerait-il une dernière fois en revenant vers elle par le sud-est. Face à la mer, il baigna dans un silence bienfaisant, admiratif devant la netteté des pourtours du Cap Ferret. En tendant la main, il allait toucher les pignots du quartier des pêcheurs, de l'autre côté du Bassin ! Il longea le sable jusqu'au Moulleau pour apercevoir la grande dune. Il devinait les bancs, il imaginait les passes, ces chenaux nécessaires mais terrifiants dans les récits de Marie. Il s'assit là où André s'était installé quelques jours plus tôt. L'endroit se révéla stratégique : on devinait le sud de la dune, on apercevait clairement la Pointe du Cap et, en regardant à droite on dépassait le village situé au nord de cette extravagante villa algérienne. André affichait une indifférence de façade mais, en choisissant cette place, il se dévoilait, indubitablement ! À marée haute, il se serait installé ailleurs, taisant, à parier, sa déception. Honorin sourit en considérant la magie des lieux : dix jours plus tôt ils avaient débarqué un soir, à marée basse. La mer serait basse à nouveau au moment du départ, juste après le déjeuner. Il enregistrait vite : autant l'Aiguillon et La Teste resplendissaient à marée haute, autant les Abatilles et le Moulleau dégageaient tout leur charme à marée basse ! Alors, avec une telle lumière, il jouirait une dernière fois du spectacle en demandant à Joseph d'emprunter le chemin qui longeait la mer derrière les pins.

— Oh, oui, il me faut revenir, j'ai encore tant à découvrir, lança-t-il tout fort comme pour s'adresser aux marins du Cap !

Rentré, il aida Constance à mettre de l'ordre dans la villa tandis que Suzanne et Francine terminaient leur toilette. La cadette apparut la première, mutine, dans une tenue de ville qui annonçait l'été. Ses yeux pétillaient, en direction d'Honorin qui, en l'absence de l'aînée, l'embrassa amoureusement. Ces petites friandises ne duraient jamais bien longtemps et il lui en fallait le goût jusqu'à Lambersart. Éliane les surprit, haussa les épaules, sourit à Francine et fila en cuisine. Suzanne apparut, en tenue de tennis ! Devant la surprise d'Honorin elle précisa :

— Clément veut une dernière raclée avant le départ. Tu penses bien que je ne vais pas lui refuser ce plaisir !

— Plaisir qui est aussi le tien, persifla Francine, on a remarqué comme tu avais le béguin l'autre soir !

Les joues de la jeune fille rosirent. Elle fila dans le vestibule prendre son sac et ses raquettes. Francine et Honorin entendirent Constance maugréer contre une telle foucade, le jour du départ, et enjoindre sa fille d'être de retour à midi sonnant ! Elle vint remercier Honorin pour son aide et lui suggéra d'emmener Francine jusqu'au Casino Mauresque pour goûter une dernière fois à cette délicieuse atmosphère et à l'élégance des Bordelais en villégiature. Honorin ne se fit pas prier et les deux cousins tournèrent dix fois autour de la « grosse pâtisserie » sans jamais s'en approcher. À moitié cachés par une végétation exotique avancée, ils roucoulèrent une demi-heure, jurant de se revoir, de ne plus penser qu'à l'autre et de profiter de l'été pour explorer les secrets de l'amour autant que découvrir les trésors de la petite mer. Un sacré programme... Ils rentrèrent juste derrière une Suzanne triomphante et, selon sa sœur, totalement enamourée de sa victime au tennis. Du début du déjeuner, pris sur le pouce, jusqu'au quai des Chartrons, on n'entendit plus qu'elle. Francine et Honorin regardèrent avec toute leur foi le chemin de l'Aiguillon qui menait à la maison de Marie, mais ne virent ni la tante, ni les petits et encore moins Julien au bord de la route. Ce dernier, par un temps aussi radieux, devait trépigner devant ses sacs de glace. De riches Bordelais, des Parisiens, peut-être, attendaient avec impatience la fin de l'après-midi et l'apparition de cette pinasse mauve tant vantée par leurs relations.

À Bordeaux, Honorin occupa l'intégralité de sa journée à remercier et à écouter. Constance, qui avait tant fait pour rendre son séjour agréable, paraissait aussi heureuse que lui, satisfaite de cette brève mais inoubliable semaine à Arcachon. Poli, Honorin s'efforça d'être convainquant en remerciant Albert – du moins en tentant de remercier Albert entre deux discours – et ensuite Émile qui tint à lui présenter Augustine. Cette dernière, selon Constance, semblait bénéficier d'une période de répit et recouvrait ses esprits. Le jeune Vercoutre le remarqua sans tarder. Maigre, le visage émacié, minée par l'amertume autant que par la maladie, la vieille femme lui distilla tout son fiel en quelques phrases concises et assassines :

— Cet Aurélien nous a ravi une Thillet-Bordes, abaissant la famille à la vie des manœuvres de la pêche et de ces ouvriers rebelles des pêcheries.

— Ces rebelles des pêcheries, tenta Honorin ?

— Le creuset des révolutions ! Des fous qui ont tenté de nous engloutir dans une manifestation alors que l'usine d'Émile leur offrait un bon travail ! Que feraient ces ignorants sans la manufacture de mon mari, je vous le demande ? Et c'est moi qu'on assassine en me prenant mon fils ! Comment cette gamine attardée de Constance peut-elle s'intéresser à ces gens de rien ? Et cette Marie, quand je pense qu'elle tutoyait son pêcheur ! Quand il n'était pas en mer, celui-là, que pouvait-il bien lui raconter au long d'une journée ? Des histoires de marins, des histoires de corps de garde ! Elle me faisait honte et elle me fait toujours honte ! D'ailleurs, elle sent le poisson ! J'ai longtemps cru que sa stérilité était un signe de Dieu !

Honorin se retenait pour ne pas cogner cette vieille décatie, cette femme au visage de sorcière qui repartait, tremblante, dans ses délires. Émile l'excusa et l'accompagna dans une chambre, sans doute pour son retour dans sa maison des malades incurables… Elle percevait des signes divins, Honorin en imaginait un autre, la concernant…

Revenu, Émile expliqua, à voix basse :

— Mon pauvre enfant, je tenais à ce qu'un cousin Vercoutre puisse rencontrer Augustine. Votre père m'avait fait l'honneur et la joie d'être présent à nos noces et peut témoigner qu'Augustine était une jeune et jolie femme remplie de bons sentiments. Vous n'imaginerez jamais combien la disparition d'un fils peut tuer une mère.

Honorin ne répondit rien mais se persuada qu'avec la mort de Jules le visage de sa propre mère n'aurait jamais exprimé tant de haine envers des proches pourtant étrangers aux raisons de sa douleur. Oui, pourquoi tant de haine ?

Il en frémissait encore dans le train qui le ramenait à Paris. Heureusement, son esprit sut voler pour se poser sur les demoiselles Thillet-Bordes, branche Albert ! Il sourit de sa propre réflexion et revit Suzanne râler au moment d'abandonner cette soirée chic au cours de laquelle Clément ne l'avait pas lâchée. Indubitablement il s'amourachait de l'aînée ; indubitablement c'était réciproque !

— Circonstance appréciable, songea-t-il ! Cet été, si je croise à nouveau ce Clément je me rapprocherai de lui et me débrouillerai pour en faire une bonne relation de vacances. Collé à Suzanne, il facilitera ma proximité avec Francine. Seulement voilà, le jeune homme a déjà dix-neuf ans bien sonnés et un style très… très grande famille. Et pourquoi suis-je en train de planifier tout ça alors que je ne sais même pas si je vais revenir un jour ? Comment faire pour retourner à Arcachon, dès cet été ?

Il ressassait encore cette question lorsque le train entra en gare de Lille. Une fois sur le quai la réponse s'avéra claire et simple : se comporter comme le meilleur des fils, ce qui signifiait obtenir les meilleures notes en classe et réussir le baccalauréat haut la main ! Faire aussi bien que l'année précédente, décrocher une mention !

À Lambersart l'accueil fut chaleureux et bruyant. Chaleureux de la part de sa mère, bruyant de la part de Léonie, curieuse comme un page de cour. Peu surprenant en vérité. Il réussit à ne rien lui révéler jusqu'au soir malgré ses cris et quelques larmes. Son père et Jules rentrés, il put se mettre à table, dans les deux sens de l'expression !

Jamais il n'avait autant parlé au cours d'un seul souper à Lambersart ! Il se remémorait toutes ses brèves interventions glissées au cours des repas pendant une année entière. Accumulées, elles ne devaient pas représenter la moitié du discours de ce soir-là ! Il remarqua que Mathilde, sa mère, en avait chaud au cœur et que ses yeux brillaient, non point de curiosité mais plutôt de le voir si heureux et si enthousiaste. Honorin se sentit important comme jamais lorsque son père tança Léonie qui essayait de lui poser une question :

— Léonie, mon petit, cela suffit ! Laissez votre grand-frère s'exprimer, que diable ! C'est lui qui revient de voyage, pas vous que je sache ?

Honorin évita soigneusement de s'appesantir sur Francine malgré l'insistance de sa mère. Pour donner le change il resta silencieux sur Suzanne, mentionnant simplement qu'elle ne manquait pas de talent au tennis. Intarissable sur la petite mer, il amusait Jules qui lui balança :

— Tu es plus loquace pour débiter des futilités que pour parler de tes études après le bac !

— Jules, votre frère rentre ce jour de Gironde et répond – clairement, je dois dire – aux questions que sa mère et moi lui posons. Ne mélangez point les sujets, je vous prie ! Chaque chose en son temps ! Mettons de la méthode, ce n'est pas l'ingénieur frais émoulu qui me dira le contraire ! Vous imaginez tout de même que votre mère et moi sommes préoccupés par l'orientation que devra prendre votre frère après le baccalauréat. Mais, terminons-en avec ces bons moments, Honorin !

* * *

En discutant avec Mathilde, il parut évident à Désiré qu'Honorin avait changé, brutalement changé. En quoi, comment, pourquoi ? Difficile de répondre, mais il fallait le mettre en garde contre un relâchement qui serait néfaste pour ses études. Dès le lendemain Désiré s'entretint longuement avec son fils :

— Honorin, vous avez mérité cette escapade, mais que les choses soient claires : vous manifestez le désir de repartir à Bordeaux cet été. Cela ne sera possible qu'avec votre réussite scolaire, je veux dire des résultats bien meilleurs qu'au deuxième trimestre.

— Mais père, j'ai terminé avec la moyenne !

— Vous m'ennuyez avec votre moyenne, Honorin ! Dix, c'est pour les médiocres et je ne veux point d'un médiocre dans la famille ! Pour moi, la moyenne c'est douze, au minimum ! Visez l'excellence, mon fils, toujours l'excellence et tout ira bien ! Je ne vous demande pas l'impossible, vous êtes capable de réussir ce baccalauréat avec de très bonnes notes. Ne nous décevez point, votre mère et moi ! Vous connaissez maintenant les conditions pour être autorisé à retourner à Bordeaux. Je ne transigerai pas, vous vous en doutez, mais j'ai confiance !

— Père, pourquoi ne pas envisager un voyage en famille cet été ? Ce serait si bien pour Léonie, reposant pour mère et cela vous distrairait, vous aussi. La région est magnifique !

Désiré sourit, presque attendri :

— Me distraire ! Vous n'y pensez pas, mon garçon ! Comment songer à me distraire avec tout le poids de la teinturerie ? Comment envisager une seule seconde abandonner la manufacture alors que le pays redémarre ses activités ? Ma vie est ici, Honorin, les loisirs c'est bon pour les enfants et les dépravés ! Imaginez un instant que je vous accompagne, ne serait-ce que quelques jours ! Les concurrents riraient bien et, pire, en profiteraient pour me prendre des marchés ! Désiré Vercoutre qui se pavane sur une plage au soleil ! La risée de la profession ! Mais je sais que votre cœur a parlé et vous en remercie. Profitez de votre jeunesse. Je compte autant sur vous que sur Jules pour développer les Teintureries Vercoutre ! Songez donc à votre avenir universitaire et reparlons-en sans tarder !

Honorin quitta le bureau de son père. Décidément il aurait toujours du mal à le comprendre, à comprendre ces vieux investis de fonctions divines. Le monde ne fonctionnerait-il plus sans eux ? Les cimetières sont remplis de capitaines d'industries qui s'autoproclamaient indispensables... Lui se sentait différent depuis ce court séjour ; plus éveillé, plus lucide ! Et il savait qu'une partie de lui-même, une partie de son cœur, était restée là-bas, dans l'autre plat pays, comme plaisantait Jules !

Depuis son retour à Lambersart il se rapprochait de son oncle, l'artisan compagnon, passant le plus clair de son temps libre dans son atelier, à l'observer travailler le bois, à faire corps avec sa matière première. Désiré et Mathilde s'en inquiétaient bien un peu mais comme visiblement le jeune homme soignait ses résultats scolaires, ils laissaient faire. Verdict avec le baccalauréat. S'il obtenait une mention comme l'année précédente[8] il leur serait impensable de l'empêcher de retourner à Bordeaux et à Arcachon.

Les extravagances de l'oncle Édouard n'en étaient plus pour Honorin. Parfois ce dernier allait jusqu'à rêver d'approcher l'âge du beau moustachu pour en faire un ami. Derrière son côté désinvolte, affiché le plus souvent par pure provocation, derrière les grosses moustaches du compagnon charpentier,

---

8 – À cette époque, et jusqu'en 1964, il y avait un baccalauréat en première, puis un deuxième en classe terminale.

se cachait un homme libre, amoureux du travail bien fait. Un amoureux de l'art pour l'art. Il horripilait sa mère, son frère et même parfois sa belle-sœur mais n'en avait cure, en fin de compte. Et depuis peu il semblait apprécier cette complicité accrue d'un coup avec son neveu. Heureux de commencer, par petites touches, à déteindre sur lui. Honorin, subjugué, observait cette main habile s'intégrer dans le bois qu'elle travaillait si proprement. Inconsciemment, il se mit à imaginer son oncle profiler des carènes de pinasses ou même de chalutiers, comme il en avait aperçues à La Teste, dans les chantiers qui jouxtaient la pêcherie Thillet-Bordes. Après tout, pourquoi l'oncle Édouard, célibataire endurci, n'abandonnerait-il pas tout, ici, dans son Nord, pour se lancer dans des charpentes d'un genre nouveau, celles des navires du Bassin ? Il y excellerait, il ferait des miracles. Honorin décida de lui en parler.

Édouard imaginait déjà les hurlements de sa mère :

— Fils indigne, vous abandonnez votre vieille mère, maintenant qu'elle vous est inutile et qu'elle représente un fardeau !

Édouard ne se serait pas arrêté à ces rodomontades d'une mère au cœur de pierre mais, sans jamais l'avouer, le facétieux charpentier au cœur d'artichaut aimait sincèrement, comme un frère, sa belle-sœur Mathilde. Certes, elle était entrée dans « le système Vercoutre » comme on entrait dans les ordres. Mais Mathilde était dévouée, courageuse, simple et honnête. Et jolie femme, par-dessus le marché ! Beaucoup trop bien pour cette brute de Désiré ! Et si lui, Édouard, venait à quitter son atelier, Mathilde supporterait toute la charge de cette peste de Louise qui se donnait sur le tard des airs de Mamie gâteau devant ses petits enfants ! Mathilde ne méritait pas ce fardeau, surtout après cette exténuante épreuve de cache-cache entre Jules et les

Boches ! Mais Édouard savait qu'à peine parti de Lille, Désiré imposerait sa mère à sa femme tout en pestant contre un frère indigne ! Édouard en souriait. Imaginer Désiré pester contre lui n'était pas fait pour lui déplaire et l'incitait même à tout plaquer pour le Sud-ouest ! Mais il ne le ferait pas, par respect et par amour pour Mathilde.

Honorin en fut terriblement déçu mais, avec des mots simples, son oncle sut lui faire comprendre. Au point qu'au final le jeune homme l'approuva, un peu surpris de trouver chez son oncle tant décrié, autant de réflexion, d'humanité et de qualités de cœur.

— Plus tard, peut-être, on ne sait jamais de quoi la vie sera faite mon cher neveu. L'expérience me tente bien, tu sais ! Charpentier de marine, j'imagine que je serais attendu par toute la corporation. Précision, rigueur et honnêteté. Dans ce métier-là, je me doute qu'on n'a pas le droit de tricher. Des gens vivent sur ton ouvrage, tu comprends ? Leur vie tient à leur coquille de noix, celle que tu leur as façonnée…

Honorin travailla d'arrache-pied et s'attacha à faire, à son niveau scolaire, du bel ouvrage, un peu par mimétisme, heureux et fier de sa complicité secrète avec son oncle. Il tentait d'appliquer à ses études l'excellence que démontraient les mains du compagnon. Alors, malgré la tentation de ses rêves, malgré les évasions, à la fenêtre de sa chambre, et malgré l'image de Francine ancrée dans son cerveau et dans son cœur, il obtint ses meilleurs résultats. Il termina premier, quasiment dans toutes les matières, reçut le prix d'excellence, celui qui tenait le plus au cœur de son père et passa son baccalauréat avec quinze de moyenne, une des meilleures du lycée Fénelon. Désiré, fier mais discret, comprit à quel point Honorin tenait à retourner à Bordeaux. Il échangea donc une nouvelle correspondance avec Émile. Ce dernier, ravi d'accueillir le néo-bachelier avec mention, alors que sa nièce avait décroché celui de première sans mention, répondit en ces termes :

« ...souhaiter de savoir quelle voie choisissait notre jeune cousin, son baccalauréat en poche... et qu'en attendant il puisse profiter du site enchanteur de la petite mer de Buch surtout en y flânant aux côtés d'une jeune et jolie fille comme sa nièce Suzanne. Des moments forcément irrésistibles quand on approche des dix-huit ans ! »

De cette lettre, Désiré ne retint qu'un mot, qu'un nom, Suzanne. Voilà enfin la clé de cette aimantation quasi mystique de la part d'Honorin ! Il était beaucoup trop jeune pour s'amouracher. La faculté d'abord ! Mathilde lui rétorqua que, quitte à s'amouracher, mieux valait que ce fut d'une Thillet-Bordes ! Un moindre mal ! Désiré sourit une seconde, un sourire d'intense satisfaction et balaya promptement cette pensée :

— Il doit réussir ses études et attendre sa majorité pour penser à... à ces choses. Rappelez-vous, ma chère Mathilde, il en fut ainsi pour nous deux.

— Désiré, vous avez la mémoire courte mon ami, s'esclaffa Mathilde ! J'avais à peine dix-huit ans que vous tourniez autour de moi.

Désiré maugréa qu'ils s'étaient mariés, lui à vingt-quatre ans et elle à vingt-deux !

— Mais qui vous parle de mariage pour ces enfants ? N'allez pas échafauder quoi que ce soit et en parler, vous ne feriez que mettre de l'huile sur un feu qui couve ! Oublions cela, s'il vous plaît ! Qu'Émile, Albert et Constance, cette dernière surtout, les surveillent discrètement, voilà tout !

7

Le jeune Vercoutre repartit pour Bordeaux au début du mois de juillet, « missionné » par la famille pour le représenter au mariage d'André Thillet-Bordes. Un bon prétexte qui permettait à Désiré de sauver les apparences en ne l'obligeant pas à céder au désir de son fils. Un fils méritant, qui avait décroché son baccalauréat avec mention. Un fils contrariant, qui choisissait la faculté de droit, une décision qui ne convenait pas franchement aux Vercoutre, moulés grandes écoles. Sauf s'il parvenait un jour à revêtir la robe d'avocat…

Honorin quitta Lambersart chargé comme un mulet : il emportait dans ses bagages une garniture de cheminée, le cadeau pour les jeunes mariés. Furieux, il trimballa les quinze kilos jusqu'à Bordeaux, persuadé que des garnitures de cheminée, les futurs époux en recevraient plus qu'ils n'en voudraient. C'était le cadeau en vogue ! Il ne rechigna pas longtemps. Pour revoir Arcachon, Francine et Marie, il en aurait emporté quatre ou cinq !

Il trouva un quai des Chartrons en pleine effervescence, tant chez Émile que chez Albert. Ainsi apprit-il qu'après d'âpres discussions avec Augustine dans ses moments de conscience, Émile lui avait accordé de célébrer l'union en la cathédrale Saint-André plutôt qu'à Saint-Pierre, la paroisse familiale depuis des lustres. Pour Augustine il s'agissait de montrer son rang. En contrepartie Émile resta inflexible sur le lieu du dîner. Augustine visait un château prestigieux, non loin de Pessac, mais grâce à un fournisseur d'Albert, Émile obtint le prêt gracieux d'une magnifique chartreuse du Médoc. Cette chartreuse, typique, de plain-pied, servait de résidence d'été à la famille de ce fameux producteur de Saint-Emilion ! De la terrasse on apercevait la rive gauche de la Gironde. En fin de compte Augustine et Émile s'entendirent pour déterminer le lieu du vin d'honneur : la cour de l'hôtel de ville, ancien palais épiscopal. Cela plaisait à la mère du marié, cela semblait pratique, à deux pas de Saint-André, et cela aurait le mérite d'époustoufler les Saint-James ! Albert contait ces péripéties à Honorin qui ne saisissait pas la majorité des subtilités de ces choix cornéliens, lorsque Constance apparut dans le salon, effondrée :

— Augustine replonge dans ses délires. Votre frère la juge incapable d'accompagner son fils jusqu'à l'autel de Saint-André.

— Est-ce là une surprise, chère Constance, répliqua Albert ?

— Non, mais ce que je vais vous apprendre en est une de taille ! Malgré mes suggestions et mon insistance sur la personne de Marie, ton frère comme ton neveu refusent ! Pour Émile ce serait porter un coup fatal à Augustine ; quant à André il y voit un mauvais présage !

— Admettons. Qui ont-ils trouvé ?

— Votre épouse, mon cher !

— Voilà qui est parfait. Où est le problème ?

Constance dut s'asseoir, consternée :

— Mon ami, vous voilez-vous la face ? Outre que je suis l'éternelle cinquième roue du carrosse, l'éternelle dévouée qui se plie aux caprices des Thillet-Bordes…

— Vous exagérez, Constance, je ne puis vous laisser dire cela ! En la circonstance, il s'agit d'un honneur !

— Bel honneur en effet que d'entendre Émile gémir d'avoir jadis choisi lui-même sa propre mère comme marraine d'André ! Avec une marraine plus jeune comme Florence de Castang la question eut été résolue immédiatement ! Telle fut sa conclusion avant de m'en faire la proposition. Pardon, l'injonction !

— Bof, Florence n'est pas la marraine et donc vous guiderez le futur marié, votre neveu, jusqu'au chœur de Saint-André ! Tous les yeux vont converger sur vous.

— Et voilà justement le problème !

— Qu'allez-vous encore trouver ?

— Je dois trouver une autre robe et surtout un chapeau digne de la mère qui accompagne son fils !

Albert éclata de rire :

— Comme vous savez vous compliquer la vie, vous les femmes ! Votre robe et votre bibi paraissent de très bon goût et dignes de tenir le bras du futur ! Et puis, allez essayer celui d'Augustine, après tout !

— Cessez de vous moquer, vous devenez désagréable, Albert. Augustine et moi n'avons pas la même silhouette ni les mêmes goûts.

— J'en suis fort aise, répondit Albert, enjoué !

— Vous ne m'aiderez donc pas ? Je file en ville chercher un grand chapeau – un chapeau de belle-mère, glissera Marie à Honorin pendant la cérémonie – et de ce chapeau dépendra la robe !

Honorin n'osait pas rire avec Albert. Il découvrait une Constance sous un nouveau jour : celui des gros nuages et du ciel électrique. Ses filles, par expérience, avaient fui la tornade. Honorin cherchait encore Francine lorsque Marie et ses gamins apparurent pour lui sauter au cou. Le jeune Vercoutre remarqua que Gérard boudait. Marie expliqua que Claire avait été choisie comme fille d'honneur avec un petit garçon, côté Saint-James.

— Pour une fois que les Thillet-Bordes ont un soupçon de considération pour les Decosse, je ne vais pas me priver pour que Claire soit la plus belle. Ce petit cadeau, je le dédie intégralement à Aurélien. En contrepartie il m'a fallu expliquer à Gérard pourquoi il n'était pas choisi comme garçon d'honneur. La coutume étant de choisir un enfant dans chaque famille et les Saint-James n'ayant que des petits garçons, Claire fut naturellement désignée pour tenir la traîne.

Toujours boudeur, Gérard se réfugia dans la jupe de sa mère en jetant de temps en temps un œil à Honorin. Suzanne et Francine apparurent à ce moment et le cœur du jeune homme se mit à battre devant l'œillade enjôleuse de la cadette. Il embrassa les deux sœurs, trouvant Suzanne étrangement éteinte, le regard triste. Pas son genre, quelque chose n'allait pas. Il tenterait de se renseigner discrètement auprès de Francine à moins que quelqu'un n'évoque son cas spontanément.

Constance réapparut, satisfaite mais épuisée à courir les boutiques. Elle rapportait un grand chapeau beige orné d'un joli tissu parme noué à l'arrière. Elle exhiba une robe longue, en fuseau, parme également, fendue jusqu'au-dessus des genoux. De jolis motifs vert clair apportaient une note festive à un ensemble robe boléro d'une rare élégance. Parfaitement à l'image de Constance. Albert apprécia mais rappela qu'il fallait dîner tôt. La journée du mariage n'accorderait aucun répit ! Honorin regretta tout ce monde et toute cette pression. Impossible de s'accorder une seule minute d'intimité avec Francine. À table, Constance et Albert ne parlèrent que de cérémonie, de protocole, de traditions et d'horaires à respecter. Honorin remarqua que Suzanne n'avalait quasiment rien et restait muette. Albert lança son « extinction des feux » à peine avaient-ils fini leur pêche.

Honorin s'habilla pour la cérémonie puis aida Marie à habiller Gérard et surtout Claire qui ressemblait à une petite princesse dans sa robe blanche et verte décorée de broderies. Elle remuait sans arrêt et sa mère avait toutes les peines à lui placer les fleurs blanches et vertes dans ses cheveux tenus par un joli nœud de soie blanche à l'arrière. Honorin lui dit :

— Je crois bien que tu seras la reine de cette journée. Sois digne de la belle robe que t'a trouvée ta maman !

Ils rejoignirent le salon pour croiser une Suzanne de fort mauvaise humeur. Clément, invité à la cérémonie et même au vin d'honneur, venait de décommander pour se rendre au chevet de sa grand-mère à l'article de la mort. Cette situation n'était pas faite pour améliorer l'état de l'aînée de Constance. Honorin trouva son teint olivâtre, le teint d'une malade. Attrapait-elle une jaunisse ? Et l'absence du jeune prétendant réduirait forcément les occasions d'intimité avec Francine. Constance rameuta la troupe Thillet-Bordes pour se rendre à l'hôtel de ville et assister au mariage civil. Elle intercepta Honorin :

— Dites-moi la vérité, Honorin, comment trouvez-vous mon ensemble robe et chapeau ?

— Que dire, ma cousine, sinon que je vous trouve plus élégante que jamais !

— Arrêtez vos flatteries et aidez-moi ! Cette robe et ce chapeau s'associent-ils vraiment ?

— Pour moi, oui, sans aucun doute ! Et comme vous rendez toutes les toilettes plus belles…

— Oh, mais ça suffit ! Je croyais en votre sincérité !

— Mais, cousine, je ne vais tout de même pas vous répondre que votre ensemble est vilain et mal assorti si je pense exactement le contraire !

Francine intervint :

— Mère, cessez donc de vous angoisser pour rien. Honorin a raison, vous êtes belle, vous serez toujours belle et André sera fier de vous tenir le bras, même s'il est capable de ne pas vous l'avouer, ce mufle !

— Je confirme tout ce que vient de dire Francine, souffla Suzanne.

— Merci ma chère sœur. Faut-il donc un mariage pour que tu acceptes enfin mon jugement ?

— Oh, les filles, grinça Constance, vous n'allez pas commencer à vous chamailler ! Partons, votre père va s'impatienter devant l'hôtel de ville !

Honorin s'ennuya de ces mondanités, depuis la mairie jusqu'à la sortie de la cathédrale. Il trouva Constance crispée, Suzanne moribonde, André paradeur, Émile rapidement somnolent et Marie inquiète de la prochaine bêtise de Gérard. Seuls les Saint-James paraissaient radieux et même heureux. Le vin d'honneur, dans un cadre somptueux, s'éternisa. Honorin frôlait sans cesse Francine, tirant son nœud violet au dos de sa robe écrue, pour la taquiner. Mais Suzanne se collait à eux en faisant grise mine. Malade ? Déprimée par l'absence de Clément ? Les deux ? Gérard, qui courait dans tous les sens, réussit à faire tomber un loufiat qui présentait des verres de vin blanc. Du vin blanc qui se renversa sur les belles tenues de deux élégantes Bordelaises. Marie gronda son fils mais les deux dames excusèrent l'enfant. Émile, lui, n'apprécia guère, jetant un regard foudroyant en direction de sa sœur.

Enfin, ils arrivèrent dans cette merveilleuse chartreuse. La calèche des mariés stationnait devant l'entrée. Tous les invités accouraient pour féliciter à nouveau les jeunes époux et leurs parents. Florence de Castang et son notaire de mari furent les premiers, soucieux de témoigner au plus vite leur attachement à la famille Thillet-Bordes.

— Attachement et intérêt, glissa Marie à Honorin !

Ils entrèrent à leur tour pour admirer la décoration des vingt tables. Quatre verres de cristal par place, de la porcelaine de Limoges, de l'argenterie britannique, le tout sur des nappes damassées. Des serviettes brodées de fleurs champêtres roses et vertes trônaient sur chaque assiette. Marie elle-même fut stupéfaite par ce bon goût et cette harmonie. La patte de Constance, à n'en pas douter, ou des parents de Suzy.

— Trop bien pour cette brute d'André, maugréa-t-elle, qui m'a tout juste présentée à Suzy !

— J'ai eu plus de chance que toi, répondit Honorin avec ironie, il a fallu qu'il me présente en héros de la guerre et qu'il insiste sur le diplôme d'ingénieur de mon frère !

Gérard et Claire, incroyablement résistants, tournaient autour des tables au risque de renverser un serveur une nouvelle fois. Leur mère, à son tour, semblait s'ennuyer, partie dans ses rêves, incapable de tenir une conversation avec ses voisins. En anglais.

— Elle a choisi de rejoindre Aurélien, songea Honorin qui la fixait à l'opposé de leur table ronde de douze convives. Elle porta son regard vers lui et sourit. Pas longtemps, Suzanne interrompit leur conversation muette. La jeune fille s'excusa et quitta la table.

— Elle souffre à nouveau de l'estomac ou du bas-ventre, expliqua Francine. On ne sait pas trop ce qu'elle a au juste. Cela fait plusieurs jours qu'elle se plaint d'avoir un ventre dur comme de la pierre.

Une pause bienvenue intervint après le rôti arrosé par un magnifique Bordeaux, un Prieuré-Lichine somptueux. Les jeunes mariés portèrent un toast, elle au roi, lui à sa pauvre mère

« absente seulement physiquement » et ils passèrent à chaque table. Marie put apprécier de près la robe de Suzy ainsi que sa coiffure, débarrassée du voile. Une certaine sobriété dans la robe, une longue traîne garnie de perles, des manches boutonnées du poignet au coude et une jolie cordelette qui tirait un bustier dans le dos, laissant en fin de compte seulement deviner celui-ci à la base du cou. La coiffure paraissait plus alambiquée. Marie sourit :

— Ces tresses rassemblées en chignon, ces mèches ourlées, la pauvre enfant a bien passé quatre heures à se faire coiffer ! La coiffure d'une vie, la coiffure d'un jour…

Une fois le jeune couple parti à la table d'à côté, Marie et ses convives en profitèrent pour s'aérer dans le jardin qui, après la chaleur du jour, exhalait les essences d'été. Gérard et Claire y jouaient déjà depuis une demi-heure. Un jeune homme accompagna Marie, Francine et Honorin et tenta de s'exprimer dans un français approximatif. Suzanne réapparut à ce moment, visiblement apaisée. À la manière dont ce jeune Anglais parlait de Suzy, Marie devina qu'il considérait qu'André lui avait volé son trésor ! Courtier en bourse à la City de Londres il reconnaissait avec humour :

— …pas les moyens d'offrir à Suzy, ni le climat ni les vins du Médoc !

Visiblement ragaillardie, Suzanne ajouta qu'André avait certainement conquis Suzy en lui faisant miroiter des séjours idylliques à Arcachon. Devant la surprise de Charly, le jeune Britannique, Suzanne, dans son anglais encore plus hésitant que le français du garçon, se lança dans une description de la petite mer de Buch. Ce qui fit sourire Honorin : c'était exactement celle à laquelle il avait eu droit ! Avec Marie et Francine ils s'éclipsèrent.

— Attention vous deux, prévint Marie, méfiez-vous de tout le monde ici mais d'abord d'André ! Même pris dans une folle ritournelle entre Suzy et tous les invités, sachez que son regard aiguisé ne vous ratera pas. S'il vous surprend, il sera féroce, encore plus impitoyable que son père. Il a hérité de la rigueur de mon frère et de la méchanceté de sa mère.

Contraints et prudents malgré tout, Francine et Honorin se tinrent à carreau durant une soirée mortifiante. Constance mit fin à leur frustration en battant le rappel. Elle tenait une migraine carabinée et la petite troupe de la « branche Albert » rejoignit, avec deux voitures, le quai des Chartrons. Fureur de Suzanne qui était en pleine conversation avec le jeune Anglais... Honorin était déjà assis à côté de Francine. Il trouva l'automobile beaucoup trop large...

* * *

Le premier orage éclata juste avant de déposer Marie et ses marmousets à l'Aiguillon, deux jours plus tard. Depuis la fin de la noce on percevait comme de l'électricité dans l'air. Albert et son épouse se crêpaient le chignon sur les sujets les plus futiles comme celui des tenues de baignade à emporter ! À chaque fois Suzanne et Francine s'éclipsaient, par pudeur, sans doute ; pour éviter les ricochets, à l'évidence ! Courageuses mais pas téméraires... Quant à Marie elle s'arrangeait pour promener les gamins le long du quai le plus longtemps possible : une colère Thillet-Bordes se calmait souvent en accusant les Decosse de tous les maux. Elle ne le savait que trop bien, même si Albert n'était point Émile et si Constance n'avait rien d'Augustine. Le ciel se vida en entrant dans La Teste. Lorsque la Panhard-Levassor s'arrêta, Marie courut dans la boue avec ses enfants jusqu'à l'entrée de sa « cabane » qu'on ne devinait même pas derrière un rideau d'eau. Honorin frémissait pour eux tout autant que pour ce pauvre Joseph, trempé jusqu'aux os. Devant la villa M., Maurice et Éliane les guettaient, résignés, avec deux parapluies gigantesques. Étonnamment Suzanne paraissait la plus en forme. L'air de la mer, peut-être, du Bassin, plus sûrement...

Alors commença le mois le plus indescriptible pour Honorin, le mois de tous les bonheurs. Les vacances, la mer, la pinasse mauve, les jeux conclus par des crises de fou rire et ces complicités qui s'affirmaient avec Francine et avec Marie. Avec Francine, ce n'était pas encore l'amour absolu, mais cela s'en approchait ; avec Marie, c'était autre chose, moins brûlant, moins charnel, mais si beau, si riche et tellement surprenant, entre deux êtres de vingt-deux années d'écart et dont le plus jeune des deux n'avait justement pas encore vingt-deux ans ! Drôle d'alchimie. Drôles d'alchimies arcachonnaises. Attirances inexplicables qui ne se perturbaient point l'une l'autre, bien au contraire. Honorin devinait qu'il avait besoin de Marie pour aimer Francine et qu'il avait besoin de cette dernière pour, plus mature, apprécier et comprendre les récits de Marie. Et tout cela sur un fond d'insouciance indicible, surtout vu *a posteriori*. Rentré à la faculté de droit il cherchait encore à comprendre cette recette du bonheur !

Retrouver ses marques dans la grande villa M. ne fut point difficile. Comme à Pâques, seuls Constance, Suzanne, Francine et Honorin l'occupaient, choyés par Éliane et Maurice ravis de revoir leur jeune nordiste. Suzanne avait retrouvé sa vitalité, aussi imposa-t-elle le tennis dès le deuxième jour.

— Avec l'espoir d'y retrouver Clément, susurra Francine à Honorin !

Clément absent, Suzanne fit grise mine mais s'appliqua à faire progresser son cousin. Ce dernier s'appliquait, enivré des odeurs de pins, tout en rêvant de Francine, de Marie et de promenades en pinasse. Rapidement, la cadette Thillet-Bordes réussit à convaincre sa mère de retourner à l'Aiguillon. Honorin fut tout heureux de revoir l'arrivée des sardinières devant le Casino de la Plage avant de filer dans le quartier des pêcheries. D'emblée Marie leur annonça que son frère Émile était présent à La Teste : il négociait le rachat de chalutiers et pestait contre l'absence de son fils, en voyage de noces sur une île lointaine. À Corfou, en réalité, où Suzy rêvait de marcher sur les traces de Sissi. Quant à Julien il croulait sous les demandes des Bordelais et des Parisiens – comme quoi la guerre n'avait pas ruiné tous les Français – au point qu'il envisageait démissionner des pêcheries !

— J'ai dû me fâcher tout rouge pour lui interdire de faire pareille bêtise. Je l'ai même menacé de lui faire rencontrer mon frère pour le tancer. Tout ça pour vous dire qu'il faudra prendre votre tour pour profiter de la pinasse mauve !

La satisfaction non feinte de Constance ne dura que deux jours. Julien trouva un collègue du petit village de pêcheurs de l'Herbe qui, ravi, joua les sous-traitants avec sa pinasse aménagée. Certes, cette dernière n'avait pas l'allure de la pinasse mauve, estampillée Decosse, mais elle faisait l'affaire pour promener des marins d'eau douce :

— De toutes les façons, brioche pour des merles, répétait Julien, sa façon à lui de dire « de la confiture pour les cochons » !

Il sut se rendre disponible en semaine au-delà de toutes… les inquiétudes de Constance ! Des inquiétudes qui, hélas, passèrent au second plan lorsque Suzanne recommença à se plaindre du ventre. Malgré Clément, revenu de l'enterrement de sa grand-mère, Suzanne ne voulait même plus le défier au tennis. C'était tout dire ! Constance dut confier Francine à Honorin et à Marie. Toujours attentionné, Honorin parvint à convaincre sa cousine qu'un jour sur trois au moins ils resteraient auprès de Suzanne pour la distraire et libérer leur mère.

Dès leur première sortie, non loin de la pointe du Cap, Gérard et Claire, bien aidés par Julien, leur firent découvrir un coin secret, superbe pour dénicher des coques, des couteaux et même des crevettes. Au fond de la baie minuscule, Honorin repéra, derrière une cabane de pêcheur, un bosquet tranquille où il ferait bon s'isoler avec Francine. En attendant, la petite troupe s'activait pour la collecte. À ce jeu-là Gérard et sa mère excellaient. Honorin trouvait de tout sauf ce qu'il cherchait, ce qui provoquait quelques séances de fou rire. Par exemple lorsqu'il exhibait un bouton de culotte, un minuscule morceau de ferraille ou surtout un débris de pipe de marin qu'un instant il avait pris pour un couteau ! Il s'amusait de sa propre bêtise mais plus encore de déclencher les beaux rires nature des enfants. Gérard, déjà taquin, revenait sans cesse vers lui pour lui demander :

— Et t'as trouvé quoi, maintenant ?

Après le pique-nique simple concocté par Marie, Julien les emmena dans un autre coin, plus charmant encore, à la Pointe aux chevaux. Ils abandonnèrent la pinasse, grimpèrent dur quelques minutes pour aboutir dans un paradis aux senteurs de pins et à la vue époustouflante jusqu'à l'Île aux Oiseaux et même au-delà. Honorin ne regretta pas longtemps le bosquet repéré le matin. Enhardis par cette beauté, enivrés par les senteurs forestières, les deux tourtereaux s'éclipsèrent quelques minutes. Marie remarqua cette incartade et fit la grimace. Allongés sur un tapis d'aiguilles plus doux que piquant, les deux corps semblaient plonger dans une extase charnelle désirée depuis des mois. Oh, ils ne consommèrent point cette fois-là, se faisant des tonnes de promesses pour plus tard et se contentant d'embrassades bouillantes. Et soudain un bruit ! Maladroits, à peine relevés, ils virent Gérard fondre sur eux en chantant :

— Oh les amoureux, oh les amoureux ! Je vous ai vus tous les deux, je vous ai vus tous les deux !

Claire apparut à son tour. Honorin leur demanda de s'asseoir et s'assit avec eux :

— Vous avez vos secrets, tous vos coins cachés. Moi j'en connais deux et Francine au moins quatre, c'est ça ?

— Oui, quatre, répondit-elle.

— Alors, vous voyez les enfants, nous deux nous avons aussi notre secret, notre secret d'amoureux. Alors on se met d'accord tous les quatre. Francine et moi on ne dévoile à personne vos coins secrets à Claire et à toi. Mais toi Gérard, et toi Claire, vous gardez le secret qu'on est amoureux. D'accord ? Attention, si ta sœur ou toi vous parlez, nous on explique où sont les quatre cachettes ! Vous gardez notre secret et Francine et moi on garde les vôtres. D'accord ?

— Même avec maman, tenta Claire ?

— Maman elle sait et elle comprend. Même si elle n'est pas très contente. Mais quand votre papa était encore là, c'était pareil entre elle et lui. Alors, c'est d'accord ? Promis, juré ?

— Juré promis répondit Gérard sans hésiter ! Si je parle je vais en enfer !

Et il cracha par terre ! Claire suivit :

— J'veux pas aller en enfer ! Juré !

Et elle fit mine de cracher comme son frère.

— Toi aussi tu jures et tu craches, lança Gérard à Francine ! Et tu répètes : « si je parle je vais en enfer ! »

Tous sacrifièrent au rituel imposé par le gamin. Marie arriva à ce moment-là :

— Encore des manigances, tous les quatre ? Gérard, Claire, que cachez-vous encore ?

— Mais rien maman dit Gérard, tu sais que Francine et Honorin sont des amoureux. On a juré le secret !

Cela commençait bien ! Marie fit une nouvelle grimace.

— Regagnons la pinasse, Julien vient de me dire qu'il peut naviguer vers les roseaux et la Leyre avant de vous déposer à l'estacade de la Chapelle. On en profitera pour parler, les tourtereaux !

Julien naviguait sur une mer d'huile tout en avalant trois, quatre tranches de jambon ! Claire et Gérard collés à lui.

— Je vous avais pourtant prévenus, commença Marie à voix basse mais visiblement irritée !

— Mais les enfants nous ont promis, c'est donnant-donnant avec eux, on a un pacte, rétorqua Francine !

— Tu es bien naïve, ma pauvre enfant ! Au moment où ils ont promis, je te l'accorde, ils étaient sincères. Mais tiendront-ils ? Je n'ose l'espérer. Pour cette fois je trouverai à répondre sur ce qu'ils ont cru voir, sur leur imagination d'enfants ! Mais pas deux fois ! Ne recommencez jamais devant eux ! Et un bon conseil, ne recommencez pas du tout ! Soyez patient, vous avez donc le diable au corps ?

— Mais toi, avec Aurélien, tu étais pareille, non, glissa Francine en bougonnant ?

Honorin regarda sa cousine, sidéré par son aplomb face à sa tante. La tante, qui haussa les épaules :

— Oui Francine, mais j'avais deux bonnes années de plus que toi ! Tu veux vivre mon histoire, et tu sais ce qu'elle est, alors que tu es encore une enfant ? Tu veux risquer d'attendre un bébé ? La honte et l'infamie tomberont sur toi plus sûrement encore qu'elles ne sont tombées sur moi ! Et je te passe les douleurs physiques…

— Je me souviens, dit soudain Honorin, raconte-nous la naissance de Gérard. À Pâques, avant que je ne rentre à Lille, tu me l'avais promis !

Marie sourit. Le jeune homme cherchait-il à changer de sujet ou, comme elle le croyait, s'intéressait-il vraiment à son histoire ? Honorin n'était pas à l'abri d'une bêtise, même d'une grosse mais, sans en saisir clairement la raison, elle appréciait ce petit cousin venu du nord qui la comprenait mieux que quiconque. Il respectait ses silences et ne rompait pas ses moments d'évasion.

— Quelle différence avec Suzanne, songea-t-elle, ce moulin à paroles, comme son père ! Chez ces deux-là la solitude n'existe pas, elle ne doit pas exister !

Elle observait Honorin les yeux rivés vers le fond du bassin, prêt à découvrir un monde nouveau. Après dix-huit mois le nez plongé dans un jeu d'échecs dans un réduit oppressant, il découvrait des horizons, des vrais. Inconsciemment, il lui était devenu naturel de respecter le silence des autres. D'ailleurs, au moment précis où leur belle pinasse s'engageait, silencieuse elle aussi, dans des esteys[9] pris entre les roseaux, Honorin ne réclamait pas le récit de Marie. Il ne s'impatientait pas.

— Je ressentis mes premières contractions, Aurélien était à peine rentré. Je le vois se lever et s'habiller au petit matin. Un véritable automate avec son corps qui balançait légèrement sur le plancher. Un réflex chez les marins accoutumés à compenser le tangage. J'entends la porte claquer. Aurélien courait chercher la sage-femme. La pauvre resta – je crois, selon Aurélien –

9 – Petits chenaux à la surface des crassats. Bras d'eau à l'intérieur du bassin.

quatorze heures à mes côtés ! Je te dis « je crois » car j'ai perdu connaissance plusieurs fois. Écoute, Francine, je me souviens avoir demandé la grande cuillère de bois de la cuisine que j'ai mise entre mes dents. Et, bien plus tard, Gérard est arrivé, enfin ! Enfin le grand bonheur, le regard illuminé d'Aurélien et puis plus rien ! Je me suis réveillée dans un lit d'hôpital. Je perdais trop de sang. Aurélien me regardait, soulagé par mon réveil et rassuré – comme moi – d'entendre Gérard pleurer. Je m'en suis remise plutôt vite et Aurélien repartit. Avec l'essor incroyable des pêcheries et des conserveries on me demandait de partout. Mais qui pour garder mon petit bonhomme ? Je t'avoue avoir enragé contre les nantis ! À quelques encablures je devinais des Bordelais – mes frères peut-être – festoyer dans les superbes villas qui jonchent la petite montagne du Casino de la Forêt ou au Grand Hôtel. Oui, Honorin, j'avais parfois la rage ! Encore heureux que le dimanche mon Julien promenait ses « *estrangeys* » comme il les appelle, qui lui laissaient en une journée les trois quarts de ce qu'il gagnait la semaine. Je me souviens, il nous aida plusieurs fois au plus fort de la grève. Gérard n'avait pas encore un an. Aurélien n'était pas gréviste mais ne pouvait repartir en mer. Julien a donné trois fois ses « extras-du-dimanche » à son frère. C'était ça ou vendre un ou deux fusils. J'en étais malade. Jamais je n'aurais accepté mendier auprès d'Émile ou d'Albert, jamais ! Aurélien le savait bien, qui envisageait vendre les fusils ! Tu vois, Honorin, la pinasse appartient à Julien et si tu connais les fusils d'Aurélien, aujourd'hui, c'est encore grâce à Julien ! Les grévistes demandaient de meilleurs salaires, ce qu'Aurélien approuvait, bien évidemment, et des journées de repos supplémentaires, ce qu'il trouvait abusif. Surtout en plus des augmentations. La police est intervenue, ce fut très pénible. Cette opposition annonçait celle, plus terrible encore, de 1913. Dès qu'Aurélien repartait je m'angoissais pour deux. Aurélien reviendrait-il pour le reprendre sur ses genoux et lui conter ses campagnes en mer ? C'était devenu son grand bonheur, et moi aussi j'adorais ces séances, à voir les yeux de Gérard aimantés par son père ! Mon petit bout de chou m'occupait à plein-temps ! Encore heureux qu'on acceptait me livrer à domicile des filets à réparer et des tuiles à chauler. Au grand dam de mon frère car je ne repris point ma place à la conserverie parmi les autres femmes de marins qui étêtaient et vidaient des centaines de poissons par jour. Et puis, dès le début de 1910, je compris que j'étais à nouveau enceinte.

— Attention, lança Julien tous sens en éveil, c'est la Leyre !

8

Avec la Leyre[10] Honorin découvrit un nouveau trésor du Bassin. Une osmose surprenante entre la terre et l'eau. La pinasse, au ralenti, semblait s'enfouir dans les herbes après un parcours déroutant sur des crassats qui disparaissaient avec la marée montante. Une fois encore le décor le laissa sans voix. Des prés salés aux roselières, en passant par les vasières et les domaines endigués, il pénétrait dans le paradis des oiseaux et des bêtes des marais. Le domaine rêvé pour la chasse. Honorin commençait à comprendre le pourquoi de tous ces fusils. Marie anticipa ses questions :

— Aurélien, comme les gens simples de la mer, comme la majorité des pêcheurs, ne manquait jamais – sauf s'il était en mer – la chasse aux canards et surtout celle à la palombe. Heureusement pour moi, il ne chassait pas la bécasse, comme presque tous ses compagnons. Il lui eut fallu un chien, ce que j'ai toujours refusé. Comprends-moi bien, Honorin, j'adore ces amis merveilleux mais justement, en l'absence de son maître le chien est malheureux. Je laissais à Aurélien tout loisir d'abandonner femme et enfant pour assouvir sa passion de la palombe, mais donnant-donnant, il renonçait au chien et à la bécasse. Pour le canard, pour la chasse à la passée[11], il partait avec des compagnons qui possédaient un chien au moins. La chasse, la

10 – Grande Leyre et petite Leyre se rejoignent pour former l'Eyre qui se jette en delta au fond du bassin au-delà de Biganos.

11 – Au crépuscule les oiseaux se déplacent pour aller se nourrir, à l'aube ils se déplacent pour retourner se cacher. C'est le moment de la chasse à la passée.

vraie, c'était celle à la palombe. À la mi-octobre, avec deux collègues, ils investissaient leur chère cabane de chasse à tir. Ils attendaient le bon vent, celui de l'orient, qui fait se poser les oiseaux. La palombière d'Aurélien existe toujours, au nord d'ici, tout près de la Villa Algérienne, que tu connais. « Un endroit fort passant, prisé par les palombes. » Je l'ai toujours entendu justifier la position stratégique de leur cabane. Il adorait ces moments de convivialité silencieuse partagée avec des collègues, à faire le guet, à attendre une première lumière, un premier bruit. Ils baignaient dans des odeurs insensées qu'il décrivait comme le mélange des senteurs forestières avec l'air iodé et puissant émanant des crassats. Il adorait conter ses veilles à Gérard, un Gérard tout heureux et fier d'avoir participé pour la première fois en juillet 1913 à la remise en état de la palombière et de ses barres où les oiseaux venaient se poser pour être massacrés. Mon bout de chou avait tout juste cinq ans ! Aurélien, aujourd'hui, serait déçu. Les pylônes[12] prennent la place des palombières. C'est ce qui a dégoûté Julien qui ne chasse plus depuis la parution des premiers décrets contre la chasse au Cap Ferret. Je revois mon homme, rentrant avec un grand sourire même lorsque la chasse avait été maigre ou nulle. Moi je souriais moins en inspectant ses habits trempés par la rosée ou la pluie, et tâchés par la mousse, permanente au niveau de la palombière dès octobre. Mais que pouvais-je dire ? Comment aurais-je osé gâcher sa joie, lui qui vivait des semaines et des mois éprouvants, risquant sa vie pour faire chauffer la marmite Decosse ?

— Marie, j'entends quelques oiseaux mais je n'en vois aucun. Où sont-ils donc ?

---

12 – Pylônes juchés en haut des arbres, pour une chasse plus facile et surtout qui répand moins le plomb près des habitations. Une fronde anti-chasseurs débuta au Cap dès la fin de la guerre.

— Tu as raison mon garçon, ce n'est ni l'heure ni la période pour les apercevoir. Avec le soleil de juillet ils se cachent, surtout à deux heures, tu penses bien ! À Pâques, l'an prochain, si ça t'intéresse, on demandera à Julien de nous emmener à l'aube, un dimanche. Ou juste après le coucher de soleil, si Constance nous l'autorise...

— Attention aux têtes, lança Julien !

Glissant sur la rivière, la pinasse s'enfonçait sous une voûte de branches, par endroits entremêlées. Tous les six respectaient le silence et observaient les rives dans l'espoir de voir furtivement un bel oiseau. Moteur au minimum, Julien surveillait tout. Il donna à Marie une sorte de tangon et elle se porta à l'avant pour repousser les obstacles. Ils croisèrent une pinasse sardinière :

— Salut Julien, bonjour Marie, salut les gamins !

— Bonjour Roger, répondit Marie, bonjour à tous les trois !

Julien se contenta de lever un bras en signe amical. Les deux embarcations se frôlèrent. Honorin eut le temps d'apercevoir les doris, à côté des hommes, tout fier de ses connaissances. Malgré un soupçon d'activité, Biganos respirait le calme et la sérénité en ce début d'après-midi. L'eau montait, non loin des cabanes, et Honorin put apprécier et admirer ce minuscule coin du bout du monde. Où était-il donc ? Était-il seulement en France ? Il ne savait plus mais il s'en moquait ! Il était bien, détendu et heureux à côté de Francine et avec Marie devant lui.

— On rentrera vite, grommela Julien ! La Chapelle avant marée descendante ! Sinon, appontage difficile et toi trempée Francine, dit-il en rigolant !

Honorin réalisa que pour naviguer dans cet espace unique il fallait sacrément emmagasiner de connaissances sur la petite mer. Pour naviguer à son tour, il lui faudrait du temps, beaucoup de temps !

Constance les retrouva, soulagée. Doublement soulagée. La pinasse mauve les ramenait vivants et ici, à la villa, Suzanne semblait disposer d'un répit. Elle raconta que le médecin, appelé le matin, avait craint une occlusion intestinale, puis s'était ravisé et penchait pour une appendicite insidieuse voire même une péritonite. La jeune fille devait rester sous surveillance. Il passerait deux fois par semaine et engageait Constance à l'hospitaliser au retour à Bordeaux pour procéder à des examens sérieux. En attendant, il insista pour surveiller à tout instant qu'elle ne fût point fiévreuse, et il lui interdit formellement de s'adonner au tennis. Ce qui rendit Suzanne de fort méchante humeur. Elle obtint l'autorisation de monter en pinasse, à condition que ce ne fût point par gros temps. Honorin suggéra alors d'inviter Clément pour certaines de ces promenades :

— Et pourquoi donc, lança Constance avec un visage théâtralement ingénu ? Clément est un partenaire au tennis, un charmant garçon, mais cela ne va pas plus loin, vous n'y pensez pas !

Marie, elle, se sentit soulagée. Sa nièce semblait mieux se porter et, avec sa présence, les tourtereaux risquaient moins de recommencer leurs bêtises. Jamais les deux sœurs n'allaient autant profiter de la pinasse mauve que durant ces vacances-là ! Honorin d'une part, et l'état de santé de Suzanne d'autre part, devenaient leurs passeports pour embarquer et Constance céda tout l'été, tant pour faire plaisir au jeune cousin que pour trouver une distraction pour son aînée. Sous un soleil radieux ils passèrent leurs journées entre la cabane Decosse et les virées sur le Bassin, cet exceptionnel théâtre des lumières, grâce à la pinasse mauve de Julien ! Gérard et Claire dévoilèrent tous leurs coins secrets, à Piraillan comme au nord de Claouey ou d'Arès, au fin fond de la petite mer. Et au gré de leurs conversations, Marie reprenait ses récits avec en tête de calmer les ardeurs de

Francine et d'Honorin. Un soir, ils rentraient au soleil couchant d'une pêche aux coquillages sacrément miraculeuse non loin du Piquey, une pêche qui avait comblé Claire et Gérard. Julien mettait cap au sud pour reprendre babord et accoster à l'estacade de la Chapelle lorsque Honorin vit Marie fixer l'horizon. Il comprit qu'elle fuguait de nouveau, pour quelques instants. Des instants qui lui étaient personnels et Honorin pria pour que Suzanne ne vienne pas interrompre le silence. Le jeune homme savait que Marie reviendrait bien assez vite, que son regard perdu vacillerait une seconde, noyé dans une larme qu'elle effacerait d'un geste discret de l'index, avant d'offrir à nouveau son plus tendre sourire. Et elle sourit à Honorin, comme pour le remercier de sa discrétion et de cette complicité innée. Avec lui, elle n'éprouvait pas le besoin de s'excuser :

— Il y a de l'Aurélien chez ce gamin, songea Marie. Sans doute un peu moins taiseux… Je vous mets en garde, tous, ici, commença-t-elle ! Les rumeurs se répandent vite, incroyablement vite dans ce monde fermé qui borde la petite mer. Je croyais bien n'avoir dit qu'à quelques femmes de l'Aiguillon que j'attendais un deuxième enfant. Aurélien, lui n'en avait parlé qu'à ses collègues du chalutier. Et pourtant, j'ai vu débarquer Augustine, ma belle-sœur, pour me réprimander, pour me faire la leçon et même me traiter de folle :

« Comprenez-vous donc la portée de vos actes ? Après la première naissance difficile ne réalisez-vous point que vous risquez d'abandonner deux orphelins à un père toujours absent ? »

Merci pour les encouragements ! Pas un mot de compassion, encore moins de félicitations ! Je n'étais, aux yeux d'Augustine et de ceux qui me l'envoyaient, qu'une possédée qui ne pensait qu'à l'acte et à la jouissance du moment sans jamais penser aux conséquences. Que j'étais à mille lieues de la pensée chrétienne qui aurait dû me guider !

J'écoutais ces horreurs récitées par une femme au méchant regard d'accusatrice, sans jamais répondre. Mais je bouillais intérieurement. Lorsqu'elle fit mine de repartir je lui dis simplement : « Dites à mon père et à mes frères, les Thillet-Bordes, qui n'ont pas le courage de venir me parler en face et qui vous envoient comme par hasard alors qu'Aurélien est en mer, peut-être au large de l'Écosse à cette heure, que je suis fière d'être une Decosse, cent pour cent Decosse ! Que je suis fière et heureuse que mes enfants s'appellent Decosse eux aussi ! » Ensuite je m'en suis vue pour mettre Claire au monde tandis que mon cher marin naviguait effectivement non loin des côtes écossaises.

Elle parla soudain à voix basse :

— Merci encore à ce brave Julien qui m'étonna une fois de plus par son sang-froid, malgré ce qu'il est, malgré ses handicaps. Par chance il était passé me voir et il comprit tout de suite. Il fila chercher la sage-femme. Je me demande encore comment il avait fait. Ils arrivèrent tous les deux une petite demi-heure plus tard. J'étais en plein tourment, je venais de perdre les eaux. Douce, habituée à moi, elle passa encore près de douze heures à l'Aiguillon. Par deux fois je perdis connaissance, mais Claire naquit et toutes les deux nous sommes là, aujourd'hui. Aurélien débarqua dix jours plus tard, méconnaissable, barbu, hirsute, le visage buriné avec les yeux d'un être fourbu et peut-être même le regard d'un homme qui a vu la mort en face. Mais tellement heureux de pouvoir cajoler sa « fillette » ! Je le trouvai beau, même si je lui donnai dix ans de plus qu'avant son départ.

— Marie, tu me fais frémir à chaque fois ! Avez-vous partagé des moments de bonheur, tous les deux, euh, tous les quatre ?

— Bien sûr que oui, Honorin, nous les avons eus, ces grands bonheurs, simples et inoubliables. Comme ces dimanches après-midi entre 1911 et 1913, pendant lesquels Aurélien prenait son petit Gérard sur les genoux, avant la sieste, et lui contait ses aventures en mer lointaine, au large du Maroc ou à proximité de Terre-Neuve. Il captait à merveille l'attention de son fils jusqu'au moment où les paupières trop lourdes tombaient en un instant. Tandis que je berçais Claire amoureusement, Aurélien couchait « son gros paquet » avant de s'allonger à son tour ! Oui, Honorin, nous étions heureux, même si nous nous sentions meurtris au plus profond de nous-mêmes lorsqu'un chalutier faisait naufrage, comme le Béluga par exemple, avec quarante hommes à bord. Cette fois-là, grâce à Dieu, tous les marins furent sauvés. Nous craignions presque autant le danger permanent des faillites. Je croisais des femmes en larmes qui imploraient le ciel ou le maudissaient. Je revois Georgette, une bonne amie de La Teste, effondrée lorsqu'elle apprit la faillite de sa conserverie. Rien ne l'avait épargnée : son mari et son frère avaient disparu en mer quelques années plus tôt, tout comme leur père, trente années en arrière ! Pendant des semaines je me suis battue pour qu'elle renonce à mettre fin à ses jours. Aurélien m'autorisa de la prendre avec nous pour la surveiller. La gaité de Gérard et les sourires de Claire finirent par lui faire accepter la vie, même si j'eus plus d'une fois peur de l'effet contraire. Aujourd'hui elle s'est remariée et vit, heureuse je crois, avec un facteur à Bordeaux. Aurélien fut alors nommé capitaine en second, juste avec l'arrivée de la T.S.F. à bord !

— Un sacré progrès, une bien bonne nouvelle ! Plus d'angoisses !

— Ne crois pas cela, Honorin ! Déjà, cela ne réduisait pas les dangers. Mais pire : imagine mon état lorsque la T.S.F. tombait en panne alors qu'elle venait de signaler un gros coup de tabac dans le secteur du chalutier! Pour eux c'était formidable: un lien avec la terre. Pour nous, les femmes de marins, je suis persuadée que ce fut pire, au moins au début.

— Digue La Chapelle, débarquement pour la villa M., cria Julien!

Suzanne, Francine et Honorin embrassèrent les Decosse et insistèrent pour laisser tous leurs coquillages à Claire et à Gérard. Marie dut intervenir pour la répartition des dons... Depuis l'estacade ils entendaient, sur la pinasse mauve qui s'éloignait, Gérard qui hurlait pour récupérer tel ou tel coquillage. Marie leur souriait, blasée.

Le lendemain le crachin cachait les têtes des pins au-dessus de la villa M., obligeant Constance à changer son plan pour la journée. Honorin, lui, ne bouscula point ses habitudes de promenade matinale avant le lever des demoiselles Thillet-Bordes. La pluie fine gommait les extravagances du quartier du Casino de la Forêt et, devant l'esplanade, impossible de distinguer le Cap Ferret, de l'autre côté. Tout juste si on devinait une coquille de noix arpenter le Bassin. Honorin apprécia cette atmosphère ouatée, de calme et, somme toute, de modestie. En rentrant, il entendit le piano. Francine faisait ses gammes. Silencieux jusque dans le salon, il la surprit en la prenant par la taille. Elle sauta et hurla:

— Sauvage, tu es fou! Tu sens le chien mouillé, va te sécher!

Il lui vola un baiser juste avant l'arrivé de sa mère, inquiète des cris de sa fille.

Le tramway les déposa tous les quatre à l'entrée de l'Aiguillon. Marie ne fut pas surprise et s'activa aussitôt en cuisine, délaissant le chaulage pour la matinée. Constance avait apporté du mouton et un dessert aux pommes. Les gamins jouaient dehors sous haute surveillance : à marée montante c'était vital de ne pas les laisser s'éloigner vers les crassats. Et quelle que fut la marée leur mère ne les autorisait pas à filer vers La Teste : Gérard semblait se régaler à jouer dans le secteur du stockage de charbon, au niveau des pêcheries. Il était déjà revenu plus noir que le plus noir des Africains !

Constance les quitta après le café pour une après-midi de cartes avec Florence de Castang et deux autres Bordelaises, sur les hauteurs du Pyla. Au changement de marée le soleil réapparut, au-dessus d'une mer à peine perturbée par une brise légère venant de l'ouest. Ils se mirent à rêver d'une apparition impromptue de Julien. Marie les en dissuada : il devait transbahuter des cartons et de la glace jusqu'au soir. Honorin s'étonna des conditions de travail sur terre, pour des manutentionnaires comme Julien, en pensant principalement au charbon.

— Dans tous les cas, Honorin, en mer comme sur terre, les conditions de travail sont exécrables ! Tu as remarqué, j'en suis sûre, que je n'ai aucun contact avec ma famille, hormis avec Constance et ses filles. Exception faite, justement à cause des conditions de travail d'octobre 1913. Je te parle maintenant d'un conflit terrible entre les marins-pêcheurs, les ouvriers des pêcheries et les patrons de celles-ci, dont mon frère. Il venait de prendre la présidence, à la mort de notre père. Moi je ne voulais pas qu'Aurélien s'expose. Et comme je me sentais proche des marins et de leurs revendications, je décidai de participer aux réunions et aux manifestations à leur côté. Ce ne fut pas chose facile, crois-moi ! Une majorité des collègues et compagnons d'Aurélien se mirent en grève, à contrecœur car ce n'était pas dans leur tempérament. Non, ce n'était pas dans le style des marins de la petite mer, habitués à la dure, de cesser le travail. Mais les faillites faisaient peur et il fallait bien assurer l'avenir, un minimum, soit avec une paye meilleure, soit avec plus de sécurité et des journées de repos. En tant que femme de marin pêcheur et ancienne ouvrière des pêcheries, je me présentai pour défendre nos intérêts et participer aux négociations en compagnie des délégués du syndicat fraîchement créé. Aussitôt je me heurtai à un grand escogriffe, sans doute plus bête que méchant, qui me barra le chemin. Je me souviens bien de lui, Adrien, la caricature de la grande gueule. Un farouche, consternant ! Il s'adressa à moi en ces termes :

— Vous, femme Decosse, vous êtes avant tout une demoiselle Thillet-Bordes !

— Et alors, lui répondis-je, si j'ai choisi d'être parmi vous ce soir pour défendre les intérêts des marins comme des ouvrières des pêcheries, c'est en tant que Marie Decosse. Oseriez-vous en douter ? Qui oserait en douter, ici ?

Grondement des représentants. Rien que des hommes !

— Préféreriez-vous que je me batte contre vous ?

Je hurlais presque ! Nouveau tollé qui obligea Adrien à se taire et à me laisser participer. Mais visiblement il n'appréciait guère que Marie, une fille de patron, lui fasse de l'ombre ! Je continuai :

— Adrien, savez-vous que mon frère menace de licencier Julien si je participe aux grèves et aux défilés parmi vous ?

— Dans ce cas, restez chez vous Mademoiselle Thillet-Bordes, ironisa-t-il !

— Sûrement pas ! Ce risque je le prends et j'en ai informé Julien ! Cette cause est juste et je tiens à montrer que je la défends, malgré les œillères que portent certains syndicalistes qui, par leur maladresse, font trop souvent capoter les négociations !

— C'est pour moi que vous dites cela, reprit Adrien en me toisant ?

— Bien sûr, lui répondis-je ! Pour qui voulez-vous que ce soit, ici ? Essayez d'utiliser vos droits autrement qu'en de stupides démonstrations de force, vous n'en serez que plus crédible ! Votre crédibilité est au plus bas et vous le savez !

— Vous voulez m'évincer, je vois. Vous êtes envoyée par votre frère !

— Nouvelle stupidité ! Je ne parle pas de votre crédibilité chez les patrons mais bien de celle chez nos collègues. Trop de manifestations tuent les manifestations !

— Merci pour la leçon, madame « je sais tout » ! Un jour je vous prendrai ! Oui, je vous prendrai à orienter les employés en faveur des idées des patrons ! Vous serez découverte !

— Décidément vous êtes incurable mon pauvre ami !

Dans un sens il me faisait pitié ! Il demanda le silence dans le petit hangar de la pêcherie de La Teste :

— Vote, lança-t-il ! Grève, blocage du port et manifestations. Les négociations, ce sera pour plus tard ! On ne s'abaisse pas à négocier tout de suite comme le recommande la fille Thillet-Bordes !

— Attendez, leur dis-je, la grève est sans doute nécessaire mais pas le blocage du port qui fera empirer la situation pour, au final, ne rien obtenir ! Lançons plutôt une grève sans heurts pour négocier dès que ce sera possible !

— Vote, cria à nouveau cet échalas d'Adrien ! Qui veut la grève avec blocage et défilés de La Teste jusqu'à Arcachon pour secouer tous ces nantis ?

Vingt-cinq mains se levèrent, après quelques hésitations.

— Qui pour des négociations, comme le veut Marie Thillet-Bordes ?

— Marie Decosse, épouse d'Aurélien Decosse, dois-je préciser ! Grève, puis négociations, sans laisser la situation pourrir !

Vingt-deux mains se levèrent.

— Donc c'est la grève avec blocage du port et défilés, conclut Adrien !

— Attends, c'est un peu fort ! – Je hurlais presque – Tu crois l'emporter avec vingt-cinq voix contre vingt-deux ! Réfléchissez bien, tous ! Évitez de tout briser ! Il y a plus de soixante-dix personnes ici et des centaines dehors qui attendent nos décisions ! Et tu veux le blocage parce que tu as obtenu vingt-cinq voix sur soixante-dix ! Tous ceux qui se sont abstenus ne peuvent soutenir le blocage et la répression qu'il va entraîner. Rappelez-vous il y a quatre ans ! Décidez-vous, les abstentionnistes !

— Inutile, coupa Adrien, la séance est levée ! J'annonce la grève, le blocage du port et les défilés ! Personne en mer ni dans les conserveries !

— Ne comptez pas sur Aurélien et son équipage pour vous suivre dans vos folies !

— Bien sûr, bien sûr ! Il sait quel est son bord le tout nouveau capitaine en second !

— C'en est trop, Adrien ! De quel droit insultes-tu un marin irréprochable ? Tu es ignoble et jaloux ! Tu recherches le conflit pour le conflit !

Adrien quitta la salle avec une bonne trentaine de marins et d'ouvriers. Je me sentais impuissante et je me retenais pour ne pas pleurer. Mon nom de jeune fille me semblait alors le pire des fardeaux. Adrien parvint à ses fins : une grève dure avec blocage des chalutiers de plusieurs pêcheries ! Mon frère entra alors en scène et vint me voir en grand secret à l'Aiguillon pour tenter de comprendre et désamorcer le mouvement. Je lui dis que ce que je savais, d'une part et lui assénai ce que je pensais, d'autre part. Jamais je ne lui citai un nom. J'insistai sur l'idée de lâcher un peu sur les salaires et d'accorder quelques jours de repos supplémentaires, ce qui le mit dans un état de colère indescriptible. Il m'accusa d'être une odieuse révolutionnaire mais, calmement, je lui précisai :

— Moi, je ne demande rien. C'est toi qui es venu me voir. Je me suis contentée de te rapporter des faits et des discussions. Tu m'as demandé mon avis, je te l'ai donné. Tu dois savoir que cet avis est fort modéré par rapport à celui de certains... Alors, peut-être est-ce l'occasion d'éviter un conflit plus dur et plus long à l'issue duquel je n'imagine que des perdants, toi le premier ! Réfléchis encore, je ne peux pas décider à ta place !

— Encore heureux, conclut-il !

Et il s'en fut, sans me saluer ! J'eus la naïveté de croire, quatre jours plus tard, à une amorce de solution. Hélas, la grève repartit de plus belle et le pire fut évité de justesse lorsque les maires d'Arcachon et de La Teste intervinrent en personne pour faire retomber le soufflé ! Les salaires augmentèrent effectivement, mais neuf personnes furent licenciées, dont Adrien. Pourtant je jure n'avoir jamais cité le moindre nom ! Et si la solidarité fonctionnait à plein entre nous au moindre pépin, elle joua également entre patrons qui s'accordèrent pour ne reprendre aucun des hommes licenciés. Neuf familles de plus à la soupe populaire ou obligées de fuir la région. Mais pour aller où ? Après ces deux terribles semaines j'étais épuisée. Heureusement, Aurélien se montra fier de moi et je fus soutenue par tout un groupe de marins qui n'appréciaient guère Adrien.

Honorin, lui, appréciait chaque jour un peu plus cette Marie qui avançait contre vents et marées :

— Jamais expression ne s'était aussi bien appliquée, songeait-il, lorsque Julien débarqua dans la cabane, la mine renfrognée :

— Un Parisien noyé ! Bateau a chaviré près des passes ! Encore un, cette année !

— Le Bassin est impitoyable, Julien le sait, nous le savons tous, mais pourtant, il nous piège chaque année.

— Mieux vaudrait taire cette triste nouvelle à notre mère, avertit Suzanne.

— Peut-être, ma fille, mais elle l'apprendra bien vite. Tout se sait sur la petite mer, porté par le vent ou par les marées. Demain, au déjeuner, ce sera elle qui vous en parlera. Maintenant il vous faut rentrer. Julien, accompagne-les jusqu'au tramway. Sais-tu quel sera le temps pour demain ?

— Pareil, beau après marée !

9

Fini le temps d'oublier le temps. Après un été aussi exceptionnel, le retour d'Honorin à Lambersart s'avéra carrément morose. Dans le train il songeait à ces instants aussi délicieux qu'intenses avec Francine, à ces corps à corps bouillants et à ce moment précis où Gérard les surprit à s'embrasser comme des amoureux fous. Honorin ne comprenait toujours pas – mais s'en réjouissait – que Claire et son frère aient réussi à tenir leur langue. Un exploit ! Pour combien de temps ? Le train s'approchait de la gare de Lille et le jeune homme prenait conscience qu'une autre vie commençait. La Faculté, des têtes nouvelles et un changement d'installation au quotidien. Pour se rapprocher du lieu de ses cours, il logea chez une vieille tante, au centre de Lille, rue Esquermoise. Une tante du côté de sa mère, qui s'appelait Marie, elle aussi. Marie Decosse en plus austère mais brave, qui tenait un commerce de porcelaines et cristaux. La maison se situait au-dessus du magasin. Une maison invraisemblable, quasiment indescriptible. Une sorte de labyrinthe qui entourait une minuscule cour intérieure qui ne voyait pratiquement jamais le soleil. La chambre d'Honorin donnait sur cette cour. Calme garanti, la nuit ; lumière électrique imposée, le jour ! Il s'arrangeait pour y passer un minimum de temps et éviter des heures de cafard à rêver de la lumière du Bassin. Ses nuits, elles, lui paraissaient beaucoup plus claires, illuminées par les regards de Francine et de Marie et par le soleil et l'argent de la côte du même nom.

Ses cours à la fac le déçurent. Heureusement l'ambiance y était plutôt festive grâce à des camarades étudiants gais et plein d'humour. Un trait de caractère bien nécessaire dans le Nord, juste après la guerre ! Un certain Francis Leféburе devint son ami inséparable. Plus assidu qu'Honorin, Francis se passionnait pour la juridiction fiscale. Ce qui les rapprochait, c'était la mer. Francis ne jurait que par le golfe du Morbihan, cette autre mer intérieure de la côte atlantique. Comme pour Honorin, des oncles, des tantes et des cousins de Vannes, l'invitaient régulièrement dans la maison familiale de Locmariaquer. Un paradis !

— Encore un, pensa Honorin, convaincu que ces baies atlantiques correspondaient à ces rêves d'évasion que faisaient tous les adolescents.

Les deux étudiants travaillèrent souvent ensemble, soit à Lille ou à Lambersart, soit à Haubourdin. Francis plut immédiatement à Désiré et à Mathilde qui regrettèrent que le jeune homme n'ait qu'un frère et pas de sœur. La famille Lefébure sévissait dans l'expertise comptable, épouse incluse, ce qui limitait les sujets de conversation... Et Honorin trouva les parents de Francis aussi drôles que la double page d'un bilan de société !

L'automne et l'hiver passèrent, sur le mode studieux, soit avec Francis, soit avec l'oncle Édouard. Voir son oncle travailler le bois en lui donnant progressivement des formes imprévues et des courbes élégantes fascinait le jeune étudiant en lui vidant le cerveau. Il en oubliait d'un coup les « clauses léonines » et même, parfois, il en oubliait Francine, le temps que son oncle polisse avec précision une chantignolle[13] en châtaignier.

À la mi-mars, survint ce que redoutaient Mathilde et Désiré : la mort de Louise. Une mort sans souffrance. Louise s'était éteinte dans son lit, tout simplement. La famille Vercoutre fut aussitôt sens dessus-dessous. L'usine ferma deux jours !

13 – Pièce de bois servant à soutenir les pannes d'une charpente.

L'évènement était d'importance, la défunte une personnalité. Le dernier personnage d'une sacrée génération, celle qui avait connu l'empire et cette satanée guerre de 70. Avec la mort de Louise une époque disparaissait. Honorin fut surpris d'être ému aux larmes. Il revoyait le visage fripé mais digne d'une vieille dame austère et difficile, certes, mais qui lui faisait régulièrement la lecture. Et quelle lecture, une lecture fabuleuse qui l'envoyait en Argentine ou en Australie. Des souvenirs d'évasion au coin du feu. Quelques larmes perlaient encore sur ses cils lorsque sa mère lui annonça la venue de membres des familles de Bahia Blanca et de Melbourne. Victor débarquait en compagnie de sa fille Teresa et de sa petite fille Amalia. Alphonse, lui, s'annonçait avec Paul, son fils aîné, et Barbara, sa bru.

Désiré ordonna à Jules de s'occuper et de bien traiter les arrivants. Les guider dans Lille ou jusqu'à Lambersart, de faire l'hôte des lieux, en quelque sorte. Honorin en ressentit une cruelle frustration. Que son père n'ait pas choisi Léonie pour cette « mission » s'expliquait le plus logiquement du monde. On ne demandait pas à une jeune fille de faire la guide, d'autant plus que le jour de son épreuve du baccalauréat approchait. Mais pourquoi pas lui, Honorin ? Il tourna mille fois cette question dans sa tête avant de trouver une réponse satisfaisante. À cause de son âge ? C'eut été surprenant. Parce qu'il continuait ses études ? Peu probable, la venue des oncles n'était programmée que pour cinq jours maximum. Parce que Jules assistait son père à la teinturerie et que celle-ci était fermée pour deux jours ? Peut-être. Parce que Jules était plus représentatif de la famille, étant appelé à devenir un jour le chef de l'entreprise ? Qu'il donnerait la meilleure impression à des personnes qui, en fin de compte, étaient également des fournisseurs ? Cela tenait debout mais ne le convainquit pas. À force de gamberger, il trouva :

— Moi, j'ai droit à Arcachon ! Voilà la raison ! En matière de rêves et de paradis je suis servi ! Mes parents m'ont accordé le Bassin, m'ont octroyé l'Arcachon des Thillet-Bordes ! Pour Jules le paradis sera une terre lointaine, argentine ou australienne ! Mon père a tout prémédité, c'est trop injuste !

Alors l'étudiant réfléchit : échangerait-il avec Jules ? Accepterait-il de perdre Francine, de perdre Marie et de perdre la petite mer ? Pour trouver qui, pour trouver quoi ? Il se calma et sourit :

— Et si Jules s'amourache d'Amalia, après tout pourquoi pas ? Amoureux comme moi je le suis, peut-être me comprendra-t-il enfin ? C'est vrai, Amalia est bien jolie et terriblement aguicheuse. Exactement ce qu'il faut à ce grand nigaud ! Il parade devant les hommes et les gens âgés mais il ne sait pas aborder une fille de son âge !

La cérémonie en l'église Saint-Maurice lui parut interminable. Honorin s'efforçait de se recueillir devant le cercueil de sa grand-mère mais ne pouvait s'empêcher de lorgner en direction d'Amalia et de Jules qui se lançaient des regards de feu. Un feu à peine éteint par le cortège jusqu'au cimetière, frigorifiant !

— Ce n'est pas possible, maugréa Honorin en piétinant, cette voiture fait du sur-place ! À croire que mon père en a fait la demande pour que toute la ville soit bien informée du décès de Louise van Act, épouse Vercoutre ! Vercoutre des teintureries Vercoutre !

Victor, Teresa et Amalia décidèrent de rester trois jours supplémentaires pour régler en famille non seulement la question de la succession, mais surtout pour établir le calendrier des fiançailles et même des épousailles entre Amalia et Jules ! Ce veinard de grand-frère partirait pour Bahia Blanca dès Pâques pour se présenter aux Vercoutre d'Argentine. Dans ces pays neufs le contact s'avérait plus direct, moins formel que chez les grandes familles du nord de la France, mais on respectait malgré tout les traditions. Surtout dès qu'on abordait les questions de foi avec une église toute puissante. Honorin avait remarqué qu'Amalia se signait chaque fois qu'elle passait devant une église. Jules reviendrait d'Argentine en soulignant :

— Et là-bas, à Buenos-Aires comme à Bahia Blanca, les églises ce n'est pas ce qui manque !

Honorin et l'oncle Édouard ne se quittaient plus. L'étudiant adorait se réfugier dans l'atelier de son oncle. Une demi-heure de marche depuis la rue Esquermoise et il se retrouvait dans la caverne d'Ali-Baba ! Des outils bizarres, des formes invraisemblables, et le plaisir de dialoguer avec un sage pas ordinaire. Avec la disparition de sa mère, l'état d'esprit d'Édouard changea. Jour après jour Honorin œuvrait pour que son oncle aille voir, au moins voir, ces bateaux du Bassin fabriqués en bois. L'idée se mit à germer dans la tête du compagnon :

— Aller voir ailleurs, aller tâter du métier de compagnon charpentier de marine, pourquoi pas ? Une expérience séduisante, à coup sûr ! Je dois y songer. Mais dis-moi, Honorin, ils sont nombreux sur ton Bassin à fabriquer ces bateaux ? Comment les appelles-tu, déjà ?

— Des pinassottes et des pinasses, oncle Édouard. Tu auras ta place et tu seras rapidement parmi les meilleurs !

— Encore faut-il qu'ils m'acceptent ! Et pour me loger, Honorin ? Je n'ai pas de cagnotte pour acheter une maison, même une petite !

— Marie t'aidera à trouver, j'en suis convaincu ! Elle connaît tous les charpentiers depuis l'Aiguillon jusqu'à Mestras. Ils te logeront et tu trouveras rapidement une jolie cabane à louer.

— Admettons, mais parles-en d'abord à cette Marie. Elle est ta fée j'ai l'impression ! Et puis je ne peux pas partir sans avoir honoré mes commandes. Cela correspond à six mois voire sept.

Tout en discutant il fignolait un chanfrein et Honorin n'en perdait pas une miette.

Pour les vacances de Pâques Honorin ne se posait même plus la question. Il retournait à Bordeaux et à Arcachon. Il se sentait désormais membre à part entière de sa famille bordelaise. Intégré. Intégré à la famille Decosse, en réalité. Mais cela, mieux valait ne pas le crier sur les toits ! La saison s'annonçait fraîche, la douceur du printemps girondin bien tardive. Honorin s'en moquait, il allait se réchauffer contre le corps brûlant de Francine à chacune des virées de la pinasse mauve jusqu'au fond du Bassin. Suzanne ne les accompagna plus, paniquée à l'idée qu'une vive douleur ne la prenne au beau milieu de la petite mer. Elle se contentait de la pêche aux coquillages et aux crevettes, après jusant, près de la jetée de la Chapelle. Elle renonçait au Cap Ferret et, pire, aux parties de tennis avec son cher Clément. Devinant enfin l'attrait l'un pour l'autre de sa sœur et d'Honorin, elle allait se jeter dans les bras de Clément. Ne fut-ce que pour rester l'aînée, dans ce domaine comme dans les autres ! Mais de quels stratagèmes user pour le retrouver ? En définitive elle obtint de sa mère d'assister aux parties de tennis pour, au moins, donner quelques conseils à son ami Clément. Ce dernier apprécia et prit un malin plaisir à accumuler les balles perdues près de sa chérie et parfois même sous ses jupons ! Ils profitaient de la moindre occasion pour se frôler, pour se toucher. Suzanne en oubliait ses douleurs au bas-ventre pour n'en plus ressentir qu'une seule, violente et délicieuse, à la gauche de sa poitrine.

Et lorsque Clément glissa au moment de récupérer une balle stoppée par la cheville de la jeune fille, leurs bouches se rencontrèrent. Suzanne sut se retenir de rire pour envoyer à Clément :

— Quel maladroit faites-vous donc, mon pauvre ami ! La prochaine fois je vous crois capable de déchirer ma robe ! Je commence à désespérer de vos errements avec une raquette !

Le jeune homme sourit et laissa négligemment une nouvelle balle mourir aux pieds de Suzanne, ce qui agaça le partenaire. Imperturbable, Clément récupéra la balle en volant un deuxième baiser et ravi de laisser la victoire à son adversaire du jour.

Constance s'évertuait, comme toujours, à organiser des soirées bordelaises chez des amis disposant de villas somptueuses en bord de Bassin. Elle avait obtenu les clefs d'une grande maison à deux pas du Moulleau. Son propriétaire négociait ses vins à New York. Les terrasses jusqu'à la mer auraient mérité meilleur sort et Honorin, comme Suzanne et Francine, trouva que la maison sentait l'humidité et le renfermé. Constance s'étonna que le propriétaire ne paie point le personnel nécessaire à l'entretien d'un lieu de villégiature aussi extravagant. Les affaires de ce concurrent et ami d'Albert seraient-elles en déclin ?

— J'en parlerai en rentrant à Bordeaux. Albert doit savoir !

En attendant elle installait, avec l'aide d'Éliane et Maurice, de quoi réussir une grande soirée.

Gérard malade, Marie ne put participer à cette soirée arcachonnaise, à la grande tristesse d'Honorin et de Francine. De son côté, Suzanne, très maîtresse de maison accueillit les invités jusqu'à l'arrivée de Clément qu'elle accapara pour ne plus le lâcher. Honorin s'amusait de voir débarquer ces bourgeoises et ces bourgeois, jeunes et moins jeunes, ravis de participer à cette soirée « hors saison ». Et il percevait dans les regards de presque gamines cette retenue mêlée à des rêves d'aventures. Ainsi compta-t-il une dizaine d'embourgeoisées, copies conformes de Suzanne. Francine dénotait dans ce cénacle bordelais. Alors Honorin s'évada avec elle. Présents physiquement dans cette soirée un tantinet ennuyeuse malgré la présence d'un phonographe et malgré un cadre magique, ils regardaient sans les voir la pointe du Ferret et les bancs de sable. Vertige incontrôlable, ritournelle bizarre et délectable, ils folâtraient et chantonnaient sur les pelouses du Casino de la Forêt. Ils caracolaient de la jetée de la Chapelle jusqu'à celle d'Eyrac en riant sous cape des belles dames mal à l'aise sur leurs ânes, qui devaient impérativement montrer leurs robes et leurs dentelles. Les deux amoureux voyageaient à s'en donner le tournis. Pourtant, aux yeux de Constance, ils étaient sagement assis sur un sofa de rotin à contempler l'horizon, le Bassin et le phare du Cap qu'on distinguait à peine dans une pénombre zébrée de restes solaires.

— Ces deux-là, au moins, ils sont tranquilles, marmonna-t-elle, en colère contre Suzanne qui se laissait trop facilement caresser par cet audacieux de Clément.

Le soleil lumineux du lendemain faisait miroiter le Bassin autant que les espoirs de Francine et d'Honorin. Constance les conduisit elle-même jusque chez Marie avant de retrouver Suzanne et de descendre avec elle, après le piano, jusqu'au tennis. Elle fit preuve d'une certaine mansuétude mais ne put s'empêcher de préciser à son aînée qu'elle devait se comporter en jeune fille capable d'interrompre les avances de Clément :

— Votre désinvolture, à l'un comme l'autre, m'horripile. Ne m'obligez pas à intervenir directement. Sachez garder des distances convenables, je vous en conjure, ma fille. Prenez exemple sur votre sœur et sur Honorin.

Suzanne tomba des nues. Allait-elle répondre à sa mère, au risque d'engendrer l'irréparable avec sa sœur? À cet instant précis Clément entra dans son champ de vision, déjà affairé à batailler avec une jeune femme. Sa colère se concentra sur cette joueuse, aussi vilaine fille que médiocre au tennis. Clément interrompit la partie pour faire les présentations. Suzanne dévisagea sans indulgence cette Arlette et conclut qu'en aucun cas elle ne pouvait faire une rivale !

— Un museau de chien bâtard, un regard vide et des tchanques à la place des jambes ! Et aucune distinction, par-dessus le marché ! Que Clément lui donne une bonne correction et qu'on ne la revoie plus !

— Arlette, continuait Clément, imperturbable, est la fille de Maître Payon, avocat de Périgueux dont la renommée est remontée jusqu'à la capitale !

Constance apprécia mais Suzanne trouva à cette fille un sourire niais, stupide :

— Les chats faisaient-ils des chiens par là-bas ?

Elle assista, passablement énervée, à une partie soporifique mais ne put qu'admirer la patience de Clément.

Francine et Honorin, avec Marie et ses gamins, profitèrent de la marée haute et du temps libre de Julien. Ils profitèrent de la pinasse mauve amarrée à quelques encablures de la maisonnette Decosse, pour filer droit vers la cabane et la pointe aux chevaux. À voir la santé resplendissante de Gérard, Honorin comprit que Marie préférait éviter les soirées bon genre organisées par sa belle-sœur… Julien, avec son langage bien particulier, se lança dans des explications de pilotage sur le Bassin. Le jeune nordiste connaissait déjà quelques termes, les esteys, les pignes, les crassats et les baïnes[14], mais Julien s'évertuait à en rajouter des nouveaux à chaque sortie. Ce dernier remarqua qu'Honorin décrochait et il conclut, tout sourire :

— Moi te dire, la petite mer ça s'apprend !

— Il a raison, reprit Marie, on ne le sait que trop, ici, avec ces marins d'eau douce qui se laissent emporter par les rouleaux sournois en abordant les passes !

Devant la cabane tchanquée, Honorin évoqua son oncle charpentier, compagnon charpentier, et l'espoir qu'il nourrissait de venir admirer les pinasses du Bassin avant, peut-être, d'en construire lui-même. Le neveu insistait avec ardeur sur l'amour du bel ouvrage qui caractérisait son cher oncle. Marie écoutait, Marie comprenait. Mais Marie pleurait, à mesure que le jeune cousin évoquait le travail exigeant de l'oncle charpentier malgré la présence et les pressions des Boches. Jamais il n'avait accepté travailler pour l'occupant, cherchant toujours l'échappatoire, risquant sa vie et même une ou deux fois celle de ses proches. Mais il avait tenu bon et il gardait cette fierté pour lui-même.

— Excusez-moi les enfants, mais à t'écouter, mon garçon, je replonge dans cette terrible année 1914. Elle commençait bien mal. Un chalutier, encore un, disparaissait avec neuf marins à bord. Une fois de plus je participai à la cérémonie religieuse à Saint Ferdinand, presque comble, pour un dernier hommage aux disparus et un soutien modeste aux familles, inconsolables. Le mois suivant, Aurélien, en digne fils de son père, participa au sauvetage d'une flottille de pinasses, au sud des passes. Vous n'imaginerez jamais combien j'étais fière, combien j'étais heureuse ! La femme la plus heureuse du monde ! Au diable les Thillet-Bordes, les grandes fêtes arcachonnaises, le négoce des grands vins et l'argent qui va avec ! Je frôlais le bonheur absolu,

14 – Creux remplis d'eau à marée basse.

fière de mon homme, fière de nos enfants, et cela me suffisait. Je ne voulais surtout pas gâcher mon bonheur en le comparant à celui des autres ! Et survint la guerre, avec cet ordre de mobilisation pour tous les hommes valides de 18 à 45 ans. Mon frère Émile y échappait de justesse, Julien également, pour d'autres raisons. Albert, Aurélien, André et ce pauvre Jean durent quitter la famille. Je revois tous ces hommes, le mien parmi eux, prendre le train pour rejoindre les garnisons de Bordeaux. Albert se débrouilla pour éviter le front, il a toujours eu une chance insolente. Aurélien, lui, réapparut trois mois plus tard : son chalutier était réquisitionné. Nous vécûmes alors quelques jours d'un bonheur intense, insensé ! Un tourbillon d'amour dans la fournaise oppressante de cet été de malheur. Insatiables, nous nous aimions comme s'il s'agissait chaque fois de la toute dernière fois. Pressentiment ? Je n'en sais rien, c'est ce que je crois aujourd'hui. De tels désirs, une telle volupté, devaient bien signifier quelque chose ? Et survint la séparation, odieuse, et son départ dans ce rafiot de malheur… Vous savez ce qu'il advint de Jean. André fut aussitôt autorisé à rentrer dans ses foyers. Depuis la mort de Jean et, surtout, depuis celle terrifiante et stupide d'Aurélien je hais les Allemands, les Boches, comme tu dis, Honorin. Mon homme était passé au travers des pires tempêtes, des plus invraisemblables coups de tabac, de la Mauritanie jusqu'aux îles canadiennes, et voilà qu'il se faisait couler par les Allemands pas très loin d'ici ! C'est fou, quand j'y repense, fou et monstrueux !

— Tu es comme mes parents qui détestent les Frisés ! Les Boches !

— Oui, Honorin, ils ont tué mon homme, mon héros, le père de mes enfants, et cela suffit ! Il m'a fallu attendre 1917 pour m'apercevoir que je pouvais haïr, et à quel point ! Si j'en avais eu la possibilité, si j'avais disposé d'une arme, je crois que j'aurais tué tous les Frisés qui se seraient présentés devant moi ! Mais j'avais deux petits de neuf et sept ans. Pour eux je n'avais pas le droit de me venger et d'en faire des orphelins. Leur calvaire immense d'être privés de leur père suffisait, non ? Alors je pris sur moi et tentai de me rendre utile en m'engageant pour soigner les blessés. De nombreux bâtiments furent réquisitionnés comme hôpitaux de fortune : le collège Saint-Elme, les deux casinos et même le Grand-Hôtel. Je fus affectée au Casino de la Plage. Je ne croisais plus d'hommes dans mon quartier, en dehors de quelques vieux comme les frères Lagrinche et des enfants. Le seul homme véritable qui restait, c'était Julien. Brave Julien ! Grâce à lui, grâce à quelques gamins qu'il entraînait, et grâce à la pinasse mauve, il ramenait régulièrement du poisson pour plusieurs familles. Moi, je ne pêchais pas ; j'étais incompétente en ostréiculture. La majorité des femmes de réquisitionnés savaient détroquer[15]. Moi je ne savais que chauler les tuiles et réparer les filets de taille moyenne. Heureusement, la municipalité organisa une formation pour les infirmières incapables comme moi et rapidement nous fûmes une dizaine à prendre des fonctions d'assistantes infirmières. Un travail prenant. De quoi atténuer ma détresse qui commença avec la mort de Jean. Pour une fois on voulut bien de moi à Bordeaux pour assister aux obsèques. Je dois avouer avoir longtemps hésité, la lettre m'était adressée à moi seule, pas à Aurélien. Cela voulait-il dire qu'ils ne souhaitaient pas qu'il assiste à l'enterrement de son neveu ? Je ne le sus point. Je ne le sais toujours pas. Aurélien naviguait je ne sais où – puisqu'il était interdit de le savoir. Avec lui je n'aurais pas hésité, mais seule, avec Claire et Gérard et les petits boulots pénibles, je ne savais trop quoi faire. Finalement

15 – Détacher l'huître de son support pour la mettre en parc.

je me résolus à y aller, en mémoire de Jean qui n'était pour rien dans ces querelles de famille. Augustine, effondrée, fit mine de se jeter dans mes bras. Je ne refusai pas son étreinte, prenant sur moi de ne pas fuir. Je restai digne et froide. Un an plus tard, à la mort d'Aurélien, elle n'eut pour moi aucun mot, aucun geste de réconfort et me retrouvai seule, comme tu le sais Honorin, avec mes deux bouts de chou !

Francine pleurait, Honorin serrait les dents pour retenir un flot de larmes lorsque Julien coupa son moteur. La pinasse mauve accostait dans l'anse au pied de la Pointe aux chevaux. En voyant Marie sauter à terre Honorin admirait le cran de cette femme que la vie n'avait pas franchement gâtée. Et il n'en comprenait que mieux toute la force de l'amour qu'elle portait à ses deux gamins. Au moins lui avaient-ils évité – partiellement – la plus terrifiante des solitudes.

La solitude ! Elle les attendait au sud de l'anse en la personne d'une espèce de vieux loup de mer qui, selon Julien, vivotait sur le Bassin depuis des lustres, partagé entre une cabane branlante et une pinasse échouée dans un crassat vaseux. L'homme, hors d'âge, arborait une trogne à vénérer les meilleurs Médoc ! Impression confirmée devant la collection de cadavres enfilés sur deux épis rouillés. En vieil ermite farouche, l'homme s'enracinait dans la gangue de vase du fond du Bassin. Stupéfait, Honorin lui demanda pourquoi il ne traversait jamais la petite mer, ne serait-ce que pour faire des courses ?

— Tu veux rire, petiot, moi, aller chez les fous ? Non merci ! Là-bas ce ne sont que bruits monstrueux produits par des pantins qui racontent des carabistouilles à longueur de journée, que défilés de femmes décaties qui se croient belles en pavanant devant les casinos. Moi je déteste le bruit et regrette les tramways à chevaux ! Depuis que celui du Cap est à moteur je ne bouge plus de ma cabane ou de ma pinasse à Claouey ! Avant j'allais en vélocipède jusqu'au débarcadère, mais c'est fini tout ça ! Vos sales automobiles vont me déloger, un jour prochain ! En attendant je profite des huîtres, des coquillages et de Berthe, ma voisine du Piquey qui m'apporte le pain, le lait et ce que chasse son coquin de mari. Mais je ne vous ai rien dit, vous comprenez ? Il braconne, le salopiaud ! Avez-vous déjà goûté une minuscule palombe ? Une grivette dodue ? Succulents ! Mais là-bas, en face, on ne sait plus vivre ! Moi je conserve un privilège et je ne l'échangerai pour rien au monde !

Puis, s'adressant à Julien :

— Hein, gamin, quand tu repars tu mets ton moteur seulement dans le chenal de l'île ! C'est que j'ai ma sieste, moi !

La petite troupe marcha sur le sable en direction de Piraillan, au sud-ouest. Honorin demanda :

— Tu le connais bien ce… ce vieux pittoresque ?

— Si, répondit Julien. Personne sait son nom. Berthe dit ancien police marine de Verdon. Elle l'appelle Léon, mais lui dire c'est pas son nom !

— Tu as déjà visité sa cabane et sa pinasse ?

— Ouais, continua Julien en se bouchant le nez, c'est noir et ça pue ! Me souviens, tableau homme à cheval, lui peut-être, et képi très sale. Coquilles huîtres partout par terre. Et pinasse odeur vieux tonneau. Vieille coque avec fatras pire que pinasse mauve !

— De quoi donner envie, en effet, s'esclaffa Marie ! Et de quoi nous mettre en appétit, merci Julien ! Tu en connais d'autres, des Léon sur le Bassin ?

— Sûr ! Beaucoup, non, dix, oui ! Léon le plus sale. Georges le plus sympathique.

— Et il se cache où, ce Georges ?

— Niveau Mimbeau. Pêche à la Pointe, profite estran avec petits filets. Boit pas d'eau, lui non plus.

— Mais avec quoi achètent-ils donc tout leur vin, s'étonna Honorin ?

— Pour Léon, sais pas. Georges, veuf… riche bordelaise !

Claire et Gérard giclaient déjà dans l'eau. Plus au sud il y avait trop de pignots. Marie profita de l'éloignement de ses enfants :

— Attention vous deux ! Vous profitez un peu trop de l'absence de Suzanne et je sais Francine que ta sœur vous a repérés. Je vous en supplie ne gâchez pas tout par précipitation ! Sinon, pourquoi croyez-vous que je vous ai conté ma vie, ma vie avec Aurélien ? Réfléchissez-y ! Il y a peut-être quelques bonnes leçons à tirer, non ?

— Tante Marie, Suzanne ne dira rien !

— Qu'en sais-tu ? Elle te jalouse, cela se sent, cela se voit, et la jalousie est mauvaise conseillère ! Alors, méfiez-vous !

— Pourquoi serait-elle jalouse, elle a Clément, tout de même !

— Ma petite Francine, je la crois capable de s'accrocher à Clément pour faire comme toi, rien que pour faire comme toi !

— Non ?

— C'est mon sentiment, je peux me tromper…

— Marie raison, intervint Julien !

Francine, consternée, surprise des conséquences inattendues de son amour pour Honorin, se mit à pleurnicher.

— Tu pleurniches comme une enfant et tu veux jouer les amoureuses !

Le regard noir de Francine en direction de sa tante fit sourire cette dernière.

— Vous vous aimez, d'accord, d'accord ! Restez discrets, c'est tout ce que je vous demande !

Au retour, Julien dut se dépêtrer avec la marée et les courants pour déposer les tourtereaux à la jetée de la Chapelle puis Marie et ses deux loustics trempés jusqu'aux os à la jetée d'Eyrac. Admirable d'expertise, Julien manœuvra comme un chef :

— Facile ! Le Bassin ça s'apprend, cria-t-il goguenard en direction de Marie, en repartant s'amarrer à deux pas de l'Aiguillon.

L'atmosphère paraissait tendue à la villa M. Suzanne se plaignait de plus en plus. De fait, son visage déjà pas bien rond se creusait de jour en jour. Furieuse de ne plus pouvoir s'adonner au tennis, d'humeur exécrable, elle abondait dans le sens de sa mère : il fallait rentrer à Bordeaux ! Albert descendit personnellement le lendemain pour récupérer tout son monde dans la précipitation. L'automobile, bondée, fit un arrêt à l'Aiguillon pour prévenir Marie. Suzanne ne fanfaronnait plus, passant de douleurs aiguës à des nausées qui obligeaient son père à des arrêts fréquents. En approchant de Bordeaux les averses s'accumulaient et ils atteignirent le Quai des Chartrons par un véritable temps de gueux !

Constance dorlota Suzanne quarante-huit heures et appela le médecin de famille. Ce dernier parut nettement plus inquiet que les fois précédentes :

— Je ne vous dissimulerai pas, chère Madame Thillet-Bordes, que je crains une complication pour votre fille. Je penche pour une péritonite et par précaution je tiens à ce qu'elle séjourne à l'hôpital, et cela dès ce soir !

Suzanne était consternée, sa mère tout autant mais essayait de le cacher. Une fois installée à l'hôpital, Suzanne sombra dans un cafard noir. Les larmes aux yeux elle fit signe à sa sœur et lui parla à l'oreille :

— Attends que je sorte, attends que je retrouve Clément pour te livrer avec extase à Honorin ! Attends-moi, petite sœur, je t'en supplie !

Elle entra ensuite dans une torpeur surprenante de sa part et dont elle ne sortirait qu'en quittant l'hôpital. Francine vacillait et s'accrochait au bras d'Honorin dans des couloirs interminables. Elle repensait à l'injonction de Suzanne et tremblait sur ses jambes. Une fois de retour au Quai des Chartrons, dans une atmosphère à couper au couteau, Constance demanda à sa fille :

— Que t'a dit Suzanne à l'oreille ? Est-ce un secret ? Quelque chose sur sa maladie ?

— Non, mère. Elle m'a demandé de bien me tenir et de vous aider au maximum.

— Brave enfant ! Occupe-toi d'Honorin pendant les trois jours qui lui restent avant son départ, fais lui connaître Bordeaux, cela me libérera pour d'autres tâches.

Malgré le plomb de l'ambiance chez Constance et Albert, malgré le temps maussade et frisquet le long de la Garonne, le flirt se fit bouillant et la pointe de remords qui subsistait le premier jour s'évanouit comme neige au soleil. Seule l'impossibilité de trouver un nid douillet et bien au sec dans la grande cité leur permit de respecter – pour un temps – le souhait de Suzanne. Honorin apprit à connaître tous les bancs de tous les parcs de la ville, regrettant amèrement ce crachin qui trempait les quelques fourrés envisageables… À deux pas de la maison, ils profitèrent brièvement du jardin de la rue de la Course mais Francine redoutait, à juste raison, les rencontres inopportunes d'amis de la famille. Mieux valait s'éloigner du centre en traversant la Garonne par le pont de pierre. Le long des quais ou en bordure des esteys du grand fleuve ils découvrirent leurs petits havres secrets loin des regards indiscrets. Et tant pis pour la porte de la Monnaie, tant pis pour l'église Saint-Michel ou même pour la cathédrale, l'hôtel de ville et le grand théâtre ! Francine lui montrerait des cartes postales !

Honorin se rappellerait seulement qu'au bout du bout du port de la Lune il faisait bon flâner devant l'ancienne escale des gabariers, ceux-là qui, depuis le Périgord, avaient tenté l'aventure de l'estuaire… À chacun sa dose de rêves.

10

À peine replongé dans ses cours de droit, Honorin vit débarquer son frère en compagnie de la sémillante Amalia. Ils rentraient tout juste de Bahia Blanca. Jules lui asséna :

— Nos fiançailles sont fixées pour septembre et le mariage pour le samedi après Pâques, l'an prochain !

Honorin se contenta d'une moue approbatrice, lisant tout le sarcasme induit dans les yeux de son aîné :

— Tu as ton petit bassin, mon bonhomme, moi j'ai toute la côte, depuis le Rio de la Plata jusqu'à Bahia Blanca ! Tu parcours la Gironde, un très grand département, mais moi je sillonne toute la pampa ! Tu empruntes une pinassotte quand je traverse l'Atlantique à bord d'un paquebot ! Et en plus, gamin, j'ai ma dulcinée, moi, un joli petit lot, tu en conviendras !

Le jeune couple parti, Honorin sourit. Non, il n'était pas jaloux. Depuis plus d'un an déjà, Francine l'aimait. Depuis plus d'un an déjà il s'appropriait une petite mer fabuleuse. Alors, que Jules bénéficie d'espaces exceptionnels, cela ne le faisait même plus sourciller :

— Les rêves les plus fous ont les espaces qu'on leur donne !

Et il fila chez l'oncle Édouard. Il trouva l'artisan, rabot en main, en train de grommeler comme un vieil ours :

— Tu veux que je te dise, Honorin, je t'aime bien mais tu me perturbes, voilà !

— ??

— Ne fais pas l'innocent ! Tu sais parfaitement à quoi je fais allusion ! Tu m'as fourré dans le crâne ces pinasses et la vie sur le Bassin d'Arcachon ! Je ne m'en défais plus, même la nuit. Avec cette insomnie je suis fatigué, moi, et pourtant, pas question de me reposer ! J'ai de l'ouvrage jusqu'à Noël !

— Mon oncle, tu feras comme tu veux ! Je te suggère de venir passer quelques jours sur place et tu jugeras toi-même !

— Oh, tu m'agaces, sacripant !

Édouard posa son outil et marmonna :

— Viens boire un café, Satan !

Derrière l'atelier, oncle Édouard but son café à petites gorgées, dévoilant du fond de sa tasse son plan à son neveu. Ce dernier haussa les sourcils mais n'intervint pas. Bien plus tard, il rentra rue Esquermoise en chantonnant. Aucun doute possible, il avait réussi.

Léonie passa son premier baccalauréat avec brio. Du coup son père l'autorisa à accompagner Honorin à Bordeaux et Arcachon pour l'été. Un cadeau empoisonné pour ce dernier qui, depuis l'hospitalisation de Suzanne, s'imaginait enfin seul avec Francine, cachés dans les recoins secrets dévoilés par Gérard. Et voilà qu'on lui fourguait sa sœur dans ses bagages !

— Quelle poisse ! Bon, elle n'est plus aussi peste qu'à dix ans mais elle va tout de même sacrément m'embarrasser !.

Dès leur arrivée à Bordeaux, Constance, le teint grisâtre, les emmena à l'hôpital où Suzanne se faisait soigner. En chemin elle leur apprit que son aînée avait été victime d'une péritonite infectieuse. À la mi-juin les douleurs abdominales devinrent insupportables et son bas-ventre dur comme pierre. Elle se mit à vomir systématiquement le peu qu'elle absorbait. En réalité elle passait son temps à boire et se plaignait d'avoir constamment soif.

— Nous mettions cela sur le compte de sa fièvre, croissante de jour en jour. Le médecin la fit hospitaliser à nouveau et le diagnostic se révéla enfin, aussi clair qu'inquiétant. Moi qui avais longtemps cru à une forme insidieuse d'appendicite, je m'étais bien fourvoyée ! Ne lui en soufflez mot, mais elle a failli y rester. Il y a dix jours encore le pronostic du chirurgien était réservé. Elle est sauvée, aujourd'hui, mais elle va en payer le prix fort, la pauvre enfant.

— Comment cela, cria presque Honorin ?

— Atteinte des organes féminins, répondit laconiquement Constance en baissant la tête.

— Si grave ?

— Honorin, si je deviens grand-mère un jour, ce ne sera point grâce à Suzanne, vous comprenez tous les deux, n'est-ce pas ?

Léonie pleura en même temps que coulaient quelques larmes sur les joues fanées de Constance. Il semblait à Honorin qu'elle avait pris dix ans en quelques mois. En silence ils entrèrent dans l'hôpital. Suzanne était assise sur son lit, le dos appuyé contre un oreiller. Sa pâleur focalisa les regards des deux jeunes gens. Elle esquissa un sourire sur un visage décharné et, courageusement, elle souhaita la bienvenue à Léonie :

— Tu verras les lumières du Bassin et tu oublieras vite le teint blafard de ta cousine ! Je rentrerai bientôt, et avec Francine nous t'aiderons à apprécier la petite mer de Buch !

Un court instant plus tard Constance insistait pour laisser sa fille se reposer, quitte à revenir la voir plusieurs fois. La famille envisageait l'envoyer dans un couvent également maison de convalescence non loin de Saintes, pour cinq semaines au minimum.

Honorin s'amusait de voir les grands yeux de Léonie s'écarquiller en découvrant Bordeaux, la Garonne et le quai des Chartrons :

— Et tu n'as encore rien vu, lui asséna-t-il, attends l'arrivée sur le Bassin !

— Honorin, je connais déjà la mer ! Par deux fois je suis allée à Berck !

— Oui je sais, petite sœur, mais tu ne connais pas cette mer-là ! Sur la côte tu vas découvrir des maisons folles, des pêcheurs astucieux sur de drôles d'embarcations et des éleveurs d'huîtres. Tu vas respirer un air nouveau. Tu ne peux pas imaginer. Attends deux jours, attends mercredi et on en reparlera !

Ces vacances-là furent parfaites pour Léonie qui découvrit le Bassin, radieuse. Timide et renfermée en débarquant, elle apprécia malgré tout l'extravagance autant que l'élégance d'Arcachon, dédaignant rapidement l'Aiguillon. Elle trouva tout de même Marie « fort sympathique ». Elle admirait plutôt les dames toilettées, protégées du soleil grâce à leurs ombrelles colorées, et qui se rassemblaient le soir venu devant la plage pour assister au coucher du soleil. Passablement « vieille France » Léonie semblait atterrée de voir pendant la journée l'étalage de tous ces costumes de bain provocants. Elle ne recherchait pas la mer. Très rapidement elle s'accrocha aux basques du locataire de la somptueuse villa voisine, un peintre talentueux, quoiqu'un peu fantoche à son goût, mais à la renommée grandissante. L'aquarelliste apprécia la compagnie d'une jeune admiratrice qui flashait sur certaines de ses toiles, celle en cours en particulier :

— Une courtine entre ses piquets, lui précisa-t-il, tendue sur un crassat de l'Aiguillon.

L'œuvre soulignait un effet de contre-jour assez original. Un résumé à elle seule des surprenantes lumières du Bassin. Une lumière qui depuis la fin de la guerre attirait de nombreux confrères qui adoraient l'Aiguillon autant que la ville d'hiver.

Léonie participait, malgré elle, aux traversées du Bassin qu'affectionnaient tant Francine et Honorin. Comme Constance, elle redoutait ce Julien et sa pinasse mauve, capable selon elle de les égarer dans les rouleaux du sud comme dans les roseaux du nord ! En réalité, son envie de Bassin se limitait à la plage d'Arcachon, toujours animée grâce aux porteurs de glaces avec leurs grands tabliers blancs. Depuis la terrasse du Casino de la Plage elle détaillait la vie sur le Bassin, elle suivait les pinasses, elle observait les pêcheurs et elle admirait, en toute sérénité, les tenues distinguées des belles Bordelaises. Pourquoi chercher ailleurs ? Son univers se résuma rapidement à la villa occupée par ce peintre fantasque et à la terrasse du Casino de la Plage en passant par les jardins du Casino de la Forêt.

Elle appréhendait la grande sortie pique-nique programmée par Constance près du village du Canon. Un pique-nique géant puisqu'Albert s'était annoncé, accompagné de Suzy et André. Cette foule soudaine soulagea la jeune fille qui se rangea parmi les adeptes du bateau régulier. Ainsi évitait-elle la traversée à bord de la pinasse mauve de ce Julien, ce garçon étrange et trop caustique à son goût.

En s'approchant de la jetée de la Chapelle pour prendre Francine et Honorin, Julien tempêtait encore contre cette mode absurde des vélocipèdes flottants ! Tous ces ignorants des principes élémentaires de la navigation l'avaient diablement perturbé en accostant jetée d'Eyrac pour faire embarquer Marie et deux gamins qui en riaient encore :

— Il a failli emboutir et renverser deux de ces fous en costume du dimanche, gloussait Gérard. Dommage qu'aucun n'ait bu la tasse ! Cela aurait servi de leçon !

— Se croient seuls en mer, grogna Julien !

Passablement énervé il fonça plein nord pour bifurquer au niveau de l'île aux Oiseaux. Il prit ensuite la direction du sud-ouest par le chenal, pour accoster au niveau des perrés[16] de deux grandes propriétés du Canon. La seule chance pour débarquer à sec avec le pique-nique en main…

Ils marchèrent cinq minutes et eurent la surprise d'une présence imprévue : Émile en personne ! Chapeau tressé, veste légère et pantalon clair, « encravaté » tout de même, il expliqua que deux clients de poids s'invitaient à la villa M. dès le lendemain. Au dernier moment Constance avait ajusté la logistique : table pliante et parasol, chapeaux de rechange pour les dames et les demoiselles. Quant à Albert il tenait trois bouteilles de grand vin délicatement enveloppées dans des torchons humides et froids. Un bruit d'enfer couvrit soudain les cris et les salutations : un hydravion passait au-dessus de leurs têtes[17]. Gérard tenta de le suivre, comme un fou, et percuta Julien. Tous deux roulèrent dans le sable et ils éclatèrent de rire. Émile et son fils n'apprécièrent pas franchement d'autant que Julien tenait le pain du pique-nique. Suzy dut se contenir en voyant la mine sévère de son époux. Elle arborait une tenue de bain à la limite de l'excentrique, en une seule pièce, genoux découverts, et du style bagnard, généralement réservé aux hommes ! Marie souffla à Honorin que le beau-père devait ruminer… À la décharge de la jeune Britannique il régnait une chaleur saharienne… à proximité de la villa algérienne.

Constance tentait d'oublier Suzanne. Dans sa tenue de bain marine et blanc, sobre, le genou couvert, et les épaules également grâce à un boléro ajusté par-dessus un maillot marin, elle fit sensation en se lançant à l'eau la première. Sous les applaudissements des plus jeunes.

---

16 – Murets de pierre (parfois en épis de bois) pour contenir la terre face aux vagues.

17 – À partir de 1918 les Américains installèrent une station d'hydravions au cap Ferret.

— Délicieuse, cria-t-elle, de l'eau jusqu'à la taille !

Suzy et Marie se dépêchèrent de la rejoindre. Marie portait, elle aussi, une tenue sobre : une grande robe culotte ornée d'une ceinture du même tissu, un ton plus clair. À la différence de sa belle-sœur elle ne portait pas de chapeau. Tournée vers la plage elle observait et songeait que sa propre mère, la belle-mère de Constance, aurait définitivement renié sa bru ce jour-là ! Et Augustine sa belle-sœur ! Quant à Suzy, sa tenue originale laissait apparaître des formes arrondies. Attendait-elle un heureux événement ? Probable, conclut Marie, mais l'Anglaise ne se confia point.

Francine se lança à son tour, vêtue comme sa tante, mais couleur ocre avec quelques pois bleus. Entrée dans l'eau avec son chapeau, Claire et Gérard se dépêchèrent de l'asperger et elle dut ressortir pour le confier à son père qui semblait beaucoup s'amuser de la scène. Plus que son frère, en tout cas ! Après avoir bien ri, il se mit à tousser et prétexta qu'à cause du vent sur le bateau il venait de s'enrhumer.

— En êtes-vous sûr, mon frère, intervint Émile ? Je mettrais plutôt cette irritation sur le compte de vos abus de bavardage !

— Oh, vous et vos sarcasmes, grogna Albert avant de s'étrangler à nouveau !

L'humeur facétieuse d'Émile ne dura que le temps d'un bon mot. Voir Constance patauger comme un enfant l'agaçait prodigieusement. Albert n'avait décidément aucune autorité sur sa femme ! Marie sourit en voyant la mine renfrognée de son frère.

Le temps de cette joyeuse baignade, la cote de Julien auprès de Léonie remonta à mesure que celui-ci lui ouvrait des huîtres. La jeune fille sidéra tout son monde – Honorin le premier – en avalant une quantité impressionnante de coquillages. Et comme

Albert s'était amusé à lui faire goûter « ses vins », indispensables compléments à la dégustation des huîtres, Léonie, toute rouge, décréta :

— Je rentre à Arcachon à bord de la pinasse mauve de Julien Decosse !

Même Émile rit de bon cœur en entendant le ton péremptoire de la jeune nordiste.

À la villa, un coursier attendait Monsieur Albert. Rappelé par son négoce il devait abandonner la grande famille enfin réunie et enjouée malgré l'absence de Suzanne. Cette vie de négociant comportait tant d'imprévus qu'Albert devait constamment s'adapter. Plus tard Marie expliquerait à Honorin :

— Mon frère Émile n'a pas apprécié, pas du tout ! Selon lui ce sont les autres et les événements qui doivent s'adapter à lui. Son maître mot a toujours été « la mainmise » ! Dominer, toujours dominer, le credo de mon père et aujourd'hui de mon frère. Je me demande encore comment ma mère – ta grand-tante Henriette – qui aimait tout autant dominer, a pu accepter la mainmise de mon père Auguste ? À bien y réfléchir je penche pour un pacte, un partage. Lui dominait dans son entreprise et vis-à-vis de l'extérieur. Ma mère, elle, dominait la famille, son foyer. Je me souviens, les domestiques n'avaient de comptes à rendre « qu'à Madame ». Chez lui, mon père n'était plus le maître. Il l'acceptait et sans doute fut-ce la raison pour laquelle il décéda au travail.

Honorin écoutait Marie en souriant. À travers ses descriptions il retrouvait exactement ses grands-parents Louise et Léon.

— Ma mère, poursuivit Marie, prenait intégralement en main l'éducation de ses enfants. Petits, surtout. Mon père ne commença à intervenir – pour mes frères – qu'à partir des classes de grands, dans le but de superviser voire d'imposer leur orientation universitaire et professionnelle. Je t'avoue qu'il a bien essayé de m'imposer davantage d'études, mais il renonça, comprenant que j'étais d'un autre moule. D'un moule qu'il appréhendait mal et qu'il n'appréciait guère :

— Faites en sorte qu'elle devienne bonne couturière, conclut-il, de guerre lasse devant son épouse !

Songeur, Honorin pensa à l'oncle Édouard. Lui aussi sortait d'un autre moule et, venant du second garçon de la famille, cela avait dû sacrément déplaire au grand-père Léon !

Un oncle Édouard qui leur fit la surprise – sauf à Honorin – de débarquer à Arcachon quelques jours avant le retour de Léonie et de son frère dans le Nord. À peine installé dans une auberge de La Teste, Marie le prit en charge :

— Venez avec moi jusqu'à Gujan ! Pas question que vous dépensiez vos sous à l'hôtel ! Je vais vous présenter à Raymond Lalande. Il dispose d'une maison confortable et Monique et lui n'ont pas d'enfants. Raymond est un ami de mon beau-père, un charpentier de marine. Enfin, il l'était. Il n'exerce plus. Son grand drame fut de n'avoir point de fils à qui transmettre ses connaissances. Qui sait si vous n'allez pas vous entendre, tous les deux, au point qu'il vous adopte ! Professionnellement, j'entends !

Et elle partit à rire, d'un beau rire spontané qui mit illico Édouard à l'aise. Honorin buvait du petit-lait.

— Mardi. Mardi, réfléchit-elle. Marée haute en fin d'après-midi. J'attrape Julien au sortir de son travail et il va nous conduire chez Raymond !

Ainsi Édouard fut baptisé « pinasse mauve » dès le premier jour !

L'entré dans Gujan fut stupéfiante : vers où fallait-il se diriger ? Il semblait y avoir des artères portuaires et des bassins à perte de vue. Julien savait. Édouard, tous les sens en éveil, découvrit le monde de la pêche, celui de l'ostréiculture et des conserveries. Le traitement des huîtres, les tuiles toutes blanches empilées au cordeau et une multitude de petits chantiers. Tout ! Tout d'un coup d'un seul ! Julien bifurqua et la pinasse s'engagea sagement dans un chenal offrant aux passagers un spectacle insolite. Un vrai capharnaüm, un enchevêtrement de ferrailles, de tuiles, de sacs et de cageots derrière des pontons minuscules. Et derrière tout ça un alignement de cabanes et de petits hangars entourés de bassins. Comment les ostréiculteurs pouvaient-ils s'y retrouver dans ce désordre apparent ? Un hangar plus imposant attira le regard d'Édouard. Une large pancarte annonçait « Chantiers Lalande ». La porte entrouverte laissait apparaître la proue d'une pinasse en bois brut. Édouard admira la ligne. Au ralenti, la pinasse mauve se cala au ponton du bout du chenal. Un ponton qui menait à un minuscule atelier qui précédait une maisonnette coquette garnie de rideaux au crochet et de géraniums flamboyants. Il devina, sur le côté, un lopin de terre où une femme pliée en deux sarclait une ligne de légumes. Monique se redressa en entendant le « teuf-teuf » régulier du moteur et sut qu'il s'agissait d'une pinasse, celle de Julien, à bien écouter. À marée haute, il lui arrivait de venir jusqu'ici chercher quelques estrangeys rassasiés d'huîtres et d'entre-deux-mers et qui souhaitaient une promenade digestive au grand air de la petite mer.

— Pardi, Julien, tu promènes des estrangeys ?

— Non, Monique, famille. Famille Marie. Viennent voir Raymond !

Il amarra l'embarcation. Marie embrassa Monique et vit Raymond sortir de son atelier, peinant sur ses jambes.

— Mes douleurs reprennent, ma pauvre enfant, commença-t-il. M'faudrait des tchanques neuves, mais si ça s'achetait ça se saurait !

— Bonjour Messieurs, lança-t-il, une fois redressé !

À peine Marie en avait-elle terminé avec les présentations qu'Honorin comprit que la sauce allait prendre entre les deux charpentiers. Mais ce qu'il n'avait pas imaginé ce fut l'intérêt non feint de son oncle envers Marie. Dans un premier temps il mit cette attirance sur le compte de la manie indécrottable de l'oncle Édouard de tourner autour des femmes. Après avoir posé ses sacs, « sans discussion possible » conclut Raymond, ce dernier l'emmena directement au hangar repéré depuis la pinasse.

— J'ai passé ma vie là-dedans, commença-t-il. Mais je ne peux plus – il montrait ses mains et tapait sur ses jambes – et les chantiers Lalande seront prochainement vendus à plus gros et plus moderne… Vous allez voir, les deux gamins font ce qu'ils peuvent en attendant, mais ce ne sont pas mes fils, ah non !

Les « deux gamins » affichaient sereinement leurs trente-huit et quarante-deux printemps. Raymond, à soixante-douze ans, aurait pu être leur père… Édouard caressa l'étrave de la première pinasse et fit une moue approbatrice :

— Sincèrement, je pense que c'est là bel ouvrage.

— Mouais, grogna Raymond, deux fois je leur ai fait reprofiler le galbe. Sinon la pinasse pouvait fendre l'eau, mais avec deux moteurs, et mal !

Il rigola en haussant les épaules. Édouard touchait les pièces de bois tel un artisan en manque de matière et qui découvre une source magnifique ou des pièces inouïes. Discrètement, Marie, Francine, Honorin et les deux marmousets saluèrent Monique et tentèrent d'en faire autant avec les deux hommes déjà ailleurs :

— À demain oncle Édouard ! Si ce n'est pas Julien qui vient te chercher je me débrouillerai avec Francine et Léonie. On passera dans la matinée.

Édouard regarda son neveu, Francine, Julien et surtout Marie :

— Qui dois-je remercier ? Vous tous, je le sais, mais vous la première, chère Marie. Je prends sur votre temps, je prends sur votre ouvrage.

Marie lui sourit et, doucement, répondit :

— Ce n'est rien. Profitez-en Édouard ! Raymond, aujourd'hui encore, reste un maître chez qui les charpentiers en activité viennent régulièrement glaner quelques conseils et quelques astuces. Régalez-vous, vous nous ferez plaisir !

— Comptez sur moi !

Sur le chemin du retour Marie dut se gendarmer contre Francine et Honorin. L'absence de Léonie, ajoutée à celle de l'oncle Édouard, leur ouvrait une brèche dans un monde sans intimité possible. Après tant d'heures à se contenir ils s'enlacèrent sans retenue. Furieuse, Marie cria que par respect pour ses enfants ils devaient encore garder leurs distances. Quelle frustration ! Bien sûr, ils n'en voulaient pas à Marie, bien sûr elle avait raison ! Mais tous leurs muscles, toutes leurs fibres étaient tendus depuis des semaines. L'orage allait éclater, c'était inévitable ! Marie s'en doutait qui faisait des grimaces et soupirait d'inquiétude.

— Pourquoi diable, maugréait Honorin, ne pouvons-nous pas mener une vie normale, d'amoureux normaux, affichant notre bonheur au grand jour plutôt que de rester cachés comme des malfrats ou des pestiférés ? Je n'en peux plus !

Honorin connaissait la réponse : Francine était trop jeune ; ils étaient trop jeunes.

— Est-ce si vrai que ça ? À lire l'histoire des reines de France j'ai le sentiment du contraire ! Ne serait-ce pas plutôt à cause du carcan d'éducation qu'on nous impose ? Mais nos parents nous imposeraient-ils ces lois autrement que pour notre bien, notre intérêt futur ? Ou alors au nom d'une soi-disant respectabilité familiale. Les deux, sans doute… Quelle misère, en attendant !

Francine et Honorin prirent tout leur temps – et sûrement plus – pour marcher depuis la jetée de la Chapelle jusqu'à la villa, se perdant avec délice et s'offrant le tour complet du Casino de la Forêt.

Le moment des séparations arriva trop vite et fut pénible pour tous. Odieux, même, pour certains. Léonie, radieuse et émue à la fois, promettait de bien travailler pour revenir. Elle rêvait déjà qu'elle se pavanait sur la jetée de la place Thiers avec des toilettes dignes des Bordelaises les plus fortunées. Édouard, frustré et bougon, embrassa Monique comme du bon pain et Marie avec tendresse et un soupçon de gourmandise. Puis il serra Raymond dans ses bras pour une accolade digne des compagnons authentiques qu'ils étaient :

— Édouard, reviens vite, je t'attends, conclut Raymond ! Que les palombes m'aident à patienter ! J'ai encore tant à te montrer et ma carcasse me presse de le faire !

— Allons, allons, l'ami, tu es solide comme un roc !

— Je prie le Ciel pour que tu aies raison, mais j'en doute !

Pour Honorin et Francine ce fut une tout autre chanson. Ce séjour, qui devait être le plus beau, le plus chaud, s'avéra le plus frustrant, le plus noir. Sans la lumière du Bassin ancrée aux yeux de son oncle, Honorin aurait conclu :

— Avec Francine, nous aurions mieux fait de rester à Bordeaux !

Au milieu d'une dernière étreinte bouillante Léonie apparut, choquée. Tout échevelé, Honorin eut toutes les peines à se détacher d'une Francine insatiable. Dans le train qui ramenait les Vercoutre dans leur Nord, et profitant malgré tout de l'absence momentanée de son oncle, Léonie réprimanda son frère pour ses frasques avec une toute jeune fille :

— Je ne parlerai pas de cette histoire à nos parents, mais tu dois réfléchir, Honorin, ce que vous faites est très mal !

— Mal ? Est-ce mal d'aimer quelqu'un ? Vas-tu le reprocher à Jules qui aime Amalia ?

— Non, mais c'est différent. Ils sont en âge de…

— Arrête ! Tu sais, cela peut te tomber dessus sans prévenir !

Léonie, les yeux au ciel, se signa :

— Mon Dieu, non ! Je n'ai aucune mauvaise pensée !

— Merci en tout cas de ne pas alerter les parents et arrêtons-là ! J'ai le souvenir que tu avais sacrément bu, au Cap, après tes deux douzaines d'huîtres !

— Deux douzaines et demie, corrigea-t-elle, l'œil allumé, lorsqu'Oncle Édouard réapparut.

Il enchaîna sur les ostréiculteurs et les charpentiers de marine, visiblement envoûté. Et chacun trouva une bonne raison, une raison impérative même, pour retourner au plus vite sur les rives de la petite mer.

11

Les fiançailles de Jules furent célébrées dans la liesse. Une petite réunion intime de cinquante personnes tout de même. Chez les Vercoutre on ne faisait pas les choses à moitié. Voilà un mois que Mathilde s'activait comme une forcenée. Et que dire de cette pauvre Marguerite qui subissait tous les écarts d'humeur, de Madame comme de Monsieur ! Honorin avait tenté de faire inviter Francine, mais en vain, alors qu'André et Suzy étaient conviés. Ils avaient décliné car la jeune Anglaise, enceinte, exigeait une surveillance de tous les instants.

Pendant la fête, dans le jardin de Lambersart, Édouard et Honorin ne se quittaient plus. L'oncle ne songeait qu'à ses révélations de l'été, intarissable sur Raymond et sur sa science pour construire les bateaux du Bassin, mais muet quant à son cirque autour de Marie. En réalité il devinait qu'Honorin, fine mouche, avait repéré son manège comme lui les incartades de son neveu avec la jeune Francine.

Tous les deux recréaient le Bassin, tous les deux replongeaient dans la chaude petite mer d'août, indifférents aux ronds de jambes incessants autour d'Amalia et de sa famille. Édouard observait Honorin les yeux fixés sur la belle Argentine. Sans doute voyait-il Francine en la regardant. Il paraissait tellement détendu. L'oncle sourit, marmonnant pour lui-même :

— Ah, comme il est juste, le vieil adage : méfiez-vous de l'eau qui dort !

Il interrompit l'évasion de son neveu, quelque part dans le sud-ouest, quelque part dans les dessous de sa bien-aimée :

— J'ai programmé mon voyage en réduisant les commandes nouvelles. De la sorte j'envisage sereinement une visite à Gujan au printemps. Je partirai avant toi pour y rester au moins deux semaines et être de retour, ici, pour le mariage. Ton père est incroyable ! J'aurais cru au mariage en Argentine, chez la jeune fille, mais cela ne lui convenait pas. Il a obtenu gain de cause, cette fois encore !

Après l'été, après les festivités des fiançailles, le retour à la fac fut pour Honorin synonyme de mélancolie et même de gros cafard. Il se remit au droit sans enthousiasme et avec encore moins de motivation, malgré le tonus de Francis Lefébure et les encouragements de son oncle. Il écrivit à Constance pour prendre des nouvelles de Suzanne et glisser des messages codés à Francine. Les réponses, laconiques, soulignaient la lassitude de la convalescente et sa maigreur à faire peur. Avec, à chaque réponse, rien d'autre qu'une signature de la part de Francine. Honorin trouva Noël d'une grande fadeur : même pas de neige, même pas de manteau blanc ! Une grisaille uniforme.

— Le soleil est resté sur la petite mer, il illumine la pinasse mauve, conclut-il !

Il se surprit à espérer le mariage de son frère pour retrouver le goût de la fête. Le goût à la vie, tout simplement. Au fur et à mesure que la date de la cérémonie approchait, Mathilde devenait une véritable pile électrique, les nerfs à fleur de peau. La pauvre Marguerite subissait sans rien dire, parfois les larmes aux yeux. Jules en personne dut prendre la défense de la domestique, bien soutenu par Honorin. Mathilde feignit de se calmer pendant quelques jours mais, à deux semaines de Pâques elle redevint frénétique à en casser toute la vaisselle qu'elle touchait. À chaque fois, c'était la faute de Marguerite qui, excédée, menaça de quitter la maison. Désiré dut intervenir et « enleva » son épouse pour une semaine à Berck. Sur les bords de la mer du Nord ce fut au tour du mari de s'énerver d'être absent de la manufacture. Mathilde lui sourit :

— Vous voyez, Désiré, nous sommes bien les mêmes tous les deux ! Sommes-nous incorrigibles à ce point ?

Ils prirent le temps d'en rire et de reconnaître leurs travers, mais Désiré décida de rentrer le cinquième jour. Marguerite, plus enjouée, annonça :

— Que Madame se rassure, tout est prêt, tout est en ordre. Monsieur Jules en convient et vous le confirmera dès ce soir.

Mathilde écouta son fils et souffla, en effet. Dans sa chambre elle essaya sa robe devant Désiré et grimaça :

— Voilà ! Vous voyez bien que vous m'avez fait trop manger à Berck !

— Je ne vois rien du tout ma chère. Cette robe fera de vous la reine de la fête, à égalité avec la mariée. Mais si vous y tenez, il vous reste neuf jours pour entamer un régime !

Elle haussa les épaules et, sourires en coin, ils décidèrent de filer au lit !

Honorin dut admettre que pour passer en deuxième année de Faculté il lui fallait travailler d'arrache-pied. Il décida, la mort dans l'âme, de renoncer à Arcachon et à Francine. Maigre consolation, la date du mariage de son frère l'aurait obligé à sacrément écourter son séjour sur le Bassin. Et il passait ainsi pour un jeune homme sérieux ! Suzanne non plus n'irait pas à Arcachon à Pâques, les médecins lui imposaient de rester à Bordeaux, en cas de complication. Sans la possibilité de se revoir, Francine et Honorin éprouvaient la même frustration et, sans conviction, préparaient leurs examens respectifs. Honorin attendait le mariage, ce qui signifiait qu'il attendait le retour de l'oncle Édouard parti chez Raymond Lalande. Difficile de déterminer lequel de l'oncle ou du neveu était le plus excité à l'idée de retrouver l'autre. Dès le début de la cérémonie Honorin se ficha comme de l'an quarante de sa cavalière, une jeune Australienne, petite fille de son grand-oncle Alphonse. Qu'il était loin le temps où il rêvait des grands espaces décrits par sa grand-mère Louise ! Face à Deena il prétexta que son niveau d'anglais ne permettait pas d'entretenir une conversation. D'ailleurs la jeune fille ne faisait visiblement aucun effort en français. Il se colla aux basques de son oncle au regard tellement prometteur et derrière, Deena suivait son cavalier comme un petit chien !

— Au moins fera-t-elle quelques progrès en français, conclut Honorin pour se donner bonne conscience !

Et il se résolut à l'accepter à ses côtés pour le temps des festivités.

Édouard avoua d'emblée à son neveu que sa décision était prise. Il allait s'installer à Gujan et reprendre les chantiers Lalande qui n'étaient plus à vendre. Ainsi l'avait décrété Raymond.

— Je laisse passer l'été et je m'organise ensuite pour partir. Ce qui me met en boule c'est de laisser ma clientèle filer chez Dumortier, mon concurrent. Un brave gars, au demeurant, mais pas franchement une vedette en matière de charpentes ! Mais bon, j'assume mon choix ! Et quel bonheur, ce Bassin ! Tu as bien raison Honorin, c'est un petit paradis !

Édouard s'apprêtait à continuer, toujours aussi loquace et enjoué, lorsqu'Honorin l'interrompit :

— Tu ne me parles pas de Marie, cela m'étonne, mon oncle ? Vraiment.

Le regard noir de l'oncle en direction de son neveu démontra que la flèche l'avait atteint en plein cœur.

— Attends, mon filou ! Tu veux sans doute des nouvelles de Francine ?

— D'accord, mon oncle, parle-moi des deux !

— Francine t'attend avec fièvre, avec folie dirait Marie qui s'inquiète pour vous deux. Tu veux mon avis ?

— Dis toujours…

— Comme Marie, je te comprends mais je ne t'approuve pas. Francine vient d'avoir dix-sept ans et toi tu en auras dix-neuf dans un mois.

— Et alors ?

— Et alors ! Tu connais ton père, tu connais un peu celui de Francine. Conclus toi-même ! Je te demande d'imaginer pareille situation dans trois ans, vous feriez l'unanimité auprès des deux familles !

— Alors pourquoi cette réserve ?

— Vous n'êtes majeurs ni l'un ni l'autre, c'est ainsi !

— Et tu acceptes cette réponse, toi ? Tu me déçois !

— Ai-je dit que je l'acceptais ? Il ne s'agit pas de moi Honorin. Il s'agit de toi, il s'agit d'elle et il s'agit d'eux, tu sais les « pater familias » ! Je te mets en garde, c'est tout. De toutes les façons je ne pourrai rien faire, c'est également la conclusion de Marie.

— Elle t'a dit quoi, au juste ?

— Qu'elle a peur ! Elle a peur et je pense qu'elle a raison. Elle connaît son frère Émile comme moi je connais Désiré. Faites une bêtise, ils seront impitoyables. Tu sais ce que cela veut dire, impitoyable ?

— Sans pitié.

— Oui, mais pire ! Tu ne peux pas imaginer…

— Quoi qu'il arrive, une fois majeurs on vivra ensemble !

— Je souhaite que tu aies raison, mais ne t'emporte pas, accepte que le temps fasse son œuvre !

— Cela fait deux ans que j'ai rencontré Francine, et tu me demandes d'accepter le temps qui passe ? Vu son âge à elle, cela peut vouloir dire attendre quatre années de plus ! Je deviendrai fou avant, bien avant !

— Dans ce cas, que puis-je ajouter? Parle-en à ton ami Francis, vous semblez bien vous entendre.

— Il n'y a que la comptabilité qui l'intéresse. Il ne connaît pas de fille.

— Qu'en sais-tu, il te l'a dit?

— Non, que pourrait-il me dire ?

— Et toi, tu lui as déjà parlé de Francine ?

— ...non.

— Donc vous êtes peut-être dans la même situation tous les deux !

— Je préfère n'en parler qu'à toi.

— D'accord, et j'apprécie ta confiance. Mais pourquoi moi ?

— Ben... tu as de l'expérience avec les femmes !

— Ah, ah, ah, en es-tu si sûr ?

— ...oui, enfin, je crois. Parle-moi de Marie, maintenant !

— Je l'aime bien.

— C'est tout ?

— Disons qu'elle est attirante.

— En pense-t-elle autant de toi ?

— Tu lui demanderas.

— Compte sur moi, je ne vais pas me gêner !

— Ah, saperlipopette ! De quoi vas-tu te mêler ?

Honorin éclata de rire, à la grande surprise de Deena qui lui demanda la raison de son hilarité.

— *Uncle, funny* ! Je t'ai eu, tu viens de te trahir !

— Pense ce que tu veux et viens boire un coup ! Champagne ou Bordeaux ?

— Champagne ! Pour le Bordeaux, on attendra ceux d'Albert !

— Judicieux, mon neveu, judicieux !

Ils croisèrent Suzy qui berçait Edmond, né quelques semaines plus tôt. Deena s'arrêta pour échanger quelques mots avec la jeune Anglaise. Édouard reprit :

— Tu te vois, tu vois Francine avec un bébé dans moins d'un an ? Moi pas, Marie non plus, et c'est pourtant sa hantise !

Malgré tous les vœux pieux de l'ami le plus fiable ce fut l'explosion cet été-là. Un été torride. Léonie partie en Angleterre pour parfaire son niveau de langue, les retrouvailles entre les deux tourtereaux, après une année de frustration infernale, frisèrent d'entrée la fusion charnelle. Suzanne, toujours sous surveillance médicale, passait son temps en cours de rattrapage scolaire et ne sortait que rarement. Elle restait faible et désespérément maigre, mais elle commençait à retrouver son entrain « mécanique ». Elle aussi devait rêver. Certainement de tennis. Sans doute également de Clément qui, amicalement, s'était fendu de trois visites dans l'année, jusqu'à Saintes, pour lui redonner du courage. Dès l'été, Joseph, le chauffeur d'Émile, lorsqu'il était disponible et seulement par très beau temps, conduisait mademoiselle jusqu'à Arcachon. Systématiquement, elle lui demandait de s'arrêter devant les courts de tennis et, plus rarement, devant la terrasse du Casino de la Plage.

Honorin et Francine ne se quittaient plus. Constance ne voyait-elle rien, ne disait-elle rien ou espérait-elle en leur sagesse ? Illusion ! Marie en tremblait, mais que pouvait-elle faire ? Que pouvait-elle empêcher ? Il était impossible d'évoquer cette amourette dangereuse sans déclencher un tollé qui entraînerait des conséquences dramatiques pour les deux jeunes en vacances.

Un crépuscule de feu sur le Moulleau, un incendie sur la petite mer, pour cette énième soirée toute bordelaise dans une somptueuse villa du Pyla. Un jardin qui descendait en terrasses sur la plage. La forêt, juste derrière, qui envoyait ses odeurs enivrantes de pin et de résine sous une chaleur gasconne. De quoi abattre l'once de résistance qui subsistait dans le cerveau d'Honorin. Avec Francine ils s'éclipsèrent à la nuit tombante pour dénicher rapidement un confortable matelas de fougères. Honorin brûlait, mais lorsque Francine eut ôté sa robe et ses dessous il sentit un corps bouillant trois fois comme le sien ! Alors, malgré cette première fois, malgré quelques efforts maladroits et la douleur de la jeune fille, Honorin sembla pénétrer dans du miel. Pour un univers de bonheur et de folie ; pour un temps oublié, une éternité de quelques minutes ; pour des étreintes à couper le souffle ; et pour des cris difficilement étouffés depuis leur nid de fougères, si loin et si près de la futilité affichée sur les terrasses de la villa du Pyla. Ce gonflement de leurs envies, ces premiers gémissements et ces respirations haletantes annonçaient l'explosion. L'amour, celui des cœurs, rencontrait enfin celui, plus charnel, de leurs deux corps en fusion. Francine, au comble de la volupté, au bord du précipice, semblait tomber en pâmoison. Toute leur retenue vacillait et, enfin, capitulait. Inondés de miel ils en oubliaient les souffrances, toutes les souffrances. Alors, le regard un instant vaporeux de la jeune femme laissa malgré tout échapper une lueur puissante, celle de la victoire.

Lentement, tendrement enlacés, ils redescendaient sur terre. En apercevant la quantité de mouchoirs que Francine sortait de son sac à main, Honorin comprit qu'elle avait désiré, attendu et sans doute programmé cet instant. Autant que lui, mieux que lui. Prévoyante, la petite fée sut se pomponner après avoir jeté quelques mouchoirs maculés. Elle ressortit de leur cachette de fougères sans tache révélatrice sur une robe à peine froissée. Dessous bien cachés, impossible de deviner leur aventure. En se rapprochant de la villa, grâce à la lueur de la lune, Honorin distingua une deuxième fois le regard déterminé et satisfait de Francine.

Cette soirée agit comme un déclic. Celui d'une porte qui s'ouvrait vers la liberté de tous les dangers. Chauds bouillants, les jeunes amants ne s'arrêtaient plus. Même Constance, déjà alertée par leur absence de plus d'une demi-heure au Pyla, finit par s'apercevoir de leur… complicité. Marie, elle, perçut dans le regard de sa nièce cette étincelle d'aboutissement, ce mélange de bonheur et de fierté. Elle comprit immédiatement. Elle aussi avait vécu des moments identiques. Elle savait combien ces moments intenses pouvaient être éphémères. Nul doute qu'en mordant à pleines dents dans leur bonheur interdit ils connaîtraient l'enfer. La morale Thillet-Bordes et Vercoutre allait les foudroyer. Marie tremblait, Marie pleurait.

Grâce aux cachettes révélées par Gérard et Claire aux quatre coins du Bassin, Honorin et Francine ne cessaient plus de s'aimer. À Taussat et à Claouey, sous les senteurs des pins. Et même sous les mimosas innombrables de la pointe du Cap, malgré la densité des estrangeys curieux de connaître ce point de rencontre entre les eaux du Bassin et celles, plus fougueuses, de l'océan. Marie, catastrophée, ne contrôlait plus ses tourtereaux. L'arrivée d'Édouard la rassura un court instant, mais ce dernier, entre deux bavardages avec Raymond, s'intéressait plus à elle qu'à son coquin de neveu :

— Et pourquoi donc Constance, qui semble enfin réaliser, ne met-elle pas le holà sur cette aventure avant qu'il ne soit trop tard ?

Dépitée, Marie ne savait quoi répondre.

La chaleur de cet été n'arrangea rien. À chaque occasion, même en présence de Constance, les deux amoureux s'évadaient. Gérard, malicieux et taquin, disait à sa mère :

— Cela fait déjà deux fois aujourd'hui !

— Cela fait deux fois quoi, mon ange ?

— Deux fois que Francine emmène Honorin se cacher.

Consternée, Marie ne répondait rien.

La fête continuait. Suzanne débarqua à Arcachon pour participer à une soirée organisée dans la villa M. Le jardin, entretenu amoureusement par Maurice allait subir les outrages de jeunes insouciants. Le vieil homme le savait et il appréciait que ses maîtres n'abusent point de ces soirées chics qui l'obligeaient, dès le lendemain, à redresser toutes les plantes et à ratisser des allées sens-dessus-dessous. S'agissant d'une soirée très familiale, Marie et ses enfants furent conviés et dormiraient à la villa. Clément fut invité, qui se déplaça exprès de Bordeaux pour tenir compagnie à sa chère convalescente.

Lorsque la nuit fut noire, Claire cria :

— Oh, qui c'est qui a éteint les étoiles ce soir ?

Tout le monde rit, sauf Marie. Ce ciel noir annonçait des orages. Orage sur la villa, orage sur le Bassin. Mieux valait se préserver du premier. Mais cette fois Francine et Honorin participèrent à l'intégralité de la soirée. Fut-ce parce que la fête se déroulait chez eux et en comité réduit ? Ou parce qu'elle, Marie, était présente ? Ou encore pour d'autres raisons, imaginables ? Ou peut-être même grâce à un début de sagesse ? Marie sourit pour elle-même, sans illusion. Constance « chassa » avec un grand sourire tous les invités peu après minuit, visiblement satisfaite de cette soirée réussie. Affalée sur le canapé en rotin du salon d'hiver, elle clama :

— Tous ces jeunes ont bien ri, bien mangé et se sont tenus très correctement, j'en suis fort aise ! Quel travail, mais au moins ici surveille-t-on mieux notre marmaille !

Marie acquiesça, sans conviction, préférant enchaîner sur les bonnes manières et le dévouement de Clément, avant de souhaiter bonne nuit à toute la maisonnée. Elle dormit fort mal, à l'écoute du moindre bruit :

— Et si Francine avait le culot de rejoindre Honorin dans sa chambre ?

Il ne lui sembla point et, exténuée, elle s'endormit alors que le jour pointait.

Les avances d'Édouard perturbèrent Marie qui n'était pourtant pas insensible au charme de cet artisan compagnon de la même veine que son marin pêcheur. Préoccupée par les frasques de sa nièce avec Honorin, elle n'avait pas le cœur au libertinage :

— Ils sont bien complices ces deux coquins, l'oncle et le neveu ! Hélas, Édouard n'a ni l'autorité ni sans doute le courage pour freiner les ardeurs d'Honorin. Encore les aurait-il...

Francine et son prince charmant profitèrent d'un après-midi libre de Julien pour filer en pinasse jusqu'à Gujan. Ils trouvèrent Raymond et l'oncle Édouard en grande discussion :

— Et pourquoi tu ne la prendrais pas, cette cabane ? Elle ne te plaît pas ? Elle est trop moche pour toi ?

— Mais pas du tout mon cher Raymond, tu plaisantes ! Elle t'appartient et tu en as besoin comme remise pour tes outils, tes barques et, qui sait, pour de nouvelles pinasses.

— Le hangar est bien suffisant pour ça et il est plus pratique ! À deux on aura tôt fait de bichonner un abri décent pour un « môssieur de la ville » ! Hein, Monique ?

— Si tu le dis, Raymond.

— Ah, vous faites bien la paire, tous les deux ! Dans ce cas je vous paie un loyer.

— Et puis quoi encore ? Fais-nous le pain et le ménage, pendant que tu y es ! Me payer un loyer ! Et j'en ferais quoi de tes sous ? Je vais te dire, Édouard, ton loyer ce sera de faire redémarrer le chantier et de réussir à former les deux arpètes que tu as vus l'autre jour. Ce sera le plus cher des loyers ! Et c'est bien comme ça, pardi ! On commence à déblayer demain !

Les dés étaient jetés, oncle Édouard s'installait. Honorin ne savait plus quoi penser, dépassé par sa propre idée. Heureux, d'un côté, d'imaginer son oncle se régaler et s'épanouir à l'ouvrage, tout nouveau et fait pour lui. Malheureux, d'un autre côté, car son confident, son complice, ne serait plus à Lille pour le recevoir à tout moment pour parler de tout et de rien. Il ne verrait plus l'artisan à l'œuvre et n'admirerait plus son habileté, hors du commun. Julien le sortit de ses songes :

— L'est où, cabane ? Moi transporter débris avec pinasse !

— Merci, Julien, je te reconnais bien là, dit Raymond. C'est possible que tu puisses nous aider, en effet. Repasse dans deux ou trois jours, quand tu pourras. Bon, on va fêter l'installation de ton oncle, hein, Honorin ? J'ai du clairet au frais. Que ceux qui veulent des huîtres lèvent le doigt ! Julien, ça je sais, toi Honorin, toi Édouard, pas toi Francine, bon ! Julien, tu vas chercher une bourriche chez Damien Argain, tu vois, le ponton bleu. Ah, tu le connais ? C'est vrai, tu connais tout le monde sur la petite mer. Dis bien que c'est pour Monique Lalande, pour la cousine Monique ! Édouard, tu es la providence pour un vieux croûton qui désespérait de voir périr son affaire ! Et par-dessus le marché, tu veux me payer un loyer ! T'es un comique, s'pas, Monique ?

— Il est brave, surtout, répondit la petite gujanaise de souche.

Ils riaient tous les trois de bon cœur sur la pinasse mauve en quittant Gujan pour l'Aiguillon. Honorin et Francine voulaient passer pour embrasser les deux loustics et leur mère avant de regagner la jetée de la Chapelle.

— Faire vite, bredouilla Julien, sinon pas sortir. Moi connais bien, mais moi pas faire miracle !

Hélas le clairet fit qu'ils oublièrent la marée. Une marée imperturbable qui se moquait du clairet et de ses effets. Et le dernier tramway venait de passer. Les deux jeunes durent rentrer en courant devant l'œil amusé des couples endimanchés qui sortaient du Casino de la Plage. Ils atteignirent la villa alors que la nuit couvrait le Bassin d'une chape pourprée. Constance, dans tous ses états, n'eut cure de la marée et s'en prit à Honorin :

— En voilà assez, Honorin ! Ne seriez-vous pas en train de débaucher ma fille. Mes soupçons se confirment, j'en ai peur ! Sachez que je vous ai à l'œil et je vous demande de bien vous comporter dorénavant ! Sinon nous serions dans l'obligation de ne plus vous recevoir, ni ici, ni ailleurs ! Est-ce clair ?

— C'est bien claire ma cousine, répondit Honorin en baissant la tête.

L'orage passé, Francine rassura Honorin en lui expliquant que de temps en temps sa mère explosait et que, l'âge aidant, elle devenait soupe au lait.

— Tu ne me crois pas ? Tu demanderas à Suzanne, tu verras ! Avant sa maladie c'était toujours elle qui dégustait !

Deux jours plus tard, oublieux des rodomontades de Constance, Honorin et Francine reprenaient leurs habitudes en s'évanouissant à la moindre occasion, d'autant que le jour des séparations approchait. De façon surprenante les adieux furent moins pénibles que l'année précédente. Sans doute que le lien, indélébile, y était pour quelque chose. Et chacun des deux amants détenait désormais suffisamment de souvenirs brûlants pour alimenter ses rêves jusqu'aux prochaines vacances.

À Noël, Francine ne put cacher plus longtemps qu'elle attendait un bébé. Suzanne foudroya sa sœur du regard. Constance, en larmes, marmonna qu'elle s'y attendait. Albert, lui, tombait des nues.

12

Albert et Constance en arrivaient à se croire maudits ! D'abord la maladie de Suzanne, d'une extrême gravité et mise en première analyse sur le compte du manque de soins pendant les années de guerre. Mais à Bordeaux, cela se pouvait-il ? Le médecin de famille fut accusé d'incompétence, renvoyé à ses chères études et remplacé par le médecin d'Émile. Et maintenant cette aventure entre Francine et Honorin avec la honte qui tombait sur la famille. Plus sur les Thillet-Bordes et sur les Vercoutre que sur Constance qui aurait, en définitive, cédé à cet amour sincère et naïf entre les deux jeunes cousins. Mais voilà, dans les grandes familles, qu'elles fussent bordelaises ou du Nord industriel, on ne badinait pas avec la morale et ses apparences. Les ouvriers des pêcheries comme ceux des teintureries devaient admirer et respecter des familles de patrons irréprochables.

Albert, encore sous le coup de la nouvelle, minaudait comme un enfant.

— Mon frère, s'agaçait Émile, épargnez-nous vos jérémiades, que diable ! Certes, votre situation n'est pas enviable, j'en conviens. Mais voudriez-vous hériter de la mienne ? Je vous rappelle avoir perdu un fils à la guerre et que ce malheur en entraîna un autre ! Votre belle-sœur a perdu la raison et balance entre la vie et la mort. Constance respire la bonne santé, heureusement pour vous, et elle fait preuve de beaucoup de cran. Et, que je sache, vos filles sont bien en vie. Suzanne s'en est sortie et Francine déborde de vie, si je peux m'exprimer ainsi en cette circonstance !

— Dans ce cas, laissez-moi faire ! Il s'agit de ma fille, après-tout !

— Pas question ! Il nous faut étouffer cette triste affaire et trouver une solution honorable. Il y va de la réputation de la famille, des familles ! Discrétion absolue, ce qui n'est pas votre tasse de thé, Albert ! Je prends contact avec Désiré Vercoutre immédiatement. Comprenez bien, Albert, et vous aussi Constance, que seule une solution radicale pourra faire taire les ragots. Pour cela je réunis un conseil de famille avec les Vercoutre, si possible dans une semaine, deux au maximum !

Désiré et Jules arrivèrent à Bordeaux le premier vendredi après le nouvel an, de fort mauvaise humeur. Honorin et sa mère les avaient précédés de deux jours. À peine installé Quai des Chartrons, Désiré fut reçu seul dans le bureau d'Émile. Ils restèrent enfermés tout l'après-midi jusque tard le soir, à la grande frustration de Constance et de Mathilde, mais plus encore d'Albert qui ne tenait plus en place. Vers dix heures Émile entra dans l'appartement de son frère en compagnie de Désiré :

— Albert, lança son aîné, nous tiendrons conseil demain, après que Joseph eut été chercher Édouard à Gujan. Joseph veillera sur ces jeunes pendant le conseil de famille. À mes côtés siègeront mon frère et ma belle-sœur, cela va sans dire, ainsi qu'André. Aux côtés de Désiré et de Mathilde, Édouard et Jules y participeront également.

Constance, soutenue du bout des lèvres par Mathilde, prit la parole pour déplorer la minorité flagrante des femmes, pourtant bien concernées en de telles circonstances dramatiques. Émile répliqua, approuvé par Désiré, que Suzanne et a fortiori Léonie étaient trop jeunes, à l'évidence. Que Suzy et Amalia étaient étrangères en plus d'être des pièces rapportées !

— Quant à Marie, poursuivit-il, votre époux et moi-même nous nous opposons avec véhémence à sa présence au conseil de famille. Cela n'a rien à voir avec son passé, croyez-moi, mais personne ne niera, ici, surtout pas vous Constance, que ma sœur tient une lourde part de responsabilité dans ce forfait et qu'il est donc impensable qu'elle participe au conseil.

Suzanne et Francine n'en menaient pas large et ne pipèrent pas mot de la soirée. À table, on aurait entendu une mouche voler sans les monologues décousus d'Albert. Il se plaignait des enfants, de son frère, du métier, du personnel et même du temps ! Même Désiré et Mathilde, installés chez Albert et Constance, n'ouvraient que rarement la bouche pour prendre la parole. Émile hébergeait, outre son fils, Édouard, Jules et Honorin. Une soirée noire, pour ce dernier. Oncle Édouard paraissait muet et Jules, absent. André et son père se cantonnaient à échanger des informations sur leur travail de la semaine. Émile avait insisté pour qu'on ne parle pas de cette affaire ce soir-là. Ni chez lui, ni chez son frère.

Le lendemain matin Émile et Désiré s'enfermèrent à nouveau tous les deux en dépit de l'accès de colère d'Albert et de l'inquiétude de Constance. Peu avant le repas ils réapparurent et Émile prit la parole :

— Nous avons échafaudé une solution qui, nous l'espérons, vous conviendra. Elle nous paraît adéquate, à Désiré et à moi, puisqu'elle préserve l'honneur de nos deux familles. Nous voudrions la soumettre, à vous Mathilde, à vous Constance et à vous Albert, avant de l'adopter ensemble et de l'annoncer aux enfants.

Les cinq s'enfermèrent dans le bureau d'Émile. Constance craignait le pire, sans savoir quoi, au juste. Elle se doutait que son beau-frère, en chef de clan impitoyable, avait élaboré un plan sans faille, implacable. Serrée contre Albert, elle écouta les deux chefs de tribu pendant plus d'une heure. En réalité, un quasi monologue d'Émile. À l'issue de l'explication, des larmes coulaient sur les joues de Mathilde, et Constance, blême, s'était sentie vieillir de dix ans. Elle tenta une remarque :

— C'est terrible pour les enfants. Ils approchent de leur majorité, ne l'oubliez pas. Votre… votre plan est sans doute bon pour les… nos familles, mais tellement peu enviable pour nos jeunes.

— Ma bonne Constance, je vous reconnais bien là, mais soyez réaliste, parbleu ! Ce sont eux et eux seuls qui nous ont entraînés à cette extrémité. Et vous voudriez prendre leur défense ?

— Leur défense à propos de leur bêtise, certainement pas. Leur défense pour leur préserver un avenir qu'ils puissent choisir, je préférerais.

— L'honneur des Vercoutre et le nôtre sont en jeu, dois-je vous le rappeler ? Si vous trouvez que cela ne suffit pas à justifier ma… notre proposition, alors vous me désespérez ma chère belle-sœur. Ou peut-être souhaitez-vous proposer une autre solution ? Je vous écoute…

— Admettez, intervint Albert, que votre solution a un côté diabolique. Diabolique et dangereux. Imaginez que les enfants ne gardent pas le silence, nous aboutirions à une abomination. Nous serions tous salis, tous, sans exclusion !

— Votre fille, comme les autres, se taira. Je me charge de lui faire comprendre, si vous le voulez bien.

— Alors faites-le avec une once d'humanité, si vous en êtes capable, lança Constance avant de s'asseoir.

Elle trembla de tout son corps. Décidément ce beau-frère était bien cet homme implacable qu'elle avait deviné, toute jeune, lorsqu'il rabrouait sans cesse son jeune frère. Albert, au moins, lui avait-il montré son cœur. Au début. Ce soir elle doutait qu'Émile en eut un. Faible, Albert accepta sans barguigner la proposition de son frère. Constance ne pouvait plus rien ajouter, d'autant que Mathilde et Désiré s'étaient rapidement ralliés au schéma d'Émile. Ou elle acceptait, ou, d'une façon ou d'une autre, elle quittait la famille, déclenchant un maelström derrière elle. Après réflexion elle songea à Marie et sourit. Secrètement, discrètement, elle trahirait ! Marie, exclue du conseil, l'oubliée de la famille, Marie saurait. Constance ne se doutait pas qu'Édouard se confierait à Marie bien avant...

* * *

Le conseil de famille dura des heures. Interminable. Édouard s'y sentit totalement étranger, comprenant qu'une éventuelle intervention n'aboutirait à rien. Effondré, il redouta le regard de son neveu à l'énoncé de la décision prise par ce Boche d'Émile. Impuissant, il s'imaginait transformé en insecte minable tout étonné d'être là. Rien à dire, rien à faire. Néant et honte mêlés dans un étrange cauchemar. Sur le côté, Jules, impassible. Et là, cet André au sourire narquois qui reluquait Albert, nerveux, bourré de tics. Un exemple navrant d'impuissance. Écœuré, il songea :

— Marie a payé le prix de sa liberté mais sans doute apprécie-t-elle son bonheur. Devant un tel spectacle la liberté n'a pas de prix. Ah, voilà ce pauvre Honorin qui paraît devant « le tribunal ». Vieilli, fatigué mais pas abattu. Pas encore, le pauvre garçon.

Honorin entra, inquiet et penaud. Il vit son père en premier, la mine grave, le regard sévère et, à côté de lui, Émile Thillet-

Bordes, raide comme la justice. Dans leurs costumes noirs, identiques, avec leurs têtes d'enterrement, ils auraient pu passer pour deux croque-morts. Tournant à peine le regard à droite il aperçut sa mère, marquée, avec comme un voile devant les yeux et des cernes dessous. De l'autre côté des deux hommes cette bonne Constance s'acharnait à sécher ses larmes. Plus loin, Albert, semblait perdu et André, la mine grave, s'acharnait sur un crayon. Revenant de l'autre côté, il fixa l'oncle Édouard qui semblait lui adresser un vague sourire. Un sourire contrit, pas dans le style de son cher oncle. Jules, impassible à l'extrémité de la table, s'ennuyait, c'était visible. Personne d'autre : ainsi, il l'avait deviné, Marie était-elle exclue du conseil de famille. Qui aurait contesté une décision d'Émile Thillet-Bordes soutenue par son cousin Désiré Vercoutre ?

Ce dernier se racla la gorge avant de prendre la parole :

— Honorin, vous nous avez déçus, terriblement déçus. Vous avez trahi la confiance que votre mère et moi nous vous avions accordée. Votre abnégation envers votre frère et votre réussite scolaire nous laissaient croire que vous étiez en passe de devenir un adulte responsable. Nous nous sommes trompés. Au lieu de cela vous fautez gravement, très gravement, en salissant une jeune fille – votre cousine par-dessus le marché – et avec elle toute une famille qui voit son honneur bafoué. Vous admettrez que dans ces conditions, mon cher cousin Émile et moi-même devons réagir et prendre les décisions qui s'imposent au nom de nos deux familles. Il vous faudra donc assumer les conséquences de votre folie avec courage et dignité et vous garderez par devers vous toutes nos décisions. Si tel ne devait pas être le cas – mais j'ose vous garder un soupçon de confiance – vous ne feriez hélas plus partie de notre famille. Comprenez-vous, Honorin ?

— Oui, père.

— Dans ce cas je donne la parole à votre grand cousin Émile, aussi triste et aussi déçu que nous le sommes, lui qui avait cru accueillir comme son enfant, un cousin de bonne éducation.

Honorin se sentait en perdition. Constance et Albert, ceux qui l'avaient effectivement accueilli, ne pipaient mot.

— Comment est-ce possible ? Je n'ai croisé le cousin Émile que quatre ou cinq fois.

Il se concentra pour écouter le patriarche Thillet-Bordes. Phrase après phrase ses jambes flageolaient. Il fit un effort incommensurable pour rester debout et ne pas fondre en larmes. Devant les membres des familles qui s'étaient levés, Honorin jura de respecter les décisions et de les garder secrètes. Il fut alors prié par son père de quitter la salle. Dans le couloir il croisa Francine qui put lire tout l'affolement et toute la détresse dans le regard de son amant. Entrée, elle remarqua immédiatement l'absence de tante Marie. Un deuxième mauvais présage après celui du visage d'Honorin.

— Ma nièce, commença Émile Thillet-Bordes, vous avez jeté l'anathème sur les familles Thillet-Bordes et Vercoutre. Difficile d'imaginer pire forfait. Comme Honorin, vous subirez les conséquences de cette infamie. Cette faute, votre faute, ne doit pas sortir du cercle familial ici présent. Première conséquence vous vivrez cachée, là où personne ne connaît les noms des Vercoutre et des Thillet-Bordes…

Émile s'exprima près d'une heure. Au bout du premier tiers du discours, Honorin, depuis un petit bureau, dut se boucher les oreilles tant Francine hurlait et criait des « Nooon ! » d'épouvante. Il se mordait les lèvres jusqu'au sang et pleurait. Il pleurait surtout pour elle. Beaucoup plus tard, il parvint à interroger sa mère qui lui répondit :

— Comme vous Honorin, je suis secouée. Imaginez-vous tout le mal que vous m'avez fait ? Vous avez ignoré votre propre mère alors qu'il était facile de lui avouer votre faible envers votre cousine Francine. Votre père, avisé par le cousin Émile dès votre première saison à Bordeaux, croyait dur comme fer que vous vous entichiez de Suzanne ! Sachez, mon fils, que j'ai hésité avant d'endosser ce… ce compromis. Je l'ai accepté, convaincue que vous y trouverez vous-même quelques avantages.

Honorin, bouche bée, ne sut quoi répondre, bouleversé par cette pirouette révoltante de la part de sa mère. Ainsi avait-elle rallié le clan des patriarches par pure vexation de n'avoir point été la confidente de son fils !

— Et Constance, songea-t-il ? Pourquoi n'a-t-elle point défendu sa fille ?

Plus tard il parvint à échanger quelques mots avec Marie avant de rentrer vers son Nord pour tenter de finaliser son année de droit :

— Ne lui en veut pas, Honorin, Constance est bonne, elle a défendu sa fille, elle t'a défendu, j'en suis convaincue. Mais comprends-là, elle est meurtrie. Sa fille est salie et sa fille l'a salie ! Et n'oublie jamais, Honorin, qu'en épousant mon frère Albert elle a épousé beaucoup plus qu'Albert. Elle a épousé le clan Thillet-Bordes, alors que j'en sortais.

Quant à Albert il le catalogua dans la catégorie des pleutres ! Comment n'a-t-il pu, au moins une fois, manifester sa répugnance envers ce verdict de fêlés ?

* * *

Honorin quitta Bordeaux sans revoir Francine. Il savait qu'il reverrait le Quai des Chartrons mais se doutait qu'il n'y retrouverait plus sa bien-aimée. Plus jamais, aux dires de son cousin Émile.

Édouard ne lui parla point de tout le voyage de retour et ne put lui souffler aucun mot de réconfort. Mais, plusieurs fois, il lui prit la main et la serra si fort qu'Honorin sentit que quelque part brillait une faible lueur d'espoir. Et cette lueur devait à coup sûr se situer entre l'Aiguillon et Gujan.

Zones Interdites

13

Les élégantes Bordelaises coulaient des journées fastes au pied du Casino de la Plage à Arcachon, et profitaient d'un doux soleil qui irisait le miroir du Bassin de myriades de particules argentées. Suivant la toute dernière mode, elles arrivaient de la source des Abatilles, découverte deux ans plus tôt[18], après avoir bu leur verre d'eau régénérant.

Sous la treille qui recouvrait son jardinet et lui procurait un havre de paix, Raymond Lalande, le cheveu poivre et sel, tendance sel, dégustait quelques huîtres apportées par le cousin de sa femme Monique. Des huîtres portugaises, qui remplaçaient la gravette, la plate, décimée par une méchante épidémie quelques années plus tôt[19]. Julien, en face de lui, ne laissait pas sa part au chien, entre deux tournées de taxi flottant sur la pinasse mauve. Vaillante, cette dernière promenait ces vacanciers fortunés de Bordeaux ou de Paris qui préféraient échapper à la promiscuité du fameux « Courrier du Cap », ce vapeur qui traversait le Bassin hiver comme été. Succès garanti en hiver avec ses habitués qui rapportaient des brassées de mimosa aux senteurs enivrantes. Ceux-là venaient de croiser de drôles de bipèdes en débarquant au Cap de bon matin : les chasseurs. Une race à part, qui, en réalité, se retrouvait un peu plus tard sur les chalutiers en route pour Terre Neuve ou la Mauritanie. Aurélien, de là-haut, devait les envier. Et il se réjouissait sûrement de voir Marie goûter à nouveau au bonheur, pelotonnée dans les bras

---

18 – Par Louis Lemarié, en recherche de pétrole.

19 – 1920 et les deux années suivantes.

chauds de son charpentier de marine. Marie, sa Marie, au regard si pur, qu'un léger voile s'obstinait à ternir. Léger mais vilain.

Voilà déjà trois ans qu'Augustine avait quitté sa famille, les Thillet-Bordes. Trois ans également qu'Honorin Vercoutre avait épousé Suzanne Thillet-Bordes, en toute discrétion. Et trois ans que la jeune Francine se faisait soigner pour une soi-disant tuberculose dans les Alpes suisses non loin de Genève. Cloîtrée à huit cents kilomètres d'Arcachon, elle n'en partageait que le soleil, bien présent dans sa chambre monacale. Comme chaque mercredi elle s'appliquait à écrire une lettre à ses tourtereaux, ses « dadas » comme elle les appelait dans ses songes. Cette lettre, comme les précédentes, elle l'écrivait sur un ton badin qui cachait son immense chagrin. Chagrin de solitude, son oncle ayant interdit la moindre visite :

— Trop dangereux, répétait-il systématiquement !

Francine se savait condamnée à vivre seule ou presque. Le courrier, ce courrier, restait le seul lien, ténu, avec sa sœur et surtout avec Honorin qu'elle aimait plus que jamais. Chagrin minant que celui-là. Frondant la colère de son oncle, elle avait fait enregistrer le prénom de son enfant à la mairie du village avant qu'Émile Thillet-Bordes n'ait pu intervenir : Honorin. Petit Honorin, qu'elle ne voyait qu'une fois par mois, élevé par des sœurs…

Émile et André Thillet-Bordes avaient décidé de s'associer à une autre société de pêche. Une étape terrible pour Émile qui devait désormais partager le pouvoir avec quelqu'un d'autre. Mais, du point de vue d'André, c'était un mal nécessaire. Il se doutait bien que son père prendrait rapidement l'ascendant sur le nouvel associé. Et sans d'importants moyens pour acheter des chalutiers toujours plus gros, la société familiale risquait tôt ou tard d'être dépassée par la concurrence. De fait les petites pêcheries périclitaient et mettaient la clé sous la porte les unes après les autres.

Édouard, lui, s'était attelé à la tâche, bien soutenu par Raymond qui retrouvait une seconde jeunesse, au grand soulagement de Monique qui craignait comme la peste de « l'avoir dans les pattes toute la journée ». Les commandes reprenaient et Édouard était déjà doublement fier. Les deux arpètes de Raymond en avaient terminé avec leur formation et faisaient désormais bel ouvrage. Et, deuxième satisfaction, Marie pouvait enfin se contenter de chauler les tuiles pour élever ses grands enfants. Gérard approchait de ses dix-huit ans et dépassait sa mère d'une bonne tête. Très moyen à l'école, il conduisait la pinasse mauve aussi bien que Julien – une performance et un compliment – et ne rêvait que d'aviation. Et pour réaliser son rêve, une seule solution à ses yeux, s'engager dans l'armée de l'air, si possible à Bordeaux ou à Cazaux. Claire, plus discrète, travaillait d'arrache-pied, mais ses résultats restaient médiocres. Encore que depuis deux ans, grâce au dévouement et à la patience d'Édouard, elle recollait au peloton de tête de sa classe pour la première fois depuis la maternelle. Elle ne manifestait rien mais Marie devinait qu'elle aimait « oncle Édouard » comme un père. Leur complicité était touchante. Des vagues de bonheur au quotidien, pour Marie.

Honorin serrait contre lui une nouvelle lettre de sa bien-aimée, heureux des nouvelles, mais totalement déprimé par cette situation invraisemblable : Francine soignée pour une phtisie dans les Alpes alors que le meilleur sanatorium de France avait ouvert ses portes à Arcachon en 1887. L'air du Bassin était recommandé comme la thérapie la plus performante contre la tuberculose. Quant au B.C.G. il existait depuis plus d'un an. Il rouvrit cette lettre délicieuse, un chef-d'œuvre d'insouciance. Pas une allusion sur leur bébé. Honorin lisait et relisait cent fois chaque phrase dans l'espoir d'y découvrir un code, un signe, mais rien. Désespérément rien, comme si Francine avait renoncé, une fois pour toutes. Personne, hormis Émile Thillet-Bordes et Désiré Vercoutre, et vraisemblablement Mathilde, Constance et Albert, n'avait jamais rien su de ce bébé qu'elle portait et qui avait dû naître au mois de mai 1922. À moins que ce ne fût à la fin du mois d'avril, le jour même du mariage de Suzanne avec Honorin à Mérignac… Cette loi du silence avait quelque chose d'insupportable.

Émile Thillet-Bordes avait placé Honorin, dès la fin de sa deuxième année de droit, aux Chemins de Fer d'Orléans et du Midi. En gare de Bordeaux, pour un travail administratif sans intérêt mais plutôt bien rémunéré. Suzanne n'allait tout de même pas travailler ! Depuis, Honorin, avec ou sans sa femme, s'échappait le plus possible de ce train-train pour rejoindre Arcachon et retrouver Marie et l'oncle Édouard. Dans la semaine il se traînait comme une âme en peine, marqué par le souvenir indélébile de cet odieux conseil de famille et du serment qui s'en suivit. Une sacrée verrue dans son existence. Ce travail administratif en gare de Bordeaux, il arrivait à le détester, mais quoi faire ? Il savait qu'il gâchait ses plus belles années avec un travail rasoir et une femme qu'il n'aimait pas mais qu'il retrouvait chaque soir pour un face à face insipide. Il attendait. Il attendait de partir pour l'Aiguillon. Devant Marie et Édouard, même en l'absence de sa femme, Honorin parlait peu. De plus en plus taiseux, au désespoir de Marie. Deux choses comptaient désormais pour lui sur le Bassin : écouter son oncle lui parler des formes des navires et retrouver Julien pour une leçon de navigation sur la pinasse mauve. Suzanne avait perdu le goût des balades sur la petite mer, alors Honorin s'échappait. Il s'échappait de la fadeur de sa vie quotidienne à Bordeaux, partagée entre des collègues fonctionnaires avant l'heure et une épouse sage qui ne s'intéressait qu'au tennis et à la lecture de feuilletons à l'eau de rose. Pour rêver de Clément. Sa mère l'avait convaincue de s'inscrire à un cours de théâtre, à défaut de poursuivre le piano.

— Quelle idée, grommelait Honorin pour lui-même, on joue toute la journée un scénario inventé, et tout cela sonne tellement faux !

Mais il était trop tard pour se rebeller. Même Marie, rebelle dans l'âme, ne lui conseillait pas, ne lui conseillait plus. Il aurait fait quelques malheureux de plus. En attendant, cette routine au foyer comme aux Chemins de Fer, le minait. Quitter l'Aiguillon lui déchirait le cœur et lui nouait l'estomac. À Bordeaux, il passait ses soirées à côté de Suzanne – qui lisait ses romans – sans la voir.

Depuis qu'il savait barrer il voguait sur la petite mer, contournait dix fois, cent fois l'Île aux Oiseaux, admirant le changement de lumière et la variation des couleurs d'un tour sur l'autre. Il se perdait à plaisir dans les roseaux qui cachaient la sortie de la Leyre, à écouter les oiseaux chanter les louanges du Bassin. Enfin, il virait pour rejoindre Gujan, pour profiter de Monique et Raymond et de leur tonnelle et pour savourer les dernières explications de son oncle à propos de l'ouvrage en cours : une pinasse profilée, avec timonerie, pour un richissime Britannique vivant à Bordeaux. Un amateur de courses. Avant la marée basse il lui fallait regagner l'Aiguillon. Une pigne qu'il n'avait pu éviter le bousculait et le ramenait à la réalité, au Quai des Chartrons :

— Chéri, lançait Suzanne d'un air las, allons-nous coucher. Ces romans sont décidément tous les mêmes.

Invariablement, Honorin répondait :

— Alors, pourquoi continues-tu à les lire ?

— Quoi faire d'autre ? Ce n'est pas à cette heure que je vais m'adonner au tennis, les bec-de-gaz n'y suffisent point, mon cher.

Et ils montaient à l'étage, dans cette moitié d'appartement découpée dans celui de Constance et d'Albert. Honorin évitait ses beaux-parents et ses beaux-parents l'évitaient. De part et d'autre on voulait oublier… En deux, trois ans, sa belle-mère avait rejoint la catégorie des vieilles femmes aux cheveux gris, pas ou peu poudrées et habillées triste. Honorin lui reconnaissait tant d'excuses. Suzanne n'en ferait jamais une grand-mère et pire, elle se savait grand-mère avec interdiction de voir l'enfant ! Quant à Albert il pataugeait avec une clientèle de plus en plus versatile. Comme il était loin le temps où il pouvait imposer des coupages à ses propriétaires-vignerons pour fournir des clients toujours plus nombreux. Aujourd'hui, plus rare et plus exigeante, la clientèle ne tolérait plus de Médoc coupé au vin d'Algérie, mais elle réclamait toujours des vins corsés !

Honorin se déshabillait comme un automate. Au lit il rencontrait la même tristesse que dans le petit salon. Il lâchait Suzanne après une étreinte mécanique :

— Tu ne m'aimes pas, tu ne m'aimeras jamais.

— Je t'aime, je ne t'aime pas, je ne sais pas, je ne sais plus, répondit-elle en fixant le plafond.

— Tu aimes toujours Clément.

— Mais non, je l'ai oublié.

— Tu rigoles ? Tu en rêves la nuit, tout haut. Tu ne peux pas le cacher. Oh, je ne te le reproche pas, moi je rêve bien de Francine. Et toutes les nuits, même ! Voilà le travail de ton oncle et de mon père. Ils ont fait quatre malheureux, peut-être cinq !

— Tu exagères, nous ne sommes pas malheureux, loin de là.

— Arriverons-nous un jour à être heureux, vraiment heureux ? J'en doute. Je pense à mon enfant…

— Arrête, tu ne sais même pas s'il est vivant !

— Arrête, toi aussi ! Je voudrais justement le savoir.

— Pour te rendre vraiment malheureux, pour le coup !

— Ne pas savoir me tue.

— Pense à autre chose, essaie, au moins, et dors !

Honorin se retournait pour replonger dans ses rêves, son seul paradis du moment. Il ne parvenait pas à dormir. L'idée de retrouver la gare et des collègues transparents l'exaspérait. Devait-il s'enfuir jusque dans les Alpes ? Pouvait-il au moins chercher un autre travail, plus gratifiant quitte à ce qu'il fût plus pénible ? À côté de lui Suzanne dormait déjà. Les « Clément, Clément » allaient inévitablement le réveiller au moment où il parviendrait à s'endormir.

* * *

Julien rouspétait, et il n'était pas le seul. Tous les ostréiculteurs grognaient comme lui contre un nouveau fléau qui envahissait le Bassin : les bateaux dits de plaisance. On en dénombrait mille huit cents. Une folie. Encore heureux que leurs propriétaires n'organisaient pas des courses tous les jours ! Une mode chez les Anglais.

— Après la mort de la gravette c'est le pire qui pouvait nous arriver, disait Damien Argain, le cousin de Monique.

Lui comme tous ses collègues producteurs devaient se faufiler entre des kyrielles d'embarcations barrées par des marins d'eau douce. Et Damien d'ajouter :

— P't'être bien que j'me trompe, la fin de la gravette c'est pas si grave, à côté !

Julien grognait « comme un troisième frère Lagrinche » répétait Marie pour le taquiner, mais il reconnaissait en fin de compte que ses riches passagers le dédommageaient grassement et qu'il s'enrichissait sur leurs dos. Pour la première fois, en février 1926, il put donner la pinasse Decosse à réviser. Sans hésiter, Édouard revendiqua l'ouvrage et se chargea de bichonner la vieille embarcation. Jusqu'en avril le charpentier et son neveu ne parlèrent plus que de la pinasse mauve, ce symbole vivant du Bassin, ce symbole des jours heureux. À chaque visite, Honorin assistait aux travaux, commentait le ponçage et le toilettage et se fâcha presque avec son oncle lorsque ce dernier, pince sans rire, suggéra une autre couleur de peinture que le mauve.

— Je plaisante Honorin, Je sais ce qu'elle représente pour toi. Raymond a déjà préparé le mélange, tu veux le voir ?

— Bien sûr !

Honorin s'estima satisfait. L'éclat du mauve allait incontestablement donner un sérieux coup de jeune à la célèbre embarcation. Julien ferait le paon ! Édouard referma le bidon.

— Dis-moi, Honorin, tu ne me parles jamais de ton travail aux Chemins de Fer ?

Le neveu haussa les épaules et répondit :

— Parce qu'il n'y a rien à en dire, tout simplement.

— Je m'en doutais bien un peu. Écoute-moi, j'ai pensé, pardon, nous avons pensé, Marie, Monique, Raymond et moi, à un travail qui pourrait t'intéresser. Mais attention, tu devras te préparer à retrousser tes manches.

— ??

— Tu aimes le Bassin, la vie sur la petite mer…

— Évidemment.

— Saurais-tu convaincre ta femme de vivre ici plutôt qu'à Bordeaux ?

— Elle, je m'en fiche !

— Comme tu parles d'elle ? C'est ta femme, tout de même.

— Bon, elle, je crois que c'est possible. Il y a des courts de tennis, ici, à Arcachon, presque autant qu'à Bordeaux. Mais sa mère, acceptera-t-elle ? Et son oncle, lui surtout, qui dirige tout ? C'est quoi, votre idée ?

— Voilà, à force de causer avec Damien Argain, tu sais le cousin de Monique, celui-ci nous a révélé qu'il comptait doubler ses parcs du fait de l'engouement croissant pour les huîtres. Pour réussir il a besoin d'un adjoint de confiance et d'un homme qui ne rechigne pas à la besogne. Marie et Monique ont pensé à toi tout de suite.

— Ben… peut-être, oui. Cela me rapprocherait de Marie et de toi. Mais Émile ? Émile n'acceptera jamais que sa nièce côtoie sa sœur si régulièrement.

— Écoute, Honorin, c'est votre vie, pas la sienne. Tu en as fait assez et tu n'es plus à une colère près de cette vieille baderne ! Que pourra-t-il faire ? Quant à tes parents, je m'en charge, si tu veux bien…

— Bon, laisse-moi réfléchir. Je dois en parler à Suzanne d'abord. Pas trop tôt, pas trop vite, tu sais comme elle est. Je l'aurai à peine informée que tout le quai des Chartrons sera au courant le soir même. Merci, en tout cas. Remercie bien Damien, que j'accepte ou que je n'accepte pas. J'apprécie. Oui, revenir sur le Bassin pour y vivre, travailler, c'est différent, mais tellement séduisant. Francine aimerait tant…

* * *

Le dimanche qui suivit, Honorin et Suzanne se retrouvèrent à la villa M. en compagnie de Constance et d'Albert mais également d'Émile et d'André qui devaient accueillir un client potentiel le lendemain. Un invité de marque. Suzy était présente, elle aussi, avec son bambin. Vu les circonstances, Honorin hésitait : devait-il en profiter pour évoquer de but en blanc son souhait de changer de métier, ou fallait-il reporter cette annonce à plus tard en informant Suzanne la première puis, un par un, sa belle-mère, son beau-père et enfin Émile Thillet-Bordes. Il opta pour la discrétion. À la villa, toute la famille Thillet-Bordes présente, il n'aurait en face de lui que des détracteurs, André le premier, qui auraient tôt fait de convaincre Suzanne de refuser catégoriquement. Il décida d'attendre. Dans la grande maison les portes claquaient comme sur une scène de théâtre. Suzy apparaissait dans le salon et, à la vue de son beau-père, elle disparaissait aussitôt, prétextant un biberon chaud à la cuisine. Constance entrait à son tour, cherchant sa fille, mais c'était Honorin qui se présentait… Émile baissa alors son lorgnon et lança, de sa voix grave :

— Je vous attendais, Honorin.

Constance repartit sans demander son reste.

— Moi, cher cousin ?

— Oui, vous. J'entends que vous n'êtes guère enthousiasmé par votre fonction et vos responsabilités à la Compagnie des Chemins de Fer d'Orléans et du Midi. C'est un très bon poste, pourtant.

— C'est un bon poste, en effet, cher cousin, et je ne me suis jamais plaint.

— Vous savez vous faire discret, mon garçon, je le sais et j'apprécie. D'ailleurs je n'en attendais pas moins de vous. Vos parents également. Mais n'ayez crainte, dites-moi ce qui ne vous convient pas. Sans doute ai-je les moyens d'arranger la situation. Et je serais heureux d'intervenir, croyez-moi. Parlez, mon garçon !

— Mon cher cousin, cette place que vous m'avez fournie est une bonne place. Et elle est plutôt bien rémunérée, j'en conviens.

— Au fait, au fait, Honorin, ne tournez pas autour du pot !

— Trop tranquille, je m'y ennuie, voilà !

Le visage du jeune homme venait de virer au rouge pivoine.

— Je vais vous surprendre, Honorin, je suis d'accord avec vous. Je vous ai connu actif, très actif, même, et je me suis trompé en vous proposant ce poste administratif. Assoyez-vous, Honorin !

Le jeune Vercoutre n'en menait pas large. Bien sûr, plus personne n'entrait dans la pièce. Derrière Émile la petite véranda laissait apparaître une parcelle de mer bleue. Une pinasse d'ostréiculteur rentrait, sans doute vers Gujan…

— Mon frère Albert recherche un adjoint négociant. Qu'est-ce que vous en dites ? Un travail dynamique, du mouvement, des déplacements et des contacts. Et pour les dîners, Suzanne sera une hôtesse en tous points remarquable. Alors ?

— Merci, mon cher cousin pour votre sollicitude. Cela demande réflexion, en effet. Tentant mais gênant.

Honorin commençait à suer.

— Gênant, dites-vous, et pourquoi donc ?

— Travailler comme collaborateur de mon beau-père, et peut-être devoir rendre des comptes à ma femme…

— Vous plaisantez, Honorin, même si j'apprécie votre discernement et votre prudence. Mais entre nous, avec Albert et cette chère Constance qui vous aime comme un fils, aucune inquiétude ! Et puis, que pourriez-vous trouver d'autre ?

— Justement cher cousin, vous savez combien j'aime le Bassin, grâce à vous, d'ailleurs. Je ne vous cache pas que j'ai l'opportunité de devenir ostréiculteur, une profession en plein développement. Avec un avenir lucratif probable.

— Ah, vous me faites rire, je vous imagine en bottes jusqu'à la ceinture et rentrer le soir pour empester Suzanne qui ne voudra plus de vous ! Je croyais que nous parlions sérieusement.

— Je suis sérieux, cousin Émile. Vous me prenez au dépourvu, je n'en ai pas encore parlé à Suzanne, ce que je regrette, mais je vais certainement accepter ce travail.

Émile jaillit de son fauteuil comme s'il allait frapper Honorin qui recula d'un bon mètre.

— Vous n'y pensez pas, vociféra-t-il, Suzanne femme d'ostréiculteur ! Albert, André, vous êtes là ? Constance, Suzanne ?

Albert passa une tête, discrètement, aussitôt poussé dans la pièce par André.

— Que se passe-t-il, père ?

— Vous connaissez la dernière folie d'Honorin ? Décidément, il nous les fera toutes !

— Dites, Émile, couina Albert.

— Attendons les femmes. Ah, vous voilà. Écoutez bien Constance, et vous Suzanne : votre gendre, votre époux, veut devenir ostréiculteur. Si j'ai bien compris, pour vivre sur le Bassin ! Je subodore une idée saugrenue et une manœuvre vicieuse de ma sœur !

— Si cela lui apporte un bon revenu, gémit Albert…

— Arrêtez, idiot ! Votre fille, épouse d'un cultivateur de mollusques ! N'avez-vous pas assez subi les imbécillités de Marie, femme de marin pêcheur ?

— Honorin ne veut pas m'assister, Quai des Chartrons ?

— Non mon cher, Monsieur a des scrupules. Il ne souhaite pas travailler sous les ordres du père de sa femme. Honorin, vous nous ennuyez ! Combien de frasques nous réservez-vous encore, aux Thillet-Bordes ?

— Vivre sur le Bassin me conviendrait, glissa Suzanne.

— Taisez-vous, petite écervelée, reprit Émile de plus en plus rouge. Vous y perdriez le train de vie et les relations que vous chérissez tant à Bordeaux. Constance, vous ne dites rien ?

— À quoi bon, que voulez-vous que je dise ? Qu'ils pourraient enfin mener une vie qui leur conviendrait à tous les deux ? Mais vous régissez tout, mon cher beau-frère, et pourquoi pas un jour la couleur de mon rouge à lèvres. Si Suzanne accepte, moi je m'incline !

— Cette villa est-elle devenue la maison des fous, s'insurgea Émile qui hurlait ?

Il se rassit brutalement, telle une marionnette à laquelle on aurait coupé les fils. Il commença à suffoquer. André jaillit vers son père :

— Père, père, calmez-vous !

La bouche de travers, Émile fixait son frère d'un regard absent. Albert appela Joseph :

— Vite, Joseph, allez chercher le docteur Davanne. Dites-lui qu'il y a urgence, que Monsieur Émile suffoque. Attaque cérébrale ou malaise cardiaque. Oui, insistez sur le malaise cardiaque.

Constance et Suzanne apportaient des linges humides, suivies par Éliane avec une cuvette pleine d'eau tiède salée, « pour les pieds de monsieur Émile ». André desserra le col de chemise, Albert la ceinture et Suzanne les lacets des souliers noirs du malade. Ils lui allongèrent les jambes, les pieds nus posés sur une chaise. Un grand silence envahit le salon, seulement interrompu par les sifflements irréguliers de la respiration d'Émile. André regardait Honorin d'un air mauvais, comme s'il l'accusait déjà du pire…

Le docteur Davanne ausculta son patient et rassura la famille :

— Petit malaise cardiaque, en effet. Sa constitution robuste lui a permis d'éviter le pire cette fois, d'atteindre le cerveau. Mais l'alerte est claire et je dois lui imposer le repos. Je lui prescris des contrôles à faire à l'hôpital de Bordeaux de toute urgence. Vous comprenez bien qu'une rechute serait grave, pour ne pas dire, fatale. Mesdames, Monsieur Albert, et vous André, je vous le répète, la clé de sa convalescence c'est, repos, repos et encore repos !

Constance leva les yeux au plafond. André comprit qu'il s'occuperait seul du client en provenance de Paris. Éliane tremblait et pleurait.

Dans un silence de cathédrale, Honorin, statufié par l'événement, fixait toujours le Bassin, une heure après qu'on eut transporté Émile dans la voiture, direction Bordeaux. Depuis la petite véranda il regardait sans le voir le ballet des pinasses et des autres embarcations qui s'activaient d'un bord à l'autre. Le travail ne manquait pas à cette époque et personne ne grognait contre les plaisanciers. Même un dimanche. Honorin chaussait déjà ses bottes d'ostréiculteur.

14

En moins d'une semaine Émile Thillet-Bordes avait recouvré l'essentiel de ses facultés, en dépit d'une vilaine gêne à la jambe gauche. Sa fort méchante humeur attestait de sa bonne santé… Échaudé, il convoqua une assemblée générale extraordinaire afin de pousser son fils à la tête de la société. Pendant quatre jours, depuis son bureau du quai des Chartrons, il reçut ceux des actionnaires indécis qui n'étaient pas directement liés à Georges Durion, son associé depuis un an. Dès l'ouverture de l'assemblée ce dernier se posa en candidat à la présidence. Une démarche légitime, selon lui. Il s'exprima pendant un quart d'heure, saluant et félicitant l'exceptionnel dirigeant que fut Émile. Mais, devant le clan Thillet-Bordes médusé, Georges Durion souligna avec véhémence qu'André, fils prodigue à n'en pas douter, manquait cruellement d'expérience et ne bénéficiait pas encore de la stature nécessaire pour tenir les rênes d'une des plus importantes pêcheries du Bassin. Et d'ajouter :

— Par le simple jeu de l'alternance dans le cadre d'une fusion entre deux sociétés, la présidence me revient de droit, en offrant de surcroît toutes les garanties aux actionnaires du groupe.

Émile voulut répondre. Le visage cramoisi, il bascula sur le côté, victime d'un nouveau malaise. Dans la précipitation, l'assemblée fut ajournée *sine die* et Albert, actionnaire présent comme chaque membre de la famille Thillet-Bordes, hormis Marie, transporta lui-même son frère aux urgences de l'hôpital de Bordeaux. Fonçant comme un fou il créa une pagaille monstre dans la circulation du centre-ville.

Cette fois encore Émile s'en tira. Pas à ses yeux : paraplégique, il terminerait sa vie dans un fauteuil. Pas franchement ce qu'il imaginait. Quatre ans après le décès de sa femme, c'était à son tour de devenir un fardeau pour les autres. Une honte. Son entourage, André le premier, l'encouragea à poursuivre sa « mission de dirigeant » aux Pêcheries Associées du Bassin, le nouveau nom de la société depuis l'arrivée de celle de Georges Durion. Son handicap le rendit irascible en plus d'être colérique, au point que son fils André, pour la première fois, s'emporta contre son père et ne put se retenir d'employer des mots durs et blessants à son endroit. Il le regretta aussitôt et s'excusa, mais la blessure fut bien réelle. Émile encaissa le qualificatif de « parasite » prononcé par son propre fils et comprit ce jour-là que la vie n'avait plus aucun sens.

Honorin montait à Lambersart une fois par an, deux au maximum, pour retrouver sa famille. Toujours en compagnie de Suzanne, quand bien même cette dernière n'appréciait guère son Nord. Grâce à son appartenance aux Chemins de Fer, leur voyage était gratuit jusqu'à Paris et demi-tarif jusqu'à Lille. Un aspect bien apprécié par sa mère Mathilde pour qui toute économie valait fortune. Lors de ce voyage de Pâques, en 1926, Honorin annonça qu'il quittait son poste aux Chemins de Fer d'Orléans et du Midi pour se lancer dans l'ostréiculture. Mathilde ne put cacher ni sa consternation ni sa crainte que ces jeunes manquent de revenus réguliers. Par-dessus le marché, Honorin raconta à ses parents que, suite à cette même annonce faite au cousin Émile, ce dernier avait eu sa première attaque cardiaque. À peine l'information digérée, il interrogea sa mère pour obtenir des détails sur la santé de Francine et savoir ce qu'il advenait de son bébé. Les yeux fixés sur ses souliers, Mathilde se défaussa sur son époux. Mais Désiré Vercoutre demeura implacable et sévère :

— Je n'ai rien à dévoiler à un jeune homme qui a trahi notre confiance, à votre mère et à moi. Et qui par deux fois, si je comprends bien aujourd'hui, a brisé la vie sereine de nos cousins Thillet-Bordes ! Faites la vôtre honorablement et je ne vous reprocherai rien à l'avenir. Mais par tous les Saints ne me demandez point de rompre mon serment avec Émile, mon cher cousin ! Voulez-vous le pousser dans la tombe ? Vous n'obtiendrez rien de moi, sinon de vous conseiller de tirer un trait sur ce passé… détestable. Réussissez votre nouvelle vie avec Suzanne, à Bordeaux ou à Arcachon, comme vous l'entendrez. Ne vous plaignez point, vous bénéficiez déjà du soutien inconditionnel de votre oncle Édouard, installé là-bas, lui aussi. À croire que cet endroit détient des pouvoirs magnétiques !

— Cela, père, je vous le confirme. La petite mer est magique !

Jules, totalement impliqué dans la direction de la manufacture familiale, s'agaça d'emblée de la présence de son frère. Il finit par le prendre à part pour lui avouer brutalement :

— Tu as ton problème, tu l'as cherché ! J'ai le mien, malgré moi. Tu as un bébé, que tu ne souhaitais pas si tôt et que tu ne connaîtras pas et moi j'attends désespérément de devenir papa. Sans succès à ce jour. Alors garde tes plaintes pour toi, j'ai assez de mes propres soucis, entre Amalia et la teinturerie.

Jules omettait une rumeur de taille qu'Honorin venait de se faire rapporter par son ami Francis Lefébure : Amalia Vercoutre, à défaut d'être mère, commençait à se faire connaître comme amante du genre bouillant. On chuchotait autour de Lambersart, et jusqu'à Lille, que ses draps n'avaient jamais le temps de refroidir…

…Ce qui n'était absolument pas le cas de ceux de Léonie, en passe de s'engager au Carmel. Un couvent venait d'ouvrir quelques années plus tôt à Fouquières-les-Béthune et elle estimait y avoir sa place. Vieille fille avant l'heure, aussi pudibonde que décatie, elle refusait de rencontrer son frère et Suzanne. Cette dernière en était ulcérée : Léonie aurait dû soutenir son frère ; mais non, la bigote ne pardonnait rien :

— Oubliant les leçons du Christ lui-même, ajoutait Suzanne ! Et elle veut se faire bonne sœur ? Quel excellent début, en effet. Que le fruit sec se cloître dans son égoïsme et son absence de générosité !

Pour une fois Honorin partageait totalement la réaction de sa femme. La plus peinée de cette bisbille entre frère et sœur fut Mathilde qui aurait tant aimé que ses enfants puissent s'entendre et montrer une famille unie. Le fiasco.

Dans Lille, Honorin s'efforçait de donner le change en tenant Suzanne par le bras…

Au retour de Lambersart, une nouvelle lettre de Francine attendait Honorin et Suzanne. Aucune phrase, aucun mot ne révélait son malheur. Bien au contraire, elle leur souhaitait tout le bonheur du monde, tenait des propos amusants et pratiquait un humour aussi bucolique que guilleret :

— *« Les Alpes sont magnifiques en ce mois d'avril ensoleillé. Des fleurs blanches et bleues jonchent les prairies à perte de vue. Les senteurs sont délicieuses et l'air si frais, sans nul doute tout aussi sain que celui de ma chère petite mer. Lorsque la pluie s'installe j'adore écouter la T.S.F. Je me régale de cette musique nouvelle, le charleston, que j'aimerais tant danser avec toi, Honorin, avec ta permission ma chère sœur ! Et connaissez-vous cette autre musique, celle des esclaves noirs d'Amérique ?*

Ils l'appellent le Blues ou le jass ou le jazz, je ne sais comment l'écrire. Je deviens folle au son des ritournelles de trompette, si gaies, et à celui des accords de guitare créant des mélodies obsédantes et mélancoliques. Peut-être vais-je m'acheter un phonographe ? »

Isolée du monde, bannie de sa famille, elle savait qu'elle ne reverrait plus Honorin, qu'elle ne reverrait plus la petite mer. Elle savait qu'elle ne pourrait plus donner toute son immense tendresse à son petit Honorin. Elle savait qu'elle mourrait de chagrin et d'ennui à défaut de mourir de honte. Elle devait payer. Elle payait. Au prix fort. Sa révolte déclencherait un cataclysme qu'elle savait désormais inutile et qui entraînerait trop de malheur sur ses proches. Alors, après y avoir songé, elle renonçait. Les yeux aveuglés par les larmes, elle s'efforçait de terminer une lettre remplie de joie et d'humour. Elle écrivait, tout en sachant que ni sa sœur ni son beau-frère n'étaient dupes. Mais cela faisait partie du « contrat » mis au point par l'oncle, au nom de la sacro-sainte sauvegarde de la réputation Thillet-Bordes. Et accessoirement de celle des Vercoutre.

En prévision de la nouvelle assemblée générale extraordinaire des Pêcheries Associées du Bassin, tout le clan Thillet-Bordes se mobilisa pour obtenir les voix des actionnaires, chassant même chez les fidèles de Georges Durion. Albert s'employa comme un damné à proposer des vins d'exception et à en promettre de meilleurs après le vote…

Calé dans son fauteuil, Émile Thillet-Bordes assista à une assemblée particulièrement houleuse. Georges Durion alla jusqu'à prendre à témoin tous les actionnaires présents pour faire admettre que la société, un fleuron du Bassin, ne pouvait plus être conduite par un handicapé grave ou un jeune homme sans expérience. Mais au final, après un pugilat verbal indigne de la bonne société bordelaise, André fut porté à la présidence grâce à quelques voix d'écart. Émile pouvait souffler et Albert préparer ses grands crus…

Honorin quitta les Chemins de Fer d'Orléans et du Midi sans regret, même s'il risquait d'y perdre en revenu, surtout les premières saisons. Et il abandonna le petit appartement de ses beaux-parents avec soulagement, ce qui ne fut pas franchement le cas de Suzanne. Emménager dans la grande et belle villa M. ne lui déplaisait point, mais elle comprenait qu'il s'agissait d'une situation toute provisoire. En tant qu'ostréiculteur embauché chez Damien Argain, Honorin devait s'installer à Gujan. Suzanne craignait les odeurs à marée basse en plein été et, pire, l'éloignement des beaux quartiers d'Arcachon et de leurs courts de tennis.

Dès le premier jour sur la pinasse ostréicole de Damien, Honorin arbora un sourire qu'on ne lui connaissait plus depuis des années. Satisfait, pour ne pas dire heureux. Mais conscient qu'il lui fallait tout apprendre du métier et le plus rapidement possible. Pas question de jouer les poids lourds. Damien l'emmena jusqu'à la grande dune, en face du grand banc, pour lui montrer l'endroit où il espérait développer de nouveaux parcs. En chemin, Honorin écoutait et observait. Jamais, avec la pinasse mauve de Julien, il n'était descendu aussi bas, presqu'au niveau de la passe sud. Damien lui pointa du doigt les somptueuses propriétés du Moulleau et du Pyla : Casa Sylva, la plus récente, Saint-Dominique, Téthys et quelques autres. Des splendeurs d'un autre monde. Un voile sur les yeux, il se projetait à deux pas du Casino de la Forêt, à quelques encablures de la villa M. Il tenait la main douce de Francine dans la sienne, passant devant d'autres merveilles baroques ou mauresques du quartier d'hiver, sans les voir. Damien arrêta son embarcation devant le grand banc, faisant sortir Honorin de ses rêves :

— Toi et moi, dans un ou deux ans, nous développerons des parcs géants, ici même. Avec le courant naturel, nos huîtres seront les plus fines du Bassin.

— Sus à la portugaise, songea Honorin ! Plus résistante et plus performante au niveau de la reproduction que la gravette, cette huître va faire un malheur ! À moi de retrousser mes manches !

Remontant vers les parcs plus au nord, ils croisèrent d'autres pinasses débordantes de panetières, de cages et de collecteurs. La portugaise redonnait tout son dynamisme à la petite mer et du travail aux hommes après la terrible crise de la gravette. L'activité battait à nouveau son plein dans les milieux ostréicoles.

Comme cela se produirait pendant les deux premiers mois de sa nouvelle vie professionnelle, Damien le déposa, au soir du premier jour, à la jetée de la Chapelle. Honorin rejoignit la villa M. à pied, fourbu, harassé, mais autrement mieux dans sa peau que lorsqu'il regagnait le quai des Chartrons après une journée banale et interminable en gare de Bordeaux. Fut-ce parce qu'il avait longuement regardé la forêt de pins derrière les belles villas du Moulleau, Honorin rêva, durant cette première nuit, qu'il poursuivait Francine à quatre pattes sur un épais tapis de grépin[20]. Francine, à quatre pattes elle aussi, lui échappait en riant comme une malade. Au final il la rattrapait, il la plaquait et ils s'aimaient comme des fous sur ce tapis naturel qui de temps en temps s'ingéniait à leur piquer le corps. Au réveil, Suzanne ne bronchait pas. Soit elle dormait d'un sommeil profond, soit Honorin n'avait pas crié une seule fois pendant son rêve. Il opta pour la première possibilité… Il déjeuna sur le pouce et partit en

20 – Tapis d'aiguilles de pin.

courant jusqu'à la gare d'Arcachon en sifflant comme un merle. Le train de Bordeaux longeait tous les ports de Gujan. En une demi-heure il était chez Damien.

À compter de ce deuxième jour Honorin ne vit plus le temps passer. Tout juste s'il lui restait quelques instants dans une journée pour penser à Francine et encore moins pour apprécier les couleurs changeantes du Bassin. Il commença trop tard dans l'année – fin septembre – pour participer au détroquage[21]. Il revoyait Marie et surtout Monique à l'œuvre, qui terminaient leurs journées les mains remplies d'ampoules. Monique ne se plaignait jamais et, en lui montrant ses mains, elle clamait :

— Au moins, quand Damien m'offre une bourriche, je sais que je la mérite ! Et elle riait de bon cœur, sachant que Raymond et Julien s'adjugeaient à chaque fois les trois-quarts de la grosse.

Honorin plongea dans le métier avec le brossage. Juste après les grandes marées Damien le prévint, inquiet :

— Trop d'algues dans les cages, et trop de vase également. Honorin c'est le moment de démontrer que tu as de l'huile de coude en réserve !

Pendant quinze jours, les pieds sur de gros patins à vase pour ne pas s'enfoncer, il sortit les tuiles chaulées, les brossa et les réinstalla propres pour assurer le bon développement du naissain capté. Travail fastidieux, interrompu par les passages de la pinasse de Julien, d'un mauve éclatant, et par les discussions avec un certain Gaston qui œuvrait comme lui au brossage des tuiles du parc voisin. Un dialogue instructif pour économiser les gestes et les efforts. Mais à peine en eurent-ils terminé avec ce labeur épuisant, le corps souvent immergé jusqu'à la ceinture et les cuissardes lourdes d'eau, voilà qu'un hiver particulière-

21 – Opération qui consiste à détacher les jeunes huîtres de leur support (tuiles chaulées).

ment précoce risquait « s'assassiner mes jeunes huîtres à marée basse » selon les propos de Damien. Après deux jours de travail en commun pour comprendre et apprendre, Honorin dut s'astreindre à fagoter les cages des tuiles en créant des barrières face au nord. Travail frigorifiant, dans une eau gelée. Épuisé, il apprécia que Damien fît partie des ostréiculteurs qui séparaient précautionneusement le parc de captage et le parc d'élevage. Honorin se voyait mal, comme son collègue Gaston, devoir fagoter l'intégralité des parcs.

Édouard s'était résolu à emménager à l'Aiguillon, chez Marie, ce qui déplut aux frères Lagrinche pendant plusieurs jours.

— Je m'y attendais, grogna Marie, sourire en coin !

Elle sut les amadouer, tout comme Édouard qui leur apportait de temps en temps une bouteille d'un autre standing que leur pisse-vinaigre quotidien… À la grande surprise d'Honorin, aucun écho sur l'officialisation de cette union, ni du côté Thillet-Bordes, ni du côté Vercoutre. Constance lâcha, un dimanche soir, au quai des Chartrons :

— Ils devraient tout de même se marier ces deux-là !

Ce fut le seul commentaire. Honorin se contenta de sourire : il connaissait l'avis de son oncle sur le mariage…

Dès qu'elle disposait d'une matinée de libre, Marie filait à Gujan pour observer Édouard bichonner ses étraves et raboter les bordés[22]. Un matin, alors qu'on devinait leur bonheur à travers un silence religieux, Marie fondit en larmes. Édouard posa son outil et enlaça sa compagne.

— Tu me fais oublier Aurélien, c'est bien et c'est terrible à la fois. Hier c'était le jour de son anniversaire et je viens seulement d'y penser. Pour la première fois… et j'ai honte.

22 – Planches formant les côtés de la coque.

— Écoute, Marie, j'arrête là mon ouvrage. Partons tous les deux nous recueillir à Saint-Ferdinand ou là où tu penses que sera le mieux. Allez, viens !

— Tu es tendre et compréhensif. Sage, peut-être. Comment as-tu pu t'intéresser à une chienne comme moi ?

— Tais-toi ! Ne cherche pas d'explication là où il n'y en a pas. Saint-Ferdinand, d'accord ?

— D'accord…

Après sa longue série de journées les jambes dans l'eau, Honorin flânait quelques instants dans l'enchevêtrement d'engins et de matériaux autour des cabanes du port. Ce décor l'amusait : les tables à détroquer, les panetières et les tuiles amassées dans des cages défoncées qui voisinaient avec d'autres, prêtes à l'emploi. Il observait des casiers et des toiles grillagées, mains dans les poches, lorsque Damien, posté dans son chai à trier, l'interpela sévèrement :

— Honorin, tu n'es pas assez efficace ni assez rapide pour te permettre des poses. Je te rappelle que je vais doubler mon parc, en comptant sur toi. Tu passes trop de temps à l'Aiguillon, chez Marie, et je perds des heures à te déposer à la jetée des Marins. Et par-dessus le marché la semaine dernière tu t'es fait piéger par la marée ! Je t'aime bien, Honorin, mais tu dois admettre que ce métier c'est la course contre le temps. Alors, rapproche-toi d'ici. Vivre en ville d'hiver, là-bas, ce n'est plus possible. D'ailleurs, tu le savais. Bon, va prendre ton train. Mais débrouille-toi pour être ici demain à sept heures et demie au plus tard. Il y a de quoi faire. Les fêtes approchent et mon expéditeur va passer ses commandes. Tout doit être prêt, sinon il se fournira ailleurs, sans état d'âme !

Vexé, le jeune homme décida de s'arrêter chez Marie et oncle Édouard. Suzanne attendrait, en rêvant de Clément. Il déclara tout de go :

— Je me suis fait enguirlander par Damien qui veut que je déménage.

— Cela ne m'étonne pas, Honorin. À l'approche des fêtes, tous les éleveurs, tous les parqueurs et même les expéditeurs sont nerveux et de méchante humeur. Tous les ans ça recommence ! Cela dit je comprends Damien. Tu ne peux pas continuer à la villa M.

— Pourquoi ne t'installes-tu pas à côté de chez Raymond, intervint Édouard, je viens de libérer la place.

— Suzanne ne va pas aimer…

— À toi de la convaincre. Ce n'est pas une cabane pourrie. Pour deux c'est bien suffisant. Pour trois c'est juste…

— ??

- Pour trois c'est un peu juste, répéta oncle Édouard. Puisque tu es ici sans Suzanne, Marie et moi on voudrait te parler d'adoption. Ce serait bien que ta femme et toi vous adoptiez un petit.

— Attendez, vous êtes malades, tous les deux ! Déjà, je dois convaincre Suzanne d'habiter à Gujan, et au port qui plus est, et en plus vous voudriez que je l'embobine pour adopter un enfant ? C'en est trop, trop pour elle et trop pour moi !

— Réfléchis bien, insista Marie. Tôt ou tard tu devras y songer sérieusement. Pas quand tu auras quarante ans ! Les organismes spécialisés, catholiques ou autres, ne voudront pas d'un père si vieux. Mais prends le temps de la réflexion, en effet. Aujourd'hui tu vas avoir vingt-cinq ans et Suzanne vient d'en avoir vingt-quatre.

— Et mon bébé, vous l'oubliez ? Pas moi ! Je suis père, un père orphelin de son enfant ! Je n'ai pas renoncé à le connaître un jour.

Honorin rentra à la villa complètement déboussolé. Et tard. Suzanne s'inquiétait au point qu'Éliane se préparait à sortir à sa rencontre. Ils dînèrent à la cuisine en compagnie d'Éliane et de Maurice d'un potage épais et d'une compote. Honorin annonça qu'ils devaient quitter la villa pour se rapprocher de son lieu de travail.

— Et tu penses trouver quoi, réagit Suzanne, sèchement ?

— La maison où habitait mon oncle Édouard est libre, désormais…

— Quoi, cette cabane, ce trou puant ! Et j'y ferai quoi dans la journée ? Tu as vu des courts de tennis derrière ton port d'ostréiculteurs ?

— Arrête, nous ennuyons Éliane et Maurice. Nous en reparlerons plus tard.

— Le plus tard possible, en effet, maugréa Suzanne !

Une nuit plus tard, une nuit totalement blanche mais utile, Honorin avait son plan. Il pourrait le ruminer toute la journée devant la trieuse pour l'opération de désatroquage[23] et de triage. À moins que Damien ne l'envoie sur les parcs.

— On ne sera pas trop de deux pour désatroquer aujourd'hui. Je te surveille, Honorin, je veux des huîtres impeccables. Je n'ai pas le droit de décevoir Paul. Je me vois mal changer d'expéditeur moins d'un mois avant les fêtes !

Honorin fit de son mieux, mécaniquement, l'esprit ailleurs, préoccupé par son plan. Damien le voyait dériver loin du chai :

— C'est ce que je t'ai dit hier qui te préoccupe ?

— N… non, enfin, oui… Je ne sais comment convaincre Suzanne de s'installer dans l'ancien entrepôt de Raymond. Là où était mon oncle.

— Ce serait l'endroit idéal, en effet. Tu peux lui expliquer ça, non ?

---

23 – Décollage des huîtres les unes des autres. Opération qui précède le triage.

— L'endroit ne lui plaît pas : les odeurs et l'éloignement d'Arcachon et de ses courts de tennis.

— Hé, Honorin, l'hiver ça ne sent rien – ou presque rien, tu peux en témoigner – et elle ne joue pas au tennis avant mai ? Elle ira jouer au tennis quand ça commencera à sentir, ta belle !

Comme la marée était haute, Damien raccompagna Honorin en pinasse jusqu'à la jetée de la Chapelle. La nuit tombait et l'éclairage de la plage d'Arcachon dessinait une guirlande lumineuse, bien dans la note d'élégance du quartier. Honorin ne voyait rien de ce décor nocturne, ni les lumières du Casino de la Plage, ni celles du Casino de la Forêt qui coiffait la petite montagne d'un diadème étincelant. Le va-et-vient des nantis en sortie contrastait avec le retour aux ports du Bassin des ostréiculteurs fourbus après une dure journée de travail. Honorin ne pensait plus qu'à la façon d'aborder Suzanne. Tout juste s'il remercia Damien.

Une fois entré dans la villa, il trouva sa femme au piano, le regard mélancolique. Elle lui avoua penser à sa petite sœur et aux crises de fou rire du « quatre mains ». Honorin saisit l'occasion :

— Suzanne, j'ai compris que mon enfant, je ne le verrai jamais. Aussi, je te propose que nous entamions les démarches pour en adopter un.

— Tu es fou, pas question ! Je ne peux pas avoir d'enfant et par conséquent je ne me sens absolument pas faite pour devenir mère !

— Je ne te demande pas de te prononcer maintenant, mais d'y réfléchir. Pense à ta mère, pense à la mienne et pense à ton père. Ils rêvent certainement d'être grands-parents, des grands-parents heureux de voir grandir un petit. Autre chose que grands-parents sur le papier.

— Avec un enfant qui ne serait pas la chair de nos chairs, je n'en crois rien. Ce ne sera jamais pareil, ni pour nous, ni pour eux.

— Qu'en sais-tu ? Connais-tu des grands-parents et des parents d'enfants adoptés ?

— Non, c'est vrai…

— Et peux-tu imaginer qu'en reportant mon amour et mon affection sur notre enfant, j'en arrive à oublier mon premier bébé ?

— Peut-être, je ne sais pas… Tu m'embêtes…

— J'ajoute qu'avec un petit il nous faudrait rester ici, à la villa M. Avec la place nécessaire, avec la visite régulière des grands-parents et avec l'assistance appréciable d'Éliane et de Maurice. Sinon, Suzanne, je n'ai plus d'excuse envers Damien et nous déménageons avant la fin du mois.

Ce fut au tour de Suzanne de passer une nuit blanche. Au petit matin, furieuse, elle réveilla Honorin en lui assénant un coup de poing à l'épaule :

— Je ne veux pas d'enfant ! Enfin… pas maintenant, je ne me sens pas prête. Tu as gagné, on déménage ! Mais après les fêtes, s'il te plaît !

15

Gérard Decosse volait vers ses vingt ans. Il venait d'intégrer l'armée de l'air et, après quelques mois de formation à Nancy, il entrait à Cazaux. Son rêve. Apprenti pilote, il revenait donc souvent chez maman et pouvait profiter de la pinasse mauve à sa guise. Le jeune homme dévorait la vie à pleines dents et tout, pour lui, continuait à tenir de la distraction. Parmi les engagés comme lui il fut surpris de réaliser qu'il faisait partie des plus instruits. Pourtant, sans le baccalauréat en poche, il s'imaginait handicapé. Il comprit dès lors toute la futilité de se comparer aux autres. Être soi-même et vivre heureux devint son credo. Un credo qu'il appliquait en réalité depuis une décennie au moins...

Sa sœur venait d'avoir ses dix-huit ans et son baccalauréat. Elle cessa d'avancer dans l'ombre de Gérard, gagna en aisance en s'affichant comme une jolie jeune fille, bien à l'image de sa mère trente années plus tôt. Probablement un soupçon moins effrontée. Marie se rendait compte que Claire fricotait avec le fils d'un ostréiculteur de La Teste. Un jeune de vingt-et-un ans, sympathique et travailleur. Comme Claire ne cachait rien à sa mère elle lui confia :

— Tu sais, maman, je me sens prête à travailler pour Monsieur Vanneau, le papa de Richard.

Échaudée par les exemples de la famille, Marie lui répondit :

— Je suis d'accord, si le travail te plaît ; pas si c'est uniquement pour être à côté de Richard. Vous pourrez convoler à ta majorité, j'en serai ravie, mais en attendant, je t'en conjure, ne lui promets rien ! Sois patiente s'il te plaît, et tu ne subiras point les turpitudes de ton oncle comme ce fut le cas pour ta cousine Francine.

— Oh, lui, je ne l'aime pas ! Le bon Dieu l'a puni, j'en suis persuadée !

— Claire, comment peux-tu dire des horreurs pareilles ?

— Maman, tu penses exactement comme moi !

— Pense ce que tu veux, tu as le droit de te tromper.

Julien, à l'aube de ses quarante-cinq printemps, ressemblait à un petit vieux. Avec ses pieds « de traviole » comme il le disait lui-même, il se déplaçait le moins possible sans la pinasse Decosse. Il donnait l'impression de vivre dedans. Heureusement, il gardait un moral à toute épreuve et l'énergie de l'adolescent qu'il continuait d'être. Toujours employé aux Pêcheries Associées du Bassin, il s'investissait dès les premiers beaux jours à balader sur la petite mer des Bordelais et des Parisiens, pourvu qu'ils fussent fortunés. Et il ne fournissait plus, obligé de sous traiter à un ami de La Vigne.

Juste avant l'hiver 1927 il assista, en compagnie de ses collègues des pêcheries, à l'arrivée d'un nouveau morutier à moteur, le Victoria. Un géant des mers, construit dans un chantier danois. Marie, elle aussi ébahie par le monstre, glissa à son chéri :

— Dans un tel bâtiment mon Aurélien aurait survécu aux pires tempêtes du nord de l'Écosse et même aux torpilles des Boches !

Édouard ne répondit rien, subjugué par l'étrave et les proportions du navire. Il bâtissait des coques, lui aussi, des coques miniatures. Il ne jouait pas dans la même catégorie, mais cela lui convenait à merveille.

Honorin et Suzanne désormais installés à Gujan, Monique et Raymond s'employaient à redonner vie à la jeune femme qui, malgré leur ardeur, n'avait qu'une idée en tête : fuir le port pour retrouver le confort de la villa M. et plus encore les courts en gazon d'Arcachon. Elle s'efforçait d'être aimable avec le vieux couple mais elle, d'ordinaire si bavarde, ne trouvait rien à leur dire. Elle restait muette tout autant devant les arpètes de l'oncle Édouard ou de Damien. Un autre monde. Elle n'eut pas à se forcer bien longtemps, un nouvel hiver rude fit des ravages. Maurice, l'époux d'Éliane, les fidèles de la villa, et Monique, la brave des braves, quittèrent leur conjoint en même temps que ce bas monde. Autant Éliane sut réagir, bien soutenue par Constance et Albert, autant Raymond, effondré, s'enfonça dangereusement.

— Pourquoi elle, répétait-il à l'envie ? Les hommes doivent partir avant les femmes. Pourquoi cette injustice ?

D'un coup il en voulut à la terre entière, d'un coup il s'aperçut qu'en dehors du travail du bois il ne savait rien faire. Dur à admettre, même si Marie et Édouard le soutenaient et l'aidaient sans lui faire remarquer. Suzanne, elle aussi en fin de compte, sut s'attendrir devant le chagrin et la détresse du vieil homme dont le visage, en quinze jours, apparut sillonné comme l'estran à Taussat. Puisqu'on était encore en hiver, puisque le tennis ne reprendrait au mieux que début mai, Suzanne rendit visite quotidiennement à Raymond pour lui faire à manger, parfois un peu de lessive et de ménage, pour que sa cabane ne se transforme pas en bauge. Elle portait ses courriers administratifs à l'oncle Édouard et, en retour, en vieillard intentionné et maladroit, il lui parlait d'enfants et lui proposait des verres de vin. Réticente de prime abord, elle finit par accepter pour ne pas le vexer. Raymond aimait se confier. Suzanne ne faisait qu'écouter et, de retour chez elle, elle envoyait à la figure d'Honorin le torrent des phrases qu'elle n'avait pas pu ou pas su exprimer au vieil homme. Après une semaine de douches verbales, Honorin retint que Raymond ne voulait plus recevoir le moindre loyer puisque sa femme lui faisait la cuisine et un peu de ménage, et qu'il trouvait – à l'instar de la tante Marie et de l'oncle Édouard – qu'il serait généreux d'adopter un enfant.

— Honorin, lui avoua-t-elle, je n'ai pas le courage de lui répondre que si telle devait être notre décision nous déménagerions et je ne m'occuperais plus de lui.

Sidéré, Honorin vit des larmes couler des yeux de Suzanne. À cet instant précis, devant sa femme émue, il eut la sensation de l'aimer. Sincèrement.

Francine, du fond de ses Alpes suisses, végétait et se flétrissait. Elle se sentait lasse, terriblement lasse. Au point de se trahir à travers quelques petites phrases écrites dans un courrier pourtant éminemment primesautier et plein d'humour. Honorin s'affola malgré Suzanne qui l'exhortait à se calmer, soulignant que son imagination était la seule cause de son inquiétude et que jamais sa sœur n'arriverait à une conclusion aussi macabre. N'y tenant plus, Honorin fila avec la lettre chez Marie.

Il les trouva, elle et son oncle, soucieux à cause de la succession pour le chantier de Raymond. Monique détenait une part importante de la petite affaire. Honorin balaya leurs soucis du moment en leur lançant :

— Lisez cette lettre de Francine et dites-moi ce que cela vous inspire.

Ils prirent leur temps, l'un après l'autre, se regardèrent et questionnèrent Honorin :

— Qu’est-ce qui t’inquiète ? Je veux dire, poursuivit Marie, qu’est-ce qui t’inquiète plus que d’habitude ? Elle est malade et elle s’ennuie, même si elle tente de le cacher dans ce courrier.

— Moi, pour la première fois, je crains qu’elle envisage un suicide.

À ces mots il fondit en larmes.

— Honorin, intervint Édouard, je pense que tu te fabriques un cauchemar. Marie a raison, ne va pas chercher plus loin, elle s’ennuie, même si l’idée d’un acte aussi grave a bien pu l’effleurer à un moment ou à un autre.

— Il faut que j’aille la retrouver, maintenant !

— Tu sais bien que ce n’est pas possible, mon garçon. Et mets-toi à la place de ta femme. Tu veux encore tout détruire, c’est ça ?

— Marie, je ne te reconnais plus, c’est toi qui me parles ainsi ?

— Bon, Honorin, coupa Édouard, je te fais une proposition. Mais attention, secret absolu entre nous trois. Je dis bien, nous trois. Je vais y aller, moi, en Suisse. Mais comprends-moi, je ne peux pas partir cette année, j’ai trop à faire. Tu constates comme moi que Raymond ne peut plus rien faire sur le chantier. Et par-dessus le marché j’ai ses papiers de succession à régler !

— Mais, oncle Édouard, elle risque de mourir avant !

— Honorin, reprit Marie, n’exagère pas. Ton oncle te propose déjà un sacré coup de main et je ne vois pas de meilleure solution. Et cela te donnera le temps de préparer ce que tu as à lui dire de personnel. Son courrier est ouvert systématiquement et celui que tu reçois passe par le quai des Chartrons. Au moins, par ce biais, tu lui transmettras ce que tu veux, y compris ce fameux code, celui que tu cherches depuis sa première lettre.

Cette idée calma Honorin qui répéta malgré tout sa hantise que son oncle arrive trop tard.

Au même moment, Émile Thillet-Bordes aurait végété sur sa chaise roulante, répandant son irascibilité croissante sur son entourage et sur la pêcherie, s'il n'avait point trouvé une nouvelle passion : son petit-fils Edmond, qui grandissait, ni en sagesse ni en grâce. Le gamin devenait un poison redoutable et déjà redouté. Émile n'avait d'yeux que pour le bambin turbulent, lui pardonnant tout, absolument tout. Il en arriva à s'opposer à son fils et à sa bru au sujet de l'éducation du petit. Un comble, aux yeux d'André :

— Père, vous ne m'avez jamais élevé ainsi, que je sache !

— Et je le regrette bien, croyez-moi ! Pour le bon développement de leur personnalité les petits doivent se sentir libres de tenter toutes les expériences. Cela jusqu'à trois ou quatre ans, selon leur degré de maturité. Ensuite il sera bien temps de serrer la vis, mais au moins évite-t-on de façonner des mollassons !

— Merci pour moi…

— Ce n'est pas ce que j'ai voulu dire, vous le savez bien. J'ai pris des risques mais Dieu m'a préservé d'une chiffe molle. Élevez Edmond comme vous le souhaitez, mais chez moi je fais comme je le sens. Ce petit va devenir un authentique Thillet-Bordes. Votre grand-mère l'aurait adoré.

* * *

Suzanne enrageait. Moins de deux ans après son installation dans la « cabane » de Gujan, les autocars de la Côte d'Argent reliaient la gare d'Arcachon au Moulleau. Honorin aurait gagné presqu'une demi-heure le matin et autant le soir, rendant inutile le déménagement dans ce trou à rat. Elle lui en fit la remarque. Honorin en profita aussi sec pour relancer l'idée de l'adoption. Elle grogna qu'elle n'était pas prête mais il la sentit moins catégorique et moins négative. Peut-être qu'avec le temps… Honorin cogitait. Il finit par grommeler pour lui-même :

— Avec les années elle devient pire que son père, parlant de tout et de rien, parlant à tort et à travers pourvu qu'elle parle.

Ce trait du caractère de sa femme le minait, lui qui rêvait de complicité à défaut d'amour. Avec délice il se rabattait sur Marie et sur Édouard pour une authentique complicité à trois.

* * *

En ce début de printemps 1928 Damien et Honorin s'activaient comme des beaux diables pour préparer les captures de naissain. Damien s'affairait également à développer ses parcs, profitant d'une fin de saison réussie. Paul, son expéditeur, lui avait acheté toute sa production et lui réclamait cinquante pour cent de plus pour les fêtes de 1928. Pas de temps à perdre ! Dans cette optique il tenta d'embaucher Julien au moins jusqu'à l'été. Julien avec sa pinasse mauve, bien évidemment. Le cadet Decosse, comme beaucoup l'appelaient encore sur le Bassin, hésita. Son travail à la pêcherie n'avait rien d'enthousiasmant mais il représentait un emploi stable avec des revenus réguliers. D'autant plus stable qu'on n'enregistrait plus aucune crise syndicale depuis belle lurette. Il refusa l'offre et remercia Damien à sa manière. En dehors des besoins, systématiques le dimanche et occasionnels le samedi après-midi, il laissa la pinasse mauve à Honorin pour ses travaux d'ostréiculteur, moyennant un loyer symbolique mais avec le devoir de l'entretenir, moteur de la pétroleuse compris.

Honorin ne sut comment remercier Julien. Ce prêt valait tant, bien au-delà du simple usage professionnel. Tout fier, il partit dès le premier matin de marée haute à la barre de la pinasse mauve, navigant droit sur l'Aiguillon. Il en repartit le cœur lourd, Marie n'était pas chez elle. Compte tenu de ce que représentait la pinasse Decosse, il avait proposé à Suzanne de l'emmener et de la déposer jetée d'Eyrac. À sa grande surprise elle avait accepté. Plus tard dans la journée il se demanda si Suzanne l'avait accompagné pour la pinasse elle-même, pour être avec lui ou pour retrouver Arcachon plus tôt qu'elle ne l'avait envisagé. Il se persuada qu'elle voulait avant tout rejoindre Arcachon au plus vite. En filant jusqu'au chenal de Mapouchet il riait encore de son côté masochiste. Une fois au niveau des parcs il aperçut Damien, déjà à pied d'œuvre.

— Bon, Honorin, pas question de traîner. On a dix lots de tuiles en cages à placer au Courbey. À peine rentrés il nous faudra passer au « coaltar[24] » vingt nouvelles cages pour d'autres tuiles au Courbey. Sais pas à quelle heure tu te coucheras, tant pis pour ta belle !

— Tant pis. Et toi, tu n'y penses jamais à ta belle ?

— Ah, ah, ah, vilain curieux ! Ma belle, aujourd'hui, c'est la portugaise, Honorin ! Arrête tes questions et sors de ta pinasse pour me planter ces pignots ! Bien profond, hein, que les cages restent arrimées par grosse tempête et grande marée. Il en va de notre avenir.

* * *

Depuis une heure un ciel incroyablement noir recouvrait la petite mer. Alors qu'Honorin remontait plein nord par le chenal de

24 – Goudronner le bois des cages pour une meilleure résistance à l'eau.

Mapouchet, une pluie diluvienne s'abattit sur la pinasse mauve. Entre la pénombre et le rideau de pluie Honorin n'y voyait plus rien. Bon barreur, certes, il ne connaissait pas tous les recoins du Bassin comme Julien. Et cette satanée marée qui descendait, vite, trop vite ! Il se rendit compte qu'il tournait en rond et commença à s'affoler : la pinasse risquait de s'enliser sur le crassat. Ridicule. Pas lui, pas lui à la barre ! Où aller ? Rien pour l'orienter. Au bout de vingt minutes, complètement perdu, il coupa le moteur et la pinasse ne tarda pas à se caler, inclinée sur un côté. Quoi faire ? Sortir, il allait s'enfoncer. Appeler ? Qui traînerait au nord-est du Bassin, début décembre, sous un grain pareil ? Par intermittence il devinait quelques lumières : Andernos ? Trempé jusqu'aux os, il commençait à geler. L'eau s'accumulait à ses pieds. Encore heureux qu'il portait ses bottes d'ostréiculteur.

— Seigneur, pitié, préservez au moins la pinasse Decosse !

— On va essayer mais je ne suis pas Dieu le père !

Stupéfait, Honorin devina une lumière, tout près de lui, qui s'agitait fébrilement.

— Y a quelqu'un, se risqua Honorin ?

— Évidemment, si je vous parle ! Vous êtes qui ?

— L'adjoint de Damien Argain, de Gujan. Je me suis égaré sous ces trombes d'eau. Et vous, vous êtes enlisé, vous aussi ?

— Ah, ah, ah, je suis à pied et je t'ai entendu, mon garçon !

— À pied, ici ?

— Oui, oui, à pied. Ici c'est mon territoire et je le connais mieux que ma poche. Cela fait vingt ans qu'entre les herbes rases et les roseaux j'accumule les pierres et les vieilles traverses de chemin de fer. Attention, je suis le seul à connaître et emprunter ce chemin. Allez, viens boire un coup !

Honorin prit la lampe à pétrole sur le nez ainsi qu'un effluve d'alcool.

— Viens mon gars, t'as froid ! Suis mes pas sans dévier d'un mètre.

— Mais où sommes-nous ? Dans le chenal d'Andernos ?

— Ah, ah, ah, marin d'eau douce ! Plus loin, là-haut, c'est le chenal d'Arès. Marche un peu et tu seras chez moi, à Claouey.

— Quoi ?

— Dis-moi que je mens, gamin ?

— J'ai dérivé tant que ça ?

— Faut croire.

Honorin ne quittait pas des yeux la lampe à pétrole qui dodelinait au rythme du pas lourd mais assuré de ce sauveur à la voix de vieillard.

— Je m'appelle Honorin, et vous ?

— Appelle-moi Riton. Je connais Damien, je connais Julien Decosse aussi. Qui ne le connaît pas sur la petite mer ? Lui, il n'a jamais enlisé la pinasse mauve, que je sache ? Bon, te vexe pas, je dirai rien.

Honorin, haussa les épaules, trouvant cocasse d'être sauvé grâce à de vieilles traverses de la Compagnie d'Orléans et du Midi. Riton le fit entrer dans une cabane double dans laquelle brûlait un grand feu.

— Déshabille-toi, faut sécher tout ça. Tu as six heures avant la marée. Tiens, bois ça !

Honorin s'exécuta et se mit à tousser et à pleurer.

— Qu'est-ce que c'est ?

— De la grappa. Italien. Cadeau d'un administré de Lège pour ma retraite. J'aime, alors depuis il me fournit. J'étais facteur, moi, ici. Tu penses que je connais tous les vieux du Bassin et même des moins vieux comme le petit Julien.

Honorin regarda autour de lui. Riton l'observait, de l'autre côté de la lourde table en bois qui avait dû servir de table à désatroquer. À la lueur du feu qui crépitait, Honorin vit un gaillard trapu, au cheveu ras mais au collier abondant, mi-gris, mi-décoloré. Et des yeux, des yeux perçants, d'un bleu d'acier. Tout un côté de la cabane paraissait entretenu, soigné et arrangé en maisonnette confortable. L'autre côté tenait du capharnaüm habituel qui régnait autour des cabanes d'ostréiculteurs. Sens-dessus-dessous. Riton suivit le regard d'Honorin :

— J'envisage une cloison pour séparer le logement de… de l'atelier. Mais quand ? Je n'en sais fichtre rien ! Tu vois, je me débrouille en ramassant des coquillages que j'échange contre tout et n'importe quoi. Un deuxième verre ?

— N… non. Euh, oui, peut-être, j'ai encore froid.

Riton lui versa l'équivalent d'une tasse à thé de son brûle-gueule italien. Honorin se sentit rapidement prêt à retrouver ses panetières d'huîtres entassées sur la pinasse mauve mais la marée ne l'entendait pas ainsi. Et il lui faudrait écoper… De son foutoir, Riton extirpa un numéro récent de « La Petite Gironde »[25] et, l'œil brillant, pointa un article en page deux :

— C'est la feuille de mardi, mardi il y a deux semaines. Tu as vu ? T'en dis quoi ?

Honorin se mit à lire à haute voix :

— Les Pêcheries Associées du Bassin envisagent d'absorber une autre concurrente de La Teste. André Thillet-Bordes ne dément pas.

Stupéfait, Honorin fixait Riton qui souriait :

— T'es bien mêlé à cette famille, non ?

— Comment le savez-vous ?

— Sur le Bassin tout se sait, jeune homme. Et qui refuserait de causer avec l'ancien facteur de Lège ? Il a de l'appétit cet André Thillet-Bordes.

---

25 – Le journal bordelais du sud-ouest.

— Sans doute, je ne suis pas ses affaires de près. Je sais seulement que la pêcherie et la conserverie se développent bien.

— Pourquoi ne travailles-tu point avec lui ? Oh, t'es pas obligé de me répondre, mais ce que tu fais, c'est autrement pénible et ça rapporte moins.

Honorin hésita puis répondit :

— Disons que je suis en bisbille avec les Thillet-Bordes, sauf avec Marie Decosse.

— Ah, mais pardi, c'est peut-être pour ça que t'es en bisbille ? Enfin, pour ce que j'en dis… Marie, je l'aime bien comme j'aime bien Julien et comme j'aimais bien Aurélien. Un sacré marin, celui-là ! Et puis t'as raison, l'ostréiculture c'est le futur, à condition d'oublier la gravette, tu sais ça, hein ?

— Oui, oui. On en fait encore, mais de moins en moins.

— Bon, c'est pas tout mon garçon, la marée remonte et tu dois rejoindre ta pinasse avant qu'elle ne parte toute seule. Habille-toi, c'est sec et c'est chaud. Le jour se pointe et il pleut toujours, mais léger. Attention à la brume, maintenant. Tu sais comment repartir ?

— Une fois dans la pinasse, oui, je crois.

— Je t'accompagne jusqu'à elle, pas d'inquiétude. Mais faudrait pas que la marée me surprenne, je déteste nager ! Filons !

L'un derrière l'autre ils s'appliquèrent à bien respecter le chemin fabriqué par le vieux facteur. L'eau recouvrait progressivement les pierres et les traverses.

— Je file, sinon je vais devoir nager. Pas question ! Reviens me voir si tu veux bavarder avec un vieil ours de plus en plus solitaire. Presque tous mes copains sont dans leur dernier tiroir !

— Merci, je pense que je reviendrai.

Honorin s'employa à écoper un minimum tandis que la pinasse se dégageait de son carcan de vase. Il se dirigea vers

Gujan en songeant que Damien devait être en colère. De loin il aperçut son comité d'accueil rassemblé sur le ponton : Damien, Raymond, Marie, Édouard et même Suzanne rigolaient de bon cœur en le voyant arriver tout penaud sur la pinasse mauve :

— Te voilà baptisé, lui lança Damien, te voilà estampillé petite mer, sacré marin de lac ! Où t'es-tu enlisé ?

Pas fier, Honorin répondit :

— Avec ces trombes d'eau je n'y voyais plus rien. Je me suis enlisé beaucoup plus au nord que je croyais. Non loin de Claouey.

— Bravo Surcouf ! Ah, tu fais un beau pirate, s'amusa Raymond. Ah, ça, tu pues l'alcool, tu pues la grappa ! T'as donc fait la causette avec le facteur ?

— Ben… oui.

— Et même qu'il t'a réchauffé avec son poison italien.

— C'est vrai.

— Pardi, brave Riton, Saint-Riton de Claouey ! Cela fait le cinquième marin puceau qu'il nous sauve en huit ans. C'est qu'il doit en avoir des flacons de grappa !

— Oh, c'est pourtant vrai que tu sens l'alcool, gémit Suzanne !

Ils riaient tous de bon cœur, Marie la première qui l'observait d'un air attendri. Damien redevint sérieux :

— Désolé pour ta nuit, mon vieux, mais tu repars de suite. Paul a ses exigences, tu le sais. Alors tu poses ton chargement et tu repars à Courbey. Tu as de la chance, regarde, Marie et ta femme t'ont préparé un sacré petit-déjeuner. Prends-le, je t'accorde un quart d'heure, pas une minute de plus.

* * *

Albert Thillet-Bordes développait son négoce de façon inespérée. En particulier avec l'Allemagne. Beaucoup d'Allemands, rentrés chez eux après la défaite, gardaient en mémoire sur leurs papilles le goût incomparable des grands vins français, de ces Bordeaux exceptionnels. Tous ceux qui s'enrichissaient avec la reconstruction, après les années noires de l'hyperinflation, commandaient avec délectation les meilleurs crus de la sélection ATB. Albert, lui, conservait une profonde rancœur à l'égard d'Honorin qui avait refusé sa proposition et obligeait sa fille à vivre en véritable épouse d'ostréiculteur. Alors, pour ses affaires, il avait fait appel à Constance qui, compte tenu de la situation dramatique de ses filles, n'avait plus d'enfants à élever. En définitive ce poste s'avéra pour elle une excellente occupation et pour lui un nouvel atout car elle savait toujours séduire.

* * *

Désiré et Jules, emportés eux aussi par la grande vague de la reconstruction, trouvaient que les cousins d'Argentine – surtout depuis le mariage – n'approvisionnaient plus régulièrement, ou toujours plus cher, la teinturerie Vercoutre. Le commerce avec les Australiens apparaissait plus sûr et moins onéreux. Jules n'appréciait guère cette situation, partagé entre la bonne marche de la manufacture et son souci de respecter sa belle famille. Un problème supplémentaire, ajouté au côté volage de sa femme – doux euphémisme – et au fait qu'ils n'arrivaient pas à avoir de descendance. Mathilde désespérait de devenir grand-mère un jour. Aucune chance du côté de Léonie, aucune non plus du côté d'Honorin – et sans doute valait-il mieux ainsi – et aucune, apparemment, du côté du jeune ménage Amalia et Jules. Une malédiction ! Quant à Désiré, il se voyait vieillir chaque jour un peu plus vite. Jules prenait les rênes mais aucun petit Vercoutre n'apparaissait à l'horizon pour un jour aider son fils. Désespérant, mais peut-être moins que le coup de tonnerre du « *black Friday* » 1929 qui leur tomberait sur la tête un peu plus tard.

16

La Leyre continuait à se jeter paisiblement dans le Bassin. Pourtant, la crise économique démarrée à Wall Street à la fin de 1929 s'annonçait terrifiante avec son cortège de chômeurs, de faillites et de drames. Arcachon vivait dans l'insouciance alors que l'Aiguillon, La Teste et Gujan s'attendaient au pire. Les premières pêcheries furent touchées dès 1931. André se démena comme un beau diable pour accélérer les fusions. Il envisagea même une installation à Bordeaux pour se rapprocher de La Rochelle, là où il visait des acquisitions. Arcachon pâtissait cruellement d'installations portuaires insuffisantes. Pas de quais, pas de chemin de fer jusqu'au port et de simples bateaux en fin de vie pour stocker le charbon. Grâce à une idée d'Émile Thillet-Bordes, les Pêcheries Associées du Bassin furent en partie sauvées par la production de farine de poisson à même les chalutiers. Les concurrents appliquèrent le procédé à leur tour, ce qui participa à sauvegarder l'activité sur le Bassin. Heureusement, car les sardines disparurent de la petite mer dès 1931, réduisant d'autant les revenus complémentaires – mais indispensables – de beaucoup de familles. La crise atteignit sournoisement le pauvre Julien, licencié par André Thillet-Bordes avec une trentaine d'employés des Pêcheries Associées du Bassin. Patron sans états d'âme, il n'eut que faire de l'intervention et de la colère de Marie. Plus Prussien que jamais, il répliqua à sa tante :

— Une décision difficile, ma tante, vous l'imaginez bien, mais une décision logique. Je vous explique : si je ne licencie pas aujourd'hui un petit nombre, ces trente qui provoquent votre colère, les pêcheries survivront huit mois, dix peut-être. Ensuite, croyez-moi, je serai contraint de mettre la clé sous la porte, provoquant le licenciement *de facto* non plus de trente mais de deux cents personnes. Sans compter tous ces marins qui travaillent pour nous occasionnellement. Comprenez que je n'ai pas voulu cette situation. Votre beau-frère n'est nullement abandonné, je le sais, et je m'interdis le moindre traitement de faveur qui me serait aussitôt reproché. C'eut été vous, j'aurais agi pareillement.

Catastrophée, Marie sut retenir ses larmes et sa rage devant Julien. Elle lui conseilla d'aller frapper à la porte de Damien Argain puisque celui-ci l'avait sollicité trois ans plus tôt. Damien, embarrassé, dut avouer à Julien qu'il n'avait plus rien à lui proposer. Il s'embarqua dans des explications confuses, regrettant d'avoir développé tant de nouveaux parcs alors que Paul, son expéditeur, ne lui garantissait même plus l'enlèvement de la moitié de sa production. Les temps changeaient et Damien n'envisageait pas licencier un de ses trois employés pour embaucher Julien. Abattu, ce dernier voyait son contingent de riches touristes du dimanche se réduire aussi vite qu'une bonne soupe de poisson offerte en jetée d'Eyrac !

— Moi beaucoup temps libre, conclut-il avec un rire grinçant, moi pêcher, mais personne acheter.

Même l'assiduité au spectacle du retour de pêche, à la jetée d'Eyrac, diminuait depuis que la crise se faisait sentir en France. Arcachon en subissait des effets pervers. Ni Julien, ni Marie, ni Édouard et encore moins ce pauvre Raymond ne pouvaient imaginer que les recettes des casinos diminuaient, elles aussi. Un signal pourtant révélateur. André, lui, plongeait carrément dans les affres de la récession. Une angoisse supplémentaire après celle concernant la santé et le caractère de son père. Émile vivait la crise de tout son corps : André se séparait de trente personnes, Émile perdait l'usage de son second bras. Les bénéfices faisaient places aux premiers déficits de l'histoire de la société, Émile devenait incontinent. Le pire fut qu'il s'en rendit compte...

Seuls Albert et VFTB – Vins Fins Thillet-Bordes, sa société de négoce – tiraient leur épingle du jeu. Essentiellement grâce aux commandes de l'étranger, même si le marché allemand, de loin le marché numéro un, donnait des signes d'essoufflement. Là-bas aussi presque toutes les couches sociales étaient touchées, peu de temps après cette exécrable période d'hyperinflation. Mais la maison de négoce tenait bon et les bénéfices continuaient de croître. A ce rythme Albert pourrait prendre la majorité dans la pêcherie de son frère. Une idée qu'il balaya d'un revers de manche.

Suzanne et Honorin évoquaient souvent tous les deux la situation florissante de VFTB. Suzanne, parce qu'elle regrettait que son mari n'ait pas, en son temps, accepté le poste que son père lui proposait, Honorin, parce qu'il songeait à un stratagème pour aider Julien. Un matin, il s'enferma avec Damien dans la petite cabane de triage.

— On peut aider Julien, plaida-t-il : je te quitte pour travailler chez mon beau-père et tu embauches Julien à ma place. Après tout il t'aide déjà indirectement avec la pinasse mauve. Et avec lui à la barre tu ne craindras plus toutes mes bêtises...

— Honorin, je vais te décevoir. J'apprécie ta proposition et reconnais bien là ton grand cœur. Mais il n'en est pas question !

— ???

— Ouvre les yeux, bon sang de bois ! Malgré cette satanée crise le travail ne manque pas dans ce métier. Julien est trop handicapé pour prendre ta place. Peux-tu l'imaginer avec les patins à vase, de l'eau jusqu'à la ceinture ? Je te rappelle qu'il a aux pieds les séquelles de sa polio. Et, franchement, je n'envisage pas une seconde alourdir ma propre tâche. Lui à ta place, je passe de onze à quatorze heures de boulot par jour.

— Et si je décide de démissionner ?

— Ne te fais pas plus stupide que tu ne l'es. Démissionne et je cherche un gaillard capable de te remplacer, dans tous les domaines. Je n'ai que faire d'un « cap'tain de pinasse » si bon soit-il ! Alors sors cette idée de ton crâne, si généreuse soit-elle, et reprends ton travail. À moins que tu ne souhaites réellement travailler pour ton beau-père ?

— Non, mais Julien…

— Julien survivra, Julien mangera à sa faim, je te le garantis. Malgré cette période difficile je vais augmenter le loyer de la pinasse mauve. Un peu, mais ce sera déjà ça. Et, avec ceux de mes collègues qui s'en sortent, on lui réservera quelques petits boulots, je m'y engage. Bon, ça te va ?

— D'accord. Et merci pour lui. Je me sens tellement redevable…

— N'y pense plus. Julien n'y pense pas lui-même.

* * *

Honorin reporta ses pensées sur Francine. Oncle Édouard travaillait d'arrache pied et ne parlait plus de partir en Suisse. Lorsque le neveu entra dans l'atelier de son oncle il ne trouva que les deux compagnons en herbe.

— Le patron est en forêt pour récupérer le meilleur bois à travailler, dit l'un des deux hommes. Reviens demain.

Honorin savait que son oncle appréciait de pouvoir disposer, non loin de son atelier, du bois nécessaire pour la construction des pinasses. Il choisissait lui-même ses pins, les plus sains et les plus droits. Raymond lui avait présenté Lucien, un sylviculteur basé à deux trois lieues au sud de Biganos. Lucien, un bougre de taiseux, accepta Édouard d'emblée après avoir observé ses mains. Depuis cette première rencontre Raymond n'accompagnait plus Édouard. Ces chemins de forêt le fatiguaient et ravivaient ses rhumatismes. Après inspection, Lucien marquait les arbres sélectionnés et livrait Édouard dans les dix jours. Ils topaient le prix du bois brut en pleine forêt et Lucien chiffrait son complément à la livraison. Homme bourru, il ne sut pourtant cacher ses larmes lorsqu'il apprit, en livraison à Gujan, le décès de Monique. Avec ses mots à lui, il tenta de réconforter Raymond :

— Ta femme respirait la bonté, mais c'est de ta faute, pardi, si elle était si bonne !

Le lendemain, Honorin ne put se libérer. Avec Damien ils guettaient la marée pour embarquer une centaine de panetières d'huîtres. Celles-là allaient grandir dans d'excellentes conditions, sauf tempête. Le neveu ne retrouva son oncle que le dimanche suivant. Il le trouva tout émoustillé : il mettait une pinasse neuve à l'eau. Lucien assistait à l'évènement auprès de son ami compagnon. Pour partager, partager une fierté. Sans Lucien, pas de bois de qualité ; sans le savoir-faire d'Édouard, pas de pinasse. Tout juste si les deux hommes ne se tenaient pas par la main lorsque la pinasse pénétra, sagement, dans la petite mer. Honorin apprécia cet instant, regrettant seulement l'absence de Damien qui aimait tant le bel ouvrage. Il attendit la fin de la cérémonie et la livraison au propriétaire, ravi malgré le froid ambiant. Marie, cette fois encore, avait tenu le rôle de marraine.

Pour éviter la présence de Suzanne, Honorin accompagna Marie et son oncle jusqu'à l'Aiguillon. La maisonnette lui parut triste sous la grisaille, orpheline de Gérard et de Claire :

— L'arrivée d'oncle Édouard fut décidément une bénédiction pour Marie, songea-t-il tout en sortant un papier de sa poche.

Il ne perdit pas une seconde :

— Mon oncle, tu as déjà reporté deux fois ton voyage en Suisse. Je ne peux pas te forcer à y aller, mais je n'en peux plus d'attendre. Je veux savoir à propos du bébé et à propos de son état de santé à elle. Je ne sais même pas si elle est réellement atteinte de cette tuberculose. En réalité je n'en crois rien. Et savoir pourquoi ne s'enfuit-elle pas ? Chacune de ses lettres, délicieuse en apparence, me mine un peu plus. Je t'apporte, s'il en est encore temps, une idée de code entre elle et moi. Qu'enfin je puisse connaître la vérité ! Oncle Édouard, je t'en supplie, pars sans tarder !

Il posa deux feuillets sur les grandes pognes d'Édouard et ajouta :

— Lis ce code, s'il te plaît, et dis-moi si c'est suffisamment clair pour elle ?

Édouard ne répondit rien et parcourut la page :

« ...le premier paragraphe de la lettre n'entre pas dans notre codification. À partir du deuxième, retiens seulement la première lettre du premier mot, la deuxième du deuxième, la troisième du troisième et la quatrième du quatrième mot. Puis tu redescends trois deux un et remontes jusqu'à quatre et ainsi de suite. Les mots d'une seule lettre ne comptent pas, ceux avec un trait d'union ne font qu'un seul mot. Je te donne maintenant un exemple. Ce paragraphe est donc le deuxième, au moins, de ma lettre :

« Je le note. Étrange Suisse, imprévisible et efficace... »
« JETAIMEF »
« Je t’aime F. »

Édouard sourit, baissa la tête et sembla réfléchir. On entendait les vaguelettes de la marée montante. Enfin, il murmura :

— D’accord, Honorin. Tu as vu la pinasse se lancer dans le Bassin. Celle-là, je tenais à la livrer aujourd’hui. Mais les commandes se raréfient, même si je n’ai pas le droit de me plaindre. Je partirai avant les fêtes de fin d’année, en espérant que l’activité reprenne en 1932.

— Merci, oncle Édouard.

* * *

Marie constatait que l’activité ne reprendrait pas. Pas de sitôt. Les pêcheries – quelques pêcheries – survivaient mais déclinaient dangereusement. Pour preuve, ces terribles licenciements qui reprenaient et qui augmentaient, avec, comme toujours, les femmes en premières victimes. Celles qui perdaient leur emploi aux pêcheries s’empressaient de quémander un petit boulot aux ostréiculteurs : désatroquer, ou chauler les tuiles, ou même passer les cages au coaltar, selon les époques. Marie avait connu cela, bien avant le succès de l’huître. Elle se sentit concernée par la détresse de femmes qui devaient d’autant plus travailler pour faire vivre la famille que la pêche, le métier de leurs hommes, ne rapportait plus comme avant. Même les sardines, ces délicieuses sardines confites à l’huile d’arachide, même elles, disparurent peu de temps avant les premiers effets de la crise en France. Comme si une malédiction n’arrivait jamais seule.

Arcachon était plus touché que beaucoup d'autres ports. Ses installations se faisaient archaïques. Des tas de projets de port nouveau voyaient le jour mais aucun n'aboutissait.

— Une fermeture c'est comme un naufrage, répétait-elle sans arrêt. Alors la solidarité doit être la même. Nous devons aider ces femmes pour qu'elles puissent dignement nourrir leurs gamins et parfois leurs hommes. Je vais m'y employer.

Avec toute son énergie, Marie tenta de lancer une association d'entraide aux femmes licenciées et demanda le soutien de la municipalité de La Teste. Comme souvent en de telles circonstances, elle se retrouva seule. Des encouragements polis cachaient à peine la crainte de propulser une syndicaliste au-devant de la scène. Malgré tout, soutenue par Édouard et par Damien, elle réussit à réunir les principaux ostréiculteurs qui acceptèrent de réserver des tâches secondaires, à terre, à ces femmes sans travail et dans le besoin. Damien le premier donna l'exemple, malgré de nouvelles difficultés qui apparurent en 1932. La portugaise commençait à lui donner de sacrées sueurs froides. Heureusement, et contrairement à beaucoup de collègues, Damien n'avait pas abandonné la gravette. Cette dernière retrouva une place, intermittente certes, mais en jonglant avec les deux variétés d'huîtres sa production se maintenait bon an mal an. En réalité, il craignait par-dessus tout l'expédition, la mévente. Et d'une certaine manière les producteurs imprévoyants qui avaient délaissé la gravette, lui rendirent un fier service. Grâce à eux, indirectement, Paul lui prenait tout son stock. L'expéditeur comprit immédiatement que chez Damien il trouverait toujours quantité d'huîtres, d'une sorte, ou de l'autre, ou des deux. La fidélité s'instaura, au bénéfice des deux parties. En conséquence, Marie put « placer » chez lui quelques femmes en détresse qui se sentirent sauvées malgré l'aspect temporaire du travail proposé. Cette « bonne Marie Decosse » recueillait tous les suffrages, ceux des marins et des ouvriers des pêcheries, comme ceux, un peu plus tard, des élus du Bassin dans la mesure où elle étouffait dans l'œuf les misères et surtout les conflits sociaux. Sa notoriété lui permit même, aux pires moments de ces années de galère, d'imposer la solidarité du monde de la pêche à celui des manufactures du Bassin. Et, tout naturellement, lorsque les syndicats seraient reconnus légitimement trois ans plus tard, les pêcheries du Bassin seraient parmi les premières du pays à se doter de leur syndicat. On ferait même appel à Marie pour régler quelques conflits. En attendant, elle reçut une lettre de félicitations cosignée par son frère et par son neveu. Elle préféra en rire…

* * *

Édouard s'en revint de Suisse un soir de mars 1932. Les éléments étaient déchaînés sur le Bassin, accentués par les grandes marées. L'oncle se refusa d'y voir un signe. Damien et Honorin s'acharnaient à consolider un ponton mal en point. Lorsqu'Édouard apparut, Honorin lâcha sa besogne et jaillit sur son oncle tandis que Damien jurait comme un charretier en essayant de tenir le ponton. À trois, la consolidation fut rapide.

— Alors, lança le neveu, tu l'as vue ?

Édouard avait profité de ses longues heures de travail pour préparer ses réponses. Malgré cela, il commença en bégayant :

— Euh… oui, je l'ai vue. Cinq minutes, dix peut-être… euh, pas plus, non.

— Elle est malade ?

— Euh… Je ne sais pas, Honorin. Elle paraît en bonne santé, même si elle a vieilli. Euh, je veux dire, si elle a mûri. Elle fait femme.

— Et l'enfant ?

— L’enfant ? Euh, il s’appelle Honorin, mais il ne vit pas avec elle.

— Quoi ? Où est-il ? Tu le sais ? Mais réponds-moi !

— Je… je ne sais pas. Elle ne sait pas non plus. Elle m’a glissé – on était observés sans arrêt – elle m’a glissé qu’elle avait tenté par deux fois de s’enfuir pour rechercher son enfant. Les deux fois elle fut rattrapée et enfermée au prétexte qu’elle était contagieuse. Discrètement elle a réussi à enfouir ta lettre dans une poche, sans pouvoir m’en confier une en retour : elle ne savait pas que quelqu’un viendrait. Mais j’espère qu’elle t’écrira sans tarder, en utilisant ton code. Voilà. L’endroit est beau, propre, et ressemble à une prison de luxe. J’en ai été carrément foutu à la porte par des sœurs adjudants. Je suis désolé, Honorin.

Honorin pleurait. Édouard baissa la tête, s’en voulant de s’être si mal exprimé devant son neveu. Il se savait plus habile avec les mains qu’avec les mots, mais à ce point, il en avait honte. Il avait seulement su taire ce qu’il ne voulait pas dire : oui, Francine avait tenté de se suicider en se tailladant les poignets avec un carreau cassé. Elle portait encore de vilaines marques. Et Émile en personne était venu pour emporter le petit. Où, elle l’ignorait.

À peine avait-il reçu ces misérables nouvelles en plein cœur, qu’Honorin dut se rendre à Lambersart en catastrophe : son père venait de rendre l’âme, miné par la simple évocation de la grande crise qui voguait allégrement de l’Amérique vers l’Europe, portée par le *Gulf Stream* et qui commençait à frapper le Nord industriel et les Teintureries Vercoutre. Il voyait Jules prendre la présidence au pire des moments, Jules et sa façon un tantinet désinvolte de traiter les affaires. Serait-il l’homme de la situation ? Désiré en doutait. Il en vint presque à regretter que son fils n’ait point le caractère d’André Thillet-Bordes. Un jeune homme qui dirigeait depuis trois ans les Pêcheries Associées du Bassin d'une main de fer, à la prussienne. Et lorsque Jules dut annoncer à son père la perte d'un gros client lyonnais, le vieil homme ne le supporta pas. Il répétait comme un leitmotiv que c'était le début de la fin. Et ce fut la fin pour lui : le lendemain matin il ne se réveilla pas malgré les hurlements de Mathilde et de Marguerite.

André Thillet-Bordes, trop pris par ses affaires, renonça à se rendre aux obsèques. Constance se proposa pour représenter la famille mais Albert fut catégorique :

— Je m'y oppose ma chère. Vos bronches fragiles ne résisteraient pas aux brumes et aux frimas de l'hiver du Nord qui se prolonge jusqu'en mai. Ces enterrements par grand froid en emportent toujours plus d'un !

Honorin prit donc seul le train pour suivre des obsèques glaciales dans un environnement austère déjà marqué par les effets de la crise. Jules soutenait sa mère. Amalia fut remarquée par son absence et Léonie, en bonne sœur revêche, n'adressa la parole à personne. Certes, l'église de Lambersart était remplie de notables, d'industriels et d'ouvriers des Teintureries Vercoutre venus rendre un dernier hommage à un grand capitaine d'industrie. Mais sitôt la messe terminée, sitôt l'orgue refermé, la foule, frigorifiée, s'évanouit. Ce fut à cinq, Mathilde, Marguerite, Léonie, Jules et Honorin, qu'ils pénétrèrent, glacés, dans le petit cimetière, en suivant le corbillard monté sur une vétuste carriole à cheval d'un autre âge.

— Quelle vilaine fin, songea Honorin. Mon père ne fut pas un homme facile, pas un papa aimable, mais j'imaginais plus chaleureux hommage que cet océan de glace et de solitude. Une mise en terre n'est jamais enthousiasmante, mais ce dernier acte dépasse le comble du morbide.

Honorin en eut honte. Jamais il n'oublierait, jamais. Il songea même en cet instant à rédiger quelques lignes testamentaires pour imposer qu'à sa propre mort les présents chantent un hymne à la joie. À la joie de vivre ! Dans le train qui le ramenait sur les bords de la petite mer il ne pensait déjà plus qu'à Francine.

Il trouva chez lui une lettre de Suisse que Suzanne n'avait pas osé décacheter :

« Chers dadas,

Voilà que le soleil apparaît derrière les montagnes. Une cime neigeuse m'envoie un reflet qui pénètre dans ma chambre. Un rayon délicieux alors que ma fenêtre donne au nord-ouest. Ici la nature est stupéfiante, j'en oublie presque la petite mer.

Je reconnais aimer vivement les belles neiges d'espoir, témoignages reposants, merveilles éternelles et, bon, sérieusement, j'oublie l'excès d'apport à malades, réellement étonnant ici, à... »

Suzanne parcourut la lettre rapidement et fixa son mari, interloquée :

— Elle écrit bizarrement. Elle doit être bien fatiguée, ne crois-tu pas ?

— Je ne sais pas, répondit Honorin en regardant le plafond. Laisse-moi la relire.

Il s'isola dans leur chambre et souligna les lettres désignées selon son code. Cela commençait ainsi :

« JEMESENSMORTEBEBEPARTI »

« Je me sens morte, bébé parti... »

17

Au beau milieu de la crise voilà qu'une méchante tempête réveillait les frayeurs. Heureusement, grâce à l'installation de la TSF dans les chalutiers le Bassin et ses pêcheries évitaient le pire. Les bateaux les plus proches s'étaient abrités à temps, les plus éloignés devaient patienter au-delà de la zone à risques. Les vies étaient préservées, même si le quotidien des marins – ceux qui pêchaient encore – n'avait rien d'enviable. Cette vilaine tempête réussit à endommager sérieusement la pinasse mauve. Marie, et même Julien, envisagèrent de s'en séparer. Cette idée provoqua un tollé. Inacceptable pour Honorin comme pour Gérard, tout juste rentré de manœuvres nationales éreintantes en Lorraine. Édouard et Damien s'y opposèrent également. L'ostréiculteur fit la grimace mais accepta de régler les réparations.

— Les restaurations, s'indigna Honorin, cela n'a rien à voir ! La pinasse mauve est un « monument » du Bassin, elle mérite restauration et non réparation.

Damien ne pouvait pas faire l'économie d'un deuxième bateau, même en pleine crise. Quant à Édouard, il savait ce que représentait la pinasse mauve dans le cœur de son neveu et celui de sa femme. Il décida d'effectuer lui-même la restauration ainsi que la remise à flot. Il se contenterait de percevoir quelques sous symboliques et surtout quelques bonnes bouteilles de la réserve personnelle d'Albert. Marie en pleurait presque. La pinasse mauve continuerait ses allées et venues sur la petite mer, aux mains d'Honorin le plus souvent. L'état de santé de Julien se dégradait à vue d'œil, bientôt il ne sortirait plus que l'été.

D'accord avec sa belle-sœur, il transmettait la pinasse Decosse en héritage à Gérard.

Édouard s'était fixé que la pinasse mauve devait être opérationnelle pour le mariage de Claire avec Richard Vanneau. Ce mariage engendra un petit miracle : pour une fois, peut-être la première depuis la rencontre de Marie avec Aurélien, la famille Thillet-Bordes se retrouva au grand complet. Le mariage religieux fut célébré à Saint-Ferdinand, la paroisse de Claire, mais le dîner et la fête se déroulèrent à la villa M. Et ce fut dans la pinasse mauve, une pinasse mauve pimpante et toilettée de tulle et de fleurs blanches et roses – mauves, disaient certains – que Claire, Richard et Julien à la barre, rejoignirent la jetée de la Chapelle après avoir embarqué à l'Aiguillon. Pendant une demi-heure on entendit un concert mémorable de cornes de brume et de sirènes de toute la flotte du Bassin.

Éliane, pliée en deux, était dans tous ses états. Mais comment ne pas se mettre en quatre quand, pour une fois, tous les Thillet-Bordes se trouvaient réunis à la villa M. : Monsieur Émile, Monsieur Albert et Madame Constance, André et sa femme Suzy, et bien sûr Marie et ses enfants, Suzanne et Honorin, et même ce monsieur Édouard qu'elle aimait tant, participaient à la fête. Toute heureuse de se démener pour l'événement, cette pauvre Éliane ne pouvait se douter que Monsieur Émile, invalide mais toujours aussi vaillant, devenait irascible et de plus en plus agressif. Au milieu du repas, alors que Marie et Édouard suivaient Claire et Richard de table en table, Émile soudain virulent, se mit à insulter sa sœur, et Édouard par la même occasion. Elle vivait dans l'indignité avec un homme chez elle qui n'était pas son mari :

— Le concubinage, il ne vous manquait plus que ça ! Les parents, Auguste et Henriette, comme Léon et Louise, doivent se retourner dans leur tombe et danser un charleston macabre !

À peine plus tard il recommença un esclandre contre Francine et Honorin :

— Je suis fier de notre décision, à Désiré et à moi, en dépit des accès de faiblesse des femmes. André et Jules, eux, se sont comportés admirablement, comme cette brave Léonie, qui garde le sens de l'honneur et de la famille.

Honorin ne se démonta pas et s'en prit vigoureusement à Émile :

— Pourquoi tenez-vous à me cacher mon enfant ? Vous avez déjà détruit tant de vies, allez-vous encore continuer longtemps ?

— Oubliez cet enfant, oubliez-le, il n'existe pas ! Ne le cherchez pas, vous ne le trouverez pas !

— Vous êtes pire que « Les Thénardier » à vous tout seul !

— Pensez ce que vous voulez de moi, je n'ai fait que mon devoir de chef de famille pour gommer vos bêtises, ne l'oubliez jamais ! Et regardez comme je suis payé de retour.

Émile montrait ses jambes.

— Pour moi c'est le prix minimum, vous méritiez bien pire !

Leurs deux visages devenaient cramoisis. André intervint et décida qu'avec Suzy ils devaient prendre congé en emmenant Émile qui gâchait la soirée et qui risquait une nouvelle atteinte. Avec ce départ espéré par une majorité des convives, la villa retrouva sa sérénité d'antan. Pour se calmer, Honorin s'échappa de la fête et parcourut seul le chemin de la villa au Casino de la Forêt, du Casino de la Plage à la jetée de la chapelle et rentra par les plus belles rues de la ville d'hiver. Il rêva de Francine en voyant sous les pins le matelas de grépin complice, encore capable, sans doute, de conter ces premiers ébats insensés entre deux jeunes gens qui tremblaient tout en étant chauds comme des bouillotes. Au loin, une pinasse filait vers le grand banc et les passes. Ce n'était pas Damien, il participait à la fête. Tout comme Raymond qui abusait – selon Suzanne – des bons vins proposés par Albert. Ce dernier s'ennuyait. Il suivait d'un œil éteint les pas de Constance qui jouait les maîtresses de maison et qui s'attendrissait devant les visages radieux de Claire et de Richard. Sans doute transposait-elle ce dont elle avait rêvé pour ses propres filles. Elle admirait ce jeune couple superbe, élégant et simple. Elle glanait un peu de leur bonheur, elle captait quelques-unes des étoiles qui scintillaient dans leurs regards. Et, depuis la véranda qui prolongeait le petit salon d'hiver, elle attendait avec certitude ce coucher de soleil somptueux que le Bassin allait lui offrir. Un zeste des bonheurs de l'avant-guerre lui revenait à l'esprit, lui mouillait les cils et les lèvres. Les mains crispées sur le fauteuil à bascule elle s'efforçait de retenir le temps alors que l'orange et le rose du ciel se mêlaient à l'horizon, au ras du Cap Ferret. Le petit paradis était de retour.

* * *

Alors qu'André et ses concurrents tentaient sans passion de s'associer pour acheter un dock flottant, Honorin s'effondrait d'un coup. Convoqué quai des Chartrons avec sa femme, ils trouvaient Émile – qui parlait avec d'énormes difficultés – qui leur asséna :

— La phtisie a fini par l'avoir, la pauvre enfant…

Honorin ne comprit jamais comment il n'avait pas sauté à la gorge de ce vieillard qu'il vomissait depuis cette ignoble parodie de conseil de famille. Fou de rage, il questionna sans ménagement le grabataire en face de lui qui semblait ne faire qu'un seul corps avec la ferraille de son fauteuil. Suzanne essayait désespérément de retenir son mari lorsqu'Émile partit en syncope. Alertés par les hurlements de sa cousine, André, assisté d'un domestique, éloigna de force Honorin qui s'époumonait :

— Il joue la comédie, il joue la comédie cette ordure.

À peine calmé, Honorin voulut trouver Constance pour l'interroger à son tour. Suzanne, en larmes, l'enjoignait de ne pas chercher à en savoir davantage.

— Et pourquoi donc, hurlait-il aux oreilles de sa femme ? Ta sœur est morte, maintenant, alors que vas-tu craindre ? Je ne t'abandonnerai pas pour elle !

Rapatriée, la dépouille de Francine fut enterrée en catimini à Bordeaux, dans une tombe de la famille de Constance. Un caveau bordelais tout de même, mais pas celui, monumental, des Thillet-Bordes. Francine était tolérée parmi les défunts bordelais, mais elle n'était pas blanchie. On lui refusait les honneurs de famille.

Honorin ne tenait plus en place et ne s'occupait même plus de son travail. Il voulait partir dans les Alpes pour en savoir plus. On lui cachait la vérité. Devant la détresse de son neveu, Édouard, poussé par Marie et par Raymond, accepta de se rendre à nouveau en Suisse. Quinze jours plus tard il revenait, mi-satisfait mi-dépité. Il rapportait dans ses bagages une longue, très longue lettre de Francine, mais sur place il n'avait rien appris, ni sur les circonstances de la mort de la jeune femme, ni sur ce qu'il advenait du petit Honorin. Édouard se heurta à un mur, un mur du silence, pendant une semaine.

Fébrile, Honorin s'enferma dans la chambre de Marie et de son oncle pour lire cette dernière lettre de sa bien-aimée. Sa lecture dura une demi-heure. Avec son système de code il lui fallut du temps pour parvenir à une compréhension totale du sens caché. Passée cette demi-heure interminable, Marie et Édouard entendirent une longue plainte. Honorin apparut, le visage perdu dans un océan de larmes, incapable de s'exprimer. Ils patientèrent, respectant la douleur et les silences du jeune homme. On entendait le clapotis de la marée montante sur les coques des embarcations qui, une à une, se redressaient. Honorin, enfoncé dans un fauteuil déglingué, finit par murmurer entre deux spasmes :

— Francine s'est suicidée. Je m'en doutais. La séparation d'avec son petit Honorin lui devenait insupportable. Elle le croit en Allemagne, chez des sœurs. Malgré ses suppliques, malgré ses menaces, elle n'a jamais rien su.

Suivit un nouveau silence pesant. Ni Marie, ni Édouard ne savaient quoi dire. Il n'y avait rien à dire. Honorin reprit :

— Oncle Édouard, m'accompagneras-tu en Suisse et en Allemagne ?

Après un long moment de réflexion, Édouard répondit :

— Honorin, je ne te dis pas non. Mais je ne te dis pas oui tout de suite. À quoi servirait-il de partir dans l'inconnu ? Je me suis heurté à un mur chez les sœurs, en Suisse. Même Francine n'a rien pu apprendre au sujet de son fils. Réfléchissons d'abord. Émile ne dira rien, ma belle-sœur non plus, encore que je doute qu'elle en sache beaucoup. Retourner questionner les sœurs c'est envisageable, mais est-ce que les langues se délieront, j'en doute. Tenter une recherche par la Croix Rouge Internationale, cela me paraît prématuré. Ce que je vais dire est terrible, mais tant pis : tant qu'Émile sera vivant nous n'apprendrons rien ! Quant à chercher en Allemagne directement, comment s'y prendre ? Et, Honorin, j'avoue que les événements politiques, là-bas, m'inquiètent au plus haut point. Le nazisme de cet Hitler nous donne des frissons à tous, et en particulier aux anciens comme moi qui ont connu et subi les Boches…

Pendant des mois Honorin ressembla à un fauve en cage, rustre avec sa femme et fermé comme une huître avec Damien. Seuls Marie et Édouard échappaient à son caractère d'ours.

* * *

Albert le jovial, Albert le beau parleur, prit un sacré coup de vieux avec le décès de sa fille Francine. Oh, certes, l'aventure si déplaisante avec Honorin l'avait affecté, mais moins que Constance, effondrée dès qu'elle avait appris la nouvelle de la grossesse de sa cadette. Lui, avait remarquablement supporté le choc jusqu'à ce décès. Avec sa femme ils en voulurent à Émile qui passait outre leur fureur, bien soutenu par André. Suzy n'intervenait guère, ce n'était pas son rôle, mais elle soutenait son mari mordicus. Honorin remarqua que Constance se rapprochait de lui, allant même jusqu'à le défendre face à l'agressivité d'Émile. Hélas, il constata rapidement qu'elle en savait encore moins que lui. Il se retrouvait seul devant un vieillard aigri, borné et méchant. Du côté de Lambersart, Jules ne s'apitoyait guère sur les malheurs de son frère. Déjà qu'il devait tenir la boutique face à la crise et faire bonne figure en ville avec les frasques d'Amalia... Quant à cette pauvre Mathilde, son information se limitait à l'installation de Francine dans un couvent en Suisse et à la naissance d'un petit garçon. Devant son fils elle compatissait et levait les bras au ciel. Elle s'affolait du moindre conflit social, craignant le pire à chaque mouvement ouvrier. La montée socialisante l'effrayait plus que celle, pourtant d'une autre intensité, de la montée des fascismes.

* * *

Julien faisait pitié. Il rapetissait, accablé par la crise et diminué par un état de santé qui se dégradait sérieusement. Il s'exprimait de plus en plus mal et surtout il ne marchait plus, refusant toute visite chez un médecin. La pinasse mauve transmise à Gérard ne le fit même pas sourciller. Une absence de réaction impensable ne fut-ce que trois ans auparavant. Marie y vit un signe supplémentaire de la proximité d'une catastrophe. Tout concourait : la mort de Francine, la crise économique et la montée incontrôlable du chômage, la pinasse endommagée et maintenant la santé de Julien. Elle savait faire face au malheur et saurait le montrer à nouveau, mais elle n'envisageait que le pire. Sans savoir à quoi il correspondrait. Édouard, qui commençait à bien connaître Marie et à apprécier son discernement, n'arrivait pas à la suivre dans son catastrophisme. Pragmatique, il voyait s'installer un été lumineux sur la petite mer qui lui permettrait de travailler amoureusement le bois sous le chaud soleil du Bassin. Il voyait des femmes qui passaient tous les jours pour remercier Marie qui, de guerre lasse, n'osait plus refuser les petits cadeaux qu'elles lui apportaient. Le plus souvent du poisson et des huîtres, mais aussi des pâtés, des confitures et du vin. Discrètement, elle en redistribuait mais comme elle ne voulait vexer personne ce fut Julien le grand bénéficiaire de cette générosité. Honorin repensait aux mots de Damien :

— Ne t'inquiète pas pour Julien, il mangera toujours à sa faim.

Pour l'heure il croulait sous les pots de confiture et souriait devant sa belle-sœur en lui lâchant :

— Moi attendre période champignons. Moi faire bombance !

Peut-être même rêvait-il de sublimes bécasseaux…

* * *

Le quotidien retrouvait son dû et Honorin reprenait le travail sans enthousiasme. Chauler les tuiles, il connaissait et gardait en mémoire les mains de Marie toutes blanches et ses doigts gercés. Machinalement il appliquait les bonnes proportions entre la chaux hydraulique, le sable et l'eau. Il plongeait les tuiles et les empilait en quinconce pour former le ruchot[26]. Ensuite il fallait emporter les cages passées au *coaltar* et profiter de la présence sur les parcs pour retourner les panetières. S'en suivaient, plus tard dans la saison, les séances de détroquage et la mise en caisses ostréophiles[27] des jeunes huîtres désormais à l'abri des crabes, des étoiles de mer et autres bigorneaux assassins. En dépit de ces opérations prenantes et épuisantes, Honorin n'oubliait pas. Impossible. L'image de Francine qui se tailladait les veines avec des morceaux de verre le hantait jour et nuit. Il travaillait comme un forcené mais trop mécaniquement pour être efficace et réaliser bel ouvrage. Damien comprenait, il n'intervenait pas. Après tout, la besogne avançait et aucun autre adjoint n'en aurait abattu autant sans rechigner. Honorin, l'amoureux de la petite mer ne captait rien de cet été radieux, de ces journées lumineuses de l'aube au crépuscule. Pourtant, devant ses yeux embrumés, le ciel bleu tentait de se mêler aux eaux calmes du Bassin, là où les rayons du soleil du matin ou du soir jouaient savamment entre les pins, pour livrer cette lumière unique sur un site béni des dieux. Honorin le savait bien mais il ne voyait rien. Le sable chaud des Abatilles ou celui de la Pointe, au-delà du Mimbeau, ne l'intéressaient plus. La promenade de la plage, avec ses belles en tenue du dernier cri, lui paraissait fade au point de l'ignorer totalement alors que quelques mois plus tôt il y déambulait un dimanche sur deux au bras de Suzanne.

---

26 – Ensemble des tuiles en quinconce où le naissain viendra s'accrocher.

27 – Appelées ainsi car elles protègent les huîtres des prédateurs.

Elle adorait y croiser quelques Bordelaises et surtout quelques Bordelais férus de tennis qui complimentaient la championne devant son époux. Honorin se rendait compte qu'ils vivaient tous les deux côte à côte mais jamais une heure, une seule, ensemble. Certaines nuits ils s'arrachaient un soupçon de plaisir, lorsqu'il rêvait de Francine et elle de Clément. Ils s'interdisaient mutuellement d'allumer leur lampe de chevet après leurs brefs ébats. C'eut été trop cruel d'un seul coup. Ils préféraient prolonger les rêves. Au matin, le rictus de Suzanne en disait assez : « oh, ce n'est pas Clément ! » Et, sans doute, devait-il lui renvoyer une grimace tout aussi explicite…

* * *

Survint alors la mort d'Émile Thillet-Bordes. Brutalement, son cerveau fut atteint et le lendemain il rendait l'âme après quelques convulsions démoniaques. Une mort synonyme de fin pour tous les gens de son entourage. La fin d'une époque pour une génération d'entrepreneurs bordelais. La mort d'un des derniers grands capitaines d'industrie. La faucheuse décida qu'en moins de douze mois disparaissent deux grandes figures de l'entre deux guerres. Deux patriarches qui, quelque part, se croyaient indispensables. Deux hommes droits dans leurs bottes et fiers de l'être. Désiré et Émile provenaient du même moule, le moule de la rigueur comme mode de vie, le moule des certitudes confortées par le bien fondé de la rigueur par temps de guerre. Une fin considérée comme une délivrance par tous ceux de ses proches qui, hormis son fils André, n'en pouvaient plus de cet invalide aigri devenu méchant. Une mort qui annonçait espoir et regain de vie pour Honorin qui sut retenir sa joie. Il s'imaginait déjà en Suisse et en Allemagne à la recherche de son fils.

La cathédrale Saint-André débordait des notables de la ville, alignés comme un régiment dans les premières rangées de la nef. Tout ce beau monde affichait une mine de circonstance mais cherchait avant tout les noms des absents, n'écoutant que d'une oreille distraite le sermon pompeux du père Jean, un ami de longue date des Thillet-Bordes :

— ...un soutien inaltérable pour l'Église, un bienfaiteur pour la ville et un chef de famille exemplaire, à la moralité au-dessus de tout soupçon, rejoignait le Très-Haut. Émile Thillet-Bordes va nous manquer à tous, ici présents dans la cathédrale, son église. Allons l'accompagner jusqu'à la dernière demeure de son corps, et son âme bienveillante nous protégera !

Honorin n'en pouvait plus d'entendre le discours mielleux de ce prêtre falot qui l'irritait en portant aux nues l'assassin de sa bien-aimée. Il n'osa pourtant pas quitter la cathédrale au beau milieu du sermon mais il refusa de se déplacer jusqu'au cimetière. Il ne cautionnerait pas cet océan d'hypocrisie. Plus tard, Constance servit un petit en-cas au quai des Chartrons à tous ceux qui avaient rendu hommage au défunt. Honorin retrouva son sourire en constatant l'atmosphère détendue et même gaie qui régnait cet après-midi-là dans la demeure d'Albert.

Émile Thillet-Bordes ne connaîtrait pas le Front Populaire. Pour lui, c'était mieux ainsi. Aucun doute possible.

18

En mai 1936, avec l'arrivée au pouvoir du Front Populaire de Léon Blum, naquit le double espoir d'une fin de crise économique et donc du chômage, et d'un mieux vivre pour toutes les couches populaires du pays. De là à ce que les pêcheurs, les employés des conserveries et les ostréiculteurs atteignent le niveau de vie toujours déployé par les nantis de la ville d'hiver, il y avait un gouffre que personne n'osait franchir à l'Aiguillon comme à La Teste ou à Gujan. Quelques mesures vinrent néanmoins concrétiser certaines espérances. Pour Marie, la plus marquante fut la reconnaissance, la légitimation des syndicats. À voir la tête de croque-mort de son neveu André, elle comprit qu'il s'agissait d'une réelle victoire. Elle apprécia également une seconde mesure, celle concernant la création du Crédit Mutuel Maritime, qui permettrait d'aider les marins-pêcheurs à investir dans leurs propres navires. Par contre, cette spectaculaire mesure des congés payés n'atteignit qu'une infime partie de la population active du Bassin. Ni les marins-pêcheurs, ni les ostréiculteurs n'y virent une avancée. De même pour cette semaine de quarante heures qui effraya les petits patrons ostréiculteurs plus que les armateurs et les propriétaires de pêcheries comme André. Qui, parmi les artisans du Bassin, pouvait réduire son temps de travail ? Fou de rage, Damien vitupérait :

— Est-ce que mes huîtres prennent des vacances ? Est-ce qu'elles ne nécessitent pas des soins attentifs quotidiens ? Ces lois sont écrites par des gens qui ne travaillent pas !

Le fils Thillet-Bordes augmenta les salaires sans rechigner et accepta la limitation des horaires lorsque c'était envisageable. Pas pour les gens de la mer. En contrepartie de sa générosité spontanée il tenta d'obtenir l'abandon de l'idée de syndicat dans son entreprise. Dans un premier temps il se fit entendre. Les affaires redémarraient et il sut manœuvrer pour faire nommer des délégués ouvriers à sa botte. Et cela fonctionna ! Les ouvriers paraissaient effrayés par ce que la loi leur autorisait à demander et à entreprendre. Une forme de peur subsistait, tenace : ne pas effaroucher le patron, surtout en temps de crise, même si celle-ci semblait s'atténuer. André se montra plus habile qu'aurait pu l'être son père. Son geste fort au niveau des salaires créa un esprit neuf, un entrain au travail et les Pêcheries Associées du Bassin connurent un essor remarquable, renouant même avec des bénéfices.

Albert se frottait les mains. Le *New Deal* outre-Atlantique redonnait espoir à tout un peuple et des frémissements de nouvelles commandes américaines s'ajoutaient à ses bénéfices sur ses parts – accrues – dans la pêcherie familiale.

Les femmes de marins-pêcheurs passaient moins souvent chez Marie, un signe encourageant, et du côté des constructions navales l'activité repartait pour tous les types d'embarcations. Depuis la tillole[28], de plus en plus appréciée par les particuliers amateurs de pêche, jusqu'aux chalutiers de fort tonnage en passant par les pinasses et les bateaux de plaisance. Édouard constata l'engouement croissant pour la plaisance, en particulier de la part des riches Britanniques qui adoraient s'adonner à leur passion sportive sur un merveilleux terrain de jeu : le Bassin. Futé, il visita deux chantiers, l'un en Italie et l'autre en Angleterre, pour revenir convaincu de se lancer, modeste-

28 – Petite embarcation à rames.

ment, certes, dans la plaisance en complément des pinasses et des petites tilloles.

Dès les premiers frimas annonciateurs de l'hiver, Édouard informa Honorin qu'il était à sa disposition pour arpenter l'Allemagne nazie via la Suisse. La mort dans l'âme, Honorin dut laisser son oncle partir seul : Damien n'envisageait pas de se passer de son adjoint, ne fût-ce qu'une petite demi-journée. À croire que les pires heures de la crise s'éloignaient pour de bon. Paul relançait sans cesse son fournisseur au point que ce dernier proposa un travail temporaire à deux femmes et à Julien pour le triage. L'une de ces femmes se prosterna aux pieds de son employeur :

— Grâce à vous, Monsieur, Noël ne sera pas le cauchemar que je craignais. Je trouverai bien une surprise pour mes deux gamins. Cela aurait fait quatre ans sans visite du père Noël, vous comprenez, Monsieur. Mes fils voient les guirlandes briller dans Arcachon et cette année elles brilleront un peu pour eux aussi. Merci Monsieur Argain, merci !

Avec la cadence infernale imposée par Paul et Damien, Honorin en oublia presque l'absence de son oncle Édouard. Triage, conditionnement et visite des parcs, il rentrait le soir, éreinté. Il en arrivait à bénir Suzanne qui ne délirait pas en exigences conjugales… Depuis l'installation du vilain temps à la Toussaint, elle passait ses journées à la villa M. pour s'exercer au piano. Éliane, complètement pliée en deux, lui préparait un déjeuner simple qu'elle avalait après ses gammes, alanguie sur le sofa du grand salon en rêvant de beau temps, de tennis et de Clément. Puis elle s'installait à nouveau pour expédier mécaniquement une *Lettre à Élise* et sa partie à elle de la *Marche Turque* à quatre mains. Elle ressentait à chaque interprétation comme un manque. Alors, pendant quelques courtes secondes, elle pensait à Honorin et compatissait. Elle terminait sur une composition de Brahms ou de Mendelssohn et guettait les pas menus d'Éliane pour claquer le couvercle du piano. Une tradition bien ancrée, qui datait des leçons avec sa sœur, pour faire sauter la brave domestique au plafond. Dix années plus tard la pauvre Éliane sautait toujours. Beaucoup moins haut.

* * *

Édouard écoutait sœur Clémence minauder d'une voix haut perchée, une incongruité, vu sa corpulence. Ce qu'elle lui apprenait le faisait tressaillir. La mort d'Émile déliait les langues et ce couvent réputé soigner la tuberculose apparaissait comme un centre de redressement pour des jeunes dépravés issus de familles très fortunées.

— Un centre de détention caché sous les apparences d'un sanatorium ! Accablant, songea Édouard en écarquillant les yeux.

— Oui Monsieur, cette pauvre Francine fut amenée ici par son oncle qui la tenait d'une main, avec une sacoche de gros billets dans l'autre main. La mère supérieure me présenta cet homme comme un bienfaiteur pour notre établissement. Un soupçon tenace me fait croire que sœur Angèle – notre mère supérieure – signa avec lui un contrat particulier. Ainsi nous ne fûmes que trois personnes à connaître l'existence du petit Honorin : l'accoucheur, sœur Angèle et moi. Elle me fit jurer de ne dévoiler à personne son existence. Le petit bonhomme ne resta point longtemps, à peine une année. Un matin, ce monsieur Thillet-Bordes revint pour emmener le bébé et le placer dans un lieu secret. Je ne peux vous faire que l'état d'une rumeur, pardonnez-moi : Ulm, et puis Heidelberg ou Coblence. Mais ce que je garde distinctement en mémoire ce sont les hurlements de la jeune maman au moment de la séparation. Des hurlements à vous glacer les sangs, je vous l'assure, Monsieur ! Par trois fois Francine tenta de s'enfuir pour partir à la recherche de son enfant. Chaque fois reprise, on l'enfermait dans une cellule pour la traiter comme une aliénée. Et chaque fois la même consigne : répandre l'idée qu'avec son degré de maladie et la contagion qu'elle engendrait, il fallait éviter tout contact avec des tiers. La mère supérieure me réprimandait sévèrement lorsque je m'apitoyais sur le sort de la pauvre fille. Et, Monsieur, une dernière rumeur concerne sa mort : achevée par sa phtisie, la version officielle, elle se serait suicidée en se tailladant les veines avec des débris de verre. Je ne fus pas autorisée à voir son corps, Monsieur, moi qui lui apportais ses repas tous les jours et qui lui changeais ses draps et son linge de toilette. Alors, je crois en la version du suicide. Je vous le redis, Monsieur, une trop jolie femme pour mourir si tôt et avec tant de mystère. J'en reste traumatisée. Voilà, Monsieur, je vous ai dit tout ce que je savais, trop peut-être. Si vous tenez à retrouver le petit tentez votre chance en Allemagne. La mère supérieure m'a mentionné une fois le nom d'Ulm, sans doute parce que dans les environs proches de cette ville se trouve une congrégation identique à la nôtre. De là, j'espère que vous en apprendrez plus. Et n'oubliez ni Heidelberg ni Coblence, on y trouve bien des établissements de charité.

Édouard remercia et sortit, courroucé et perplexe. Après réflexion il bénit Damien d'avoir retenu Honorin sur les eaux calmes de la petite mer. Il imaginait son neveu défoncer les portes du couvent et agresser la mère supérieure. Il quitta cet établissement silencieux et reblanchi de frais. Une respectabilité de façade incontestable. Il entra en Allemagne et reçut un premier choc dans les faubourgs d'Ulm : la misère s'affichait dans tous les coins de rues. Des enfants, par centaines, à peine vêtus et les pieds dans la boue à moitié gelée, semblaient attendre. Attendre qui, attendre quoi ? Qu'une bonne âme sortit de ces façades délabrées pour leur apporter de la nourriture ou un vêtement contre le froid ? Personne ne viendrait, à cause de ce chômage hallucinant. Devant cette grisaille, devant ce tableau noir, un noir très sale, Édouard comprit qu'Hitler jouait sur du velours. Il manipulait une horde de malheureux prêts à tout et des groupes d'aigris nostalgiques des splendeurs de l'empire, encore plus faciles à convaincre. Lorsqu'Édouard parvint au centre de la ville il reçut le deuxième choc : des queues interminables alignées devant des boutiques presque vides et d'autres queues pour espérer obtenir un petit boulot. Mais il aperçut pire encore, ces inscriptions innombrables, écrites à la chaux, avec un seul mot compréhensible pour lui : « JUDE ». Édouard, effondré, constatait que la chasse aux Juifs avait effectivement commencé. Il trembla de tout son corps et ne put s'empêcher de revoir le défilé des Boches devant la mairie de Lambersart. Il s'approchait de celle d'Ulm et se demandait comment on allait l'accueillir, lui le Français qui ne parlait pas un mot d'allemand. Pourrait-on le renseigner sur ce couvent établi près d'ici ? Il tenta de décliner son identité à la personne postée dans le hall lugubre. Une femme… sans doute. Elle esquissa ce qui devait correspondre à un sourire et lui asséna :

— *Moment, bitte !*

Elle disparut derrière une double porte. Trois minutes plus tard un homme âgé lui fit face, un personnage plus affable que la réceptionniste, qui demanda dans un français acceptable :

— Que souhaitez-vous comme renseignements, Monsieur le Français ? L'adresse d'un bon hôtel ou celui d'un restaurant digne de vos merveilleux bistrots ?

— Merci, Monsieur, vous parlez un excellent français.

— *Ach,* oui, à l'armée j'ai vécu trois ans près de Toul.

Silence pesant d'Édouard.

— Mais c'était avant guerre, reprit-il. Après, moi jugé trop vieux pour combattre.

— Merci pour vos propositions d'adresses d'hôtel, cela peut servir. En fait, je cherche l'adresse d'un couvent de religieuses installé près d'ici.

— *Ach*, Monsieur, des couvents il y en a beaucoup dans notre région. Quelle congrégation, savez-vous ?

— Le Carmel, je crois.

— *Ach*, oui, au nord, à dix kilomètres du centre-ville. Je vous cherche l'adresse.

* * *

Malmenée par un début de tempête, la pinasse mauve s'engagea dans le chenal d'Arès, nettement plus au calme. Honorin s'amarra à côté d'une vieille coque bancale, vermoulue et verdie par les algues. Il détestait l'absence de ponton mais il voulait revoir le vieux Riton. Derrière une paire d'arbousiers rabougris, balayés par le vent, il aperçut les cabanes jumelles du facteur en retraite.

— Pourvu qu'il ne soit pas en vadrouille, maugréa Honorin pour lui-même.

Riton maçonnait. Il posa sa truelle en apercevant Honorin :

— Te revoilà donc, gamin. Où t'es-tu échoué, cette fois-ci ?

— Nulle part, Riton, je suis venu vous voir, c'est tout. Damien sait bien qu'avec cette tempête le travail est limité à la cabane. Or presque toute la production est déjà aux mains de Paul, l'expéditeur.

— Ah, saperlipopette, c'est bien gentil, ça ! Tiens, on va fêter ça !

Riton sortit son incontournable litron de grappa, ce breuvage capable de transformer l'estomac d'Honorin en gruyère d'appellation « plus de trous que de fromage » ! Mais ici, un rituel était un rituel. Honorin s'appliqua à boire à toutes petites gorgées et demanda un gâteau sec. Riton farfouilla dans un bahut centenaire et sortit une vieille boîte en fer-blanc. Il lui présenta un petit-beurre pas franchement croustillant…

— Tu vois, gamin, moi aussi je retiens les leçons. Je démarre une séparation entre mon logement et l'atelier. Faudra du temps, mais au moins ça m'occupe.

— Allez, je vous aide. À deux on va monter un petit mètre. Et je reviendrai.

Tout en posant les briques sur le ciment frais ils parlaient de tout et de rien jusqu'au moment où Riton se lança sur les dangers de dérapages sociaux :

— À ta place je m'inquiéterais, quoique moins que ce dirigeant, dans ta famille, tu sais, l'André, le dévoreur de concurrents. Ouais, lui y peut se faire des cheveux blancs.

— Pourquoi ?

— Pourquoi ! Par sainte Barbe, tu ne lis pas la Petite Gironde, gamin ?

— Si, mais pas régulièrement.

— Tu devrais. Avec les syndicats rendus légitimes, tu vas compter les conflits. Moi, je suis un bienheureux à la retraite mais j'imagine l'ébullition à la poste où le travail n'est tout de même pas harassant tous les jours. Alors, songe une minute aux ouvriers des pêcheries et aux marins-pêcheurs !

Honorin trembla. Il s'aperçut qu'il avait la chair de poule et ne refusa pas le deuxième godet de grappa. Deux heures plus tard le muret de brique dépassait la hanche du vieux postier.

— Merci Honorin, t'es un chouette gamin. Le seul que je connaisse qui tienne ses promesses et accepte de me donner un sacré coup de main. Tu reviendras ?

Honorin frémit une nouvelle fois. Derrière cette question il sentit la supplique. Touché, il sut qu'il reviendrait.

— Je reviendrai. Et comme vous dites que je tiens mes promesses…

— Allez, file, sinon t'es bon pour finir mon mur pendant la nuit ! Honorin ?

— Oui, Riton ?

— Tu y réfléchis à ta descendance ? Ce serait chouette.

Honorin haussa les épaules mais ne se retourna pas.

* * *

La visite chez les sœurs d'Ulm fut décevante. Un véritable couvent ; des sœurs cloîtrées qui se consacraient intégralement à la prière et aux tâches ménagères. Il glana qu'en effet, un homme, un Français, s'était présenté avec un tout petit enfant dans un landau et muni d'une lettre de recommandation de la part de la mère supérieure de collègues de Suisse.

— *Herr* Vercoutre, précisa son interlocutrice, nous ne sommes pas équipées pour élever et soigner des enfants, a fortiori des tout petits. L'homme parut ennuyé et navré. On lui conseilla de se rendre à Heidelberg ou à Coblence. Avec toutes les congrégations présentes dans cette région il trouverait à coup sûr un établissement qui prendrait en charge le bébé. Le monsieur n'insista pas, heureusement. Pour tout vous dire nous craignions soutenir un comportement illégal, malgré le côté rassurant de la lettre de la sœur Angèle.

Édouard remercia et s'enquit d'un train pour Heidelberg.

En gare d'Heidelberg la misère était toujours palpable et les signes de la chasse aux Juifs, bien visibles. À peine dégagé du quai, dans la grisaille des fumées des locomotives monstrueuses, Édouard se fit aborder par des pouilleux qui en voulurent à ses effets et à sa bourse. Effrayé, il se mit à courir vers la place de la gare avec sa grosse valise. Il rejoignit l'entrée d'une rue peuplée. De loin, les jeunes le caillassèrent aux cris de « Jude, Jude ! » Élégamment vêtu, portant un bagage lourd, il avait sûrement bourse remplie et il était forcément Juif… Édouard tremblait plus de ce constat accablant que de sa course avec sa valise. Que faisait-il dans cette galère ? Il fallait qu'il l'aime, son Honorin ! Cette pensée le transporta sur le Bassin et il retrouva son souffle et son sourire. Il s'imagina, au soleil en train de peaufiner le galbe de l'étrave d'une jolie pinasse, copie en petite – question de mode – de la pinasse mauve.

— Quel fossé entre le Bassin et ici ! Avec Arcachon et les fastes de sa ville d'hiver, bien entendu, mais également avec les quartiers ouvriers. C'est vrai qu'à Gujan ou à l'Aiguillon le chômage accentue la pauvreté mais pas au niveau de cette misère-là ! Pas de gens sales, hormis ceux qui travaillent dans la vase. Une forme de dignité perdure sur les rives de la petite mer, sans doute grâce à des personnes comme Marie, cette prêtresse de la solidarité. Ici, rien de tout ça. Le décor miséreux et pitoyable du quartier de la gare contraste avec la magnificence des monuments d'Heidelberg. Le peuple allemand a perdu sa dignité avec ses illusions et ne cache même pas sa misère. Il attend l'appel d'un fanatique qui en un tournemain saura exciter leur amour-propre. À quel prix ? Je crains le remède pire que les maux. Hitler active les pulsions contre les résignations et cela m'inquiète. Ira-t-il jusqu'à réduire des êtres humains à l'état de sous-hommes ? La véhémence de ce fou appuie là où ça fait mal et annihile tout soupçon de lucidité chez des miséreux et des frustrés en quête de n'importe quelle nouvelle forme de revanche…

Mais Édouard ne se doutait pas que des conflits sociaux allaient assombrir sa vision arc-en-ciel du Bassin.

* * *

En rentrant chez lui, Honorin ressassait la dernière phrase du vieux Riton. En tant que père, il acceptait l'idée de l'adoption mais préférait d'abord savoir à quoi s'en tenir quant au petit Honorin. Suzanne ne se montrait plus aussi radicale mais elle n'appréciait l'idée qu'à moitié. Il s'arrêta chez Raymond, peut-être même que sa femme s'y trouvait déjà. Le vieil homme était seul.

— Tiens, Honorin, j'attendais Suzanne plutôt que toi, mais puisque tu es là, installe-toi. Dis donc, t'arrives tout droit de chez Riton, ça se sent !

— Dites-moi, Raymond, avant que Suzanne n'arrive, a-t-elle déjà évoqué avec vous cette question d'adoption ? Si elle se décide à parler à quelqu'un je suis persuadé que ce sera avec vous en premier. Elle vous apprécie et elle vous aime comme… comme un grand-père.

— Oui, Honorin, elle m'en a déjà fait quelques allusions, plutôt rares, je dois dire. Mais ça la travaille, c'est évident. Elle doute. Elle doute surtout d'elle-même et de sa capacité à donner de l'amour à un enfant.

— Voulez-vous m'aider à la convaincre ? Vous êtes le seul à en être capable.

— Ne me surestime pas, Honorin. Mais, d'accord, si je peux l'influencer je le ferai volontiers. Tiens, la voilà.

— Tu es là, toi, dit-elle en apercevant Honorin. Je fais un minimum de cuisine et on rentre. Je me suis saoulée de piano toute la journée. Quoi faire d'autre sous cette grisaille ?

Elle fit chauffer un reste de daube et installa la table.

Raymond avala sa première bouchée et déclara :

— Vous avez bien encore quelques minutes pour moi, tous les deux ?

Suzanne regarda en direction d'Honorin qui, après un mouvement de bouche, répondit :

— Oui, bien sûr, Raymond.

— À la bonne heure ! Je suis bien aise de vous voir ensemble. Ce n'est pas tous les jours et c'est bien dommage. C'est que vous faites un bien joli couple.

Il regarda Suzanne dans les yeux et continua :

— Tu sais, ma fille, ma douce Monique et moi, nous aussi nous formions un beau couple, il y a des lustres, et je peux te dire que nous avons vécu heureux. Je m'en rends compte encore plus aujourd'hui. Mais dans notre vie à deux au cours de ces quarante-trois années de mariage, il nous a manqué quelque chose pour goûter au bonheur total d'être mari et femme. Oui ma chère Suzanne, oui mon cher Honorin, et ce quelque chose est quelqu'un. À quoi cela rime-t-il, je vous le demande, de se marier pour ne pas avoir d'enfant ? Vivre égoïstement ? C'est le risque. Monique et moi nous nous aimions trop pour accepter nos égoïsmes.

Suzanne regarda Honorin en fronçant les sourcils.

— Oh oui, ma petite Suzanne, ma chère enfant si dévouée envers un vieux croûton comme moi, je connais tout de même un peu ton histoire, tes malheurs et ceux de ton époux. Méfiez-vous donc, tous les deux, méfiez-vous de ne pas sombrer dans cet égoïsme dont vous ne sortirez plus. Évitez de devenir ces fruits secs que Monique honnissait tant, et moi avec elle ! La guerre nous a empêchés de concrétiser notre rêve, il faut me croire les enfants. Pour cimenter une union, l'enfant est la solution. Pour vous, cela passe par l'adoption. C'est une belle, une très belle solution. Je sais qu'Honorin est plus convaincu que toi, à cette heure, mais fais-moi plaisir ma petite Suzanne, réfléchis-y et décide en conscience. Je ne t'en reparlerai plus, je te le promets, mais j'avais ça sur le cœur bien avant qu'Honorin ne m'en parle, je te le promets également. À ma place, Monique aurait agi de la sorte, sans doute plus tôt et surtout avec plus d'habileté et de gentillesse. Entre femmes, c'est plus facile. Entre femmes confrontées aux mêmes soucis c'est, j'imagine, encore plus facile. Tiens, emportez donc cette côte de veau que tu m'as achetée. Je n'ai plus mon appétit d'il y a dix ans !

— Mais Raymond, intervint Suzanne, vous l'avez payée avec les courses !

— Et alors ? C'est cadeau. Mangez-la tous les deux en pensant au vieux Raymond et p't'être à ce que je vous ai dit. Allez, filez maintenant ! Tu sais Suzanne, tu ferais une sacrée maman, je peux en témoigner à la façon dont tu me bichonnes !

* * *

Édouard se dépatouilla avec la dizaine d'adresses de couvents obtenues à la mairie d'Heidelberg. Après trois jours de porte à porte il se rendit compte qu'il faisait chou blanc. Il décida alors de pousser jusqu'à Coblence, jusqu'à ce couvent des sœurs Borroméennes recommandé à Ulm. Devant le grand porche en bois sculpté, une sœur à l'air farouche accepta de le laisser entrer. La mère supérieure se présenta aussitôt, grande et austère, et qui déclina en français :

— Je suis sœur Régintrudis, la supérieure de cet établissement. Je comprends que vous enquêtez sur l'enfant… l'enfant « Tulle-Borde ».

Édouard sourit. Enfin, il avait frappé à la bonne porte. Il rectifia :

— L'enfant Thillet-Bordes, Honorin Thillet-Bordes, en effet, ma mère.

— Vous avez un mandat de police, ou une carte, montrez-moi, s'il vous plaît ?

— Non, ma mère, je ne suis pas policier. J'appartiens simplement à la famille du père de l'enfant.

La mère supérieure fronça les sourcils avant de continuer, sèchement :

— L'enfant n'a pas de père connu.

— Pour vous peut-être, pour nous, si. Il s'appelle Vercoutre, Honorin Vercoutre. Il vit non loin de Bordeaux et je suis son oncle direct.

— Pas de preuves. Pourquoi vous croire et, de toutes les façons, l'enfant n'est plus ici. Monsieur, je regrette, je n'ai plus rien à vous dire. Revenez une autre fois avec des preuves et un mandat de police. Au revoir.

— Je vous comprends, ma mère, mais dites-moi au moins si mon petit neveu est en vie. Et s'il se trouve dans les environs de Coblence.

— En vie, oui, à ma connaissance. Où le trouver ? Pas d'autorisation légale, pas de réponse. *Auf Wiedersehen.*

L'oncle eut tout le temps du voyage de retour pour méditer sur ce qu'il rapporterait à Honorin. D'emblée, il décida de ne pas détailler à son neveu les confessions de la sœur Clémence. Il ferait le constat de son échec. Et ensemble ils décideraient de donner suite ou non en obtenant une autorisation. Mais comment obtenir cette dernière et de la part de quel organisme ? Abattu, il songea qu'Honorin et Suzanne devaient résolument s'orienter vers l'adoption. D'autant plus que l'Allemagne n'était plus fréquentable.

Il retrouva le Bassin empêtré dans un conflit social. Le niveau de chômage atteignait à nouveau un seuil critique. Il vit Marie, indestructible, reprendre son action de solidarité, frappant à toutes les portes, depuis celle de Damien jusqu'à celle d'André.

19

Un évènement d'importance, aux yeux de Marie, risquait de sortir l'emploi de la région de son niveau alarmant : l'arrivée, enfin, d'un dock flottant qui redonnerait tout son dynamisme au port d'Arcachon, handicapé depuis des décennies face à ses concurrents atlantiques. Un engin insensé, acheté aux enchères en Algérie et qui devait entrer dans la petite mer, tiré par plusieurs chalutiers. Tous les habitants s'inquiétaient de savoir comment ce dock franchirait les passes avant d'être fixé au port. L'angoisse régna plusieurs jours. Plus d'un rabat-joie le voyait déjà englouti sous l'océan tumultueux. Marie et Édouard, comme tant d'autres voisins de l'Aiguillon, assistèrent aux premières manœuvres. Ils virent, crispés, le dock gigantesque aborder des passes fermement décidées à interdire la petite mer à cet intrus géant. Un premier échec, une rupture de câble au moment crucial du franchissement de la passe, et une dérive sur des centaines de mètres, semblèrent donner raisons aux plus sceptiques. Une deuxième tentative, puis une troisième, et le dock entra, au grand soulagement des travailleurs des pêcheries qui comprenaient l'enjeu. Ce symbole, ce synonyme de relance et d'emploi trônait enfin devant le port. André sourit, satisfait. Marie apprécia et souffla.

Elle ne souffla pas longtemps. Claire attendait un heureux événement mais sa grossesse se déroulait mal. Richard, débordé comme pouvaient l'être Damien et Honorin, passait ses nuits à rassurer la future maman. Épuisé, il réalisait que cette situation infernale ne pouvait plus durer. Alors Marie récupéra sa fille à l'Aiguillon. Ô surprise, Suzanne consacra beaucoup de temps à réconforter et à distraire Claire. Elle lui posait quantité de questions sur sa grossesse, sur ses douleurs et sur les mouvements du bébé. Une connivence surprenante s'installa entre les deux jeunes femmes et lorsque naquit Martine Vanneau, la petite fille de Marie Decosse, Suzanne faisait le pied de grue juste derrière la porte de la chambre. Ainsi fut-elle une des premières à voir le nouveau-né. Elle ne le trouva pas franchement joli mais n'hésita pas à le prendre dans ses bras. En soirée, lorsqu'elle regagna le foyer conjugal, elle bombarda, tout sourire, aux oreilles d'Honorin :

— Je suis prête !

— ???

— Oui, Honorin, je suis prête, prête pour l'adoption ! Tu peux entamer les démarches.

Honorin sourit à son tour. Il s'était assis, sans jambes, mais réussit à se relever pour enlacer sa femme et l'embrasser :

— C'est comme cela que je t'aime. Tu sais comme moi tout ce qu'on veut oublier. Ce bébé sera le meilleur remède pour y parvenir, merci chérie.

— On n'y est pas encore, et à mon avis cela ne va pas être simple.

— Je sais, je sais tout cela Suzanne. Et dans l'espoir de cette réponse positive j'ai commencé à défricher le terrain. Ma mère partage cette douleur depuis le premier jour, aussi a-t-elle décidé de nous aider et d'agir à compter du jour où tu annonceras que tu es prête. Ce jour est arrivé.

— Que peut-elle bien faire de là-haut ?

— Beaucoup, chérie, beaucoup. Là-haut, dans le Nord, les Frères des Écoles Chrétiennes, côté français comme côté belge, ont tissé un réseau d'entraide particulièrement efficace, et tout un pan de leur action est dédié aux questions d'adoption. Leur réputation dépasse le Nord depuis la fin de la guerre. Après 1918 la région débordait d'orphelins… Alors, si tu es d'accord, je lui écris dès demain pour l'informer de cette formidable nouvelle. Et, toujours si tu es d'accord, on repart tout de suite chez ta tante et chez mon oncle pour fêter ça ! En plus j'emporte une des meilleures bouteilles de ton père. Allons-y avec la pinasse mauve, c'est marée haute et cela nous rappellera les plus beaux jours.

— Si tu veux, mais dans ce cas prenons Raymond au passage. Tu sais, avant même le terrible accouchement de Claire, c'est lui qui m'a convaincue.

— Alors, j'emporte deux bouteilles !

— Idiot, répondit-elle en riant, Raymond adore le bon vin mais il n'abuse tout de même pas !

Marie surveillait Claire d'un œil, inquiète de sa faiblesse indescriptible, et de l'autre, Martine qui pleurait. Sans doute le bébé manifestait-il pour téter. En voyant débarquer impromptu un trio guilleret, avec deux bouteilles dans les mains de Raymond, elle regarda Édouard, interloquée. Il sourit :

— M'est avis qu'ils n'arrivent pas pour nous annoncer un décès. Et une naissance, ce serait surprenant…

— L'adoption, cria Marie avant que les arrivants n'aient pu entendre !

— Chut ! répondit Édouard.

Marie eut le nez creux, cette fois encore. Alors, hormis Claire, ils goûtèrent tous l'excellent Beychevelles d'Albert Thillet-Bordes. Marie trinqua à la petite et à son futur petit cousin, et ajouta :

— Nous ne dirons rien, comptez sur nous, mais Suzanne, je t'engage à prévenir ta mère et ton père au plus vite. Tu connais ta maman, elle serait vexée de ne pas être la première informée d'une telle nouvelle, et je la comprendrais.

— On le fera dès dimanche, répondit Honorin. Tu as raison Marie, cette fois encore.

— Comme c'est la fête, intervint Claire, puis-je moi aussi vous faire part de nos dernières réflexions, à Richard et à moi ?

— On t'écoute, répondit Marie, perplexe.

— Voilà, après mûre réflexion nous songeons à ma belle-sœur Edith comme marraine pour Martine. Et malgré la nouvelle charge qui va te tomber sur les bras, si j'ai bien compris, nous aimerions que tu sois le parrain, Honorin ? Avant de connaître ta réponse, je veux être sincère avec toi. Nous avons hésité entre Julien et toi. Pour notre petite fille ce sera mieux d'avoir un parrain jeune. Et Julien, que tout le monde aime, moi la première, n'est plus en bonne santé. C'est un peu cruel, mais tu sais tout.

Honorin fixait son verre de grand Saint-Julien. Il finit par bégayer :

— Euh, c'est... c'est un honneur. Et... et j'accepte avec joie. Mais vous pouviez également penser à Gérard.

— Gérard est déjà son oncle. Et moi je souhaitais que ce soit pour toi, Honorin, une occasion de te rapprocher encore plus de la famille Decosse.

— Merci pour moi, pouffa Suzanne, les Thillet-Bordes à la lanterne !

— Ne te vexe pas Suzanne ! De toutes les façons je sais ce que tu penses. Tu as trop joué avec les petits Gérard et Claire dans la pinasse mauve pour m'en vouloir d'avoir dit ça !

— Suzanne, reprit Marie, cette nouvelle il faudra également l'annoncer à tes parents.

— Et à André aussi, n'est-ce pas, railla Suzanne ?
— Et à André aussi, confirma Marie.
— Bien ma tante, à tes ordres ma tante !

Édouard ne pipait mot mais il ne perdait pas une miette de ces moments de bonheur. Enfin, Suzanne, désinvolte, plaisantait. Enfin, Honorin lui paraissait radieux. À parier qu'à cet instant il en oubliait même Francine et le petit Honorin.

* * *

La réponse de Mathilde ne se fit pas attendre. Honorin décida donc d'emmener une fois encore Suzanne dans le Nord. Une Suzanne crispée qui n'appréciait que du bout des lèvres les charmes de Lambersart. Mais avant ce départ, Damien fit marner son adjoint à la manière d'un forçat. Les huîtres venaient de répandre leur frai comme jamais. Damien n'en croyait pas ses yeux : des traînées blanches, bien visibles sur l'eau, couvraient des surfaces entières de parcs. Prometteur pour les trois années à venir, mais avec un sacré boulot en perspective. Et tout de suite, l'angoisse : y avait-il assez de collecteurs pour un captage aussi exceptionnel ? Songeur, Damien parlait à Honorin. En réalité il monologuait :

— Faudra envisager des expéditions plus lointaines si ça continue…

Les deux hommes retournaient les panetières machinalement et sélectionnaient celles à alléger. Damien reprit :

— Paul nous orientera, il nous trouvera des nouveaux débouchés… Mais bon, inutile de rêver, la crise peut revenir, hein Honorin ? N'empêche que je n'ai jamais vu ça, tout ce naissain possible d'un coup !

Honorin écoutait poliment, admettant volontiers l'enthousiasme de son chef. Mais il ne pensait qu'à l'adoption. D'un côté, la mort d'Émile facilitait les démarches pour retrouver le petit Honorin. Quoique la situation en Allemagne, décrite par l'oncle Édouard, l'incitait à faire une pause. Toujours selon l'oncle Édouard, même la Croix Rouge Internationale émettait des doutes sur le bien-fondé de recherches avec le climat qui régnait en Allemagne. D'un autre côté, plus rien n'entravait l'adoption. Personne ne saurait jamais si cette idée aurait déplu à Émile, et c'était mieux ainsi. Avec sa mort, une pleine malle de préjugés avait rejoint le grenier poussiéreux du quai des Chartrons. Et Suzanne, aurait-elle réagi différemment du vivant de son oncle ?

Mathilde embrassa sa belle-fille comme jamais. Sans tarder, elle détailla son action :

— Bien aidée par les Frères des Écoles Chrétiennes, je fus mise en relation avec le frère Joseph, le responsable des foyers d'enfants orphelins pour toute la zone frontalière avec la Belgique. Dans la bourgade d'Etaimpuis, depuis le pensionnat qu'il dirige par ailleurs, il m'a expliqué la procédure à suivre. Pêle-mêle, il faut le résultat d'une enquête de bonnes mœurs et de bonne moralité sur chacun des futurs parents ; une garantie d'emploi stable et suffisamment rémunéré ; un certificat de bonne moralité au travail, rédigé et signé par l'employeur ; la garantie d'une éducation chrétienne pour l'enfant ; et enfin une caution morale signée par un tiers. Dommage, j'aurais signé ce document avec joie, mais cela s'avère légalement impossible. Je ne sais pas qui trouver. Les amis de votre regretté père, Honorin, ne vous connaissent pas ou vous ont connu trop petit pour apporter un témoignage et une garantie de valeur. Et chez vous, ma chère Suzanne, à Arcachon ou à Bordeaux, allez-vous trouver une personne qui remplisse toutes ces conditions ?

Suzanne et Honorin réfléchirent rapidement. Un court instant Suzanne pensa à Florence de Castang, parfaite en matière de droit et de moralité. Mais on opposerait qu'elle ne connaissait guère Honorin. Ils finirent par s'accorder sur deux noms : Raymond Lalande et Damien Argain. Mais comme ce dernier allait déjà signer le certificat de l'employeur, Raymond s'avéra correspondre à la seule personne envisageable.

— Donc, si vous en êtes d'accord, reprit Mathilde, je fixe un rendez-vous avec le frère Joseph et vous revenez avec ce monsieur et une lettre de votre employeur, n'oubliez pas, Honorin. Essayons de composer un dossier complet, tant pour les Frères que pour les officiers municipaux qui procéderont aux enregistrements d'État-civil.

Raymond accepta avec joie et Damien s'inspira du modèle de document récupéré par Mathilde à la mairie de Lambersart pour écrire :

« Je soussigné, ARGAIN Damien, artisan ostréiculteur, domicilié à Gujan, département de la Gironde, certifie connaître depuis dix ans, Monsieur VERCOUTRE, Honorin, mon adjoint depuis le début de l'année 1929.

Je me porte garant de sa moralité et de son honorabilité ainsi que de celles de Madame Suzanne VERCOUTRE, son épouse, que je connais également depuis dix ans.

Au cours des nombreuses années de travail en commun j'ai pu me rendre compte de la probité et du cœur à l'ouvrage montrés par Honorin VERCOUTRE. J'ai pu, également, me rendre compte de l'estime générale qui lui est portée par ses voisins et par son entourage, tant privé que professionnel.

Je puis donc certifier qu'un enfant sera de sa part, et de celle de son épouse, l'objet de soins constants et dévoués. Qu'il sera entouré d'une affection profonde et d'une attention de chaque instant.

Damien ARGAIN,
Artisan ostréiculteur
Gujan, le 12 septembre 1938. »

Raymond, à l'aube de ses soixante-quinze printemps, visita donc du pays. Avec Suzanne et Honorin ils firent halte une journée entière dans la capitale. Ce fut la seule condition imposée par le vieux charpentier :

— Voir Paris et ce monstrueux amas de ferraille qu'est la tour Eiffel. Après, je pourrai mourir tranquille.

Honorin avait proposé également un après midi à Versailles.

— Très peu pour moi, avait-il répondu, catégorique. Je ne suis pas royaliste pour deux sous et découvrir les fastes de la Cour du Roi Soleil alors qu'aujourd'hui le peuple vit mal et se prépare à une nouvelle guerre, ce serait de la provocation !

Mathilde emmena ses enfants et Raymond Lalande à Béthune où un rendez-vous était fixé avec le frère Joseph. D'emblée Suzanne détesta Béthune et trouva la région sinistrée comme si elle ne se sortait pas de l'après-guerre. Quant à Raymond, il restait muet mais on pouvait distinguer tous les scintillements de la capitale se refléter dans son regard. Ses yeux ne voyaient ni les usines ni les cheminées fumantes qui jonchaient le trajet. Il ne remarqua même pas les briquettes qui formaient les murs de l'hôpital coquet dans lequel ils venaient de pénétrer. Le frère Joseph, la tonsure au vent, austère dans sa soutane noire, les accueillit sur le perron. Raymond, zélé, déclina son identité et sortit ses papiers.

— Un instant, Monsieur, sourit le frère Joseph. Lorsque nous passerons à la mairie, monsieur l'adjoint au maire et moi, nous vous demanderons vos papiers. Chère Madame Vercoutre, et vous, Monsieur Lalande, je vous prie de nous attendre dans cette salle. Les possibles futurs parents doivent rencontrer le bébé seuls, dans un premier temps.

Cette remarque fit trembler Suzanne qui serra le bras d'Honorin. Ce dernier était plus tendu qu'il n'y laissait paraître. Derrière le frère Joseph, ils entrèrent dans ce qui ressemblait à une pouponnière. Le frère se dirigea droit vers un petit parc en bois au milieu duquel trônait un mignon blondinet de huit mois environ. Le petit bonhomme jouait avec deux cubes en bois élimés et mangés.

— Voilà l'enfant que nous vous destinons si vous remplissez toutes les conditions d'une adoption en règle. J'insiste personnellement sur la garantie de bonne éducation chrétienne, ce que l'officier municipal ne fera pas. Ce petit garçon est né le 21 janvier 1938, cette année, donc, de père inconnu et d'une mère qui s'est suicidée.

Ce récit émut Honorin aux larmes, et pour cause. Il flageolait sur ses jambes. Il fixait le petit bout-de-chou qui tapait ses deux cubes l'un contre l'autre avec énergie. Il observa Suzanne, crispée, et décela qu'elle aussi était attendrie. Devant le regard insistant, devant la mine implorante d'Honorin, elle prononça un « oui » à peine audible.

— Donc, reprit le frère Joseph, si vous remplissez bien toutes les garanties, vous pourrez faire le bonheur de ce petit homme. Alors, plaise à Dieu, il vous rendra ce bonheur au centuple. Maintenant, si vous n'y voyez pas d'inconvénient, retournons au bureau où Madame votre mère et Monsieur Lalande doivent s'impatienter.

Honorin n'arrivait pas à décoller, fasciné par ce beau bébé qui aurait pu être le petit Honorin.

— Frère Joseph, s'enquit Honorin dans le couloir, nous ne vous avons même pas demandé le prénom du petit garçon.

— Vous êtes autorisé à choisir. Sa mère, avant son suicide, avait posé un mot sur le berceau dans lequel elle demandait pardon à son « petit Jean-Marie ».

— Oh, Honorin, gardons ce prénom, s'il te plaît ! Toi comme moi nous aimons tellement ma tante.

— J'apprécie, intervint le frère Joseph. Sainte-Marie, mère de Dieu, saura protéger ce petit homme.

Le bureau de l'État-civil à la mairie de Béthune ne respirait pas la joie de vivre et apparaissait même sinistre pour y parapher un acte heureux. Quant au préposé, un adjoint au maire tout de même, il arborait une redingote noire limée aux coudes. Honorin songea que cette personne avait besoin d'une bonne cure des lumières du Bassin pour lui faire apparaître un pâle sourire sur son visage blafard. L'homme sortit un dossier d'une armoire en fer, s'assit et se racla la gorge :

— Affaire 4123, dossier d'adoption du petit Sommelier Jean-Marie. Mesdames et messieurs, nous devons préparer avec Roger Vanzuppe, notaire à Béthune, la signification du jugement de légitimation adoptive. Je précise que ce document, payant, s'avère indispensable pour transcription de l'état civil de l'enfant adopté sur les registres municipaux. À ce jour, un enfant de sexe masculin, né le 21 janvier 1938 à Béthune, département du Nord, de père inconnu, et de Roselyne Sommelier, pupille de la Nation, décédée le 17 février 1938 ; enfant recueilli le 19 du même mois par les Frères des Écoles Chrétiennes en vue d'une adoption future. La congrégation est ici représentée par Joseph Declerc, dit frère Joseph. Mesdames, Messieurs, procédons à la constitution du dossier d'adoption, si vous le voulez bien :

État civil de la présumée mère… merci madame… en règle.

État civil du présumé père… merci. Conforme.

Certificat de domicile des époux Honorin Vercoutre. Non ? Embêtant. Vous ne disposez d'aucun document tenant lieu ? Votre feuille d'impôts ? Bon, ce n'est pas grave, pensez à me l'envoyer au plus vite.

Certificat de l'employeur, ou des employeurs si madame travaille. Non ? Tant mieux, tant mieux, c'est bien pour l'enfant. Voyons ce document de Monsieur Argain. Vous me confirmez Monsieur Vercoutre qu'il s'agit bien de votre employeur ?

— Je confirme, monsieur le maire.

— Bien, cela paraît conforme, également. Et maintenant, la caution morale d'un tiers. C'est vous monsieur qui produisez le document, j'imagine ?

— Lalande, Raymond, Charles Lalande.

— Monsieur Lalande, votre bulletin d'état civil, oui, celui-là, je le reconnais. Donnez-le-moi, s'il vous plaît. Merci. Et maintenant, la caution morale écrite de votre main. Voyons, voyons, je prends le temps de la lire pour juger de sa conformité. Frère Joseph, écoutez bien, vous aurez votre mot à dire.

« Je soussigné Raymond, Charles, Lalande, artisan charpentier de marine à la retraite, domicilié à Gujan, département de la Gironde, certifie connaître monsieur et madame Honorin VERCOUTRE depuis plus de dix ans et entretenir avec eux d'excellentes relations de voisinage. J'affirme que monsieur et madame VERCOUTRE sont en mesure de prodiguer à un enfant

les soins les plus éclairés et les plus dévoués, accompagnés de la plus tendre affection qu'auraient pour lui de véritables parents. Leur haute moralité et l'estime unanime qu'ils rencontrent auprès de leurs concitoyens sont les plus sûrs garants de la bonne éducation chrétienne qu'ils pourront donner à leur enfant adoptif.

Raymond Lalande,
À Gujan le 19 août 1938. »

Merci Monsieur Lalande. Ce texte me paraît conforme, et vous frère Joseph ? Vous appréciez, j'imagine, la mention : « bonne éducation chrétienne » ?

— Je confirme, monsieur le maire-adjoint, je confirme.

— Je transmettrai donc le dossier « Enfant Sommelier » au cabinet du notaire Vanzuppe dès que j'aurai reçu votre justificatif de domicile.

Suzanne, hébétée, regarda Honorin puis le frère Joseph. Celui-ci émit un sourire gêné :

— Non, Madame Vercoutre, vous ne repartirez pas aujourd'hui avec celui qui, je l'espère, sera votre bébé. Comprenez-nous, comprenez la mairie. Il nous faut prendre toutes les garanties, tant morales que civiles, avant de parapher sous acte notarial. Nous risquerions de nous mordre les doigts, sans ces précautions élémentaires. Mais ne craignez rien, votre dossier est en bonne voie.

Honorin, visiblement déçu, demanda d'une voix lasse :

— Cela prendra combien de temps, monsieur l'adjoint au maire ?

— Difficile à dire. Je pense trois ou quatre mois à compter de la réception du document manquant.

— Tant que ça, crièrent ensemble Suzanne et sa mère !

— Oh oui, Mesdames. Nos huissiers de Béthune sont débordés de demandes de ce genre et par la rédaction d'actes pour des entreprises en difficultés ou en litiges. Il faut les comprendre, et j'anticipe votre question : dans toutes les études vous encourez les mêmes délais. Un dernier point, capital, madame et monsieur Vercoutre : acceptez-vous de donner votre nom à cet enfant ?

— Oui monsieur le maire-adjoint, Jean-Marie Vercoutre sera son état civil définitif.

— Plaise à Dieu, intervint le frère Joseph, les mains jointes.

Raymond Lalande sortit des bureaux de la mairie de Béthune ému et fatigué. Un accès de faiblesse qui l'obligea à rester alité à Lambersart. Mathilde fit appel au vieux médecin de famille qui décela une faiblesse cardiaque à surveiller.

— J'ai l'âge de mes artères, conclut Raymond. Maintenant, je peux mourir. J'ai vu la tour Eiffel et grâce à vous, mes enfants, je termine ma vie en accomplissant bel ouvrage. Je suis tellement heureux pour toi, ma petite Suzanne. Pour toi aussi, Honorin, bien sûr, mais ce n'est pas pareil. J'ai l'impression d'apporter un cadeau à Monique, qui m'attend, j'en suis certain. Je termine mon parcours sur cette terre un peu folle en servant à quelque chose, enfin !

— Mais Raymond, intervint Suzanne, qui parle de fin ? Ce n'est pas le moment de nous abandonner, pas question ! Moi je compte sur vous ! Vous allez me surveiller ce petit cœur sensible et vous serez vaillant pour garder Jean-Marie quand je serai sur les courts de tennis !

Honorin sourit. Il craignait toujours les réactions de sa femme, mais cette fois il comprit que c'était gagné. Gagné avec elle ; par contre avec l'administration…

20

Après Munich et la pitoyable prestation de Chamberlain et Daladier, les Français – et tant d'autres en Occident – ne se firent plus d'illusions. Fut-ce à cause de l'inquiétude du lendemain et de la peur de la guerre ? On put constater que les conflits sociaux sur le Bassin se dissipaient à la vitesse d'une grande marée descendante à Audenge. La crainte se propageait dans tous les foyers, chez les notables bordelais, cachés dans leurs villas de bord de mer, comme chez les ouvriers Testerins ou Gujanais. Seules les préoccupations derrière les murs des somptueuses villas de la ville d'hiver divergeaient de celles derrière les pans de bois des cabanons d'ostréiculteurs ou de marins-pêcheurs. En tous les cas les violences passées, entre syndiqués et la police arcachonnaise, n'étaient plus que de vilains mais pâles souvenirs. D'autres souvenirs resurgissaient dans les têtes des générations de trente-cinq ans et plus…

Dans ce contexte pesant, Honorin, qui s'impatientait de recevoir le feu vert de la municipalité de Béthune et du supérieur d'Etaimpuis, envisageait repartir en Allemagne avec son oncle. Pour tenter de savoir… Voilà plus de huit mois qu'il avait envoyé le document manquant au dossier d'adoption. Suzanne, elle, n'y croyait plus. Honorin trouva son oncle qui profitait des grosses chaleurs, celles qui précédaient ou suivaient les célèbres orages du quinze août, pour vernir une coque. Il observait l'artisan à l'ouvrage, admiratif, incapable de l'interrompre, lorsque Marie, haletante, déboucha devant l'atelier :

— C'est la guerre ! C'est la guerre mon pauvre Édouard ! C'est la guerre Honorin !

Ce dernier songea immédiatement :

— Adieu Heidelberg, adieu Coblence, adieu mon petit.

Dans les oreilles d'Édouard résonnaient déjà les bruits de bottes. Rien que l'idée de ces martèlements funestes suffit à étouffer les sons des mélodies modernes qui rythmaient les abords du Casino de la Forêt. Au revoir Monsieur Duke Ellington, et vous Monsieur Count Basie. Rien que l'image des pelotons en marche cadencée fit taire les rires de ces riches Bordelaises qui se délectaient à se faire aborder sur la terrasse du Casino de la Plage. Pourtant, jusqu'à ce jour de la déclaration des hostilités, la chaleur torride de l'été avait attiré la foule des petits employés heureux d'admirer les belles dames en tenues légères. Certaines pavanaient même les bras découverts. Cette France-là se divertissait toujours lorsqu'intervint l'ordre de mobilisation générale.

Gérard, bien entendu, fut le premier mobilisé, déjà calé sur le siège de son avion de chasse, prêt à en découdre avec l'ennemi, au grand chagrin de sa mère, persuadée de perdre un deuxième homme à la guerre. André, bien qu'il fût frère d'un soldat mort au combat, et malgré toutes les interventions amicales mises en œuvre, n'échappa pas à la mobilisation, comme Richard, comme Damien et comme Honorin. Jules, deux fois évadé et caché dix-huit mois, bénéficia d'une exemption, mais devait rester à disposition, prêt à partir à son tour.

En définitive, André et Richard, jeunes pères de famille, furent provisoirement renvoyés dans leurs foyers avec, eux également, obligation de disponibilité immédiate. De son côté, Honorin écrivit à sa mère pour la supplier d'accélérer la procédure d'adoption du petit Jean-Marie. Plus catastrophé par l'absence du petit que par sa mobilisation elle-même, il fit ses adieux à son oncle, à Marie, à Raymond, qui laissa couler une larme sur ses bajoues couperosées, et à ses beaux-parents, soudain muets. À peine avait-il pris la direction de Nancy que Suzanne, surprenante d'énergie, décidait de monter, seule, à Lambersart.

Mathilde la reçut comme sa propre fille. Elle ne lui cacha point que la partie risquait de durer face à une administration débordée. À Béthune on lui avait expliqué que, vu les circonstances, un dossier d'adoption n'était franchement plus leur priorité. Les deux femmes se rabattirent sur le frère Joseph. Jules en personne les conduisit à Etaimpuis sous un déluge de vent et de pluie. Sans doute à cause de la guerre, Suzanne trouva la route plus longue et plus lugubre que la fois précédente.

Frère Joseph compatit mais avertit qu'il ne serait d'aucun secours. Suzanne osa demander de repartir avec l'enfant pour cette période probatoire qui de toutes les façons était juridiquement prévue :

— Quelques mois sans les papiers officiels, dit-elle, qu'est-ce que ça changera ?

— L'administration refusera.

— Et si on ne prévenait pas la mairie, renchérit-elle, remontée comme une pendule ?

— Madame ! Voulez-vous vous mettre hors la loi, et moi avec vous ? Certainement pas !

— Cela veut dire que NOTRE petit garçon sera sans parents pour toute la durée de la guerre, alors qu'avec un minimum de bonne volonté on peut régler la question ?

— Vous parlez de parents, mais le petit ne verra pas son père puisqu'il a rejoint le front.

— Justement, frère Joseph, avec un fils en bas âge, Honorin aurait une toute petite chance d'être renvoyé dans ses foyers. C'est d'ailleurs le cas pour deux de mes cousins.

Jules observa Suzanne, admiratif pour la première fois.

— Mesdames, Monsieur, conclut le frère Joseph, je prends votre intervention en compte et vous promets de tenter quelque chose. Je vous demande instamment de ne plus entrer en contact avec la mairie de Béthune. Inutile de les irriter davantage. J'ajoute que je ne vous garantis strictement aucun résultat.

— Bien entendu, frère Joseph, répondit Mathilde, intervenez diplomatiquement. Nous connaissons l'efficacité des Frères des Écoles Chrétiennes. Allons prier tous les quatre pour demander l'aide de Dieu !

Frère Joseph accompagna les deux femmes et Jules dans la chapelle du collège. En sortant, Jules déposa une enveloppe dans l'un des paniers pour la quête.

Suzanne quitta Lambersart très pessimiste malgré le soutien de sa belle-mère et celui, plus inattendu, de son beau-frère. Elle s'effondra en larmes dans les bras de Raymond, fière d'avoir contenu ce double torrent pendant son séjour dans le Nord. Tourneboulé par les explications détaillées de Suzanne, le vieil homme se sentit envahi de pensées meurtrières à l'encontre du maire-adjoint de Béthune :

— Ce salopard sera bien trop fainéant pour lever le petit doigt et régler une question simple. Il dispose de tous les documents, il n'a aucune excuse.

Il sentait ses muscles se tétaniser. Il ne pouvait rien pour sa petite Suzanne. Cela l'exaspérait et jouait sur son cœur.

Mais au début du mois de décembre, au même courrier, Suzanne, reçut deux lettres inhabituelles. L'une d'Etaimpuis, l'autre comportant l'en-tête de la municipalité de Béthune. Fébrile, elle décacheta celle de Béthune. Elle tremblait, incapable de se contrôler. Elle pleurait comme une madeleine en s'acharnant ensuite sur l'enveloppe écrite de la main du frère Joseph. Sans passer son manteau, sans même un petit fichu sur la tête, elle courut chez Raymond. Incapable de sortir un son, elle tendit les papiers au vieil homme. Lui non plus ne retint pas ses larmes et murmura d'une voix chevrotante :

— Quel beau cadeau de Noël ! Pour toi, pour Honorin et pour moi aussi, je t'avoue. T'es prête à marcher ?

— ??

— T'as vu ? Marée basse. Si tu veux qu'on aille chez Marie sans attendre un bus, ce sera à pied. Et je t'accompagne.

Raymond soufflait comme un phoque mais rien ne pouvait l'arrêter, pas même un cœur défaillant. Suzanne se jeta dans les bras de Claire. Marie tenait Martine dans les siens. Toute la maisonnée fut bonne pour une crise de larmes. Puis Édouard intervint :

— Suzanne, il te faut immédiatement te rendre au quartier militaire de Bordeaux avec ces papiers en règle. Tu dois pouvoir récupérer ton homme, au moins pour vous retrouver à Béthune puis à Etaimpuis. Mais il lui faut une permission spéciale délivrée par les autorités militaires. Je t'accompagne, si tu le souhaites. Et on passera prévenir tes parents.

— Oh, bien sûr, sinon je risque les reproches de ma tante Marie, sut répondre Suzanne en riant !

* * *

Devant la mairie de Béthune, ce troisième vendredi de décembre, Honorin se rua dans les bras de Suzanne. Il ne se souvenait pas d'une telle étreinte avec sa femme depuis le premier jour de leur union forcée. Puis il embrassa sa mère et salua le frère Joseph.

— Merci pour tout, frère Joseph, commença Mathilde. Sincèrement, j'y croyais, mais pas si tôt.

— Ne me remerciez pas Madame Vercoutre. Avec l'aide du Seigneur, avec un peu de générosité, on soulève des montagnes. Entrons, je vous prie, monsieur le maire-adjoint et maître Vanzuppe nous attendent.

Ils signèrent pendant une heure, du moins en eurent-ils l'impression. À l'issue de cette séance le notaire prit la parole :

— Monsieur et Madame Vercoutre, je tiens à vous mettre en garde. Vous êtes un couple, comment dire, en période probatoire. Mon huissier principal vous transmettra le nom et l'adresse d'un médecin bordelais responsable de la surveillance médicale de l'enfant Sommelier. Il sera tenu de rapporter à mon office chacune des visites. Monsieur Lalande, de son côté, sera également sollicité pendant un an à compter d'aujourd'hui et, au plus tard le 17 décembre 1941, il enverra à l'étude une déclaration sur l'honneur certifiant la qualité d'amour et des soins prodigués par le couple Vercoutre à l'endroit de leur enfant adoptif, le petit Sommelier Jean-Marie. À l'issue de cette période, et sous réserve du contenu des documents précités, l'enfant deviendra Vercoutre Jean-Marie pour l'État-civil.

Honorin sourit des chicanes de cette administration, aussi tatillonne en période de guerre. Il ne retenait qu'une chose : Jean-Marie serait avec eux pour Noël, Jean-Marie réussirait à lui faire oublier le petit Honorin.

Un bonheur n'arrivait jamais seul. Le statut militaire d'Honorin passa provisoirement de « mobilisable immédiatement » à « réserviste à disposition des armées ». Ainsi, avec Suzanne, ils prirent le temps de présenter Jean-Marie aux Nordistes puis aux Bordelais. S'engagea alors une longue discussion avec Albert et

Constance au sujet du baptême du petit. Conformément aux désirs des Frères, ils devaient baptiser le petit bonhomme sans tarder. Les deux parents n'imaginaient pas que ce baptême créerait une nouvelle tempête à l'intérieur de la famille. Pour Constance et Albert, pour André et Suzy, la cérémonie ne pouvait se dérouler qu'à Bordeaux, en la cathédrale Saint-André. Côté Honorin et côté Decosse on imaginait plutôt ce baptême à Gujan ou à Saint-Ferdinand. Le sujet restait en suspens lorsque Suzanne demanda à Honorin de s'évader, un dimanche, sans Jean-Marie, pour se retrouver à deux et, en quelque sorte faire le point sur leur « métier » de parents de trente-six ans. Ils montèrent dans un bus jusqu'à Bazas pour une promenade en forêt. Quitte à passer par Bazas, ils en profitèrent pour visiter la cathédrale. Un coup de chance inouï – un signe, dirait Marie plus tard – ils pénétrèrent dans la nef alors qu'un organiste répétait. Et quel organiste, qui les gratifia d'un concert exceptionnel pour eux tous seuls ! Un régal qui incita Honorin, pour la première fois depuis des lustres, à prendre la main de Suzanne pour un moment de sérénité, un moment de plénitude. Mais un moment, seulement. Sur le parvis de la cathédrale, tous les deux encore bouleversés par la noblesse de cette musique et la beauté des vitraux, Suzanne l'interpela :

— Pourquoi t'as fait ça ?

— Pourquoi j'ai fait quoi ?

— Me prendre la main, dans l'église.

— Parce que c'était beau, parce que c'était bien. J'étais heureux et détendu. L'atmosphère de la cathédrale et ce concert privé m'y incitaient, sans doute.

Suzanne haussa les épaules et lui lança :

— Dépêchons, si nous voulons profiter du soleil en forêt.

Honorin songea que les deux sœurs étaient vraiment opposées. Il ne retrouverait donc jamais le romantisme fascinant de Francine…

Dans les bois ils parlèrent peu, se remémorèrent ce Noël exceptionnel en famille, avec Jean-Marie en vedette incontestée. Un Noël incroyable alors que le pays était en guerre. Une drôle de guerre… Honorin semblait ne plus craindre la mobilisation. Avec Suzanne ils s'accordèrent une bonne note comme parents, craignant seulement pour la santé fragile du petit. Personne ne leur avait transmis la façon dont il avait été soigné entre la naissance et ses six semaines. En quittant les bois de pins, ils s'accordèrent sur un autre point : le baptême de Jean-Marie se tiendrait à Bazas.

Pour la première fois André et Suzy firent preuve d'un esprit de famille élargi : les anciens jouets, le parc et quelques petits vêtements d'Edmond, leur tornade blonde, furent cédés à Jean-Marie. Honorin en ressentit autant de joie que de gêne. Joie de constater que les relations se détendaient avec la branche la plus dure des Thillet-Bordes, sentiment de gêne au souvenir qu'André n'avait pas daigné agir de même envers Claire à la naissance de Martine. Une gêne accrue avec la naissance d'Hervé, le deuxième bambin de Claire et de Richard. Un accouchement sans histoire cette fois, qui coïncida avec le baptême de Jean-Marie. Mathilde, Jules et Amalia y assistèrent aux côtés d'Édouard et de tous les Thillet-Bordes. Léonie s'était excusée. Marie, elle, ne resta que le temps de la cérémonie religieuse avant de courir rejoindre sa fille et son petit-fils.

Alors que la guerre s'intensifiait, alors qu'étaient publiés les noms des premiers « enfants du Bassin morts pour la France », Honorin fit découvrir Arcachon et sa région à sa mère qui comprit rapidement pourquoi son fils ne voulait plus en repartir.

Elle décida, maintenant qu'elle était grand-mère, d'être le plus souvent possible auprès de son petit-fils.

Peu de temps après la publication des noms des premiers morts pour la France, les municipalités du Bassin s'employèrent à soutenir leurs vaillants soldats au front en leur envoyant de nouveaux colis, après ceux de Noël, et à créer des centres d'accueil pour héberger les premiers réfugiés. Des familles entières qui fuyaient l'occupant, à nouveau maître en Meurthe et Moselle. Raymond accueillit un couple de Longuyon[29]. Avec eux, un bon nombre de Juifs de l'est du pays vinrent se terrer dans les bourgades de la petite mer. Tout le monde comprit que la drôle de guerre était terminée. Resurgissaient alors toutes les grandes peurs. Peu avant l'arrivée de l'occupant, les Arcachonnais, les Testerins et les Gujanais se sentirent plus solidaires que jamais, réunis par la peur. Le Repetto[30], le café maure d'Arcachon, ne désemplissait plus. Les grandes familles bordelaises y côtoyaient sans gêne les marins-pêcheurs de l'Aiguillon et les ostréiculteurs de Gujan qui venaient aux nouvelles.

* * *

Déjà que les bancs de poissons semblaient avoir fui la région par une curieuse coïncidence depuis la crise de 1929, ce n'était pas la guerre qui allait relancer la pêche industrielle. Elle fut même la première activité touchée, tant par la réquisition de plusieurs chalutiers que par le départ des hommes au front. Les Pêcheries Associées du Bassin, comme ses concurrentes, réduisirent l'activité de manière radicale. Les marins-

29 – Des réfugiés de Longuyon furent effectivement accueillis à Gujan en 1940.

30 – Aujourd'hui encore près de la place Thiers. N'a plus d'apparence maure.

pêcheurs encore présents sur le Bassin – des retraités pour la plupart – trouvaient le moyen de pêcher pour leur compte et de se transformer en petits cultivateurs pour subvenir. Le nombre des potagers décupla.

Damien parti au front, Honorin et Richard travaillèrent de concert en se faisant aider par Julien et à l'occasion par Riton. Mais Honorin se doutait bien que Paul ne passerait plus de commandes mirobolantes comme celles des deux années précédentes. Et il se voyait mal vendre aux Allemands. Un beau gâchis quand on avait en mémoire tout le naissain capté depuis deux saisons. Alors, entre deux séances pour retourner les panetières, ou pour se reposer du détroquage, les trois hommes, parfois quatre, se retrouvaient pour pêcher. Et Marie s'astreignait à jouer les marchandes de poisson dans Arcachon pour nourrir tout son monde et bientôt, glaner quelques tickets…

Julien, étonnamment vaillant, passait son temps entre le pilotage de la pinasse mauve pour la pêche, et le *« tatch »*, cette pêche-chasse aux canards, un procédé qui réapparaissait avec les premières restrictions et le besoin de remplir les assiettes. Riton et lui n'avaient pas d'équivalent sur la petite mer pour piéger les oiseaux avec leurs filets au raz de l'eau installés sur les crassats annexés par le vieux facteur. Et Marie, encore elle, vendait les cols-verts et parfois même quelques alouettes à Arcachon où subsistait une clientèle friande de ce qui devenait un luxe. Dans l'attente des prises, nocturnes le plus souvent, Riton et Julien écoutaient grésiller une vieille radio qui leur filtrait des nouvelles des armées. Des nouvelles ni enthousiasmantes ni rassurantes. Muets devant le poste, un verre de grappa à la main, ils écoutaient la litanie des noms des villes prises par les Allemands, les descriptions de l'exode et ces annonces effrayantes : « le fils

Untel est mort en héros ; le soldat Dupont, de Biscarosse, est prisonnier, en route vers l'est de l'Allemagne… »

De leur côté, Marie, Claire et Édouard se faisaient du mouron pour Gérard qui ne donnait plus de nouvelles depuis plusieurs semaines. Son escadrille devait ralentir l'avancée des panzers, sans succès à ce qu'ils entendaient chaque jour à la radio.

La nouvelle tant redoutée tomba au milieu du printemps : les Allemands encerclaient Paris et le gouvernement se réfugiait à Bordeaux. Il n'y eut qu'Albert pour déclarer que dans de telles circonstances c'était un bon choix ! S'en suivit un exode gigantesque de pauvres gens qui rencontraient des soldats désemparés et honteux qui tentaient, individuellement, de rejoindre leurs familles. Face à l'avancée inexorable des troupes nazies toute la France fuyait. Et ce fut l'armistice, cette détestable date du 16 juin 1940, cette tache indélébile pour tous ces Français qui croyaient en leur pays, en leurs dirigeants et en leur armée… Un dimanche noir avec comme décor la vision d'une débandade insensée et d'un exode indescriptible. Le lendemain un mot odieux défigurait la une des journaux : CAPITULATION. Marie et Édouard, comme toute la population catastrophée du Bassin, trouvèrent risible de recevoir simultanément les premiers avis de restrictions officielles : « Interdiction des bals », au prétexte que « les danses publiques sont intolérables tandis que nos enfants tombent au front » !

Quelques jours plus tard, le 27 juin, les Allemands prirent possession du Bassin et s'installèrent tout autour. Principalement à Arcachon et à Gujan. La kommandantur à la Régence et à la Hume, à Gujan, et dans les hôtels et les plus somptueuses villas, à Arcachon. Albert réussit à préserver la villa M. de la réquisition. Les troupes investirent l'usine Chancerelle à Gujan et des baraquements de fortune aux Abatilles. Sans tarder, l'État-major de l'occupant annonça la création de la ligne de démarcation qui coupait la France en deux. Avec comme conséquence immédiate la création des cartes d'alimentation. Que de cartes : pour les petits, pour les jeunes, pour les moins jeunes, pour les adultes, pour les vieux et selon les produits ! Vraiment de quoi s'y perdre !

Heureusement, il y eut ce 18 juin et l'appel du général de Gaulle pour les privilégiés qui réussirent à capter le discours. Un message d'espoir pour tous ceux qui vomirent d'emblée ceux qui acceptaient la capitulation. Marie, veuve de guerre, morte d'angoisse pour son fils Gérard mais combative en diable et indomptable, sut immédiatement qu'elle suivrait cette voie d'espoir et de liberté. Édouard, dans les oreilles de qui résonnaient toujours les bruits des bottes des Boches de 1917, ne mit pas longtemps pour choisir. Tout comme Honorin qui visualisait encore les parties d'échecs avec son frère dans la lingerie, mais qui, en réalité, avait d'autres préoccupations au quotidien. Élever Jean-Marie et tenir à flot l'élevage de Damien, porté disparu. Chaque dimanche les diatribes de son beau-père le ramenaient au dilemme de tant de Français.

— Qui c'est ce de Gaulle qui fuit son pays comme ses responsabilités, grognait Albert ? Pour moi c'est un lâche alors que la patrie a besoin de toutes ses forces rassemblées pour sortir du malheur la tête haute. C'est trop facile d'inciter à la rébellion des pauvres gens quasiment sans armes alors qu'on se trouve dans un hôtel à mille kilomètres des combats ! L'armistice était la seule solution pour ne pas réduire la Nation française à néant. Maintenant il faut composer en attendant des jours meilleurs.

Constance n'intervenait jamais, préférant s'occuper du petit Jean-Marie qui cavalait, insouciant, d'une pièce à l'autre dans la grande maison. Elle devinait malgré tout l'agacement contenu de son gendre et même la surprise chez sa fille. Elle se doutait bien qu'à l'Aiguillon la fibre rebelle prenait le dessus. Mais les rires de Jean-Marie lui faisaient oublier ce nouveau ferment de conflit interne. Jamais elle n'aurait imaginé qu'un bout de chou blondinet la ferait fondre et lui apporterait autant de bonheur. Alors elle n'écoutait même plus les invectives de son mari à l'encontre de ce de Gaulle, même si elle trouvait, elle aussi, que c'était trop facile de critiquer depuis l'étranger ceux qui vivaient l'occupation au quotidien. Le petit bonhomme parcourait fièrement le couloir en tapant sur un tambour d'enfant. Constance et Suzanne le suivaient avec délice en tapant des mains, ce qui le réjouissait encore un peu plus :

— Bon papa, toi ! Et il montrait la file.

Albert cessait son discours moralisateur et se plaçait derrière sa femme pour un défilé… tambour battant !

21

La capitulation, suivie de l'armistice, permirent à quelques hommes de rentrer au pays. Malheureusement on dénombra plus de blessés que d'hommes valides. Claire donna un peu de son temps pour soigner ces revenants aux regards perdus. Les hôpitaux ne désemplissaient pas.

En recoupant les récits de tous ces hommes rentrés au foyer, Marie put conclure que Damien Argain était vivant et prisonnier dans un stalag de l'est de l'Allemagne. Hélas, rien, le vide absolu concernant son fils Gérard. Minant et désespérant, mais Marie ne se laissait pas aller.

— Avec des personnes de sa trempe, disait Raymond, la France n'aurait pas perdu la guerre !

Aussi continuait-elle à glaner des informations tous azimuts grâce à la vente des poissons et des canards de Julien, y compris auprès des Allemands qui la payaient en Reichmarks ou en tickets de rationnement. Des maquereaux frais pour les Boches, cela faisait bien rire Édouard.

Quelques chalutiers, parmi ceux réquisitionnés, réapparurent. Beaucoup d'autres avaient sauté sur une mine, alourdissant la terrible liste des victimes en mer. Pas loin d'une centaine… Malgré les restrictions de fuel imposées par les Allemands la pêche redémarra et l'ostréiculture vivota. Richard et Honorin furent terriblement déçus de constater que les militaires allemands ne mangeaient pas d'huîtres, suite à une intoxication générale[31] qui avait entraîné un interdit *sine die*.

31 – Événement authentique.

— Sont même pas foutus de manger des huîtres, grognait Richard ! Avoue que c'est frustrant, Honorin. Soit ils en mangent et en remangent et on gagne notre pain, soit ils en mangent et en crèvent tous et on devient des héros de la Nation ! Mais non, ils se portent bien et dédaignent nos bons produits.

De fait, les Allemands festoyaient plus souvent qu'à leur tour, à la grande satisfaction d'Albert qui leur fournissait ses meilleurs crus tout en se réjouissant du redémarrage, même modeste, des Pêcheries Associées du Bassin. À Bordeaux, mais peut-être encore plus visiblement à Arcachon, les occupants écœuraient les populations avec leurs banquets et leurs beuveries alors que le couvre-feu était instauré. Tout le Bassin ressentait au quotidien la pression allemande, de plus en plus pénible. Au grand jour, les troupes d'occupation investissaient les plages et les officiers faisaient convoyer leurs bateaux de plaisance, parfois même en provenance de la Baltique. Alors, pour s'encourager, les riverains tentaient de capter les émissions de la France libre mais la transmission était presque toujours inaudible à cause du brouillage effectué par les Allemands. Édouard, Julien, Riton et consorts devaient se contenter de lire « l'Avenir d'Arcachon », la seule feuille de chou autorisée par les Boches. Comme ils regrettaient leur « Petite Gironde » !

Lorsque le petit Jean-Marie eut passé le cap de ses trois ans et demi, une situation nouvelle transforma le Bassin et attisa un peu plus la haine de l'occupant. Ce dernier décréta la mise en place d'une zone interdite[32] en vue de construire le mur de l'Atlantique à l'abri des saboteurs. Cette zone s'étendit sur une bonne dizaine de kilomètres à partir du rivage et créa des tonnes d'ennuis pour les riverains et pour les Bordelais. Ainsi,

32 – Durant l'été 1941.

tout Bordelais qui ne disposait pas d'une résidence principale à Arcachon ou sur les rives du Bassin, n'était plus autorisé à franchir la frontière de cette zone interdite. Impossible, donc, aux beaux jours, d'aller se baigner dans la petite mer. Incrédules au début, tous les Bordelais réalisèrent que les contrôles étaient stricts. Ne franchissaient le poste de contrôle de Lamothe que ceux disposant du fameux « *ausweis* » réclamé à chaque passage :

— *Ausweis, bitte !*

— Euh, non.

— *Nein ? Raus !*

Des centaines de gens étaient ainsi refoulés chaque semaine.

Au-delà de cette frontière imaginaire mais bien réelle et ô combien pesante, les Allemands imposèrent des règlements applicables à cette zone interdite. Les nombreux détracteurs de l'Avenir d'Arcachon purent au moins y lire ces nouvelles mesures. Édouard en fit le détail à Marie devant Claire, Suzanne, Honorin, Richard et Julien :

— Passage à l'heure allemande[33]

—Pfutt, fit Julien, change rien !

— Tu as tort, Julien, répliqua Édouard. Écoute la mesure suivante : couvre-feu, de vingt-trois heures à six heures du matin. À appliquer à l'heure allemande.

— Cela va décaler un peu nos horaires, à Honorin et à moi, souligna Richard, mais on saura s'adapter.

— Les huîtres aussi, j'espère, s'amusa Édouard, qui continua :

Tous les réfugiés doivent rentrer chez eux.

— C'est leur problème, aux Boches, commenta Marie ! Si les réfugiés veulent rester ce n'est pas nous qui allons les chasser !

---

33 – Deux heures de plus par rapport au soleil. Berlin est très à l'est.

— Attention, reprit Édouard, s'ils décident de rester, les Boches pourraient nous obliger à les dénoncer. Et voici mieux encore : interdiction de toute forme de sabotage. Cela paraît un peu idiot, ils ne vont pas nous demander l'inverse !

— Non ce n'est pas idiot répondit Marie. Nous voilà tous prévenus, tous. Je veux dire les éventuels saboteurs comme les autres. Alors, au moindre sabotage, à la moindre tentative, ils vont condamner et fusiller. Au hasard !

— Tu as raison, je l'admets. Je continue : lumières interdites la nuit. Obligation de calfeutrer toutes les ouvertures et d'obstruer tous les passages de lumière.

— Ils savent bien que c'est impossible, rétorqua Suzanne.

— Bien sûr qu'ils le savent, mais je vais te dire, ce n'est pas bien compliqué d'en faire un minimum, inefficace, pour démontrer notre bonne volonté.

— C'est une plaisanterie, oncle Édouard ! Tu as vu, dans Arcachon ? Les hôtels et les maisons occupés sont tous allumés, fenêtres ouvertes, et je te parie, tard dans la nuit. C'est ridicule !

— Ridicule, je l'admets, mais méfie-toi quand même. Je ne vais pas te rappeler la guerre précédente, je sais combien cela t'agace, mais crois-en mon expérience. Ah, autre chose, les cafés sont interdits aux moins de dix-huit ans. L'alcool fort – plus de 16° – est interdit, et tous ceux à moins de 16° sont autorisés trois jours sur sept. Honorin, je te charge de transmettre cette mesure salutaire à ton ami Riton ! Ah, pour Richard et pour toi, l'ostréiculture est autorisée de six heures à vingt-deux heures. Le reste nous intéresse moins, sauf moi peut-être, il s'agit des restrictions pour la navigation de plaisance.

— Tu vas avoir des problèmes de commandes, s'enquit Honorin ?

— Pas si sûr, mon neveu. Avec le rationnement en essence la voile va reprendre ses droits. Je vais construire des pinassottes ! Pourquoi pas ?

Marie ne décolérait pas. Elle écoutait Édouard qui débitait la liste des interdictions alors que les Allemands, comme venait de le souligner Honorin, festoyaient à longueur de soirées dans les villas les plus somptueuses et les meilleurs hôtels allumés toute la nuit. Devant Suzanne elle n'osa point préciser que ces officiers fêtards se fournissaient quasiment tous chez Albert pour les grands vins. Elle venait d'apprendre que son frère avait ses entrées à la kommandantur de Bordeaux. Encore heureux qu'il ne paradait pas. En attendant il s'enrichissait, tout en se faisant apprécier par les Allemands.

Albert fut convoqué à la kommandantur peu de temps après la publication des mesures applicables à la zone interdite. Le feld-maréchal qui le reçut – avec beaucoup de déférence, du moins au début – entama un long monologue, mettant en avant le commerce lucratif du Français grâce aux armées allemandes. Indéniable.

— *Herr* Thillet-Bordes, poursuivit le gradé au crâne dégarni en prenant son cigare entre le pouce et l'index comme pour l'examiner, vous vivez fort bien grâce aux officiers du Reich, je le répète. Tant mieux, tant mieux. Et vos vins sont toujours des nectars magnifiques, je peux en témoigner personnellement. Cela vaut bien quelques petits services, n'est-ce pas ?

— Que voulez-vous dire, monsieur le feld-maréchal ?

— Vous me comprenez parfaitement, *Herr* Thillet-Bordes, poursuivit l'officier avec une intonation mielleuse. Aidez-nous en nous fournissant quelques petites informations et votre négoce sera plus florissant que jamais. Qu'en dites-vous ? *Wonderbach* !

— Précisez-moi, s'il vous plaît, à quels types d'informations vous faites allusion.

— *Ja, Ja*, très simple, *Herr* Thillet-Bordes, très simple. Quelques exemples. Faites-nous une liste des réfugiés encore cachés dans la zone interdite, autour d'Arcachon.

— Je vous interromps, monsieur le feld-maréchal, il faudrait que je puisse me rendre dans la zone en question.

— *Ach*, vous me faites rire, *Herr* Thillet-Bordes, je vous signe immédiatement tous les *ausweis* que vous voulez, vous le savez bien.

— Entendu. Quoi d'autre ?

— Obtenez les noms des saboteurs des lignes téléphoniques, et des lignes électriques. Je vous précise que dans les deux cas cela s'est produit près de *Gouyan*. Là où habite une partie de votre famille, n'est-ce pas ?

— Pure coïncidence, je vous l'affirme haut et fort, monsieur l'officier !

— Pas si sûr, *Herr* Thillet-Bordes. Nous surveillons une certaine madame Decosse, Marie Decosse, votre petite sœur, je crois…

— En pure perte, je vous le dis tout net ! La pauvre a d'autres chats à fouetter avec ses enfants et ses petits enfants.

— Renseignez-vous tout de même auprès d'elle. Débrouillez-vous, nous voulons des noms !

— C'est que… nous sommes un peu en froid ces derniers temps.

— Ah, ah, ah, alors faites réchauffer, *Herr* Thillet-Bordes, réchauffez ! Buvez ensemble une de vos bonnes bouteilles ! Vous saurez réchauffer, en fin diplomate et en bon négociant que vous êtes, ah, ah, ah !

— Et si je refuse ?

— Ah, ah, ah, décidément vous me faites rire, *Herr* Thillet-Bordes ! Rien de plus simple, nous n'achèterons plus votre vin, quitte à vous le confisquer. Vous comprenez, n'est-ce pas ? Je n'en ai pas terminé. La vermine juive, toute celle exilée d'Alsace et de Lorraine, se cache dans des foyers du Bassin d'Arcachon. Ces familles d'accueil doivent impérativement les renvoyer. Je vous fais confiance, Monsieur Thillet-Bordes, usez de votre influence et mettez ces familles en demeure de les expulser, ou « couic » !

L'officier passa son pouce le long de son cou.

— Là, sincèrement je ne sais vraiment pas comment m'y prendre monsieur le feld-maréchal.

— Utilisez vos relations, vos amis, votre très chère sœur, ah, ah, ah ! Elle doit en savoir beaucoup plus que vous imaginez. Allez mon ami, vos grands crus nous enchantent. Alors, faites que cela continue, pour vous comme pour nous.

Il attendit un moment, jouant avec les cendres de son cigare, et reprit, très lentement :

— Je vous ferai signe, *Herr* Thillet-Bordes. Dans trois mois. C'est long trois mois. Je sais que vous m'apporterez des résultats. D'excellents résultats.

Albert, les jambes en coton, tremblait comme une feuille morte au vent d'automne. Incapable de marcher, il entra dans un café pour commander un express et un verre de vin. Songeur, il conclut qu'il n'évoquerait pas cette conversation avec Constance et, a fortiori, avec qui que ce soit d'autre. Sans les achats massifs de l'armée allemande son négoce partait à vau-l'eau. Pas question de perdre ce marché.

— Non, pas question, asséna-t-il pour lui-même en tapant sur la table !

— Voilà, voilà le café, cria le garçon !

— Pas question, poursuivit-il, d'autant que la situation de Suzanne et d'Honorin n'est pas florissante. Je vais devoir les aider, cela me semble évident. Qui d'autre que moi peut aider les enfants ? Certainement pas André et encore moins Marie, encore qu'avec elle... Puis-je gagner du temps ? Difficile, l'officier a pris les devants en m'imposant ce rendez-vous dans trois mois. Cette liste des réfugiés d'abord... lui en distiller un petit nombre par trimestre. Les saboteurs, difficile, pour ne pas dire impossible. En admettant que ce qu'il me rapporte sur Marie soit vraisemblable, elle ne dira rien. Elle mériterait pourtant une petite leçon. Les Juifs ? Il faut les trouver. Si j'arrive à cerner deux ou trois noms la kommandantur aura l'impression que je joue le jeu. Je vais essayer, je me dois d'être conciliant, je n'ai pas le choix. Il en va du futur de mon négoce, de l'avenir de mes enfants.

Albert avala d'un trait son verre de Graves qu'il trouva astringent. L'effet du discours de l'Allemand qui lui restait sur l'estomac ou peut-être le fait d'avaler un grand cru, à jeun, juste après un grand café, à onze heures du matin ? Il accusa le café, régla et sortit, de fort mauvaise humeur.

La population du Bassin s'adaptait tant bien que mal à l'occupation et à cette barrière de la zone interdite matérialisée par le poste de contrôle de Lamothe. Honorin partageait son temps entre l'ostréiculture avec Richard et son rôle de père qu'il prenait très au sérieux. Suzanne, de son côté, en faisait un minimum, arguant qu'elle s'occupait également de son deuxième petit : Raymond. Elle rêvait surtout de défier des officiers allemands au tennis, ce qu'Honorin n'appréciait pas et ne lui cachait guère. Pour elle la démarche était naturelle et même intelligente : à pratiquer ensemble ce divertissement, l'occupant n'en deviendrait que plus conciliant. Pour une fois Honorin mit de la fermeté dans son refus. Suzanne ne lui répondit pas. Elle retarda simplement de quelques semaines son envie d'échanger des balles avec un officier – un bel homme, tant qu'à faire ! Avec le mutisme de Clément, mobilisé comme tant d'autres, Suzanne s'était rabattue sur un aristocrate médocain, un client de son père, qui frisait la soixantaine et qui vivait de ses rentes. Du moins le prétendait-il. Ce Jérôme portait en lui quelque chose d'anachronique et désuet, mais il était galant, adorait le tennis et se débrouillait avec une raquette. Et en plus il engageait sa partenaire à proposer une partie de double aux Allemands.

Richard et Honorin alternaient entre le travail sur parc, aidés par Julien, et le travail au chai. Paul leur rendait visite à l'occasion et commençait toujours par demander des nouvelles de Damien. Honorin abandonnait alors le désatroquage et ils discutaient expéditions. Paul ne réclamait plus les quantités astronomiques de 1938 et même de 1939, mais malgré tout ses commandes permettaient à Richard et à Honorin de nourrir leurs deux familles. Sans aucun extra.

Jean-Marie, le petit blondinet de quatre ans, faisait la joie de tous, depuis Constance jusqu'à la petite Martine en passant par Marie, Édouard et Claire. Sans oublier Raymond, enchanté de garder le petit bonhomme depuis qu'il était propre. Le changer, le langer, cela ne lui convenait guère car il craignait avant tout sa propre maladresse. Avec une patience d'ange – dont il ne se croyait pas capable – il lui apprenait à compter et surtout à découvrir la vie sur le Bassin. Les animaux, les chantiers, les mouvements de la mer et ceux de la lune. Intarissable.

— On marche tous les deux à la même vitesse, s'amusait le vieil homme, alors je dois en profiter. Jean-Marie me sort un peu !

Ils marchaient jusqu'à l'atelier d'Édouard qui construisait des bateaux. La caverne d'Ali-Baba ! À l'issue de chaque visite le petit bonhomme repartait avec un morceau de bois joliment poli par son grand-tonton. On commençait à lui parler d'école mais lui n'avait d'yeux que pour les bateaux, la mer et les poissons que vendait tante Marie près de la plage. Même avec Martine c'était moins bien. Elle ne pensait qu'à ses poupées. Jouer au papa et à la maman c'était rigolo une fois mais cela devenait vite barbant. C'était mieux chez oncle Édouard qui, taquin, s'acharnait à faire dire « pinassotte » à son petit-neveu. Avec son cheveu sur la langue, Jean-Marie le ravissait. Et il reprenait, tout sourire et avec du soleil pour le reste de la journée, le polissage de ses pinassottes qui se vendaient aisément à des Bordelais qui les louaient à des retraités ravis de pouvoir pêcher sur le Bassin. Avec le rationnement en essence à vingt-cinq litres par mois et par bateau, les pinassottes redevenaient les reines de la petite mer.

En dehors de ces moments de douceur, inestimables, l'atmosphère dans la zone interdite se détériorait rapidement. Surtout depuis la décision de la construction du mur. Un mur composé de deux lignes : une première ligne de défense maritime, le long de l'océan, et une deuxième ligne au niveau des lacs et du canal. Cette deuxième ligne déplut forcément à tous ceux qui vivaient à l'arrière du bassin et qui se croyaient à l'abri de ces monstres de béton[34]. Le début des travaux de construction coïncida avec le début des sabotages en tout genre. Aussitôt l'angoisse tirailla les anciens, qui savaient combien les Allemands rendaient coup pour coup sans état d'âme. Les champions des représailles ; des

34 – Subsistent ainsi au niveau de Gujan, un blockhaus à la Chêneraie et un tobrouk – petit blockhaus pour un seul soldat et sa mitrailleuse – à un carrefour.

représailles qui glacent les sangs. Édouard, le premier, craignait pour des innocents, qui par pures représailles, risquaient d'être exécutés ou envoyés dans ces ignobles trains de la mort jusqu'à ces indescriptibles camps de prisonniers. Et désormais, avec comme premières victimes, les Juifs, ou ceux simplement soupçonnés d'être Juifs, ou ceux soupçonnés d'avoir caché des Juifs. Honorin aussi tremblait, lui qui venait juste de s'engager dans un petit noyau de résistants de Gujan. Il soupçonnait son beau-père d'être en excellents termes avec l'occupant, et lui s'engageait, un peu à l'aveuglette, il l'admettait, au nom d'une certaine idée de la France. Pas celle de Pétain, pas celle de Vichy.

Avant même de se lancer dans ses premières actions de résistant il dut faire face avec Marie et Julien à un problème direct avec les occupants. Ces derniers voulaient réquisitionner la pinasse mauve pour opérer la surveillance interne du Bassin. Par deux fois, Marie et Honorin accompagnèrent Julien – propriétaire à nouveau en l'absence de Gérard – qui n'arrivait plus à marcher, jusqu'au Grand Hôtel au Q.G. allemand. Ils furent reçus les deux fois par un lieutenant de fort belle prestance. Marie décida de parler pour les deux hommes. Elle plaida sans peine les handicaps et la situation de Julien, arguant que la pinasse mauve était son gagne-pain, accessoirement celui d'Honorin, et que des pinasses et autres bateaux pullulaient sur la petite mer. Et surtout des plus récents et des plus rapides. Elle conclut en ajoutant que la pinasse mauve représentait un symbole depuis des lustres et que lui adjoindre un drapeau flanqué de la croix gammée serait une grave erreur psychologique vis-à-vis de la population. Le jeune officier fronça les sourcils, n'appréciant que moyennement la dernière remarque de cette femme de tête. Malgré tout il ne put que constater l'état de Julien et congédia le trio en soulignant qu'il ferait de son mieux pour réquisitionner un autre bateau.

Ils n'entendirent plus parler de cette affaire jusqu'au jour où, deux semaines plus tard, Julien débarqua chez Marie avec un sourire jusqu'aux oreilles :

— Pinasse Lacaze, Lacaze, Andernos, avec drapeau allemand ! Moi tranquille maintenant, hein ?

— Elle est rapide et solide, cette pinasse, demanda Marie ?

— Rapide. Solide, non si Allemand pilote !!!

Et il partit dans un grand rire nerveux, visiblement soulagé.

La première rentrée scolaire des petits, Martine et Jean-Marie, fut inoubliable. Encore que les parents eussent probablement préféré une autre… entrée en matière. Les instituteurs et les institutrices, avec tous les enfants, lancèrent la chasse aux doryphores ! Une lutte officielle, décrétée par Pétain en personne et dotée de prix pour ceux qui en tueraient le plus. Jean-Marie et surtout Martine étaient trop petits et trop intimidés pour concourir avec les grands. Mais Jean-Marie, en rentrant de chaque demi-journée de classe se faisait intarissable sur cette chasse qui occultait – du moins à ses yeux – tout le reste à l'école. Suzanne et Honorin se régalaient à l'écouter au point que le jeune papa regrettait amèrement que Mamie Mathilde ne puisse venir voir son petit-fils. Combien de temps faudrait-il attendre ? Du coup Suzanne eut l'idée d'inviter Raymond plusieurs fois à dîner pour qu'il puisse profiter des récits du gamin. Avec force gestes, Jean-Marie faisait semblant de lancer sa tapette, poursuivait un animal avec une règle et, mieux encore, imitait carrément l'insecte qui filait le long des murs. Tout juste si Raymond n'en pleurait pas de rire. Suzanne raccompagnait à chaque fois le vieillard chez lui tandis qu'Honorin, seul avec son fils encore tout excité, voyait apparaître sur le mur, derrière le gamin, le doux visage de Francine qui lui souriait. Comme si elle le complimentait pour ses efforts de père. Par deux fois il se surprit à ordonner à « Honorin » de se coucher sans bruit, sous peine d'être privé d'histoire.

— Ah, ah, ah, Papa, tu te trompes ! Honorin, c'est toi !

22

Un brouillard opaque tombait sur Bordeaux. Albert Thillet-Bordes se dirigeait vers la kommandantur, convoqué par le feld-maréchal. Tout en marchant il soupesait la valeur de ce qu'il apportait dans sa serviette en cuir, face au développement inespéré de son négoce. Satisfait, il conclut que les Allemands devenaient dépendants. Dépendants des nectars du Médoc pour leurs fréquentes agapes. Alors, mieux valait que ce fut lui le fournisseur exclusif. Quitte à en payer le prix. Le feld-maréchal le reçut immédiatement, jovial :

— Alors, *Herr* Thillet-Bordes, quelles bonnes nouvelles ? Je vous écoute.

Albert ouvrit religieusement son cuir et en sortit un premier papier. Les yeux rivés sur le texte, il lut à voix haute et sans bégayer :

— Famille Hauterive, de Gujan. Elle abrite une petite Agnieszka, une juive polonaise. Cette petite vous apprendra si elle a des frères et des sœurs cachés dans la région. Famille Cazenave, de Lugos. Elle héberge, elle aussi, une autre petite juive polonaise prénommée Maja. Trois familles de Toul, et deux autres de Longjumeau, sont réfugiées dans le quartier du cimetière, à La Teste. J'ai ici les adresses précises.

— Quoi d'autre, Monsieur, quoi d'autre ?

Albert remarqua le changement dans l'intonation du feld-maréchal. Dans ses petits souliers, il répondit :

— Monsieur l'officier, ce sera tout pour cette fois. J'estime qu'il s'agit là d'un excellent résultat. Vous devez comprendre que je tiens à conserver ma réputation, d'une part, et que je me méfie de tous ces résistants qui rôdent de plus en plus autour du Bassin, d'autre part.

— Non, Monsieur, ce résultat ne me satisfait pas. C'est un résultat, comment dites-vous en français, risible. Oui, risible !

— Mais, comprenez-moi, je dois impérativement éviter de me brûler les ailes, sous peine de ne plus rien obtenir !

— Vous, écoutez-moi ! Je prends note de vos informations. Sachez tout de même que mes troupes ont déjà arrêté la fille polonaise de Lugos et ses hôtes.

Les bajoues du feld-maréchal viraient du rouge clairet au rouge profond des grands Médoc…

— Désolé de vous préciser, *Herr* Thillet-Bordes, que sans votre liste de réfugiés votre pêche n'aurait été que de la foutaise. Faites preuve d'efficacité et apportez-moi plutôt la liste des saboteurs de nos lignes téléphoniques. Je veux les chefs, *Herr* Thillet-Bordes, je veux les chefs ! Pas uniquement ces vauriens d'exécutants ! Aujourd'hui, je suis très déçu, avec vos peccadilles. Rendez-vous dans trois mois exactement. Je compte sur une véritable coopération. N'oubliez pas que depuis notre précédente rencontre nos commandes ont presque doublé ! *Auf Wiedersehen, Herr* Thillet-Bordes.

Albert le savait, qui rachetait des millésimes entiers de grands crus à ses concurrents incapables de trouver des débouchés. Ils vendaient à Albert des milliers de cols à prix cassés, qu'il refourguait aux Allemands au prix fort. Un trafic particulièrement lucratif. Il quitta la kommandantur avec une inquiétude à peine perceptible et décida d'aller soudoyer Éliane. La vieille domestique courait les marchés, infestés de résistants. Elle lui indiquerait des noms intéressants.

— Monsieur Albert, brama la pauvre vieille aussi abasourdie par la nature des questions qu'exaspérée par le ton mielleux, vous m'écœurez ! Encore heureux que je ne reçoive mes ordres que de Madame Constance, sinon je vous balançais mon tablier à la figure ! Pour conclure, je vous le dis tout net : vous frappez à la mauvaise porte. Je ne connais aucun résistant et encore moins de saboteurs. Et, croyez-moi, si j'en connaissais un, un seul, vous comme vos amis Monsieur Albert, vous me brûleriez vive que vous n'obtiendriez pas ce nom !

Albert se mordillait les lèvres, embarrassé devant l'impétuosité soudaine de sa domestique et inquiet, malgré tout, de s'être dévoilé pour rien.

* * *

Les sabotages se multipliaient. Les lignes téléphoniques et les lignes électriques étaient les cibles principales. Au tout début, Honorin trouva ces actes plutôt simples à exécuter mais il constata, comme ses collègues, que l'occupant savait bigrement s'organiser. Tous les convois étaient désormais accompagnés de fantassins à moto, prêts à jaillir dans les maisons comme en forêt à la moindre alerte. Ils allaient même instaurer le STO[35] qui priverait la résistance de forces vives, même si certains décideraient de prendre le maquis. Un si petit nombre. Le pire, sans doute, fut cette mesure de mai 1942 qui rendait obligatoire le port de l'étoile jaune, accompagnée des rafles anti-juives à Arcachon et à Lugos. Depuis le début de ces actes odieux les occupants n'étaient plus allemands mais nazis.

Puisque les nazis s'organisaient, les résistants tentèrent de le faire également en se dotant d'un chef pour les opérations sur le

35 – Service du Travail Obligatoire, février 1943

Bassin. Des familles de résistants prirent le relais des familles d'accueil pour cacher des enfants juifs officiellement disparus. Quant aux Français ni collabos ni résistants, ils se démenaient pour venir en aide aux prisonniers de guerre. Les enfants des écoles préparaient des colis remplis de vivres et de lainages tricotés par leurs mamans.

Mais cette année 1942 fut avant tout pour Marie et ses proches celle de la nouvelle de la mort avérée de Gérard. Une simple lettre administrative des armées de l'air notifiait que son chasseur s'était écrasé en Alsace occupée. La lettre précisait que son corps avait été retrouvé et identifié par les Allemands. Des Allemands qui venaient seulement d'envoyer une liste, un an après les faits. Gérard Decosse et trois de ses collègues reposaient dans un cimetière de village près de Colmar. Tous les quatre recevaient, à titre posthume, la médaille militaire pour faits d'armes en temps de guerre. Marie réagit moins de huit jours plus tard en s'impliquant avec rage et conviction dans la résistance.

À peine cette désastreuse nouvelle difficilement absorbée, ce fut au tour de Raymond de rendre l'âme. Un Raymond épuisé mais heureux, au bout du compte :

— Je regrette de mourir maintenant, uniquement parce que mon pays est sous le joug d'un occupant qui sème le Mal. Je meurs heureux, malgré tout, car je vais retrouver Monique, qui me manque tellement. Je lui conterai tout l'amour que j'ai reçu pendant son absence. Merci Marie, merci Édouard à qui je lègue tous mes biens. Oui, tu peux être fier d'avoir pris le relais alors que je croyais mon chantier moribond. Et merci enfin à ma petite Suzanne que j'aime comme ma fille et qui est une maman magnifique. Je vais même te faire une confidence, ma chère enfant. Je suis content de quitter cette terre. Tu auras ainsi beaucoup plus de temps à consacrer à ton petit Jean-Marie. Celui-là aussi, je lui dois beaucoup. Oui, ces dernières crises de fou rire vont me laisser une image joyeuse de notre grosse boule parfois si ingrate…

* * *

Honorin supportait de moins en moins son beau-père et il ne lui cachait même plus :

— Vous êtes négociant dans l'âme. Mais avec l'occupant, vous exagérez ! Vous tirez des bénéfices exorbitants de ce négoce honteux. Ce n'est pas moral.

— Honorin, je ne pense pas que vous soyez bien placé pour me donner des leçons de morale. Qui a fait le malheur de notre famille ? C'est vous ou c'est moi ? Je vends mon vin – que vous appréciez, vous comme tant d'autres – à qui veut et à qui peut l'acheter, comme je l'ai toujours fait. Et ainsi je nourris bien ma famille, la vôtre comprise.

— Je n'ai nul besoin d'aumône, je ne vous demande rien.

— Ma fille si, parfois…

Honorin ruminait encore les propos indécents de son beau-père en retrouvant Daubry, Mestre et Lapeyre, ses chefs directs du noyau de résistance Arcachon-Gujan. Daubry regrettait amèrement une querelle de clochers imbécile qui empêchait les Testerins de se joindre à eux… Daubry décidait des dates des réunions en changeant systématiquement le lieu de rendez-vous d'une fois sur l'autre. En ce mois de septembre 1942 ils se retrouvaient en pleine forêt des Landes, dans une palombière délabrée dans laquelle on devinait encore les cordes qui actionnaient les appeaux. Honorin pensa très fort à Aurélien que Marie décrivait comme un chasseur d'exception. Daubry était installé devant une vieille table moisie, encadré de Mestre et de Lapeyre. Deux hommes venus d'Arcachon leur faisaient face. Honorin s'assit à côté d'eux. Trapu, Daubry laissait apparaître un caractère bien trempé, ce caractère indispensable du meneur qui donne confiance. Il rappela leur tâche essentielle : accumuler les sabotages de lignes téléphoniques et électriques et les attaques de convois de matériaux dans le but de ralentir voire de stopper la construction du mur de l'Atlantique. Dès leur première rencontre Honorin fit de Daubry un forestier, plus exactement un résinier. L'homme était son relais direct et, vraisemblablement, Mestre et Lapeyre ceux des Arcachonnais. Daubry, en a parte, avait avoué à Honorin que l'un de ses deux collègues n'accordait pas sa confiance à Vercoutre, le gendre d'un collabo notoire.

— Mais non, avait répondu Honorin, il se trompe. Mon beau-père vend son vin à l'occupant, je le sais bien, mais ça s'arrête là.

— Désolé de vous décevoir, mon vieux. Albert Thillet-Bordes renseigne, ou tente de renseigner la kommandantur de Bordeaux en échange de ventes faramineuses de grands vins. Il a déjà donné des Juifs…

— J'ai du mal à l'admettre.

— On s'en fout, c'est votre problème ! Nous sommes deux à vous faire confiance, c'est suffisant, non ?

— Et pourquoi vous me faites confiance ?

— Parce que le chef se porte garant de vos convictions.

— Le chef ?

— Oui, le chef du réseau pour le Bassin, qui nous transmet toutes les consignes. Un certain ou une certaine Jacqueline. Un nom d'emprunt, un nom de code. Ne m'en demandez pas plus, cloisonnement oblige. Et d'ailleurs je n'en sais pas plus.

Daubry déclara de sa voix profonde :

— Au boulot, Messieurs ! Un convoi de bétonneuses doit arriver lundi après-midi, dans trois jours, pour accélérer la construction du mur au nord de la grande dune. Jacqueline nous missionne pour arrêter et détruire ce convoi qui ne doit jamais atteindre Le Pyla. Toujours selon Jacqueline, le convoi empruntera la route de Bordeaux et nous devons l'intercepter au sud-ouest de Biganos, à quelques encablures du poste de Lamothe. Nous couperons des troncs après un virage pour les abattre au dernier moment. Nous disposons de grenades pour détruire les bétonneuses, toutes les bétonneuses. Ordre de dispersion immédiate après le lancer des grenades. En voilà trois chacun. Deux offensives et une défensive. J'insiste, ne visez pas les véhicules militaires, visez les bétonneuses avec les grenades défensives. Ne loupez pas votre coup et foutez le camp ! Les grenades offensives vous serviront pour protéger votre fuite.

Honorin tremblait. Il s'était engagé et le voilà qui fixait ses trois grenades. Il devait se prouver à lui-même ce dont il était capable. Inquiétant et fascinant à la fois. Plus d'échappatoire. Les deux Arcachonnais gardaient le silence. Daubry et Mestre faisaient le guet. Lapeyre ne participait pas à l'opération :

— De toutes les façons on nous annonce cinq bétonneuses. Inutile d'être six.

Le ton cassant ne laissait aucune place aux questions.

— Tant mieux, conclut Honorin pour lui-même, il me déplaît celui-là, avec son visage énigmatique pour ne pas dire hermétique. Je parierais bien que c'est lui qui se méfie de moi. Il a l'air de se méfier de tout le monde.

Vers dix-huit heures, alors que les hommes cachés luttaient pour ne pas s'assoupir, un ronronnement de moteur les sortit de leur léthargie. Près de la route, Daubry leva un bras. Aussitôt les trois voltigeurs s'approchèrent de lui :

— C'est le bon convoi, chuchota Daubry. Merde ! Ils ont trois side-cars en avant-garde. Ah, les salopards ! Soit ils s'organisent de mieux en mieux, soit un mouchard les aura prévenus.

— Un mouchard, dit Léo, l'un des deux Arcachonnais ?

— Tout est possible, hélas. Bon, on s'active. Changement de tactique. On n'attend plus qu'ils se retrouvent bloqués par les arbres au sol. On vise maintenant, dès qu'ils amorcent le virage et on se disperse immédiatement. Personne par le nord. Vite, les voilà ! Appliquez-vous !

Le convoi s'approchait et amorçait un virage vers la gauche des résistants. Ces derniers laissèrent les trois side-cars armés s'engager dans le virage en espérant qu'ils peineraient à faire demi-tour, puis à les repérer et enfin à les poursuivre dans la forêt. Lorsque le troisième des cinq camions amorça son virage, Daubry lança l'ordre. Mestre et Honorin firent mouche et Daubry, qui visait le cinquième, le plus difficile à atteindre, également. Henri vit sa grenade exploser sous la cabine du camion, un demi-succès, mais Léo rata son lancer. En un éclair les trois motards firent demi-tour et foncèrent sur les agresseurs, tandis qu'un véhicule blindé, à l'arrière, crachait des centaines de balles en direction de la forêt.

Honorin courait comme un fou, parfois accroché par les ronces. Plus il courait, plus il lui semblait qu'une moto se rapprochait, inexorablement. Quoi faire ? Il ne se posa pas longtemps la question : il essuya un premier tir de pistolet-mitrailleur et ne dut la vie qu'à la densité de la forêt. Caché derrière un gros pin, il aperçut un motard et un fantassin tenter de rattraper l'agresseur qu'il était. Les deux hommes restaient côte à côte. Le motard, mal à l'aise, stoppa le side-car et dégaina son p.- a.[36]. Honorin tremblait mais parvint à dégoupiller une grenade. Il compta, comme on lui avait appris, jusqu'à trois et lança la petite charge de toutes ses forces. Résultat parfaitement efficace... Il n'osa point s'attarder sur les dégâts et encore moins récupérer les armes comme on lui avait recommandé. Il fila, les jambes à son cou. Au bout d'une éternité il avait parcouru deux kilomètres. Il s'arrêta pour reprendre son souffle dans une palombière confortable. Était-il raisonnable d'y rester ? Il ressortit et découvrit un panneau de direction « Petit Candos ». Hélas, il ne connaissait personne dans ce village. Il attendit qu'il fît nuit noire pour reprendre, vers l'ouest cette fois. Tel un animal traqué, il courait de palombière en palombière, guettant le moindre bruit. Suzanne devait mourir d'inquiétude, mais qu'y faire ? Il avait fait son choix et ne pouvait pas parler. Même à sa femme. Surtout à la fille d'Albert Thillet-Bordes !

À l'approche de minuit il eut très peur. Il se rendit compte qu'une autre personne marchait en parallèle à moins de cent mètres de lui. Discrètement, mais distinctement. Sans doute était-il repéré, lui aussi. Il marcha encore un kilomètre lorsqu'il distingua une silhouette familière, celle d'un homme trapu.

— C'est Daubry, c'est sûrement Daubry !

Effectivement, Daubry s'approchait.

— Je t'ai reconnu, Honorin. Bien joué, fils ! Une seule bétonneuse arrivera au Pyla. Je me demande quand même ce qui a pu rendre les Allemands aussi méfiants.

Honorin nota avec une once de fierté que le chef résistant le tutoyait pour la première fois.

— Une trahison ?

---

36 – P.-a. : pistolet automatique (revolver).
Pistolet-mitrailleur, nom exact de l'arme communément appelée « mitraillette ».

— Possible. J'espère que non. Si c'était le cas ce serait catastrophique.

— Pourquoi ?

— Réfléchis un peu, tu vas deviner…

— Honorin réfléchit quelques secondes, puis lâcha, à voix basse :

— Lapeyre ?

— J'en ai peur, effectivement. Je n'ose y croire. Pourtant, s'il y a trahison, c'est lui. Ou Jacqueline, mais ce serait trop gros. Impensable ! Bon, va te cacher chez toi, petit. Et ne dis rien à ta femme. Demande-lui simplement qu'elle confirme que tu étais à ses côtés depuis le début de la soirée. Elle comprendra. Surtout si demain elle lit l'Avenir d'Arcachon et en fin de semaine le Journal d'Arcachon. On sort notre deuxième numéro ! Retrouvons-nous dans trois semaines, à dix-neuf heures, pour une partie de pêche à la jetée de la Chapelle. Viens avec du matériel de pêche pour donner le change. Ce sera dimanche, et marée haute.

Honorin ne jugea pas nécessaire de s'expliquer avec Suzanne. Elle comprit immédiatement et lui asséna, sévèrement :

— As-tu le droit de prendre de tels risques, Honorin ? Tu es père de famille, je te le rappelle. Tu as fait des pieds et des mains pour adopter Jean-Marie et, pour une mort en héros, tu accepterais de l'abandonner avant même ses cinq ans ? Tu n'es pas sérieux.

Il ne répondit rien. De très bonne heure il rejoignit Julien sur la pinasse mauve pour filer sur les parcs.

Les Allemands, fous furieux d'avoir perdu quatre bétonneuses géantes et trois hommes sans parvenir à attraper le moindre résistant, augmentèrent la pression et les mesures de rétorsion sur la population du Bassin. Albert, de son côté, fut convoqué à la kommandantur plus tôt que prévu et y resta près de six heures. Dans la même semaine les nazis effectuèrent une nouvelle rafle anti-juive. Plusieurs enfants marqués de l'étoile jaune dans le dos ne réapparurent pas à l'école Gambetta de Gujan. On apprit qu'il en fut de même dans d'autres établissements, d'Arcachon jusqu'à Arès.

En ce dimanche de fin octobre, Honorin aperçut le corps trapu de Daubry arc-bouté sur la balustrade de la jetée de la Chapelle. La silhouette, déformée et comme porteuse d'une malédiction, agitait un petit carrelet qui contenait une prise modeste. Aux côtés de Léo et d'Henri, Honorin s'accouda à son tour pour écouter son chef leur conter, la bouche à peine ouverte, l'inexplicable. Ils n'en crurent pas leurs oreilles. Daubry leur susurrait que Jacqueline, le grand chef de réseau, venait d'être intercepté par les Allemands. Une catastrophe. Honorin reçut un deuxième direct dans l'estomac lorsqu'il apprit les détails de l'opération. Une attaque rocambolesque à marée haute, au fond du Bassin. La pinasse Lacaze, en tête d'une flottille bourrée de soldats allemands, avait pris d'assaut une vieille pinasse enchâssée dans un crassat non loin du lieu-dit de Claouey. Honorin faillit en lâcher sa canne à pêche. Cette description correspondait à s'y méprendre à l'annexe de Riton ! Son cerveau bouillonnait, se remémorait cette phrase de Daubry :

« Le chef se porte garant de vos convictions. »

Il eut soudain très peur pour Riton. Et plus encore pour Marie. Daubry passa quelques consignes aux hommes présents – toujours pas de Lapeyre – qui ensuite se dispersèrent.

Honorin se propulsa jusqu'à l'Aiguillon. Il voulait savoir, il envisageait déjà le pire. Il ne trouva qu'Édouard, la mine sombre, et Claire, en larmes. Seuls Martine et Hervé riaient, petits êtres insouciants…

— Marie est entre les mains des Boches, commença Édouard d'une voix lugubre. Elle se savait traquée, elle vient d'être dénoncée par une taupe de Vichy, infiltrée chez les résistants. C'est ce que j'ai compris. Un groupe de résistants dont tu fais partie, n'est-ce pas ?

— Oui. Pour Marie, ça s'est passé chez Riton ?

— Je confirme. Incompréhensible. Même cette taupe ne pouvait pas savoir… Riton a été assassiné sauvagement. On est consternés, abasourdis et peu optimistes, je l'avoue.

Honorin, le visage fermé, rumina longuement avant de demander à son oncle :

— Pourquoi tu ne m'as pas dit que Marie dirigeait le réseau des résistants du Bassin ?

— Parce que, officiellement, mon cher neveu, je ne sais rien. Marie me protégeait, Marie nous protégeait en nous cachant tout. Et si j'avais eu vent de ses fonctions et de la moindre opération mise en place, j'aurais eu, tout naturellement, interdiction d'en parler. À toi comme à qui que ce soit d'autre. Et même si j'en avais eu la possibilité, je ne l'aurais pas fait.

— Et pourquoi donc ?

— Très simple, mon neveu. Dans le même esprit que celui qui guide Marie : te préserver.

— Mais je suis résistant, tout de même !

— Raison de plus ! Imagine que tu sois pris, à ton tour, et que tu en saches beaucoup. Tiendrais-tu longtemps sous les vices de leurs tortionnaires ?

Honorin baissa la tête, embarrassé. Oncle Édouard avait raison. Il reprit ses questions :

— C'est elle qui a commandé l'opération contre les bétonneuses ?

— …

— Elle aussi qui donne les ordres aux chalutiers pour les trafics d'armes et de matériaux ?

— Tu lui demanderas. Enfin, si on la revoit…

— Que peut-on faire ?

— Prier, pour l'instant, si t'en as envie. Et réfléchir, également.

Honorin rentra chez lui vert de rage. Il était près de deux heures du matin. Suzanne tremblait de la tête aux pieds, pourtant il l'aborda sans ménagement :

— Suzanne, sérieusement, as-tu parlé de Riton à quelqu'un ?

— Pourquoi ce ton, pourquoi cette inquisition, gémit-elle, alors que c'est moi qui devrais te demander d'où tu viens et tout ce que tu as fait de ta soirée !

— Marie vient d'être arrêtée par les Boches, Suzanne…

— Oh, Seigneur ! Ce n'est pas possible. Mais pourquoi ? Et où ?

— Justement, arrêtée chez Riton, qui lui est mort.

— À t'entendre on croirait que tu m'accuses. Ce n'est tout de même pas moi qui ai tué ton ami !

— Je veux tout savoir, Suzanne, et tu dois m'aider et peut-être aider Marie, s'il en est encore temps. Fais un effort, je t'en supplie, Te souviens-tu avoir parlé de Riton chez tes parents ?

— Peut-être, ce que je sais, moi !

— Non, Suzanne, pas de peut-être. Riton est mort. Ta tante, ta chère tante, s'apprête à subir la torture et sans doute va-t-elle mourir. Alors, fais un effort et, au plus profond de ta mémoire, essaie de te souvenir si tu as parlé de Riton ces dernières semaines, et à qui.

— …

— Prends ton temps.

— Oui, sans doute. À mes parents, en effet, l'autre dimanche.

— Bon, essaie maintenant de te souvenir de ce que tu as dit exactement.

— C'est vague. Qu'il… qu'il t'offrait de l'alcool, trop d'alcool.

— Mais encore ?

— Euh, que sa cabane dominait les crassats de Claouey et que tu l'avais aidé à construire un muret. Que l'homme vivait en ermite et connaissait le fond du Bassin comme sa poche. Tout ce que tu m'avais dit, toi.

— Et donc qu'il avait comme annexe une vieille pinasse difficile d'accès, échouée dans la vase…

— Oui, j'ai dit ça aussi !

Elle explosa en sanglots et parvint à bégayer :

— Tu… tu en… tu en conclus quoi ?

— Officiellement, rien. Rien pour l'instant. Rien de plus que ce que tu pourrais conclure toi-même. Il faudra recouper.

— Tu accuses mon père, c'est ça ?

— Je n'accuse personne, Suzanne, personne sans preuves tangibles. Mais je ne te cache pas que cette hypothèse détestable fait plus que m'effleurer l'esprit. Mais il y a tant d'indics à la solde de l'occupant. Y compris dans…

— Y compris dans quoi, sanglota-t-elle ?

— Euh, partout Suzanne, partout.

— Des résistants seraient des taupes ? J'ai peur, Honorin, tout cela va très mal finir. Oublie-moi si tu veux, mais pense à Jean-Marie, s'il te plaît !

Honorin repartit dans ses songes. Où était donc ce Lapeyre ? Y aurait-il un lien entre son beau-père et la taupe de Vichy ?

À quoi bon enquêter, ce nom n'était pas le sien. Il revoyait la vieille carcasse de la pinasse engluée dans sa gangue de vase. Comment les Allemands avaient-ils pu retrouver Marie dans ce cloaque sans bénéficier d'information ? Et Albert, de son côté, ne pouvait pas savoir que sa sœur dirigeait un réseau de résistants. Incapable de s'endormir, Honorin partit réveiller Richard. Julien devait passer dès que la marée le permettrait. Les huîtres allaient se sentir sacrément secouées dans leurs panetières…

* * *

— Félicitations, *Herr* Thillet-Bordes ! Grâce à vous et grâce à ce Lapeyre infiltré chez ces résistants minables, nous avons mis la main sur le chef de réseau pour le sud de Bordeaux.

— Tant mieux, répondit Albert. Vous voyez, monsieur le feld-maréchal, les résultats sont là.

L'officier allemand joua quelques secondes avec son cigare avant de répondre à voix feutrée :

— Vous ne me demandez pas l'identité du chef de réseau arrêté ?

— Non, je ne connais pas ces gens.

— Erreur grossière, mon cher ! Vous connaissez très bien LA chef de ce réseau terroriste.

Le feld-maréchal vit le sang disparaître du visage du Français.

— Ne… ne me dites pas… qu'il s'agit de…

— …de Marie Decosse, si, si, *Herr* Thillet-Bordes. Jacqueline et votre sœur ne font qu'une seule et même personne.

— Mais, mais c'est honteux ! Vous vous êtes servi de moi ! J'exige que vous la libériez !

— Calmez-vous, *Herr* Thillet-Bordes. La libérer, certainement pas, et cela ne dépend plus de moi. Je vous rappelle tout de même qu'elle supervise des sabotages depuis plus d'un an, le dernier en date avec mort d'hommes. Mes collègues la considèrent comme une criminelle dangereuse. Une ensorceleuse qui entraîne de braves petits Français à se muer en scélérats !

— Mais, mais, on ne peut pas en rester là ! J'ai vendu ma propre sœur à l'occupant, non, c'est impossible...

— Pour la deuxième fois, calmez-vous, *Herr* Thillet-Bordes, je peux essayer de l'épargner, à condition qu'elle se montre coopérative. Je vais la faire transférer au Cap Ferret en grand secret, pour qu'on l'oublie un peu. Pour qu'elle ne tombe pas entre les mains de la Gestapo. Avec eux je ne réponds plus de rien.

— Faites pour le mieux, Monsieur le feld-maréchal, je vous en supplie ! Épargnez-moi cette infamie. Mon sort, comme celui de ma sœur, sont entre vos mains. Je ne serai pas ingrat.

— Que voulez-vous dire, *Herr* Thillet-Bordes ?

— Que je vous réserverai, à titre personnel, la plus belle cave pour un officier du Reich.

— Merci, *Herr* Thillet-Bordes. Pensez surtout à continuer à bien nous informer, j'y tiens !

— Bien entendu, Monsieur le feld-maréchal, mais épargnez ma sœur, je vous en supplie.

— Je vous croyais pourtant, vous aviez dit quoi, je vous croyais « en froid », c'est ça, avec Madame Decosse ?

— Oui, certes, mais tout de même pas au point de la faire arrêter.

— Ne vous tracassez pas, *Herr* Thillet-Bordes, je prends cette affaire en main, en espérant que mes supérieurs ne voudront pas s'en charger eux-mêmes. Je vous raccompagne. Mes collègues, et moi également, nous vous garantissons de belles commandes, *Ja, Ja* !

Le feld-maréchal fit des efforts insensés pour ne pas éclater de rire avant d'avoir donné l'ordre de refermer le porche de la kommandantur.

23

— « Ceux du Rivage », scène quatre, troisième. Attention : moteurs, action !

Édouard et une bonne trentaine de badauds assistaient, ébahis, au tournage d'un film. Dans Gujan, en pleine zone interdite. Et pas n'importe quel film. Un film avec des acteurs de renommée nationale et même internationale. Une distribution à faire rêver : Blanchette Brunoy, Charpin, Aimé Clarion et Raymond Bussières ! La juxtaposition de deux mondes, le temps d'un tournage qui permettait d'oublier pendant quelques heures les contraintes de cette guerre interminable. Les Gujanais semblaient se relayer pour apercevoir Blanchette et Aimé, très à l'aise durant un tournage effectué à quelques semaines de l'été. Ce petit monde paradait en tenue légère, peu soucieux de côtoyer les occupants dans les grands hôtels du Bassin. Les spectateurs occasionnels se délectaient de l'état d'excitation du metteur en scène et de ses mouvements quasi hystériques lorsque la caméra tournait. Il guidait les acteurs du geste, acteur lui-même d'un film muet. Il accumulait toutes sortes de mimiques jusqu'au fatal « coupez ! » inexorablement suivi du : « on la refait dans deux minutes ! » Blanchette Brunoy en souriait, Charpin et Bussières beaucoup moins. Et cette galerie de personnages piétinait, en deçà de la scène du tournage, un enchevêtrement indescriptible de fils multicolores branchés à des appareils de son, à des spots lumineux et à des caméras sur rails pour un effet « travelling », comme expliquait la première assistante réalisatrice. Les Gujanais repartaient, à la fin des séances quotidiennes, faire la queue avec leurs tickets de rationnement à la main. Personne ne rouspétait, personne ne crachait sur les nantis. Au moins assuraient-ils une distraction moins monotone que les défilés des soldats du Reich, au moins apportaient-ils ce brin de fantaisie qui coupait des journées marquées par les queues et le couvre-feu.

Édouard quitta ce lieu incongru en haussant les épaules. Il espérait la visite de son neveu à qui il avait transmis une demande adressée au chef du noyau de résistance. Il proposait un scénario pour tenter d'extirper Marie des mains de ses tortionnaires. Il marcha en direction de son atelier, captant ci et là les commentaires des petites Gujanaises à propos des toilettes chics de Blanchette et du regard à faire fondre d'Aimé. Il rattrapa un vieux pêcheur qu'il situait plus ou moins. Ce dernier grommelait :

— C'est quand même un monde ! Pourquoi nous faire ça, ici ? Peuvent pas aller ailleurs ? Z'ont la Côte, non ? Et pourquoi donc que les Allemands n'interdisent pas ce tournage ? Je vais vous le dire, moi, c'est parce que ces acteurs de cinéma, ce sont tous des collabos ! Une honte, je vous dis, une honte !

— Mais vous êtes restés deux heures pour regarder, si je ne me trompe ?

— Mouais, juste parce que j'adore le popotin de l'actrice principale. C'est quoi, déjà, son nom ?

— Blanchette Brunoy.

— Ouais, c'est ça, j'aime bien le popotin de Blanchette. Elle m'fait vibrer c'te femme-là ! Mais Bon Dieu, pourquoi nous faire un film ici ? Ceux du Rivage, hein ! Et pourquoi pas avec le mur comme décor, crénom d'un chien ?

Édouard abandonna le digne héritier des frères Lagrinche à ses contradictions et à ses récriminations.

* * *

Marie fut amenée dans le bureau du feld-maréchal et jetée à même le sol sans ménagement. Son visage et ses poignets la brûlaient atrocement. Jamais de sa vie elle n'avait été autant giflée que pendant ces deux jours. Des centaines d'allers-retours d'une rare violence. Et cette espèce de fil électrique qui lui maintenait les mains dans le dos, lui cisaillait les poignets. Elle sentait qu'elle saignait. À genoux, elle releva la tête et fixa l'officier qui la scrutait de ses yeux d'acier. L'homme donna un ordre en allemand. Ses deux sbires apportèrent une chaise et assirent la prisonnière en prenant soin de lui glisser les bras derrière le dossier.

— Madame Decosse, commença le feld-maréchal, vous êtes coupable d'avoir organisé une dizaine de sabotages à *Gouyan* et à Arcachon, et sans doute quelques autres. Vous êtes coupable de la mort d'au moins trois personnes dont deux de mes hommes. Vous risquez l'exécution immédiate sans jugement pour crime de guerre. Vous le savez, n'est-ce pas ?

— …

— *Ach*, je vous conseille de vous montrer coopérative et vous garderez la vie sauve, Madame Decosse.

— Cela veut dire quoi, coopérative ?

— Par exemple, de nous donner le nom de votre chef.

— De mon chef ? De quel chef parlez-vous ? Je n'ai pas de chef.

— *Ach*, vous commencez bien mal, Madame Decosse. Ne m'obligez pas à employer tous les moyens pour vous faire parler. Je préfère éviter, avec une femme…

— Et voilà, c'est bien les Allemands, ça ! Vous n'avez que la torture dans la tête. Pour l'Allemagne, la torture résout tout !

— Cessez de blasphémer, Marie Decosse ! Cessez de blasphémer contre le Reich ! Qui vous parle de torture ? Ai-je prononcé ce mot, ici, devant vous ? Dites-moi ! Ai-je prononcé ce mot ?

— Non, en effet.

— Alors ? Ne nous traitez pas en barbares, Madame Decosse. Les Français aussi savent se montrer impitoyables. Soyez coopérative, je vous en prie, sinon…

— Sinon ?

— Sinon je fais emprisonner vos enfants.

— Vous feriez cela ?

— Moi, oui. Et ceux de la Gestapo pourraient faire bien pire, petite madame !

— Et voilà ! Voilà la torture morale, monsieur l'officier. Une torture pire qu'une torture physique, pour une mère. Mais ça, vous ne le comprenez pas, vous ne le comprendrez jamais.

— Arrêtez ! Je fais mille efforts avec vous, Marie Decosse, mais ma patience a des limites. Ou bien vous coopérez, avec moi, ou bien je vous livre, est-ce suffisamment clair ?

— Comment osez-vous me parler sur ce ton ? Comment osez-vous imaginer vous en prendre à mes enfants alors que vous, oui, vous, vous êtes peut-être le fils du meurtrier de mon mari ; alors que vous êtes peut-être le frère de l'assassin de mon fils ?

Interloqué, le feld-maréchal alluma un nouveau cigare et demanda des explications.

Pas désarçonnée, Marie ne se retint pas et expliqua, avec toute l'imagination dont elle était capable depuis 1917, l'attaque sous-marine qui avait coulé le chalutier d'Aurélien vingt-six ans plus tôt. Comment de braves marins sans aucun moyen de défense avaient perdu la vie. Ignoble lâcheté ! Elle enchaîna sur ses affreux doutes – omettant de préciser au feld-maréchal qu'elle savait que le corps de son fils reposait dans un petit cimetière alsacien – concernant Gérard :

— Oui, Monsieur l'officier, le corps de mon fils doit pourrir sur un champ de bataille emprisonné dans la carcasse rouillée de son avion. J'ai perdu mon homme à la guerre, contre l'Allemagne. Je perds un fils, à la guerre, une deuxième, contre l'Allemagne. Et maintenant vous m'annoncez que vous oseriez enlever mes enfants ! Pourquoi tant d'acharnement, pourquoi tant de haine ? Répondez-moi, monsieur le feld-maréchal !

L'officier resta de marbre, muet, jouant seulement avec les cendres de son cigare. Au bout d'une minute interminable, il déclara :

— Je vous laisse réfléchir quarante-huit heures, ici, en cellule, à la kommandantur. Ne réfléchissez pas trop longtemps, n'abusez pas de ma patience. Faites seulement un effort, un effort de mémoire. Passé ce délai, je ne réponds plus de rien.

— Ce qui signifie, en langage clair ?

— Ce qui signifie, Madame Decosse, que je vous ferai transférer dans un blockhaus du Cap Ferret. Et que je vous abandonnerai entre les mains expertes de mes collègues de la Gestapo. Malgré leurs précautions et malgré l'épaisseur des murs je risque de vous entendre hurler jusqu'ici.

* * *

Oubliant momentanément Marie, Julien véhicula dans la pinasse mauve quelques amis qui participèrent au déblayage des débris de cette malheureuse cabane tchanquée. Renversée, broyée par la plus vilaine tempête de la décennie, il ne subsistait que quelques tchanques lamentables au-dessus de l'eau. Un véritable crève-cœur. Un symbole disparaissait, peut-être la dernière fierté d'un bassin qui n'acceptait pas sa place en zone interdite. Avec cet événement, ajouté au fait que Marie Decosse moisissait dans les sous-sols de la kommandantur de Bordeaux et que Riton dormait pour toujours sous ses chers crassats, lâchement assassiné, la communauté des riverains avait le moral dans les chaussettes. En soi, cette disparition de cabane n'était qu'un épiphénomène, mais cette absence minait les esprits. Comble du comble, un autre événement allait grossir l'entreprise de démolition psychologique menée par l'occupant : déboulonnée, la statue de Brémontier[37] dans la ville d'hiver, partait en Allemagne. Pour être fondue et fabriquer de nouvelles armes nazies. Révoltant.

* * *

Daubry et Mestre réunirent leur poignée de résistants dans un hangar de la Hume. Le premier prit la parole :

— Heureusement pour nous Lapeyre a été retrouvé mort, pendu dans une grange à Bergerac. Ordre donné par Jacqueline. Jacqueline qui est retenue prisonnière à la kommandantur de Bordeaux. Notre source locale vient de nous apprendre qu'elle sera transférée avec deux autres résistants dans une cache secrète, à l'abri des oreilles… si vous voyez ce que je veux dire. Un lieu en zone interdite, sans doute un blockhaus, non loin de Lège. Notre mission est d'intercepter le convoi, de libérer les résistants et de les cacher. Nous devrons déployer des moyens considérables et craindre des représailles en cas de réussite. Nous sommes ici pour mettre au point l'opération et nous ne quitterons ce hangar qu'avec un plan bien ficelé ! Ne traînons pas : notre informateur a mentionné la date de mercredi vers vingt heures pour le départ de la kommandantur. Cela nous donne cinquante-deux heures, pas une de plus.

37 – Ingénieur français qui mit au point divers procédés pour fixer les dunes avec des plantations dédiées et l'installation de forêts de pins.

Honorin transmit le message confié par son oncle et ajouta sa propre idée au sujet de la cachette pour Marie. Une cachette valable pour elle seule : la cave de la villa M. Depuis le décès d'Émile Thillet-Bordes la villa était en indivision entre André Thillet-Bordes et Albert Thillet-Bordes, gérée de fait par ce dernier. Un point crucial qui entraîna l'adhésion de Daubry et de Mestre. Ce dernier suggéra une cachette non loin d'Audenge pour les deux autres prisonniers. Accepté également. Une cachette utilisable par eux-mêmes si nécessaire. Par contre la participation d'Édouard à l'opération fit débat. En définitive Honorin obtint l'accord du groupe dans la mesure où le moyen le plus sûr pour passer côté Cap Ferret sans changer de zone était de traverser le Bassin. Honorin avait d'abord pensé à la pinasse mauve, mais Édouard l'en avait dissuadé, la considérant comme trop repérable et trop connue, y compris des autorités allemandes. Il proposait une autre pinasse, entreposée dans son atelier pour une réparation mineure. Plus spacieuse que la pinasse mauve, son moteur serait également plus discret, même si la prudence leur imposerait à coup sûr l'emploi des rames. Pour une traversée de nuit, obligatoirement. Édouard précisait dans son courrier qu'une camionnette serait disponible juste au nord de Claouey, cachée dans un vieux hangar. Il disposait des clés du véhicule, puisqu'il l'utilisait pour vider la cabane de ce pauvre Riton. Daubry considéra l'emplacement du véhicule comme une aubaine. Restait, dès lors, à trouver une planque à l'entrée est d'Arès pour intercepter le convoi et revenir ensuite vers Claouey. Le plus délicat serait d'abandonner la camionnette. Daubry réfléchit encore un long moment et précisa :

— Il faudra tout faire pour que la camionnette ne soit pas repérée au moment de notre assaut, ni criblée de balles, ni maculée de sang à l'intérieur. On la laissera donc à l'écart. Beaucoup de conditions, mais qu'envisager d'autre ?

Silence général. Honorin emporta une adhésion unanime :

— Le plan se tient, conclut Daubry, à la condition expresse de ne laisser aucun Allemand vivant à l'issue de l'opération. Dans le cas contraire on sera tous pris, torturés et tués. Ton oncle également, Honorin.

Personne ne présenta de plan alternatif. Daubry s'adressa alors à Mestre :

— Ce plan comporte des risques énormes, mais avons-nous le choix ? Honorin se porte garant de son oncle qui est, en outre, le compagnon de Jacqueline. Donc, j'accepte, mais à une seule condition, que tu nous fournisses assez d'armes pour réussir. Et réussir, je tiens à le répéter, cela signifie qu'aucun Allemand ne sorte vivant de notre embuscade.

— Je crois pouvoir disposer à temps de l'armement nécessaire, répondit Mestre. Côté grenades, aucun soucis. Côté armes légères, p.-m., p.-a., fusils, non plus. Faut-il une arme lourde ?

— Inutile, à mon avis. Nous serons six. Si on peut disposer de trois grenades chacun, de quatre p.-m., de deux fusils, de quelques p.-a. et de suffisamment de chargeurs, cela doit suffire. Autant vous dire que si leur escorte est une armée, on renonce ! Conclusion, rendez-vous à dix-neuf heures, dans deux jours, au niveau du ponton de Damien Argain. Ne vous montrez pas ensemble. Nous rejoindrons Honorin et son oncle dans le bateau, deux par deux. Mestre avec Henri, puis Léo et moi. Honorin, as-tu vérifié la marée ?

— Affirmatif. Très bonne pour le départ ; encore acceptable au retour si on ne perd pas de temps.

— Léo, Henri, des questions ?

— Non, dit Henri.

— Non plus, dit Léo.

* * *

Honorin tremblait en dirigeant l'élégante pinasse tout juste remise à flot par son oncle. De la main gauche il serrait ferme la crosse de son p.-m. pour cacher ses tremblements. Ils filaient en direction de l'Île aux Oiseaux, vers cet endroit orphelin de la cabane tchanquée depuis quelques mois. Tout en surveillant son cap il écoutait Daubry qui s'adressait à son oncle et à lui :

— Dans l'hypothèse où nous récupérons Jacqueline bien vivante et où vous parvenez à la cacher à l'endroit prévu, il est impératif de répandre la rumeur de son décès pendant l'attaque du fourgon. Pour la protéger et nous protéger. Seuls, sa fille, le mari de sa fille et la domestique dont m'a parlé Honorin doivent connaître la vérité en dehors de nous six. Et surtout pas cet Albert Thillet-Bordes ni ses proches, cela va de soi !

Ils dépassèrent la pointe nord de l'île. Honorin coupa le moteur, et la pinasse continua encore deux cents bons mètres dans un silence de cathédrale. Puis il fallut ramer. À marée presque haute les courants ne les dérangeaient pas. Encore heureux ! Au nord de Claouey ils s'amarrèrent aux pignots plantés par Riton. De l'eau jusqu'aux genoux ils gagnèrent la terre ferme en file indienne derrière Honorin, puis Édouard les mena au hangar. Entre deux coques ils aperçurent une camionnette, sans doute pas de première jeunesse, mais dont le moteur vrombit au troisième tour de clé. Il était dix-neuf heures cinquante-cinq. Le convoi allait quitter Bordeaux. Édouard coupa le moteur, à la stupeur de Daubry.

— Cela résonne beaucoup trop, ici. Poussons-la en dehors de cet amas de tôles.

— Et si elle ne redémarre pas ?

— Alors c'est qu'elle n'est pas fiable, conclut Édouard. Et c'est mieux de s'en rendre compte maintenant plutôt qu'au moment de s'enfuir.

— Bonne remarque, répondit Daubry, avec un clin d'œil approbateur !

Ils s'entassèrent dans le véhicule avec leurs armes en bandoulière. Édouard roulait au pas en direction de Lège pour contourner Arès par le nord. A la sortie d'Arès, Daubry trouva un terrain favorable – un virage, côté extérieur – et fit cacher la camionnette à deux cents mètres plus à l'ouest, nez vers Lège et les battants arrière grands ouverts. Lorsqu'Édouard fit mine de suivre le groupe, Daubry s'interposa :

— Désolé Monsieur Vercoutre, pas vous.

— Mais, mais pourquoi ? Marie… enfin, Jacqueline, est mon amie.

— Je le sais. Raison de plus.

— ???

— Vous pourriez faire n'importe quoi. J'ai la responsabilité du groupe. Votre assistance nous est précieuse, je ne le dirai jamais assez, mais chacun à sa place, s'il vous plaît. Au volant, prêt à décamper, vous nous serez bien plus utile. Vous gardez votre fusil, prenez un p.-a. et deux grenades en cas de problème, mais vous ne participez pas à l'attaque. Ouvrez vos oreilles, ayez des yeux partout malgré la nuit et peut-être vous trouverez-vous en situation de nous sauver. À tout à l'heure, j'y compte bien !

Édouard n'insista pas. Il comprenait mais digérait difficilement de laisser son neveu tenter sans lui de libérer Marie. Une fois seul, il tapa de rage sur le volant et laissa couler quelques larmes.

Daubry s'inquiétait, il était dix heures. Il commençait à croire au report du transfert ou au changement d'itinéraire. Ou pire, au piège, monté pour tirer comme des lapins des résistants naïfs. Jacqueline n'avait rien dit, il en était persuadé. Sans doute ne savait-elle même rien de cette opération. Mais avec toutes les taupes qui pullulaient dans tous les camps... En chef responsable il envisageait le repli lorsque des bruits de moteurs vinrent le soulager. Le combat aurait lieu, impitoyable, et cela le soulageait : la bonne adrénaline de l'homme d'action. Au vu des phares le convoi ne semblait pas bien gros. Au son, Mestre et lui s'accordèrent pour dénombrer trois motos ou side-cars et un camion. Sans doute un camion d'un gabarit supérieur à celui d'une camionnette. Cela signifiait avec bonne escorte à l'intérieur. Léo et Honorin devaient éliminer les motards de l'avant-garde : grenades et tirs nourris pour une élimination totale et rapide. Avec Mestre, Daubry se chargeait de stopper le camion en rasant la cabine pour éviter une alerte radio et simultanément tuer tous les soldats du camion en épargnant Jacqueline et ses deux collègues. Loin d'être évident. Henri, enfin, devait éliminer l'éventuelle arrière-garde. Deux side-cars entamèrent leur virage.

— Feu, lança Daubry !

Léo et Honorin lancèrent parfaitement leurs grenades et le camion percuta un side-car. À l'aide des p.-m. ils anéantirent l'avant-garde en cinq secondes. Deux grenades venaient d'exploser sous la cabine du camion et Henri balaya deux motards en escorte arrière. Mais aussitôt trois, quatre et même six hommes jaillirent du camion pour arroser les agresseurs. Daubry lança une nouvelle grenade et profita de la confusion pour se coller le long du véhicule. Surpris, deux Allemands épargnés, n'arrivèrent même pas à tirer vers lui. Immédiatement, le silence.

Mestre s'approcha de l'arrière du camion, une torche à la main. Devant les ridelles brisées et la bâche déchirée, il cria :

— Jacqueline ?

— …oui… seule.

— Honorin, intervint Daubry, vérifie avec Henri que tous les Allemands sont morts, bien morts, et qu'aucune radio ne fonctionne.

Il grimpa dans le camion et fit la grimace. Jacqueline gisait au sol.

— …les… salauds, prononça-t-elle, haletante, l'un d'eux… m'a tiré une balle… pour pas que… que je m'échappe. Dans le bas du dos… au mieux… serai paralysée.

— Vous êtes seule ? Et les deux autres ?

— …seule… on devait être trois… j'ai rien compris… dernier moment… retard.

— Je n'aime pas ça, on file !

— Filez… sans moi !

— Pas question, on fait un brancard avec les ridelles.

— …mettez en danger… le groupe… pour une mourante.

— Taisez-vous ! Gardez votre énergie pour vivre ! Honorin, Léo, Henri, venez faire un brancard ! Cassez-moi ces ridelles et prenez un morceau de la bâche. Merde, Henri est touché !

— …Honorin, Honorin, tu es là… souffla Marie ?

— Oui Marie, mais tais-toi, repose-toi, je t'en supplie.

Marie s'évanouit, et au bout de quelques minutes éprouvantes ils parvinrent à glisser le brancard dans la camionnette. La camionnette puait le tabac, Édouard avait fumé. Honorin ne l'avait jamais vu fumer.

— Une ânerie, dit-il, j'ai trouvé un paquet dans la boîte, là, à côté. Dégueulasse ! Je n'en pouvais plus d'attendre.

Henri commençait à saigner sérieusement.

— Hé, malheureux, lança Daubry, ne laisse aucune trace, je t'en conjure ! Une balle, où ?

— À la cuisse, mais ça va, je vais tenir bon.

— Non, ça ne va pas, pas du tout, même ! Il va falloir te cacher, toi aussi.

— Mais non, ma mère me gardera et me soignera discrètement.

— On rentre, mais on reparle de ton cas à Gujan.

Honorin laissa le premier courant entraîner la pinasse puis il passa au moteur, direction sud-est. Impossible de déposer Marie à la jetée de la Chapelle comme envisagé initialement. Trop de risques, avec un brancard dans Arcachon en plein couvre-feu. Alors, il regagna Gujan, au niveau du chantier de son oncle. Ils cachèrent Marie chez Raymond pour la nuit. Le lit était sacrément poussiéreux mais personne n'y prêta attention. Marie semblait soulagée, entre les mains d'Édouard. Son compagnon réussit à l'apaiser, provisoirement, et ce fut lui qui finit par trouver la solution pour la transporter à la villa M. Richard livrait des huîtres et parfois du poisson dans Arcachon, deux fois par semaine. Il avancerait ses livraisons d'une journée, prendrait Marie et commencerait par livrer une bourriche à la villa. Édouard irait chercher Richard au petit matin. Daubry resta auprès de sa chef pour lui prodiguer quelques soins. Il ne faudrait pas traîner pour lui extraire cette p… de balle ! Tout en regardant le visage tiraillé de Jacqueline, il grognait et s'en voulait de n'avoir pas su raisonner Henri, parti chez une cousine de Gujan avant de rentrer chez sa mère. Un coup à se faire tous prendre par les Boches. Honorin dut s'obliger à rentrer chez lui, bien embêté pour inventer une histoire à Suzanne.

— Tu étais encore en mission de résistant ? Tu veux me faire mourir d'angoisse et Jean-Marie avec moi ?

— Oui, j'étais en mission.

— Ah, tiens, tu avoues, maintenant ?

— Je n'avoue rien, je te confirme simplement que je rentre de mission. Et que je suis porteur d'une terrible nouvelle.

— Quoi, encore ?

— …

— Marie ?

— Oui.

— Quoi, oui ?

— Marie est morte, Suzanne, massacrée par les Boches !

— Tu… tu en es sûr ?

— Mon chef l'a vue. Je dois bien le croire.

— Oh, Seigneur ! Et si père, innocemment, y était pour quelque chose ?

— J'en ai bien peur, hélas.

— Mais tu ne sais pas, tu ne sais rien, hurla-t-elle, soudain hystérique !

— Calme-toi. J'aimerais que tu trouves l'occasion de demander à ta mère si elle sait quelque chose sur ce qu'on reproche à ton père.

— Honorin, tu feras ce que tu veux, toi, mais moi je refuse d'aborder ce sujet, tant avec ma mère qu'avec mon père. Cela ne peut que les embarrasser et leur faire mal.

— Bien sûr, mais ils risquent gros, l'un comme l'autre.

— Tu exagères, comme toujours. Et puis, ils savent ce qu'ils font !

— Suzanne, en quoi j'exagère ? Ton père est accusé de collaboration notoire, avérée, avec l'occupant. On le soupçonne d'avoir donné une liste de Juifs cachés dans tout le Médoc.

Imagine un retournement et le départ des Allemands : tu sais ce que cela signifierait pour ton père ? Le tribunal et la sanction suprême !

— Comment croire à ce tissu de mensonges ? Mon père n'a donné personne, mais tant de gens sont jaloux de son négoce.

— Oui, c'est vrai, mais tous ces jaloux, comme tu dis, ils ne le rateront pas. Et puis il dispose tout de même d'*ausweis* comme il veut et quand il veut. Enfin que je sache, ses vins il ne leur fournit pas gratuitement. Suzanne, arrête de te cacher la réalité. Je veux bien admettre qu'il a livré sa sœur sans s'en rendre compte, mais il l'a livrée tout de même. Il a livré quelqu'un et ce quelqu'un se trouve être ta tante, voilà la vérité !

— Arrête, arrête, tu insultes mon père ! Tout ça c'est gratuit, tu devrais avoir honte !

Elle trépignait comme une malade et se mit à pleurer. Un véritable torrent.

— Suzanne, sincèrement, je souhaite que tu aies raison. Mais j'en doute tellement. Maintenant il faut que je te prévienne : il se pourrait que je sois obligé de me cacher.

— Je m'en doutais ! Honorin, quand cela finira-t-il ? Que vais-je dire à ton fils, que tu abandonnes encore ?

* * *

Richard parvint à livrer ses bourriches en ville d'hiver, juste avant la réaction brutale des Allemands suite au massacre de la veille au soir à Arès. Une réaction d'autant plus impitoyable qu'aux morts d'Arès s'ajouta un autre soldat allemand dans le canal de la Chêneraie à Gujan. Un soldat noyé en compagnie d'un Arcachonnais, un certain Henri. L'Avenir d'Arcachon évoquait un crime odieux, une tuerie sans nom perpétrée par les mêmes terroristes qui avaient détruit les bétonneuses. Bien entendu ce crime ne resterait pas impuni. Par ailleurs l'article révélait que cet Henri faisait partie du commando. Mais pas un mot sur Marie Decosse.

Les Allemands placardaient déjà des affiches poussant à la délation, aux dénonciations, et menaçaient d'exécuter plusieurs familles d'Arcachon et de Gujan. Celle d'Henri fut la première à être emprisonnée à Bordeaux.

À Gujan, comme à Bordeaux, il apparut que la population approuvait l'action du commando des résistants sans même en connaître la raison, et ce malgré la crainte des représailles. Par contre, cette histoire de bagarre ou de poursuite entre le soldat et le résistant blessé, supposé arriver d'Arès, restait incompréhensible. Les rumeurs allaient bon train, d'une poursuite depuis un port de Gujan jusqu'au canal, à la bagarre entre deux poivrots après que le soi-disant résistant infiltré ait donné les noms des membres du commando !

L'atmosphère ne fit qu'empirer, complètement délétère. Des groupes de résistants poussaient comme des champignons, incontrôlables, prêts à tuer tous les traîtres, prêts à tuer tous ceux qui parlaient et prêts à tuer tous ceux soupçonnés de vouloir parler… Épouvantable.

24

Éliane se dévouait comme une sainte. Elle dénicha un médecin et un chirurgien fiables et discrets qui sauvèrent Jacqueline. In extremis, mais elle resterait grabataire, infirme et amoindrie, quoique toujours autant « Marie courage ». La vieille domestique comprenait maintenant sa foi de charbonnier et son abnégation envers cette Jacqueline, la chef des réseaux de résistants dont elle faisait humblement partie. Un engagement pour faire plaisir à Maurice qui la couvait de là-haut. Éliane réalisait enfin que Jacqueline et sa chère Marie Decosse, la plus méritante des Thillet-Bordes et de loin, n'étaient qu'une seule et même personne. Alors elle se dédoublait pour sauver sa chef et sa chère Marie. Elle y parvint, suivant à la lettre les recommandations des deux médecins, passant des heures dans la cave à la soigner et à la réconforter. Avec en prime cette tension irritante de la présence fréquente de Suzanne, de celle de Madame Constance et parfois de celle de ce dégoûtant personnage d'Albert. Avec, par-dessus le marché, cette peur au ventre, incontrôlable, de voir débarquer les S.S. pour une fouille en règle de la villa. Éliane se trouva un motif de courage supplémentaire en songeant qu'elle cachait et soignait un chef de la résistance sous le toit d'un collabo.

Marie, grâce à Dieu, paraissait intacte intellectuellement. Physiquement, paralysée des deux jambes, d'un bras et même d'un côté du visage, l'assistance d'Éliane – et personne d'autre – lui était indispensable. Comme il était impensable de commander un fauteuil d'infirme, Éliane se tuait le dos pour que

Marie puisse aller aux toilettes. À côté de ces épreuves éreintantes, lui faire sa toilette tenait du jeu d'enfant. Plusieurs fois elles tombèrent toutes les deux, pleurant de rage et de fatigue ou riant nerveusement comme des folles. À chaque fois Éliane se ressaisissait en pensant à son prochain mensonge à cette lavette d'Albert. Trois mois également qu'elle pleurait dans les bras de Marie parce qu'elle devait mentir à Madame Constance et à Suzanne.

Édouard était bien passé deux fois, mais comme il n'avait aucune raison plausible de venir régulièrement, Marie lui avait enjoint de ne plus prendre de risques. Tant pour lui que pour elle. Marie se consolait en guettant à chaque occasion les voix lointaines de Suzanne et même de son cher Honorin qui était descendu l'embrasser une fois et qui avait failli tomber dans les pommes.

Suzanne venait fréquemment à la villa M. avec Jean-Marie qui grandissait sagement. Elle rêvait pour son fils de printemps et d'initiation au tennis. Jean-Marie adorait Éliane qui passait un temps infini à le coiffer. Elle le grimpait sur un tabouret de la cuisine et jouait avec amour avec ses boucles naturelles qui lui tombaient derrière les oreilles. C'était sa récompense, sa façon à elle d'oublier momentanément la tragédie du sous-sol.

* * *

Au nouvel an 1944 souffla un vent d'optimisme. L'armée américaine s'était engagée à plein régime dans le conflit mondial et commençait à participer à des opérations ponctuelles sur les côtes françaises. Mais, le 5 janvier exactement, une circonstance vraiment malchanceuse en ajouta aux malheurs de la famille Decosse. Un gros bombardier de l'U.S. Air Force, un

B.24 Libertador s'écrasa à Gujan, au port de la Molle, après qu'il eut bombardé la base aérienne de Mérignac. Sans doute touché, il cherchait le moyen d'atterrir en catastrophe. Le crash fit six morts. Les Allemands, immédiatement sur place, firent prisonniers les trois membres de l'équipage encore vivants. Parmi les six victimes, figurait une personne ne faisant pas partie de l'équipage du Libertador. Cette personne s'avéra être Julien Decosse.

Julien traînait au port, attendant qu'Édouard lui bricole une broutille sur la pinasse mauve dans son chantier, à cinq cents mètres de l'accident. Édouard se rua sur place juste après la chute et reconnut, horrifié, le corps déchiqueté du beau-frère de Marie. Il ne s'éternisa pas devant l'attroupement des Allemands. Il se contenta de souligner au sous-officier qui semblait comprendre quelques mots de français :

— Décidément cette pauvre famille Decosse paie un lourd tribut à la guerre. Après le jeune Gérard, mort en soldat, ce fut au tour de Marie Decosse, sa mère, de disparaître dans les circonstances tragiques que vous connaissez, et voilà que Julien Decosse disparaît aujourd'hui, victime d'une malchance inouïe !

Édouard et Honorin décidèrent de cacher ce décès à Marie. Inutile de lui saper le moral, inutile de saborder son énergie. Elle l'apprendrait bien assez tôt. Honorin parvint de justesse à faire comprendre à Éliane de se taire, Suzanne avait déjà prévenu la vieille domestique.

Constance et André assistèrent aux obsèques avec Suzanne, Honorin et Édouard. Albert s'était fait excuser, retenu par ses affaires à Bordeaux. Une foule considérable s'entassa dans Saint-Ferdinand : des Arcachonnais, des Testerins et des Gujanais ; des pêcheurs, des ostréiculteurs et des ouvriers des conserveries. Tous honoraient Julien de leur présence pour un dernier et poignant hommage. Marie en aurait trouvé du réconfort et ressenti de la fierté. Honorin jura de lui raconter dans le détail la noblesse de cette messe toute simple. Un long cortège suivit le corbillard à La Teste, jusqu'au caveau Decosse, dans lequel Julien fut enterré à côté de l'emplacement prévu pour Aurélien.

* * *

Albert se présenta la tête basse à la kommandantur. Voilà ce qui l'empêcha d'assister aux obsèques de Julien Decosse. En entrant il se doutait bien que le feld-maréchal n'allait pas l'encenser. Les « terroristes », comme il les appelait, couraient toujours.

— *Herr* Thillet-Bordes, je veux un châtiment exemplaire pour ces terroristes, commença l'officier allemand sans même saluer le Français. Vous devez retrouver ces lâches qui n'ont même pas réussi leur coup !

— Monsieur le feld-maréchal, j'aimerais être convaincu que ce ne sont pas vos hommes qui ont tué ma sœur. Sa mort est une bonne nouvelle pour le Reich et pour vous personnellement. Ne m'avez-vous pas avoué qu'en haut lieu certains vous accusaient de légèreté ?

Le visage du gros Allemand vira au rouge pivoine :

— Et moi je m'autorise à penser que vous savez quelque chose et que vous protégez quelqu'un ! Cessez de vous plaindre et imaginez une seconde votre sœur entre les mains de la Gestapo… Au moins repose-t-elle en paix. Monsieur Thillet-Bordes, tant que vous ne nous aurez pas renseignés avec précision sur ce groupe nous cessons toute commande. Alors, faites preuve d'efficacité, *Donnerwetter* ! Des résultats, et vite, sinon…

— Sinon je n'aurai plus de commandes, vous venez de me le dire.

— Ah, ah, ah, *Herr* Thillet-Bordes ! Sinon mes chefs parlent de vous donner à ces chiens de résistants avec quelques jolies casseroles aux fesses ! Vous comprenez, n'est-ce pas ?

Albert se mit à suer, trahissant un moment de panique.

— Vous n'avez plus le choix, mon ami, poursuivit l'officier du Reich, votre camp est le nôtre. Vous le savez aussi bien que moi.

— Mais... mais, je dois encore chercher. Je vous jure, monsieur le feld-maréchal, que je ne protège personne. Je vous rappelle que vous n'avez pas réussi à interroger Lapeyre à temps. Cela nous aurait permis de résoudre tous les problèmes.

L'officier se dressa et tapa du poing sur son bureau :

— *Herr* Thillet-Bordes, revenez dans quarante-huit heures. Avec des résultats ! Ne m'obligez pas à convoquer ici-même cette charmante madame Thillet-Bordes ainsi que votre fille, Suzanne comment ? Vercoutre, oui, Vercoutre, c'est cela. Trouvez avant !

* * *

La neige qui témoignait d'un hiver pinçant et durable désertait à peine le faîte de la grande dune que tout le petit monde du Bassin se mit à espérer en l'arrivée des Américains. Comme en 1918 : « La Fayette, nous revoici ! » Malgré la méchante humeur des occupants, malgré la croissance du nombre des trains de la mort – pour les Juifs, principalement – tous les patriotes depuis Le Pyla jusqu'à la pointe du Ferret sentaient poindre des jours meilleurs. Surpris, Honorin et Richard ne se sentaient ni surveillés ni soupçonnés. Alors, ils travaillaient comme des fous sur les parcs. En se faufilant dans les esteys avec la pinasse mauve, Honorin s'interrogeait sur le mutisme de Daubry et de Mestre. Après leur opération d'Arès qui répondait du tac au tac à celle des Allemands chez Riton, ses chefs devaient se terrer au fond de la forêt landaise. Édouard non plus ne paraissait pas inquiété. Il s'accrochait aux nouvelles épisodiques fournies par Honorin sur Marie. Honorin, devenu le champion des *a parte* entre deux portes avec Éliane. Le vieux charpentier tentait bien de se concentrer sur l'ouvrage, mais le chantier tournait au ralenti. Du coup il bouillonnait et rongeait son frein sauf lorsqu'il gardait Martine et Hervé. En « faux grand-père » comme il disait, il s'en donnait à cœur joie, surtout lorsqu'on lui « livrait » Jean-Marie en prime. Fatigant mais fascinant. Il passait des heures avec les trois gamins à leur expliquer que « Mamirie » était au ciel et veillait sur eux, ou à se dépêtrer entre tante Constance et oncle Albert pour les uns, bonne maman et bon papa pour Jean-Marie. Quelle salade ! Avec Mamie Mathilde c'était plus simple. Souvent, il songeait :

— Vous, là-haut, faites que Raymond puisse voir cette marmaille heureuse !

Il se séparait des petits avec regret, content malgré tout de pouvoir se reposer. Il réalisait qu'à l'aube de ses soixante-dix ans, avec un chantier tournant à plein régime, jamais il n'aurait pu consacrer tout ce temps à ses chers marmousets.

— À quelque chose malheur est bon, concluait-il, philosophe.

Suzanne récupérait Jean-Marie en s'épanchant sur la froideur du climat qui l'empêchait d'emmener son fils taper dans ses premières balles. Édouard la trouvait triste et ce n'était pas ce contretemps anodin qui pouvait être la raison de son spleen. Il en toucha deux mots à Honorin qui lui répondit :

— Je sais. Elle ne m'en parle pas mais elle commence à réaliser le rôle de son père. Y compris vis-à-vis de sa tante. Et j'ajoute qu'elle a peur, peur pour elle et peur pour moi, connaissant mon engagement dans la résistance. Elle est partagée, j'imagine, mais je suis persuadé qu'elle est hantée par la fin de la guerre. Et tu sais, oncle Édouard, j'ai bien peur qu'elle ne soit pas la seule dans ce cas, loin de là !

— Je ne peux, hélas, qu'être d'accord avec toi.

* * *

Survinrent alors les épisodes haletants du débarquement. Un temps pour l'espoir mais également pour les règlements de compte mortifiants, autant entre Alliés qu'entre Français. Cela débuta avec le bombardement de deux chalutiers arcachonnais par la R.A.F.[38] Une erreur de cible ? Il apparut que non. Une rumeur plutôt fondée colporta que la société de pêche propriétaire des deux navires coulés était soupçonnée de collaboration, et carrément d'association avec les Italiens. Les Pêcheries Associées du Bassin, elles, n'étaient pas dans le collimateur, même si certains ultras des F.F.I.[39] associaient le nom des Thillet-Bordes à ceux des plus odieux collabos de Gironde. Des F.F.I. qui s'organisaient, notamment à Gujan et à Arcachon, créant un Comité de Libération du Bassin juste après l'évacuation des Allemands le 23 août. Cette nouvelle claqua comme une incroyable victoire. La fierté retrouvée entraîna une semaine de liesse tout autour du Bassin malgré la destruction par des soldats du Reich aux abois du pont de Lamothe, ce passage symbolique d'une zone à l'autre. Ce fut le moment choisi par Marie pour son retour

38 – Royal Air Force Britannique.

39 – Forces Françaises de l'Intérieur.

au grand jour. Quel bonheur pour les uns, quelle surprise pour d'autres. Édouard trouva à Bordeaux un fauteuil roulant vieux de quelques années mais d'excellente qualité et fabriqué en Finlande. À ce qu'en disaient les spécialistes, un pays en avance pour les soins apportés aux handicapés. Elle réintégra aussitôt sa place aux F.F.I., retrouvant Daubry, sorti de son trou, mais sonnée d'apprendre que Mestre s'était fait prendre, torturer et assassiner par les nazis. Jacqueline reprenait les rênes alors que la méfiance et les trahisons gangrénaient toutes les équipes.

L'Aiguillon, les voisins et la famille la fêtèrent comme une héroïne. Un qualificatif qu'elle détesta d'emblée et refusa. Édouard pleurait presque devant l'enthousiasme des petits. Devant eux, Mamirie en oubliait ses douleurs et parfois même son infirmité. Les rires des trois bambins valaient – largement – toutes les médecines. Elle observait une Suzanne boudeuse, vexée d'être restée dans l'ignorance, comme sa mère. Albert, lui, ne vit même pas sa sœur. Les F.F.I. de Bordeaux venaient de l'arrêter. Ce drame, les pleurs de Constance, Suzanne à ses pieds, faisaient regretter à Marie d'être sortie de sa cave et douter de sa raison de vivre. Intransigeantes, les F.F.I. tenaient à juger tous les traîtres, tous les collabos. Et sans traîner. Au cours des deux premières réunions, dans une atmosphère de haine épouvantable, Jacqueline réussit à faire voter la reconstruction – en bois – du pont de Lamothe. Honorin ne la lâchait pas, il poussait le fauteuil et la bichonnait pendant les réunions. Ce qu'ils redoutaient l'un et l'autre se produisit sans tarder. Une séance plénière des F.F.I. de Gironde se tint à Cestas pour décider du sort d'une bonne quinzaine de collabos avérés. Lorsque Marie prit connaissance des noms sur la liste elle se trouva mal. Honorin dut la soutenir et l'emmener pour l'asperger d'eau froide. Au bout de quelques minutes dans le vague elle réussit à lui glisser par sa bouche de travers :

— Tu te doutes bien que ton beau-père figure sur cette liste. Ce n'est une surprise ni pour toi, ni pour moi. Ce qui me révolte c'est qu'y figure également le nom de Constance. Ramène-moi dans la salle !

Verte, blême, elle glissa un dernier mot à Honorin :

— Je me dois d'être présente, je suis vice-présidente de ce tribunal de fantoches. Toi, si tu préfères, je peux t'excuser. Daubry me prendra en main.

— Pas question, je suis membre, Marie ! Je suis là pour le détestable comme pour le meilleur. Et peut-être qu'à deux on pourra modérer les ardeurs des plus teigneux ?

— Ne compte pas là-dessus !

L'assemblée comportait douze jurés et une dizaine de gardiens des prévenus. Honorin reconnut parmi les douze, trois Arcachonnais et Daubry. Un Daubry profondément marqué, vieilli de dix ans. Les autres devaient venir des sections de Bordeaux. Le président de séance, un certain Robert, dirigeait Bordeaux-ville. L'autre vice-président, Lionel, dirigeait la section du Médoc. Honorin cala le fauteuil de Jacqueline à droite de Robert et s'en fut s'asseoir deux places plus loin.

Trois premiers prévenus passèrent en jugement ensemble. Honorin reconnut le patron d'une conserverie, un homme qu'il avait croisé lors de manifestations syndicales pendant le Front Populaire. L'évidence de leurs forfaitures coupa court à toute défense. Le verdict tomba : la mort, à l'unanimité des douze membres. Malgré cette belle unanimité Honorin détesta l'odeur du sang qui se répandait dans la salle. À la différence de quelques autres, visiblement… Puis ce fut au tour d'Albert Thillet-Bordes de se présenter, seul, devant ce tribunal improvisé. Incrédule, il fixa sa sœur puis son gendre. Ce dernier lut la terreur dans son regard. Il tourna la tête. Le président lut la somme des méfaits, la litanie des trahisons reprochées au prévenu. Cela commençait par tout ce qui tournait autour de son négoce volontaire et florissant avec l'occupant et l'enrichissement indécent qui en découlait. Lionel, excédé, hurla :

— La mort !

Le président reprit en évoquant la dénonciation de familles d'évacués et celle de familles juives. Et pire, la dénonciation de résistants. Le président se leva et se tourna vers Jacqueline :

— Le pire, scélérat, fut de dénoncer votre propre sœur, que vous voyez en face de vous, infirme, qui souffre dans sa chair et qui souffrira pour le restant de ses jours par votre seule lâcheté, par votre collusion avec l'ennemi de la France !

Albert tremblait, incapable de se maîtriser :

— Je… je n'ai pas dénoncé ma sœur, je… je ne savais même pas qu'elle était résistante !

— Vous ne pouviez pas l'ignorer. Vous avez dénoncé sciemment le chef de la section pour le Bassin, or ce chef n'est autre que votre sœur. Pour toutes ces ignominies, je demande la mort !

Le président se rassit alors qu'Albert gémissait, parlait de ses enfants qu'il voulait nourrir et protéger, parlait de son rôle de chef de clan après la mort de son frère… Plus personne ne l'écoutait. Robert prenait un air dégouté, lorsque Marie lui souffla trois mots à l'oreille. Au bout d'un long moment de silence seulement interrompu par les gémissements d'Albert, le président lança :

— Délibération ! Faites sortir ce… faites sortir le prévenu ! Il reviendra pour le verdict.

Marie prit alors la parole, s'efforçant de parler distinctement malgré sa bouche déformée :

— Votre jugement ne doit pas tenir compte de mon état. Oubliez mon aspect physique, je suis vivante et bien vivante.

Mon frère a été pris dans un engrenage, mais il n'aurait jamais dénoncé sa sœur.

— La mort, cria Lionel, la mort !

— Jacqueline, reprit Robert, peu importe que vous soyez sa sœur. Il n'y a pas de malentendu, il a dénoncé un chef résistant. Ce simple fait mérite la peine capitale, et il en a commis tant d'autres. Quelqu'un a-t-il quelque chose à ajouter ?

— …

— Alors, procédons au vote. Pour la peine de mort : une, deux… huit, neuf et dix. Dix voix. Contre ? Personne. Abstention ? Vous Jacqueline, et vous Honorin. Très bien. Je comprends votre dilemme à tous les deux. J'apprécie votre comportement et votre sagesse en choisissant l'abstention. La décision n'en reste pas moins claire. Faites entrer le prévenu.

Albert écouta la sentence en se tortillant, en gémissant et en implorant la clémence. Jamais il ne leva la tête pour fixer du regard sa sœur ou son gendre.

Le tribunal examina ensuite les autres cas puis ce fut le tour des femmes. Introduites en groupe dans la salle, personne ne put ignorer Constance qui se présenta la tête haute, adressant même un sourire à son gendre. Robert égrena les chefs d'accusation. Marie serrait les bras de son fauteuil à les briser. Honorin serrait les dents et fixait la table devant lui. Les six femmes furent invitées à s'expliquer. La première bafouilla qu'en tant que veuve elle devait se débrouiller seule pour nourrir ses deux gamins. Son travail de femme de ménage à la kommandantur lui permettait tout juste de joindre les deux bouts. Aussi, lorsqu'un officier lui demandait des renseignements, des broutilles selon elle, elle les fournissait de peur de perdre son travail. La deuxième femme fit part d'une situation en tous points similaires à la première. Puis, ce fut au tour de Constance :

— Sachez que je n'ai jamais adressé la parole à un occupant. Même lorsque je présentais mon *ausweis* au poste de Lamothe. Sachez que je n'ai jamais accepté la moindre invitation, alors que nous étions sollicités régulièrement, mon mari et moi. En dehors de ces soirées, dites de dégustation, je suivais mon époux qui me taisait – et je lui en sais gré – les relations qu'on lui reproche. Certes je savais son négoce florissant grâce aux livraisons de grands crus aux Allemands. Je vous signale tout de même que tel était déjà le cas depuis longtemps, depuis bien avant le début des hostilités. Que pouvais-je dire? Le convaincre de cesser ce commerce? Il ne m'aurait pas écouté. Le dénoncer pour commerce abusif? Certainement pas! Je ne dénonce personne et accordez-moi que dénoncer mon mari pour pratique d'un négoce juteux que la Gironde entière connaissait, eut été la honte de ma vie, après plus de quarante ans de mariage. J'ai la faiblesse de l'aimer, tout imparfait soit-il. Et notez bien, mes juges, que je n'accepte pas dénoncer. Je n'ai rien d'autre à ajouter.

Un long silence pesa sur la salle, puis Robert reprit la parole :

— Faites-les quitter la salle, toutes !

Il rappela alors les sentences aux juges : pour celles jugées coupables de collaboration sans trahison qui entraînerait la mort, tonte en public suivie d'une marche dans les rues de la ville avec une pancarte « collabo » pendue au cou. Honorin demanda alors la parole :

— En espérant m'exprimer pour une majorité d'entre nous, je demande un vote distinct, prévenue par prévenue, et non un vote global pour les traîtres d'un côté et les collabos de l'autre.

— Toutes des traîtres, vitupéra Lionel !

Robert haussa les épaules puis tourna la tête de droite à gauche, guettant d'éventuelles objections. Lionel se contenta d'une moue désapprobatrice mais n'intervint plus. Aucun autre membre ne manifesta.

— Requête accordée. Passons aux votes.

Une femme reçut le châtiment suprême et deux autres furent déclarées bonnes pour la tonte. Lorsqu'arriva le cas de Constance Thillet-Bordes, la décision fut la tonte par neuf voix pour, une pour la mort et deux pour le non-lieu. Marie, révoltée s'emporta :

— Je parie que si Albert Thillet-Bordes n'avait pas été jugé une heure plus tôt vous auriez presque tous voté la clémence pour sa femme.

— Sûrement pas, hurla un Lionel véhément ! Moi j'ai voté la mort !

— La décision est aussi odieuse que ridicule, poursuivit Marie. Ce déchaînement, cet acharnement, ressemblent en tout point aux exactions reprochées aux S.S. et à la Gestapo. Bel exemple, ne trouvez-vous pas ? Bravo pour la tolérance, ce pilier de la République que vous êtes en train de bafouer. Et quel manque de discernement ! Qu'allons-nous gagner avec cette parodie de procès ? La guerre est finie, que je sache ? Madame Thillet-Bordes n'a jamais tué personne, n'a jamais trahi aucun d'entre nous.

— Un verdict est un verdict, murmura Robert. Nous ne reviendrons pas là-dessus.

Honorin se leva. Énervé et en larmes, il déchira, devant l'assemblée stupéfaite, sa carte des F.F.I. et il lança son brassard au visage de Lionel, l'homme le plus virulent contre les femmes. Il se saisit énergiquement du fauteuil de Marie et ils quittèrent la pièce. Avant de claquer la porte, de rage, Honorin hurla aux dix hommes médusés :

— Être l'épouse d'un collabo sans une seule fois le soutenir dans ses errements, est-ce là un crime ? En tous les cas cela ne justifie pas de la rendre honteuse pour le restant de sa vie. Vous, vous garderez cette honte dans votre conscience jusque dans la tombe !

Albert Thillet-Bordes fut exécuté avec huit autres prévenus sur un terrain vague à l'écart de Cestas. On retrouva son corps avec deux balles, l'une en plein thorax et l'autre à la base du cou. André se démena pour lui trouver une sépulture convenable, une place non loin de celle occupée par sa fille cadette. Constance et une petite douzaine de Bordelaises furent tondues en public sous les sifflets et les quolibets de badauds vindicatifs et en délire. Dans les rues du centre de la ville leurs pancartes « collabos » pendues au cou les forçaient à baisser la tête.

Terriblement affectés par ces condamnations prononcées par un tribunal autoproclamé, Marie et Honorin s'enfermèrent plusieurs semaines dans un mutisme intégral qu'Édouard demanda de respecter. Suzanne, hystérique, confia Jean-Marie à Claire pendant tout ce temps. Elle venait de perdre son père, elle tentait de réconforter sa mère traumatisée à vie et vivait à côté d'un mari qui ne lui adressait plus la parole. Ni à elle, ni à personne.

Il fallut la défaite actée du Reich, la paix retrouvée, après la liberté, et surtout une lettre invraisemblable reçue en juillet 1945, pour qu'Honorin retrouve enfin une forme de tranquillité d'esprit. Une lettre postée de Hongrie. Il en parcourut les premières lignes et buta sur un texte étrange écrit dans un sabir qui mélangeait des mots hongrois, sans doute, à d'autres en majorité allemands et parsemés de quelques-uns en anglais et même en français. Le texte reconstitué disait à peu près ceci :

Monsieur Vercoutre,

Moi, très ami de Argain Damien, le Français de notre camp de Wroclaw. Un camp que j'ai rejoint lorsque l'Allemagne attaqua mon pays qui venait de lâcher le pacte tripartite[40] *en 1943. Damien galérait là depuis plus d'un an. Tous les deux, avec des centaines d'autres malheureux, nous avons peiné, sué et hurlé dans cette mine de charbon du sud de la Pologne, dans laquelle nos tortionnaires nous imposaient une cadence infernale. Le régime nazi avait trop besoin de charbon. Nous, ses esclaves, avons payé. Damien, mon ami, est mort dans mes bras au fond de la mine. Mort d'épuisement et de coups, mort d'avoir été heurté violemment à la hanche par un wagonnet à la course folle. Une blessure non soignée et dont il ne se remettra pas. Je lui ai fermé les yeux le 24 décembre 1944, ou peut-être le 25. Je vous écris que je lui ai fermé les yeux mais je dois vous préciser que, comme l'immense majorité d'entre nous, il ne distinguait plus que des ombres, les yeux brûlés par la poussière de charbon et la lumière des lampes quatorze heures par jour. Quelques semaines avant sa mort, qu'il sentait proche, il me confia un papier écrit de sa main, avec votre nom et votre adresse. J'espère que vous recevrez cette lettre, car avant de mourir il m'a fait jurer que si je sortais un jour de cet enfer sur terre je posterais cette lettre. Damien était mon ami, aussi l'ai-je fait. Damien, un Français. Je n'aurais jamais cru pouvoir un jour partager des sentiments d'amitié profonde avec un de ces Français que je détestais depuis 1918 et le charcutage opéré en Europe Centrale par votre indigne président Clémenceau. Ainsi va l'Histoire et je reste fier d'avoir été le dernier ami de Damien.*

Othonyi Laszlo, à Szeged.

40 – Signé entre l'Allemagne, l'Italie et le Japon en 1940. S'y joignirent la Hongrie, la Roumanie et la Slovaquie fin 1940 et enfin la Bulgarie en 1941. La Hongrie le quitta en 1943, provoquant la colère d'Hitler.

L'écriture de Damien ressemblait à celle d'un enfant de sept ans. Un enfant maladroit. Parfois, les lignes se chevauchaient.

Mon cher Honorin,

En espérant que mon cher Laszlo sorte, lui, vivant de ce cauchemar sous terre, je t'écris ces mots d'une main tremblante. Mes forces m'abandonnent, je le sais, je le sens. Je ne vois même pas ce que je t'écris. Dans ce sous-sol noir de Pologne, dans ces lieux de ténèbres, je vis mes derniers jours en rêvant des lumières du Bassin. Je réalise à quel point je fus un privilégié en exerçant un métier que j'aimais dans le plus beau décor du monde.

Tu sais déjà, Honorin, que je n'ai plus de parents. Tu sais également que je n'ai pas d'enfant. Ce que tu ne sais pas c'est que je suis pupille de la nation et que j'en suis fier. Je remercie la Nation. Et en quelque sorte elle va me reprendre aujourd'hui ou demain. Alors, je voudrais t'écrire deux choses, mon cher Honorin. D'abord, que je suis parti au front heureux de savoir que tu te débattais comme un beau diable pour adopter un petit. J'aurais tellement aimé le rencontrer ; mais tant pis. Et ensuite que tu vas te débrouiller avec ton notaire, qui est aussi le mien. Je cède mes biens, TOUS mes biens, ce qui signifie mes parcs, mon installation, mon entreprise et ma maison, non pas à toi directement, mais à ton enfant adoptif. À toi de gérer le tout jusqu'à sa majorité. À toi de faire enregistrer mon testament par l'administration sans y laisser trop de plumes. Bon courage ! Si par malheur cette adoption dont j'avais eu vent avant mon départ n'est toujours pas concrétisée, alors, que cet héritage potentiel t'incite à retenter une adoption.

En conclusion, Honorin, soigne bien nos bébés, ces huîtres exceptionnelles de notre Bassin, et je te promets un bel avenir. Embrasse Suzanne, Marie et Claire pour moi. Salue les hommes, ton oncle, ce cher Raymond et ce brave Julien, sans oublier ce grand gosse de Gérard en espérant qu'il aura plus de chance que moi. J'ai confiance, Honorin. Fais ce que je te demande, s'il te plaît, au nom de la chaîne des orphelins. Profite de la vie, profite des enfants et profite du Bassin. Ce paradis-là, au moins, je sais qu'il existe !

Les grands chambardements

25

Enfin un Noël, un vrai. Le véritable premier Noël pour Jean-Marie, le premier avec toute la famille réunie dans la villa M. Un Noël un peu chiche, bien sûr, mais un Noël authentique. Jean-Marie eut le bonheur de voir mamie Mathilde et bonne maman Constance débarquer ensemble de Lambersart le 22 décembre. Sans doute le plus joli des cadeaux pour cette célébration inespérée, à un mois de ses huit ans. Les mamies n'étaient pas arrivées les mains vides : chacune apportait une énorme boîte de gaufres fourrées, une spécialité lilloise qu'Honorin connaissait bien.

Grâce à l'obligeance de Mathilde, Constance avait réussi à cacher ses plus lourds moments de honte et de chagrin en séjournant à Lambersart. Elle récupéra tous ses cheveux et décida, bien conseillée par son hôtesse, de changer radicalement de coiffure, ajoutant même une touche de blond sur une mèche au niveau du front. Mathilde et même Marguerite l'aidèrent comme des sœurs à sécher ses larmes. Alors la Bordelaise mit à profit ces longs moments de tête à tête avec Mathilde pour la convaincre de venir plus régulièrement à Arcachon. Voir leur petit-fils grandir devenait leur principale raison de vivre à toutes les deux. Ainsi les deux grands-mères devinrent-elles inséparables.

Toute la famille se rendit compte de leur complicité dès le 23 décembre, et toute la famille s'en réjouit. Discrètement, Constance réussit à s'entretenir avec Marie puis avec Honorin pour les remercier de l'avoir soutenue jusqu'à quitter leur groupe des F.F.I. pour bien signifier leur désapprobation. Elle avait même appris le geste de son gendre, balançant à la figure de ce monstre sanguinaire de Lionel son brassard d'appartenance. Cela, elle ne l'oublierait jamais.

La villa accueillait donc, pour ce 24 décembre 1945, les Decosse, les Vercoutre et les Thillet-Bordes tous ensemble. Une première. La villa du bonheur, comme à ses premiers jours. Éliane, plus ratatinée que jamais, avait accompli des miracles, bien aidée par Edmond, une tornade blonde qui s'assagissait à doses homéopathiques. À deux, ils parvinrent à proposer à toute la tribu un repas festif, ou presque : un chaud-froid de filets de poissons du Bassin qu'Edmond avait achetés à la criée qui reprenait malgré le peu de navires en mer. Un plat magique qui suivait une bonne quantité d'huîtres, évidemment. En plat principal, grâce à ses copains résistants, redevenus braconniers, Éliane avait pu faire rôtir quelques palombes dodues qui ne connaissaient visiblement pas les tickets de rationnement. À cette époque de l'année, elle se limita à une purée de pommes de terre et à un gratin de salsifis. Et personne ne vint grogner sur le faux beurre, même si la pâte de sa tarte aux prunes risquait de coller aux dentiers des plus âgés… Quant aux vins, pas de commentaires, la réserve VFTB de la cave de la villa restait somptueuse. À faire rêver le Grand-Hôtel, dévalisé par l'occupant. Marie avait obtenu à l'unanimité, voix d'André comprise, que pour un tel événement Éliane puisse partager le repas avec la famille au grand complet. Une Marie qui pleurait encore en repensant au dévouement insensé de cette petite bonne femme recroquevillée. Sincèrement, Éliane méritait la gratitude de tous et Maurice, de là-haut, devait sacrément être fier.

Marie venait de s'installer avec Édouard au rez-de-chaussée de la villa. À peine la guerre terminée, maître de Castang eut en effet gros ouvrage à traiter les divers dossiers des familles, depuis les Thillet-Bordes jusqu'à la succession Argain en passant par les Vercoutre et les Vanneau. Un sacré coup de feu avec ces derniers dossiers, qu'il voulait régler avant de prendre sa retraite. Il mena rapidement la transmission du patrimoine Argain en faveur de Jean-Marie, devenu enfant Vercoutre pendant la guerre, ainsi que celle de la villa M. à la génération suivante, pour terminer par celle de « la cabane à Marie » à l'Aiguillon. Ainsi Jean-Marie héritait-il des biens de Damien Argain, sous tutelle d'Honorin Vercoutre jusqu'à sa majorité. Un dossier bien abouti malgré les ponctions considérables effectuées par un État dix fois trop gourmand aux yeux d'Honorin. Sidéré et frustré, ce dernier n'eut pourtant rien d'autre à faire que d'acquiescer. La villa M. fut transmise conjointement à André Thillet-Bordes, Suzanne Thillet-Bordes épouse Vercoutre et Claire Decosse, épouse Vanneau, avec usufruit à Constance Thillet-Bordes et Marie Decosse. Marie s'installa donc au rez-de-chaussée avec Édouard, proche de la retraite, lui aussi. Cette nouvelle donne arrivait à point nommé pour Claire, Richard et leurs deux marmots qui disposèrent désormais pour eux quatre de la célèbre « cabane » de l'Aiguillon. Suzanne, elle, se partagea entre sa « cabane » de Gujan et la villa M. tandis qu'Honorin restait incrusté à Gujan à cause de son travail, et ce malgré l'embauche de Richard à ses côtés. Et malgré, également, la ligne de bus qui desservait tout le Bassin, ce que Suzanne aimait lui rappeler à la moindre occasion. Mais la villa M. n'était pas extensible à volonté, avec un « quartier » pour André, Suzy et leur tornade blonde de vingt-cinq ans. Sans oublier une chambre confortable pour Constance et deux autres pour les amis, dont une pour mamie Mathilde.

Oui, ce premier Noël d'après guerre fut merveilleux, illuminant les regards malgré la grisaille et le froid, et en dépit de toutes les restrictions. On trinqua à la paix, celle de la Nation, comme celle, enfin retrouvée, des familles. On trinqua à la liberté et au travail pour tous. On trinqua aux projets, et ils ne manquaient pas avec la reconstruction. Et toute la famille réunie trinqua en l'honneur d'Éliane pour son dévouement sans limite.

Les projets leur permettraient d'éviter de soulever les rancœurs qui subsistaient chez certains, indubitablement. Quoi que peut-être moins chez eux que chez d'autres. Ici, les abcès étaient crevés. Avec plus ou moins de bonheur. La guerre, puis la libération avec tous ses excès, faisaient rôder d'étranges fantômes à Bordeaux, parfois jusqu'aux rives de la petite mer. Accumulations de non-dits, kyrielle de mensonges, liste de secrets parfois lourds à porter et enfouis dans les caves, tout cela risquait de sauter à la figure au moment où on ne s'y attendait plus. Des familles continuaient à se déchirer, des notables s'avéraient collabos, au point d'avoir envoyé des compatriotes à la mort.

Le projet le plus immédiat concerna Marie, qui tenait absolument à honorer la mémoire de Julien, son beau-frère et, malgré son handicap, à se rendre en Alsace pour prier sur la tombe de son fils. L'annonce de la mort de son beau-frère presqu'un an après les faits l'avait meurtrie. Elle pria longuement devant cette tombe qui aurait dû être également celle d'Aurélien. Alors qu'Édouard la poussait doucement vers la camionnette aménagée pour son fauteuil, elle ouvrit la bouche pour lui susurrer :

— Officiellement la pinasse mauve appartient à Gérard mais, tu le sais comme moi, c'était Julien son véritable propriétaire. Gérard et Julien nous ont quittés tous les deux, aussi je songe à transmettre la pinasse mauve à Honorin. L'embarcation lui sert quasi quotidiennement. Qui d'autre mieux que lui est apte à reprendre cette pinasse, un des symboles du Bassin ?

— Oui, lui ou Richard, en tant que mari de Claire, répondit Édouard. C'est la pinasse Decosse.

— J'y ai pensé, mais Richard dispose déjà d'une pinassotte, et je suis convaincue que cela lui suffit.

— Dans ce cas la pinasse mauve appartiendra à un *ch'timi*. Et cela me fait chaud au cœur.

Juste avant son expédition à Colmar, Marie prit le temps d'accueillir des prisonniers de retour de l'est, du fin fond de l'Allemagne nazie. Il en manquait tellement à l'appel, le contingent était si réduit, qu'elle put partir à la date prévue. Gérard et Damien n'étaient pas les seuls à ne point revenir au pays, loin de là ! Déprimant. Déprimant de voir toutes ces femmes, toutes ces mères, qui n'avaient pas distingué les noms de leurs maris ou de leurs enfants sur les listes, mais qui guettaient tout de même l'arrivée des survivants. On n'était jamais à l'abri d'un coup de chance… Une chance inouïe qui se présenta pour une mère, une femme de Gujan, qui s'effondra en larmes aux pieds de son fils. Un fils hagard, amaigri de plus de vingt kilos et qui, selon ses compagnons de voyage, ne savait même plus sourire. Marie, les poings serrés, constata que l'heureuse maman pleurait pour toutes les autres, désespérées, mais qui repartaient en silence. Épuisée par ces relents de guerre insupportables, elle demanda à Édouard de la conduire jusque dans le hall de la mairie de Gujan. Elle tenait à féliciter et à encourager la nouvelle équipe en place, forcément gaulliste. En quittant l'hôtel de ville elle répétait sans cesse combien elle était ravie des changements intervenus dans certaines municipalités du Bassin. Le départ de ceux qui avaient jeté l'opprobre pendant l'occupation permettrait de clore ces querelles à la « cloche merle » orchestrées par des jobards insipides et dont son groupe de résistants avait cruellement pâti, en victime indirecte en quelque sorte[41].

Une émotion forte, palpable, régnait à l'intérieur du minuscule cimetière du village situé à l'est de Colmar. Sur un petit panneau de bois accroché à un piquet, trois noms ressortaient, gravés malhabilement, dont celui de l'adjudant Decosse « mort en héros pour la patrie ». Claire pleura longtemps, réalisant enfin qu'elle ne reverrait plus jamais son frère, son compagnon d'enfance, celui qui fut une partie d'elle-même. Toute à sa douleur, à cette révélation terrible, elle en oubliait ses propres gamins, laissés pour une première fois pendant quatre jours, à Suzanne et à Honorin. Devant ses petits elle ne pourrait plus laisser couler toutes ces larmes…

* * *

À peine rentré d'Alsace, Édouard s'activa avec Honorin pour relancer la Croix Rouge Internationale au sujet des recherches concernant le petit Honorin. Cela déplut profondément à Suzanne qui jugeait cette entreprise stupide, inutile et malsaine. Dans cette Allemagne vaincue et anéantie, il paraissait plus facile d'obtenir des renseignements. Les langues se déliaient, surtout en face des représentants de la Croix Rouge, efficaces, discrets et particulièrement bienveillants. L'organisation se démenait partout, débordée mais exemplaire. Fut-ce à cause du climat qui régnait chez les vaincus, fut-ce à cause de l'efficacité du quadrillage du grand organisme de soins ? Une lettre parvint en avril 1946 au domicile d'Émile Thillet-Bordes et adressée au

41 – Impossibilité de réunir les différents groupes de résistants existant sur le Bassin.

vieux patriarche disparu. La poste accepta de laisser ce courrier entre les mains de son ayant-droit et fils, André Thillet-Bordes. Ce dernier signa une décharge, mais en apercevant un cachet marqué « Heidelberg », il comprit qu'il s'agissait d'un courrier destiné à Honorin et à Suzanne. Il s'en entretint avec sa tante Constance qui, après quelques hésitations, lui suggéra de ne pas l'ouvrir et de la transmettre cachetée à Suzanne et à son gendre. Pendant quelques heures elle avait songé brûler cette lettre pour éviter d'attiser à nouveau ces odieuses querelles familiales. Elle approchait même l'enveloppe du foyer de la cheminée lorsqu'elle imagina une fois encore cette scène dans laquelle son gendre jetait son brassard F.F.I. au visage du chef du réseau du Médoc. Non, elle n'avait pas le droit, non elle ne perpétuerait pas ce goût pour les secrets de famille tant prisé par son beau-frère Émile. Elle s'assura simplement, en définitive, qu'Honorin fut bien présent lorsqu'elle remit la lettre à sa fille.

Suzanne tremblait plus encore qu'Honorin. Sans doute pas avec les mêmes pensées, les mêmes craintes ou les mêmes espoirs. Honorin décacheta l'enveloppe et en sortit en premier une photo. Une photo jaunie, sur laquelle on distinguait tout de même un beau jeune homme en tenue de pilote de la Luftwaffe. Un gamin, prêt pour la guerre. Tous les deux, ils devinèrent. Cela d'autant plus facilement que le garçon laissait apparaître bien plus que de faux airs de Francine. Honorin, au comble de l'émotion, extirpa ensuite une lettre écrite en allemand et signée par Barbara et Rupert von Klaten. En plus de la lettre, manuscrite, figuraient quelques papiers tapés à la machine et tamponnés. Forts de leur expérience, Suzanne et Honorin devinèrent, là encore sans peine, de quoi il s'agissait. On leur envoyait les documents justificatifs de l'adoption d'un petit garçon de trois ans et huit mois, prénommé Honorin, né de Francine Thillet-Bordes et de père inconnu.

Effondré dans un fauteuil du salon de la villa M., Honorin écouta son oncle faire une traduction succincte de la lettre des époux von Klaten. Dans leur lettre les parents adoptifs soulignaient qu'ils s'étaient battus bec et ongles pour que leur enfant n'entre pas aux jeunesses hitlériennes. Ils y parvinrent et ce fut leur grande fierté. Hélas, avec la déclaration de guerre et la conscription de gamins, ils durent l'abandonner à la Luftwaffe. Décoré à trois reprises pour faits d'armes exceptionnels, Honorin von Klaten finit par s'écraser avec son Stuka sur Dantzig en cendres à la fin de l'année 1944. Il s'avéra impossible de retrouver son corps dans un charnier indescriptible, témoin des pires batailles du front de l'est.

Suzanne eut le tact de ne manifester ni satisfaction ni même soulagement. Honorin ne put s'empêcher de pleurer. Il embrassa longuement la photo, dans un silence de cathédrale. Après un temps infini, Marie conclut à voix basse, approuvée par Constance :

— Reporte tout ton amour sur Jean-Marie, il le vaut bien.

* * *

Honorin reprit son travail, heureux en fin de compte de se dépenser pour Jean-Marie. Le mot d'ordre du Bassin était devenu : reconstruction. Reconstruction, réorganisation des parcs et reconstitution des lots de jeunes huîtres pour Richard et pour Honorin. Reconstructions multiples tout autour du Bassin pour la population tout entière. Les Allemands avaient quitté la région à regret, forcément, et avec la main lourde. Ainsi avaient-ils fait sauter le phare du Cap Ferret et la jetée Thiers, deux symboles à reconstruire d'urgence. Ils avaient également fait sauter le dock flottant acheté à Alger et acheminé avec tant de difficultés jusqu'au port. À remplacer sans tarder, pour redémarrer l'activité et fournir du travail à tous. Et puisqu'on était dans les reconstructions jusqu'au cou, il fut décidé de reconstruire une cabane tchanquée à la place de celle emportée par une violente tempête pendant la guerre.

André, peut-être plus que les autres, se trouvait confronté à une tâche de reconstruction gigantesque : redémarrer les Pêcheries Associées du Bassin. Rebâtir un empire, mais en faisant quoi ? L'absence d'un quai, le manque de chalutiers, le manque de marins et le manque de charbon rendaient la tâche quasiment impossible. À quoi pouvait rimer l'annonce de l'arrivée du fuel en substitut du charbon s'il n'y avait point de cuve à remplir ? À quoi pouvait l'aider Edmond, frais émoulu expert-comptable, sinon à remplir un bilan qui se résumait à quelques lignes misérables ? Et par-dessus le marché il lui fallait réhabiliter le nom Thillet-Bordes, maculé par son oncle. Encore heureux que les survivants semblaient enfin s'entendre ! Avec son accord, Constance, qui recherchait la discrétion absolue, vendit le négoce de feu son mari à un concurrent. Le discrédit qui avait fait suite aux magouilles d'Albert avec l'occupant rendait l'affaire ingérable. Même en changeant son nom. La vente s'avéra donc être l'unique solution. Édouard, et même Suzanne, regrettèrent de perdre ce fleuron des grandes étiquettes, mais c'était ainsi. Rien à redire, Constance n'avait pas le choix. Tous les adultes lui avaient promis de taire aux petits-enfants les raisons et les circonstances de la mort de son mari ainsi que l'humiliation qu'elle avait injustement subie. Son regard triste, en disait long, malheureusement, sur ce qu'elle devait continuer de ressentir.

* * *

Édouard déprimait. Il se rendait compte que pour relancer les Chantiers Lalande il lui fallait passer la main. Septuagénaire confirmé, il savait – sans chercher à s'en plaindre – combien le handicap de Marie constituait une charge, une lourde charge. Et comment faire pour relancer l'activité alors que Lucien, le compagnon fournisseur, ne pouvait même plus circuler dans sa chère forêt pour choisir de beaux fûts avec lui ? La région landaise truffée de mines, il leur était impossible de s'aventurer à la recherche des plus belles pièces. Or leurs stocks, à l'un comme à l'autre, fondaient à vue d'œil. Les démineurs, prudents et peu nombreux, ne leur permettraient de reprendre l'approvisionnement qu'un an plus tard et dans un périmètre limité.

Les Chantiers Lalande méritaient une solution d'avenir. À soixante-douze printemps en ce début 1946, Édouard ne continuerait pas bien longtemps. Le chantier intéressait Edmond, mais cette idée n'enthousiasmait guère ses parents, ni le clan Decosse et encore moins les deux adjoints d'Édouard. Certes, à vingt-sept ans, le jeune homme prenait de la bouteille et jouissait déjà d'une excellente réputation d'expert-comptable. Mais rien, chez lui, ne le disposait à la carrière d'artisan charpentier de marine. Perpétuel impatient, facilement mondain comme feu son grand-oncle Albert, personne ne l'imaginait s'ancrer à Gujan pour moisir dans le petit atelier. De son côté, Régis, le premier adjoint d'Édouard, avait acquis une jolie habileté aux côtés de ses deux patrons. Édouard lui reprochait un manque d'initiative et un manque de créativité, mais reconnaissait qu'il exécutait bel ouvrage en artisan appliqué. Lui manquait l'essentiel pour briguer le poste : la fibre du meneur, le talent inné du dirigeant. Et en outre, imaginer Régis conduire un jour le chantier inquiétait, effrayait même, Vincent, le deuxième adjoint. Autrement plus malin que son collègue, également plus créatif, il se montrait brouillon et, sans Édouard constamment sur son dos, il bâclait son travail. Son patron redoutait ses approximations coupables qui risquaient de couler le chantier en deux ans. Conseillé par Marie, Édouard se fit à l'idée de chercher à l'extérieur. Un crève-cœur. Et comment s'y prendre ? En définitive il réussit à s'entendre avec André. Il resterait actionnaire des Chantiers Lalande une fois ceux-ci intégrés comme filiale des Pêcheries Associées du Bassin. Ils convenaient tous les deux de dénicher la perle capable de diriger la petite entreprise et à qui ils offriraient une part de la société. Edmond serait nommé directeur délégué en charge des finances et des comptes, dans la mesure où il venait d'endosser la fonction de directeur financier aux Pêcheries Associées du Bassin. L'idée était d'offrir une participation de 24,75 % du capital au nouveau venu. Édouard garderait une part identique et les Pêcheries détiendraient 50,50 %. Marie, en discutant plusieurs soirs avec son homme, lui suggéra d'apporter une modification symbolique mais importante à ses yeux. Il lui paraissait nécessaire de gratifier les deux anciens employés, quels que puissent être leurs talents et leurs défauts, d'une petite part qui les inciterait à se donner à fond à une entreprise qui était un peu la leur. André accepta et Régis et Vincent reçurent immédiatement 2 % chacun. Une participation certes symbolique mais que les deux hommes apprécièrent. Les Pêcheries Associées du Bassin détiendraient 50 %, Édouard et le nouveau venu 23 %.

Fort occupé et mal à l'aise pour interroger des candidats, Édouard accepta qu'Edmond fasse la besogne de défrichage des postulants. Tablant d'abord sur les spécialistes de la branche, le jeune homme fouina dans le milieu des chantiers, sur le Bassin, en bord de Gironde et même à La Rochelle. Déçu par l'absence de responsables capables d'oser en cette période pourtant favorable de la reconstruction, il chercha ailleurs. Au bout de trois longs mois sans nouvelle, Édouard reçut un mot d'Edmond dans lequel ce dernier l'informait avoir trouvé un candidat au bon profil. Le plus étonnant pour Édouard fut d'apprendre que le candidat retenu s'épanouissait dans la vigne et les affaires internationales en conseillant des grands propriétaires étrangers depuis le Chili jusqu'à l'Union Sud-Africaine[42]. L'homme, un grand brun d'apparence dynamique, était un amoureux inconditionnel du Bassin depuis sa plus tendre enfance. Or, sa profession – qu'il adorait malgré tout – l'empêchait de profiter d'Arcachon. À quarante-cinq ans passés, ses envies évoluaient et il envisageait un peu de stabilité.

Avec Édouard, André et Edmond, Philippe Viennot visita le chantier Lalande, salua Régis, Vincent et les deux arpètes, et s'arrêta soudain, stupéfait, devant la carène si particulière d'une pinasse. Lentement, sa main s'approcha du bois lisse et encore tiède, poli par Édouard en personne. Une éternité plus tard il recommença le même geste sur une autre pinasse puis sur une tillole. Enfin, il s'assit sur une pile de planches et ouvrit la bouche :

— Sidérant, fabuleux ! Mais… mais, je ne sais rien faire.

— On s'en doute, lui répondit Édouard tout sourire ! Oui, on s'en doute, mais si vous faites « bonne pâte », Régis et moi nous nous chargerons de la façonner. N'oubliez pas que nous recherchons d'abord un patron, un meneur et un entrepreneur.

— Oui, je le sais, mais comment voulez-vous que je devienne un patron efficace et respecté si je ne sais pas mettre la main à la pâte ?

— À la bonne heure, rugit Édouard, cette remarque me plaît ! La pâte me semble bonne. Régis et moi nous allons vous faire

42 – La République d'Afrique du Sud n'existera qu'à partir de 1961.

acquérir l'essentiel du métier, et mieux encore, nous allons vous transmettre l'amour du métier. Je vous le garantis. Seule chose, décidez-vous rapidement car j'ai presque soixante-treize ans, moi, et Régis cinquante-six !

— Donnez-moi, s'il vous plaît, une semaine de réflexion. J'ai lu vos propositions, elles me conviennent, elles sont vraiment honnêtes. Je souhaiterais juste y ajouter un codicille qui me permettrait un jour, en cas de bonne marche des chantiers, de passer le cap de 25 % des parts et même des 34 %. Vous me comprenez, j'en suis certain.

André et Edmond ne comprirent que trop bien, mais une fois la semaine passée ils acceptèrent d'inclure un nouvel article dans le contrat. Philippe Viennot donna alors par retour son accord définitif. En cas de bénéfice, net des reports de pertes éventuelles à l'issue du cinquième exercice sous sa présidence, il était agréé qu'une augmentation de capital serait souscrite par le seul Philippe Viennot, lui permettant de détenir 33,34 % de la société.

Dès le début 1947 Philippe Viennot passa des journées entières avec Édouard, parfois avec Régis. Il se montra assidu, jamais il ne se lassa. Édouard pensait chaque jour à ce brave Raymond qui aurait apprécié la ténacité et le goût du travail bien fini démontrés par cet entrepreneur dynamique. Le vieux chantier n'allait pas de sitôt mettre la clé sous la porte. Pour son plaisir Édouard conserva une seule responsabilité au chantier, pour quelque temps encore : le choix du bois, avec son ami Lucien.

Particulièrement satisfait de l'issue de cette succession, Édouard s'attela ensuite à une autre tâche qui lui tenait à cœur : obtenir une décoration nationale pour Marie, même si cette dernière risquait de trouver cette démarche superflue et imméritée.

26

L'hiver 1947 à peine achevé, Éliane, ratatinée, usée, fit ses adieux à la villa M. et à toutes les familles réunies. Marie, traumatisée, ne retiendrait qu'une seule chose : Éliane ne souffrit pas et, sur son lit, elle affichait un visage souriant. Sans doute savait-elle qu'elle rejoignait Maurice, son compagnon, qui lui manquait depuis trop longtemps. Ses survivants garderaient d'elle le souvenir de cette vie exemplaire faite d'action, d'abnégation et de discrétion. Jamais personne n'avait entendu Éliane se plaindre une seule fois. Comme quoi, sans appartenir à la soi-disant haute société, on pouvait réussir une vie empreinte de noblesse. Marie se savait redevable, pour le moins, de cette année terrible passée dans la cave. Onze mois rendus tolérables grâce au dévouement sans limite de ce petit bout de femme, onze mois vivables, en définitive, grâce à ces fous rires qui leur permirent de tenir, cachées de l'occupant et cachées des proches. En dehors de Marie, Suzanne fut sans conteste la plus affectée. Éliane avait accompagné toute sa jeunesse, sa jeunesse partagée avec Francine. Depuis la disparition de cette dernière, et en dehors de sa mère, Éliane représentait l'ultime maillon avec son enfance. Comment oublier ces confidences en cuisine lorsqu'elle se levait bien trop tard pour le petit-déjeuner ? Éliane, tout en la fustigeant, lui servait un en-cas chaud sur un coin de table. Et elles parlaient. Comment ne pas songer à toutes ces taquineries qu'avec sa sœur elles lui imposaient comme un rituel arcachonnais ? Ce couvercle de piano refermé avec violence et qui la faisait sauter au plafond. Ces balles de tennis couvertes d'herbe qu'elle laissait échapper négligemment dans la cuisine et qui maculaient le sol dallé de particules vertes et collantes. Éliane grognait, Éliane menaçait de se plaindre à leur mère, mais Éliane les aimait.

André et Suzy rejoignirent les Arcachonnais pour accompagner la dépouille d'Éliane jusqu'au cimetière municipal. Elle trouva place aux côtés de Maurice, juste en face de ce grand terrain libéré des baraquements des soldats allemands qu'elle n'avait que trop vus lorsqu'elle venait, à pied, prier pour son homme.

Dès le lendemain des obsèques, Constance et Marie réfléchirent, avec Édouard et Mathilde, aux conséquences de la disparition d'Éliane. Fallait-il engager une nouvelle domestique? Pour Édouard, cela ne se discutait même pas. Avec ses rhumatismes il ne pouvait pas s'occuper seul de sa compagne, ce que Marie admit sans barguigner. Mamie Mathilde envisagea de proposer le poste à Marguerite. Cette dernière répondit par retour de courrier qu'elle remerciait mille fois madame pour cette marque de confiance mais que pour elle il n'était pas question de quitter son cher Nord! Alors Marie suggéra avec insistance de s'orienter vers une veuve de guerre, une solitaire un peu perdue qui retrouverait à cette occasion une famille à la villa. Christiane, de La Teste, se présenta un lundi matin, envoyée par la municipalité. Une femme de quarante-cinq ans, qui avait perdu son homme et son fils à la guerre tandis que sa fille s'était installée à Paris avec un inspecteur des impôts qui rêvait d'être muté à Arcachon. Ancienne résistante elle-même, elle connaissait Éliane et même Jacqueline, de nom. Elle connaissait son histoire mais ne l'avait jamais rencontrée. Marie se réjouissait déjà d'un tel choix. Mais si Christiane apprécia la famille, elle n'apprécia guère les escaliers de la villa. Elle décréta, sans doute avec raison, que la villa était éreintante, surtout à travailler auprès de cette chère madame Jacqueline, comme elle s'acharnait à l'appeler. Christiane ne tint que quatre mois et rendit son tablier. Passablement agacée, Constance dut accepter à contrecœur l'embauche d'une jeunette, mignonne et bien « gironde » comme disait Édouard, tout émoustillé d'employer ce qualificatif à l'endroit d'une Bordelaise... La dénommée Dominique avait au moins le mérite d'être sportive. Pas perturbée par les escaliers ni par l'état de Marie, elle semblait d'attaque pour soulager Édouard qui n'en pouvait plus.

* * *

Mamie Mathilde passait beaucoup de temps à la villa M., heureuse de choyer son petit garçon de neuf ans, éveillé et drôle, heureuse de sa complicité de grand-mère avec Constance et ravie de découvrir le Bassin. Sa relation avec sa bru évoluait comme le temps : vers le grand beau. Avec l'été, Suzanne réalisa enfin son rêve : Jean-Marie allait taper dans ses premières balles, là-même où près de trois décennies plus tôt elle se délectait à corriger son cher Clément. Rapidement, elle obtint un deuxième motif de satisfaction : Jean-Marie semblait aussi adroit qu'appliqué. Ses gestes et sa coordination paraissaient prometteurs. En un mot, et sans lui avouer, sa mère le catalogua doué. Avec les vacances elle le pilonna, coup droit d'abord, revers ensuite. Ravie, elle se sentait rajeunir de vingt-cinq ans ! Et les mamies avec elle :

— Cela te plaît ce jeu de tennis, questionnait mamie Mathilde ?

— Oh oui, mamie, beaucoup !

— Alors tu vas continuer, pour devenir un bon joueur plus tard ? Comme ta maman.

— Oh oui, bonne maman, et bientôt je battrai maman !

Constance et Mathilde souriaient et laissaient Suzanne reprendre la leçon. Elles quittaient les joueurs, bras dessus, bras dessous, pour marcher jusqu'à la jetée Thiers fraîchement reconstruite. Constance fit connaître tous les coins de la ville à sa complice. Une besogne fort agréable, facilitée par un climat délicieux et par le peu de foule en comparaison des années trente. Certes, les riches Bordelais et les belles Bordelaises paradaient comme aux plus beaux jours, mais la période de rationnement s'éternisait. L'immense majorité de la population le ressentait cruellement. Mathilde adora ces endroits magiques, depuis la jetée d'Eyrac jusqu'au Casino de la Forêt sans oublier la promenade en bord de mer à marée basse non loin de la source des Abatilles. Deviner le Cap Ferret derrière un rideau de pins la ravissait. Mais elle avoua son faible pour le quartier du Moulleau, ses propriétés magnifiques et cette Notre-Dame des Passes, merveilleusement située. Déjà, elle rêvait du mariage de son petit-fils et de cette sortie de l'église directement sur les lumières du Bassin. Idyllique.

Pendant les longues vacances d'été, entre deux leçons de tennis, Suzanne et Honorin faisaient découvrir le Bassin à leur fils, avec la pinasse mauve. Mais pas seulement. Un dimanche sur deux, Richard prenait en charge les parcs et Honorin emmenait sa femme et son fils à Bordeaux. Ce dernier devait connaître la ville et plus encore le quartier ouvrier des Chartrons, rencontrer les cordonniers, croiser le laitier, et surtout, admirer le travail du tonnelier, dans une ruelle non loin de chez bonne maman Constance. À neuf ans et quelques mois, Jean-Marie pouvait détailler la construction d'une barrique bordelaise de A à Z. Fasciné, il assistait au chauffage des lattes qui leur donnait cette jolie forme incurvée. Il mémorisait tout et narrait le spectacle à l'oncle Édouard qui jouait les ingénus à plaisir. Suzanne lui présenta également celle qui devait être, à n'en pas douter la dernière giletière, une habile artisane qui confectionnait des pièces pour un magasin de grand luxe. Mais le clou des visites c'était celle du port de la Lune. Tout au bout des quais – il fallait toujours marcher jusqu'au bout du bout des quais, goût de l'évasion oblige – les narines imprégnées des senteurs exotiques déposées par les grands navires, Jean-Marie commençait à rêver. Rêver de bateaux, bien différents de ceux que construisait l'oncle Édouard, et rêver de mer lointaine au gré des odeurs de cannelle et de café.

Voir les panetières d'huîtres enfoncer dangereusement la pinasse mauve au raz de l'eau lui procurait des rêves d'une autre nature… Ici, il rêvait de voyages. Des voyages sans images, dans sa tête de gamin de pas encore dix ans, des voyages qui se résumaient à deux noms : Suisse et Allemagne. Jean-Marie devinait, Jean-Marie flairait qu'il devait y chercher quelque chose. Un puzzle à reconstituer, à propos de ses parents. Il commençait à se douter que des pièces du puzzle se trouvaient dans ces deux pays.

Et ces échappées belles en Médoc, lorsque le soleil inondait des terres surprenantes, apparemment pauvres mais d'une richesse incomparable, Jean-Marie les adorait. Deux fois déjà il avait goûté du vin. Du très grand, lui avait-on précisé doctement. Ces deux fois-là on avait évoqué bon papa, deux exceptions. Pourquoi ne parlait-on jamais de lui ? Les cabanons alignés en bord de Gironde, leurs grands carrelets au vent, lui faisaient momentanément oublier cette question. Le dimanche il n'était point rare d'apercevoir quelques pêcheurs amateurs qui abaissaient leurs carrelets comme s'ils rendaient hommages aux dernières gabares qui sillonnaient le grand fleuve. Et les pièges à anguilles, et ces balades au Fort Médoc en compagnie, certaines fois, de Martine et d'Hervé. Jean-Marie se souvenait plus particulièrement de cette dernière promenade, juste avant la rentrée des classes, seul avec Martine car Hervé était resté à l'Aiguillon avec la varicelle. Martine et lui s'étaient échappés et cachés dans un recoin désaffecté du Fort, leur nouvelle cachette secrète. Et pendant qu'Honorin et Suzanne s'acharnaient à les retrouver, les deux gamins se racontaient tout ce qui leur passait par la tête :

— ...oui, je sais bien, Martine, mes parents je les regarde et je vois bien que je ne ressemble ni à l'un ni à l'autre. Toi, tu ressembles à ton père, on te le répète tous les jours. Et ton frère, plutôt à ta mère. Je vais te dire, moi je serais fier si un jour on me disait : « tu ressembles vraiment à ton père ». Mais oublie ça !

— Martine, Jean-Marie ! Où êtes-vous les enfants ? Il se fait tard, nous devons rentrer.

Jean-Marie, la bouche en coin, prit la main de Martine et ils quittèrent leur cachette.

* * *

Ce sacro-saint 2 novembre effrayait tout le monde. Les enfants, qui s'ennuyaient à mourir, les grands-mères qui craignaient le froid, toujours plus glacial dans une église ou dans un cimetière, et les parents, qui redoutaient les questions. En cette année 1947, Suzanne imposa un détour par le petit cimetière où reposaient son père et sa sœur, après un passage long et obligatoire devant la tombe monumentale des Thillet-Bordes. Bonne maman Constance, mamie Mathilde, Suzanne, Honorin et Jean-Marie, accompagnés par Marie et Édouard, se recueillirent donc devant les deux petites tombes toutes simples. En quittant les lieux, Jean-Marie demanda haut et fort :

— Pourquoi bon papa et tante Francine ne sont pas dans l'autre cimetière, dans la belle tombe d'oncle Émile ?

— Parce que la paroisse de ma famille à moi, répondit Constance, c'est ici ! Ta tante et ton grand-père reposent ici, dans le cimetière de ma paroisse. Et ton grand-oncle Émile et sa famille reposent dans le cimetière de leur paroisse.

— Mais pourquoi leurs tombes ne sont pas belles ?

— Parce qu'aujourd'hui, mon garçon, les tombes coûtent cher, très cher. Celle de ton grand-oncle a été construite il y a bien longtemps, bien avant la mort de tante Francine.

Jean-Marie sembla acquiescer et se tut. Constance en fut soulagée et Marie sourit pour elle-même. Un jour prochain le gamin reviendrait à la charge, c'était certain. Elle le connaissait trop bien.

Ce même soir, Marie et Édouard se retrouvèrent seuls avec Dominique dans la villa M. Les deux grands-mères étaient restées à Bordeaux. Édouard fit part à sa compagne de son idée de demander une décoration pour elle, une juste reconnaissance, une maigre récompense pour ses années de résistance et sa terrible conséquence, son handicap.

— Idée ridicule, répondit-elle ! Elle vient de toi ou c'est Honorin qui te l'a soufflée ?

— Je la revendique. D'abord, tu la mérites largement, ensuite tu serais reconnue et enfin tu recevrais une pension. Modeste, j'en conviens, mais qui permettrait par exemple de remplacer ce fauteuil d'occasion qui me fait honte. Et, laisse-moi terminer, je serais fier que tu portes ta Légion d'Honneur pour les grandes occasions.

Marie soupira et lui renvoya :

— Franchement je ne vois pas en quoi je la mériterais plus que toi qui m'as sortie des griffes de mes tortionnaires. Être reconnue, je m'en fiche, tu le sais bien, et la guerre est finie. Quant au fauteuil, ne vas pas me faire croire qu'on n'a pas les moyens pour le remplacer sans cette pension hypothétique. Ta fierté, mon cher Édouard, elle vogue allégrement tous les jours sur la petite mer avec ces pinasses construites de tes propres mains. Ta fierté c'est la pérennité du chantier de Raymond et ce sera, je l'espère, cette succession bien assurée. Ne compte pas sur moi pour écrire une bafouille aux fonctionnaires parisiens et leur demander une breloque ! Foi de Marie Decosse, je ne m'abaisserai pas à ce petit jeu !

— Et si moi je la faisais, cette bafouille, en te demandant juste de signer ?

— T'es une bourrique, Édouard Vercoutre ! Tu feras ce que tu veux, comme toujours, mais je préférerais que tu t'enquiers de ma tombe, et sans tarder. Avec ma paralysie je n'irai plus bien loin. Alors tu veilleras sur ma dépouille ; qu'elle soit bien déposée dans la tombe Decosse. À côté de Julien, en laissant une place symbolique pour Aurélien. Pas question d'être coffrée ailleurs ! Ni chez les Thillet-Bordes, ni dans un endroit réservé aux résistants ou je ne sais où ! Je compte sur toi, sur Honorin et sur Claire. Pas de blague, hein !

— Compte plutôt sur ta fille et sur Honorin ma belle. Je te rappelle que je suis plus vieux que toi de six ans et que les hommes meurent plus jeunes que les femmes. J'y peux rien, c'est « statistique », comme ils disent aujourd'hui.

— On verra bien, mais je pense avoir raison. Et toi, tu voudrais être enterré où ?

— Sais pas…

— Et pourquoi pas à côté de moi ?

— Quoi ? Tu parles sérieusement ? C'est la place d'Aurélien, tu viens de le rappeler toi-même. Pas question !

— Si, justement ! Le corps d'Aurélien n'y reposera jamais, tu penses bien !

— Je l'admets, en effet.

— Et moi je t'affirme que si Aurélien nous voit il serait heureux que tu occupes cette place à côté de moi. Heureux et fier. Il sait combien tu m'as rendue heureuse, après tant d'années de galère et il doit se dire : « je suis bien heureux qu'il l'ait rendue heureuse. » Voilà ce que je pense. T'en dis quoi ?

— Que si tu le décides, j'accepte, mais qu'au cas improbable où je disparaîtrais après toi, je laisserai la décision à Claire.

— D'accord. Elle sera facile à convaincre et je vais m'y employer dès demain !

— Et moi je vais rédiger de ce pas une lettre pour le Ministère de l'Intérieur et une pour celui de la Guerre, que tu me feras le plaisir de signer.

— Mais quelle tête de cochon !

Ils éclatèrent de rire. Le meilleur des exutoires lorsqu'on vient de parler de sa propre mort pendant une demi-heure.

* * *

Richard et Honorin venaient de trimer dur, très dur. Des séances de désatroquage à n'en plus finir, pour ensuite rapporter toutes ces huîtres dans les parcs. Des va-et-vient incessants de Gujan jusqu'au chenal de Mapouchet ou celui du Courbey. La pinasse mauve ne risquait pas de s'engluer sur un crassat ni son moteur se piquer de rouille. Les mains bleuies par une eau souvent glaciale, Honorin et Richard tendaient toujours plus de toiles grillagées pour protéger leurs jeunes huîtres des tempêtes comme des prédateurs. Plusieurs fois, avec leur apprenti saisonnier, ils travaillèrent de nuit dans le chai pour achever à temps le travail de grattage, de triage et de calibrage. L'un et l'autre rêvaient que Jean-Marie et Hervé aient dix ans de plus. Les expéditions n'attendaient pas et Paul, l'expéditeur qui avait repris ses fonctions en rentrant du S.T.O., les avait prévenus :

— C'est insensé, l'huître redevient une mode à Paris pour les fêtes. Déjà ! Et bien plus qu'une mode, c'est le plat festif incontournable pour débuter le repas de Réveillon.

Du coup Paul avait commandé une bonne moitié de ce qu'il avait commandé à Damien en 1938, l'année où l'éleveur l'avait traité de fou, Honorin s'en souvenait encore. Au bout du compte Damien livrait la quantité demandée à Paul qui l'implorait aussitôt de livrer vingt pour cent supplémentaires ! En ce mois de décembre 1947 on n'atteignait pas encore ces niveaux mais la campagne s'annonçait prometteuse. Dès la mi-janvier, épuisés mais satisfaits, Honorin et Richard firent leurs comptes et n'en crurent pas leurs yeux. Richard, stoïque, réalisait qu'il avait choisi la bonne filière et Honorin, fébrile, rêvait déjà :

— Tu imagines la fin du rationnement et le retour des commandes d'un peu partout en France. Tous les parcs du Bassin ne suffiront plus pour contenter Paul. Richard, il va nous falloir soigner le naissain, et sacrément !

— Tu penses qu'il nous faudra embaucher ?

Honorin sourit de la question :

— Mon pauvre Richard, la question n'est pas de savoir si on doit embaucher ou non. La bonne question est : combien d'apprentis allons-nous embaucher ? Et dès ce printemps.

* * *

Jules ne disait rien, ne se manifestait guère, mais il trouvait que sa mère abusait d'Arcachon. Il la comprenait, mais égoïstement il ne l'approuvait pas car il se retrouvait seul, terriblement seul. Ce n'était pas de sa faute s'il ne donnait pas de petits enfants à sa mère, ce n'était pas de sa faute s'il vivait à côté d'Amalia plutôt qu'avec elle, en sauvegardant un semblant d'apparence. Et ce n'était pas sa faute non plus si Léonie ne voulait plus voir personne. Alors il dirigeait les Teintureries Vercoutre sans concession et travaillait quatorze heures par jour pour oublier. Oublier sa solitude, oublier surtout que sa vie privée était un échec. À cinquante ans, le salut dans le travail devint son unique vérité. Et, s'il pouvait un jour s'accorder des vacances, il n'irait pas à Arcachon car il y serait l'intrus. Il ne retournerait pas en Argentine car il serait la risée de sa belle-famille. Voilà ce qu'il croyait. Non, il fuirait. Il fuirait cette vie ingrate ; il fuirait cette femme superbe qui le rendait malheureux ; il fuirait ce Nord pour trouver un soleil qui ne serait ni arcachonnais ni argentin. Il décida qu'il s'évaderait en Égypte ou au Maroc, deux destinations qui redevenaient à la mode. Quinze jours suffiraient, baignés de soleil du matin au soir. Avec, si la chance s'en mêlait, une couche garnie pour des nuits d'amour. Des authentiques nuits d'amour.

Lorsqu'il peinait, les pieds et les mains plongés dans l'eau glacée, Honorin pensait à Francine le plus souvent. Mais parfois, aussi, à son frère. Celui que jadis on citait en exemple, celui qui avait réussi le concours d'entrée d'une grande école d'ingénieurs et, plus tard, celui qui avait réussi sa vie avec une femme qu'il aimait profondément. Honorin en savait trop sur son frère pour avaler toutes ces couleuvres, mais, parfois, il le jalousait malgré tout. Sa situation professionnelle restait fort enviable malgré les difficultés de la guerre et de l'après-guerre. Il donnait le bras à une femme splendide, toujours belle à quarante-cinq ans, elle ne le savait que trop bien. Jules ne se gelait pas les doigts dans l'eau glacée, Jules ne faisait pas de risettes à une femme gentille mais qu'il n'aimait pas, mais Jules n'avait pas fauté, lui.

— Encore heureux que j'aie Jean-Marie, un bonheur que mon frère risque bien ne jamais connaître, maintenant qu'il vient de célébrer ses cinquante ans. Alors, je n'ai aucune raison de l'envier. Sa place, je n'en veux toujours pas.

Honorin continuait son travail et devinait, à travers ses songes, le corps de Francine qui lui échappait au fond de la forêt landaise. Et il entendait un magnifique éclat de rire.

* * *

Édouard, tout juste rentré d'une visite en forêt chez Lucien, observa un bon quart d'heure le travail de Régis et de Vincent avant de discuter de l'avenir du chantier avec Philippe. Les deux hommes s'entretinrent pendant une bonne heure. Une fois de retour à la ville d'hiver, Édouard se fit intarissable sur les qualités de son successeur :

— Marie, tu veux que je te dise, je sens que le talent de Philippe déteint déjà sur ses adjoints. Même Vincent, tu m'entends, même Vincent se met à faire bel ouvrage ! Philippe Viennot est le laboureur qui sait rendre sa terre fertile. J'ai regardé avec lui des plans de bateaux de plaisance et de « dériveurs » comme il dit, des petits bateaux à voile. Bientôt, il va faire un carton, je te l'annonce ! Il stimule à bloc Régis, Vincent et ses deux arpètes qui ne jurent plus que par ces bateaux de plaisance. Tous les ingrédients sont réunis pour un succès phénoménal, crois-moi ! Philippe fourmille d'idées. Tiens, tu sais que le Cercle de Voile d'Arcachon devient sa base privilégiée, son terrain de chasse. Il écoute, il teste les goûts et à partir de ce qu'il enregistre il façonne les esquifs de demain, ceux dont les clients rêvent. Tu imagines la France en reconstruction. Avec le niveau de vie qui va bientôt exploser, chaque famille voudra son petit bateau. Philippe va jouer sur le nombre. Le seul problème, m'a-t-il avoué, ce sera : « Où amarrer tous ces bateaux dans dix ans ? » Ah, franchement, Marie, je me félicite d'avoir passé la main au bon moment ! À situation nouvelle, homme nouveau. La plaisance, bien sûr la plaisance, sur le plus fabuleux bassin de l'hexagone ! Des petits voiliers par dizaines, par centaines, et des pinassottes à moteur pour perpétuer le bateau symbole de la petite mer. Bravo Philippe !

— Édouard, calme-toi un peu. Ton optimisme fait plaisir à voir et à entendre, mais aujourd'hui le chantier vivote.

— Oui, mais Edmond est optimiste, lui aussi. Ah, quel coup il a réussi celui-là en dénichant Philippe ! Si ce dernier vend une douzaine de coques supplémentaires avant la fin de l'année, le bilan sera en équilibre. Et moi je te parie qu'il peut en vendre vingt ! Il est malin. Des Anglais fortunés s'intéressent aux pinasses aménagées et apprécient qu'il parle anglais couramment. Le bouche-à-oreille, dans ces cas-là, c'est la meilleure réclame. J'ajoute, pour terminer, qu'Edmond m'a avoué que son père se sent soulagé par son investissement dans le chantier car du côté des Pêcheries Associées du Bassin ce serait plutôt la stagnation pour ne pas dire carrément la chute. Son dernier espoir, c'est le nouvel appontement, pour ne pas parler du futur port. Le futur port c'est le monstre du Loch Ness du Bassin ! Quant à la criée syndicale[43], il prétend qu'elle favorise les pêcheurs indépendants plutôt que les grosses sociétés de pêche. Marie, tu imagines qu'un jour les Chantiers Lalande deviennent la figure de proue des Pêcheries Associées ! Le monde à

43 – Rénovée et ouverte en 1948.

l'envers ! Et le squelette de Raymond se mettrait à danser le charleston !

Marie rit de bon cœur avant de lui répondre, plus grave :

— Édouard, arrête. Tu me fais penser à Julien. Méfie-toi que le soufflé ne retombe, cela te ferait mal, très mal.

Marie ne doucha pas longtemps l'enthousiasme d'Édouard. Quelques mois plus tard, après un Noël une nouvelle fois réussi en famille, le gouvernement annonçait officiellement la fin des tickets de rationnement. Sans rien demander à personne, Édouard fila à la cave et remonta avec un vieux Cos d'Estournel qu'ils burent à cinq avec Suzanne, Honorin et Dominique, à qui Marie offrit un verre. Elle n'était pas Bordelaise seulement par l'état-civil.

27

Le Bassin reprenait des couleurs et retrouvait même ses plus beaux atours. Après la construction d'une jolie cabane tchanquée, aux volets rouges, à quelque cinquante mètres des ruines de celle abattue par la tempête de 1943, voilà qu'on entamait la construction d'une seconde. Un ancien maire-adjoint de La Teste avait obtenu une concession à un jet de pierre de la cabane toute neuve, et les travaux démarraient alors qu'on annonçait officiellement la fin du rationnement. Quelle excellente nouvelle, au moment où Arcachon souhaitait tourner la page de son image de ville de cure, de ville de soins, et donc de ville de malades et de vieux. Bienvenue aux familles en pleine santé avec leurs ribambelles de moutards du *baby-boom* qui n'allaient tout de même pas côtoyer une armée de tuberculeux ! La municipalité choisissait de stimuler la ruée des vacanciers nés du Front Populaire et des congés payés. Elle rassemblait les ingrédients pour accueillir des touristes d'un genre nouveau en développant les clubs de sports comme le tennis et la voile, en aménageant d'autres plages que la seule plage de la jetée Thiers et en favorisant l'éclosion des bars-dancings, les futures boîtes de nuit. Les progrès du chemin de fer – de la jeune SNCF – rapprochaient Paris de Bordeaux et du Bassin avant même l'électrification programmée de la ligne. Suzanne appréciait cette nouvelle donne. Elle apprécierait d'autant plus que son fiston allait briller dans les rencontres organisées par le club de tennis. Jean-Marie, malgré son jeune âge, commençait à se faire remarquer dans les tournois pour enfants, au point d'obtenir rapidement un classement national. Mathilde le suivait dans ses performances tennistiques comme scolaires, excellentes dans les deux cas. Elle se découvrait d'une tendresse de « cœur d'artichaut ». Entre Jean-Marie et sa mamie naquit une belle histoire d'amour et de complicité. Mathilde se sentait fière d'avoir participé à l'arrivée de cet enfant dans la famille. Lui, il commençait à comprendre qu'il serait son seul petit… Quant à Constance, elle savait pertinemment que Jean-Marie l'aidait à oublier de fort vilains souvenirs. Cela n'empêchait pas leur petit-fils de devenir un chenapan. Un chenapan adorable mais un chenapan tout de même ! Un gamin redoutable, incisif et percutant. Intelligent et vif d'esprit. Il questionnait de plus en plus son entourage, croisait les réponses et notait dans son cerveau les incohérences des uns et les hésitations des autres. Sa mère commençait à l'agacer un peu et son père lui paraissait faible. Impitoyable, il gardait ses jugements pour lui.

Rentrant un soir de son école de Gujan, il trouva son père coincé dans la petite remise construite derrière leur minuscule cuisine. Honorin pliait consciencieusement le linge et l'harnachement nécessaires à son travail d'ostréiculteur : chemises en laine, salopettes et combinaisons.

— Qu'est-ce que tu fais, lui demanda Jean-Marie ?

— Tu le vois bien, répondit son père sur un ton désabusé et en haussant les épaules. Ne vois-tu pas que je suis en plein exercice d'abaissement socioculturel ? Et crois-moi, je peine !

Jean-Marie rigola et répondit avec son habituel ton persifleur :

— Oui, c'est vrai que de retourner des panetières c'est cent fois plus gratifiant…

— Oui mon garçon, cela aide à vivre des petits êtres qui s'appellent des huîtres.

— Mouais, et plus tard des porcs qui s'appellent touristes !

— Facile de railler. Je te rappelle tout de même ce que je t'ai appris pour tes dix ans : tout cela est à toi. Et tout cela nous fait vivre.

— À propos de ce que tu m'as appris pour mes dix ans, tu n'es pas celui qui a « mis la petite graine » pour moi ; tu n'es pas mon véritable père…

— C'est juste. Mais maintenant, dis-moi qu'est-ce que ça change ?

— Le monsieur en uniforme allemand, sur la photo jaunie, c'est lui ton vrai fils ?

— Où as-tu vu cette photo, demanda Honorin soudain blême ?

— Dans ton portefeuille.

— Bravo ! Tu fouilles dans mes poches, maintenant ?

— Non papa. Tu l'avais laissé traîner sur la table, alors j'ai regardé et j'ai vu cette vieille photo.

— Bon, d'accord. Oui, c'était mon fils.

— C'était ?

— Il est mort, à la guerre.

— Pauvre papa…

Après un long silence, il continua :

— Et sa mère ?

— Tu ne la connais pas et, hélas, tu ne la connaîtras pas. Elle est morte, elle aussi.

— Je crois que je sais qui c'est.

— Cela m'étonnerait. Dis toujours.

Honorin s'accrochait, assis, à la table à repasser. Il tremblait.

— Tante Francine.

Après un nouveau silence, Honorin parvint à dire :

— Pourquoi crois-tu cela ?

— Je ne sais pas. La ressemblance entre la photo de ton fils et les photos que j'ai vues de ma tante ; et puis l'Allemagne, après la Suisse…

— La Suisse ?

— Tante Marie m'a expliqué que tante Francine s'était fait soigner pour la tuberculose en Suisse.

— Je confirme.

— Je trouve ça bizarre.

Honorin écoutait, en plein désarroi, incapable d'articuler le moindre mot.

— Oui, c'est bizarre, tu ne trouves pas, qu'une Bordelaise, avec une maison de famille à Arcachon même, parte en Suisse se faire soigner ? En France on soignait les tuberculeux à Arcachon, non ?

Ce fut à peine si Jean-Marie put entendre la réponse de son père, un râle caverneux :

— Il en fut ainsi, ce fut la Suisse.

Honorin fixait sa pile d'habits pliés. Au bout d'une éternité, il reprit :

— Puisqu'on parle, tous les deux, pourquoi sembles-tu t'intéresser plus à celui qui fut mon fils qu'à ceux qui furent tes vrais parents ?

— Ils sont morts, j'imagine ?

— Oui. Père inconnu. Ta maman est morte peu après ta naissance.

— De quoi ?

— Euh… mauvais soins… pauvreté. C'était une orpheline, elle aussi…

— Pourquoi suis-je né à Béthune, dans le Nord ?

— C'est simple. Je suis originaire du Nord, tu le sais. Avec ta maman – ta maman adoptive, j'entends – nous voulions un enfant et c'est mamie Mathilde qui nous a aidés en faisant appel aux Frères des Écoles Chrétiennes du Nord et de Belgique.

— C'est pour ça que mamie m'aime tant !

— Toutes les grands-mères adorent leurs petits-enfants, mamie Mathilde comme bonne maman.

— Maman ne pouvait pas avoir d'enfant ?

— N... non. Suite à une grave maladie.

— Tu le savais quand tu t'es marié ?

— Oui.

Jean-Marie parut cogiter et s'arrêta net. Une habitude chez lui dès qu'une tempête soufflait dans son cerveau.

— Si tu veux continuer de parler, reprit son père, on peut, tu sais.

— D'accord. Et avec maman ?

— Avec maman aussi, bien sûr, mais tu comprends maintenant que parler d'enfants avec elle, cela peut lui faire du mal, beaucoup de mal.

* * *

Début 1950, Marie reçut une réponse du Ministère de l'Intérieur. Elle n'y pensait plus et Édouard, plongé dans les études de développement produites par Philippe Viennot, n'y pensait plus non plus. Sa demande était étudiée avec soin et avec intérêt. Le courrier précisait qu'une décision définitive lui parviendrait dans les six mois, sous réserve de renvoi de certains documents concernant son état civil. Édouard s'activa et renvoya le tout sous huitaine. À sa grande surprise, moins d'un mois plus tard, Marie reçut une convocation au Ministère pour le 12 juillet, assortie d'une invitation à une cérémonie qui se déroulerait dans le grand salon d'un hôtel parisien autrefois occupé par les Allemands.

— Un juste retour des choses, n'est-ce pas Édouard ?

— Un sacré pied-de-nez fait aux Boches, répondit-il en riant.

Marie serait faite Chevalier de la Légion d'Honneur par Gaston Monnerville en personne au cours d'une cérémonie de remise des décorations dite « de la promotion du 14 juillet ». Marie sourit à son homme et ils s'embrassèrent tendrement. Il lui glissa :

— Alors tu vois, finalement tu es fière et contente de l'avoir, cette Légion d'Honneur !

Marie le regarda, incrédule, et éclata de rire :

— Saperlipopette, comme tu dis toujours, tu ne sais donc pas encore que la breloque je m'en fiche un peu ? Non Édouard, si je suis heureuse et si je tiens à te remercier, c'est qu'enfin je vais connaître Paris ! Et avec toi ! On restera plusieurs jours, tu veux bien, n'est-ce pas ? On visitera le Louvre et cette fameuse Tour Eiffel, si chère à ce brave Raymond.

L'expédition dura une petite semaine. La remise des décorations leur parut triste et interminable. Marie se sentait noyée parmi les centaines de décorés. Encore heureux, qu'installée dans son fauteuil, on l'avait placée au premier rang. Gaston Monnerville prononçait un éloge, bref mais charmant et délicat, à chaque fois qu'il épinglait une « breloque ». À propos de Marie, il prononça ces mots :

— Femme courage exemplaire, Marie Decosse, vous représentez aujourd'hui, et de la meilleure façon, toutes ces femmes patriotes qui ont œuvré dans l'ombre pour que la France se relève et retrouve sa liberté. Un trop grand nombre nous ont quittés, mais je suis fort aise de vous remettre, au nom de la République, cette médaille de Chevalier de la Légion d'Honneur. Avec la reconnaissance de la France.

Marie admira cet homme qui dut répéter ce rituel deux cents fois sans jamais se départir d'un sourire joliment accusé par ses dents blanches qui ressortaient de son visage de sang-mêlé.

Édouard n'en pouvait plus. Debout pendant des heures, il trouva finalement une chaise pour le cocktail et attendit. Quelques vieux briscards étalaient leur collection de « breloques » et d'autres participants forçaient le passage jusqu'au buffet.

— À se demander si le rationnement est terminé à Paris, comme c'est le cas ailleurs…

Dépité, il se contenta d'admirer les boiseries de la grande salle, même si celles-ci méritaient de sévères restaurations.

La suite, dans Paris, ne le reposa guère. Cette ville splendide – malgré la multitude d'impacts de balles – n'était pas faite, vraiment pas, pour les invalides. Mais allait-il refuser à Marie de visiter Montmartre ? Certainement pas ! Un chauffeur de taxi, un vieux Russe à la moustache blanche et au volant d'une limousine américaine brinquebalante, les prit en charge pendant trois jours. Le fauteuil tenait tel quel, non replié, dans le coffre. Mais à chaque arrêt, il fallait, à deux, installer Marie sur le fauteuil, puis, en repartant, la glisser sur la banquette. Sans cet homme, robuste et dévoué, Édouard aurait jeté l'éponge. Le Russe les accompagna au Louvre, au Panthéon, au Sacré-Cœur, à la tour Eiffel et dans les parcs de la capitale.

Dans le train qui les ramenait à Bordeaux, Marie, encore émoustillée, conclut qu'elle était heureuse. Doublement heureuse.

— J'ai pu voir Paris, avec toi. J'ai admiré, j'ai adoré, mais maintenant je sais combien je suis privilégiée de vivre sur le Bassin. La petite mer c'est ma chaumière, c'est mon port d'attache et c'est ma vie.

À peine arrivés quai des Chartrons, Constance leur tomba sur le paletot. Elle décréta qu'elle voulait voir la médaille et, aussitôt après, leur apprit la nouvelle :

— Edmond s'est amouraché d'une jolie Bordelaise.

— C'est une très bonne nouvelle, déclara Marie, tout sourire.

— Euh... pas tant que ça.

— Comment cela ? Pourquoi donc ?

— C'est qu'il s'agit de la fille d'un ouvrier agricole et qu'André n'est pas du tout d'accord !

— Ah non, les Thillet-Bordes, vous n'allez pas recommencer ! Edmond a trente ans, laissez-le vivre sa vie ! S'il s'attache enfin à une jeune femme, lui le coureur, lui le volage, n'allez tout de même pas lui reprocher !

— André tranchera, vous vous en doutez bien.

André trancha sans tarder, menaçant son fils de le virer de sa société. Une extrémité à laquelle le père n'était pas prêt car, en tant que directeur financier, Edmond se montrait irréprochable et compétent. Les Chantiers Lalande prenant le pas sur les Pêcheries Associées, il sut réaliser d'habiles transferts sur les comptes des deux bilans pour éviter des impôts sur les bénéfices aux Chantiers Lalande.

Frustré, Edmond reporta son insatiable besoin d'amour charnel sur Dominique, l'aguichante soubrette de la villa M. Constance, catastrophée, crut bien que le malheur réinvestissait la villa. Elle enrageait que sa belle-sœur ne l'ait point soutenue lorsqu'elle avait insisté pour embaucher une femme d'un certain âge. Pendant trois mois, Edmond vint régulièrement trouver Dominique pour des étreintes courtes mais féroces, les oreilles de Marie et d'Édouard pouvaient en témoigner... Excédée,

Constance renvoya Dominique. La rumeur courut alors qu'Edmond fréquentait à nouveau Nicole, la jolie fille d'ouvrier de Mérignac. En réalité, insouciant, chaud lapin et pragmatique, le jeune homme attirait mille femelles… au grand dam de son père qui se lamentait de la conduite libertine de son grand fils et du fait qu'il n'était toujours pas marié.

La patience est bonne conseillère, dit-on. Trois mois après le renvoi de Dominique, Edmond s'afficha à plusieurs reprises avec une autre jeune et jolie Bordelaise, de huit ans sa cadette, mais de souche aristocratique cette fois. Une vieille famille viticole de Saint-Emilion. André se bénissait d'avoir mis le holà sur la relation de son fils avec cette petite Nicole, certes gentille et mignonnette, mais pas du meilleur milieu pour un Thillet-Bordes. Viviane plut immédiatement à André et plus encore à Suzy. La jeune femme terminait ses licences d'anglais et devait débuter comme professeur de langue au lycée Montaigne. André n'interféra plus dans les relations amoureuses de son fils. Il comptait sur un mariage rapide mais omit, sagement, de lui suggérer, il risquait de le braquer. Viviane rencontra Marie et Édouard avec Constance à la villa M. Elle adora immédiatement les lieux et les trois aînés furent séduits par la jeune fille. Elle connaissait mal le Bassin, ses parents disposant d'un pied-à-terre à Pontaillac[44]. Edmond saisit l'occasion et, avant novembre, Viviane aimait déjà la Pointe du Ferret, l'Herbe, Claouey, Andernos et Biganos. Un excellent début, grâce essentiellement à Honorin et à la pinasse mauve qui véhiculaient les fiancés chaque dimanche de beau temps. Jean-Marie et surtout Hervé étaient furieux de se faire voler leur pinasse mauve pour leur promenade dominicale. Viviane n'oublierait jamais cette première escapade à l'Herbe, début octobre, par une journée

44 – À côté de Royan.

sublime, juste assez fraîche pour devoir se tenir serrés l'un contre l'autre et juste assez lumineuse pour donner l'impression qu'elle pouvait toucher de ses mains l'autre côté du Bassin. Elle devinait presque le toit de la villa M. Les pignots alignés semblaient créer une ligne de mire qui visait la grande dune. Et enfin, observer tous ces ostréiculteurs avec lesquels Honorin discutait, les laissant délicatement seuls, cela lui parut enchanteur. Elle sembla même, un autre jour, ne jamais vouloir quitter la petite butte sur laquelle ils étaient assis, à Claouey. Un joli promontoire d'où on apercevait le fond du Bassin avec quelques pinasses au repos. Un tableau digne des plus grands peintres, surtout lorsque le soleil se fit rasant sur le miroir d'eau que laissait une marée à peine descendante. Deux fois amoureuse, voilà le sentiment qui envahissait la jeune femme, chaque fois qu'elle rentrait sur Bordeaux. Allait-elle convoler avec Edmond ou avec Edmond et le Bassin ? Comme c'était possible de prendre les deux, elle n'allait pas s'en priver…

* * *

Sous un pâle soleil de novembre, les pinasses empruntaient à la queue leu leu le chenal qui les ramenait au port. Honorin et Richard, debout sur la pinasse mauve, suivaient celle de Bernard, Jacques et Gabriel, les frères Marquèze, trois ostréiculteurs qui disposaient sans aucun doute du plus grand parc du Bassin. Toujours prêts à rendre service, ils étaient connus pour bien lever le coude après chaque coup de main. Bernard, l'aîné, venait d'ouvrir un de leurs cabanons en guinguette pour déguster des huîtres accompagnées d'Entre-deux-mers. Une première, que certains collègues concurrents voyaient d'un mauvais œil. Derrière la pinasse mauve s'approchait, à la coller, la pinasse de

Francis Pellisson, une grande gueule malgré tout très appréciée sur la petite mer. Un « organe » fédérateur, comme le disaient certains en faisant allusion à sa voix de basse, lors des réunions du syndicat. Francis y exerçait la fonction de président, élu à l'unanimité. Excellent professionnel, il avait manœuvré avec tact et intelligence pour éviter que les expéditeurs n'étranglent les producteurs en pratiquant des marges indécentes. Honorin se retournait pour observer Francis. Il le sentait très en colère. Cela faisait deux fois, et comme par hasard juste un mois avant le réveillon, que des vols survenaient sur le Bassin. Des centaines d'huîtres, voire même des milliers, prêtes à la consommation, venaient de disparaître. Et cette fois Francis faisait partie des deux victimes. Hasard ou provocation à l'égard du président du syndicat ? Francis se fichait bien du symbole d'un tel larcin, il calculait son manque à gagner. En réalité il grognait parce que l'auteur du forfait était à coup sûr un collègue, ou un expéditeur, ou les deux ensemble. Très vite, au cours de la réunion spontanée au port de Larros, la suspicion se focalisa sur un collègue qui, avec un cousin cuisinier, venait d'ouvrir un restaurant sur le Bassin. Un établissement qui se voulait haut de gamme. Or le stock du producteur visé filait traditionnellement aux Halles de Paris pour les fêtes. Il ne lui restait donc rien pour achalander son propre restaurant. Mais comment trouver des preuves ? Francis n'allait pas tatouer toutes ses huîtres ! Quant à la police maritime et à la police du département, elles risquaient de traîner dans leur enquête, et du coup Francis, comme d'autres victimes, risquait de ne livrer qu'une maigre cargaison à l'expéditeur qui n'apprécierait guère. Très fâcheux. Lors de cette première réunion impromptue, il proposa à ses collègues les plus fiables de tenir sous huitaine une deuxième réunion au Repetto, à Arcachon. Il reçut un soutien massif et chargea chacun de prévenir, qui des collègues d'Arcachon, qui de La Teste, d'Audenge, d'Andernos et du Cap Ferret. Pour taquiner les frères Marquèze, Francis imposa une réunion tôt le matin, un matin de marée haute. Si, en quittant le célèbre café sur le coup de dix heures, les frangins s'accordaient l'apéro, c'était leur problème ! À midi, c'en serait trop tard pour regagner Gujan…

Bien que victime principale, Francis s'efforça à ce que ses collègues ne focalisent point sur l'éleveur restaurateur, déjà désigné coupable par certains. Il eut toutes les peines à les orienter vers la mise au point d'un plan de contrôles efficaces pour l'avenir immédiat. Après moult palabres, Honorin et Richard suggérèrent un travail en équipe : des éléments de police feraient des rondes avec la participation d'un éleveur. Francis apprécia mais rétorqua que la mesure ferait l'effet d'une goutte d'eau dans l'océan :

— Tu rigoles, Honorin, deux policiers et un éleveur pour un tour, deux nuits par semaine ! Un tour qui ne permettra même pas de couvrir l'intégralité des parcs !

Honorin insista, stigmatisant l'effet « hasard », le côté aléatoire du système. Un effet aléatoire qui, selon lui, créerait un aspect dissuasif :

— Si tu ne connais ni le nom de l'éleveur en patrouille, ni quelles nuits il patrouille, ni dans quelle zone il patrouille, alors tu restes sur tes gardes, non ? Sauf s'il y a une taupe.

— Tu veux dire quoi, lança Francis ?

— Si le voleur se trouve dans la liste de ceux qui font équipe avec les flics, lorsque ce sera son tour il saura à quoi s'en tenir.

— J'entends bien, mais dans ce cas il ne pourra pas voler.

— Lui, c'est sûr, tu as raison. Mais réfléchis : d'une part il peut avoir un complice à qui il a expliqué qu'il tournerait strictement dans un secteur déterminé. Et d'autre part, s'il agit seul, il sera quasi certain que lors de la ronde suivante, le secteur qu'il aura lui-même inspecté ne le sera pas une deuxième fois.

— Bon, merci Honorin, l'idée me paraît excellente mais il nous faut la peaufiner pour éviter les écueils que tu viens d'exposer. Commençons par lister ceux des éleveurs volontaires et absolument hors de tout soupçon. Ceux-là tourneront jusqu'aux fêtes. Au moins aura-t-on préservé nos huîtres pour l'expédition numéro un de l'année.

Honorin et Richard effectuèrent donc les deux premières patrouilles avec chacun deux policiers de La Teste, une nuit entière, sous un véritable déluge. Chaque fois, devant le rideau de pluie, les policiers jugèrent l'opération inutile, chaque fois Honorin et Richard durent insister, d'une part parce qu'il s'agissait des premières rondes et qu'il fallait démarrer sérieusement, et d'autre part parce qu'Honorin croyait que justement le voleur pouvait profiter d'un si mauvais temps. De leur côté Claire et Suzanne n'apprécièrent qu'à moitié le zèle de leurs époux, tout en comprenant l'enjeu du système mis en place. Aucun vol ne fut plus constaté jusqu'au-delà des fêtes de fin d'année. Lors de la réunion syndicale de février, au port de La Teste, Richard & Honorin furent ovationnés par toute la profession.

* * *

Martine et Jean-Marie devenaient inséparables, à l'école comme sur le Bassin. Dans la même classe de cinquième, ils partageaient tout et se stimulaient l'un l'autre pour obtenir de bons résultats. Même si Martine peinait alors que Jean-Marie caracolait en tête, de trimestre en trimestre. Suzanne et Honorin les voyaient, insouciants et heureux les dimanches sur la pinasse mauve comme ils voyaient jadis Gérard et Claire collés à ce pauvre Julien. Hervé ne participait pas à toutes les sorties, souvent puni par sa mère ou par ses maîtres. Deux classes derrière ses aînés, il donnait du fil à retordre à sa maîtresse comme à ses parents. Il travaillait mal. En réalité, il ne travaillait pas. Tout fou, un peu à l'image de Gérard à son âge, il n'en avait ni l'intelligence ni le caractère volontaire. Devant les multiples menaces de renvoi, sa mère ne savait plus quoi inventer pour le canaliser. Une seule chose paraissait l'intéresser : voguer sur le Bassin, de préférence sur la pinasse mauve, et pêcher, ou rechercher des coquillages, ou encore tendre des pièges aux oiseaux sur les crassats. Il s'avérait presque impossible de capter son attention au-delà d'une petite minute. Richard, constatant l'aversion de son fils pour l'école, comptait bien le faire travailler avec lui après la classe de troisième. Mais quand ? Combien de fois redoublerait-il avant ? Ses bulletins scolaires, catastrophiques, étaient assortis systématiquement des termes « inattention », « dispersion » et « défaut de maturité ». Marie tentait bien de l'intéresser en lui racontant ses histoires de marins-pêcheurs ; Édouard l'emmenait au chantier et lui façonnait des pièces de bois. L'enfant paraissait accroché une minute, parfois deux, puis il passait à autre chose, comme saccager le jardin de la villa M. en creusant des tunnels sous la terre ou à lancer des cailloux dans l'eau, près du chantier. Édouard doutait de ses capacités mais il se taisait. Avec Marie, ils s'efforçaient d'éviter les comparaisons avec Jean-Marie. C'eut été maladroit, voire blessant.

Avec Hervé, Édouard renonça. Une première chez lui. Édouard vieillissait. Il marchait avec peine mais continuait à pousser Marie, installée dans un fauteuil flambant neuf et plus léger. Édouard prétextait qu'il s'appuyait sur les poignées du fauteuil en déplaçant sa compagne à l'intérieur de la villa comme à l'extérieur.

— Ce fauteuil est aussi utile pour moi que pour Marie, plaisantait-il toujours lorsqu'on l'interrogeait sur ses rhumatismes.

Chaque fois que le soleil dardait la petite mer de ses chauds rayons, Édouard – qui considérait que le soleil soulageait ses douleurs – s'arrangeait pour passer au chantier, admiratif de la dynamique insufflée par Philippe Viennot. Le plus souvent il passait en poussant Marie :

— Il faut que Madame la sceptique se rende compte sur place, qu'elle observe et qu'elle palpe cette révolution initiée par Philippe.

Alors que les flonflons résonnaient encore de leurs accents de gaîté retrouvée, depuis Arcachon jusqu'à Andernos et du Cap Ferret jusqu'à Biganos, ce fut l'annonce réfrigérante de la guerre en Corée. Une nouvelle fois la peur resurgit dans les regards et dans les têtes :

— Et si tout recommençait ?

Pour Marie et Édouard, pourtant les plus échaudés par les conflits précédents, le risque d'une nouvelle guerre mondiale leur paraissait minime pour ne pas dire inexistant :

— Les Russes sont trop braves, plaidait Marie, trop attachés au peuple, à la terre et à leurs propres racines pour se lancer dans un conflit mondial. À Paris, notre chauffeur de taxi était un homme tellement gentil ! Cet homme-là ne voudrait la guerre pour rien au monde.

— Hélas, je ne peux partager votre point de vue ma tante, rétorquait André. Vous parlez d'un Russe, à Paris, donc d'un exilé de 1917. Or, ceux qu'il faut craindre ce sont les Soviétiques, ceux-là mêmes que votre chauffeur de taxi a fui. Ces gens d'appareils agissent au nom d'une doctrine, radicalement différente de celle d'Hitler, j'en conviens, mais d'une bien mauvaise doctrine tout de même ! Que ne feraient pas certains fanatiques au nom de la doctrine ?

On tremblait dans les chaumières.

28

La guerre de Corée resta un conflit local dans sa manifestation destructrice. Elle eut tout de même un effet mondial de taille en ce sens qu'elle officialisa « la guerre froide ». Au moins les peuples d'Europe ne reçurent-ils plus ces déluges de bombes sur leurs têtes comme en 1914 et en 1940. Aussi les sourires regagnèrent-ils peu à peu les visages. Chez les Thillet-Bordes peut-être plus que chez beaucoup d'autres : le mariage d'Edmond avec la jolie Viviane approchait à grands pas. Un mariage prévu à Saint-Emilion, dans la collégiale, suivi d'un vin d'honneur au pied de la Tour du Roi et qui s'achèverait dans la propriété familiale. Cette dernière correspondait en tous points au château dont Augustine, la mère d'André, avait rêvé pour célébrer le mariage de son fils. André y pensait toujours, lors du repas de fiançailles. Ses parents auraient adoré la noblesse du lieu, comme oncle Albert aurait apprécié la production maison, concluant, à n'en pas douter, que la rive droite pouvait, elle aussi, apporter de belles surprises. Le Saint-Emilion débouché pour le repas de fiançailles était somptueux. Viviane avait présenté Henri, son frère aîné, et son épouse, une Belge de la noblesse wallonne. Et ensuite, Robert, de huit ans son cadet, encore espiègle mais déjà féru d'œnologie pour son jeune âge.

En cet été 1952, bouillant, la cérémonie religieuse en la collégiale de Saint-Emilion fut une bénédiction pour tous. Pas seulement pour les mariés du jour. Une fraîcheur délicieuse régnait dans cette grande et belle nef romane qui forçait au recueillement. Les futurs époux rayonnaient au milieu du chœur, gothique. André et Suzy jubilaient : enfin, Edmond se stabilisait en épousant une fort jolie femme de la meilleure aristocratie girondine.

Les redingotes et les hauts-de-forme dominaient de chaque côté de la haie d'honneur constituée spontanément à la sortie de l'église. Une haie double et colorée. La famille de la mariée avait obtenu la participation des membres de la célèbre Jurade[45] pour les cérémonies. Deux proches parents de Viviane étaient des jurats qui menèrent le cortège des participants jusqu'au pied de la Tour du Roi par une chaleur torride. La robe immaculée de la mariée et le costume noir et gris d'Edmond au milieu des jurats en tenue rouge créaient un tableau inoubliable pour les invités. Le vin d'honneur se tenait au pied de la tour, niveau parapet, mais également sur la terrasse, au sommet, pour les plus courageux. Les jeunes mariés y entraînèrent une bonne trentaine de personnes. Édouard et Marie saluaient de grands mouvements de bras ceux d'en haut. Ils se consolaient de ne point pouvoir grimper les deux cents marches en revoyant les images chatoyantes des jurats rassemblés dans le cloître de la collégiale avant la messe. Et ils percevaient encore les notes profondes de l'orgue exceptionnel[46]. Contre l'avis de Claire, Hervé était monté jusqu'en haut de la tour et, malgré la surveillance de Martine et de Jean-Marie, il rata une marche en descendant. Il hurla en voyant son genou ensanglanté et, bien sûr, du sang macula la culotte de son costume gris clair. Claire pestait contre Richard qui riait de voir l'état lamentable de son fiston avant même d'arriver au château.

Et pourtant, quelle après-midi et quelle soirée délicieuses ! En observant tous ces gens heureux, Constance mesurait le

45 – Jurade de Saint-Emilion, reconstituée en 1948.

46 – Pièce unique du XIXe siècle.

chemin parcouru en quelque sept années. L'union, après les déchirements. André avait invité tous ceux qui, de près ou de loin, connaissaient Edmond. Ainsi Philippe Viennot était-il présent et particulièrement à l'aise parmi tous ces viticulteurs. Il bavardait avec d'anciens clients et amis, leur vendant peut-être son dernier modèle de dériveur ! Régis et Vincent étaient présents, eux aussi, ouvrant des yeux comme des soucoupes devant les soieries des dames et les redingotes des messieurs. Vincent, radieux, n'était pas prêt d'oublier d'avoir été photographié entre deux jurats au sommet de la Tour du Roi. Édouard poussait Marie dans les salons du château en prenant soin de respecter le parquet encaustiqué. Suzanne, Honorin, Claire et Richard suivaient derrière eux. Que de souvenirs pour Claire qui revoyait quelques clichés rares mais précis du mariage du père d'Edmond. Sa tenue de fille d'honneur, le visage falot du petit Anglais garçon d'honneur et surtout les larmes de Gérard qui n'avait pas pu l'être. Elle croisa son cavalier de l'époque, devenu un jeune homme à la belle prestance, surtout au bras d'une jeune lady. Ils se saluèrent en riant du temps qui passe. Mamie Mathilde faisait elle aussi partie de la fête. Jules, invité par André, avait poliment décliné. Constance observait, et concluait que le bonheur pouvait exister. Rassurée, elle laissa son regard s'enfuir au gré d'une ligne de vigne qui l'emmena jusqu'à l'horizon. Des vignes saines, taillées au cordeau qui, à l'évidence, auraient séduit Albert. Constance finit par se retourner. Lucide, elle savait combien ces équilibres étaient fragiles. Un petit coup de tonnerre réveillerait les rancœurs, une pluie d'orage ruinerait la récolte. Mathilde s'approchait, discrète et silencieuse comme toujours, un œil en direction de Constance, l'autre à veiller sur son petit Jean-Marie. Constance sourit en réalisant qu'une part de son bonheur provenait à l'évidence de cette complicité exceptionnelle entre deux grands-mères. Rare, de la part de deux femmes, de s'apprécier à ce point. Le regard de Mathilde se perdit à son tour à l'horizon des lignes de vignes dans un crépuscule flamboyant. Ici, comme partout ailleurs, point de secret : à vignoble d'exception, travail d'exception. Un ouvrage d'orfèvre. L'alignement parfait, la taille rigoureuse et les soins quotidiens permettraient à ces grappes de s'épanouir pour produire un Saint-Emilion grand cru fidèle à sa réputation. À l'autre bout de la grande salle, le nez rivé à la porte-fenêtre, Édouard pensait la même chose en tenant à la main son verre rempli du fameux nectar tout en en dialoguant avec Honorin.

Hervé ne tenait plus en place. Avec l'autorisation de son père il quitta la grande salle XVIIIe pour sortir jouer. De sa place, Claire pouvait le surveiller malgré la pénombre qui annonçait la nuit. Il se mit à tourner comme un fou autour du pigeonnier avec deux gamines de son âge. Belle bâtisse que ce pigeonnier. Elle sourit en songeant que plus d'un apprenti ostréiculteur adorerait disposer d'un toit comme celui-là. Du solide, avec des murs qui rendaient l'été frais et l'hiver un peu plus supportable. D'un coup elle ne vit plus son fils. Elle s'obligea à patienter deux minutes et, n'y tenant plus, elle se leva pour se diriger vers le pigeonnier. Une des deux fillettes reprenait son souffle :

— Françoise et Hervé sont partis par là, Madame.

— Merci, ma grande.

La jeune enfant se dressa, toute fière, comme pour confirmer qu'elle était bien une grande. Claire se retrouva de l'autre côté du château et aperçut l'entrée des cuisines. Elle entra et reçut un choc, ébahie par la beauté de la pièce.

— Une cuisine, pensa-t-elle…

Une cuisine marquée par l'Histoire, un magnifique plafond voûté, des nervures, des encadrements de portes sculptés…

Devant son étonnement une cuisinière lui précisa que la salle datait du XVe, la plus ancienne du château.

— Cette cuisine vaut bien la grande salle, pensa-t-elle…

Elle retrouva les deux garnements occupés à nettoyer – à leur façon – un récipient de crème au chocolat. Hervé leva le nez et aperçut sa mère :

— Surtout tu ne dis rien à Sylvette, le chocolat c'est pour Françoise et pour moi.

— Vous terminez cette jatte et vous sortez ! Vous gênez ces messieurs dames en cuisine.

— Oh, pas vraiment, Madame, dit un homme qui arrosait un rôti fumant ! Ils nettoient nos jattes de crème, la vaisselle nous sera moins pénible !

— Allez, conclut Claire, vous terminez et vous sortez retrouver Sylvette devant le pigeonnier. Ou alors, venez à table, manger du rôti.

Elle regagna la salle-à-manger, rassurée. Hervé la suivit une bonne minute plus tard, pour faire une entrée remarquée. Barbouillé de chocolat, certaines traces brunes parvenaient à cacher les traces de sang sur sa culotte ! Claire se contenta d'une moue désabusée. Désespérant. Elle préféra ne rien dire et admirer la robe de la mariée qui s'arrêta à sa table. Hervé dut la trouver si jolie qu'il se jeta sur elle pour lui donner un baiser. Et, forcément, il déposa deux grosses traces de chocolat sur la robe. Catastrophée, Claire ouvrit la bouche, mais Viviane, tout sourire, la tranquillisa :

— Ne vous en faites pas, Claire, le cérémonial est derrière nous et toutes les photos ont été tirées. Cela n'a plus d'importance !

Claire n'en conclut pas moins que son fiston n'était pas sortable. Elle enviait Suzanne en observant Jean-Marie, sagement installé à la table voisine et qui riait de bon cœur avec Martine.

Malgré les quelques traces de chocolat qui décoraient sa robe, Viviane ouvrit le bal au bras d'Edmond, puis avec son père. Une incontournable valse de Strauss qui l'obligea à tenir sa traîne de la main gauche. La jeune femme, vraiment distinguée, s'en sortit à merveille, mais bien vite quelques jeunes de vingt ans s'essayèrent à une danse nouvelle, le rock'n'roll. Cela en fit sourire plus d'un, et Marie, amusée, glissa à l'oreille de Jean-Marie d'inviter Martine pour un essai. Dès la deuxième danse ils arrivaient à se coordonner. Marie regarda Édouard :

— Ils sont faits pour s'entendre, ces deux-là !

— Ma chérie, répondit Édouard à voix basse, quand cesseras-tu de jouer aux agences matrimoniales ?

— Tu as raison. Allez, Édouard Vercoutre, va danser, c'est un fox-trot !

— Bien aimable à toi. Avec mes rhumatismes on me ramasserait à la petite cuillère au bout de la troisième mesure !

Constance s'installa définitivement à la villa M., laissant, après accord avec Suzanne, sa maison du quai des Chartrons à des jeunes mariés remplis de gratitude. André lui-même semblait gêné mais il ne fit aucun commentaire, tant cette proposition arrangeait la famille. En réalité Constance se plaignait depuis plusieurs mois d'occuper toute seule une maison bien trop vaste. Elle s'en expliqua avec son neveu :

— Adieu le quai des Chartrons. Je vous avoue être soulagée d'avoir pris cette décision difficile. Comprenez-moi, André, le fantôme de votre oncle Albert rôde encore dans ces murs. Alors c'est mieux ainsi.

— Ma chère tante, vous pourriez conserver ne serait-ce qu'une chambre ?

— Non mon neveu, laissons ces jeunes en paix, je ne ferais que les déranger. Cela dit je compte bien qu'ils m'inviteront de temps en temps. Surtout si c'est pour voir mon arrière petit-neveu ou mon arrière petite-nièce.

* * *

Jean-Marie faisait preuve d'une ouverture d'esprit peu commune. Il s'intéressait à tout, adorait les histoires de l'oncle Édouard et aimait s'attarder au chantier pour admirer le travail de Régis. Philippe Viennot l'impressionnait. Un personnage hors norme, un homme cultivé et un véritable décideur. À seize ans, Jean-Marie commençait à comprendre les rouages d'une entreprise et il aimait écouter Philippe. Avec l'oncle Édouard ils encensaient « le patron », tout comme André qui venait de porter la participation de Philippe à 33,34 % avec un an d'avance. Le patron venait d'embaucher deux nouveaux artisans, testés préalablement par Édouard et présentés à Régis et Vincent pour une sorte d'accord tacite.

Jean-Marie rentrait de l'école et apercevait son père accoster avec une pinasse mauve croulant sous les poches d'huîtres. Honorin semblait exténué. Il interpela son fils :

— Je ne voudrais pas t'influencer, fiston, mais si tu choisis de ne pas devenir ostréiculteur il faudra me le dire sans tarder. Je m'épuise et je dois m'organiser, pour moi, mais plus encore pour Richard. Dans cinq ans je ne serai plus capable de tenir ce rythme. Je me sens usé avant l'heure.

Jean-Marie lui sourit :

— Tu te sous-estimes, papa. Tu débordes d'énergie. Moi, je n'ai pas encore décidé mais, tu le sais, je voudrais devenir ingénieur agronome en faisant une spécialisation « métiers de la mer ». Est-ce que je vais y arriver ? Mais au moins cela te donne une réponse, non ?

Et Jean-Marie l'aida à décharger les poches de la pinasse mauve avec un jeune apprenti.

— Tu vois, papa, tu décharges la pinasse plus vite que moi. De quoi te plains-tu ?

— Question d'habitude. Sportif comme tu l'es, après trois jours d'entraînement, tu fourniras deux fois comme moi ! Allez, vide-moi la pinasse, tu gagneras des muscles pour le tennis.

Jean-Marie débarqua les poches et rentra à la maison. Resté dans le chai, Honorin réfléchissait, partagé. D'un côté Jean-Marie ne se pressait pas pour passer quelques journées avec lui et découvrir le métier. D'un autre côté Honorin tenait absolument à laisser son fils, aux capacités indéniables, poursuivre un maximum d'études. Et s'il optait effectivement pour « Agro » et une section consacrée aux métiers de la mer, c'était forcément bon signe.

Le samedi Jean-Marie prenait son sac et deux raquettes et enfourchait son vélo pour filer à Arcachon. Il pestait contre cette bicyclette : une majorité de ses copains se faisaient déposer par leurs mères en voiture. Chez les Vercoutre ce n'était pas envisageable. D'une part ce n'était pas le style maison et d'autre part sa mère ne conduisait pas. Il lui tardait de passer son permis. Mais au moins arrivait-il au club les jambes dégourdies et, grâce à cette maudite bicyclette, il fichait une raclée à presque tous ses adversaires. Du coup, l'été, de jeunes vacancières, de plus en plus de Parisiennes, lui tournaient autour.

— Même leurs mères, parfois, soulignait-il en riant pour taquiner ses parents qui s'inquiétaient de cette tendance.

Toutes les jeunes filles rêvaient de jouer avec lui et certaines l'invitaient sur leur voilier pour un tour sur le Bassin. Un Bassin qu'il connaissait mille fois mieux qu'elles, mais il prenait goût au dériveur. La voile lui plaisait, la compagnie de jeunes filles ne lui déplaisait pas, alors il acceptait, choisissant les plus jolies compagnes parmi les moins prétentieuses. Rapidement il maîtrisa ce sport et décida de convaincre sa mère de monter avec lui :

— Tu m'as initié au tennis, et tu sais combien j'apprécie ; laisse-moi t'initier à la voile, tu vas adorer.

En attendant cette occasion, au club comme à la plage il aimait railler les touristes de l'été. Il en discutait avec son père qui, enfermé dans son travail, ne réalisait pas à quel point Arcachon se transformait, se façonnait en paradis pour les touristes avec tous les dangers que cela comportait. À chaque fois Édouard et Honorin lui renvoyaient la même chanson :

— C'est logique, mon garçon. Ici, nous le savons bien, nous vivons dans un lieu magique où nature et vie quotidienne se confondent. Regarde mon métier et plus encore celui de ton père, disait Édouard. J'ai constaté, dans des grandes villes comme Paris ou Lille, que la nature et la vie quotidienne ne se confondent pas. Elles se confrontent, elles se heurtent. Voilà pourquoi de plus en plus de Parisiens tombent amoureux d'Arcachon et du Cap Ferret. Au nom de la retrouvaille avec une harmonie perdue.

— Je suis d'accord avec ça, mais vous ne voyez pas tout. Demandez donc à Claire et à Richard ce qu'ils en pensent !

Une mode nouvelle débarquait, qu'on n'appelait pas encore « Yéyé » ou « âge tendre et tête de bois » mais qui entraînait les jeunes à passer leurs soirées à danser sur des rythmes venus d'Amérique et dérivés du jazz. C'était le tout début du microsillon qui permettait de passer d'une musique endiablée à un slow lascif et dévastateur, ferment de tous les flirts. Claire et Richard craignaient pour Martine mais leur fille était sage, raisonnable et bien chaperonnée par Jean-Marie. Ils ne percevaient pas encore qu'Hervé serait emporté dans le tourbillon d'une vie facile…

Du 14 juillet à la fin du mois d'août c'était donc l'invasion des « *estrangeys* », de ces jeunes qui ouvraient un œil après midi, qui se doraient au soleil, qui grignotaient n'importe quoi et qui fumaient comme des sapeurs dès le moment phare de leur journée oisive : faire le tour des boîtes de nuit. Les musiques rythmées secouaient les corps et les slows rapprochaient des êtres qui devenaient « *indescotchables* » quinze jours durant avant de se réciter des au revoir touchants qui seraient en réalité des adieux. Une ou plusieurs autres amourettes remplaceraient celle oubliée, dès l'année suivante…

Jean-Marie s'en amusait, aimait secrètement Martine et gagnait des tournois en jouant sur un meilleur physique et plus de volonté. Il devint la terreur du club au point que des entraîneurs sportifs s'intéressèrent à lui en lui proposant de s'inscrire à des tournois sur la côte bretonne et même de l'intégrer à une école pour jeunes sportifs. Jean-Marie déclinait, invoquant ses études.

La faune d'Arcachon se transformait radicalement. Elle perdait de son harmonie et de sa richesse. Les belles dames toilettées se faisaient rares et l'on n'apercevait quasiment plus de messieurs endimanchés à leur bras. Des hordes de jeunes aux shorts moulants circulaient devant un Casino de la Plage déserté, tandis que se développaient les clubs de plage pour les petits et les adolescents. Les maillots de bain remplaçaient les tenues pour la baignade. Honorin revoyait son premier costume de bain, celui que sa mère avait acheté en personne, garante de la tenue de son fils pour ne point choquer les demoiselles Thillet-Bordes. Aujourd'hui ces « costumes » se réduisaient à quelques centimètres carrés mais coûtaient aussi cher ! Les hommes montraient leurs biscotos, parfois, ou leurs rondeurs, plus souvent, sans le moindre complexe et avec une cigarette aux lèvres. Tout ce petit monde s'exposait au soleil avec assiduité quitte à ressembler à des écrevisses au bout de deux heures.

— Dans quel monde vit-on, grognaient Constance et Mathilde au cours de leur promenade quotidienne entre la jetée Thiers et celle d'Eyrac et retour jusqu'au Casino de la Forêt.

La ville d'été et la ville de printemps prenaient l'ascendant – pour deux mois au moins – sur la ville d'hiver et sur la ville d'automne, celle du port et de l'Aiguillon. L'activité penchait à l'ouest, que ce soit pour les plages, pour le tennis et surtout pour les rassemblements nocturnes. Dans cette agitation estivale les authentiques travailleurs faisaient le gros dos. Julien aurait hurlé contre les voiliers de ces vacanciers sans gêne. Honorin et Richard, eux, continuaient leur dur labeur sans rechigner. Les restaurateurs leur passaient commande à tout-va, depuis Hortense, au Cap, jusqu'aux brasseries cotées de la gare d'Arcachon. Après la période de Noël c'était le deuxième coup de feu et les éleveurs d'huîtres n'allaient surtout pas s'en plaindre.

* * *

Le futur de la pêche sur le Bassin tanguait avec les programmes des candidats aux municipales. En 1954, le maire d'Arcachon relança l'idée du nouveau port pour satisfaire à l'explosion de la pêche artisanale et au développement de la plaisance. Les pêcheries industrielles, elles, accumulaient les difficultés : de moins en moins de grands bancs de poissons, une concurrence accrue des ports qui disposaient d'installations du dernier cri et toujours cet écueil des passes redoutables, même pour les chalutiers puissants. André dut accepter, mais très mal, d'être celui des Thillet-Bordes qui liquiderait les Pêcheries Associées du Bassin. Il lui fallait pourtant affronter la réalité : l'entreprise perdait de l'argent, beaucoup d'argent, elle n'était plus viable et, pire, elle risquait de plomber les chantiers, florissants. Pour ses soixante ans il signa l'acte de liquidation des Pêcheries Associées du Bassin. Un crève-cœur, une forme de honte. Son grand-père Auguste et son père Émile devaient se retourner dans leur tombe. Mais quoi faire d'autre ? Sans les Chantiers Lalande c'était la faillite totale. Avec eux, quelque part, le flambeau continuait de brûler, ardent comme la volonté de Philippe Viennot. André s'appliqua à éviter les drames familiaux. Philippe Viennot prit quelques personnes à son service et Marie renoua avec les syndicats maritimes et la coopérative de crédit maritime pour aider son neveu mais plus encore les familles en difficulté. Son aura, intacte, fit que la solidarité joua à plein. La coopérative réussit à aider les marins-pêcheurs de moins de cinquante ans : elle finança un bateau pour un groupe de pêcheurs, puis elle accompagna un autre projet en liaison avec la pêche artisanale. Compte tenu du petit nombre qui décida de tenter l'aventure plus au nord, à La Rochelle, et de ceux qui changèrent résolument de filière, grâce, également, à la municipalité, personne ne resta sur le carreau.

— Ceux qui ne s'en sortiront pas c'est qu'ils le voudront bien, conclut André, soulagé.

Marie continua sa croisade jusqu'au bout, plaçant deux épouses de marins, l'une chez un boulanger de Gujan et l'autre dans un hôtel d'Arcachon tenu par un ancien résistant. L'honneur sauf, André décida de laisser Edmond et surtout Philippe tenir la barre de l'entreprise. Sans doute aurait-il préféré continuer mais Philippe dirigeait et guidait le chantier mieux qu'il ne le ferait jamais.

Pour oublier cet épisode pénible malgré une issue fort convenable, André s'accorda quinze jours avec Suzy à la villa M. Il tenait à assister à un événement de taille : l'inauguration de la deuxième cabane tchanquée, celle flanquée de volets blancs. Tout le conseil municipal de La Teste de Buch débarqua en grande pompe. Le maire eut le bon goût d'inviter les représentants des autres municipalités du Bassin, ce qui créa un embouteillage monstre autour des cabanes. Honorin, avec la pinasse mauve et Richard, dans sa pinassotte, emmenèrent leurs familles. Bien aidé par Hervé et Martine, et même par André et Édouard, Honorin réussit à faire embarquer Marie dans son fauteuil. Il avait décrété qu'il ne naviguerait pas sans elle. Ce fut une première depuis la guerre et un véritable cadeau divin.

De son côté Jean-Marie s'était fait prêter un voilier et avait convaincu sa mère de rejoindre les cabanes, seule avec lui. Elle adora, quoique peu à son aise les premières minutes. Tirer des bords l'effrayait mais elle en accepta l'inconvénient lorsque Jean-Marie lui eut expliqué qu'avec un vent de face... Fendre la mer dans le silence et sous cette lumière magique lui plut énormément.

L'inauguration s'avéra magistrale. La municipalité fut rapidement débordée par l'enthousiasme des participants. Marie, restée dans la pinasse mauve, apprécia ce moment exceptionnel : aurait-elle une nouvelle occasion ? Elle en doutait. Alors, elle en profitait, regardait dans toutes les directions et parfois elle levait son bras valide comme pour toucher la Pointe aux Chevaux ou les pinasses amarrées à Piraillan. Elle devinait la passe sud, au loin, à l'horizon. Allait-elle apercevoir le chalutier d'Aurélien rentrer au port ? Cette histoire de torpille n'était-elle qu'illusion…

Suzanne apprécia moins la promenade du retour. Vent dans le dos, Jean-Marie ne lançait plus aucune manœuvre et, affalé contre sa barre, il interrogea sa mère :

— Pourquoi me cache-t-on tant de choses sur tante Francine ?

— Qu'est-ce qu'on te cache ? Elle était malade, elle en est morte, c'est tout.

— Non, maman. Je ne peux pas croire qu'on l'ait envoyée en Suisse pour se faire soigner de la tuberculose alors que le meilleur endroit pour ça c'était Arcachon ! Je suis convaincu qu'elle fut envoyée en… en exil. Sans doute pour avoir eu un enfant. Un enfant avec papa, ce soldat dont j'ai vu la photo.

Suzanne éclata en sanglots.

— Maman, c'est ça, n'est-ce pas ? Dis le moi !

Suzanne hocha la tête, incapable de répondre.

— Pourquoi ? Qui a osé faire une chose pareille ?

— …ton… ton oncle.

— Mon oncle André ?

— Non, son père.

— L'oncle Émile ?

— Oui, pour préserver l'honneur de la famille.

— Mais c'est fou, c'est insensé !

— À cette époque ils étaient très stricts sur la morale, lui plus que les autres. Ta tante était mineure, et ton père également.

— Les autres, comme tu dis, ils ont laissé faire ?

— Au nom de l'unité familiale, au nom de l'honneur des Thillet-Bordes.

— Et tu as accepté d'épouser mon père ?

— On ne m'a pas donné le choix. C'est un bon père. Et un bon mari, aussi.

— Je le sais, maman, je le sais bien. Mais cet oncle n'a fait que des malheureux.

— Oui et non.

— ???

— Tu es malheureux, toi ?

— Non, bien sûr… je comprends. Mais vous ? Je veux dire toi, papa, bonne maman et bon papa. Et mamie Mathilde…

— Tu penses bien que ce fut papa le plus malheureux. Et quelque part il l'est encore. Oh, Jean-Marie, je ne t'ai rien dit ! Promets-moi de ne rien dire, ne vas surtout pas le traumatiser avec ça.

— Je te le promets.

— Tu es la seule personne qui lui fait oublier. Oublier tout son malheur. Avec tante Marie et oncle Édouard, un peu également. Oublie Jean-Marie, oublie je t'en supplie, oublie cet épisode, ce sera mieux pour tout le monde. Ton arrivée a pansé des plaies, beaucoup de plaies, mais prends garde de ne pas les rouvrir. S'il te plaît !

— Je t'ai promis, maman, je tiendrai parole. Cet oncle Émile, c'était un salaud…

— Ne dis pas cela. Tu ne l'as pas connu, tu n'as pas connu cette époque. Il croyait bien faire…

Jean-Marie resta silencieux devant sa mère recroquevillée au fond du petit dériveur. Il barra machinalement jusqu'au port et son quai bondé. Une foule en liesse continuait de fêter l'événement. Suzanne sécha ses larmes et embrassa son fils lorsqu'il la souleva par la taille pour l'asseoir sur le quai. Perplexe, il acceptait mal que des individus puissent ainsi déterminer la vie des autres. Du vol. Un vol insupportable. Et pourtant toute une famille l'avait supporté.

29

Deux bébés s'annoncèrent au début de l'année 1955 : un petit, bien réel, et un gros, en pointillés. Le premier, fut Michel Thillet-Bordes, fils de Viviane et Edmond. Voir André en grand-père gâteux sidéra Marie qui s'attendait à tout sauf à ces débordements de tendresse. Viviane récupéra en quelques jours, ce qui stupéfia Marie tout autant, elle qui gardait de ses épreuves, comme de celles de sa fille, des souvenirs douloureux et épuisants. Viviane décida aussitôt d'abandonner ses cours au lycée Montaigne pour se consacrer à son bébé mais également pour aider sa famille au domaine. Avec son niveau d'anglais et ses connaissances pratiques en œnologie glanées au contact de son père et de son frère, elle s'occuperait avec bonheur et efficacité des clients étrangers. Une kyrielle d'Américains et d'Anglais renouait avec le Bordelais et se pressait à Saint-Emilion pour déguster et acheter le nectar de la propriété.

Le deuxième bébé, le gros bébé à venir, c'était le port d'Arcachon. Le maire posa enfin la première pierre devant un parterre d'élus incrédules qui devaient prier pour que chimère devint réalité.

Dans le même temps Jean-Marie passait son baccalauréat mathématiques-élémentaires avec succès et même avec mention. Un résultat qui ne surprit personne. Martine, malheureusement, rata le sien, ce qui ne surprit personne non plus. Elle s'apprêtait à redoubler, pour le principe. Ses parents tenaient à ce qu'elle obtienne son bac, même si dans sa tête Martine s'imaginait déjà coiffeuse. Cela faisait des années qu'elle rêvait de coiffer les belles dames de Bordeaux et de Paris, pour les écouter, pour en apprendre sur la vie parisienne, mais plus encore pour leur conter le Bassin.

Dix ans après la fin de la guerre, six ans après celle du rationnement, quelques signes encourageants ne trompaient pas les anciens. Des signes révélateurs de l'évolution des préoccupations de la population. Après les restrictions, après les maigres revenus consacrés à vivre et dédiés à la nourriture et au logement, le superflu relevait la tête et se faisait même nécessaire : les Français refleurissaient leurs balcons et leurs jardinets. La couleur reprenait ses droits après l'occupation vert-de-gris et des années de grisaille. Ainsi le Bassin vit-il resurgir les géraniums, les pétunias et les incontournables hortensias. Mais, climat aidant, quelques variétés nouvelles sortirent de terre. Les forsythias prirent au printemps le relais des mimosas pour accueillir les glycines, mais également les magnolias qui purent s'épanouir devant les décors arcachonnais des balcons en bois ouvragé, des murs en briquette et des façades blanchies. Sans oublier, à l'orée de l'été, l'éclat des géraniums rouge feu au-dessus des piles de tuiles chaulées. Avec la symphonie des couleurs retrouvées, en plus de ses lumières magiques, le Bassin redevenait tout bonnement irrésistible.

Et dire que dans cette belle nature Hervé s'était mis à fumer, influencé par les vacanciers qu'il côtoyait près de la jetée d'Eyrac. Martine et Jean-Marie avaient renoncé à ce poison depuis belle lurette. Lui, pour rester performant au tennis, elle pour éviter des dépenses stupides.

Conscients de la séparation toute proche, Martine et Jean-Marie ressentirent le même besoin de frissons, le même désir d'union. Il allait « monter » à Paris une semaine plus tard, elle venait tout juste de reprendre le chemin du lycée. Alors, pour leur dernière journée, leur dernier dimanche sur le Bassin, Jean-Marie emprunta la pinasse mauve et, à deux, ils décidèrent de flâner sur la petite mer. À marée haute, au large d'Arès, il coupa le moteur. Loin, très loin des plaisanciers qui tiraient des bords entre Arcachon et Bélisaire, ils s'enlacèrent, cachés dans la coque. Jamais encore Jean-Marie n'avait senti le corps de Martine la douce, de Martine la sage, aussi brûlant. Le petit jeu dura près d'une demi-heure. N'y tenant plus, Jean-Marie remit le moteur en marche et au bout de dix minutes il s'amarra au nord de Claouey. Ils filèrent plein ouest, vers la forêt. Le mélange du sable, de la mousse et du grépin leur offrit le petit nid qu'ils convoitaient. Comme un automate, fébrile, Jean-Marie déshabilla Martine et commença à embrasser sa peau claire et soyeuse. Martine ne résista qu'un instant et ce fut elle qui chercha à s'empaler, soudain triomphante et soulagée.

Beaucoup plus tard, pressés par la marée descendante, ils tournaient autour des cabanes. Martine, la tête posée sur la poitrine de Jean-Marie qui barrait la pinasse mauve, ne prononçait pas le moindre mot, souhaitant seulement que son jeune amant fasse ainsi des milliers de tours pour que leur solitude dure une éternité. Lorsque la marée l'y obligea, Jean-Marie longea le Canon avant de prendre le chenal vers Arcachon. Son arc de cercle avant de remonter vers Saint-Ferdinand fut le plus long qu'il n'ait jamais osé. Ce qui l'obligea à s'amarrer à Arcachon à l'entrée de l'Aiguillon. Son père allait grogner, lui qui devait disposer du bateau dès le lendemain. Richard en serait quitte pour récupérer la pinasse mauve et passer prendre Honorin. Ce n'était pas la première fois, ce ne serait pas la dernière. Claire les interpela :

— Pourquoi si tard ? Jean-Marie, ton père va être furieux.

— Demain je pars, demain je vous quitte pour trois longs mois, répondit Jean-Marie. Pour la première fois je ne verrai plus Martine, je ne verrai plus ma famille, je ne verrai plus le Bassin. Alors comprends-moi, comprends-nous. Cette journée fut la nôtre et je regrette qu'elle soit terminée.

Claire observa sa fille du coin de l'œil. Un ange passa, quelques gouttes de sang au bout des ailes. Elle résista à l'envie de la questionner et se contenterait de surveiller son comportement.

Honorin rouspéta moins que Suzanne :

— Ce n'est pas le jour pour sévir, se contenta-il de dire. Mais tu as de la chance que Richard puisse venir me chercher ou venir avec la pinasse mauve. À ton âge, j'ai, moi aussi, fait quelques gaffes de ce genre. J'espère simplement qu'à Paris tu te montreras plus prévoyant. Une nécessité, là-haut, j'en suis persuadé. J'en profite pour te demander une chose, une seule, lorsque tu seras à Paris : envoie-nous des nouvelles au moins deux fois par mois. Pas besoin de nous écrire un roman. Juste un signe de vie, quelques mots sur ta santé et un bref résumé sur tes études. D'accord ?

— Oui, papa, pas de problème.

— Moi je n'aime toujours pas cette idée de te laisser seul à Paris, lança Suzanne. Trop de risques, trop de tentations. Et en plus tu vas t'encroûter au tennis !

— Maman, j'y monte pour être dans la meilleure classe préparatoire possible, tu le sais. Et tu sais aussi que j'aurais préféré rester ici. Et Paris ou Bordeaux, quelle différence ?

— Ne crois pas ça ! À Bordeaux tu aurais ta famille, tu partagerais tes dîners avec tes cousins et on pourrait venir te voir régulièrement. Toi, tu passerais certains week-ends à Arcachon. S'il n'avait tenu qu'à moi tu aurais préparé à Bordeaux.

— Maman, je ne suis plus un enfant ! Je te rappelle qu'Henri IV est l'un des lycées qui obtient les meilleurs résultats aux concours. Papa convient qu'on doit mettre toutes les chances de notre côté, et j'imagine qu'il n'envisage pas payer dix années d'études pour que je réussisse ! J'ai toujours été sérieux, non ?
— Oui, mais grâce au fait que tu grandissais dans le cocon familial, loin des tentations.

Jean-Marie emménagea dans une chambre de bonne sous les combles d'un immeuble ancien situé entre l'église Saint Sulpice et le métro Mabillon. Sous les combles, cela se traduisait par : hivers glaciaux et étés bouillants. Ses logeurs, un vieux couple d'Auvergnats ancrés à Paris depuis 1919, avaient aménagé avec fierté une baignoire sabot dans un coin de la pièce. Prendre une douche, même assis, sans inonder le plancher relevait de l'exploit… Heureusement, la situation géographique compensait sans conteste le confort spartiate. De sa lucarne, et sur la pointe des pieds, il apercevait un coin du Jardin du Luxembourg, les toits de la Sorbonne et les tours de Notre-Dame. Pour rejoindre son lycée, il avait le choix entre le chemin direct par la Sorbonne ou le crochet par le Luxembourg. Sauf lorsqu'il était en retard, ou sauf lorsqu'il pleuvait des cordes, il optait pour le détour par le jardin. Un jardin qu'il adopta d'emblée, un havre de paix, un soupçon du Bassin d'Arcachon à deux pas de chez lui. Jean-Marie y trouva également un autre motif de satisfaction : la proximité des boulevards Saint-Michel et Saint-Germain, et surtout celle du quartier en vogue : Saint-Germain-des-Prés. Le rêve pour un jeune de son âge, bien chaperonné par un nouvel ami, Bruno, un authentique parigot, débrouillard en diable et brillant élève par-dessus le marché ! Grâce à Bruno, Jean-Marie sut oublier sa solitude des premiers jours, l'absence de son camarade de classe Garipian et même parfois, l'absence de Martine.

Il rentra une première fois à Gujan pour Noël, tout heureux. Il rassura sa mère mais ne parvint pas à s'isoler avec Martine. Par un froid de chien il n'était pas question de sortir, sauf pour Honorin et Richard qui rentraient le soir avec des engelures aux doigts et même sur le nez. Les huîtres méritaient plus de soins avec ce climat néfaste. Les deux hommes et leurs employés souffraient pour la bonne cause: des résultats époustouflants. Marie crut pourtant bien cet hiver-là que les bords de la petite mer allaient geler. Jean-Marie repartit pour Paris sans aucune appréhension, simplement déçu de n'avoir pu embrasser sa chère mamie Mathilde pour les fêtes.

Deux fois déjà, sa grand-mère avait reporté son voyage à Arcachon. Ce n'était pas dans ses habitudes, même par un hiver frigorifiant. Sur le Bassin, la vieille dame revivait, amoureuse des lumières, amoureuse de son petit-fils, un grand jeune homme désormais, et tellement complice avec Constance. Une mauvaise bronchite – selon ses courriers – la clouait à Lambersart. Marguerite, qui tenait à peine sur ses jambes, la dorlotait comme une petite sœur, mais avec tout le respect qu'elle vouait à madame. Cet hiver-là, Mathilde croisa un peu plus Jules, plus esseulé que jamais. Amalia passa une fois, une seule, prendre des nouvelles de sa belle-mère. Léonie pas même une fois. Elle donnait l'impression d'avoir renoncé à tout contact avec la famille. Selon Jules, elle devenait acariâtre, insupportable, et en définitive malade psychiquement. Selon une sœur de son couvent elle pesait à peine quarante kilos…

Contrairement à ses prévisions du jour de l'an, Jean-Marie dut quitter la rue Mabillon dans la précipitation fin février pour rejoindre ses parents à Lambersart. Mamie Mathilde n'avait pas résisté à cet hiver 1956 terrifiant. Le jeune homme garderait gravé dans son esprit ce cimetière à la température sibérienne ; ses pieds glacés dans une neige dure comme du ciment ; et ces larmes qui gelaient sur ses joues. Sa grand-mère approchait des quatre-vingt-trois ans mais pour lui elle n'avait pas d'âge. Elle était mamie Mathilde et devait vivre encore vingt ou trente ans. Il comprenait qu'une partie de sa vie d'enfant disparaissait sous terre avec le corps de celle qui l'avait déposé, lui, dans les bras de ses parents adoptifs. Bonne-maman, la plus tendre amie de la défunte était bien présente pour honorer celle-ci. Elle tenta de consoler Jean-Marie mais comprit que seul le temps ferait l'ouvrage. Beaucoup de temps.

Dans son testament, signé en bonne et due forme chez le notaire de famille, Mathilde respectait les volontés de Désiré tout en y ajoutant sa touche personnelle. Même si les intérêts des descendants directs étaient préservés, Mathilde avait clairement notifié que son petit-fils devait recevoir – à travers son père s'il n'avait pas atteint sa majorité – une part de ses biens et de ceux de son regretté mari. Lors d'une séance chez le notaire, en présence de Jules, d'Honorin – représentant également son fils – et de Léonie, finalement présente pour la circonstance, l'aîné montra qu'il n'appréciait guère cette modification sans pour autant s'y opposer :

— Ce n'est tout de même pas de ma faute si je n'ai pas donné de petits-enfants à ma mère…

La plus virulente, et de loin, fut cette peste de Léonie, sortie de son exil et de son isolement volontaires, tel un diable de sa boîte. La furie hurlait, devant un clerc de notaire ébahi, que ce testament n'avait aucune valeur. Les deux frères laissèrent l'horrible bout de femme s'époumoner. Honorin l'observait de profil, observait ce visage lacéré de stigmates de haine. Après quelques minutes d'invectives, il décida d'intervenir :

— Je croyais que le renoncement aux richesses matérielles faisait partie de tes vœux ? Tu m'en sembles bien loin…

— D'abord, ce n'est pas le cas, rétorqua-t-elle sèchement, et ensuite j'en fais une question de principe et d'équité !

— Où est donc l'équité lorsque tu refuses pendant des années de voir ta mère et tous les autres membres de ta famille ? Tu hurles au scandale contre un neveu que tu ne connais pas et que tu ne daignes pas connaître. Tu t'es exclue volontairement de la famille, alors cesse de te plaindre puisque malgré cela tu vas recevoir une part que tu ne mérites pas !

Le regard de la vieille guenon foudroya son frère. Visiblement elle aurait aimé le gifler et le griffer jusqu'au sang, chargée qu'elle était de méchanceté jusqu'au bout des ongles. Jules finit par en sourire et lança haut et fort :

— Terminons-en ! Que la rombière regagne son couvent pour prier ! J'espère seulement qu'elle ne priera pas pour sa mère, la pauvre en souffrirait trop dans sa tombe.

À ces mots, Léonie fit mine de se sentir mal. Le clerc de notaire, pourtant habitué aux déchirements familiaux, sembla dépassé par les évènements. Honorin le calma :

— Ne craignez rien pour elle, les vieilles carnes sont les plus résistantes. Regardez, elle jette un œil dans votre direction. Nous allons signer maintenant et elle ne recevra sa part que lorsqu'elle aura signé à son tour. Dites-moi, Maître, n'y a-t-il pas un point de droit qui stipule que si un bénéficiaire ne signe pas un an et un jour après avoir pris connaissance du testament devant notaire, cela vaut renoncement au profit de l'État français ?

Le notaire sourit et, tournant le dos à Léonie, renvoya une moue dubitative à Honorin en précisant :

— C'est fort possible, en effet, je dois consulter le code. Ce cas est si rare, vous savez…

Et Léonie s'agita.

En quittant l'étude, Honorin reçut une lettre des mains du clerc, et la glissa dans une poche de son veston. Léonie repartie vers son couvent, il remercia son frère, en son nom propre, mais plus encore pour Jean-Marie. Et il conclut :

— J'espère que tu vas enfin te décider à venir à Arcachon. Jean-Marie serait ravi de mieux connaître son oncle et je me dis qu'avec lui son oncle apprécierait le Bassin. Tu sais, vous pouvez vous entendre. Comme toi il y a quelque trente années, il se prépare à passer les concours.

— Je le sais. Merci frérot, mais ce ne sera pas pour cette année. Je retourne en Égypte pour une dizaine de jours, j'aime vraiment trop.

Jules lui taisait qu'en fait de pyramides et autres vallées des rois, il s'était amouraché, à cinquante-sept ans passés, d'une Égyptienne docile, une reine qui lui offrait sa vallée…

Honorin, curieux et fébrile, décacheta la lettre écrite par sa mère :

Mon cher Honorin

Pour que la fin de ta vie soit dégagée de tous les nuages anciens qui pourraient encore planer au-dessus de ta tête, je t'écris ce petit mot en accord avec ton regretté père. Tu le sais bien, je t'ai pardonné depuis longtemps et je veux croire qu'avec Suzanne et cet amour de Jean-Marie tu as su reprendre goût à la vie. Ce que tu ne sais pas, c'est que ton père, sur son lit de mort, a pris le temps de me souffler que lui aussi t'avait pardonné et qu'il t'aimait. Qu'il voulait que tu fondes un foyer. Pour ce faire, il m'a fait promettre de t'aider de tout mon cœur. Il m'a fait promettre également – c'était son souhait – de n'évoquer sa position qu'au moment de ma propre mort. Mais, Honorin, savons-nous quand nous allons mourir ? Alors j'ai pris soin d'écrire cette lettre et de la déposer chez le notaire.

Je t'aime, mon fils. Tu as une femme digne et courageuse à défaut d'être celle que tu as aimée, et tu as un fils sensible, beau et intelligent qui m'a redonné goût à la vie. Alors, tous ensemble, soyez heureux.

Ta maman qui t'aime
Lambersart, novembre 1952

* * *

En octobre 1956 l'affaire du canal de Suez succédait à la déroute des troupes du général Navarre à Diên-Biên-Phu[47]. Et aussitôt la furieuse rébellion des fellaghas d'Algérie s'intensifiait, avec son cortège d'attentats. Après le Maroc et le Vietnam, l'armée française reprenait du service et mettait à nouveau ses enfants en danger. Suzanne songea alors que les études de Jean-Marie arrivaient à point nommé : sursitaire, son fils échappait – pour un temps – au long service militaire en Algérie.

Devant une grande photo du Bassin d'Arcachon scotchée au mur de sa chambre, Jean-Marie s'acharnait à résoudre une difficile équation avec des intégrales doubles. Les yeux fixés sur la pointe du Ferret, il entendit frapper à sa porte. Il regarda sa montre : minuit et demi. Qui pouvait bien chercher à le voir à

47 – Octobre 1954.

cette heure et par ce froid de gueux ? Bruno ? Ce n'était pas son genre. Intrigué, Jean-Marie questionna :

— Qui est là ?

— Hervé.

— Qui ?

— Hervé, merde ! Ton cousin !

Jean-Marie, incrédule, se leva, tourna la clé et ouvrit pour se trouver effectivement nez à nez avec Hervé Vanneau, le visage raviné de fatigue.

— Qu'est-ce que tu fais là ? Oh, tu pues la clope ! Tu aurais pu me prévenir.

— C'est que je n'ai prévenu personne.

— Quoi ? Qu'est-ce que tu racontes ?

— Je suis parti sans rien dire. Je voulais connaître Paris, comme toi. Cela fait deux jours que je fais du stop.

— Bravo ! J'imagine ta mère, morte d'angoisse. Et tu vas rater tes cours…

— Mes cours, je m'en fous ! Ma mère, bof ! Tu la préviendras demain. Laisse-moi dormir ici cette nuit, je suis crevé.

— Tu as vu la pièce ? Il n'y a qu'un lit. J'ai bien une deuxième couverture mais pas de matelas.

— Tes logeurs, ils ont bien un matelas en rab ?

— T'as une idée de l'heure ? Bon, je vais essayer.

Jean-Marie enfila ses chaussures et descendit. Il sonna plusieurs fois avant qu'une faible voix ne lui demande :

— Qui est là ?

— C'est Jean-Marie. Excusez-moi, Madame Mortagne, je suis navré de vous déranger à cette heure. J'ai un cousin à la porte. N'auriez-vous pas un matelas à me prêter pour une nuit ou deux ?

Jean-Marie entendit un bruit de chaine puis celui du loquet. La vieille dame en chemise de nuit lui souffla :

— Entrez, Jean-Marie, on va trouver.

— Je suis vraiment confus, c'est une surprise pour moi aussi.

— Vous n'allez pas le laisser dehors, tout de même. Il a quel âge ?

— Il a seize ans, bientôt dix-sept.

— Raison de plus pour l'accueillir ! Henri, tu trouves le matelas ?

Ébouriffé, Henri se pointa en pyjama rayé, le pantalon tire-bouchonné, mais avec un matelas d'une personne.

— Je vous donne des draps, également ?

— Non merci Madame Mortagne, ce n'est pas nécessaire. Je dispose d'une couverture en réserve, ce sera bien suffisant.

— Comme vous voudrez, Jean-Marie, mais cela ne me dérange pas.

— Vous êtes trop gentille, je ne sais comment vous remercier.

— Continuez à bien vous conduire et à bien travailler, mon petit, comme vous le faites depuis la rentrée. Henri et moi nous en serons ravis.

Jean-Marie remonta avec le matelas et une paire de draps pour trouver une chambre enfumée qui empestait la cigarette.

— Tu arrêtes de fumer, maintenant ! Tu te couches, et demain matin on va à la poste pour téléphoner.

— À qui ?

— À oncle André, il a le téléphone chez lui. Maintenant tu me laisses terminer mes maths. Au fait, tu as faim ?

— Non, plutôt soif.

— J'ai du Fanta sur le côté du vasistas, là-haut. Sers-toi et arrête de fumer dans cette pièce minuscule.

Morte d'angoisse, Claire se demandait ce qui avait bien pu se produire. Pourquoi ? Pour quelle raison Hervé avait-il disparu ?

Elle avait interrogé Martine ainsi que quelques-uns des camarades de sa classe à la sortie du lycée. Personne ne savait quoi que ce soit. Alors elle s'était réfugiée chez Suzanne qui lui avait sagement conseillé d'attendre une nuit avant de prévenir la police.

Grâce au ciel et grâce au téléphone qui commençait à se répandre, André reçut un appel téléphonique de la poste du sixième arrondissement de Paris. C'était Jean-Marie qui lui apprenait qu'Hervé était à ses côtés, sain et sauf. Il s'était présenté à sa porte la veille au soir. Il expliqua tout à trac que le cousin voulait connaître Paris, lui aussi ; qu'il en avait marre du lycée ; qu'il voulait ouvrir des huîtres dans un grand restaurant de la capitale ou conduire une péniche sur la Seine. Il tentait bien de l'occuper – au détriment de ses cours – mais cette situation ne pouvait pas durer.

André fila jusqu'à la villa M., pestant au volant contre ses tantes qui ne disposaient toujours pas du téléphone. Il leur rapporta, ainsi qu'à Édouard, tout le charabia de Jean-Marie et, après concertation, ils décidèrent qu'Édouard, fort de sa bonhomie naturelle et rassurante, se rendrait à l'Aiguillon pour prévenir les parents du gamin.

Dans la petite camionnette Peugeot aménagée pour Marie, il fonça sans prendre le temps d'admirer cette journée radieuse de la fin de l'hiver. Un soleil étincelant illuminait le Bassin, depuis les toits du Casino de la Forêt jusqu'à la bande de sable au bout du Cap. Il ne s'attarda pas plus sur le ballet coloré des pinasses et arriva en trombe à la limite de La Teste, devant son ancien logement. Personne. Que Richard ne fut point là, c'était normal. Que Martine ne fut point là, également. Mais Claire ? Où était donc Claire ? L'avait-on déjà informée ? Se trouvait-elle au poste de police ? Édouard, le cœur battant, réfléchissait. Il décida de pousser jusqu'à Gujan, au port de Larros, chez Honorin, à côté de son chantier. Claire devait chercher un peu de réconfort auprès de Suzanne. En vélo, ou même en bus, c'était la porte à côté.

Fort bien lui en pris. Suzanne, qui soutenait une Claire aux yeux gonflés, entendit la camionnette s'arrêter et la portière claquer. Les deux femmes sortirent pour voir Édouard, un grand sourire aux lèvres :

— Bonne nouvelle, les filles ! Hervé est à Paris, avec Jean-Marie ! Ce dernier à téléphoné à André qui vient de passer à la villa. Je quitte juste l'Aiguillon.

— À Paris, cria Claire, qui garda la bouche ouverte ?

— Oui. Il aurait dit à Jean-Marie que puisque son cousin vivait à Paris, il voulait, lui aussi, vivre à Paris.

— Oh mon Dieu, reprit Claire, il a dit « vivre à Paris » ?

— C'est ce que nous a dit André.

— Mais c'est fou… c'est terrible…

— Calme-toi, ma fille, continua Édouard. Déjà, tu sais qu'il est en vie et qu'il se porte bien. Il s'agit simplement d'une fugue, d'une foucade, rien d'autre. Rien de grave.

Claire éclata en sanglots. Des sanglots de décompression. Suzanne regarda Édouard qui lui fit une moue rassurante. Reprenant doucement ses esprits, Claire murmura, entre deux spasmes :

— Qu'est-ce qu'on va faire de lui ?

— Je ne veux pas me mêler de vos affaires, répondit Édouard, mais à ta place et à la place de Richard j'éviterais de trop le gronder et de le punir sévèrement. Dans un premier temps, décidez d'aller le retrouver, de lui parler et de le ramener à l'Aiguillon.

— Richard est furieux. Lorsqu'il saura, cela risque d'être encore pire.

— Alors dans ce cas, ma fille, je te conseille de monter seule à Paris. Et dans le train qui vous ramènera, profites-en pour lui parler. D'ailleurs cela m'étonnerait qu'avec son boulot Richard puisse se déplacer. Et c'est sans doute mieux ainsi.

Jean-Marie bénit Bruno, sa disponibilité et sa bonne humeur. Avec son camarade estampillé « vieux Paris » ils profitèrent du jeudi pour ne sécher que trois heures de cours… Ils flânèrent tous les trois le long de la Seine, passant devant les immanquables bouquinistes, s'arrêtant devant l'Hôtel de Ville et Notre-Dame. Ils grignotèrent sur le pouce au café de Flore, ce café symbole de Saint-Germain-des-Prés et du Quartier Latin. À peine commençaient-ils à raccourcir leur croque-monsieur et à savourer leur bière pression, que Bruno s'agita comme un mixe-légumes électrique :

— Regardez l'homme qui s'assied, là-bas, à droite, c'est Boris Vian !

— Qui, demanda Hervé ?

— Boris Vian, un génie ! Musicien de jazz, écrivain et, tu le sais Jean-Marie, un ancien élève de l'école Centrale ! Je l'ai vu jouer de sa trompinette au Tabou, la semaine dernière. Il écrit aussi des articles dans Jazz-Hot. Merde ! Si j'avais su j'aurais pris le dernier numéro pour un autographe. Jean-Marie, tu as lu ses bouquins ?

— Non, pas encore. Mon oncle a beaucoup aimé l'Écume des Jours.

— Ouais, mais je trouve que son meilleur c'est Vercoquin et le Plancton, faudra que tu le lises ! Tu lis quoi ?

— Bonjour Tristesse, de Françoise Sagan. C'est bien écrit mais ça me traumatise un peu…

— Et toi, Hervé ?

— Moi, euh… rien en ce moment. Je n'aime pas trop lire.

En quittant le Flore ils abandonnèrent Hervé dans le Jardin du Luxembourg en lui suggérant un grand tour du Quartier Latin. Eux partaient travailler pour les interrogations du lendemain.

— On se retrouve à ma piaule à sept heures, conclut Jean-Marie.

Hervé adora le Quartier Latin et l'Île Saint-Louis. Bruno les emmena dîner chez un Grec pas trop cher, dans la rue Galande, à deux pas de la rue Saint-André-des-Arts, pour terminer la soirée au Caméléon, son club de jazz préféré. Pendant le repas, Hervé débita des propos incohérents et contradictoires sur ce qu'il comptait faire plus tard. En réalité, il n'en avait pas la moindre idée. Il apprécia le Caméléon, le jazz et son atmosphère conviviale, mais préféra visiblement le gin et ses cigarettes. Jean-Marie en arriva à se demander s'il n'allait pas être obligé de le porter jusqu'à la chambre. Mais Hervé tint le coup et tint l'alcool. Il se contenta de ronfler toute la nuit comme un hélicoptère. Au moment de se lever pour partir à Henri IV, Jean-Marie n'avait pas dormi. Il avait la tête dans le brouillard et Hervé, lui, ronflait toujours.

Claire arriva rue Mabillon en tenant dans ses bras un énorme bouquet pour Madame Mortagne. Elle se confondit en excuses et la vieille auvergnate en remerciements. Ensuite, elle monta et trouva son fils une cigarette au bec. Elle se retint pour ne pas se fâcher, se contentant de lui faire remarquer :

— Tu empestes la chambre de Jean-Marie. Comment veux-tu qu'il travaille avec toute cette fumée ?

Hervé haussa les épaules sans répondre.

— As-tu aimé Paris, au moins ?

— Ouais, beaucoup, et je reviendrai !

Claire traduisit qu'au moins il semblait disposé à rentrer avec elle.

— Si tu reviens, j'espère que tu préviendras, cette fois. J'étais morte d'angoisse !

— Et pourquoi ?

— Pourquoi ? Mais parce qu'on pouvait t'avoir enlevé, t'avoir assassiné ou parce que tu pouvais t'être noyé dans une méchante baïne. Ton père ne pensait qu'à la noyade.

— Il est furax ?

— Je ne peux pas te dire le contraire. Tu verras. En attendant, rassemble tes affaires. Dès que Jean-Marie rentre du lycée on le remercie et on s'en va. On prend le train de nuit.

— En couchette ?

— En couchette, oui Monsieur ! Les places assises sont toutes réservées, le vendredi soir.

30

Claire redoutait l'inexorable descente aux enfers de son fils. Quant à Richard, il ne lui adressait plus la parole. Il l'évitait, il l'ignorait et laissait le poids de la responsabilité parentale à sa femme. Hervé traînait les pieds pour aller au lycée et séchait les cours pour fumer et glander. Il traînait également pour rentrer le soir, jouant avec les nerfs de sa mère. Ce fut dans cette atmosphère misérable que Richard rentra un midi en catastrophe avec la Chambord d'Honorin :

— Il vient de se blesser grièvement en travaillant sur le parc !

Suzanne blêmit d'un coup en voyant arriver Honorin soutenu par deux collègues, Jacques et Gabriel Marquèze. Elle redoutait depuis des lustres le pépin inévitable. Elle remarqua l'avant-bras de son mari qui saignait abondamment malgré un garrot de fortune. Transpercé à la base du poignet. Gabriel expliqua :

— Vous savez, Suzanne, à marée presque basse, dans des endroits comme le chenal de Mapouchet, le sol est traitre et glissant. Honorin a dérapé sur un lit d'algues. En basculant et en battant des bras pour se rééquilibrer son bras s'est carrément projeté sur une tringle en ferraille d'une table pour les poches. Ce sont ses hurlements qui nous ont alertés. Jacques et moi nous sommes arrivés au plus vite et on lui a fait ce garrot avant de l'emmener. Il faut le conduire à l'hôpital d'Arcachon pour le soigner et surveiller le risque d'infection. Il doit absolument se faire piquer contre le tétanos.

— Suzanne, intervint Richard, donnez-moi les papiers de la Chambord et partons, il faut faire au plus vite, il perd trop de sang.

— Ne vous en faites pas Suzanne, poursuivit Gabriel, Honorin va s'en sortir, mais Richard va devoir trimer pour deux pendant au moins deux mois.

Suzanne s'excusa de ne pouvoir leur offrir un petit remontant.

— Ce n'est pas le moment, partez vite ! Mais merci quand même, on reviendra pour fêter son rétablissement !

Richard fonça jusqu'à Arcachon, Suzanne à l'arrière qui soutenait Honorin. Vu la vitesse à laquelle ils roulaient elle songea qu'Honorin avait eu une riche idée d'acquérir une Chambord plutôt qu'une Dauphine. Ils auraient versé sur le bas-côté depuis belle lurette. Les ostréiculteurs disposaient tous de camionnettes ou de voitures pourvues de grands coffres pour transporter du matériel et surtout des bourriches. Par deux fois le blessé tomba dans les pommes, entraînant les hurlements incontrôlables de Suzanne qui, chaque fois, le croyait mort. Honorin resta hospitalisé une semaine pour surveiller un risque d'éventuelle infection qui s'avéra bien réelle puisque par deux fois sa température passa les quarante degrés.

L'épisode d'Hervé à Paris déstabilisa Jean-Marie dont l'esprit vogua jusqu'au Bassin, sur la pinasse mauve, et vers les clubs de tennis et de voile. Et plus encore vers Martine qui le hantait jour et nuit. Heureusement pour son moral il comprit rapidement que, sauf catastrophe au troisième trimestre, il passait au niveau supérieur, celui qui amenait aux concours. Aussi décida-t-il d'un court séjour « au pays », à la grande joie de sa mère, de sa grand-mère, de Marie et d'Édouard. Moins, beaucoup moins, de son père qui s'était fait son cinéma et croyait dur comme fer que Jean-Marie, en constatant les séquelles de l'accident, allait participer au travail dans les parcs. Mais Jean-Marie partagea son temps entre des escapades dans la pinasse mauve avec Martine, des discussions avec Marie et Édouard à la villa, et le tennis et la voile. Le Yacht Club était gavé de jeunes, ravis de pouvoir participer à des régates dès les vacances de Pâques. Inconsciemment, Jean-Marie adorait se faire courtiser. Martine l'aimait ; sa grand-mère, Marie et Édouard l'encensaient ; au tennis comme au port, les jeunes filles lui tournaient autour. Aussi ne vit-il son père qu'à l'occasion de rares dîners. Honorin en ressentit beaucoup d'amertume : son fils le laissait tomber, il laissait tomber l'affaire.

Lorsqu'il montait à la villa M., pour dîner, il trouvait sa grand-mère et Édouard aimantés par l'un de leurs deux nouveaux jouets : la télévision. Édouard l'avait achetée – avec le téléphone – pour Marie, mais la plus assidue fut Constance, soudain passionnée par le catch, décelant immédiatement le côté comédie de ce nouveau spectacle. Édouard, lui, ne suivait que les nouvelles, le retour du général de Gaulle et bientôt la question de l'Algérie. Cette dernière devint le sujet d'angoisse pour Claire : intenable, insupportable avec ses parents, Hervé venait de décider de devancer l'appel. Richard s'en montra ravi en fin de compte, même s'il avait espéré voir son fils partager son travail alors qu'Honorin le reprenait, visiblement handicapé. En attendant son départ, Hervé continuait d'exaspérer son entourage. Il n'apparaissait qu'aux heures des repas, rentrant souvent très tard, empestant la cigarette et l'alcool. Plus Claire lui citait Jean-Marie en exemple, plus il fermait la porte à toute discussion. Hervé avait oublié la gentillesse de son cousin à Paris ; il ne chercha même pas à le croiser. Il ne mettait plus les pieds dans une pinasse, que ce fut la pinassotte de son père ou même la pinasse mauve qu'il avait tant appréciée jusqu'à quatorze ans. Il était plus facile de le trouver au Repetto ou dans les bars du quartier du port que n'importe où ailleurs sur le Bassin. Claire trembla de tous ses membres lorsqu'Hervé rejoignit Nancy pour deux mois avant un départ, certain, en Algérie, au moment où explosait la bataille pour l'Algérie française.

* * *

Sans doute libéré psychologiquement par le décès de sa mère, Jules décida de divorcer, passé soixante ans ! Vingt ans plus tôt cela aurait fait l'effet d'un tremblement de terre dans les milieux industriels du Nord. Comble du comble, il décida également – en accord avec Honorin et ses cousins d'Argentine et d'Australie – de vendre les célèbres Teintureries Vercoutre qui végétaient, incapables de se moderniser et de faire face à la concurrence. Encore des aïeuls qui allaient se retourner dans leurs tombes. En réalité sa motivation profonde venait d'ailleurs : Jules quittait la France pour s'installer à Istanbul avec son égérie égyptienne. Honorin songea que les Dardanelles devaient manquer à son frère…

* * *

Pendant l'été, Jean-Marie retrouva un père grognon et irascible qui, visiblement, n'acceptait pas son accident. Il conservait une vilaine cicatrice et surtout une maladresse qui le mettait hors de lui. D'un coup d'un seul, et bien que n'ayant que cinquante-sept ans, il lui en parut bien plus de soixante. Le père ne continuerait pas longtemps son métier d'ostréiculteur… Pas question pour autant de lâcher les concours, et d'ailleurs, Honorin le premier encourageait son fils à réussir. Mais vite !

Heureusement, Martine venait de décrocher son bac et entrait, bien aidée par les relations de Marie, dans le plus grand salon de coiffure du centre d'Arcachon. Jean-Marie trouva malgré tout la grand-mère de Martine fort soucieuse et il s'en étonna. Marie lui répondit, passablement énervée sur son fauteuil :

— Édouard, ton père et moi, forts de notre passé de résistants, nous sommes des gaullistes convaincus. Edmond, lui, est à fond pour l'Algérie française, et son père également, quoique de manière moins virulente. Quant à Philippe Viennot, et cela navre ton grand-oncle, il ne se prononce pas mais laisse percevoir une sympathie pour les tenants de l'Algérie française. Une tendance très claire depuis le discours sur l'autodétermination[48]. Pour lui, les Pieds-Noirs doivent rester chez eux sinon ils vont encombrer le sud viticole, depuis le Bordelais jusqu'à la Provence en passant par le Languedoc. Et ta grand-mère embrasse les idées d'André, d'Edmond et de Philippe.

Embarrassé, Jean-Marie réduisit à contrecœur ses visites à la villa, partageant son temps entre le club de tennis, le yacht-club et ses virées avec la pinasse mauve, seul avec Martine. Il participa à une régate organisée par le Yacht-club d'Arcachon, une régate déguisée avec, au final, une élection de miss YCA, à condition que celle-ci fut un garçon déguisé en fille ! Jean-Marie abandonna Martine pour régater avec deux filles du tennis, deux jolies Parisiennes, et son ami Garipian qu'il avait sollicité pour l'événement. À marée haute, en partant du port, les dériveurs devaient faire le tour de l'Île aux Oiseaux et revenir. Mais avec une contrainte : l'équipage s'élançait en tenue de plage et devait franchir la ligne d'arrivée, entièrement déguisé. Au cours de la

48 – 16 septembre 1959.

régate les deux Parisiennes enfilèrent un déguisement cocasse, l'une en avant de cheval, l'autre en partie arrière, pour constituer une bête désopilante ! Jean-Marie se retrouva en gueux qui retenait l'ineffable canasson par la bride. Alain Garipian, monté sur l'animal clownesque, tenait le rôle de candidate à miss YCA. Pour la circonstance il s'était rasé et épilé les jambes et les dessous-de-bras pour cacher au jury des poils trop noirs et trop abondants ! Maquillé, les cheveux longs accrochés avec un catogan très en vogue, sa taille de guêpe impressionna le jury qui le déclara miss YCA à l'unanimité ! Comme les filles connurent un succès épatant à l'applaudimètre, leur place de quatrième pour la régate ne les handicapa guère et ils gagnèrent le concours général. Une grosse rigolade, bien plus marquante que la caisse de Bordeaux supérieur et les dix leçons de voile gratuites au club ! Jean-Marie, vainqueur, eut un petit pincement au cœur en voyant Martine, tristounette, se classer dix-neuvième sur quarante participants. À la remise des prix le facétieux cheval distillait encore ses cabrioles. Ce triomphe s'avéra lourd de conséquences : Garipian tomba amoureux de l'arrière-train du cheval, Véronique, la cadette des deux sœurs parisiennes. L'aînée, la tête de l'équidé, multipliait ses avances auprès de Jean-Marie, qui résistait tant bien que mal au minois mutin de la jolie Béatrice. Une fois la cérémonie terminée Jean-Marie s'empressa d'enlacer Martine pour la présenter aux deux sœurs et éviter les équivoques comme les tentations… Un peu plus tard, Martine lui souffla qu'elle craignait que cette « Béa » ne veuille le revoir à Paris. Il tenta le lendemain de la rassurer en l'enlevant à bord de la pinasse mauve et en lui donnant toujours plus d'amour, dans les bois, du côté de l'océan, là où les touristes ne venaient que très rarement.

* * *

Peu de temps après son départ pour Nancy, Hervé trouva le moyen de donner de nouvelles sueurs froides à ses parents. Un matin d'octobre, un commandant de son unité parvint à joindre la grand-mère Marie au téléphone. Hervé avait été trouvé saoul, limite coma éthylique, dans un bistro peu recommandable et emmené d'urgence à l'hôpital. À la suite d'un pari idiot avec des copains de régiment il voulait démontrer sa capacité à boire en avalant quinze verres de gniole cul sec sans broncher. Au onzième godet Hervé était tombé raide au pied du comptoir. Le lendemain, au téléphone à côté d'Édouard, Richard proposa au commandant de venir pour le récupérer.

— Pas question, Monsieur, répondit l'officier, le deuxième classe Vanneau est bien soigné et il commence à récupérer. Et pour qu'il retrouve toute sa tête je le mets aux arrêts de rigueur pour quinze jours dès son retour en caserne. Cela lui permettra également de purifier son foie à l'eau des Vosges avant qu'il ne file droit pour Alger !

* * *

Après un hiver studieux entrecoupé de quelques rencontres au café de Flore et de quelques sorties au Caméléon ou au Caveau de la Huchette en compagnie de Bruno, arriva la période redoutée mais espérée des concours. Il fallait désormais doser entre les révisions et la détente. Ce fut au cours d'une soirée au Caveau de la Huchette que Jean-Marie rencontra Claudine.

Exténués nerveusement par le déroulement continu des épreuves écrites, Bruno et Jean-Marie se mirent à danser au rythme des rock'n'roll endiablés. Jean-Marie invita un beau brin de fille, très parisienne selon lui, avec ses cheveux jusqu'aux épaules et sa raie sur le côté. Ce visage harmonieux et cette bouche mutine ne lui étaient pas étrangers. Il trouva : cette fille était une « *ashquatrienne* »[49] comme eux et suivait les cours d'une autre classe préparatoire. Ce soir-là Claude Bolling avait succédé à Memphis Slim et régalait l'assistance de swings au tempo presque rock. Bruno s'amusait, lui aussi, mais préférait les improvisations géniales de Lionel Hampton, le grand vibraphoniste américain, et même les soirées Bechet. Mais Bolling et son orchestre imposaient un rythme infernal qui permettait aux étudiants en proie à une tension extrême de se défouler comme rarement. La cavalière acceptait de bonne grâce les tours et les tours que lui imposait son cavalier d'un soir. Un cavalier de plus en plus subjugué par cette fille qui exhalait une sensualité bouillante mais distinguée.

Claudine et Jean-Marie ne se séparèrent plus jusqu'au dernier soir du dernier oral. Malgré son éducation toute versaillaise, Claudine ne résista pas longtemps aux avances de Jean-Marie et ils passèrent de longues soirées épicées dans le petit grenier aménagé de la rue Mabillon. Officiellement pour réviser les oraux. Et au diable les pudibonderies, ils riaient comme des fous en se glissant dans le lit simple, déjà étroit pour lui tout seul… Au matin ils s'encourageaient pour les oraux après être passés dans sa mansarde à elle pour récupérer quelques affaires. Quelle folie, mais quelle quinzaine inoubliable ! Ils grignotaient presque tous les soirs chez le Grec de Bruno avant de remonter pour « réviser ».

Suzanne et Honorin ne comprirent pas pourquoi leur fils ne rentrait pas au bercail pour attendre les résultats. Jean-Marie expliqua à l'oncle Édouard par téléphone qu'en cas de résultat positif pour un des concours majeurs il devait impérativement mettre au point sa rentrée et son installation future. Ses parents

49 – Étudiante au lycée Henri IV.

devaient admettre que c'était plus facile et plus pratique depuis Paris que d'Arcachon.

Deux enveloppes fines, émanant de deux écoles, lui avaient apporté des courriers négatifs quant à une éventuelle admission. Le 12 juillet au matin, Jean-Marie trouva sur le paillasson une enveloppe épaisse postée de Grignon. Cette grosse enveloppe kraft fit battre son cœur : il était reçu à l'ENSA de Grignon, l'Agro, l'école qu'il visait ! Il pleura en pensant très fort à Mamie Mathilde qui aurait été si fière de son petit-fils. Il fila à la poste pour prévenir sa famille et ses proches. Il entendit les cris de joie de sa grand-mère, de Marie et d'Édouard.

— Tu veux que je prévienne Martine, en plus de tes parents, tenta un Édouard malicieux, ou préfères-tu lui annoncer toi-même ?

— Dis-lui ! Ma mère lui dira, de toutes les façons…

Et il fila au lycée dans l'espoir d'y retrouver Claudine. Il la vit et comprit qu'elle n'avait pas reçu sa « grosse enveloppe kraft ». Elle lui confia avoir été admise dans deux écoles de second rang et qu'elle décidait de tenter une troisième année à Henri IV pour repasser les concours visés. Bruno, ravi, intégrait l'école Navale. Bien qu'exilé en banlieue ouest, Jean-Marie jura à Claudine qu'il viendrait à Henri IV le plus souvent possible. Ils passèrent une dernière nuit de feu avant de se séparer pour les vacances.

Martine et Jean-Marie flânaient sur les bords du Cap Ferret. Après l'Herbe et le Canon, déjà bondés de touristes, ils s'arrêtèrent pour s'enlacer langoureusement sur la butte de Claouey. De là ils regardaient des groupes de baigneurs à la peau rouge écrevisse et des barreurs sur leurs dériveurs, sans voir personne. Ils apercevaient le ballet des ostréiculteurs sans s'y attarder davantage. En été, les deux mondes parvenaient à cohabiter, simplement juxtaposés. Parfois ils se rejoignaient, le temps d'une dégustation à Gujan ou ailleurs. Les frères Marquèze avaient fait des émules, les cabanes de dégustations se multipliaient. Et chaque éleveur y allait de son petit blanc bordelais pour inciter à une deuxième tournée.

D'instinct, Martine comprit que quelque chose ne collait pas, ne collait plus. Jean-Marie l'aimait, indubitablement, mais il semblait l'aimer la tête ailleurs. Au lieu d'apprécier sa chère petite mer avec elle, il ne lui parlait que de Paris, de jazz, du café de Flore et des installations de Grignon. Pragmatique et directe, Martine n'hésita pas longtemps à lui demander s'il avait trouvé une autre amoureuse dans la capitale. Il lui répondit d'un air anodin et parfaitement horripilant :

— Des copines parisiennes, je pourrais en avoir dix si je voulais. Mais je suis là. Où est le problème ?

Martine retint une larme, et lui regretta sa réponse. Un peu tard…

* * *

La création de l'OAS[50] en février 1961 divisa à nouveau les Thillet-Bordes, les Decosse et les Vercoutre. Quelque trois mois plus tard, Hervé rentrait prématurément d'Algérie, complètement détraqué. Malade, pris de dysenterie chronique, perturbé psychiquement, l'armée le renvoyait « dans ses foyers ». En clair, elle s'en débarrassait. Dès son arrivée à l'Aiguillon il étala toute la vulgarité apprise dans un contingent en opérations. Il utilisait en toutes circonstances un vocabulaire d'une grossièreté indescriptible avec pour mot clé, encore audible et exploité à toutes les

50 – Organisation de l'Armée Secrète, créée pour s'opposer à l'indépendance de l'Algérie.

sauces, le « merdier ». À l'entendre, l'armée c'était le merdier, l'Algérie, forcément, c'était le merdier et bientôt, sur le Bassin, ce serait le merdier ! En prime, et au grand effroi de Constance, il semblait jouir de conter des scènes vécues dans le djebel, des scènes d'une cruauté indicible, dignes des pires tortionnaires de la Gestapo. Ainsi dans les villages du djebel qui n'affichaient pas clairement leur ralliement à la cause de l'indépendance, les fellaghas du FLN[51] éventraient les femmes enceintes et obligeaient leurs maris à avaler le fœtus. Par vengeance, les fellaghas pris par l'Armée se faisaient sodomiser par des boucs avant de se faire couper les parties génitales. Hervé débitait ces horreurs comme s'il s'agissait de bonnes blagues.

Malade mais futé, Hervé se rendit compte qu'Edmond devait exercer un rôle au sein de l'OAS. Il se rapprocha de lui en lui rendant régulièrement visite au chantier de Gujan. De guerre lasse, Edmond, sans en faire état, trouva un prétexte pour l'envoyer à Paris. Personne n'en sut la raison exacte, mise sur le compte d'une énième foucade. Qui donc pouvait le retenir, lui qui s'était saoulé pour célébrer son retour et sa majorité, acquise alors qu'il crapahutait au sud d'Oran ? Officiellement il montait à Paris pour ouvrir des huîtres dans un grand établissement proche de la gare Saint-Lazare.

À la fin des vacances de Pâques Jean-Marie dessala et se blessa. À croire que la famille Vercoutre vivait dangereusement ! Aidé par Martine, il parvint à amener le dériveur jusqu'à Andernos. Elle trouva un cabinet de médecin à deux pas de la grande jetée. Après quelques soins basiques ils purent regagner Gujan et La Teste en stop. Jean-Marie garda la chambre plusieurs jours. Cloîtré, il se résolut à une grande première : écrire une longue

51 – Front de Libération Nationale.

lettre à Claudine entre deux visites de Garipian qui venait de se fiancer avec la belle Véro. Une Véronique ambitieuse pour deux qui poussait son chéri à postuler à une place de gérant d'un de ces grands magasins qui s'ouvraient à la périphérie des grandes villes. Comme à Mérignac. Les deux garçons ne se cachaient rien, Alain connaissait la liaison entre son ami et Claudine la Parisienne en plus de celle, avérée, avec Martine.

Un drame aussi soudain que terrible se produisit avant que Jean-Marie ne regagne sa chère école de Grignon. Suzy succomba à un cancer de la poitrine, une maladie mal diagnostiquée et, de ce fait, foudroyante. Edmond en fut, et de loin, le plus affecté. Pour lui, sa mère comptait plus que tout au monde. Ensemble, par complicité et par amour, ils ne se parlaient qu'en anglais. Edmond hurlait :

— Pourquoi elle, pourquoi elle ? Ces cancers, c'est pour d'autres ! Pas pour nous ! Pourquoi chez nous ?

Edmond vomit littéralement ces quinze derniers jours d'enfer, quinze jours d'agonie. En accord avec son père il organisa des obsèques simples et confidentielles, à Bordeaux. Puis, le mari et le fils accompagnèrent le corps de Suzy jusqu'à Londres, pour une autre cérémonie, avec la famille britannique. Au retour, Edmond, complètement déboussolé, s'arrêta malgré tout à Paris pour rencontrer Hervé et lui signifier qu'il abandonnait toute action clandestine. Et pour lui suggérer d'en faire autant. Miné par le chagrin, il pénétra dans ce restaurant du quartier Saint-Lazare où Hervé ouvrait effectivement des huîtres. Leur rencontre devint rapidement houleuse et inutile. Hervé s'emportait et avalait verres de Sancerre après verres de Sancerre. Il ne comprenait pas l'attitude de son aîné qu'il traita même de lâche :

— Tu abandonnes alors que l'échec du putsch des généraux d'Alger[52] démontre combien l'organisation a besoin de bras, a besoin d'hommes comme toi ! C'est lâche ! C'est maintenant qu'il faut agir, et moi je vais agir ! Sans toi, donc, mais avec d'autres. Nous allons renverser la tendance par quelques coups d'éclat et l'Algérie restera française !

Dépité, Edmond comprit qu'il était inutile d'insister. Il régla le repas et salua à peine son jeune cousin.

* * *

De retour à Paris Jean-Marie crut que le ciel lui tombait sur la tête : Claudine, délibérément, refusait de le revoir ! Combatif, Jean-Marie se démena et sonna chez elle, à Versailles. Pour se faire éconduire. Le plus souvent possible il faisait le pied de grue devant l'entrée d'Henri IV. Il se fit même aider par d'anciens camarades du lycée mais jamais elle ne daigna apparaître. Il profita du passage de Bruno une journée pour lui demander d'intercéder en sa faveur. Bruno rencontra Claudine dans un couloir, puis il ressortit, penaud :

— Je l'ai croisée, je lui ai dit que tu étais là. Furieuse, elle m'a répondu qu'elle n'avait pas d'explication à donner et qu'elle souhaitait qu'on lui fiche la paix. Elle avait, elle, des concours à préparer.

Les jambes flageolantes, Jean-Marie conclut en première analyse que Claudine complexait parce qu'elle n'avait pas réussi. Mais en approchant de Grignon il avait changé d'avis :

— Elle a trouvé mieux que moi, voilà la vérité ! Un Parisien, sans doute. Un type mieux qu'un plouc du Bassin, mieux qu'un étudiant qui n'aspirait qu'à rester plouc en intégrant l'Agro !

---

52 – Avril 1961.

En arrivant à Grignon il pleurait comme une fontaine :

— La vie est trop vache !

Au cours du repas le lendemain, il fut appelé pour un coup de téléphone. Il saisit le combiné dans le local de l'administration de l'école et reconnut la voix de son père. Il se demanda quelle catastrophe il allait bien lui annoncer :

— Jean-Marie, Richard et moi nous revenons à l'instant des parcs. Partout, je te dis bien partout, la récolte de naissain des portugaises est foutue ! Tout est mort ! Un désastre ! Qu'est-ce qu'on peut faire ?

— Papa, pourquoi tu m'annonces ça à moi et maintenant ?

— Pour deux raisons, mon garçon. Je te rappelle que ces parcs t'appartiennent et tu dois savoir que tu es peut-être ruiné, et nous tous avec toi ! Et je t'appelle également pour te demander de te dépêcher de tout apprendre et de tout savoir de cet enseignement scientifique et biologique. Le Bassin va avoir bigrement besoin de tes compétences pour trouver des solutions.

31

Lorsque Jean-Marie retrouva le Bassin l'été suivant il lui sembla qu'y soufflait un vent mauvais. La grande catastrophe du naissain occultait les préoccupations personnelles. Son père frisait la déprime. Il le retrouva sur l'un des parcs en compagnie de Richard. Machinalement ils continuaient à chercher un emplacement où le naissain aurait pu survivre. La quête d'une lueur d'espoir… Ils pataugeaient ainsi depuis des semaines à la recherche d'une parcelle épargnée. Pour rien, hélas ! La mort de l'huître semblait patente. Qu'allaient-ils devenir ?

Rendus disponibles par leurs parcs « mouroirs », les ostréiculteurs passaient des heures à se réunir. Des réunions syndicales, des réunions entre éleveurs et marins-pêcheurs et, principalement, des réunions entre les éleveurs et les scientifiques de l'ISTPM[53]. Jean-Marie s'investit alors davantage. Son père le remarqua tout en considérant la démarche de son fils bien tardive. Dans un hangar du port de Larros, à un jet de pierre des chantiers Lalande, Jean-Marie prit même la parole pour souligner la nécessité de mettre au point une solution temporaire avant de trouver une hypothétique solution radicale. Question de survie. Il précisa que les progrès de la microbiologie marine, au cœur de ses études, laissaient augurer d'un avenir meilleur et mieux contrôlé, mais que cela prendrait du temps. Jean-Marie abonda dans le sens des interventions de Francis Pellisson qui voulait solliciter l'assistance de collègues d'autres régions appa-

53 – Institut Scientifique et Technique des Pêches Maritimes, qui sera plus tard une composante de l'IFREMER.

remment préservées. Devant l'apathie des ostréiculteurs, Jean-Marie prit une deuxième fois la parole :

— Réagissez ! Nous n'avons aucun complexe à avoir, cette solidarité est naturelle. Vous rappelez-vous cette histoire édifiante du phylloxéra chez nos voisins viticulteurs ?

— ...

— Non ? À l'ENSA, mon école, cette histoire a valeur de symbole. On nous la ressasse souvent. Allez, je prends trois minutes pour vous la remettre en mémoire. Avant la crise du phylloxéra le syndicat des viticulteurs dut faire face à un grave dilemme : exporter ou pas nos célèbres plants dans des régions jeunes et lointaines attirées par la vigne. Principalement la Californie, le territoire sud-africain et l'Australie. Nos viticulteurs s'entredéchirèrent : ceux qui ne souhaitaient pas aider des régions qui se dresseraient bientôt comme des concurrents impitoyables et ceux, plus coulants et peut-être visionnaires, qui admettaient le principe de la transmission de l'héritage. Finalement il fut admis et toléré que des plants soient exportés et développés sur ces terres lointaines. Vous imaginez le tollé de ceux que certains appelaient déjà les « malthusiens » ! À peine quelques décennies plus tard survint la catastrophe, un peu comme la nôtre aujourd'hui, la crise du phylloxéra. Plus un seul plant valide ! La « zéro production » tant redoutée ! Mais vous vous rappelez de la suite, maintenant, n'est-ce pas ? Les Californiens et autres Africains du Sud nous permirent d'importer et de réimplanter nos propres Cabernet-Sauvignon, Cabernet franc et autres Pinot noir. Bel exemple, ne trouvez-vous pas ? Alors, inspirons-nous en ! Vous savez mieux que moi quelles sont les régions où le naissain a tenu le choc. La solidarité doit jouer à fond, ces régions vont nous aider ! Partez ! Partez acheter ce naissain ailleurs, investissez pour l'avenir, pour notre avenir ! Avons-nous un autre choix ?

— Et si ce naissain qu'on paiera au prix de l'or venait à mourir, lui aussi, demanda un ostréiculteur sceptique ?

— Tout est possible, l'ami, j'en suis conscient. Ce qui est certain, par contre, c'est que si nous ne tentons rien il ne nous restera que nos yeux pour pleurer ! Au point où nous en sommes, comme dit toujours mon père, qu'avons-nous à perdre ? Songez au slogan d'un de mes camarades de l'Agro : « on n'est pas à l'abri d'un coup de pot ! » Mais pour cela il faut tenter, il faut oser. Réunissons-nous pour choisir un ou deux endroits parmi ceux préservés et désignons les membres de nos délégations pour négocier l'achat.

Jean-Marie laissa la parole à Francis qui remercia le jeune Vercoutre et qui sermonna ses troupes :

— Mes amis, j'avoue que ça me fait mal de constater qu'un gamin doive nous dire, avec le meilleur bon sens, ce que nous devons faire !

Jean-Marie se retourna et lança :

— Un gamin qui est des vôtres, ne l'oubliez pas !

Quelques minutes plus tard Honorin et Jean-Marie quittaient le hangar :

— Jean-Marie, tu sais, je suis fier de toi ! Et maintenant j'ai compris. J'ai compris que tu étais bien là, je veux dire, ici, en défenseur du Bassin. Alors je t'engage à terminer tes études pour devenir l'ingénieur en biologie marine le plus brillant de l'hexagone. Et j'ajoute que tu peux compter sur ton vieux père. Je vais tenir la boutique jusqu'à ton arrivée et si tes prédictions et tes suggestions sont les bonnes et qu'elles sont retenues par nos collègues, Richard et moi nous te livrerons un outil en parfait état de marche !

Le dimanche qui suivit, Honorin, intarissable et excité comme un gosse, passa des heures à parler de cette réunion à Constance, à Marie et à Édouard qui retrouvèrent à cette occasion le jeune homme enthousiaste qu'ils avaient connu, attaché aux basques de Francine. Au moment du café, Honorin vit Marie s'endormir comme une petite vieille sur son fauteuil. Édouard le regarda en posant son index sur ses lèvres. Avec toutes les précautions dont pouvait être capable un éternel amoureux, Édouard fit glisser le fauteuil jusqu'au petit salon d'hiver. Lorsqu'il revint auprès des convives, il avoua :

— Marie s'éteint, je le sens, jour après jour. Elle, si énergique – sa vie en témoigne – est rongée par son handicap. Elle ne peut plus lutter, elle ne lutte plus. Elle a quatre-vingt-un ans passés mais son accident de guerre lui en ajoute dix. Honorin, laisse-moi quand même te dire que ce que tu viens de conter à propos de Jean-Marie lui a apporté une sacrée bouffée de bonheur. Elle sait que le flambeau Decosse continuera à briller surtout si – elle évoque la question tous les soirs – elle assiste à l'union entre Martine et Jean-Marie avant de mourir. Elle rêve depuis longtemps de cette union Decosse Vercoutre. Car pour elle, Martine est une Decosse, incontestablement.

— C'est pas gagné, grimaça Honorin ! Suzanne pense que Jean-Marie fréquente une Parisienne, même si je suis persuadé qu'il reviendra de lui-même dans les bras de Martine. Mais quand ?

Jean-Marie repartit pour sa dernière année d'ENSA avant la date fixée pour l'expédition des ostréiculteurs du Bassin jusqu'au Verdon. Il avait discuté, en présence de son père, avec les scientifiques de l'ISTPM qui penchaient pour un défaut de salinité des eaux et un manque de nutrition. Ce dernier était imputable – toujours selon eux – à une sédimentation ralentie par suite de l'allongement des passes.

— Décidément, songea Honorin, dépassé par ces explications techniques, ces passes poseront toujours des problèmes, que ce soit aux marins-pêcheurs depuis des siècles ou aujourd'hui aux ostréiculteurs !

Honorin fit partie de la délégation qui réussit à se procurer des huîtres d'élevage des gisements du Verdon. Les casiers fertiles furent répartis de façon stratégique et le frai saupoudré parcimonieusement dans des zones arbitrées par Francis Pellisson en personne. Dès l'année suivante le naissain redémarrait de façon satisfaisante et l'opération fut un succès. Mais pour combien de temps ?

* * *

Afin d'éloigner le spectre de sa conscription et donc de l'Algérie, Suzanne et Honorin accordèrent à leur fils une, voire deux années supplémentaires pour tenter un doctorat en biologie marine. Quant au jeune homme, lâché par Claudine et rebuté par cette catégorie de jeune femme qu'il catalogua provenir d'un autre milieu que le sien, il vit germer l'idée du mariage avec Martine. Une idée qui poussa comme crocus au printemps, au point que tous les concernés précipitèrent la tenue de l'événement. Jean-Marie, parce qu'il devait repartir en septembre pour effectuer une nouvelle année à la faculté de biologie. Martine, par peur de le perdre au profit d'une Parisienne et Honorin parce qu'il souhaitait que Marie puisse participer à cette cérémonie de mariage d'une Decosse avec un Vercoutre. Le mariage fut donc annoncé pour le premier samedi de septembre 1962, en l'église Notre-Dame des Passes du Moulleau, un choix en l'honneur et en mémoire de mamie Mathilde. Et avec une mariée en blanc. Cette dernière décision provoqua la colère de Suzanne qui savait que Martine et Jean-Marie avaient consommé depuis belle lurette. Honorin, surpris par la réaction violente – et abusive selon lui – de sa femme, laissa son fils régler ses comptes avec sa mère :

— Tu n'es qu'une vilaine hypocrite ! Papa « a consommé » comme tu dis, avec tante Francine et toi peut-être aussi avec ton Clément avant d'épouser papa. Alors explique-moi cette photo et cette robe, sobre mais blanche, que tu portais à Bordeaux le jour de tes noces ?

— Qui t'a dit ça ? D'où sors-tu cette photo ?

Suzanne semblait au bord de la crise de nerf.

— Mon petit doigt, bien sûr ! Non, sérieusement j'aurais pu le découvrir tout seul. Mais en matière de confidences faciles tu n'es point la seule dans la famille, ma chère mère, crois-moi ! J'ai même réussi à faire parler les plus taiseux. Alors Martine se mariera en blanc comme toi tu t'es mariée en blanc !

* * *

Hervé se terrait à Paris sans jamais donner de nouvelles. Au début du mois de juin, sous une chaleur féroce, il grillait une cigarette dans le réduit du restaurant réservé au personnel. Trois hommes entrèrent dans le local exigu pour lui parler. Deux militaires, farouches partisans de l'Algérie française, et un Hongrois, visiblement anticommuniste. Ils l'informèrent à demi-mot d'une opération intitulée « Charlotte Corday » et Hervé finit par comprendre qu'il s'agissait d'un projet d'attentat contre le chef de l'État. Une sorte de vengeance à la suite des accords d'Évian qui allaient faire de l'Algérie une nation indépendante[54]. Hervé travailla dans l'ombre avec le Hongrois

54 – Le 5 juillet 1962.

sans jamais réaliser comment les hommes comptaient procéder. Par trois fois il servit de chauffeur au Hongrois. Dans l'estafette Renault qu'il conduisait il remarqua des armes, des MAT 49 et des P.M. qu'il connaissait bien depuis son séjour en Algérie. Un jour d'août, son relais hongrois lui annonça qu'il ne ferait pas partie du commando sélectionné pour l'opération « Charlotte Corday ». Lui qui rêvait de vider un chargeur sur un dirigeant du pays, il n'apprécia guère cette mise à l'écart. Il réagit en menaçant de parler. La réponse cingla :

— Si tu donnes le moindre nom, la moindre piste, c'est la mort ! Même si tu fuis jusqu'en Chine, on te retrouvera !

Et le Hongrois lui colla le canon de son arme sur le front. Hervé se mit à trembler et à transpirer. Il en était quitte pour attendre les nouvelles à la télévision. Le 22 août, mais plus en détail le 23, Hervé apprenait devant le poste de son chef cuisinier que le général de Gaulle avait miraculeusement échappé à un attentat au Petit-Clamart. Sa D.S.19 filait vers Villacoublay où le chef de l'État devait monter dans un hélicoptère en direction de Colombey, lorsque le convoi essuya des coups de feu. Les deux soirs qui suivirent l'événement Hervé se retint de boire : rond comme une barrique il risquait de parler. Les cigarettes compensèrent. Il réalisa qu'il pouvait se faire arrêter à tout moment.

* * *

Martine se regarda devant un miroir sur pied. La robe, magnifique, lui seyait à la perfection. Un blanc chaleureux qui mettait en valeur sa silhouette élancée comme sa chevelure châtain qu'elle avait laissé pousser pour composer un chignon élégant décoré de petites fleurs blanches et vertes. Indubitablement elle faisait une mariée éblouissante. Elle songea qu'elle aimait Jean-Marie, mais quelque part elle se demandait encore pourquoi il l'avait choisie alors qu'il côtoyait depuis cinq ans de belles et intelligentes Parisiennes. Elle avait su recoller quelques morceaux d'une idylle entre son chéri et une étudiante qui s'était terminée par une rupture bizarre. Sans doute cette Claudine que Jean-Marie avait tout de même invitée et qui avait accepté l'invitation… Elle entendit un klaxon. Son père venait la chercher, c'était l'heure. Enfin. Elle apparut à sa porte :

— Mon Dieu, tout ce monde, déjà !

Tous les amis de l'Aiguillon s'étaient agglutinés devant « la cabane à Marie Decosse » ! À cet instant précis, un léger voile couvrit son regard : Martine regrettait l'absence de son frérot. Mais la vue de la Chambord d'Honorin, magnifiquement décorée, la ramena à la cérémonie.

Déposée au pied de la colline du Moulleau, sous un soleil radieux, Martine fixa le fauteuil de sa grand-mère avec Édouard appuyé derrière elle. Tous les deux attendaient avec fierté la montée de la mariée au bras de son père.

— Jean-Marie doit déjà m'attendre à l'intérieur, songea-t-elle.

Son père lui prit le bras. Elle sourit et admira le bel homme qu'il était encore dans son trois pièces de cérémonie. Autre chose que le bleu et les bottes… En montant jusqu'à l'église elle observait cette foule, tous ces jeunes gens qu'elle ne connaissait pas. Sauf Bruno, depuis peu, le témoin de Jean-Marie avec Alain. Sans doute ces jeunes venaient-ils d'Henri IV ou de Grignon ou du Quartier Latin. Et là, cette fille qui exhalait la sensualité, peut-être une ancienne rivale ? Arrivée en haut des marches du jardin, Marie lui envoya des baisers et cria :

— Merci Martine ! Tu exauces mon vœu le plus cher, je vais assister grâce à toi à l'union d'une Decosse avec un Vercoutre. Ne m'en veux pas, Richard, mais c'est ainsi. C'est le plus beau jour de ma vie après mon propre mariage.

Elle souffla, en direction d'Édouard :

— Je te le dis, Édouard Vercoutre, Marie Decosse peut mourir heureuse désormais. Depuis le premier jour où j'ai rencontré Honorin j'ai su que son destin serait lié aux Decosse. Tu te rends compte, Édouard, des futurs petits Vercoutre-Decosse !

— Tu regrettes que je ne t'en aie pas fait un ?

— Idiot !

Et elle rit de bon cœur malgré sa bouche de travers.

— Moi je trouve que tu arranges bien l'histoire, entre une Vanneau et un enfant adopté ! Mais j'admets que c'est l'esprit qui compte, et je t'approuve.

— Eh ben, il manquerait plus que ça, Édouard Vercoutre !

La jolie petite église ne put contenir toute la grappe montante qui s'allongeait jusqu'au pied de la colline.

Bien plus tard, en sortant de Notre-Dame des Passes, Martine à son bras, et sous les accents solennels de la musique d'Haendel, Jean-Marie laissa couler une larme en pensant à mamie Mathilde. Elle avait tellement rêvé de cette sortie des mariés sur un Bassin lumineux. Un soleil légèrement voilé parvenait à donner à la petite mer une coloration argentée que la grand-mère aurait adorée. Jean-Marie espéra que Dieu lui permettrait de contempler le spectacle depuis là-haut.

Claudine admirait les petites salles, les vérandas, les coins et les recoins de cette fascinante villa de famille. Comme mamie Mathilde des années plus tôt elle avait adoré cette sortie d'église sur le Bassin et ses lumières. Tandis que Martine s'attardait auprès des dames pour qu'elles puissent apprécier les détails de sa robe et de son chignon, Jean-Marie s'approcha de Claudine :

— On y est, je suis marié, tu vois ! Je suis enchaîné, dit-il en riant, mais ne le répète pas ! Claudine, comme l'on dit en droit, il y a maintenant prescription. Aussi j'aimerais que tu m'avoues enfin ce qui s'est passé entre toi et moi. Pourquoi cette ignorance subite ? Pourquoi ce rêve brisé d'un coup ? Et pourquoi, maintenant, accepter mon invitation ?

— Parce que tu te maries et que les choses sont donc claires !

— ???

— Bon, c'est vrai, je te dois des explications. Et c'est aujourd'hui possible. En fait je ne sais même pas ce que tu as pu penser de mon attitude ?

— Moi, j'en ai conclu, des larmes dans les yeux, que tu avais trouvé mieux que moi. Un Parisien policé, un peu moins plouc que Jean-Marie Vercoutre.

Claudine sourit tristement, gênée. Elle lui caressa la joue :

— Ce n'est pas du tout ça ! Mes parents, que j'avais mis au courant de notre liaison, n'y mirent point le holà. Mais lorsque je reçus ton courrier, ils me demandèrent de leur donner une page – la moins indiscrète – pour procéder à une étude graphologique. Mon père est un inconditionnel de la graphologie, il l'utilise pour embaucher les cadres de son entreprise. Je dois t'avouer que j'ai hésité, mais devant son insistance, j'ai accepté.

Jean-Marie sentait la chaleur lui monter à la tête.

— La suite, poursuivit-elle, fut cauchemardesque et la conclusion du graphologue catastrophique quant à ton caractère, soulignant même de possibles déviations psychopathes !

Dix jours après ce beau mariage auquel il n'avait pas assisté, Hervé fut interpellé dans la chambre qu'il partageait avec une serveuse du restaurant où il ouvrait les huîtres. Arrêté, conduit à Vincennes pour y être interrogé, la police comprit rapidement qu'il ne représentait qu'un maillon mineur et même minable de l'opération « Charlotte Corday ». Un pion qui n'avait même pas participé à l'opération elle-même, un clampin qui connaissait Lajos Marton[55] pour l'avoir rencontré trois ou quatre fois. La police le relâcha en le menaçant sérieusement de prison ferme s'il maintenait ses relations avec les activistes OAS. On lui conseilla également de cesser de boire…

* * *

La faculté ne reprenant qu'en octobre, Jean-Marie avait programmé un voyage de noce en voiture à travers l'Europe. En deux-chevaux ! Grâce à la générosité de mamie Mathilde à son égard, il venait d'acheter une deux-chevaux d'occasion, vert pomme, qu'avec Martine ils baptisèrent Matilda en souvenir de la généreuse donatrice. Alors qu'ils s'apprêtaient à faire leurs adieux à Suzanne et à Honorin, alors que les rires des festivités des épousailles ricochaient encore sur le miroir du Bassin, le facteur sonna pour remettre à Honorin un billet mortuaire. Ce dernier observa la lettre, postée de Béthune, et se décida à l'ouvrir. Le billet annonçait le décès de sœur Léonie Vercoutre. Y était jointe une lettre de la mère supérieure du couvent qui expliquait que sœur Léonie avait succombé à une maladie inconnue et incurable. Une sorte de dégénérescence du cerveau entamée quelques années plus tôt par des manifestations de perte de mémoire en alternance avec des accès de folie

55 – Un des Hongrois du commando.

douce. Inhumée dans la plus grande discrétion au cimetière de Fouquières, elle disparaissait dans l'anonymat.

« Avant de mourir, dans ses rares moments de lucidité, Sœur Léonie demandait pardon à ses frères en leur souhaitant une longue et belle vie et en insistant pour qu'on ne les dérange point au moment de sa mort. Ils habitaient trop loin et elle ne méritait point qu'ils se déplacent pour une sœur aussi méprisable. Je la cite. J'ai longuement hésité mais en fin de compte j'ai accédé à ses dernières volontés... cohérentes. J'ose espérer que ni vous, Monsieur Jules, ni vous, Monsieur Honorin, ne m'en tiendrez rigueur. Toute la communauté des sœurs prie pour l'âme de la défunte. Avec mes condoléances les plus sincères.

Mère Bérangère, supérieure du Carmel,
Fouquières-les-Béthune. »

32

En parfait accord avec Martine le voyage de noces comporta ses incontournables étapes romantiques et des périodes d'investigation sur le passé de Francine Thillet-Bordes. Ils se régalèrent dans la cité de Carcassonne et au bord du canal du Midi. Martine apprécia ce Cap Ferrat, presque homonyme mais résolument plus cossu que leur Cap Ferret, et surtout elle adora flâner dans les vieilles rues de Roquebrune. Lui ne voulait plus quitter Vérone, cette bourgade symbole d'une vie italienne alléchante et colorée. Et que dire de Venise ? Sans trop insister Martine obtint une journée supplémentaire dans la cité des Doges. Et, après les révélations de Suisse, Neuschwanstein en Bavière sut requinquer un Jean-Marie particulièrement choqué. Avec l'aide discrète de Marie et surtout d'Édouard, Jean-Marie avait rassemblé des informations et des adresses pour la Suisse et pour le sud de l'Allemagne, dont celle des parents adoptifs du petit Honorin. Édouard avait donné son accord à Jean-Marie pour lui fournir ce dont il disposait, à la condition impérative de ne jamais importuner ses parents quels qu'en fussent les résultats. Jamais, cela signifiait jamais, même lorsque Marie et lui, Édouard, mangeraient les pissenlits par la racine ! Jean-Marie fouina comme un fou dans la région de Genève et de Neuchâtel. Édouard lui avait précisé :

— On ne sait jamais, avec le temps quelques langues pourraient encore se délier.

Dans le couvent indiqué par Édouard, transformé entretemps en collège pour gosses de riches, le proviseur accepta de montrer les archives. Autorisation accordée à l'appui des justificatifs d'état-civil, des courriers et autres documents de famille.

— Monsieur Vercoutre, ajouta le chef d'établissement, aucun document ne doit sortir de cette pièce et vous ne prenez aucune photo.

Jean-Marie trouva deux lettres et deux documents terriblement édifiants. Les deux lettres étaient postées de Bordeaux et signées du grand-oncle Émile Thillet-Bordes. Dans la première, le patriarche notifiait en détail ce qu'il attendait des sœurs : cloîtrer la pécheresse, la séparer de son enfant au sevrage et faire preuve d'une discrétion absolue. Pour cela le signataire envoyait aux sœurs un pécule insensé : l'équivalent de dix mille nouveaux francs par trimestre ! Il précisait qu'en cas de moindre fuite avérée, non seulement il arrêtait tout financement mais, au vu des dépenses répertoriées chez son notaire, il menaçait d'entamer une procédure pour récupérer les sommes envoyées et les intérêts qui s'y attachaient. La mère supérieure de l'époque avait apposé sa signature au bas d'une sorte de contrat établi par maître de Castang. Dans un deuxième courrier, Émile insistait pour que tous ses ordres soient respectés à la lettre :

— Obligation de contrôler le courrier écrit par Francine Thillet-Bordes avant de le poster et quel qu'en soit le destinataire.

— Obligation de lire en détail le courrier destiné à Francine Thillet-Bordes, quelle qu'en soit la provenance, avant qu'elle n'en prenne connaissance.

Jean-Marie, passablement accablé, découvrit une lettre interceptée, sans doute la toute première de son père. Il la parcourut et tomba sur ces mots :

la villa M. pour annoncer, heureuse et fière, qu'elle attendait un bébé. Elle entra dans la villa par un matin radieux, un de ces matins clairs au cours desquels, depuis la baie de la véranda ouest, on éprouve le sentiment qu'on peut saisir le Cap Ferret avec la main. Édouard et Constance furent ravis de la nouvelle pour le jeune couple et Marie fondit en larmes comme une enfant. Devant tant d'émotion Martine révéla à sa grand-mère que si elle accouchait d'un garçon, ils l'appelleraient Thierry, avec Aurélien comme second prénom. Et s'il s'agissait d'une fille, ce serait Marie-France, en hommage à la grand-mère résistante. Toute tremblante, Marie suggéra à Constance d'aller chercher une bouteille de champagne pour célébrer l'évènement, mais la vieille tante revint bredouille de la cuisine. Pas de bouteille au frais. Claudiquant bas, Édouard descendit à la cave pour remonter une fameuse bouteille : un Cos d'Estournel 1955. Dans le petit salon d'hiver, avec force petits gâteaux pour apprécier le nectar à cette heure matinale, ils trinquèrent tous les quatre à l'arrivée prochaine du cinquième présent, le futur Vercoutre Vanneau Decosse ! Et, jamais blasés, ils admirèrent une fois encore les nuances argentées du Bassin qui éveillaient la pointe du Ferret. Un beau bébé, c'était garanti, naîtrait en novembre, à La Teste, en bordure de la petite mer.

* * *

À croire que Marie Decosse avait attendu l'annonce de sa petite fille pour s'éteindre. Le lendemain même de la visite de Martine, qui avait répandu sa dose de bonheur dans toute la villa, elle disparaissait sans bruit. Une mort bien plus paisible que ne le fut toute son existence. Cette femme s'était battue pour sa propre liberté, pour vivre avec l'homme qu'elle aimait, de montrer les archives. Autorisation accordée à l'appui des justificatifs d'état-civil, des courriers et autres documents de famille.

— Monsieur Vercoutre, ajouta le chef d'établissement, aucun document ne doit sortir de cette pièce et vous ne prenez aucune photo.

Jean-Marie trouva deux lettres et deux documents terriblement édifiants. Les deux lettres étaient postées de Bordeaux et signées du grand-oncle Émile Thillet-Bordes. Dans la première, le patriarche notifiait en détail ce qu'il attendait des sœurs : cloîtrer la pécheresse, la séparer de son enfant au sevrage et faire preuve d'une discrétion absolue. Pour cela le signataire envoyait aux sœurs un pécule insensé : l'équivalent de dix mille nouveaux francs par trimestre ! Il précisait qu'en cas de moindre fuite avérée, non seulement il arrêtait tout financement mais, au vu des dépenses répertoriées chez son notaire, il menaçait d'entamer une procédure pour récupérer les sommes envoyées et les intérêts qui s'y attachaient. La mère supérieure de l'époque avait apposé sa signature au bas d'une sorte de contrat établi par maître de Castang. Dans un deuxième courrier, Émile insistait pour que tous ses ordres soient respectés à la lettre :

— Obligation de contrôler le courrier écrit par Francine Thillet-Bordes avant de le poster et quel qu'en soit le destinataire.

— Obligation de lire en détail le courrier destiné à Francine Thillet-Bordes, quelle qu'en soit la provenance, avant qu'elle n'en prenne connaissance.

Jean-Marie, passablement accablé, découvrit une lettre interceptée, sans doute la toute première de son père. Il la parcourut et tomba sur ces mots :

« Je t'aime et je t'aimerai jusqu'à mon dernier jour. Contre le corps de celle qui est ma femme je ne vois que toi, je ne sens que ta peau et je ne songe qu'à ces moments bouillants de désir dans le bois derrière la villa... »

Au bas de cette lettre Honorin avait scotché quelques cheveux. Ils y étaient toujours. Jean-Marie dut s'encourager pour parcourir un dernier document. Le témoignage d'une sœur qui, apparemment, avait soigné Francine jusqu'à la mort de cette dernière. Tétanisé, Jean-Marie apprit que sa tante s'était suicidée, ce qu'on lui avait toujours caché, Édouard le premier, qui lui avait pourtant parlé de cette sœur. En sortant de l'ancien couvent, Jean-Marie pleura à chaudes larmes dans les bras de Martine et douta du bien-fondé de sa démarche :

— Comment une famille comme les Thillet-Bordes a-t-elle pu engendrer un monstre comme cet Émile ? Et un monstre avec une bonne conscience, comme le souligne ta grand-mère !

À Heidelberg, Martine et Jean-Marie réussirent à rencontrer le frère de la maman adoptive du petit Honorin. L'homme parvint à retrouver quelques photos jaunies de son neveu. Selon son récit l'enfant avait été bien élevé et avait fait le bonheur de ses parents avant d'être embrigadé dans la Luftwaffe. Le vieux monsieur leur raconta les efforts qu'ils avaient tous déployés, lui, sa sœur et son beau-frère, pour le faire échapper aux jeunesses hitlériennes. Jamais l'enfant n'avait posé de question sur ses origines, jamais – à sa connaissance – ses parents adoptifs n'avaient abordé le sujet. Le vieil homme conclut :

— J'ai adoré cet enfant, entier, franc et direct, et beau gosse par-dessus le marché ! La guerre l'a pris, lui comme tant d'autres. Ses parents ne s'en sont jamais consolés. Vous pouvez garder ces photos, si vous voulez, sauf celle-là. Celle-là, je la garde. Je m'en souviens, le gamin devait avoir six ou sept ans. Regardez comme il rit bien, c'est si beau un gamin qui rit comme ça ! Chez moi, sur la balançoire, j'adorais le pousser et plus je le poussais plus il riait, c'était le bonheur. Le bonheur sans fin. Oui, peut-être un de mes plus grands moments de bonheur dans une période si noire.

En Belgique et à Béthune Jean-Marie n'apprit rien de plus qu'il ne savait déjà sur son propre compte et sur celui de ses véritables parents. Il aurait aimé connaître la courte vie de son géniteur, assurément un voyou. Mais Martine parvint à le dissuader de fouiner plus avant en arguant de son émotion lorsqu'il avait appris les horreurs imposées à sa tante.

Marie, lorsqu'elle ne sommeillait point, répondait à Jean-Marie que rien ne l'étonnait de la part de son frère. Son soi-disant code d'honneur, une déformation de celui de son père, tenait de l'absurde et dépassait l'imbécillité. Mais lui considérait qu'il participait au maintien et au développement des affaires auprès des milieux bordelais les plus influents. Édouard réitéra devant Jean-Marie et Martine qu'il n'était pas question d'évoquer la moindre information devant Suzanne et Honorin. Quant aux photos du petit Honorin, il leur suggérait de les brûler :

— Sauf si vous souhaitez les rendre malheureux tous les deux.

* * *

Martine reprit son travail au salon de coiffure du boulevard de la Plage à Arcachon. Elle y faisait l'unanimité au point que Madame Chartier, la propriétaire, songeait à elle comme gérante de l'établissement. Mais Martine ne coiffa et ne bichonna ces dames que quelques mois. Avant Pâques elle se rendit seule à la villa M. pour annoncer, heureuse et fière, qu'elle attendait un bébé. Elle entra dans la villa par un matin radieux, un de ces matins clairs au cours desquels, depuis la baie de la véranda ouest, on éprouve le sentiment qu'on peut saisir le Cap Ferret avec la main. Édouard et Constance furent ravis de la nouvelle pour le jeune couple et Marie fondit en larmes comme une enfant. Devant tant d'émotion Martine révéla à sa grand-mère que si elle accouchait d'un garçon, ils l'appelleraient Thierry, avec Aurélien comme second prénom. Et s'il s'agissait d'une fille, ce serait Marie-France, en hommage à la grand-mère résistante. Toute tremblante, Marie suggéra à Constance d'aller chercher une bouteille de champagne pour célébrer l'évènement, mais la vieille tante revint bredouille de la cuisine. Pas de bouteille au frais. Claudiquant bas, Édouard descendit à la cave pour remonter une fameuse bouteille : un Cos d'Estournel 1955. Dans le petit salon d'hiver, avec force petits gâteaux pour apprécier le nectar à cette heure matinale, ils trinquèrent tous les quatre à l'arrivée prochaine du cinquième présent, le futur Vercoutre Vanneau Decosse ! Et, jamais blasés, ils admirèrent une fois encore les nuances argentées du Bassin qui éveillaient la pointe du Ferret. Un beau bébé, c'était garanti, naîtrait en novembre, à La Teste, en bordure de la petite mer.

* * *

À croire que Marie Decosse avait attendu l'annonce de sa petite fille pour s'éteindre. Le lendemain même de la visite de Martine, qui avait répandu sa dose de bonheur dans toute la villa, elle disparaissait sans bruit. Une mort bien plus paisible que ne le fut toute son existence. Cette femme s'était battue pour sa propre liberté, pour vivre avec l'homme qu'elle aimait, pour faire deux enfants dans la douleur, pour défendre son marin contre vents et marées, pour défendre la profession de marin-pêcheur ainsi que les droits des femmes des marins, pour défendre le statut de la femme avant l'heure, pour défendre l'honneur et la liberté de son pays et enfin pour favoriser l'épanouissement de ses proches ! Cette femme d'exception quittait la scène, en toute discrétion. Elle mourait dans son lit, paisible et heureuse, à n'en pas douter, de savoir l'avenir Decosse assuré.

Saint-Ferdinand fut bien trop exiguë pour accueillir une foule innombrable venue assister aux funérailles de Marie Decosse. Derrière la famille se tenaient des résistants discrets, juste devant des anciens combattants aux redingotes dégoulinantes de décorations. Avec eux, des représentants de presque toutes les municipalités du Bassin. Un peu en arrière, des marins-pêcheurs retraités et d'autres encore en activité, ainsi que des membres de l'association des femmes de marins-pêcheurs. Une foule d'anonymes s'entassait au fond de l'église. Le cercueil disparaissait sous les couronnes de fleurs. Le blanc se mêlait au rouge, la couleur préférée de la défunte. Un hommage immense du Bassin envers cette femme au caractère bien trempé et au cœur en or. André lui-même n'en revenait pas.

Dès le lendemain des funérailles, tandis que Marie reposait à côté d'Aurélien, Édouard acheta une canne. Il ne disposait plus du fauteuil de sa compagne pour cacher son handicap et soutenir sa vieille carcasse.

— Sans ma chère complice je ne tiens plus que sur une jambe. Et pour combien de temps ?

Édouard donnait l'impression – certainement fausse – d'être, parmi les proches, le moins affecté par la disparition de Marie. Pudeur et fatalisme, vraisemblablement. Il savait qu'elle avait besoin de repos, qu'elle voulait « rendre l'antenne » comme on disait dans le poste. Et lui pouvait souffler. Pas une seule fois il ne se plaignit. Forcément, jamais Marie ne s'était plainte. Constance manifesta sobrement que cela aurait dû être son tour. Claire et Honorin vécurent beaucoup plus mal cette disparition. Claire parut inconsolable de la mort de cette mère, amie et complice à la fois. La cruelle disparition de Gérard les avait tant rapprochées. Honorin, lui, perdait « sa maman du Bassin » en plus de sa chef de réseau de la résistance et d'une guide dans la vie. Suzanne faisait triste mine bien sûr, mais elle ne pouvait s'empêcher de voir en sa tante l'ouvrière de la complicité et de l'amour fou entre sa sœur et son mari. Quant à Jean-Marie, il réalisait qu'il perdait comme une deuxième grand-mère, mais surtout, il palpait le désarroi de son père.

Au tout début de l'été, dans un bel effort pour gommer un soupçon de la tristesse engendrée par la disparition de Marie, Edmond et Viviane, avec Michel, renouèrent avec la tradition Thillet-Bordes en organisant un pique-nique géant au Mimbeau. Avec le secret espoir que Marie les observait de là-haut. En cachant avec pudeur leur déception, Constance et Édouard déclinèrent l'invitation. À quatre-vingt-douze ans pour l'une et quatre-vingt-dix pour l'autre, cela ne surprit personne. Michel fut simplement chargé de leur conter la journée.

En débarquant au Mimbeau, Honorin se crut presque revenu en 1920. Les sacoches du pique-nique n'avaient guère changé et l'atmosphère bon-enfant ressemblait à celle créée par Marie et ses enfants. D'ailleurs Michel apparaissait comme une copie conforme de Gérard : même enthousiasme pour un gamin aussi dégourdi et aussi casse-cou ! Mais le mimétisme avec les années vingt s'arrêtait là. La quantité de bateaux qui se croisaient, même pour un samedi, lui parut ahurissante. Au Mimbeau, le mouillage impressionnant des vacanciers qui débarquaient pour déjeuner chez Hortense[56] ôtait une partie du plaisir de la baignade. Honorin esquissa un sourire en observant Viviane et Martine en deux pièces qui moulaient le corps attirant de la première et les rondeurs de la seconde. Une autre planète ! En comparaison avec la quantité de tissu nécessaire aux tenues de bain qu'Honorin avait connues – et portées – à son arrivée sur la petite mer, les maillots d'aujourd'hui devaient coûter une bouchée de pain. En réalité ce n'était pas franchement le cas ! Honorin s'amusait de cette quasi nudité, Suzanne pas du tout qui considérait que sa bru faisait trop facilement fi de la bienséance et du bon goût, surtout de la part d'une femme enceinte. Il délaissa les formes aguichantes de Viviane, la naïade du groupe, pour fixer la myriade de tâches blanches qui jonchaient la surface de l'eau :

— Quel chamboulement, songea-t-il, la petite mer est désormais, intégralement, le terrain de jeu des plaisanciers ! Bien vu Philippe Viennot !

Trois nouvelles pinasses s'approchaient pour « déverser » un contingent d'une douzaine de touristes ravis d'aller s'empiffrer de moules. Entre les dériveurs au mouillage, Michel et son père s'évertuaient à dénicher des coquillages tandis que Martine, malgré son état, démontrait toute son aisance au dos crawlé. Autres temps, autres mœurs. Mais lorsque Claire déballa le sac des saucissons et celui des fromages, Honorin se réjouit franchement de constater que certains réflexes étaient intemporels : Michel, Edmond, Jean-Marie, mais également Viviane et Martine se ruèrent vers la grande nappe à carreaux étalée sur le sable. Elle aussi d'époque, elle aussi intemporelle :

56 – Restaurant incontournable de la Pointe.

— Il y aura toujours des nappes à carreaux comme il y aura toujours des morfals !

Honorin, enfin rigolard, apprécia ce pique-nique délicieux et évocateur.

* * *

Claire parvint à se consoler de la mort de sa mère en devenant grand-mère à son tour, avec la naissance du petit Thierry Aurélien Vercoutre. Hélas, elle ne profita pas longtemps des premiers cris de son petit-fils, elle dut monter en urgence à Paris. Hervé était admis à l'hôpital Lariboisière, sa compagne l'avait retrouvé inanimé dans une ruelle du Quartier Latin, à cinq heures du matin, à nouveau dans un coma éthylique. Les médecins du grand hôpital tentèrent de rassurer la mère : Hervé s'en sortait, cette fois encore. La dernière. Interdiction d'absorber la moindre goutte d'alcool pour le reste de ses jours sous peine d'y rester pour le compte. À l'annonce de ce diagnostic, Claire respira un peu : avec la peur, il ne boirait plus, elle en était sûre. Elle apprit une deuxième bonne nouvelle : le restaurant parisien décidait de garder Hervé. Trop difficile de trouver du personnel alors que le formidable engouement pour les huîtres et les plateaux de fruits de mer ne faisait que croître. Elle tenta d'emmener son fils avec elle à l'Aiguillon pour surveiller sa convalescence, mais il refusa. Elle évoqua la naissance de Thierry, son neveu, et la proposition de Martine de le choisir comme parrain. Là encore, il refusa, répondant avec désinvolture :

— Bof, je suis déjà l'oncle, ça suffit bien, non ?

Claire chercha d'autres arguments mais rien n'y fit. Hervé resterait à Paris et se soignerait sous les regards de Danielle, sa copine serveuse. Il se contenta de promettre de ne plus boire pour ne pas mourir et attrister Danielle. Et il avait déjà repris la cigarette… À moitié rassurée, Claire rentra à La Teste en se demandant quelle nouvelle fantaisie il allait leur inventer. Il trouverait…

Dans le train vers Bordeaux elle chercha les mots les moins blessants pour annoncer à sa fille qu'Hervé ne daignait pas devenir le parrain de Thierry. Elle se contenterait d'enjoliver ce qu'il avait lui-même répondu :

— Je suis son oncle, c'est bien suffisant et je fais confiance à ma sœur comme à Jean-Marie pour lui trouver un bon parrain.

De retour au pays elle se consola en suivant les succès professionnels de Martine et de Jean-Marie. Au moins, de leur côté, tout semblait leur réussir. Martine devenait la gérante du salon du boulevard de la Plage avec la promesse de Madame Chartier d'en faire son associée dans les cinq ans. Le temps qu'Yvette, l'aînée des employées, prenne sa retraite. Inutile de blesser et de rendre jalouse la plus ancienne coiffeuse, déjà que celle-ci n'appréciait que moyennement la nomination de sa jeune collègue. Martine faisait l'unanimité auprès de toutes les clientes. Les locales, dont une majorité de dames âgées qui avaient bien connu Marie, sa grand-mère. Les Bordelaises, qui adoraient que Martine leur conte le Cap Ferret, et ses quarante-quatre hectares, et l'arrivée des premières vedettes du cinéma et même de la télévision. Et à Pâques et en été, le contingent toujours grossissant des Parisiennes, adorables, parfois superficielles, mais qui toutes suivaient à la lettre les itinéraires de Martine pour découvrir les merveilles du Bassin et pour mieux en apprécier ses lumières. Comme Jean-Marie lui avait inculqué la topographie de Paris et comme elle gardait un souvenir ému de la capitale, dernière étape de leur voyage de noces, elle savait flatter ses clientes :

— Vous habitez derrière le Sénat, Madame Langlois, quelle chance ! Mon mari et moi nous adorons le Jardin du Luxembourg qui dégage tant de sérénité dans ce quartier qui grouille d'étudiants.

Les clientes louaient les qualités de Martine, le bouche-à-oreille fonctionnait à merveille et le salon ne désemplissait plus. Son absence, en fin de grossesse avait été révélatrice : une majorité des clientes réclamaient la future maman et dès la naissance de son petit bonhomme certaines se déplacèrent jusqu'à l'Aiguillon pour admirer le petit Thierry et lui apporter une peluche. Madame Chartier, de nouveau aux bigoudis, s'impatientait de son retour.

Comme une chance n'arrivait jamais seule, Jean-Marie, son doctorat en poche, dut à son état de père et à l'entregent d'André d'éviter le service militaire. Officieusement, il prenait les rênes de la S.a.r.l. Argain, alors que son père affichait soixante-trois ans bien sonnés et aspirait à la retraite. En réalité Jean-Marie s'accorda avec Richard pour que ce dernier pilote la petite entreprise tandis qu'il entrait à l'ISTPM avec un rôle de conseiller auprès de Jean Furnestin[57] pour les questions de biologie marine et d'ostréiculture. Pas question de revivre le cauchemar de son père paniquant devant le naissain perdu ; pas question de laisser les ostréiculteurs se noyer dans leurs problèmes et s'entredéchirer ; pas question de revivre les angoisses de la production zéro ! Alors il se lançait à fond dans ces travaux de recherche des conditions d'une ostréiculture pérenne. Il allait être servi !

Dans un premier temps l'engouement pour les huîtres fit resurgir un problème que l'ISTPM ne pouvait ni maîtriser ni résoudre : les vols dans les parcs. Quel fléau, quelle honte, ces

57 – Président de l'ISTPM de 1954 à 1970. Son successeur, Claude Maurin, le dirigera jusqu'à sa fusion avec le CNEXO en 1984 pour former l'IFREMER.

larcins étaient perpétrés par des professionnels de l'huître. Alors l'opération initiée quelques années plus tôt par Honorin dut reprendre de plus belle pour des résultats mitigés et avec la tristesse de livrer des collègues à la police…

* * *

À la fin du méchant hiver 1965, Édouard partit rejoindre Marie. Son entourage devinait qu'il y aspirait. Incapable de marcher et de passer aux chantiers, il ne pouvait plus discuter avec Philippe, son élixir de jouvence. Un Philippe qui continuait de faire un tabac, créant même une antenne de ventes à Paris. Les Chantiers Lalande participaient systématiquement aux salons de navigation de plaisance en France et à l'étranger. Les commandes y affluaient.

Honorin, effondré, avait l'impression que la terre se dérobait sous ses pieds. À peine un an après Marie, oncle Édouard l'abandonnait à son tour. Des tonneaux de larmes dans les yeux, il pria son fils et Richard de le rejoindre chez lui avant les obsèques.

— Il est grand temps que je m'arrête, leur dit-il. Ces disparitions me minent, vous me comprenez, n'est-ce pas? Je n'ai jamais récupéré un poignet normal pour travailler, j'ai des rhumatismes pour dix, et avec tous ces touristes et leurs voiliers j'appréhende de barrer la pinasse mauve. Jean-Marie, je voudrais que tu discutes avec Martine, je vous propose de venir habiter ici, à Gujan, si cela vous convient. Ta mère et moi nous installons définitivement à la villa. Tu sais que ta mère en rêve depuis plus de trente ans. Ta grand-mère en est d'accord et même soulagée, et André ne fait aucune difficulté, il ne séjourne pour ainsi dire plus à la villa. Pour les parcs, Richard, tu vois avec Jean-Marie. Après tout, ce sont les siens.

— C'est tout vu, répondit Richard, on s'est déjà parlé !

L'inhumation d'Édouard eut lieu en Gironde et non dans le Nord. En toute intimité, sans les cousins d'Argentine ou d'Australie, ni même Jules. En accord avec Claire, la maman de cette dernière se retrouvait enfin entre le corps d'Aurélien et celui d'Édouard, ses deux amours. Dès le lendemain des obsèques, Honorin cessa toute forme d'activité. Sa vie se résuma à quelques promenades matinales entre la villa et la terrasse du Casino de la Forêt à guetter le fantôme de Francine.

Depuis longtemps Suzanne ne pratiquait plus le tennis. Elle se consacrait au piano l'hiver et, aux beaux jours, accompagnait Michel au club de tennis d'Arcachon. En compagnie de Constance, Suzanne et Honorin parvenaient à animer la villa en recevant la famille et les proches. Depuis la disparition de Marie une nouvelle employée de maison, Annie, sembla enfin prête à rester. Avant elle cela avait été la valse perpétuelle des jeunes bonnes qui craquaient physiquement et psychiquement devant les efforts imposés par le handicap de Marie. Honorin pensait qu'une employée devenait superflue mais Suzanne y tenait, pour surveiller sa mère, de plus en plus faible, et pour le standing de la villa M.

Les transformations s'accéléraient sur le Bassin. L'assaut des vacanciers se déployait un peu plus chaque année, suscitant la grogne de Richard et plus encore celle d'Honorin qui pourtant ne naviguait plus ! Désormais la pinasse mauve sillonnait la petite mer aux mains d'un adjoint de Richard en semaine et de Jean-Marie le week-end pour ses recherches biologiques sur les eaux. En réalité, il s'était *de facto* approprié la pinasse, un héritage Decosse par sa femme et l'outil de travail indispensable de son père. Encore heureux que Philippe Viennot acceptait de la remettre à neuf gratuitement : la pinasse mauve valait symbole, depuis soixante-cinq ans. C'était l'âge de la retraite mais, bichonnée par les artisans de Philippe, elle repartait pour dix ans avec une poupe toute neuve, un moteur décalaminé et une nouvelle couche de mauve, étincelante. Débordé, Philippe venait d'embaucher trois nouveaux ouvriers et d'acheter de nouvelles machines du dernier cri. Les dériveurs représentaient depuis un an plus des deux-tiers de son chiffre d'affaires même si la proue d'une pinasse continuait de symboliser les Chantiers Lalande. Sur le Bassin, la plaisance prenait définitivement le pas sur la pêche. Pour preuve, la dernière conserverie avait fermé ses portes quelques mois plus tôt[58]. Marie n'aurait pas apprécié. Pour preuve encore, le métier de marin n'attirait plus les jeunes Girondins au point que certains équipages accueillaient des marins sénégalais. Des Africains venus trouver un boulot après l'indépendance et qui, solidarité maritime oblige, étaient traités comme des frères par la communauté des marins-pêcheurs. Une solidarité encore bien vivace et nécessaire avec cette arrivée des Sénégalais comme avec la fermeture de la dernière manufacture. Claire s'y employa corps et âme. Marie aurait apprécié.

Pendant que Claire aidait des ouvrières sans travail, elle se tracassait moins au sujet d'Hervé. Partagée, elle escomptait que la peur de mourir empêcherait son fils de boire ; elle redoutait malgré tout ses imbécillités et ses paris idiots qui risquaient de le faire rechuter. Chaque soir, en tête-à-tête avec Richard, elle craignait le coup de téléphone qui annoncerait le pire. Ce maudit combiné qu'elle regrettait avoir pris. Elle l'avait finalement accepté pour Richard, pour son travail, pour l'informer

58 – En mai 1964.

des rassemblements de la profession et le prévenir des dangers météorologiques. Jean-Marie avait insisté :

— Un ostréiculteur moderne ne peut se passer ni de téléphone ni de météo marine.

Richard s'adaptait, pour la santé des huîtres. Pas sa femme, terrassée par l'angoisse. Elle comprenait, d'une autre façon, ce que sa propre mère avait enduré après chaque départ en mer de son père. Son père Aurélien, lui au moins, partait pour que sa famille puisse vivre. Que dire d'Hervé, un épouvantable générateur d'angoisses gratuites ?

L'été s'achevait. La petite mer résonnait encore des musiques yéyés débitées par la folie des quarante-cinq et trente-trois tours. Arcachon gloussait des succès des tournois de tennis où Michel Thillet-Bordes commençait à briller. Tout le Bassin se réjouissait du formidable développement de la voile, au point que les municipalités décidaient d'étendre les possibilités de mouillages. À l'Aiguillon, certains anciens commençaient à se trouver à l'étroit et les plus pessimistes redoutaient l'expropriation.

Un an plus tard, en automne 1966, les ostréiculteurs de tout le Bassin se réunissaient à La Teste. En présence de Jean-Marie et de quelques autres délégués de l'ISTPM, ils décrétaient la mobilisation générale. L'huître, cette belle portugaise du Verdon, donnait d'inquiétants signes de faiblesse. La mortalité se répandait comme une onde macabre sur les parcs. Depuis la villa M. Honorin, toujours aussi optimiste, s'agita comme un jeune producteur et prédit une terrible catastrophe. Damien devait se retourner dans sa tombe. Et Jean-Marie, stressé, voyait pousser ses premiers cheveux gris.

33

Les affres de la production zéro regagnaient les esprits des éleveurs. Inexorablement, les huîtres mouraient et les parcs se vidaient. Inversement, les hangars et les cafés du Bassin se remplissaient. Des réunions sans fin s'y improvisaient, rassemblant des ostréiculteurs à cran, des syndicats volontiers agressifs, des représentants des organismes scientifiques débordés, et ceux des municipalités, dépassés. La polémique enflait déjà: les plaisanciers, accueillis à bras ouverts par les mairies, au grand dam des syndicats d'ostréiculteurs, pourraient être la cause des maux de l'huître.

Richard emmena Jean-Marie dans la pinasse mauve pour constater les dégâts. Constater le désastre, en réalité. Assis sur des sacs d'huîtres mortes, les deux hommes observaient droit devant eux, songeurs. Un soleil radieux illuminait la petite mer, étrangement calme. Le silence régnait. Aucune activité, ou presque. On n'entendait que le clapotis de vagues légères sur les sacs, d'un côté, et sur les tuiles, de l'autre. Comme si le Bassin respectait le silence pour les mortes.

— Qu'est-ce qu'on va faire, ingénieur, susurra Richard?

Abattu, le jeune représentant de l'ISTPM n'avait pas de solution dans sa poche. Richard, le moral dans les chaussettes et même jusqu'au fond de ses bottes d'ostréiculteur, continua, sans attendre la réponse de son gendre et collègue:

— Imagine tous les ostréiculteurs au chômage, imagine toutes les bouches à nourrir? Qui pourra résoudre le problème de survie sur le Bassin, qui, dis-le moi? La mort de la portugaise va entraîner celle de toute la profession.

Richard allait jusqu'à imaginer la fin de cette incroyable aventure d'hommes et de femmes qui avaient, avec succès, pris le relais des deux-tiers des familles de marins-pêcheurs d'avant 14-18 et qui perpétuaient l'activité maritime sur le Bassin. Depuis un an on assistait à une véritable épizootie sur tout le littoral atlantique. Jean Furnestin, le président de l'ISTPM, le patron de Jean-Marie, déléguait au maximum les affaires du Bassin d'Arcachon à son jeune poulain. Il suivait personnellement tout le bouillonnement qui s'échappait de Marennes-Oléron. Ni en Charente ni en Gironde les professionnels n'acceptaient de baisser les bras, même si des divergences énormes pouvaient apparaître entre éleveurs d'une même région. Une nouvelle huître, japonaise, était introduite confidentiellement à La Tremblade depuis une quinzaine de mois. Une arrivée qui suscita aussitôt les enthousiasmes comme les inquiétudes. Les plus sceptiques d'Oléron accusaient l'intruse de tous les maux, la rendant responsable de la disparition de l'huître locale. Ce groupe déterminé crut même gagner la partie lorsqu'en 1967 un arrêté de la Marine Marchande interdit l'introduction de naissain japonais partout en France. Jean-Marie parlait de cette affaire avec Richard et avec son père, rappelant, une fois encore, l'exemple des viticulteurs. Pour lui, cette réaction tenait de la xénophobie, stupide et rétrograde. Clairement, il penchait déjà en faveur de cette « gigas », l'huître japonaise, ce qui n'était pas franchement le cas de son patron ni de la majorité de ses collègues de l'ISTPM. Dans la grande véranda de la villa M. d'où ils admiraient tous les trois la majesté des lumières sur la petite mer, Honorin leur débita qu'il voyait le malheur fondre sur eux comme une armée de corbeaux sur un champ fraîchement ensemencé. Déjà, il comptait son argent, prêt à aider Richard et Claire voire d'autres familles d'ostréiculteurs comme l'aurait fait Marie. Sauf que lui n'osait plus participer aux réunions. Qu'aurait-il apporté sinon sa vision noire du futur ? Parfois, en marchant jusqu'au centre-ville, il croisait d'anciens collègues à la mine renfrognée, comme la sienne, qui quittaient le Repetto ou qui arrivaient du Tir au Vol. Et c'était eux qui tentaient de lui remonter le moral :

— Allons, Honorin, nous nous battrons jusqu'au bout, tu le sais bien. Et qui sait si ton fils ne va pas nous trouver la solution ? Il se démène, le bougre ! Comme toi, tu te souviens ? Tu te souviens lorsque tu nous avais sorti ton idée pour la surveillance des parcs contre les voleurs ?

— Mouais, répondit Honorin, je me souviens bien. Mais aujourd'hui il n'y a plus rien à voler.

* * *

Voilà que les étudiants parisiens piquaient leur crise, eux aussi. Une crise incompréhensible pour des provinciaux comme les ostréiculteurs, bien loin de ces révoltes, tant du fait de leurs soucis qu'à cause des kilomètres. Désemparés, et peu sollicités par l'ouvrage sur les parcs, ils prenaient, après des séries de réunions orageuses, le temps de suivre ces événements de mai à la télévision. Jamais Claire et Richard n'avaient autant regardé la télévision. Constance et sa fille faisaient de même, accablées et dépassées. Quant à Honorin, c'était tout juste s'il n'annonçait pas les prémices de la fin du monde. En dernier recours, il s'en remettait au discernement du général de Gaulle. Devant le spectacle effarant des affrontements au Quartier Latin, Claire frémit d'angoisse au sujet de son fils. Richard disposait depuis peu d'une ligne téléphonique mais ni lui ni sa femme ne connaissaient de numéros où joindre Hervé. En réalité ils ne savaient même pas s'il était joignable et s'il travaillait toujours dans le grand restaurant aux abords de la gare Saint-Lazare. Fin mai, le téléphone sonna : Hervé appelait. Quelle surprise ! Et quelle surprise de l'entendre, heureux et enthousiaste comme un gosse. Il paraissait ravi, lui, de cette situation chaotique et incongrue, de cette désorganisation permanente et insensée. Pour une fois intarissable, sa mère dut se résoudre à l'écouter. Loquace comme jamais, il jubilait. Sa compagne était heureuse. Un vent de liberté soufflait sur cette France morose et vieillissante que certains journalistes avaient même qualifiée de gérontocratie !

— Place aux jeunes, place aux étudiants et à leur slogan sublime et incontournable : « Il est interdit d'interdire » ! Tu entends ça, maman, il est interdit d'interdire ! C'est ma devise, maintenant, c'est ma devise !

Un court silence, Hervé rêvait. Claire en profita pour lui glisser :

— Tu sais qu'ici les huîtres sont en train de mourir. Toutes. Papa est désespéré.

— Ah bon, pourquoi ?

— Pourquoi ! Plus d'huîtres, plus de revenus, plus d'argent !

— Mais moi j'ouvre des huîtres tous les jours, ici. Tu vas voir, ça va repartir !

— Claire sentait des larmes lui couler sur les joues. Elle prit sur elle et continua :

— Il y a pire encore. Ton père va devoir licencier Benoît et Jérôme, ses deux commis. Il n'en dort plus la nuit.

— …

Claire réalisait qu'Hervé s'en fichait, complètement épaté par le tintamarre parisien qui envahissait son quotidien. Au moins, insouciant, semblait-il avoir bon moral. Et à quoi bon le raisonner ? Devait-elle se consoler en songeant qu'elle n'avait plus de soucis avec lui. Elle n'y parvenait pas, elle n'y parviendrait pas. Richard lui fit signe de raccrocher. Elle écourta :

— Tu fais attention à toi et tu rappelles dans quinze jours, pas plus, d'accord ?

— D'accord, maman, te fais pas de souci et rappelle-toi : il est interdit d'interdire !

Claire raccrocha, interdite, en effet. Muette. Elle chercha le regard de Richard qui haussa les épaules :

— Cela fait au moins un insouciant dans la famille…

— Deux, même, répondit Claire, avec notre petit Thierry. Réalises-tu qu'il aura cinq ans dans quinze jours ?

— Sincèrement, je ne réalise plus rien. Sauf que bientôt nous n'aurons plus d'huîtres à vendre.

* * *

Jean-Marie continuait de se battre, en dépit des souffrances de Martine qui attendait un deuxième bébé. Heureusement qu'Honorin, Suzanne et Claire pouvaient s'occuper de Thierry. Sans ce recours aux grands-parents il aurait disjoncté. Il savait pertinemment que sa mère avait un faible pour Michel, un adolescent visiblement doué pour le tennis… Mais au moins, son père, comme la mère de Martine, veillaient amoureusement sur le petit. Au début de l'année 1969 Jean-Marie vit un rayon de soleil lui réchauffer le cœur : l'interdiction d'importer du naissain japonais était abrogée par l'ISTPM. Maigre victoire devant l'épizootie qui se répandait de façon foudroyante sur tout le littoral. Malgré tout, un premier indice, capable de redonner un soupçon de moral à certains ostréiculteurs, fut révélé par Jean-Marie et ses collègues de Marennes-Oléron : la japonaise se comportait carrément mieux que les huîtres indigènes face à ces maladies toujours indéfinissables. Des lésions branchiales, selon les experts…

Le jeune ingénieur affrontait une escouade d'ostréiculteurs qui criaient au marasme et à la ruine, et certains de ses collègues scientifiques qui redoutaient les dangers d'une intruse dans les parcs et, en conséquence, la panique d'une profession perdue. Il fut violemment attaqué lors d'une nouvelle réunion du syndicat qui se tint au Tir au Vol en septembre 1970. L'ensemencement de juillet avait été nul, entraînant une nouvelle année de production zéro. Avec des stocks peau de chagrin… Jean-Marie y répéta son leitmotiv : « nous courons à la catastrophe si on ne tente pas, tous ensemble, l'implantation de la gigas », lorsqu'en face de lui une armée d'hommes en plein doute, en plein désarroi, se mit à vociférer contre cette idée. Et le cadet des frères Marquèze prit la parole :

— Voir tous ces parcs sans vie, cela me donne la nausée. Et que fait-on ? Toi et tes équipes d'experts à la gomme, vous n'êtes qu'une bande de fainéants et de laxistes. Et maintenant, pour parer au plus pressé, tu veux nous imposer l'implantation massive de ta japonaise. Compte pas sur moi, compte pas sur nous, mon p'tit gars ! T'as calculé le prix que ça coûterait ? Même pas, je parie ! T'as une idée des chances de succès ? Cela m'étonnerait. Et cette chance de succès, moi je la vois bien plus faible que celle de ta japonaise de nous bousiller toutes les autres, pardi ! D'ailleurs, cette huître, on n'en a même point vu d'échantillon. Alors, arrête de jouer aux apprentis sorciers !

Concert d'applaudissements d'une partie de l'assemblée. Le vieux Francis Pellisson, le président honoraire du syndicat, vint alors au secours du jeune Vercoutre. Il avait encore à l'esprit son courage et sa détermination durant l'affaire du Verdon.

— Attendez, vous tous ! Attendez. Vous avez la mémoire courte, me semble-t-il. Jean-Marie fut le premier à vous raisonner pour vous décider à vous fournir en naissain du Verdon et, que je sache, personne ne l'a regretté. Qui l'a regretté, je vous le demande, dites-moi ?

— ...

— Aujourd'hui la situation est pire, bien pire. Alors, à situation catastrophique, mesures radicales. Jean-Marie, cette fois encore, a raison. Si vous ne réagissez pas, dans deux ans vous aurez tout perdu ; dans trois ans, vous n'aurez plus que vos yeux pour pleurer ; et dans quatre ans vous serez au chômage, ou balayeur, et vos épouses peut-être bien dames pipi dans la capitale ! C'est ça que vous voulez ? Prenez votre destin en main, n'attendez rien des autres ! Tentez l'expérience ! Imaginez que dans deux ans la japonaise ait tué toutes les autres mais qu'elle redonne l'espoir de vendre les quantités écoulées avant 1967 ?

— Et comment tu sais ça, le vieux, hurla l'aîné des Marquèze ?

— Vieux toi-même, répondit Pellisson, ta mentalité le prouve ! Calmons-nous. Jean-Marie, tu vas demander à nos collègues de Marennes-Oléron s'ils ont estimé le coût d'une telle opération. Si oui, tu nous le transmettras et on votera pour savoir si on se joint à eux ou pas. C'est toujours mieux de partager les frais et ça peut aider à convaincre les plus sceptiques.

— Merci Francis. Je vais me renseigner, c'est élémentaire, j'en conviens. Mais je ne vous cache pas que là-haut également, il y a des pour et des contre. Même s'ils savent tous que la « gigas » se porte plutôt bien. Et pour moi, pas d'hésitation, le salut viendra d'huîtres génitrices saines comme celles du Japon ou de la Colombie Britannique au Canada.

— Ouais, mais qui va payer, répéta Gabriel Marquèze ?

Jean-Marie savait qu'il menait un double combat éreintant. Combat contre les ostréiculteurs les plus frileux d'une part, et contre les hésitations de l'ISTPM d'autre part. L'organisme maritime venait d'hériter d'un nouveau chef, en remplacement de Jean Furnestin. Agacé mais pas abattu, Jean-Marie allait reprendre tous ses arguments auprès de Claude Maurin, son nouveau directeur.

Tant sur le Bassin d'Arcachon que du côté de Marennes-Oléron la grogne montait et Jean-Marie, avec un collègue charentais, tentait de rassembler les plus audacieux. Mais il leur restait à évaluer le coût d'une opération de sauvetage. Une opération lointaine cette fois, et infiniment plus coûteuse que celle du Verdon. Qui paierait ? Qui paierait alors que le risque d'échec était bien réel ? L'État ? Les communes ? Les ostréiculteurs ? Et dans cette dernière hypothèse, les banquiers soutiendraient-ils une profession moribonde ? Ces questions envahissaient l'esprit de Jean-Marie, de Richard et de leurs collègues. La survie allait-elle se montrer fédératrice ? L'esprit Decosse existait-il encore ?

* * *

Comme à son habitude lorsqu'il ne retravaillait au restaurant que le lendemain soir, Hervé s'en fut traîner dans le Quartier Latin à la recherche de ses nouveaux amis, ceux rencontrés pendant les émeutes de mai deux années plus tôt. Facile, puisque Danielle était de service jusqu'à une heure du matin. Sa compagne détestait ces soi-disant copains, mi-hippies, mi-dealers. Mais Hervé, subjugué par leur discours de liberté, appréciait leur attitude de contestation systématique et de jouissance permanente.

Claire et Richard n'imaginaient pas un instant que leur fils devenait la proie idéale d'une nouvelle race de parasites. Des parasites mortels. Avec sa faiblesse mentale, avec son obsession du slogan « il est interdit d'interdire », avec l'abandon impératif de l'alcool et l'état de manque que cela entraînait chez lui, Hervé rassemblait tous les ingrédients pour s'enfoncer sans rémission dans l'enfer de la drogue. Et cela commençait à lui plaire.

Stewart Pranksters, Gary Watts et, ce soir-là, la provocante Muriel Choplin, le manipulèrent à leur guise. Déjà bien initié à la marijuana depuis plusieurs mois, Hervé s'essayait désormais au L.S.D. Installés derrière le porche d'entrée d'un immeuble bourgeois, Muriel le cajolait et l'embrassait en lui glissant à l'oreille :

— Tu vas aimer, Hervé. En même temps tu m'aimeras comme un fou, comme un dieu ; on va voyager. Tous les deux nous allons déserter cette société odieusement autoritaire. Nous allons vivre différemment. Une vie nouvelle nous attend, toi et moi. Tu sentiras vivre ton corps, tes sens seront aiguisés comme jamais.

Tout en prononçant ces paroles elle lui comprimait le sexe d'une main ferme et experte. La tête blottie contre sa lourde poitrine, Hervé voulait la prendre, même devant Stewart et Gary, mais Muriel résistait et continuait :

— Prends ta dose et ça le fera. À nous l'éden et la Californie !

Confondu, liquéfié et à la limite d'exploser, Hervé sortit sa paye pour deux gouttes de L.S.D. Muriel s'éloigna tandis que Stewart prenait les billets et que Gary préparait son nouveau « trip ». Deux gouttes sur un minuscule carré de papier buvard. Aussitôt la drogue absorbée, Hervé partit dans ses rêves, ses fantasmes. Muriel avait disparu mais cela n'avait plus d'importance.

— Magique, souffla-t-il d'emblée. Comme cela me manquait.

Hervé oubliait tout, Danielle, les piles d'huîtres à ouvrir, les reproches de sa mère, tout. Il dansait nu, collé à Muriel, sur la plage de Malibu.

Claire oublia Hervé le temps de la naissance de Claudine. Martine avait perdu beaucoup de sang, mais en fin de compte la mère et l'enfant se portaient fort bien. Jean-Marie n'avait pu assister à l'accouchement et soutenir sa femme. Il se battait, à La Tremblade, aux côtés de son collègue charentais. À peine rétablie, Martine décréta que Claudine devait être baptisée « petite mer et pinasse mauve ». Jean-Marie à peine revenu de Marennes-Oléron, elle organisa avec sa mère une journée de liesse en l'honneur de leur fille Claudine. L'enfant portait ce prénom en souvenir de la rivale versaillaise.

— Faut-il que je t'aime pour accepter ce prénom, avait avoué Martine à son homme. Mais je souhaite que tu reportes tout l'amour que tu gardes envers cette femme sur ta fille. Pour son bonheur et pour le mien.

La gorge nouée, Jean-Marie se sentit trop ému pour répondre.

Honorin et Suzanne participèrent à la fête, trop heureux de saisir cette occasion pour remonter dans la pinasse mauve, toujours vaillante. Malgré un vent frisquet, plutôt courant en octobre, le franc soleil qui inondait le Bassin réchauffa leurs vieilles jambes et rendit la fête mémorable. Thierry se goinfra de saucisson mais toute l'équipée retint que Claudine, pour ses trente jours, avait été immergée dans l'eau de la petite mer dans l'anse du Mimbeau, ce petit quartier général Decosse Thillet-Bordes.

Au retour à la villa M., Suzanne et Honorin trouvèrent Constance prise d'une crise d'épilepsie aiguë. Elle délirait, les yeux hagards, en hoquetant des propos incohérents sur sa tonte et sur l'opprobre jetée sur les Thillet-Bordes. En clair, dans son inconscient, elle n'avait jamais tourné la vilaine page de l'après-guerre. Deux ambulanciers appelés en renfort eurent un mal fou à la maîtriser pour l'emmener à l'hôpital de La Teste. Constance mourut dans l'ambulance après une nouvelle convulsion. Pour Suzanne et Honorin la journée du bonheur s'achevait en cauchemar. Suzanne perdait sa mère – quatre-vingt-onze ans tout de même – et Honorin perdait son premier lien avec Arcachon. Il revoyait cette femme élégante et souriante qui l'avait accueilli sur le quai de la gare Saint-Jean, en avril 1919. Cinquante et un ans plus tôt.

* * *

À force de persuasion et de coups de colère, Jean-Marie et son collègue de Marennes-Oléron finirent par arracher un accord syndical global : aller chercher des huîtres, quantité d'huîtres, au bout du monde, là où l'opération restait abordable et surtout là où on leur en proposait. En Colombie Britannique, à l'extrême ouest du Canada. Tout n'était pas résolu pour autant, loin de là ! Mais les deux hommes sentirent malgré tout que le vent tournait. Pendant ce temps les huîtres crevaient, continuaient de crever et nous atteignions le mois d'avril. Le temps de la ponte, lui, restait immuable : la mi-juillet. Le temps pressait et les hésitations de l'ISTPM exaspéraient Jean-Marie comme tous les représentants des syndicats. L'organisme avait reçu

– enfin – les échantillons en provenance de l'ouest du Canada, mais le verdict ne tombait pas. Et dans le même temps, voilà que les Canadiens prétextaient ne plus disposer de la quantité demandée : cinquante tonnes au minimum.

Leur patience allait être récompensée : au feu vert de l'ISTPM s'ajoutait l'accord des Canadiens sur un prix relevé. Du coup ces voraces proposèrent jusqu'à deux cents tonnes ! Certains voulurent marchander et pinailler mais le temps pressait et le collègue de Jean-Marie sut faire taire les velléitaires :

— C'est l'échec total que vous souhaitez, pour gratter quelques milliers de francs, quelques dizaines de milliers, peut-être ? Imaginez plutôt le succès de l'opération et bientôt cette mesquinerie vous paraîtra risible en comparaison de vos gains escomptés !

Cerise sur le gâteau, voilà que les ultimes réticences bancaires – jugées un temps insurmontables – s'évanouissaient. Nous approchions de la mi-mai. La course contre la montre démarrait, véritablement. L'opération, montée par les équipes de Marennes-Oléron et intitulée opération RESUR[59], était lancée au bénéfice des deux bassins de production. Actif en diable et reconnu par ses collègues charentais, Jean-Marie fit partie du voyage jusqu'à Vancouver. Il s'agissait de rapporter des tonnes d'huîtres génitrices par avion cargo jusqu'à Mérignac. Arcachon devait recevoir dix pour cent du premier lot et un peu plus par la suite pour aboutir à plus de cinquante tonnes pour la seule année 1971 et environ cent vingt, cent trente tonnes au total.

Revenu du Canada et excité comme un pou, Jean-Marie s'impatientait avec ses collègues à l'aéroport de Mérignac. Enfin, le gros D.C.8 cargo se posa sur la piste. Le début de la liesse ! Le chef d'expédition, le collègue charentais, sortit une caisse

59 – RESUR, comme résurrection.

pour en extraire deux « gigas » reproductrices et les présenter à tous les ostréiculteurs qui envahissaient l'aéroport. Premières clameurs ! Avec les collègues de l'ISTPM, Jean-Marie effectua un contrôle sanitaire symbolique. Feu vert et deuxièmes clameurs ! Et les Arcachonnais, Jean-Marie à leur tête, purent repartir avec leur quota. Il leur tardait de disposer les génitrices dans les parcs du Bassin. Des emplacements sélectionnés pour une répartition harmonieuse imposée par Jean-Marie, es-qualité de représentant ISTPM. Sept à huit gisements, pas plus, avant de recevoir de nouveaux lots. La pinasse mauve et quelques autres embarcations étaient prêtes, à Arcachon – marée oblige – pour transporter la précieuse cargaison.

— Brave pinasse mauve…

À mesure que ses collègues installaient précautionneusement les reproductrices, Jean-Marie priait. Lui le scientifique de l'ISTPM, il priait pour le succès de l'opération. Sans doute n'y aurait-il point de nouvelle chance. Il priait pour que personne, de Marennes-Oléron à La Teste, du siège ISTPM de Nantes jusqu'à Vancouver, ne se soit fourvoyé. Il implorait un ciel uniformément bleu de faire revivre tous ces bassins ostréicoles en panne. De faire, tout simplement, que tous ces gens, tous ces éleveurs courageux, puissent vivre. Un deuxième chargement devait suivre, puis un troisième, avant le 1er juin. Au-delà, il serait trop tard. Une année de perdue, une année d'échec et c'en serait fini de l'ostréiculture, ici comme plus au nord. Ce serait la fin d'un monde. Le sien. Il savait qu'il ne dormirait pas beaucoup jusqu'à la fin juillet : obtenir les livraisons, surveiller la ponte, contrôler les échantillons… Thierry et Claudine ne profiteraient guère de leur père, Martine allait en pâtir.

Jean-Marie ne se trompait pas : à cause d'un énième contentieux bancaire il dut faire un deuxième aller-retour à Vancouver.

Mais au final les nouveaux lots furent livrés juste à temps. Richard obtint ses casiers, déposés non loin du chenal de Mapouchet. Alors commença l'attente, éprouvante, épouvantable. Pourtant, chacun des acteurs savait que le captage avait été amoureusement préparé. Quelques alertes angoissantes survinrent, tant à Marennes qu'à Arcachon. Quelques décès chez les génitrices. En juillet apparurent les premières larves. Un sacré soulagement, exprimé avec retenue. Chaque ostréiculteur semblait avoir pris dix ans en cinquante jours, mais le résultat fut à la hauteur de l'attente :

— C'est une résurrection, lança Richard, des larmes dans les yeux en fixant du regard la couleur laiteuse sans équivoque du chenal du Courant. Oui, c'est une résurrection ! Jean-Marie et son collègue charentais nous ont sauvés !

Et il rêvait déjà de l'abondance des années fastes.

* * *

Claire goûtait à sa juste valeur tout le bonheur de Richard. Épuisé, ce dernier savait que le pari était gagné. Leur fille Martine, sacrément fière de son mari, écoutait avec délectation ces dames, au salon de coiffure, ne parler que de Jean-Marie et de l'opération Résur. Mais au plus profond d'elle-même elle songeait à sa mère, au cerveau rongé par l'angoisse : Hervé les inquiétait tous de plus en plus. Comme elle aurait donné cher pour se libérer du salon, pour partir remettre son frère sur le bon chemin. Or cela s'avérait impossible en seulement deux ou trois jours. Et, toute jeune gérante de l'établissement de coiffure, une absence de plus d'une semaine était tout bonnement impensable.

Des nouvelles alarmantes arrivèrent de Paris : Hervé annonça à sa mère au téléphone qu'il quittait le restaurant… sans préciser qu'on venait de le virer. Claire trouva son fils bizarre, passant d'une euphorie mécanique qu'elle ne lui connaissait guère, à un délire verbal incohérent. Que se passait-il donc ? Elle raccrocha, abattue, en concluant qu'elle devrait bientôt monter à Paris.

En cette fin d'été 1971, Hervé traînait dans les rues du cinquième arrondissement, ne sachant où aller. Danielle l'avait viré aussi brutalement que « ces connards du resto ». Cela faisait trois soirs qu'il cherchait Stewart et Gary, cela faisait plus de trois jours qu'il était en manque grave. Au point qu'il venait de replonger dans l'alcool, pourtant strictement interdit. Cela faisait également trois jours que la police le pistait, persuadée qu'il était l'auteur du casse dans la boutique de sandwichs de la gare Saint-Lazare. Hervé Vanneau connaissait parfaitement les lieux, il savait à quel moment la caisse était pleine et avait besoin d'argent depuis que son employeur l'avait viré. La cocaïne, ça coûte cher… En admettant qu'il en fut l'auteur, il disposait de douze mille francs. De quoi s'offrir quelques voyages avec de la cocaïne, quel que fut le prix de la dose.

— P…, où sont-ils donc ces deux pédés ?

Le quatrième soir il aperçut Gary et il jaillit sur lui :

— Et pourquoi on ne te voit plus, vociféra Hervé ? Moi je veux mes doses !

— Tu n'as plus de fric, tu t'es fait virer, alors pourquoi te contacter ?

— C'est faux, tiens, regarde !

Hervé lui mit sous le nez une liasse de dix billets de cent francs.

— Bon dieu, tu le sors d'où ce magot ?

— C'est moi que ça regarde, pas toi ! Tu me livres ou pas ?

— Euh… attends, je n'ai rien ici. Reviens demain, à l'endroit habituel.

— Pas question, j'attends depuis plus de quatre jours ! Alors, aboule la marchandise, je paie nickel, moi ! Tu reviens ici-même cette nuit, et avec six doses, au moins !

— ???

— Hervé sortit une deuxième liasse. Gary n'en crut pas ses yeux. D'où sortait-il tout ce pognon d'un seul coup ?

Hervé tremblait. Il s'installa dans l'arrière cour d'un immeuble du cinquième arrondissement. Trois heures du matin, un clair de lune voilé. Tranquille. Il admirait les doses qu'il avait négociées âprement. Il revoyait la balafre de Gary qui sembla lui sourire lorsqu'il remit ses trois liasses. Le rituel pouvait enfin commencer. Concentré devant sa poudre, il aspira une première ligne et bientôt il ressentit ces fourmillements annonciateurs du trip. Avec la deuxième dose, un tourbillon lui fit hérisser les poils. Après la troisième, des vagues déferlantes, puis dévorantes, le firent basculer dans une forme d'inconscience. Son rituel lui échappait mais il eut encore la force d'aspirer une dose supplémentaire. Il rit comme un fou et comprit que son rythme cardiaque commençait à divaguer. Soudain, il ressentit une violente envie de vomir et il rendit l'antenne en pleines nausées. Plus rien.

Claire ne se montra même pas surprise lorsque la police du cinquième arrondissement lui notifia que son fils avait été récupéré et envoyé, inconscient, à l'hôpital. À la Salpetrière, non loin de l'endroit où deux policiers l'avaient trouvé, pour parer à l'urgence. Claire sursauta lorsque son interlocuteur parla « d'une overdose de cocaïne ». Elle frémit de tout son corps. Elle n'y connaissait rien en matière de drogues, mais ces deux mots de cocaïne et d'overdose, en plus, associés, lui firent craindre l'irréversible.

Elle pénétra dans le grand bâtiment hospitalier dès le lendemain soir. Trop tard. Son fils n'avait pas résisté à tant de doses, d'autant plus qu'il avait également absorbé de l'alcool, beaucoup d'alcool. Les analyses de sang, effectuées deux fois, en témoignaient. Claire se tassa, muette, revoyant les larmes de sa mère à l'annonce de la mort de Gérard. Elle entendait encore ces hommes qui parlaient entre eux :

— La plus grande douleur pour une mère c'est de perdre un enfant…

— Rien de pire, en effet…

— Ce n'est pas dans l'ordre des choses…

Cette disparition, elle l'attendait. Pourtant, devant le corps de son fils, déjà froid, elle dut s'asseoir. Au bout d'un petit quart d'heure elle demanda de pouvoir appeler son mari à Gujan, ce qui lui fut immédiatement accordé. Prévenir ce pauvre Richard qui venait à peine de retrouver toute son énergie. Ils se mirent d'accord sur les modalités de retour du corps et sur un enterrement discret, dans le caveau des Vanneau. Claire ne voulait même pas imaginer la journée du retour…

34

Après la grande victoire de l'huître et parallèlement celle de Jean-Marie, l'activité ostréicole repartait de plus belle. Les commandes de Noël et de Nouvel An rivalisaient avec les ventes effectuées pendant les vacances. La France s'enrichissait. Les ostréiculteurs les premiers bénéficiaient de la mode des huîtres et des plateaux de fruits de mer. Les pêcheurs, eux aussi, retrouvaient un regain d'activité au point qu'une bonne douzaine de Sénégalais travaillaient désormais au port. Mais cette richesse toute nouvelle, cette civilisation des loisirs qui adulait la trilogie mer, soleil et sport, apportait également son lot de difficultés. Elle entraînait parfois des phénomènes aussi inattendus qu'incontrôlables. Ainsi les abords d'Arcachon se bétonnaient gravement, et il devenait de plus en plus difficile de défendre un littoral accessible à tous. Et, parmi la nouvelle vague des vacanciers – des marins de pacotille la plupart du temps – beaucoup ne savaient comment barrer leurs esquifs dans les passes. Conclusion, le nombre des naufrages et des noyades augmentait de nouveau en dépit de l'activité exemplaire de la SNSM[60].

L'un des grands bénéficiaires de ce développement des vacances et des loisirs, en dehors des ostréiculteurs et des gérants de boîtes de nuit, fut incontestablement Michel Thillet-Bordes qui sut négocier ses talents de tennisman tel un homme d'affaires averti. En trois mois, l'été, il se constituait un pécule exceptionnel, complété par les revenus des leçons particulières

60 – SNSM : Société Nationale de Sauvetage en Mer.

dispensées quelques mois de plus à Arcachon et durant toute l'année à Bordeaux. Être professeur au club de la villa Primrose assurait une rente de situation, en dehors du prestige que cela représentait et auquel Suzanne n'était pas insensible. Viviane, sa mère, lui rabattait les riches étrangers qui venaient déguster le grand Saint-Emilion du château familial et qui se vantaient de pratiquer le tennis pour évacuer l'alcool des grands crus. Des séances de transpiration indispensables !

Honorin, lui, ne comprenait plus rien à ce monde de jeunes uniquement capables d'efforts pour les seuls loisirs. D'ailleurs, il constatait que les vieux avaient disparu. Aujourd'hui, en octobre 1974, le vieux c'était lui, la vieille c'était Suzanne et même Claire, qui voyait son calvaire avec Hervé s'éloigner mais qui ne ressemblait plus pour autant à une jeunette ! Elle filait vers ses soixante-quatre ans. Incroyable ! Honorin remarquait également, qu'en dehors d'Edmond et de Michel, il n'y avait plus guère de Thillet-Bordes ; qu'en dehors de Jean-Marie et de lui-même, il n'y avait plus beaucoup de Vercoutre. Les grandes familles avaient elles accompli leur temps ? La révolution industrielle passée, la France abordait une époque nouvelle orientée vers les services. Les Vercoutre comme les Thillet-Bordes n'y excellaient pas, sans doute. Il en vint à penser que seule la pinasse mauve savait caracoler à travers les décennies. Récemment retapée par Régis, l'adjoint fidèle de Philippe Viennot, elle pouvait encore parader sur une petite mer remplie de coquilles nouvelles et bizarres aux yeux d'Honorin. Apparaissaient des catamarans et des yachts à moteur au style futuriste. Régis, lui aussi, rentrait dans la catégorie des vieux. Ce travail sur la pinasse mauve, réalisé avec amour, avait été son dernier. Il prenait une retraite bien méritée dans son cabanon de Lanton, au sud d'Andernos.

La relève de la fin du siècle s'appelait Thierry et Claudine, deux Vercoutre, tout de même. Et Michel Thillet-Bordes, professeur de tennis pour la deuxième année, classé dans les cinquante meilleurs joueurs de l'hexagone et, bien entendu, le chouchou de Suzanne. Un Thillet-Bordes qui allait perpétuer la grande famille bordelaise : en effet, Edmond et Viviane voyaient d'un très bon œil la liaison entre leur fils et une jolie Bordelaise, Béatrice, une de ses élèves. Rencontrée au très élégant club de Primrose elle était, naturellement, de bonne famille. Et surtout, son père dirigeait une grosse agence immobilière active dans tout le département. Ce qui signifiait, également sur le Bassin. Indéniablement, un filon d'avenir. D'ailleurs Béatrice venait régulièrement à Arcachon pour aider son père à l'agence du Moulleau et, dès les beaux jours, elle se montrait accroc au tennis…

Honorin passait en revue cette grande famille et déplorait l'absence des Decosse. Certes, Claire et sa fille Martine étaient les dignes descendantes de cette formidable figure du Bassin qu'était Marie, elle qui aura marqué plusieurs générations par son cran, sa fierté et son statut de femme libre, gagné au forceps. Honorin la revoyait, en 1920, jeune veuve et mère courage. Elle l'aura marqué pour toute sa vie, peut-être même autant que Francine.

Chez les vieux il s'étonnait de compter encore son frère parmi les vivants. Enfin, il l'espérait, quelque part du côté d'Istanbul… Et André, ce jeune homme qu'il avait exécré, bien trop l'image de son père, ce triste sire. Mais un André qui, avec les années et surtout après le décès de cette pauvre Suzy, était devenu facile et même admirable. Et enfin Suzanne, qu'il imaginait bien en veuve. C'était tout. C'était peu. Pas franchement réjouissant mais, à bien y réfléchir, pas de nature à se désoler non plus.

Ce petit monde qui subsistait lui paraissait plus humain et plus uni. Ce serait bien nécessaire car, même si son fils ne cachait pas son optimisme, lui s'inquiétait déjà des conséquences de la mise en place de cette Communauté Économique Européenne, de la politique agricole, du prix faramineux des carburants, des quotas et des contrôles sanitaires :

— Avec ce Giscard, on va peut-être bien voir un jour les Allemands nous sélectionner tous nos produits !

* * *

Jean-Marie, avec Martine et leurs deux enfants, déjeunait chez Richard et Claire. Une tradition du dimanche midi, sans en faire état, instaurée depuis l'opération Résur. Discrètement, il observait le visage de sa belle-mère couvert de rides. Elle avait souffert le martyre pour faire le deuil d'Hervé tandis que tout le Bassin était en fête, célébrant dans la liesse le succès de Résur et l'avenir prometteur de la japonaise. Digne, elle ne se plaignait jamais, bien dans la ligne de Marie Decosse. Martine prenait le même chemin. Devant cette femme qui continuait de souffrir il gardait pour lui, en toute discrétion, les derniers résultats de la saison des pontes. Ses collègues allaient fêter ça… Mais lui continuerait de surveiller les parcs avec une fierté mêlée d'inquiétude. Lui, plus que n'importe quel autre. À la moindre alerte ce serait lui qu'on irait voir, lui qu'on solliciterait et peut-être même, lui qu'on accuserait. Il sourit en repensant aux frères Marquèze, ces trois grandes gueules qui avaient oublié comme par enchantement leur indécrottable portugaise, interdite de Bassin près de quatre années plus tôt ! Ils se réjouissaient de faire un « tabac » avec la « gigas », celle-là même qu'ils vouaient aux gémonies à l'époque où Jean-Marie voulait l'introduire !

Après le café, profitant d'une marée bien haute, Richard et Jean-Marie filèrent sur le Bassin. Avec la pinasse mauve. Richard voyait, des étoiles dans les yeux, le métier redémarrer comme aux plus beaux jours. Jean-Marie, par-dessus le marché, lui dévoila, une fois dans l'embarcation, la bonne nouvelle sur ses derniers tests.

— Ah, bon sang Jean-Marie, Damien peut dormir du sommeil du juste et ton père peut cesser de s'inquiéter !

— Mon père continuera de s'inquiéter, c'est dans sa nature…

Richard coupa le moteur de la pinasse mauve au pied d'une tchanquée. Y régnait un calme magistral. Ce n'était pas un week-end particulier : ni pont, ni vacances. À seize heures, le dimanche, les quelques plaisanciers ramenaient leurs dériveurs au port.

— Jean-Marie, j'ai beaucoup travaillé, j'ai tout connu avec l'huître. J'ai été son esclave, le plus souvent ; de rares fois son maître, mais toujours son tuteur zélé. Alors, devant la période faste qui nous attend, je pose mes bottes au grenier. Définitivement. Je viens d'avoir soixante-cinq ans et je voudrais consacrer du temps – enfin – à Claire qui, tu le vois bien, se remet mal de la disparition de notre pauvre fiston. Il en est encore temps, je veux voyager avec elle : Venise, Florence, Rome, Tolède, Séville, sont des villes qui la font rêver depuis des lustres. Et moi également, maintenant. Jean-Marie, les parcs t'appartiennent toujours, alors je ne veux pas décider de quoi que ce soit sans ton accord. Qui, pour prendre soin de l'héritage de Damien Argain ? Pour tout te dire, la question se serait posée il y a quatre ou cinq ans, j'aurais été bien embêté pour y répondre. Toi seul aurais pu t'en charger, mais avec ton boulot à l'ISTPM ce n'était pas envisageable. Depuis, bien de l'eau de la Leyre a coulé dans la petite mer, et je te pose franchement la question : Benoît s'est transformé depuis l'opération Résur, n'est-ce pas ? Cette résurrection m'a paru être également la sienne. Depuis le mois d'août 1971 il se montre actif, il sait être responsable et il travaille deux fois plus qu'avant !

— Cinq fois plus, tu veux dire ! Je suis absolument d'accord avec toi. La « gigas » y est pour quelque chose, mais je suis persuadé que toi aussi.

— ???

— Tu as la mémoire courte, cher beau-père ! Entre 1969 et 1971, aux pires moments de la portugaise, alors que nos collègues se séparaient quasiment tous de leurs commis, alors que toi-même tu parlais de renvoyer les tiens, tu les as finalement gardés à ton service. Je vois dans l'attitude de Benoît aujourd'hui comme une forme de remerciement envers le patron qui ne l'avait pas licencié au pire des moments. La reconnaissance du ventre ; et mieux, celle du cœur, Richard !

— Tu as sans doute partiellement raison, mais je crois aussi qu'il voit son intérêt, avec la tendance actuelle.

— Et alors, bien sûr ! Et pourquoi pas ?

— Bon, et j'en conclus donc que tu es d'accord pour lui confier les parcs. Tu le surveilleras quand même. Moi, aujourd'hui, je me sens soulagé. Et ton fils aura vingt-cinq ans lorsque Benoît en aura soixante-cinq. Cela tombe bien, non ?

— Oui, d'autant qu'il semble s'intéresser au métier. Un intérêt sincère, je crois…

— Aucun doute là-dessus. Thierry adore le Bassin et les métiers du Bassin. Allez, rentrons à l'Aiguillon avant que la marée ne nous joue son tour favori !

* * *

Béatrice et Michel ne tardèrent pas à se marier. Les célébrations des épousailles furent exceptionnelles, tant à Bordeaux qu'à Arcachon. Un vin d'honneur à la villa Primrose, cela ne s'oublie pas. Un lendemain de noces chez Hortense, non plus ! Honorin fut subjugué par Viviane, éblouissante en mère du marié. Sans quelques très fines rides aux commissures des lèvres et aux coins des yeux, tout de même masquées par un maquillage discret et intelligent, elle aurait pu incarner la mariée elle-même. Ce qui ne retirait rien à la beauté discrète et distinguée de Béatrice. Honorin laissa perler quelques larmes lorsque le jeune couple embarqua sur la pinasse mauve, Jean-Marie aux commandes, en direction du Mimbeau. Encore heureux que ce ne fut point en robe de mariée que Béatrice plongea dans l'anse pour arriver chez Hortense trempée comme une soupe mais radieuse ! Ce fut peut-être là l'occasion du dernier grand éclat de rire d'Honorin.

Malgré un automne doux et lumineux, après les chaleurs torrides de juillet et d'août, malgré la venue régulière de leurs enfants et petits enfants jusqu'à la villa M., Honorin s'éteignait et Suzanne se desséchait. Si cette dernière adorait les garçons, Thierry après Michel, Honorin, lui, montrait un faible évident envers sa petite fille, sans jamais s'en expliquer. À qui aurait-il pu confier qu'il retrouvait chez Claudine l'énergie et, plus encore, l'espièglerie de Francine ? Et la petite Claudine lui rendait bien au point que Richard en prenait ombrage alors qu'il était désormais aussi disponible qu'Honorin. Mais au bout du compte le bonheur régnait sur le Bassin.

* * *

Honorin se réveilla très tôt ce matin-là. Une odeur de brûlé lui prenait les narines. À côté de lui, Suzanne ronflait paisiblement. Il sortit de la chambre et ouvrit la fenêtre de sa salle de bain. Il reçut comme une bouffée de chaleur. Une lumière orangée éclairait la nuit finissante et il comprit qu'un incendie ravageait une villa voisine. Il retourna dans la chambre pour s'habiller, tandis que Suzanne ouvrait un œil :

— Un grave incendie, tout près d'ici, lui souffla-t-il. Je vais voir.

— Fais attention, se contenta-t-elle de répondre avant de sombrer à nouveau.

Au fur et à mesure qu'il s'approchait du lieu du drame Honorin réalisait que la villa qui brûlait, c'était le Casino Mauresque, tout entier. Le Casino de la Forêt, son casino, était réduit en cendres. Déjà ! Ne dépassaient plus d'un amas de gravas fumants que quelques structures métalliques. Maudit 18 janvier 1977 ! Un dernier témoin emblématique de l'Arcachon impériale et post-impériale disparaissait du paysage du Bassin. Bouche bée, catastrophé comme tous les gens présents, Honorin voyait sa jeunesse, sa plus belle jeunesse, brûler et se consumer en un instant, elle aussi. Il ressentit la tristesse profonde et la détresse de celui qui a tout perdu. Perdu ce lieu magique autour duquel il empruntait des sentiers délicieux en compagnie de Francine pour des chaleurs autrement plus douces au contact de la seule femme qu'il ait véritablement aimé. Perdu cet ami récent, le fantôme de Francine qui veillait sur ses promenades de vieux solitaire et qui s'accrochait à son bras. Sans doute le fantôme brûlait-il, lui aussi, entraîné par les restes fumants de la « grande meringue » comme Honorin appelait souvent le Casino. À moins que ce ne fût lui, ce fantôme facétieux, qui ait mis le feu ? Impossible ! Honorin réfléchissait. C'était plutôt le fantôme de l'odieux cousin Émile qui avait signé ce nouveau crime. Oui, c'était lui, forcément, qui craignait qu'une liaison indigne et intolérable ne recommence, avec le fantôme de sa nièce, cette fois. Honorin sentit deux larmes très lourdes couler sur ses joues pas rasées. Devant cette désolation, devant les ruines fumantes du Casino de la Forêt, il comprit que son parcours s'achevait également.

La gorge nouée, il vit émerger un soleil voilé, peu enclin à éclairer un spectacle aussi navrant. Ce soleil concentra ses faibles rayons, sa douce lumière argentée, sur les eaux calmes du Bassin. Au loin, bien au-delà de la jetée Thiers, Honorin aperçut une pinasse chargée de poches qui filait sagement vers les nouveaux parcs du banc d'Arguin. À bien y regarder il reconnut la pinasse mauve. Debout, la tête tournée vers l'incendie, c'était Jean-Marie. À ses côtés, un gamin semblait lui faire signe de regarder vers la dune. Honorin observa son petit-fils Thierry, un passionné d'ostréiculture. Alors il sourit. Satisfait, en fin de compte. Il pouvait quitter ce monde en grand-père heureux.

Généalogie

Familles Thillet-Bordes, Decosse et Vercoutre
En 1919

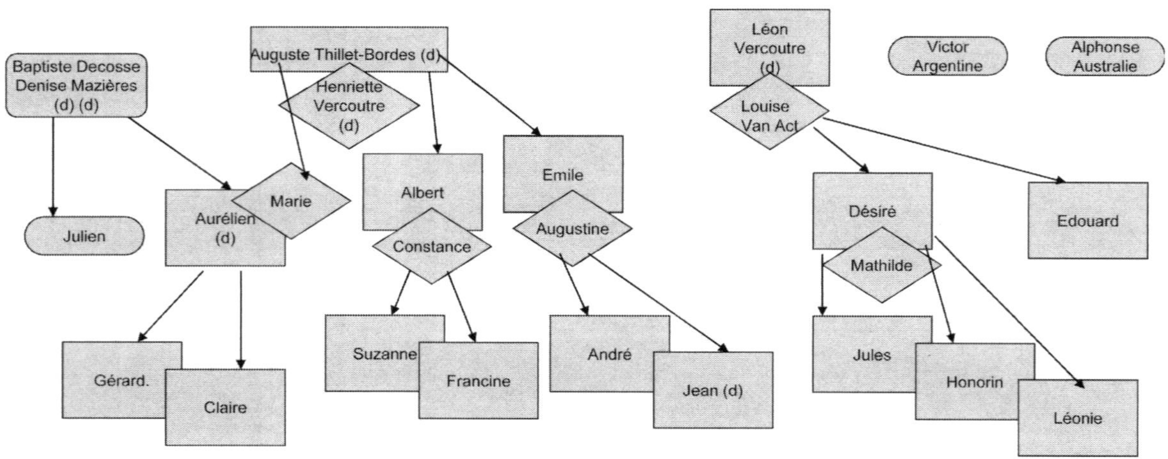

(d) = décédé

Familles Thillet-Bordes, Vercoutre et Decosse

en 1946

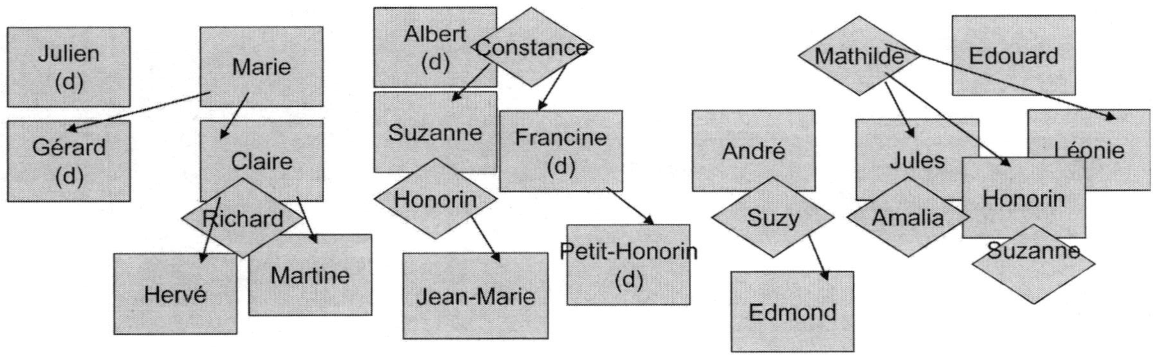

Familles Vanneau Vercoutre et Thillet-Bordes en 1977

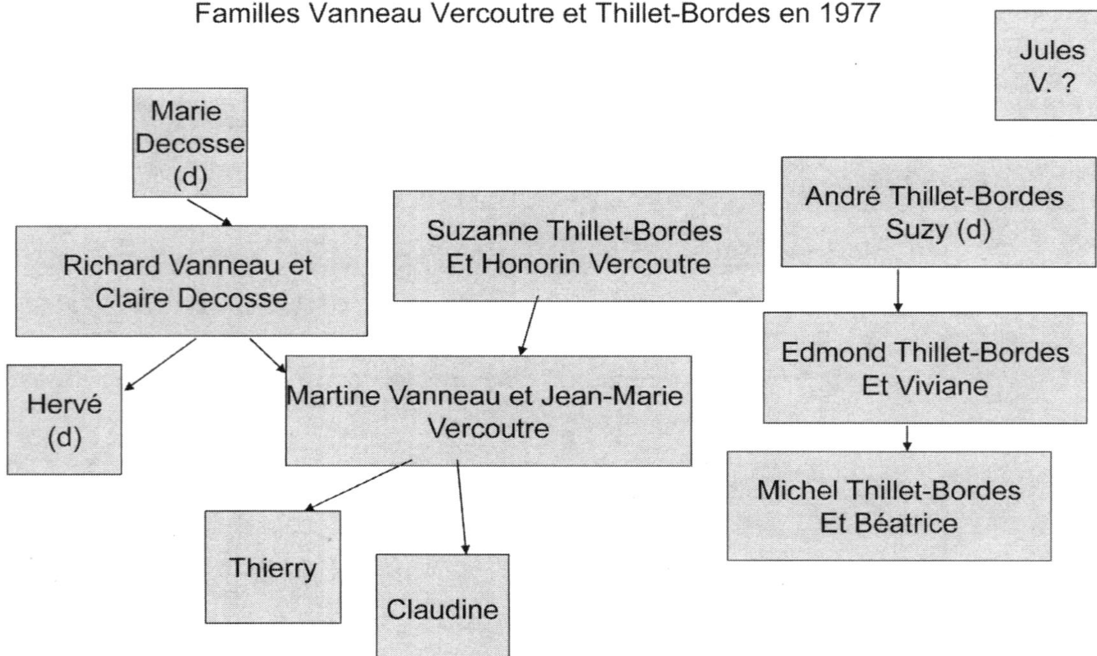

REMERCIEMENTS ET BIBLIOGRAPHIE :

Merci à Paulette Abbadie-Douce, dont l'ouvrage :
« Femmes de marins-pêcheurs à Arcachon » (Alan Sutton Editions), m'a vraiment convaincu d'écrire la Pinasse Mauve.

Outre l'ouvrage évoqué ci-dessus, je recommande :
« Autrefois... le Bassin d'Arcachon » Luc Dupuyoo
Editions Confluences.

« Au temps où l'on mangeait la soupe sur la plage d'Arcachon »
Maurice Bénitah avec de jolis textes de Charles Daney.
Editions Confluences.

« Mémoires en images, le Bassin d'Arcachon »
Jacques Clémens. Editions Alan Sutton.

Et bien d'autres...

Imprimé en France
978-2-310-00823-5
Dépôt légal : 1er trimestre 2011